HEN
NG

A METADE SOMBRIA

STEPHEN KING

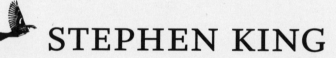

TRADUÇÃO
Regiane Winarski
2ª reimpressão

Copyright © 1989 by Stephen King
Publicado mediante acordo com o autor com a The Lotts Agency, Ltd.
Todos os direitos reservados.

Grafia atualizada segundo o Acordo Ortográfico da Língua Portuguesa de 1990, que entrou em vigor no Brasil em 2009.

Título original
The Dark Half

Capa
Alceu Chiesorin Nunes

Imagens de capa
Pardal: AlekseyKarpenko/ Shutterstock
Lápide: Warpaint/ Shutterstock

Imagens de miolo
Página 1: Narupon Nimpaiboon/ Shutterstock
Páginas 4-5: Protosov AN/ Shutterstock

Projeto gráfico
Bruno Romão

Preparação
Marcela Ramos

Revisão
Thaís Totino Richter
Valquíria Della Pozza

Dados Internacionais de Catalogação na Publicação (CIP)
(Câmara Brasileira do Livro, SP, Brasil)

King, Stephen
    A metade sombria / Stephen King ; tradução Regiane Winarski. – 1ª ed. – Rio de Janeiro : Suma, 2019.

    Título original: The Dark Half.
    ISBN 978-85-5651-077-8

    1. Ficção de suspense 2. Ficção norte-americana I. Título.

19-23515   CDD-813

Índice para catálogo sistemático:
1. Ficção de suspense : Literatura norte-americana   813

Cibele Maria Dias – Bibliotecária – CRB-8/9427

[2022]
Todos os direitos desta edição reservados à
EDITORA SCHWARCZ S.A.
Praça Floriano, 19, sala 3001 — Cinelândia
20031-050 — Rio de Janeiro — RJ
Telefone: (21) 3993-7510
www.companhiadasletras.com.br
www.blogdacompanhia.com.br
facebook.com/editorasuma
instagram.com/editorasuma
twitter.com/Suma_BR

Este livro é dedicado a Shirley Sonderegger, que me ajuda a cuidar da minha vida, e ao marido dela, Peter.

NOTA DO AUTOR

Tenho uma dívida com o falecido Richard Bachman pela ajuda e inspiração. Este livro não poderia ter sido escrito sem ele.

S.K.

PRÓLOGO

— *Corta ele* — *disse Machine.* — *Corta ele enquanto eu fico aqui olhando. Quero ver o sangue escorrer. Não me faz pedir duas vezes.*

— *O jeito de Machine*
de George Stark

A vida das pessoas, a vida real, e não a simples existência física, começa em momentos diferentes. A vida real de Thad Beaumont, um jovem nascido e criado na região de Bergenfield chamada Ridgeway, em Nova Jersey, começou em 1960. Duas coisas aconteceram a ele naquele ano. A primeira moldou sua vida; a segunda quase o matou. Naquele ano, Thad Beaumont fez onze anos.

Em janeiro, ele enviou um conto para um concurso patrocinado pela revista *American Teen*. Em junho, recebeu uma carta dos editores da revista dizendo que ele tinha ganhado uma menção honrosa na categoria Ficção do concurso. A carta também dizia que os juízes teriam lhe dado o segundo lugar se o formulário não tivesse revelado que ainda lhe faltavam dois anos para se tornar um verdadeiro "American Teen", um adolescente americano. Ainda assim, disseram os editores, a história dele, "Do lado de fora da casa de Marty", era um trabalho extraordinariamente maduro, e ele tinha que ser parabenizado.

Duas semanas depois, chegou um Certificado de Mérito da *American Teen*. Foi por carta registrada, com seguro. No certificado, seu nome estava escrito em letras tão rebuscadas que ele mal conseguiu ler, e um selo dourado embaixo, com o logo da *American Teen* em alto-relevo: a silhueta de um garoto de cabelo curtinho e uma garota de rabo de cavalo dançando.

Thad, um garoto quieto e sério que parecia esbarrar em tudo e muitas vezes tropeçava nos próprios pés enormes, foi tomado nos braços da mãe e coberto de beijos.

Seu pai não ficou impressionado.

— Se estava tão bom, por que não deram dinheiro? — grunhiu ele das profundezas da poltrona.

— Glen...

— Deixa pra lá. Quem sabe o Ernest Hemingway aí vai buscar uma cerveja pra mim depois que você parar de esmagar ele.

Sua mãe não disse mais nada… mas mandou emoldurar a carta original e o certificado que chegou depois, pagando pelo serviço com os trocados que tinha para pequenos gastos, e pendurou o quadro no quarto dele, acima da cama. Ela sempre levava os parentes ou outras visitas que apareciam por lá para ver. Thad, dizia para os convidados, será um grande escritor um dia. Ela sempre soube que ele estava destinado a ser grandioso, e aquela era a primeira prova. Isso constrangia Thad, mas ele amava tanto a mãe que não falava nada.

Constrangido ou não, Thad concluiu que sua mãe estava ao menos parcialmente certa. Ele não sabia se tinha talento para ser um *grande* escritor, mas seria *algum* tipo de escritor, a qualquer custo. Por que não? Ele era bom. E o mais importante era que gostava de fazer isso. Quando as palavras certas saíam, ele gostava e muito. E um dia seriam obrigados a lhe pagar, e detalhe nenhum impediria isso. Ele não teria onze anos para sempre.

A segunda coisa importante que aconteceu em 1960 começou em agosto. Foi quando ele teve as primeiras dores de cabeça. Não eram nada grave no começo, mas, quando as aulas recomeçaram no início de setembro, as dores leves e persistentes nas têmporas e atrás da testa tinham progredido para maratonas doentias e monstruosas de sofrimento. Quando essas dores se apoderavam dele, não lhe restava nada a fazer a não ser se deitar no quarto escuro e esperar a morte. No final de setembro, ele torcia para que a morte chegasse logo. E, em meados de outubro, a dor havia se agravado a ponto de ele ter medo de que a morte não chegasse nunca.

O começo dessas dores de cabeça terríveis era marcado pelo fantasma de um som que só ele ouvia; parecia o trinado distante de mil passarinhos. Às vezes, ele quase imaginava ver os pássaros, e desconfiava de que eram pardais; fileiras pousadas em fios telefônicos e em telhados, como faziam na primavera e no outono.

Sua mãe o levou ao dr. Seward.

O dr. Seward examinou seus olhos com um oftalmoscópio e balançou a cabeça. Em seguida, fechou as cortinas, apagou a luz e instruiu Thad a olhar um espaço branco na parede na sala de exames. Usando uma lanterna, ele acendeu e apagou rapidamente um círculo luminoso enquanto Thad olhava.

— Isso provoca uma sensação estranha, filho?

Thad fez que não.

— Você não fica tonto? Como se fosse desmaiar?

Thad fez que não de novo.

— Está sentindo algum cheiro? Como de fruta podre ou panos queimados?

— Não.

— E seus pássaros? Você os ouviu enquanto estava olhando a luz da lanterna?

— Não — disse Thad, intrigado.

— São os nervos — disse seu pai mais tarde, quando Thad tinha sido dispensado para a sala de espera do consultório. — Esse garoto está uma pilha de nervos.

— Acho que é enxaqueca — afirmou o dr. Seward. — É incomum em um garoto tão novo, mas já houve casos. E ele parece muito... passional.

— Ele é mesmo — disse Shayla Beaumont, com certo tom de aprovação.

— Bom, pode ser que exista cura um dia. Por enquanto, receio que ele tenha que aguentar as crises.

— É, e nós com ele — reclamou Glen Beaumont.

Mas não eram os nervos, e não era enxaqueca, e não pararia por ali.

Quatro dias antes do Halloween, Shayla Beaumont ouviu um dos garotos que esperavam o ônibus escolar com Thad todos os dias de manhã começar a gritar. Olhou pela janela da cozinha e viu seu filho caído na calçada tendo uma convulsão. A lancheira caída ao lado, as frutas e sanduíches espalhados no chão quente. Ela saiu correndo, expulsou as outras crianças dali e ficou parada ao lado do filho sem fazer nada, com medo de tocar nele.

Se o grande ônibus amarelo com o sr. Reed no volante tivesse chegado mais tarde, Thad talvez tivesse morrido bem ali, em frente à garagem de casa. Mas o sr. Reed tinha sido soldado do atendimento médico na Coreia. Ele conseguiu virar a cabeça do garoto para trás e abrir passagem para o ar antes que Thad morresse sufocado com a própria língua. Ele foi levado ao Hospital do

Condado de Bergenfield de ambulância, e um médico chamado Hugh Pritchard por acaso estava no Pronto Socorro, tomando café e trocando lorotas sobre golfe com um amigo, quando o garoto chegou de maca. E Hugh Pritchard por acaso também era o melhor neurologista do estado de Nova Jersey.

Pritchard solicitou um raio X e examinou as imagens. Mostrou aos Beaumont e pediu que observassem com bastante atenção uma sombra não muito forte que ele mesmo circulara com um lápis de cera amarelo.

— Isto aqui — disse ele. — O que é?

— Como é que a gente vai saber? — retrucou Glen Beaumont. — Você que é o médico.

— Certo — disse Pritchard secamente.

— Minha esposa disse que parecia que ele estava tendo um troço — contou Glen.

— Se você quer dizer que ele teve uma convulsão, sim, teve mesmo. Se você quer dizer que ele teve um ataque *epilético*, posso afirmar que não foi isso. Uma convulsão tão séria quanto a do seu filho sem dúvida teria sido tônico-clônica, e Thad não teve nenhum tipo de reação ao teste de luz de Litton. Na verdade, se Thad tivesse epilepsia, vocês não precisariam de um médico para lhes dizer isso. Ele ficaria se sacudindo no tapete da sala cada vez que mudasse a imagem da televisão.

— Então o que é? — perguntou Shayla, tímida.

Pritchard se voltou para a imagem do raio X presa na frente da caixa de luz.

— O que é *isso*? — perguntou, batendo na área circulada de novo. — O surgimento repentino das dores de cabeça, mais a ausência de convulsões anteriores, sugere que seu filho tem um tumor cerebral, provavelmente ainda pequeno e, com sorte, benigno.

Glen Beaumont ficou olhando para o médico sem mover um músculo enquanto, ao lado, sua esposa começou a chorar, tapando o rosto com um lenço. Ela chorou sem emitir som algum. Esse choro silencioso foi resultado de anos de treinamento marital. Os punhos de Glen eram rápidos e certeiros, quase nunca deixavam marcas, e, depois de doze anos de sofrimento calado, ela provavelmente não conseguiria chorar em voz alta nem se quisesse.

— Isso tudo significa que você quer meter a faca no cérebro dele? — perguntou Glen com o tato e delicadeza de sempre.

— Eu não diria com essas palavras, sr. Beaumont, mas acredito que uma cirurgia exploratória seja necessária, sim. — E pensou: *Se Deus existe e se Ele realmente nos fez à Sua imagem e semelhança, não gosto de pensar por que existem tantos homens como esse andando por aí com o destino de tantos outros nas mãos.*

Glen ficou em silêncio por um tempo, refletindo, a cabeça baixa, a testa franzida. Finalmente, ele olhou para o médico e fez a pergunta que mais o preocupava.

— Me fale a verdade, doutor. Quanto isso tudo vai custar?

A enfermeira-assistente viu primeiro.

O grito dela foi agudo e chocante na sala de cirurgia, onde os únicos sons nos quinze minutos anteriores tinham sido as ordens murmuradas do dr. Pritchard, o sibilar do enorme aparelho de respiração assistida e o ruído breve e agudo da serra Negli.

Ela cambaleou para trás, esbarrou em uma bandeja Ross de rodinhas na qual mais de vinte instrumentos tinham sido organizados e a derrubou. Caiu no azulejo com um estrondo ecoante que foi seguido por vários tilintares mais baixinhos.

— Hilary! — gritou a enfermeira-chefe, a voz cheia de choque e surpresa.

Ela ficou tão perdida a ponto de dar meio passo na direção da mulher que fugia, o uniforme verde esvoaçando.

O dr. Albertson, que estava ajudando, deu um leve chute na canela da enfermeira-chefe.

— Você não está em casa.

— Sim, doutor. — Ela voltou na mesma hora para o lugar, sem nem olhar para a porta, que foi aberta enquanto Hilary fazia sua saída estratégica, ainda gritando como um carro de bombeiros em ação.

— Coloque os instrumentos na estufa — disse Albertson. — Agora. Rapidinho.

— Sim, doutor.

Ela começou a recolher os instrumentos, atrapalhada, a respiração pesada, mas tinha tudo sob controle.

O dr. Pritchard pareceu não ter reparado em nada daquilo. Olhava, hipnotizado, para a janela que tinha sido aberta no crânio de Thad Beaumont.

— Inacreditável — murmurou ele. — Simplesmente inacreditável. Isso vai entrar para a história da medicina. Se eu não estivesse vendo com meus próprios olhos...

O chiado da estufa pareceu despertá-lo, e ele olhou para o dr. Albertson.

— Quero sucção — disse, decidido, e olhou para a enfermeira. — Que porra você está fazendo? As palavras cruzadas do jornal de domingo? Traz logo isso!

Ela obedeceu, carregando os instrumentos em uma bandeja nova.

— Me dá sucção, Lester — disse Pritchard para Albertson. — Agora. E vou te mostrar uma coisa que você só deve ter visto em um show de bizarrices nas feiras de interior.

Albertson empurrou a bomba de sucção até lá, ignorando a enfermeira-chefe, que pulou para sair do caminho, equilibrando os instrumentos com habilidade.

Pritchard estava olhando para o anestesista.

— Me dá uma P.A. boa, meu amigo. Só peço que a P.A. esteja boa.

— Ele está com um zero cinco e 68, doutor. Firme como uma pedra.

— Bom, a mãe diz que temos o próximo William Shakespeare deitado aqui, então mantenha assim. Suga ele, Lester. Não vai fazer cócegas no garoto com esse troço!

Albertson aplicou a sucção e eliminou o sangue. O equipamento de monitoração continuava apitando regularmente, monótono e reconfortante, ao fundo. E em um instante foi o próprio ar que o médico sugou. Parecia que tinha levado um soco na barriga.

— Ai, meu Deus. Ai, Jesus. Jesus Cristo. — Ele recuou por um momento... mas logo em seguida chegou mais perto. Acima da máscara e por trás dos óculos de armação de chifre, seus olhos estavam arregalados, de repente brilhando de curiosidade. — O que é?

— Acho que você está vendo o que é — disse Pritchard. — É que leva um segundo para se acostumar. Já li sobre isso, mas não esperava ver.

O cérebro de Thad Beaumont era da cor da superfície de uma concha: um cinza mediano com um leve toque rosado.

Na superfície lisa da dura-máter havia um único olho humano, cego e malformado. O cérebro pulsava levemente. O olho pulsava junto. Parecia que estava tentando piscar para eles. Foi isso, esse movimento que lembrava uma piscadela, que fez a enfermeira-assistente sair correndo da sala de cirurgia.

— Jesus do Céu, o que é isso? — perguntou Albertson de novo.

— Não é nada — disse Pritchard. — Pode já ter sido parte de um ser humano vivo. Agora, não é nada. Só problema. E por acaso é um problema que podemos resolver.

O dr. Loring, o anestesista, disse:

— Permissão para olhar, dr. Pritchard?

— Ele ainda está estável?

— Está.

— Então venha. É o tipo de coisa que você vai poder contar para os seus netos um dia. Mas seja rápido.

Enquanto Loring dava uma olhada, Pritchard se virou para Albertson.

— Quero a Negli — disse ele. — Vou abrir mais um pouco. Depois sondamos a área. Não sei se consigo tirar tudo, mas vou tirar o que conseguir.

Les Albertson, assumindo o papel de enfermeira-chefe da sala de cirurgia, colocou a sonda recém-esterilizada na mão enluvada de Pritchard assim que foi requisitado. O cirurgião, que no momento cantarolava baixinho o tema de *Bonanza*, mexeu rapidamente e quase sem esforço na abertura, apenas vez ou outra observando o espelho de dentista na ponta da sonda. Foi guiado praticamente só pelo tato. Albertson mais tarde diria que nunca tinha testemunhado uma cirurgia instintiva tão emocionante na vida.

Além do olho, eles encontraram parte de uma narina, três unhas e dois dentes. Um dos dentes tinha uma cárie pequena. O olho continuou pulsando e tentando piscar até o segundo em que Pritchard usou o bisturi para perfurá-lo e depois extirpar. A operação toda, desde a abertura inicial até a extirpação final, só durou vinte e sete minutos. Cinco nacos úmidos de carne esparramavam-se pela cuba de aço inoxidável na bandeja Ross ao lado da cabeça raspada de Thad.

— Acho que terminamos — disse Pritchard. — Todos os tecidos estranhos pareciam estar conectados por gânglios rudimentares. Mesmo que *haja* mais pedaços, acho bastante provável que tenhamos matado todos.

— Mas... como é possível, se o menino ainda está vivo? É tudo parte *dele*, não é? — perguntou Loring, confuso.

Pritchard apontou para a bandeja.

— Encontramos um olho, um bocado de dentes e unhas na cabeça do garoto e você acha que eram parte dele? Você viu alguma unha faltando nas mãos dele? Quer olhar?

— Mas até câncer é apenas uma parte do paciente...

— Isso não era câncer — disse Pritchard, com paciência. As mãos continuaram trabalhando enquanto ele falava. — Em muitos partos em que a mãe dá à luz um único bebê, esse bebê na verdade começou a existir como gêmeo, meu amigo. Pode chegar a dois casos em cada dez. O que acontece com o outro feto? O mais forte absorve o mais fraco.

— Absorve? Você quer dizer que um *come* o outro? — perguntou Loring. Ele estava meio verde. — Estamos falando de canibalismo no *útero*?

— Pode chamar como quiser. Acontece com certa frequência. Se conseguirem desenvolver o dispositivo de sonografia tão falado nos congressos de medicina, pode ser que a gente consiga descobrir com *que* frequência. Mas, independentemente da probabilidade, o que vimos hoje é bem mais raro. Parte do gêmeo desse garoto não foi absorvida. Acabou indo parar no córtex pré-frontal. Poderia ter ido parar nos intestinos, no baço, na medula, em qualquer lugar. Normalmente, os únicos médicos que veem coisas assim são patologistas. Aparece em autópsias, e nunca ouvi de nenhuma morte causada por tecidos estranhos.

— O que aconteceu aqui, então? — perguntou Albertson.

— Alguma coisa fez esse amontoado de tecido, que devia ser submicroscópico um ano atrás, se desenvolver novamente. O relógio de crescimento do gêmeo absorvido, que deveria ter parado de funcionar para sempre pelo menos um mês antes da sra. Beaumont dar à luz, de alguma forma voltou a trabalhar... e a porcaria se desenvolveu. Não há mistério sobre o que aconteceu; a pressão intracraniana por si só era suficiente para causar as dores de cabeça do garoto e a convulsão que o trouxe até aqui.

— Sim — disse Loring, baixinho —, mas *por que* aconteceu?

Pritchard balançou a cabeça.

— Se eu ainda estiver praticando qualquer coisa que exija mais de mim do que minhas tacadas de golfe daqui a trinta anos, você pode voltar a me perguntar. Eu talvez tenha resposta. Agora, só sei que localizei e extirpei um tipo de tumor muito raro e específico. Um tumor *benigno*. E, fora as complicações, acredito que isso seja tudo que os pais precisem saber. O pai do garoto faria o Homem de Piltdown parecer um dos Quiz Kids. Não consigo me imaginar explicando que fiz um aborto no filho de onze anos dele. Les, vamos fechar o menino.

E, como se só então tivesse pensado nisso, ele acrescentou com voz agradável para a enfermeira:

— Quero aquela filha da puta que saiu correndo daqui despedida. Tome nota disso, por favor.

— Sim, doutor.

Thad Beaumont saiu do hospital nove dias depois da cirurgia. O lado esquerdo do corpo ficou fraco por quase seis meses, o que foi bastante incômodo para o menino, e, de vez em quando, se estava cansado, ele via formas estranhas, mas não tanto aleatórias, de luzes piscando.

A mãe tinha lhe dado de presente de recuperação uma máquina de escrever Remington 32, e normalmente a luz piscava mais quando ele ficava debruçado na máquina antes da hora de dormir, quebrando a cabeça para encontrar o jeito certo de dizer alguma coisa ou tentando descobrir o que deveria acontecer na história que estava escrevendo. Mas isso também acabou passando.

O fantasma sinistro dos pios, o som de esquadrões de pardais no céu, não voltaram depois da operação.

Ele continuou escrevendo, ganhando confiança e polindo seu estilo em desenvolvimento, e vendeu sua primeira história (para a *American Teen*) seis anos depois que sua vida real começou. Depois disso, ele nunca mais olhou para trás.

Até onde os pais e o próprio Thad sabiam, um tumor benigno pequeno foi removido do córtex pré-frontal do cérebro dele no outono de seu décimo primeiro ano. Quando me lembrava de tudo aquilo (o que fazia cada vez menos com o passar dos anos), só pensava que tivera uma sorte enorme de sobreviver.

Muitos pacientes que passavam por uma neurocirurgia naquela época primitiva não sobreviviam.

I
ESSÊNCIA DE IDIOTA

Machine arrumou os clipes de papel lenta e cuidadosamente com os dedos longos e fortes.

— Segure a cabeça dele, Jack — disse ele para o homem atrás de Halstead. — Segure bem, por favor.

Halstead viu o que Machine pretendia fazer e começou a gritar enquanto Jack Rangely pressionava as mãos grandes nas laterais da cabeça dele, segurando com firmeza. Os gritos ecoaram no armazém abandonado. O grande espaço vazio foi um amplificador natural. Halstead parecia um cantor de ópera aquecendo para a noite de estreia.

— Voltei — disse Machine. Halstead fechou bem os olhos, mas não adiantou. A pequena haste de aço entrou sem dificuldade na pálpebra esquerda e perfurou o globo ocular fazendo um leve som de estouro. Um fluido grudento e gelatinoso começou a escorrer. — Eu voltei dos mortos e você não parece nem um pouco feliz de me ver, seu filho da puta ingrato.

— A caminho da Babilônia
de George Stark

UM
A *PEOPLE* FALA

1

A edição de 23 de maio da revista *People* foi bem típica.

A capa foi agraciada pela Celebridade Morta da semana, um astro do rock que se enforcara em uma cela depois de ser preso por posse de cocaína e várias outras drogas. Dentro, era a grande mistura de sempre: nove assassinatos de cunho sexual não solucionados na metade ocidental desolada do Nebraska; um guru de alimentos saudáveis que foi pego com pornografia infantil; uma dona de casa de Maryland que plantou uma abobrinha que parecia um busto de Jesus Cristo... isso se você olhasse com os olhos entrefechados em uma sala na penumbra, claro; uma garota paraplégica treinando para uma corrida beneficente de bicicleta; um divórcio de Hollywood; um casamento na alta sociedade de Nova York; um lutador se recuperando de um ataque cardíaco; um comediante em uma briga judicial com a ex.

Também havia um artigo sobre um empreendedor de Utah que estava vendendo uma nova boneca chamada Yo Mamma! A boneca supostamente era como "a sogra (?) que todo mundo queria ter". Ela tinha um gravador embutido que soltava trechos de diálogo como "O jantar nunca era servido frio na *minha* casa quando ele era pequeno, querida" e "Seu *irmão* nunca age como se tivesse nojo de mim quando vou passar umas semanas com ele". A graça mesmo era que, em vez de puxar uma cordinha nas costas da Yo Mamma! para fazer com que ela falasse, era preciso *chutar* a porra da boneca com toda a força. "Yo Mamma! tem revestimento acolchoado que garante que não vai quebrar e também que não vai lascar a parede nem a mobília", disse o orgulhoso inventor, o sr. Gaspard Wilmot (que, o artigo mencionava brevemente, já tinha sido indiciado por sonegação de imposto de renda... com acusações retiradas posteriormente).

E na página trinta e três dessa edição divertida e informativa da revista mais divertida e informativa dos Estados Unidos havia uma página com um cabeçalho típico da *People*: direto, sucinto e pungente. BIOGRAFIA, dizia.

— A *People* — comentou Thad Beaumont para a esposa, Liz, sentada a seu lado à mesa da cozinha, ambos lendo o artigo juntos pela segunda vez — gosta de ir direto ao ponto. BIOGRAFIA. Se você não quer uma BIOGRAFIA, é só seguir para PROBLEMA SÉRIO e ler sobre as garotas que estão batendo as botas no coração do Nebraska.

— Isso não é engraçado, parando pra pensar — disse Liz Beaumont, e estragou tudo dando uma gargalhada ao mesmo tempo em que tentava tapar a boca com o punho.

— Não chega a ser um ha-ha, mas é bem peculiar — observou Thad, e começou a folhear o artigo de novo.

Esfregou distraidamente a pequena cicatriz branca no alto da testa ao fazer isso.

Como a maioria das BIOGRAFIAS da *People*, era a única parte da revista em que havia mais espaço para as palavras do que para fotos.

— Você está arrependido de ter aceitado? — perguntou Liz.

Ela estava atenta a qualquer barulho que viesse dos gêmeos, mas até o momento eles estavam sendo ótimos, dormindo feito dois anjinhos.

— Primeiro de tudo — disse Thad —, *eu* não aceitei nada. *Nós* aceitamos. Os dois por um e um pelos dois, lembra?

Ele bateu em uma foto na segunda página do artigo que mostrava a esposa estendendo uma travessa de brownies para Thad, que estava sentado em frente à máquina de escrever com uma folha de papel encaixada no cilindro. Era impossível ver o que havia escrito no papel, se é que havia alguma coisa. E provavelmente era melhor assim, porque devia ser baboseira. Escrever sempre foi um trabalho difícil para ele, e não era o tipo de coisa que ele conseguia fazer com plateia, principalmente se na plateia estivesse um fotógrafo da revista *People*. Era bem mais fácil para George, mas para Thad Beaumont era de tirar o sono. Liz nem chegava perto quando ele estava tentando (e às vezes até conseguindo) escrever. Ela não levava nem *telegramas*, que dirá brownies.

— É, mas...

— Segundo...

Thad olhou para a foto, Liz com os brownies e ele olhando para ela. Os dois sorrindo. Os sorrisos pareciam peculiares no rosto de pessoas que, embora agradáveis, tomavam cuidado ao distribuir até mesmo coisas comuns como sorrisos. Ele se lembrou da época que passou trabalhando como guia de trilhas dos apalaches no Maine, em New Hampshire e Vermont. Teve um guaxinim de estimação chamado John Wesley Harding naquela época nebulosa. Não que tivesse feito alguma tentativa de domesticar John; o guaxinim só passou a andar com ele. Ele também gostava de um gole nas noites frias, o velho J. W., e às vezes, quando dava mais de uma golada da garrafa, ele sorria daquele jeito.

— Segundo o quê?

Segundo que tem algo de engraçado em um autor indicado pela primeira vez ao National Book Award e sua esposa sorrindo um para o outro como um par de guaxinins bêbados, ele pensou, e não conseguiu mais segurar. As gargalhadas escaparam de sua boca em alto volume.

— Thad, você vai acordar os gêmeos!

Ele tentou sem muito sucesso abafar as risadas.

— Segundo, nós parecemos dois idiotas, e não me importo nem um pouco — disse ele, e a abraçou com força e beijou seu pescoço.

No outro aposento, primeiro William e depois Wendy começaram a chorar.

Liz tentou olhar para ele com reprovação, mas não conseguiu. Era bom demais ouvi-lo rir. Bom, talvez, porque ele não ria muito. O som da gargalhada dele tinha um charme estranho e exótico para ela. Thad Beaumont nunca tinha sido um homem de gargalhadas.

— Culpa minha — disse ele. — Vou buscá-los.

Ele começou a se levantar, esbarrou na mesa e quase a derrubou. Era um homem delicado, mas estranhamente estabanado; parte do garoto que ele tinha sido ainda vivia ali.

Liz pegou o arranjo de flores que tinha colocado no centro da mesa pouco antes de escorregar e se estilhaçar no chão.

— Pelo amor de Deus, Thad! — disse ela, mas começou a rir também.

Ele voltou a se sentar por um momento. Não chegou a segurar a mão dela, mas a acariciou delicadamente.

— Escuta, meu bem, *você se importa?*

— Não — disse ela. Pensou brevemente em dizer: *Mas me deixa pouco à vontade. Não porque parecemos meio bobos, mas porque... bom, não sei o porquê. Só me deixa meio incomodada, só isso.*

Pensou, mas não disse. Era bom demais ouvi-lo rir. Ela segurou uma das mãos dele e apertou de leve.

— Não, não me importo. Acho divertido. E se a propaganda for ajudar *O cachorro dourado* quando você finalmente decidir levar a porcaria a sério e terminar o livro, melhor ainda.

Ela se levantou e o segurou pelos ombros quando ele tentou se levantar também.

— Você vai na próxima — disse ela. — Quero que você fique aí sentado até sua vontade subconsciente de destruir minha jarra finalmente passar.

— Tudo bem — respondeu ele, e sorriu. — Eu te amo, Liz.

— Eu também te amo.

Ela foi buscar os gêmeos, e Thad Beaumont começou a folhear sua BIOGRAFIA de novo.

Ao contrário da maioria dos artigos da *People*, a BIOGRAFIA de Thaddeus Beaumont começava não com uma fotografia de página inteira, mas com uma que ocupava menos de um quarto de página. Chamava a atenção mesmo assim, porque algum profissional de layout com olhar apurado para o incomum contornou a foto, que mostrava Thad e Liz vestidos de preto em um cemitério. As linhas da fonte abaixo se destacavam em um contraste quase brutal.

Na fotografia, Thad estava com uma pá e Liz segurava uma picareta. De lado havia um carrinho de mão com mais ferramentas de cemitério. No túmulo, vários buquês de flores tinham sido arrumados, mas a lápide em si ainda estava perfeitamente legível.

GEORGE STARK
1975-1988
Um cara não muito legal

Em contraste quase chocante com o lugar e o ato aparente (um enterro recém-terminado do que, pelas datas, devia ter sido um garoto que mal tinha chegado à adolescência), os dois falsos coveiros estavam trocando um aperto de mãos sobre a terra recém-compactada... e rindo com alegria.

Era tudo pose, claro. Todas as fotos que acompanhavam o artigo (o enterro do corpo, a bandeja de brownies e a foto de Thad andando solitário como uma nuvem sobre uma estrada deserta a caminho de um bosque em Ludlow, supostamente "tendo ideias") foram posadas. Foi engraçado. Liz comprava a *People* no supermercado havia uns cinco anos, e os dois tiravam sarro da revista, mas a folheavam durante o jantar, ou quem sabe até no banheiro se não houvesse um bom livro por perto. Thad refletia de tempos em tempos sobre o sucesso da revista, questionando se era sua devoção aos bastidores da vida das celebridades que a tornava tão bizarramente interessante ou se era só sua diagramação, com todas aquelas fotos grandes em preto e branco e o texto em negrito, que consistia basicamente em orações afirmativas simples. Mas nunca tinha passado pela cabeça dele questionar se as fotos eram posadas.

A fotógrafa foi uma mulher chamada Phyllis Myers. Ela contou a Thad e Liz que havia tirado várias fotografias de ursos de pelúcia em caixões infantis, todos os ursinhos usando roupas de crianças. Ela esperava fazer um livro com elas e vender para uma grande editora de Nova York. Só no final do segundo dia da sessão de fotos e entrevistas foi que Thad se tocou de que a mulher o estava sondando para escrever o texto. *Morte e ursos de pelúcia*, disse ela, seria "o comentário final perfeito sobre o estilo de morte americano, você não acha, Thad?".

Ele achava que, considerando os interesses um tanto macabros da mulher, não era surpreendente que a tal Myers tivesse mandado fazer a lápide de George Stark e trazido de Nova York. Era de papel machê.

— Vocês não se importam de apertar as mãos aqui na frente, não é? — perguntara ela com um sorriso que era ao mesmo tempo bajulador e complacente. — Vai dar uma imagem *incrível*.

Liz olhara para Thad, em dúvida e um pouco horrorizada. Mas os dois olharam para a lápide falsa que tinha vindo de Nova York (lar da revista *People* o ano todo) até Castle Rock, Maine (lar de verão de Thad e Liz Beaumont), com uma mistura de surpresa e assombro confuso. Era para a inscrição que Thad ficava olhando toda hora.

Um cara não muito legal

A essência da história que a *People* queria contar aos ávidos observadores de celebridades dos Estados Unidos era bem simples. Thad Beaumont era um escritor bem-visto cujo primeiro livro, *Os dançarinos repentinos*, foi indicado ao National Book Award em 1972. Esse tipo de coisa tinha certo peso com os críticos literários, mas os ávidos observadores de celebridades dos Estados Unidos não ligavam nem um pouco para Thad Beaumont, que só tinha publicado mais outro livro com esse nome. O homem para o qual muitos deles *realmente* ligavam não era um homem de verdade. Thad escreveu um best-seller de muito sucesso e três sequências extremamente bem-sucedidas com outro nome. Esse nome, claro, foi George Stark.

Jerry Harkavay, que era toda a equipe de Waterville da Associated Press, foi o primeiro a espalhar a notícia sobre George Stark depois que o agente de Thad, Rick Cowley, a contou para Louise Booker, da *Publishers Weekly*, com o aval de Thad. Nem Harkavay nem Booker ouviram a história toda; para resumir: Thad foi inflexível em não querer nem citar o babaca puxa-saco do Frederick Clawson. Ainda assim, a notícia foi boa o suficiente para exigir uma circulação maior do que o serviço para assinantes da Associated Press e da revista da indústria das editoras podia alcançar. Thad dissera a Liz e Rick que Clawson não era a história; ele só era o babaca que o estava forçando a levar a história a público.

Ao longo daquela primeira entrevista, Jerry perguntara que tipo de sujeito George Stark era. Thad respondera:

— George não era um cara muito legal.

A citação apareceu no alto do artigo de Jerry e deu inspiração a Myers para encomendar uma lápide falsa com a frase inscrita. Mundo estranho. Mundo muito estranho.

De repente, Thad caiu na gargalhada de novo.

2

Havia duas linhas de letra branca em um campo preto abaixo da foto de Thad e Liz em um dos melhores cemitérios de Castle Rock.

o querido falecido era muito próximo dessas duas pessoas, dizia a primeira.

então, por que elas estão rindo?, dizia a segunda.

— Porque o mundo é um lugar *estranho* pra caralho — disse Thad Beaumont, e riu cobrindo a boca com a mão.

Liz Beaumont não era a única que se sentia vagamente incomodada com essa pequena e extravagante peça publicitária. Ele também ficava meio incomodado. Mesmo assim, foi difícil parar de rir. Conseguia por alguns segundos e de repente tinha um novo acesso quando passava o olho pela frase — Um cara não muito legal — de novo. Tentar parar era como tentar fechar os buracos de uma barragem de terra mal construída; assim que controlado um vazamento, aparecia um novo em alguma outra parte.

Thad desconfiava de que houvesse algo meio errado com gargalhadas tão descontroladas. Era uma forma de histeria. Ele sabia que humor raramente tinha a ver com esse tipo de ataque. Na verdade, a causa poderia muito bem ser o oposto de graça.

Estava mais para medo, talvez.

Você está com medo de um maldito artigo da revista People? *É isso? Burrice. Com medo de ficar constrangido, dos seus colegas no Departamento de Inglês olharem as fotos e acharem que você perdeu os poucos parafusos tortos que tinha na cabeça?*

Não. Ele não tinha nada a temer por parte dos colegas, nem mesmo os que estavam lá desde que os dinossauros habitavam o planeta. Ele finalmente havia sido contratado, e também tinha dinheiro suficiente para encarar a vida — trompetes, por favor — como escritor em tempo integral se desejasse (ele não sabia se desejava; não gostava muito dos aspectos burocráticos e administrativos da vida na universidade, mas a parte de dar aulas era boa). Também não tinha nada a temer porque já fazia tempo passara da fase de se importar com o que os colegas achavam dele. Importava-se com o que os *amigos* pensavam, sim, e em alguns casos os seus amigos, os amigos de Liz e os amigos em comum por acaso eram colegas, mas ele achava que esses muito provavelmente iriam rir daquilo também.

Se havia do que sentir medo, era...

Pare, sua mente ordenou no tom seco e severo que fazia até o mais rebelde de seus alunos da graduação de inglês ficar pálido e em silêncio. *Pare com essa besteira agora.*

Não adiantou. Por mais eficiente que o tom fosse com os alunos, não exerceu poder nenhum sobre o próprio Thad.

Ele olhou novamente para a foto e dessa vez seu olhar não prestou atenção ao rosto da esposa e ao dele mesmo, rindo um para o outro como dois adolescentes fazendo um rito de iniciação.

GEORGE STARK
1975 – 1988
Um cara não muito legal

Era *isso* que o incomodava.

A lápide. O nome. As datas. Mais do que tudo, o epitáfio azedo, que lhe causou altas gargalhadas, mas que por algum motivo não era nem um pouco engraçado *por trás* das gargalhadas.

O nome.

O epitáfio.

— Não importa — murmurou Thad. — O filho da puta está morto agora.

Mas o incômodo permaneceu.

Quando Liz voltou com um gêmeo de fralda trocada e roupa limpa em cada braço, Thad estava debruçado no artigo de novo.

"Eu o assassinei?"

Thaddeus Beaumont, que já foi celebrado como o romancista mais promissor dos Estados Unidos e indicado ao National Book Award por *Os dançarinos repentinos* em 1972, repete a pergunta, pensativo. Parece meio perplexo. "Assassinato", diz ele de novo, com delicadeza, como se a palavra nunca tivesse lhe passado pela cabeça... apesar de assassinato ser praticamente a *única* coisa em que sua "metade sombria", como Beaumont chama George Stark, pensava.

Do pote de vidro de boca larga ao lado da antiquada máquina de escrever Remington 32, ele tira um lápis preto Berol Black Beauty (Stark só usava isso para escrever, de acordo com Beaumont) e começa a mordê-lo levemente. Pelo aspecto de uns outros dez lápis no pote, morder é um hábito.

"Não", ele acaba dizendo, devolvendo o lápis ao pote. "Eu não o assassinei." Ele levanta o rosto e sorri. Beaumont tem trinta e nove anos, mas, quando abre um sorriso, pode ser confundido com um de seus alunos da faculdade. "George morreu de causas naturais."

Beaumont diz que George Stark foi ideia da esposa. Elizabeth Stephens Beaumont, uma loura tranquila e adorável, se recusa a levar o crédito sozinha. "A única coisa que eu fiz", diz ela, "foi sugerir que ele escrevesse um livro assinado por outro nome para ver no que daria. Thad estava sofrendo com um grave bloqueio criativo e precisava de um empurrãozinho. E, na verdade", ela ri, "George Stark estava lá o tempo todo. Eu já tinha visto sinais dele em alguns trabalhos que Thad deixava inacabados de tempos em tempos. Foi só questão de fazer com que saísse do armário."

De acordo com muitos de seus contemporâneos, os problemas de Beaumont iam um pouco além do bloqueio criativo. Pelo menos dois escritores bem conhecidos (que não quiseram ser revelados) dizem que ficaram preocupados com a sanidade de Beaumont durante aquele período crucial entre o primeiro livro e o segundo. Um diz acreditar que Beaumont tenha tentado o suicídio depois da publicação de *Os dançarinos repentinos*, que recebeu mais aplausos da crítica do que royalties.

Quando perguntamos se ele já pensou em suicídio, Beaumont apenas balança a cabeça e diz: "Que idiotice. O verdadeiro problema não foi a aceitação popular; foi o bloqueio criativo. E escritores mortos sofrem disso de forma terminal".

Enquanto isso, Liz Beaumont continuou fazendo "lobby" — palavra de Beaumont — para a ideia de um pseudônimo. "Ela disse que eu podia chutar o balde se quisesse. Escrever qualquer coisa que quisesse sem o *New York Times Book Review* me espiando o tempo todo. Disse que eu podia escrever um faroeste, um mistério, uma ficção científica. Ou que eu podia escrever um romance policial."

Thad Beaumont sorri.

"Acho que ela deixou esse por último de propósito. Ela sabia que eu andava flertando com uma ideia para um romance policial, embora não soubesse como pôr em prática.

"A ideia de usar um pseudônimo tinha uma *atração* curiosa. Parecia uma espécie de *liberdade* — uma espécie de rota de fuga secreta, se é que você me entende.

"Mas tinha outra coisa. Uma coisa muito difícil de explicar."

Beaumont estende a mão na direção dos lápis apontados no pote de vidro, mas recua. Ele olha para a parede de vidro nos fundos do escritório, que tem uma vista espetacular para as árvores verdes de primavera.

"Pensar em escrever usando um pseudônimo foi como pensar em ser invisível", diz ele quase com hesitação. "Quanto mais eu brincava com a ideia, mais sentia que seria... bem... como me reinventar."

A mão sorrateira finalmente consegue pegar um dos lápis no pote de vidro, enquanto a mente está absorta em outra coisa.

Thad virou a página e olhou para os gêmeos nos cadeirões. Um casal de gêmeos sempre era fraterno... ou dizigótico, se você não quisesse ser um porco chauvinista na hora de falar disso. Mas Wendy e William eram tão idênticos quanto se podia ser sem *serem* idênticos.

William sorriu para Thad com a mamadeira na boca.

Wendy também sorriu com a mamadeira na boca, mas exibiu um acessório que o irmão não tinha: um dente quase na frente, que surgiu sem nenhuma dor, apenas rompeu a superfície da gengiva de forma tão silenciosa quanto o periscópio de um submarino deslizando pela superfície do mar.

Wendy tirou uma das mãos gorduchas da mamadeira de plástico. Abriu, exibindo a palma rosada e lisa. Fechou. Abriu. Um tchauzinho típico de Wendy.

Sem olhar para ela, William tirou sua mão da mamadeira, abriu, fechou, abriu. Um tchauzinho típico de William.

Thad levantou solenemente uma das mãos da mesa, abriu, fechou, abriu.

Os gêmeos sorriram com as mamadeiras na boca.

Ele olhou para a revista de novo. *Ah, People*, pensou ele. *Onde nós estaríamos, o que faríamos sem você? Isso é o melhor dos Estados Unidos, pessoal.*

O escritor tinha lavado toda a roupa suja que tinha para lavar, claro; principalmente o momento ruim de quatro anos depois que *Os dançarinos repentinos* não conseguiu ganhar o NBA. Mas isso era esperado, e ele não ficou muito incomodado com a exposição. Primeiro porque a roupa não era tão suja assim, e também porque ele sempre achou mais fácil viver com a verdade do que com uma mentira. No longo prazo, pelo menos.

O que, obviamente, levava à dúvida se a revista *People* e o "longo prazo" tinham alguma coisa em comum.

Ah, bom. Tarde demais.

O nome do sujeito que escreveu o artigo era Mike. Disso ele lembrava, mas Mike de quê? A não ser que se tratasse de um conde dedurando a realeza ou uma estrela de cinema dedurando outras estrelas de cinema, quem escrevesse para a *People* tinha o nome publicado no final do artigo. Thad teve que folhear quatro páginas (duas delas de anúncios de página inteira) para encontrar o nome. Mike Donaldson. Ele e Mike ficaram sentados até tarde só jogando conversa fora, e quando Thad perguntou ao cara se alguém se importaria de ele ter escrito alguns livros com outro nome, Donaldson disse uma coisa que fez Thad gargalhar. "As pesquisas mostram que os leitores da *People* têm as narinas muito estreitas. Por causa disso, fica difícil tirar meleca, então eles tiram o máximo possível de meleca dos outros. Eles vão querer saber tudo sobre seu amigo George."

"Ele não é meu amigo", respondera Thad, ainda rindo.

Agora, ele se virou e perguntou a Liz, que tinha ido até o fogão:

— Está tudo bem, querida? Quer ajuda?

— Está tudo ótimo. Só estou preparando a gororoba das crianças. Ainda não cansou de ler sobre você mesmo?

— Ainda não — disse Thad, sem vergonha nenhuma, e voltou a ler o artigo.

"A parte mais difícil foi criar o nome", continua Beaumont, mordendo o lápis de leve. "Mas era importante. Eu *sabia* que podia dar certo. Sabia que podia acabar com o bloqueio criativo que eu vinha enfrentando... se eu tivesse uma identidade. A identidade *certa*, uma que fosse diferente da minha."

Como ele escolheu George Stark?

"Bom, tem um escritor de romance policial chamado Donald E. Westlake", explica Beaumont. "E, com seu nome verdadeiro, Westlake usa o livro policial para escrever umas comédias sociais muito engraçadas sobre a vida americana e os costumes americanos.

"Mas, do começo dos anos 60 até a metade dos 70, ele escreveu uma série de livros com o pseudônimo de Richard Stark, e esses livros são muito diferentes. São sobre um homem chamado Parker, que é ladrão profissional.

Ele não tem passado, não tem futuro, e, nos melhores livros, não tem nenhum interesse além de roubo.

"Por motivos que você teria que perguntar a Westlake, ele acabou parando de escrever livros sobre Parker, mas nunca esqueci uma coisa que Westlake disse depois que o pseudônimo foi revelado. Ele disse que *ele* escrevia livros nos dias de sol e Stark assumia nos dias de chuva. Gostei disso, porque meus dias foram muito chuvosos entre 1973 e o começo de 1975.

"No melhor daqueles livros, Parker se parece mais com um robô assassino do que com um homem. O ladrão roubado é um tema um tanto recorrente neles. E Parker acaba com os bandidos — os *outros* bandidos — *exatamente* como um robô que foi programado com um único objetivo. 'Quero meu dinheiro', ele diz, e é a *única* coisa que ele diz. 'Quero meu dinheiro, quero meu dinheiro.' Isso lembra alguém?"

O entrevistador assente. Beaumont está descrevendo Alexis Machine, o personagem principal do primeiro e do último livro de George Stark.

"Se *O jeito de Machine* tivesse terminado como começou, eu o teria largado em uma gaveta para sempre", diz Beaumont. "Publicá-lo teria sido plágio. Mas, quando cheguei a um quarto do livro, ele encontrou seu ritmo próprio, e tudo se encaixou."

O entrevistador pergunta se Beaumont está dizendo que, depois de ele ter passado um tempo trabalhando no livro, George Stark acordou e começou a falar.

"Sim", diz Beaumont. "Foi quase isso."

Thad ergueu o rosto e quase riu de novo apesar de tudo. Os gêmeos o viram sorrindo e sorriram também com a boca cheia do purê de ervilha que Liz lhes dava. O que ele tinha dito de verdade, pelo que lembrava, foi: "*Meu Deus*, que melodramático! Você faz parecer aquela cena de *Frankenstein* em que o raio finalmente acerta a torre mais alta do castelo e energiza o monstro!".

— Não vou conseguir terminar de dar comida pra eles se você não parar com isso — comentou Liz. Ela estava com uma bolinha de purê de ervilha na ponta do nariz, e Thad sentiu uma vontade absurda de limpá-la com um beijo.

— Parar o quê?

— Quando você sorri, *eles* sorriem. Não dá pro bebê sorrir e comer ao mesmo tempo, Thad.

— Desculpa — disse ele, humilde, e piscou para os gêmeos. Os sorrisos idênticos com bigodes verdes cresceram por um momento. Então Thad voltou os olhos para a revista e continuou lendo.

"Eu comecei *O jeito de Machine* na noite de 1975 em que pensei no nome, mas *tinha* outra coisa. Coloquei uma folha de papel na máquina de escrever quando me preparei para começar... e tirei logo em seguida. Sempre datilografei meus livros, mas George Stark aparentemente não se dava muito bem com máquinas de escrever."

O sorriso aparece brevemente de novo.

"Talvez porque ele não tenha tido aula de datilografia em nenhum xadrez por onde passou."

Beaumont está se referindo à biografia na orelha dos livros de George Stark, que diz que o autor tem trinta e nove anos e cumpriu pena em três prisões diferentes por incêndio culposo, agressão com arma letal e agressão com intenção de matar. Mas a biografia da orelha é só uma parte da história; Beaumont também mostra um catálogo de apresentação da Darwin Press, que descreve a história do alter ego com detalhes minuciosos que só um bom escritor poderia criar do nada. Desde o nascimento em Manchester, New Hampshire, à residência final em Oxford, Mississippi, tudo está lá, exceto o enterro de George Stark seis semanas antes no cemitério Homeland em Castle Rock, Maine.

"Encontrei um caderno velho em uma das gavetas e usei isso." Ele aponta para o pote cheio de lápis e parece meio surpreso ao ver que está segurando um deles na mão estendida. "Comecei a escrever e, quando percebi, Liz estava dizendo que era meia-noite e perguntando se eu não ia para a cama."

Liz Beaumont lembra-se daquela noite de outro jeito. Ela conta: "Eu acordei às onze e quarenta e cinco da noite e vi que ele não estava na cama e pensei 'Bom, ele está escrevendo'. Mas não ouvi a máquina de escrever e fiquei meio assustada."

O rosto dela sugere que pode ter sido mais do que meio assustada.

"Quando desci e o vi rabiscando no caderno, meu queixo caiu." Ela ri. "O nariz dele estava quase encostando no papel."

O repórter pergunta se ela ficou aliviada.

Com um tom baixo e comedido, Liz Beaumont diz: "*Muito* aliviada".

"Folheei o caderno e vi que tinha escrito dezesseis páginas sem nenhuma rasura", diz Beaumont, "e que tinha transformado três quartos de um lápis novinho em lascas no apontador." Ele olha para o pote com uma expressão que poderia ser melancolia ou humor velado. "Acho que eu deveria jogar esses lápis fora agora que George está morto. Eu não uso. Já tentei. Não funciona. Eu não consigo trabalhar sem uma máquina de escrever. Minha mão fica cansada e lerda.

"A de George nunca ficou."

Ele ergue o olhar e dá uma piscadela enigmática.

— Querida?

Ele olhou para a esposa, que estava concentrada em dar o finalzinho do purê de ervilha para William. Boa parte do purê parecia ter ido parar no babador.

— O quê?
— Olha pra cá um segundo.
Ela olhou.
Thad piscou.
— Isso foi enigmático?
— Não, querido.
— Não achei que fosse mesmo.

O resto da história é mais um capítulo irônico na grande história do que Thad Beaumont diz que "as pessoas esquisitas chamam de livro".

O jeito de Machine foi publicado em junho de 1976 pela pequena Darwin Press (o "verdadeiro" Beaumont foi publicado pela Dutton) e se tornou a revelação do ano, chegando ao número um na lista de mais vendidos de costa a costa. Também virou um filme de sucesso.

"Por muito tempo, esperei que alguém descobrisse que eu era George e que George era eu", diz Beaumont. "Os direitos autorais estavam registrados no nome de George Stark, mas meu agente sabia, e a esposa dele — ela é ex-esposa agora, mas continua sócia nos negócios — e, claro, os altos executivos e o diretor financeiro da Darwin Press sabiam. Ele *tinha* que saber, porque George podia escrever livros à mão, mas tinha um probleminha para endossar cheques. E, claro, a Receita Federal tinha que saber. Então Liz e eu passamos um ano e meio esperando que alguém botasse a boca no trombone. Não aconteceu. Acho que foi pura sorte, e isso só prova que, quando você acha que alguém *vai* falar, todo mundo controla a língua."

E seguiram controlando durante os dez anos seguintes, enquanto o elusivo sr. Stark, um escritor bem mais prolífico do que sua outra metade, publicou mais três livros. Nenhum deles repetiu o sucesso estrondoso de *O jeito de Machine*, mas todos chegaram à lista de mais vendidos.

Depois de uma pausa longa e pensativa, Beaumont começa a falar sobre os motivos para finalmente ter decidido acabar com a lucrativa mentira. "Você precisa lembrar que George Stark era só um homem de papel, afinal. Convivi bem com ele por bastante tempo... e, caramba, o cara era uma máquina de ganhar dinheiro. Chamei de meu dinheiro do f...-se. Só de saber que eu podia parar de dar aulas e continuar pagando a hipoteca teve um efeito tremendamente libertador em mim.

"Mas eu queria escrever meus livros de novo, e Stark estava ficando sem ter o que dizer. Foi simples assim. Eu sabia, Liz sabia, meu agente sabia... acho que até o editor de George na Darwin Press sabia. Mas, se eu guardasse segredo, a tentação de escrever outro livro de George Stark acabaria sendo forte demais. Sou tão vulnerável à canção de sereia do dinheiro quanto qualquer pessoa. A solução parecia ser enfiar uma estaca no coração dele de uma vez por todas.

"Em outras palavras, ir a público. Que foi o que eu fiz. O que estou fazendo nesse exato momento, na verdade."

Thad tirou os olhos do artigo com um sorrisinho. De repente, seu espanto com as fotografias artificiais da *People* pareceu um pouco hipócrita, um pouco posado. Porque os fotógrafos de revista não eram os únicos que às vezes orquestravam as coisas para passar a imagem que os leitores queriam e esperavam. Ele achava que a maioria dos entrevistados também fazia isso, em maior ou menor grau. Mas talvez tivesse se saído um pouco melhor do que outros nessa manipulação; afinal, ele era escritor de ficção... e um escritor de ficção no fundo não passava de um sujeito pago para contar mentiras. Quanto maiores as mentiras, melhor o pagamento.

Stark estava ficando sem ter o que dizer. Foi simples assim.
Que direto.

Que bem resolvido.

Que baboseira.

— Meu bem?

— Humm?

Ela estava tentando limpar Wendy. A menina não estava gostando muito da ideia. Ficava esquivando o rostinho, balbuciando com indignação, e Liz a perseguia com o paninho. Thad achava que a esposa acabaria conseguindo, se não se cansasse antes. E ao que tudo indicava Wendy pensava o mesmo.

— Nós erramos ao mentir sobre a participação de Clawson em tudo isso?

— Nós não mentimos, Thad. Só deixamos o nome dele de fora.

— E ele foi um babaca, né?

— Não, querido.

— Não foi?

— Não — disse Liz, serenamente. Ela passava para o rosto de William. — Ele foi um Creepozoid escroto.

Thad soltou uma risada.

— Creepozoid?

— Isso mesmo. Creepozoid.

— Acho que é a primeira vez que escuto esse termo.

— Vi na caixa de uma fita semana passada, quando fui à locadora procurar um filme pra alugar. Era um filme de terror chamado *Creepozoids*. E pensei: "Que maravilha. Alguém fez um filme sobre Frederick Clawson e a família dele. Tenho que contar ao Thad". Mas acabei esquecendo e só lembrei agora.

— Então essa parte não tem problema pra você?

— Problema nenhum — disse ela. Apontou o paninho primeiro para Thad e depois para a revista aberta na mesa. — Thad, você saiu ganhando. A *People* saiu ganhando. E Frederick Clawson saiu com uma mão na frente e outra atrás... exatamente como ele merecia.

— Obrigado — disse ele.

Ela deu de ombros.

— De nada. Você sofre demais às vezes, Thad.

— É esse o problema?

— É, *todo* o problema... William, caramba! Thad, se você puder me ajudar um pouco...

Thad fechou a revista e levou Will para o quarto dos gêmeos atrás de Liz, que carregava Wendy. O bebê gorducho era quentinho e agradavelmente pesado, os braços agarrados casualmente ao pescoço de Thad enquanto olhava para tudo com o interesse de sempre. Liz colocou Wendy em um trocador; Thad deitou Will no outro. Eles trocaram as fraldas molhadas por secas, Liz um pouco mais rápida do que Thad.

— Bom — disse Thad —, nós já aparecemos na revista *People* e pronto, acabou. Né?

— É — disse ela, e sorriu.

Aquele sorriso tinha um quê de artificial para Thad, mas ele se lembrou do surto esquisito de gargalhadas e decidiu ignorar a impressão. Às vezes, ele não tinha muita certeza sobre as coisas (era uma analogia mental à sua falta de jeito física) e acabava sendo implicante com Liz. Ela raramente o criticava por isso, mas às vezes ele percebia um cansaço surgir nos olhos dela quando ele insistia demais. O que ela tinha dito? *Você sofre demais às vezes, Thad.*

Ele alfinetou a fralda de Will e manteve o antebraço na barriga do bebê alegre que não parava quieto, para Will não rolar e se matar, como parecia determinado a fazer.

— *Bugguyrah!* — gritou Will.

— É — concordou Thad.

— *Divvit!* — gritou Wendy.

Thad assentiu.

— Isso também faz sentido.

— É bom ele morrer mesmo — disse Liz de repente.

Thad ergueu o rosto. Pensou por um momento e assentiu. Não havia necessidade de especificar quem era *ele*; os dois sabiam.

— É.

— Eu não gostava muito dele.

Que coisa horrível de se dizer sobre o marido, ele quase respondeu, mas acabou não falando nada. Não era estranho porque ela não estava falando dele. Os métodos de escrita de George Stark não eram a única diferença entre os dois.

— Eu também não — disse ele. — O que tem para a janta?

DOIS
CASA EM RUÍNAS

1

Naquela noite, Thad teve um pesadelo. Acordou quase chorando e tremendo como um filhote em uma tempestade. Ele estava com George Stark no sonho, só que George era um corretor imobiliário em vez de escritor e estava sempre parado atrás de Thad, então era só uma sombra com voz.

2

A apresentação de autor no catálogo da Darwin Press, que Thad escreveu logo antes de começar a escrever *Oxford Blues*, a segunda obra de George Stark, contava que o autor dirigia "uma picape GMC de 1967 que se mantinha de pé à base de oração e primer". Mas, no sonho, eles estavam em um Toronado preto, e Thad soube que tinha se enganado sobre a picape. Era *aquilo* que Stark dirigia. Aquele rabecão com propulsão a jato.

O Toronado era incrementado atrás e não parecia o carro de um corretor imobiliário. Estava mais para o veículo de um mafioso de terceiro escalão. Thad olhou para o carro atrás deles, conforme se encaminhavam para a casa que Stark por algum motivo mostraria para ele. Achou que veria Stark e sentiu uma pontada gelada de medo no coração. Mas Stark estava do outro lado (embora Thad nem imaginasse como ele poderia ter ido parar ali tão rápido e sem fazer barulho), e ele só viu o carro, uma tarântula de aço brilhando no sol. Havia um adesivo no para-choque de trás. FILHO DA PUTA DE PRIMEIRA CLASSE, dizia. De cada lado da frase, tinha uma caveira com ossos cruzados embaixo.

A casa para onde Stark o levara era a casa de Thad; não a de inverno, em Ludlow, não muito longe da universidade, mas a de verão, em Castle Rock. A grande baía norte de Castle Rock ficava atrás da casa, e Thad ouvia o som baixo das ondas quebrando. Havia uma placa que dizia VENDE-SE no pequeno gramado depois da entrada da garagem.

"Casa legal, né?", Stark quase sussurrou atrás dele. A voz era rouca e ao mesmo tempo suave, como a lambida de um gato.

"É a *minha* casa", Thad respondeu.

"Você está redondamente enganado. O dono dessa casa está morto. Ele matou a esposa e os filhos, depois se matou. Ele desligou os aparelhos. Puxou o gatilho e tchau. Ele tinha esse traço. Não era preciso procurar muito para ver. Dava para dizer que estava bem na cara."

"Isso é pra ser engraçado?", ele quis perguntar. Sentia que era importante mostrar que não estava com medo de Stark. E era importante *porque* ele estava totalmente apavorado. Mas, antes que pudesse articular as palavras, uma grande mão que parecia não ter linhas (embora fosse difícil dizer ao certo porque o ângulo dos dedos dobrados formavam uma sombra emaranhada na palma) se aproximou por cima do ombro de Thad, segurando um chaveiro pendurado na cara dele.

Não, pendurado não. Se fosse só isso, ele talvez tivesse conseguido falar, talvez até empurrado as chaves para mostrar que não temia aquele homem temeroso que insistia em ficar parado atrás dele. Mas a mão estava *levando* as chaves para a cara dele. Thad teve que segurá-las para que não encostassem em seu nariz.

Ele enfiou uma na fechadura da porta da frente, uma placa lisa de carvalho intacta, a não ser pela aldrava de estanho que parecia um passarinho e pela maçaneta. A chave girou com facilidade, o que foi estranho, porque não era uma chave de casa, mas uma tecla da máquina de escrever na ponta de uma haste comprida de aço. Todas as outras chaves do chaveiro pareciam chaves mestras, do tipo que ladrões carregam.

Ele segurou a maçaneta e girou. Quando fez isso, a madeira dura da porta tremeu e encolheu com uma série de pequenas explosões, como bombinhas. Luz brotou das rachaduras que se formaram. Voou poeira. Houve um estalo seco, e uma das peças decorativas de ferro da porta caiu no chão, com um baque, aos pés de Thad.

Ele entrou.

Não queria; queria ficar parado no degrau e discutir com Stark. Mais! *Protestar* com ele, perguntar por que estava fazendo aquilo, porque entrar na casa era ainda mais assustador do que o próprio Stark. Mas aquilo era um sonho, um sonho ruim, e para ele a essência dos sonhos ruins era a falta de controle. Era como estar em uma montanha-russa que podia a qualquer momento pegar uma descida íngreme e jogar você em um muro de tijolos, onde morreria espalhando tanta sujeira quanto um inseto esmagado por um mata-moscas.

O corredor familiar tinha se tornado desconhecido, quase hostil, isso só pela ausência do tapete comprido e cinzento desbotado que Liz vivia ameaçando trocar... e, embora parecesse um detalhe pequeno durante o sonho, foi o que sempre voltava à sua lembrança depois, talvez porque fosse realmente apavorante, apavorante fora do contexto do sonho. Que vida segura era aquela se a falta de uma coisa tão pequena quanto um tapete de corredor podia causar sentimentos tão fortes de desconexão, desorientação, tristeza e medo?

Ele não gostou de ouvir o eco de seus passos no piso de madeira, e não só porque fez parecer verdade o que o vilão atrás dele tinha dito sobre a casa: que estava vazia, cheia da dor imóvel da ausência. Não gostou porque seus próprios passos pareceram perdidos e terrivelmente infelizes.

Quis dar meia-volta e ir embora, mas não podia fazer isso. Porque Stark estava atrás, e no fundo Thad sabia que Stark tinha nas mãos a navalha de cabo perolado que pertencia a Alexis Machine, a que a amante dele usara no final de *O jeito de Machine* para retalhar a cara do filho da mãe.

Se ele se virasse, George Stark faria coisa parecida com ele.

Por mais vazia de pessoas que a casa estivesse, exceto pelos tapetes (o tapete salmão que cobria toda a sala também tinha sumido), todos os móveis ainda estavam lá. Um vaso de flores na mesinha no canto da parede, que dava passagem para a sala, à frente, com o pé-direito alto e a parede toda de vidro voltada para o lago, e para a cozinha, à direita. Thad tocou no vaso, que explodiu em estilhaços e em uma nuvem de pó de cerâmica com cheiro ácido. Uma água estagnada se espalhou, e as seis rosas que floresciam estavam mortas e pretas antes de caírem na poça de água fedorenta na mesa. Ele tocou na mesa. A madeira secou, rachou e partiu-se em duas, parecendo oscilar em vez de cair no piso.

"O que você fez com a minha casa?", gritou ele para o homem atrás... mas sem se virar. Ele não *precisava* olhar para saber que estava ali a navalha, antes usada por Nonie Griffiths em Machine, deixando as bochechas dele fatiadas, com pele branca e vermelha exposta e um olho pendurado; o próprio Machine a tinha usado para abrir o nariz de seus "concorrentes de trabalho".

"Nada", disse Stark, e Thad não precisava olhar para confirmar o sorriso que ouvia na voz do sujeito. "*Você* que está fazendo, meu chapa."

Então entraram na cozinha.

Thad tocou no fogão, que se partiu em dois com um ruído seco, como o toar de um grande sino coberto de poeira. As bocas pularam e saíram rolando, como chapéus voando em um vendaval. Um fedor terrível saiu do buraco escuro no meio do fogão e, ao espiar dentro, ele viu um peru. Estava apodrecido e fétido. Um fluido preto com pedacinhos indecifráveis de carne escorria da cavidade da ave.

"Aqui embaixo nós chamamos isso de essência do idiota", comentou Stark atrás dele.

"O que você quer dizer?", perguntou Thad. "*Onde* é aqui embaixo?"

"Fimlândia", disse Stark, calmo. "Aqui é o lugar onde o serviço de trem termina, Thad."

Ele acrescentou outra coisa, mas Thad não ouviu. A bolsa de Liz estava no chão, e Thad tropeçou nela. Quando tentou segurar na mesa para não cair, a mesa explodiu em lascas e serragem no linóleo. Um prego reluzente girou em um canto com um ruído baixo e metálico.

"Pare com isso agora!", gritou Thad. "Quero acordar! *Odeio* quebrar coisas!"

"Você *sempre* foi o desastrado, meu chapa", afirmou Stark. Ele falou como se Thad tivesse muitos irmãos, todos graciosos feito gazelas.

"Eu não *tenho* que ser", informou Thad com uma voz ansiosa que falhou, quase virando um choramingo. "Não *tenho* que ser desastrado. Não *tenho* que quebrar coisas. Quando tomo cuidado, tudo fica bem."

"É. Pena que você parou de tomar cuidado", disse Stark com aquela mesma voz sorridente de quem diz "só estou comentando". E eles estavam no salão dos fundos.

Ali estava Liz, sentada com as pernas abertas no canto, perto da porta do depósito de lenha, um pé com sapato e outro sem. Havia um pardal morto no colo dela. Ela estava de meias de náilon, e Thad percebeu que uma estava desfiada. A cabeça estava abaixada, o cabelo louro-mel meio ondulado escondendo o rosto. Ele não *queria* ver o rosto dela. Assim como não precisara ver a navalha e nem o sorriso de navalha de Stark para saber que ambos estavam ali, ele também não precisava ver o rosto de Liz para saber que ela não estava dormindo e nem inconsciente, mas morta.

"Acenda as luzes, você vai enxergar melhor", disse Stark com aquela mesma voz sorridente de quem diz "só estou aproveitando um pouco sua companhia, meu amigo". A mão dele apareceu por cima do ombro de Thad e apontou para as lâmpadas que o próprio Thad tinha instalado ali. Eram elétricas, claro, mas pareciam autênticas: dois lampiões pendurados em uma haste de madeira e controlados por um interruptor na parede.

"Não quero ver!"

Ele estava tentando falar com firmeza e segurança, mas a situação estava começando a afetá-lo. Ouviu um engasgo, um tom irregular na voz, que significava que estava prestes a cair no choro. E o que ele dizia parecia não fazer diferença, porque acabou estendendo a mão para o reostato circular na parede. Quando tocou nele, uma faísca elétrica azul indolor se acendeu entre seus dedos, tão densa que parecia mais geleia do que luz. O botão redondo cor de marfim do reostato ficou preto, voou da parede e disparou pela sala como um disco voador em miniatura. Quebrou a janelinha do outro lado e desapareceu em um dia que tinha assumido um tom verde estranho, como cobre velho.

Os lampiões elétricos brilharam com intensidade sobrenatural e a haste começou a se curvar, enrolando a corrente que o segurava e criando sombras pela sala em uma dança lunática. Primeiro um e depois o outro, os vidros dos lampiões quebraram, e os estilhaços voaram em Thad.

Sem pensar, ele pulou e pegou a esposa caída, querendo tirá-la dali antes que a corrente quebrasse e derrubasse a haste pesada nela. O impulso foi tão forte que superou tudo, inclusive sua certeza de que não importava, pois ela estava morta. Stark poderia ter arrancado o Empire State Building e jogado em cima dela e não teria feito diferença. Não para ela, pelo menos. Não mais.

Quando ele passou os braços embaixo dos dela e encaixou as mãos entre as omoplatas, o corpo de Liz tombou para a frente e a cabeça pendeu para trás. A pele do rosto estava rachada como a superfície de um vaso Ming. Os olhos vidrados de repente explodiram. Uma geleia verde nojenta, horrivelmente *quente*, jorrou na cara dele. A boca se abriu e os dentes voaram em uma tempestade branca. Ele sentiu as pequenas superfícies, duras e lisas, batendo em suas bochechas e testa. Sangue meio coagulado jorrou das gengivas esburacadas. A língua desenrolou para fora da boca e caiu, despencou na saia feito um pedaço ensanguentado de uma cobra.

Thad começou a gritar... no sonho e não de verdade, graças a Deus, senão teria dado um susto enorme em Liz.

"Ainda não acabei, babaca", disse George Stark baixinho atrás dele. A voz não estava mais sorridente. A voz estava fria como o lago Castle em novembro. "Lembre-se disso. É melhor você não se meter comigo, porque quem se mete comigo..."

3

Thad acordou com um sobressalto, o rosto molhado, o travesseiro, que ele tinha apertado convulsivamente no rosto, também molhado. A umidade podia ter sido de suor ou de lágrimas.

— ... está se metendo com o melhor — terminou ele no travesseiro, e ficou deitado ali, os joelhos dobrados, apertados contra o peito, tremendo convulsivamente.

— Thad? — murmurou Liz, meio rouca, de algum lugar no matagal dos próprios sonhos. — Tudo bem com o gêmeos?

— Tudo — respondeu ele, com certo esforço. — Eu... nada. Volta a dormir.

— Tá, tudo... — Ela disse mais alguma coisa, mas ele entendeu tanto quanto o que Stark dissera depois de contar a Thad que a casa em Castle Rock era Fimlândia... o lugar onde o serviço de trem termina.

Thad ficou dentro de sua silhueta impressa com seu próprio suor no lençol e aos poucos foi soltando o travesseiro. Esfregou o rosto com o braço e esperou o sonho passar, esperou os tremores passarem. Passaram, mas surpreendentemente devagar. Pelo menos ele conseguiu não acordar Liz.

Ele olhou distraído para a escuridão, não tentando entender o sonho, só querendo que *passasse*, e um infinito tempo depois Wendy acordou no quarto ao lado e começou a chorar pedindo para ser trocada. William, claro, acordou logo depois, percebendo que *ele* precisava ser trocado (se bem que, quando Thad tirou a fralda dele, estava bem seca).

Liz acordou na mesma hora e foi, sonâmbula, para o quarto dos bebês. Thad foi junto, consideravelmente mais desperto e grato, pela primeira vez na vida, pelos gêmeos precisarem de cuidados no meio da noite. No meio *daquela* noite, pelo menos. Ele trocou William enquanto Liz trocava Wendy, sem nenhum dos dois falar muito, e, quando eles voltaram para a cama, Thad ficou grato ao perceber que estava adormecendo de novo. Ele achara que não dormiria mais naquela noite. E no momento em que acordou com a imagem da decomposição explosiva de Liz ainda fresca na vista, achou que nunca mais conseguiria dormir.

Você nem vai se lembrar disso de manhã, vai esquecer como todos os outros sonhos.

Foi a última coisa que pensou antes de dormir, mas, quando acordou na manhã seguinte, lembrava-se de todos os detalhes do sonho (embora o eco perdido e solitário dos passos no corredor nu fosse o único que ainda carregava toda a intensidade emocional), e não foi esquecido com o passar dos dias, como todos os sonhos.

Esse foi um dos raros que ele guardou, tão real quanto uma lembrança. A chave que era uma tecla de máquina de escrever, a mão sem linhas e a voz seca e quase sem inflexão de George Stark, dizendo ao pé do ouvido que não tinha acabado ainda e que quem se metia com aquele filho da puta estava se metendo com o melhor.

TRÊS
BLUES DO CEMITÉRIO

1

O chefe da equipe de jardinagem composta por três homens de Castle Rock se chamava Steve Holt, então claro que todo mundo na cidade o chamava de Coveiro. Era um apelido que milhares de cuidadores de jardins públicos de milhares de cidades pequenas da Nova Inglaterra tinham em comum. Como a maioria, Holt era responsável por uma grande quantidade de trabalho, considerando o tamanho da equipe. A cidade tinha dois campos de beisebol da liga infantil que precisavam de manutenção, um perto da ponte ferroviária entre Castle Rock e Harlow, o outro em Castle View; havia uma praça da cidade que tinha que ser semeada na primavera, aparada no verão e ter as folhas varridas no outono (sem falar nas árvores que precisavam ser podadas e às vezes cortadas, e a manutenção do coreto e dos bancos em volta); havia os parques da cidade, um em Castle Stream, perto da antiga serraria, o outro perto de Castle Falls, onde um incontável número de crianças bastardas foi concebido desde tempos imemoriais.

Ele poderia estar encarregado disso tudo e continuar sendo o bom e velho Steve Holt até o dia que morresse. Mas Castle Rock também tinha três cemitérios, dos quais sua equipe também estava encarregada. Plantar os clientes era o menor dos trabalhos envolvidos na manutenção do cemitério. Eles tinham que plantar, varrer e ajeitar a grama. Havia a coleta de lixo. Jogar fora as flores velhas e as bandeiras desbotadas depois dos feriados; o Memorial Day era o que deixava a maior quantidade de lixo, mas Quatro de Julho, Dia das Mães e Dia dos Pais não ficavam muito atrás. Também tinha um ou outro comentário desrespeitoso que adolescentes rabiscavam nas tumbas e lápides.

Nada disso importava para a cidade, claro. Era a plantação de clientes que dava o apelido a sujeitos como Holt. A mãe dele o batizou de Steven, mas Coveiro Holt ele era, Coveiro Holt tinha sido desde que assumiu o emprego, em 1964, e Coveiro Holt seria até o dia de sua morte, mesmo que arrumasse outro emprego até lá... o que, aos sessenta e um anos, era bem improvável.

Às sete da manhã da quarta-feira que era o dia primeiro de junho, um dia ensolarado, nas vésperas do verão, Coveiro parou a picape em frente ao cemitério Homeland e foi abrir o portão de ferro. Havia uma tranca nele, que só era usada duas vezes por ano: na noite de formatura do ensino médio e no Halloween. Quando o portão estava aberto, ele entrou com a picape, passando lentamente pelo caminho central.

Aquela manhã era só de fiscalização. Havia uma prancheta ao lado na qual ele anotaria as áreas do cemitério que precisavam de manutenção entre aquele dia e o Dia dos Pais. Depois de terminar a avaliação do Homeland, ele iria para o cemitério Grace, do outro lado da cidade, depois para o cemitério Stackpole, no cruzamento da estrada Stackpole e a Town Road. Naquela tarde, ele e sua equipe colocariam a mão na massa. Não devia ter muita coisa; o trabalho pesado tinha sido feito no final de abril, que Coveiro encarava como hora da faxina da primavera.

Na época, ele e Dave Phillips e Deke Bradford, que era o chefe do Departamento de Obras Públicas da cidade, haviam trabalhado dez horas por dia durante duas semanas, como faziam toda primavera, limpando bueiros entupidos, recolocando terra e plantas nos canteiros que tinham sido destruídos pelas chuvas de primavera, ajeitando as lápides e monumentos tombados no deslocamento de terra. Na primavera, havia mil tarefas, grandes e pequenas, e Coveiro chegava em casa caindo de sono, mal tinha forças para preparar um jantar simples e tomar uma lata de cerveja antes de cair na cama. A faxina da primavera tinha data certa para acabar: no dia em que ele sentia que suas constantes dores nas costas o deixariam completamente louco.

A arrumação de verão não era tão puxada, mas era importante. No final de junho, os veranistas começariam a chegar aos bandos, como sempre, e com eles viriam os antigos residentes (e seus filhos) que tinham se mudado para partes mais quentes ou mais rentáveis do país, mas que ainda tinham propriedades na cidade. Essas eram as pessoas que Coveiro via como as verdadeiras pés no saco, as que davam chilique se uma das pás do antigo moinho de água da serraria tivesse caído ou se a lápide do tio Reginald tivesse desabado sobre a inscrição.

Bom, o inverno está chegando, pensou ele. Era com esse pensamento que ele se consolava em todas as estações, inclusive naquela, quando o inverno parecia tão distante quanto um sonho.

O Homeland era o maior e mais bonito dos cemitérios da cidade. A rua central era quase tão larga quanto uma estrada, cortada por quatro outras mais estreitas, basicamente trechos com marcas de pneus e grama aparada crescendo no meio. Coveiro pegou a ruazinha central de Homeland, atravessou o primeiro e o segundo cruzamentos, chegou ao terceiro... e enfiou o pé no freio.

— Ah, puta que me pariu! — exclamou ele, desligando o motor e saindo do carro.

Ele andou pela pista até um buraco na grama, uns quinze metros à direita do cruzamento. Havia tufos marrons e montinhos de terra espalhados em volta do buraco como estilhaços ao redor de uma explosão de granada.

— Malditos adolescentes!

Ele parou ao lado, as mãos grandes e calejadas no cós da calça verde desbotada do uniforme. Que sujeira. Em mais de uma ocasião, seus colegas e ele tiveram que limpar a bagunça de um grupo de adolescentes que tomaram coragem, ou se embebedaram para isso, de ir até lá revirar túmulos de madrugada; costumava ser algum tipo de rito de iniciação ou só um bando de idiotas adolescentes, empolgados com o luar e querendo se divertir. Pelo que Coveiro Holt sabia, nenhum deles tinha chegado a encontrar um caixão e nem, por Deus, desenterrado um dos clientes pagantes. Por mais bêbados que os babacas alegrinhos estivessem, eles mal cavavam um metro de profundidade, se cansavam da brincadeira e iam embora. E, embora cavar buracos em um dos cemitérios da cidade fosse de muito mau gosto (a não ser para sujeitos como Coveiro, que era pago para plantar os clientes e era devidamente encorajado a isso, claro), não fazia muita sujeira. Normalmente.

Mas aquele não era um caso normal.

O buraco não tinha definição; estava mais para uma cavidade. Não parecia um *túmulo*, com formato retangular e ângulos retos. Era mais fundo do que os bêbados e adolescentes conseguiam cavar, mas a profundidade não era uniforme; tinha formato de cone, e, quando percebeu o que o buraco *parecia*, Coveiro sentiu um arrepio horrível subindo pela coluna.

Parecia um túmulo de alguém que foi enterrado antes de estar morto, e então recobrou a consciência e cavou a terra com as próprias mãos para sair dali.

— Ah, corta essa — murmurou ele. — Que porra de pegadinha. Adolescentes filhos da *puta*.

Só podia ser. Não havia caixão lá embaixo e nem lápide caída em cima, e fazia sentido sobretudo porque não havia *corpo* enterrado ali. Ele não precisava voltar para o galpão de ferramentas, onde ficava um mapa detalhado do cemitério preso na parede, para saber *isso*. Aquele trecho fazia parte do segmento de seis lotes de propriedade do primeiro membro do conselho municipal, Danforth "Buster" Keeton. E os únicos lotes ocupados por clientes guardavam o corpo do pai e o do tio de Buster. Ficavam à direita, as lápides de pé, intactas.

Coveiro se lembrava bem daquele lote por outro motivo. Foi ali que aquele pessoal de Nova York botou a lápide falsa quando foi fazer a reportagem sobre Thad Beaumont. O escritor e a esposa tinham casa de veraneio na cidade, no lago Castle. Dave Phillips cuidava da propriedade deles, e o próprio Coveiro ajudou Dave a asfaltar a entrada da garagem no outono anterior, antes das folhas caírem e o trabalho ficar puxado de novo. Então, na primavera, Beaumont perguntou a ele com certo constrangimento se um fotógrafo podia montar uma lápide falsa no cemitério para o que ele chamou de "foto montada".

— Se não der, é só falar — dissera Beaumont, parecendo mais constrangido do que nunca. — Não é nada de mais.

— Não tem problema nenhum — respondera Coveiro com gentileza. — Você disse que é para a revista *People*?

Thad assentiu.

— Caramba! É coisa importante, né? Alguém da cidade na revista *People*! Vou ter que comprar essa edição.

— Já não posso dizer o mesmo — disse Beaumont. — Obrigado, sr. Holt.

Coveiro gostava de Beaumont, mesmo ele sendo escritor. Holt só tinha chegado ao oitavo ano, e precisou tentar duas vezes para passar, e não era todo mundo na cidade que o chamava de "senhor".

— Esse pessoal dessa revista era capaz de querer tirar sua foto pelado com o trabuco enfiado no cu de um dogue alemão se pudesse, né não?

Beaumont teve um acesso raro de gargalhadas.

— É, acho que era isso mesmo que eles *gostariam* de fazer — dissera ele, com um tapinha no ombro de Coveiro.

O fotógrafo no fim das contas era uma mulher do tipo que Coveiro chamava de Escrota de Classe da Cidade. A cidade, nesse caso, era Nova York, claro. Ela andava como se tivesse uma vara enfiada na boceta e outra no cu, metendo na velocidade desejada. Tinha alugado uma perua em uma das locadoras do Portland Jetport, e carregava tantos equipamentos fotográficos que era de admirar que ainda restasse lugar para ela e o assistente. Se o carro ficasse cheio *demais* e ela tivesse que escolher entre se livrar do assistente ou de uma parte do equipamento, Coveiro desconfiava de que uma bicha da Big Apple teria que arrumar carona para voltar ao aeroporto.

Os Beaumont, que foram até lá no próprio carro e estacionaram atrás da perua, pareciam ao mesmo tempo sentir constrangimento e achar graça. Como aparentemente estavam com a Escrota de Classe da Cidade por livre e espontânea vontade, Coveiro achava que a diversão estava ganhando. Mesmo assim, ele se aproximou para confirmar e ignorou a expressão de desprezo da Escrota de Classe da Cidade.

— Tudo bem, sr. B.? — perguntara ele.

— Meu Deus, não, mas acho que vai ficar — respondera ele, com uma piscadela que Coveiro retribuiu.

Quando ficou claro que os Beaumont pretendiam ir até o fim com aquilo, Coveiro se afastou para assistir; ele era filho de Deus e não recusava um show de graça. A mulher estava com uma lápide falsa enorme no meio da bagagem, um modelo antigo, arredondado em cima. Parecia mais uma lápide das tirinhas de Charles Addams do que as verdadeiras que Coveiro tinha instalado recentemente. Ela fazia um estardalhaço, mandando o assistente ajeitar a posição da lápide várias vezes. Coveiro se aproximou para perguntar se queriam ajuda, mas a mulher respondeu apenas um não, obrigada com aquele jeito esnobe nova-iorquino, e ele se afastou novamente.

Ela finalmente conseguiu botar a lápide como queria e mandou o assistente preparar a iluminação. Isso levou mais meia hora, por aí. O tempo todo, o sr. Beaumont ficou ali olhando, às vezes esfregando a pequena cicatriz branca na testa daquele jeito estranho, como sempre fazia. Seus olhos fascinavam Coveiro.

O cara está tirando suas próprias fotos, pensou ele. *Provavelmente estão ficando melhores do que as dela vão ficar, e vão durar bem mais também, aposto. Ele está armazenando a mulher para botar em um livro um dia, e ela nem imagina.*

Finalmente, a fotógrafa estava pronta para tirar fotos. Se ela pedisse que os Beaumont apertassem as mãos por cima da lápide uma vez, pediria mais dez outras, e estava bem frio naquele dia. Ficou dando ordens a eles como fazia com aquele assistente magrelo e afeminado. Entre a voz alta de Nova York e as infinitas ordens para fazer tudo de novo porque a luz não estava boa ou a cara deles não estava boa ou talvez fosse o cu dela que não estivesse bom, Coveiro ficou esperando que o sr. Beaumont (que não era exatamente o homem mais paciente do mundo, diziam as fofocas) perdesse a cabeça com ela. Mas o sr. Beaumont e a esposa pareceram achar mais engraçado do que irritante, e só ficaram fazendo o que a Escrota de Classe da Cidade mandava, apesar do frio. Coveiro achava que, se fosse com *ele*, *ele* teria ficado bem puto da vida com a moça depois de um tempo. Uns quinze segundos.

E foi ali, bem onde estava a porcaria do buraco, que tinham enfiado a lápide falsa. Se ele precisava de mais provas, ainda havia marcas redondas na terra, marcas deixadas pelos saltos da Escrota de Classe da Cidade. Ela era de Nova York mesmo; só uma mulher de Nova York apareceria de saltos altos no final da época de degelo para andar em um cemitério e tirar fotos. Se isso não era...

Seus pensamentos foram interrompidos, e o sentimento de frieza cobriu sua pele de novo. Ele estava olhando as marcas antigas deixadas pelos saltos da fotógrafa e, enquanto olhava, acabou encontrando outras marcas, mais recentes.

2

Pegadas? Aquilo eram pegadas?

Claro que não, foi só que o pateta que cavou o buraco jogou um pouco da terra mais longe. Só isso.

Mas não era só isso, e Coveiro Holt *sabia* que não. Antes de chegar ao primeiro montinho de terra na grama verde, ele viu a marca funda de um sapato na pilha de terra mais próxima do buraco.

Tá, tem umas pegadas, e daí? Você achava que quem fez isso chegou até aqui flutuando com uma pá na mão que nem o Gasparzinho, o Fantasminha Camarada?

Tem gente no mundo que mente muito bem para si mesma, mas Coveiro Holt não era uma delas. Aquela voz impaciente e debochada na sua cabeça não podia mudar o que seus olhos viram. Ele rastreou e caçou coisas selvagens a vida toda, e aquele sinal estava bem claro. Ele pedia a Deus que não estivesse.

Ali, naquela pilha de terra perto do túmulo, não havia só uma pegada, mas uma depressão circular quase do tamanho de um prato. Essa marca ficava à esquerda da pegada. E dos dois lados da marca circular e da pegada, só que mais para trás, havia marcas na terra que eram claramente de dedos, dedos que tinham escorregado um pouco antes de se firmarem.

Ele olhou além da primeira pegada e viu outra. Depois, na grama, havia uma terceira, pela metade, com terra caída do sapato que pisou ali. Tinha caído do sapato, mas permaneceu úmida o suficiente para deixar a marca, e o mesmo acontecera com as três ou quatro primeiras que tinham chamado sua atenção. Se ele não tivesse chegado tão cedo naquela manhã, encontrando a grama ainda úmida, o sol teria secado a terra, que teria desmoronado em pedacinhos que não significariam nada.

Desejou ter chegado mais tarde, ter ido ao cemitério Grace primeiro, como planejara ao sair de casa.

Mas não foi isso que fez e pronto.

Os fragmentos de pegadas sumiam a menos de três metros do

(*túmulo*)

buraco no chão. Mas Coveiro desconfiava de que a grama úmida mais à frente talvez ainda tivesse marcas, e achava que daria uma olhada, embora não quisesse muito. No entanto, por ora, redirecionou o olhar para as marcas mais claras, as que estavam na pequena pilha de terra perto do buraco.

Havia sulcos feitos por dedos; uma marca redonda um pouco à frente; uma pegada ao lado da marca redonda. Que história aquela configuração contava?

Coveiro não precisou pensar para a resposta surgir na mente dele como a palavra secreta naquele programa antigo de Groucho Marx, *You Bet Your Life*. Ele viu tão claro quanto se estivesse presente quando aconteceu, e foi exatamente por isso que não quis envolvimento nenhum com aquilo. Era uma baita esquisitice.

Porque, vejam só: aqui havia um homem de pé em um buraco recém-cavado no chão.

Certo, mas como ele foi parar lá embaixo?

Certo, mas ele mesmo fez o buraco ou foi outra pessoa?

Certo, mas como as pequenas raízes pareciam retorcidas e arrebentadas e partidas, como se alguém tivesse arrancado a terra com a mão e não com uma pá?

Os mas não importavam. Nem um pouco. Talvez fosse melhor não pensar neles. O negócio era manter o foco no homem no buraco, um buraco fundo demais para se pular para fora. Então o que o homem faz? Ele apoia a palma das mãos na pilha de terra mais próxima e dá um *impulso* para fora. Isso não é uma tarefa muito difícil para um homem adulto, para uma criança até seria. Coveiro olhou para as poucas marcas claras e completas que conseguia ver e pensou: *Se foi um garoto, tinha pés enormes. Devia calçar quarenta e quatro, no mínimo.*

As mãos para fora. Um impulso para erguer o corpo. No impulso, as mãos escorregam um pouco na terra solta, então os dedos se cravam na terra e formam os pequenos sulcos. Você sai, apoia o peso em um joelho e cria a marca redonda. Firma o outro pé ao lado do joelho no qual está equilibrado, joga o peso do joelho para o pé, se levanta e sai andando. É simples como tricotar bombachas para gatinhos.

Então um cara se desenterrou do túmulo e saiu andando, é isso? De repente ficou com fome lá embaixo e resolve passar na Nan's Luncheonette pra comer um cheeseburger e tomar uma cerveja?

— Caramba, não é um *túmulo*, é uma porcaria de *buraco* no chão! — disse ele em voz alta, e deu um pulo quando um pardal o repreendeu.

Era verdade, não passava de um buraco no chão. Ele mesmo não disse? Mas como não achava nem sinal de uma pá ali? Como só havia um par de pegadas se afastando do buraco e nenhum outro em volta, nenhum virado para o buraco, como haveria se um sujeito tivesse cavado e pisado na própria terra de vez em quando, como as pessoas que cavam buracos costumam fazer?

Chegou a cogitar o que faria em relação àquilo tudo, e não fazia a menor ideia. Coveiro achava que, tecnicamente, um crime tinha sido cometido, mas o criminoso não poderia ser acusado de roubo de túmulo... afinal, o lote cavado não tinha nenhum corpo. No máximo seria um caso de vandalismo, e, se havia coisa pior ali, Coveiro Holt não queria ser a pessoa a desvendar.

Talvez fosse melhor só fechar o buraco, repor os pedaços de grama que conseguisse encontrar inteiros, levar grama fresca para concluir o trabalho e esquecer a história.

Afinal, ele disse para si mesmo pela terceira vez, *não tinha ninguém enterrado aí mesmo.*

Na memória, aquele dia chuvoso de primavera surgiu momentaneamente. Como aquela lápide parecia real! Enquanto aquele assistente magricela a carregava, dava para ver que era de mentira, mas, quando a firmaram no chão, com as flores falsas na frente e tudo, dava para jurar que era real e que tinha mesmo alguém...

Os braços dele se arrepiaram.

— Pare com isso agora — disse ele com rigor, e, quando o pardal o repreendeu de novo, Coveiro ouviu com alegria o som desagradável mas perfeitamente real e perfeitamente comum. — Pode continuar gritando, Mãe — disse ele, e andou até o último fragmento de pegada.

Depois, como mais ou menos desconfiava, dava para ver outras pegadas na grama. Uma bem longe da outra. Ao olhar, Coveiro não achou que o sujeito tivesse corrido, mas sem dúvida não desperdiçou tempo. Menos de quarenta metros à frente, ele percebeu que seu olhar conseguia identificar o progresso do sujeito de outra forma: uma cesta grande de flores tinha sido chutada. Embora não pudesse ver pegadas tão longe, a cesta estivera bem no caminho das pegadas que ele *conseguia* ver. O sujeito poderia ter contornado a cesta, mas preferiu não fazer isso. Só a chutou e seguiu em frente.

Com homens que faziam coisas assim, na opinião de Coveiro, não era bom se meter, a não ser por um ótimo motivo.

Ele se deslocara na diagonal, como se a caminho do muro baixo que separava o cemitério da estrada principal. Um homem que tinha assuntos a resolver.

Embora não fosse muito melhor em imaginar coisas do que era em enganar a si mesmo (as duas coisas, afinal, acabam andando de mãos dadas), Coveiro viu o homem por um momento, literalmente: um sujeito grande com pés grandes, andando pelo silencioso subúrbio dos mortos na escuridão, movendo-se com confiança e firmeza, chutando a cesta de flores sem nem diminuir o passo. E ele não sentia medo; *ele* não. Porque se havia coisas ali que ainda tinham vida, como algumas pessoas acreditavam, *elas* teriam medo *dele*. Andando, caminhando, *sempre em frente*, e que Deus tivesse piedade do homem ou da mulher que cruzasse seu caminho.

O pássaro gritou.

Coveiro deu um pulo.

— Esquece, amigo — disse ele para si mesmo mais uma vez. — Só fecha logo a porcaria do buraco e nem pensa mais nisso.

E ele fechou mesmo o buraco, e pretendia mesmo esquecer, mas no fim daquela mesma tarde Deke Bradford o encontrou no cemitério da estrada Stackpole e deu a notícia: Homer Gamache tinha sido encontrado no fim daquela manhã a menos de um quilômetro e meio do Homeland, na Route 35. A cidade toda ficou fervilhando com boatos e especulações durante boa parte do dia.

Com relutância, Coveiro Holt foi falar com o xerife Pangborn. Ele não sabia se os buracos e as marcas tinham alguma coisa a ver com o assassinato de Homer Gamache, mas achava melhor contar o que sabia e deixar os que ganhavam para isso resolverem.

QUATRO
MORTE EM UMA CIDADE PEQUENA

1

Castle Rock é uma cidade azarada, ou vinha sendo nos últimos anos.

Como se para provar que o velho ditado sobre o raio e quantas vezes ele pode cair no mesmo lugar nem sempre está certo, várias coisas ruins aconteceram em Castle Rock nos últimos oito ou dez anos; coisas tão ruins que apareceram no noticiário nacional. George Bannerman era o xerife quando as coisas aconteceram, mas Big George, como era carinhosamente chamado, não teria que lidar com Homer Gamache, porque Big George estava morto. Tinha sobrevivido à primeira coisa ruim, uma série de estupros seguidos de estrangulamentos cometidos por um dos policiais dele, mas dois anos depois foi morto por um cachorro com raiva na Town Road, e não só mordido, mas literalmente destroçado. Os dois casos foram extremamente estranhos, mas o mundo era um lugar estranho. E difícil. E, às vezes, azarado.

O novo xerife (ele estava na função havia oito anos, mas Alan Pangborn decidira que seria "o novo xerife" pelo menos até 2000 — sempre supondo, ele disse para a esposa, que continuasse concorrendo e sendo eleito por tanto tempo) não estava em Castle Rock na época; até 1980, ele era o encarregado da patrulha rodoviária em uma cidade pequena em processo de se tornar média no norte do estado. Em Nova York, não muito longe de Syracuse.

Ao olhar para o corpo ferido de Homer Gamache, caído em uma vala da Route 35, ele desejou ainda estar lá. Parecia que o azar da cidade não tinha morrido junto com o Big George Bannerman, afinal.

Ah, para com isso. Você não queria estar em nenhum outro lugar dessa terra de Deus. Não diga que queria, senão o azar vem mesmo e vai montar no seu ombro. Esse lugar tem sido ótimo para Annie e os meninos, e também é um lugar bom pra você. Então por que você não aproveita?

Bom conselho. Pangborn tinha descoberto que a cabeça *sempre* dava bons conselhos que os nervos não conseguiam seguir. Eles disseram: *Sim, senhor, agora que você mencionou, faz sentido mesmo.* Mas logo voltaram a ficar elétricos.

Mesmo assim, uma coisa assim ia acabar acontecendo, não ia? Durante seu mandato como xerife, ele recolheu das estradas os restos de quase quarenta pessoas, perdeu as contas de quantas brigas apartou e teve que encarar uns cem casos de violência doméstica e infantil — contando apenas os que prestaram queixa. Mas as coisas tinham uma maneira de se ajeitar; para uma cidade que teve uma chacina própria não muito antes, o trajeto dele foi surpreendentemente tranquilo até então no que dizia respeito a assassinatos. Só quatro, e apenas um dos criminosos fugiu: Joe Rodway, depois de explodir a cabeça da esposa. Por ter conhecido a moça, Pangborn quase sentiu pena quando recebeu um telex da polícia de Kingston, Rhode Island, dizendo que tinha capturado Rodway.

Um dos outros foi um homicídio culposo veicular e os dois restantes casos simples de segundo grau, um com uma faca e um a próprio punho — este último um caso de violência doméstica que acabou indo longe demais, com apenas um detalhe estranho que o distinguia: a esposa espancou o marido até a morte quando ele estava totalmente embriagado, uma reação apocalíptica depois de vinte anos aguentando tudo que ele fazia. Os hematomas mais recentes da mulher ainda tinham um tom amarelado forte quando ela foi fichada. Pangborn não achou ruim quando o juiz a sentenciou a apenas seis meses na Penitenciária Feminina, com seis anos de condicional em seguida. O juiz Pender devia ter feito isso só porque não seria um ato muito político dar à moça o que ela realmente merecia, uma medalha.

Ele descobrira que assassinatos de cidades pequenas da vida real guardavam raras semelhanças com os assassinatos de cidades pequenas dos livros de Agatha Christie, em que sete pessoas se revezavam para esfaquear o velho coronel Storping-Goiter dentro de sua casa de campo em Puddleby-on-the--Marsh durante uma tempestade de inverno. Na vida real, Pangborn sabia, era muito comum chegar e encontrar o criminoso ainda parado lá, olhando para a sujeira e se perguntando que porra tinha feito; como tudo tinha fugido de controle com velocidade tão letal. Mesmo que o criminoso tivesse ido embora, não chegava muito longe, e sempre havia duas ou três testemunhas oculares que podiam dizer exatamente o que havia acontecido, quem havia feito e para onde tinha ido. A resposta à última pergunta costumava ser o bar mais próximo. Via de regra, assassinatos em cidades pequenas da vida real eram simples, brutais e estúpidos.

Via de regra.

Mas regras foram feitas para serem quebradas. O raio às vezes *cai* duas vezes no mesmo lugar, e de tempos em tempos, em cidades pequenas, acontecem assassinatos que não podem ser imediatamente solucionados... assassinatos como aquele.

Pangborn poderia ter esperado.

2

O policial Norris Ridgewick saiu da viatura, estacionada atrás de Pangborn. Chamadas das duas bandas do rádio da polícia estalavam no ar quente de primavera.

— Ray está vindo? — perguntou Pangborn.

Ray era Ray Van Allen, médico-legista do condado de Castle.

— Está — disse Norris.

— E a esposa do Homer? Alguém já deu a notícia para ela?

Pangborn espantou as moscas do rosto virado de Homer enquanto falava. Não havia sobrado muito além do nariz protuberante. Se não fosse a prótese do braço esquerdo e os dentes dourados que já haviam habitado a boca de Gamache, mas que se encontravam espalhados pelo pescoço enrugado e na camisa, Pangborn duvidava de que a própria mãe teria sido capaz de reconhecê-lo.

Norris Ridgewick, que tinha leve semelhança com o policial Barney Fife do antigo *Andy Griffith Show*, arrastou os pés e olhou para os sapatos como se tivessem ficado muito interessantes de repente.

— Bom... John está patrulhando o View, e Andy Clutterbuck está em Auburn, no tribunal do distrito...

Pangborn suspirou e se levantou. Gamache tinha sessenta e sete anos. Morava com a esposa em uma casinha bem-arrumada perto da estação do trem a três quilômetros dali. Os filhos já eram crescidos e não moravam mais com eles. Foi a sra. Gamache que havia ligado para a delegacia de manhã cedo, não chorando, mas quase, dizendo que acordou às sete e não encontrou Homer, que às vezes dormia em um dos antigos quartos dos filhos porque ela roncava. Ele havia saído para jogar boliche com sua equipe às sete, na noite anterior, como sempre, e devia ter voltado à meia-noite, no máximo meia-noite e meia, mas as camas estavam arrumadas e não havia sinal da picape na porta de casa nem na garagem.

Sheila Brigham, a atendente diurna, comunicou a primeira ligação ao xerife Pangborn, e ele ligou para a sra. Gamache do telefone público no posto Sunoco de Sonny Jackett, onde estava botando gasolina.

Ela deu as informações necessárias sobre o carro do marido — uma picape Chevrolet 1971, branca com primer marrom nas partes enferrujadas e um suporte para armas na cabine, com placa do Maine número 96529Q. Ele divulgou as informações pelo rádio para os policiais em campo (só três, com Clut testemunhando em Auburn) e disse para a sra. Gamache que falaria com ela assim que tivesse alguma notícia. Não tinha ficado muito preocupado. Gamache gostava de uma cerveja, principalmente em noite de jogo de boliche, mas não era um completo idiota. Se tivesse bebido demais e não se sentisse bem para dirigir, dormiria no sofá da casa de algum dos amigos.

Mas havia uma questão aí. Se Homer decidira ficar na casa de um amigo, por que não ligou para a esposa para avisar? Ele não imaginou que ela fosse ficar preocupada? Bom, era tarde, talvez ele não quisesse incomodá-la. Podia ter sido isso. Ou então, mais provável ainda, pensou Pangborn, era que ele *tinha* ligado, mas ela estava dormindo pesado na cama, com uma porta fechada entre ela e o único telefone da casa. E era preciso acrescentar a possibilidade de ela estar roncando feito um caminhão a cento e dez pela via expressa.

Pangborn se despedira da mulher alterada e desligara, achando que o marido dela apareceria lá pelas onze da manhã no máximo, envergonhado e com uma bela ressaca. Ellen arrancaria o couro dele quando chegasse. Pangborn faria questão de elogiar Homer (discretamente) por ter o bom-senso de não dirigir os cinquenta quilômetros entre South Paris e Castle Rock ainda bêbado.

Uma hora depois da ligação de Ellen Gamache, ocorreu a Pangborn que havia algo de errado em sua primeira análise da situação. Se Gamache havia mesmo dormido na casa de um amigo de boliche, devia ter sido a primeira vez, ou a esposa teria pensado nisso por conta própria, e pelo menos esperaria um pouco antes de ligar para o xerife. Então, passou pela cabeça de Alan que Homer Gamache era meio velho para mudar de hábitos. Se tivesse dormido em outro lugar na noite anterior, já *devia* ter feito isso antes, mas a ligação da esposa sugeria que não. Se alguma vez já tivesse enchido a cara no boliche e dirigido para casa embriagado, provavelmente teria feito a mesma coisa na noite anterior... mas não fez.

Então o cachorro velho acabou aprendendo um truque novo, pensou ele. *Acontece. Ou talvez ele tenha bebido mais do que o habitual. Ora, ele pode até ter bebido o mesmo de sempre, mas ficou mais bêbado do que costumava ficar. Dizem que isso pode acontecer com qualquer um.*

Ele tentou esquecer Homer Gamache, ao menos por um tempo. Tinha uma pilha de papéis na mesa e, sentado ali, rolando um lápis de um lado para outro e pensando naquele coroa por aí em sua picape, o coroa com o cabelo branco com corte militar e um braço mecânico no lugar do verdadeiro, que havia perdido em um lugar chamado Pusan, em uma guerra não declarada que tinha acontecido quando a maior parte dos veteranos do Vietnã mal tinha saído das fraldas... Bom, nada daquilo estava agilizando a papelada na mesa dele, e também não estava ajudando a encontrar Gamache.

No entanto, estava a caminho do cubículo de Sheila Brigham, pretendendo pedir que ela entrasse em contato com Norris Ridgewick para perguntar se *ele* tinha descoberto alguma coisa, quando o próprio Norris ligou. O relato de Norris só fez aumentar a inquietação de Alan para um frio na barriga que o deixou meio entorpecido.

Ele debochava das pessoas que falavam sobre telepatia e precognição nos programas de rádio, debochava das pessoas que incorporavam tanto esse tipo de pista e palpite à própria rotina que nem se davam mais conta. Mas, se alguém perguntasse qual era sua desconfiança no caso Homer Gamache *naquele momento,* Alan teria respondido: *Quando Norris ligou... bom, foi quando eu soube que o coroa estava muito ferido ou morto. Provavelmente a segunda opção.*

3

Norris tinha parado por acaso na casa dos Arsenault, na Route 35, um quilômetro e meio ao sul do cemitério Homeland. Não estava nem pensando em Homer Gamache, embora a fazenda Arsenault e a casa de Homer ficassem a menos de cinco quilômetros uma da outra, e, se Homer tivesse seguido o caminho lógico de South Paris para casa na noite anterior, teria passado pelos Arsenault. Não parecia provável para Norris que nenhum dos Arsenault tivesse visto Homer na noite anterior, porque, se tivessem visto, Homer estaria em casa são e salvo uns dez minutos depois.

Norris só havia parado na fazenda Arsenault porque eles tinham a melhor barraca de legumes e verduras das três cidades. Ele era um dos raros solteiros que gostavam de cozinhar, e tinha desenvolvido um gosto apurado por ervilha-torta. Ele só queria saber quando os Arsenault teriam para vender. Antes de ir embora, lembrou-se de perguntar a Dolly Arsenault se ela por acaso tinha visto a picape de Homer Gamache na noite anterior.

— Sabe de uma coisa — dissera a sra. Arsenault —, é engraçado você falar nisso, porque eu *vi*, sim. Ontem à noite. Não… pensando bem, foi de madrugada, porque Johnny Carson ainda estava na televisão, mas quase acabando. Eu ia pegar um pouco mais de sorvete e ver um pedaço do David Letterman antes de me deitar. Não tenho dormido muito bem ultimamente, e aquele homem do outro lado da estrada me deixou nervosa.

— Que homem, sra. Arsenault? — perguntou Norris, de repente interessado.

— Não sei, um homem qualquer. Não me parecia boa coisa. E olha que nem dava para ver direito, mas não me parecia boa coisa. Como pode? Vou dizer uma coisa horrível, mas aquele manicômio Juniper Hill não fica muito longe, e, quando a gente vê um homem sozinho em uma estradinha por volta de uma da madrugada, fica nervosa na hora, mesmo ele estando de *terno*.

— Que tipo de terno ele estava usan…? — Norris tentou perguntar, mas foi inútil.

A sra. Arsenault era uma boa tagarela de interior, e continuou falando, sem deixar brecha para Norris Ridgewick. Falava com uma espécie de grandiosidade implacável. Ele decidiu esperar e captar o que pudesse no caminho. Tirou o caderninho do bolso.

— De certa forma — prosseguiu ela —, o terno quase me deixou *mais* nervosa. Não pareceu *certo* um homem estar usando terno naquela hora, se é que você me entende. Provavelmente não, você deve achar que sou só uma velha boba, e devo ser *mesmo* só uma velha boba, mas, por um ou dois minutos antes de Homer passar, achei que o homem pudesse estar vindo para minha casa, e me levantei pra ver se a porta estava trancada. Ele olhou pra cá, sabe, eu vi ele olhar. Acho que ele olhou porque devia estar vendo que a janela ainda estava acesa, apesar de já estar tarde. Devia estar *me* vendo também, porque as cortinas são transparentes. Não vi o rosto dele, porque não tinha luar ontem e acho que *nunca* vão instalar postes aqui, e muito menos televisão a cabo, como na cidade, mas vi que ele virou a cabeça. Aí ele *começou* a atravessar a rua, pelo menos eu *acho* que era isso que ele estava fazendo, ou pensando em fazer, se você me entende, e achei que ele viria bater à minha porta dizendo que seu carro tinha quebrado e pedindo pra usar o telefone, e fiquei pensando no que eu devia dizer se ele pedisse *isso*, ou mesmo se eu devia atender à porta. Acho que sou uma velha boba, porque comecei a pensar naquele programa *Alfred Hitchcock Apresenta*, em que havia um maluco que era capaz de encantar até os pássaros nas árvores, mas na verdade tinha picado uma pessoa em pedacinhos com um machado, sabe, e colocado os pedaços no porta-malas do carro, e só foi pego porque um dos faróis traseiros estava queimado, ou alguma coisa assim, mas por outro lado eu...

— Sra. Arsenault, será que posso perguntar...?

— ... era que eu não queria ser como a filisteia ou a sarracena ou a gomorreia ou seja lá quem foi que passou do outro lado da rua — continuou a sra. Arsenault. — Você sabe, na história do Bom Samaritano. Por isso, fiquei um pouco na dúvida. Mas disse pra mim mesma...

Àquela altura, Norris já tinha se esquecido das ervilhas-tortas. Conseguiu fazer a sra. Arsenault parar ao dizer que o homem que ela tinha visto poderia estar envolvido no que ele chamou de "investigação em desenvolvimento". Ele fez com que ela voltasse para o começo e contasse tudo que tinha visto, deixando de fora o *Alfred Hitchcock Apresenta* e a parábola do Bom Samaritano, se possível.

A história que ele relatou pelo rádio para o xerife Alan Pangborn foi a seguinte: ela estava assistindo ao *The Tonight Show* sozinha, o marido e os filhos já tinham ido dormir. A cadeira estava perto da janela que dava para a Route 35. A cortina estava aberta. Por volta de meia-noite e meia ou meia-noite e quarenta, ela ergueu o rosto e viu um homem parado do outro lado da rua... o que quer dizer ao lado do cemitério Homeland.

O homem veio andando daquela direção ou da outra?

A sra. Arsenault não sabia dizer. Achava que *poderia* ter sido da direção de Homeland, o que significaria que ele estava se afastando da cidade, mas ela não sabia o que tinha causado essa impressão, porque ela havia olhado pela janela uma vez e visto apenas a estrada, depois olhou de novo antes de se levantar para buscar sorvete e o homem estava lá. Parado, olhando para a janela acesa... para *a senhora*, supostamente. Ela achou que ele ia atravessar a rua, ou que ele tinha começado a atravessar a rua (provavelmente ele só ficou parado, pensou Alan; o resto era a histeria da mulher falando) no momento em que luzes apareceram no alto da colina. Quando o homem de terno viu as luzes se aproximando, esticou o polegar, um sinal universal e atemporal de carona.

— Era a picape de Homer, sim, e Homer ao volante — disse a sra. Arsenault para Norris Ridgewick. — Primeiro achei que ele fosse passar direto, como qualquer pessoa normal que visse alguém pedindo carona no meio da noite, mas as luzes de freio se acenderam e o homem correu até o lado do passageiro e entrou.

A sra. Arsenault, que tinha quarenta e seis anos e aparentava vinte anos mais do que isso, balançou a cabeça branca.

— Homer devia estar bêbado pra dar carona para um desconhecido a essa hora da madrugada — comentou ela para Norris. — Ou estava bêbado ou foi burrice, e conheço Homer há quase trinta e cinco anos. Ele não é burro.

Ela fez uma pausa para pensar.

— Bom... não *muito*.

Norris tentou arrancar mais alguns detalhes da sra. Arsenault sobre o terno que o homem estava usando, mas não conseguiu. Ele achava uma pena que os postes de luz só fossem até o terreno do cemitério Homeland, mas cidades pequenas como Castle Rock tinham orçamento baixo.

Era um terno, ela tinha certeza, não blazer e nem jaqueta, e não era preto, mas isso deixava um grande espectro de cores. A sra. Arsenault achava que o terno do caroneiro não era branco, mas só poderia jurar que não era preto.

— Não estou pedindo para a senhora *jurar*, sra. A. — disse Norris.

— Quando se está falando com um representante da lei em caráter oficial — respondeu a sra. A., cruzando os braços, séria —, dá no mesmo.

Então o que ela sabia se resumia ao seguinte: ela vira Homer Gamache dar carona para um sujeito por volta de meia-noite e quarenta e cinco. Até aí todos concordariam que não havia nenhum motivo para chamar o FBI. Mas começava a ficar suspeito se acrescentássemos que Homer pegou o passageiro a cinco quilômetros ou menos da própria casa... e não chegou.

E a sra. Arsenault estava certa quanto ao terno. Ver uma pessoa pedindo carona no meio do nada àquela hora da noite por si só já era estranho (à meia-noite e quarenta e cinco, qualquer andarilho normal teria se recolhido em um celeiro abandonado ou no abrigo de algum fazendeiro), somado ao fato de que o homem estava de terno e gravata ("De uma cor escura", disse a sra. A., "só não me peça pra jurar de *qual* cor era, porque não posso e não vou jurar"), então só deixava tudo mais difícil de engolir.

— O que você quer que eu faça agora? — perguntou Norris pelo rádio quando terminou o relato.

— Fique onde está — disse Alan. — Troque histórias sobre o *Alfred Hitchcock Apresenta* com a sra. A. até eu chegar. Eu sempre gostei desse programa.

Mas ele mal tinha percorrido um quilômetro, e o local do encontro com o policial foi transferido da casa dos Arsenault para um ponto a menos de um quilômetro de lá. Um garoto chamado Frank Gavineaux, voltando para casa a pé depois de uma pescaria matinal no riacho Strimmer, viu um par de pernas para fora de um arbusto no lado sul da Route 35. Ele correu para casa e contou para a mãe. Ela ligou para a delegacia. Sheila Brigham repassou a mensagem para Alan Pangborn e Norris Ridgewick. Sheila cumpriu o protocolo e não mencionou nomes (sempre havia um ou outro intrometido com seus radinhos ouvindo as bandas da polícia), mas Alan percebeu pelo tom perturbado da voz de Sheila que ela tinha um bom palpite sobre quem era o dono das pernas.

Poderiam dizer que a única coisa boa que acontecera a manhã toda foi que Norris havia terminado de esvaziar o estômago quando Alan chegou, e teve o bom-senso de vomitar no lado norte da estrada, longe do corpo e de qualquer prova que pudesse haver ao redor.

— E agora? — perguntou Norris, interrompendo seu fluxo de pensamento.

Alan deu um suspiro pesado e parou de afastar as moscas do que sobrou de Homer. Era uma batalha perdida.

— Agora eu sigo pela estrada pra avisar a Ellen Gamache que o ceifador fez uma visita nesta madrugada. Você fica aqui com o corpo. Tenta manter as moscas longe.

— Caramba, xerife, por quê? São muitas. E ele está...

— Morto, é, estou vendo. Não *sei* por quê. Porque parece a coisa certa a fazer, eu acho. Nós não podemos botar a porra do braço dele de volta, mas pelo menos podemos impedir que as moscas caguem no que sobrou do nariz.

— Tudo bem — disse Norris, humilde. — Tudo bem, xerife.

— Norris, você acha que consegue me chamar de "Alan" se fizer um esforço? Se treinar?

— Claro, xerife, acho que sim.

Alan grunhiu e se virou para dar uma última olhada na área da vala que muito provavelmente estaria isolada com uma fita amarela dizendo CENA DO CRIME NÃO PASSE presa em hastes quando ele voltasse. O legista estaria ali. Henry Payton da Central da Polícia Estadual de Oxford estaria ali. O fotógrafo e os técnicos da Divisão de Crimes Capitais da Procuradoria-Geral provavelmente não estariam, a não ser que alguns estivessem na área por causa de outro caso, mas chegariam pouco depois. Até uma hora da tarde, o laboratório móvel da polícia estadual também estaria ali, com especialistas periciais de todos os tipos e um cara com a função de misturar gesso e fazer moldes das marcas de pneu que Norris teve a inteligência ou a sorte de não destruir com as rodas da viatura (Alan optou com certa relutância por sorte).

E em que isso tudo daria? Ora, nada novo. Um velho meio bêbado parou para fazer um favor para um estranho. (*Sobe aí, garoto*, Alan conseguia ouvi-lo dizendo, *só vou ficar logo ali, mas posso deixar você mais à frente*), e o estranho respondeu espancando o velho até a morte e roubando a picape dele.

Ele achava que o homem de terno tinha pedido para Homer encostar, e o pretexto mais provável seria dizer que precisava mijar, e quando a picape estava parada ele bateu no velho, o arrastou para fora e...

Ah, mas foi aí que a coisa ficou feia. Muito feia.

Alan olhou para a vala uma última vez, onde Norris Ridgewick estava agachado, ao lado do pedaço ensanguentado de carne que um dia havia sido um homem, espantando pacientemente as moscas do que um dia havia sido o rosto de Homer com a prancheta de multas, e sentiu o estômago embrulhar de novo.

Ele era só um velho, seu filho de uma égua... um velho que tinha enchido a cara e só tinha um braço bom, um velho a quem só restara um único prazer na vida: a noite de boliche. Por que não só não deu uma surra e deixou ele ir embora? A noite estava quente, e, mesmo se estivesse um pouco fria, era provável que ele fosse ficar bem. Eu apostaria qualquer coisa que vamos encontrar um monte de anticongelante no organismo dele. E a placa da picape vai para o sistema de qualquer jeito. Então, pra que isso? Cara, espero ter a oportunidade de perguntar.

Mas o motivo importava? Não para Homer Gamache. Não mais. Nada importaria para Homer depois daquilo. Porque, depois da primeira porrada, o cara o tirou da picape e o arrastou até a vala, provavelmente puxando pelas axilas. Alan não precisava que os garotos dos Crimes Capitais interpretassem as marcas deixadas pelos calcanhares de Gamache. No caminho, o sujeito descobrira a deficiência de Homer. E, no fundo da vala, arrancou a prótese do homem e a usou para espancá-lo.

CINCO
96529Q

— Calma, calma — disse Warren Hamilton, policial estadual de Connecticut, em voz alta, apesar de ser o único na viatura.

Era noite do dia 2 de junho, umas trinta e cinco horas depois da descoberta do corpo de Homer Gamache em uma cidade do Maine da qual o policial Hamilton nunca tinha ouvido falar.

Ele estava no estacionamento do McDonald's da Westport I-95 (direção sul). Tinha adquirido o hábito de parar no estacionamento de restaurantes e postos de gasolina quando passava pela interestadual; ir até as vagas mais remotas com tudo apagado às vezes gerava uns flagrantes bons. Mais do que bons. Incríveis. Quando achava que podia ter uma oportunidade dessas, ele falava sozinho. Esses solilóquios costumavam começar com *calma, calma* e progredir para alguma coisa tipo *Vamos revistar esse filho da puta* ou *Pergunta pra mamãe se ela acredita nisso*. O policial Hamilton gostava muito de perguntar à mamãe se ela acreditava quando sentia o cheiro de coisa boa.

— O que temos aqui? — murmurou ele daquela vez, e deu ré na viatura.

Passou por um Camaro. Passou por um Toyota que parecia um cocô de cavalo envelhecendo lentamente sob a luz forte das lâmpadas de vapor de sódio. E... tchã-rã! Uma picape GMC velha que parecia laranja no brilho das lâmpadas, o que significava que era (ou tinha sido) branca ou cinza-clara.

Ele ligou o holofote e o apontou para a placa. Na humilde opinião do policial Hamilton, as placas estavam ficando melhores. Um a um, os estados estavam botando desenhos nelas. Isso facilitava a identificação à noite, quando as condições variadas de luz transformavam as cores em todos os tipos de tons. E a pior luz de todas para a identificação de uma placa eram essas malditas cor de abóbora de alta intensidade. Ele não sabia se impediam estupros e assaltos como deveriam, mas tinha certeza de que faziam policiais dedicados como ele se enrolarem com identificação de placas de carros roubados e de veículos de fugitivos sem número.

As imagens ajudavam muito a resolver isso. Uma Estátua da Liberdade era uma Estátua da Liberdade tanto na luz do sol quanto no brilho laranja--acobreado daquelas porcarias. E, independente da cor, a dama da liberdade significava Nova York.

Da mesma forma que aquela porra de crustáceo que o holofote estava iluminando significava Maine. Não era preciso mais apertar os olhos para ler FERIASLÂNDIA, nem tentar desvendar se o que parecia rosa ou laranja ou azul era na verdade branco. Bastava procurar a porra do crustáceo. Na verdade, era uma lagosta, Hamilton sabia, mas uma porra de crustáceo com qualquer outro nome ainda era uma porra de crustáceo, e ele preferia comer merda do cu de um porco a botar uma bosta daquela na boca, mas estava bem feliz de estarem ali mesmo assim.

Principalmente quando ele queria muito encontrar uma placa com um crustáceo, como naquela noite.

— Pergunta à mamãe se ela acredita *nisso* — murmurou ele, e parou a viatura.

Tirou a prancheta do prendedor de ímã que a prendia no centro do painel, logo acima do câmbio, virou a folha em branco que todos os policiais deixavam escondendo a lista de procurados (o público em geral não precisava ficar olhando para os números de placas que a polícia estava procurando enquanto o policial em questão estava comendo um hambúrguer ou dando uma cagada rápida em um posto de gasolina no caminho) e passou o dedo pela lista.

Ali estava. 96529Q; estado do Maine; lar das porras dos crustáceos.

A primeira passagem do policial Hamilton tinha mostrado que não havia ninguém na cabine. Havia o suporte de rifles, mas estava vazio. Era possível (não provável, mas possível) que houvesse alguém na *caçamba* da picape. Era possível até que esse alguém na caçamba da picape estivesse com o rifle que ficava no suporte. Mas era mais provável que o motorista tivesse dado no pé ou estivesse comendo na lanchonete. Mesmo assim...

— Há policiais *velhos*, policiais *ousados*, mas nunca velhos *e* ousados — disse o policial Hamilton, baixinho.

Ele saiu do lugar e seguiu lentamente pela fileira de carros. Parou mais duas vezes e acendeu o holofote nas duas, apesar de nem se dar ao trabalho de olhar os carros que estava iluminando. Havia sempre a possibilidade de que o sr. 96529Q tivesse visto Hamilton com o holofote apontado para a picape roubada quando estava saindo do *cagador* do restaurante, e, se visse que a viatura tinha seguido pela fileira de carros estacionados verificando outros veículos, ele talvez não fugisse.

— Se tem uma coisa que eu sei é que o seguro morreu de velho, por Deus Todo-Poderoso! — exclamou o policial Hamilton.

Essa era outra fala favorita dele, não tanto quanto perguntar à mamãe se ela acreditava, mas chegava perto.

Ele parou em uma vaga de onde podia observar a picape. Ligou para a base, que ficava a menos de sete quilômetros, e disse que tinha encontrado a picape GMC do Maine procurada em um caso de assassinato. Pediu unidades de reforço e recebeu a informação de que chegariam em pouco tempo.

Hamilton não viu ninguém chegar perto da picape e concluiu que não seria audácia demais se aproximar do veículo com cautela. Na verdade, ele pareceria um covarde se ainda estivesse parado na escuridão, na fileira de trás, quando as outras unidades chegassem.

Ele saiu da viatura e soltou a tira da arma, sem puxá-la do coldre. Só tinha precisado pegar a arma duas vezes a serviço, e nunca tinha chegado a disparar. Não queria fazer nenhuma das duas coisas ali. Ele se aproximou da picape por um ângulo que o permitia observar quem chegasse pelo McD e o veículo, principalmente a *caçamba*. Parou quando um homem e uma mulher saíram da lanchonete e foram até um Ford sedã três fileiras mais perto do restaurante e continuou andando quando eles entraram no carro e seguiram para a estrada.

Com a mão direita no cabo do revólver, Hamilton levou a esquerda até a cintura. Os cintos de trabalho, na humilde opinião de Hamilton, *também* estavam ficando melhores. Ele era fã do Batman, o Cruzado Encapuzado, desde criança. Desconfiava até de que em parte tinha sido por causa do Batman que virou policial (esse foi um pequeno factoide que ele não botou no formulário). Seu acessório favorito do herói não era o Batposte e nem mesmo o Batmóvel, mas o cinto de utilidades. Aquele acessório maravilhoso parecia uma boa loja de presentes: tinha uma coisinha para cada ocasião, fosse uma corda, óculos de visão noturna ou algumas cápsulas de gás lacrimogênio. Seu cinto de trabalho não era tão bom, mas do lado esquerdo *havia* três aros que prendiam três itens muito úteis. Um era um cilindro a bateria vendido com o nome de Down, Hound! Quando se apertava o botão vermelho em cima, o cilindro emitia um assobio ultrassônico que transformava até pit bulls furiosos em gelatina. Ao lado ficava uma lata de spray de pimenta (o gás lacrimogênio da polícia estadual de Connecticut), e, do lado, uma lanterna.

Com a mão esquerda, Hamilton tirou a lanterna do aro, acendeu-a e cobriu parcialmente o facho de luz. Fez isso sem tirar a outra do cabo do revólver. Policiais velhos; policiais ousados; não *velhos* e ousados.

Ele passou o feixe de luz pela caçamba da picape. Havia um pedaço de lona lá, mais nada. Tanto a caçamba quanto a cabine estavam vazias.

Hamilton tinha ficado o tempo todo a uma distância prudente da picape com a placa de crustáceo; foi tão instintivo que ele fez sem pensar. Inclinou-se e apontou a lanterna para *baixo* da caçamba, o último lugar onde alguém que quisesse lhe atacar estaria se escondendo. Era improvável, mas, quando ele batesse as botas, não queria que o pastor começasse o velório falando "Queridos amigos, estamos aqui hoje para lamentar a perda improvável do policial Warren Hamilton". Seria *très* brega.

Ele moveu o feixe da lanterna rapidamente da esquerda para a direita embaixo da picape e não viu nada além de um silenciador enferrujado que logo, logo cairia; se bem que, considerando os buracos, o motorista nem perceberia a diferença quando caísse.

— Acho que estamos sozinhos, meu bem — disse o policial Hamilton.

Ele examinou a área ao redor uma última vez e prestou atenção específica à saída do restaurante. Não viu ninguém observando-o, e assim se aproximou da janela do passageiro e apontou a luz para dentro.

— Puta merda — murmurou Hamilton. — Pergunta à mamãe se ela acredita *nessa* merda toda. — De repente ele ficou muito feliz pelas lâmpadas laranja que espalhavam seu brilho pelo estacionamento e dentro da cabine, porque transformaram o que ele sabia que era marrom em quase preto, fazendo o sangue parecer tinta. — Ele dirigiu o carro assim? Meu Deus, ele veio *dirigindo* assim de lá do Maine? Pergunta à mamãe...

Apontou a lanterna para baixo. O assento e o piso do carro estavam um chiqueiro. Ele viu latas de cerveja, latas de refrigerante, sacos de batatas chips e salgadinhos de bacon vazios ou quase vazios, embalagens de Big Macs e Whoppers. Uma bola que parecia chiclete estava grudada no painel de metal, acima do buraco onde antes devia ficar um rádio. Havia uma quantidade enorme de guimbas de cigarro sem filtro no cinzeiro.

Mais do que tudo, havia sangue.

Havia rastros e manchas de sangue no assento. Havia sangue grudado no volante. Havia um respingo seco de sangue na buzina, cobrindo quase completamente o símbolo da Chevrolet entalhado lá. Havia sangue na parte interna da maçaneta do motorista e sangue no espelho, que era um pequeno círculo que queria ser oval, e Hamilton achou que o sr. 96529Q talvez tivesse deixado uma digital de polegar quase perfeita com o sangue da vítima quando ajeitou o retrovisor. Também havia uma mancha de sangue em uma das caixas de Big Mac. Essa parecia ter uns fios de cabelo.

— O que ele disse pra garota do drive-thru? — murmurou Hamilton. — Que se cortou fazendo a barba?

Ouviu algo se arrastando atrás dele. Hamilton se virou, sentindo-se lento demais, com a certeza absoluta de que, apesar das precauções rotineiras, tinha ficado ousado demais a ponto de agir como um velho, porque não havia nada de rotineiro naquilo, não, *senhor*, o sujeito chegara por trás dele, e logo haveria mais sangue na cabine da velha picape Chevrolet, o sangue *dele*, porque um cara que dirigira um abatedouro portátil daquele do Maine até quase a fronteira de Nova York era um psicopata, o tipo de homem que mataria um policial estadual sem pensar, como quem sai para comprar uma garrafa de leite.

Hamilton puxou a arma pela terceira vez na carreira, puxou o cão com o polegar e quase disparou um tiro (ou dois, ou três) no nada, na escuridão; ele estava tenso ao extremo. Mas não havia ninguém ali.

Ele baixou a arma aos poucos, o sangue latejando nas têmporas.

Um leve sopro de vento surgiu na noite. Ouviu o barulho de novo. No chão, viu uma caixa de McFish (mais um lanche do McDonald's, sem dúvida, como você é esperto, Holmes, nem fale, Watson, foi mesmo elementar) deslizar por um metro e meio ou dois no sopro da brisa e parar de novo.

Hamilton soltou um longo e trêmulo suspiro, e baixou com cuidado o cão do revólver.

— Você quase passou vergonha agora, Holmes — disse ele com uma voz não muito firme. — Quase arrumou um CR-14. — Um CR-14 era o formulário de "tiro(s) disparado(s)".

Pensou em botar a arma de volta no coldre uma vez que tinha ficado claro que não havia nada em que atirar além de uma caixa vazia de sanduíche, mas decidiu que era melhor ficar com ela na mão até ver as outras viaturas chegando. A sensação de segurá-la era boa. Reconfortante. Porque não era só o sangue e nem o fato de que um suspeito de assassinato procurado pela polícia do Maine tinha dirigido tranquilamente mais de seiscentos quilômetros naquela sujeira. Havia um fedor em torno da picape que era de certa forma como o fedor de gambá atropelado em uma estrada no meio do mato. Ele não sabia se os policiais a caminho sentiriam ou se era só coisa dele, mas não se importava. Não era cheiro de sangue e nem de comida podre, nem de cecê. Ele achava que era o cheiro de *maldade*. De coisa muito, muito ruim. Tão ruim que ele não queria guardar a arma no coldre, apesar de ter quase certeza de que o dono do cheiro tinha ido embora, provavelmente horas antes; ele não ouvia os estalos que um motor fazia quando ainda estava quente. Não importava. Não mudava o que ele sabia: por um tempo, a picape foi o covil de um animal terrível, e ele não correria o menor risco de que o animal voltasse e o pegasse desprevenido.

Ele ficou parado com a arma na mão, os pelos da nuca arrepiados, e pareceu passar muito tempo até as unidades de apoio chegarem.

SEIS
MORTE NA CIDADE GRANDE

Dodie Eberhart estava puta da vida, e quando Dodie Eberhart ficava puta da vida, se havia uma mulher na capital da nação com quem ninguém queria se meter, era ela. Dodie subiu a escada do prédio na rua L com a solidez (e quase o mesmo peso) de um rinoceronte atravessando um gramado amplo. O vestido azul-marinho ficava franzido nos seios que eram grandes demais para serem chamados de grandes. Os braços grossos balançavam como pêndulos.

Muitos anos antes, aquela mulher tinha sido uma das prostitutas mais deslumbrantes de Washington. Naquela época, sua altura (um metro e noventa) e sua beleza a tornaram mais do que uma escapadinha infiel; era tão procurada que uma noite com ela era quase tão bom quanto um troféu na sala esportiva de um cavalheiro, e se alguém examinasse com cuidado as fotografias das várias *fêtes* e *soirées* de Washington tiradas durante a segunda administração de Johnson e a primeira de Nixon, era possível ver Dodie Eberhart em muitas, normalmente de braços dados com um homem cujo nome aparecia com frequência em artigos e ensaios políticos de peso. Com aquela altura era impossível passar despercebida.

Dodie era uma prostituta com o coração de uma caixa de banco e a alma de uma barata gananciosa. Dois dos clientes regulares dela, um senador democrata e um representante republicano com um bom tempo de casa, geraram uma renda suficiente para ela se aposentar. Eles não fizeram isso exatamente por vontade própria. Dodie tinha noção de que o risco da doença não estava diminuindo (e representantes do governo em posições altas são tão vulneráveis à Aids e a outras doenças venéreas menores, mas ainda assim muito incômodas, quanto as pessoas comuns). A idade dela também não estava diminuindo. Ela também não confiava tanto que aqueles cavalheiros lhe deixariam alguma coisa em testamento, como ambos prometeram. Sinto muito, dissera ela, mas não acredito mais no Papai Noel e nem na Fada do Dente, sabem. A pequena Dodie tem que se virar por conta própria.

A pequena Dodie comprou três prédios de apartamentos com o dinheiro. Anos se passaram. Os setenta e oito quilos que deixaram homens fortes de joelhos (normalmente em frente a ela nua) agora tinham se tornado cento e vinte e sete. Os investimentos que haviam ido bem em meados dos anos 70 azedaram nos 80, quando pareceu que todo mundo no país que tinha dinheiro na bolsa de valores estava indo bem. Ela tivera dois corretores excelentes na lista de clientes até o final da fase ativa da carreira; havia vezes em que desejava ter mantido contato quando se aposentou.

Um prédio foi vendido em 1984; o segundo em 1986, depois de uma auditoria desastrosa do imposto de renda. Ela se agarrara ao da rua L com tanta força quanto um jogador que está perdendo em uma partida acirrada de *Monopoly*, convencida de que ficava em um bairro que estava prestes a "acontecer". Mas ainda não tinha "acontecido", e ela achava que só "aconteceria" dali a um ou dois anos... talvez. Quando "acontecesse", ela pretendia fazer as malas e se mudar para Aruba. Até lá, a senhoria que já tinha sido a foda mais procurada da capital teria que aguentar firme.

Ela sempre aguentava.

E pretendia continuar aguentando.

E que Deus ajudasse quem ficasse em seu caminho.

Como Frederick "sr. Figurão" Clawson, por exemplo.

Ela chegou ao patamar do segundo andar. Guns n' Roses tocava nas alturas dentro do apartamento dos Shulman.

— ABAIXA ESSA PORRA DE VITROLA! — gritou ela com todo o fôlego... e quando Dodie Eberhart erguia a voz ao tom mais alto, janelas rachavam, tímpanos de criancinhas arrebentavam e cachorros caíam mortos.

A música passou de um grito a um sussurro na mesma hora. Ela sentiu os Shulman tremendo agarrados feito um par de cachorrinhos assustados em uma tempestade, rezando para que fosse atrás de outro que a Bruxa Malvada da rua L estivesse indo. Eles tinham medo dela. Sábio da parte deles. Shulman era um advogado corporativo em uma firma poderosa, mas ainda estava a duas úlceras de poder deter Dodie. Àquela altura de sua jovem vida, se ele cruzasse com Dodie, ela usaria as tripas dele como cinta-liga, e ele sabia disso, o que era muito satisfatório.

Quando suas duas contas bancárias e seus investimentos ficavam sem fundos, era preciso procurar outras formas de satisfação.

Dodie dobrou a esquina sem reduzir a velocidade e subiu até o terceiro andar, onde Frederick "sr. Figurão" Clawson morava em esplendor solitário. Ela andou no mesmo passo de rinoceronte atravessando o gramado, a cabeça erguida, nem um pouco sem ar apesar do peso, a escadaria tremendo ligeiramente apesar da solidez.

Ela estava esperando ansiosamente por aquilo.

Clawson não estava nem em um degrau baixo de uma escada corporativa. No momento, não estava em escada nenhuma. Como todos os estudantes de direito que ela tinha conhecido (a maioria inquilinos; ela nunca tinha trepado com nenhum no que atualmente encarava como sua "outra vida"), ele era composto de altas aspirações e fundos baixos, ambos flutuando em uma camada generosa de baboseira. Dodie não confundia nenhum desses elementos via de regra. Cair na lábia de um estudante de direito era, na cabeça dela, tão ruim quanto trabalhar de graça. Quem começava a agir assim podia muito bem pendurar as chuteiras.

Figurativamente falando, claro.

Mas Frederick "sr. Figurão" Clawson tinha quebrado as defesas dela. Ele atrasara o aluguel quatro vezes seguidas, e ela só permitiu isso porque foi convencida de que, no caso dele, o papo de sempre era verdade (ou viria a ser): ele *tinha* dinheiro a receber.

Ele não teria conseguido isso alegando que Sidney Sheldon era na verdade Robert Ludlum, ou que Victoria Holt era na verdade Rosemary Rogers, porque ela não se importava com essas pessoas e seus bilhões de escritores de mentirinha. Ela gostava de livros policiais, e, se fossem dos bem sangrentos, melhor ainda. Ela achava que havia muita gente por aí que gostava de baboseiras românticas e histórias de espionagem, se levasse em conta a lista de mais vendidos do *Post*, mas ela lia Elmore Leonard anos antes de ele chegar às listas, além de ter criado laços fortes com Jim Thompson, David Goodis, Horace McCoy, Charles Willeford e o resto dessa galera. Se fosse para resumir, Dodie Eberhart gostava de livros em que homens roubavam bancos, atiravam uns nos outros e demonstravam amor por suas mulheres dando surras nelas.

Na opinião dela, George Stark era (ou tinha sido) o melhor de todos. Ela era uma fã dedicada desde *O jeito de Machine* e *Oxford Blues* até *A caminho da Babilônia*, que ao que tudo indicava havia sido o último.

O espertalhão do apartamento do terceiro andar estava cercado de anotações e de livros de Stark na primeira vez em que ela foi cobrar o aluguel dele (com apenas três dias de atraso naquela ocasião, mas é claro que se você desse a mão, eles queriam o braço), e, depois que ela deu seu recado e ele prometeu entregar um cheque até o meio-dia do dia seguinte, ela perguntou a ele se a compilação dos trabalhos de George Stark tinham virado exigência para seguir carreira de advogado.

— Não — dissera Clawson com um sorriso enorme, alegre e totalmente predador —, mas podem *financiar* uma carreira.

Foi o sorriso mais do que qualquer outra coisa que a fisgou e a fez dar corda para esse caso, quando rejeitava brutalmente os outros. Ela tinha visto aquele sorriso muitas vezes no próprio espelho. Na época, acreditava que um sorriso daqueles não podia ser fingido e, diga-se de passagem, ainda acreditava. Clawson *tinha* mesmo um caso contra Thaddeus Beaumont; o erro dele foi acreditar com tanta confiança que Beaumont aceitaria os planos de um sujeito metido a figurão como Frederick Clawson. Esse erro foi dela também.

Ela tinha lido um dos dois livros de Beaumont, *Bruma roxa*, depois da explicação de Clawson do que havia descoberto, e achou-o incrivelmente idiota. Apesar da correspondência e das fotocópias que o sr. Figurão tinha mostrado, ela acharia difícil ou impossível acreditar que os dois escritores eram o mesmo homem. Só que... depois de ler uns setenta e cinco por cento, quando estava prestes a jogar aquela merda para o outro lado do quarto e esquecer o livro, chegou a uma cena em que o fazendeiro atirava em um cavalo. O animal estava com duas pernas quebradas e precisava ser sacrificado, mas a questão era que o velho fazendeiro John tinha *gostado* de fazer aquilo. Na verdade, até encostou o cano da arma na cabeça do cavalo e bateu uma punheta, e apertou o gatilho na hora do clímax.

Para ela, Beaumont tinha saído para tomar um café quando chegou àquela parte... e George Stark apareceu e escreveu a cena, feito um Rumpelstiltskin literário. Era a única pepita de ouro naquele monte de feno.

Bom, nada daquilo importava mais. Só provava que ninguém era imune à baboseira para sempre. Tinha levado uma volta do figurão, mas pelo menos foi *curta*. E chegara ao fim.

Dodie Eberhart chegou ao terceiro andar, a mão já se apertando, como ela fazia quando chegava a hora não de bater com educação, mas de martelar uma porta, mas viu que não seria necessário. A porta do figurão estava entreaberta.

— Meu Deus do céu! — murmurou Dodie, curvando o lábio.

Aquele não era um bairro de drogados, mas, quando queriam assaltar o apartamento de algum idiota, os drogados estavam mais do que dispostos a ultrapassar fronteiras. O cara era ainda mais burro do que ela pensava.

Ela bateu à porta com os nós dos dedos, e a porta se abriu.

— Clawson! — chamou ela com uma voz que prometia desgraça e danação.

Não houve resposta. Ao olhar pelo corredor curto, ela viu que a cortina da sala estava aberta e a luz do teto acesa. Tinha um rádio tocando baixinho.

— Clawson, quero falar com você!

Ela começou a andar pelo corredor curto... e parou.

Uma das almofadas do sofá estava no chão.

Era só isso. Não havia sinal de que o lugar tinha sido revirado por um viciado faminto, mas os instintos dela ainda eram apurados, e Dodie ficou alerta em um momento. Sentia cheiro de alguma coisa. Um cheiro fraco, mas ainda assim dava para sentir. Feito uma comida estragada, mas que ainda não estava podre. Não era comida, mas foi o mais perto que ela conseguiu pensar. Ela já tinha sentido aquele cheiro? Achava que sim.

E havia outro, embora, acreditava ela, não fosse seu nariz que o percebesse. Ela reconheceu esse na mesma hora. Ela e o policial Hamilton de Connecticut concordariam imediatamente: era o cheiro de maldade.

Ela ficou do lado de fora da sala, olhando a almofada caída, ouvindo o rádio. O que três andares de escada não conseguiram fazer, aquela inocente almofada fez: seu coração estava batendo rápido embaixo do enorme seio esquerdo e a respiração saía e entrava frenética pela boca. Alguma coisa não estava certa ali. Nem um pouco certa. A pergunta era se ela se tornaria parte daquilo se ficasse por perto.

O bom-senso a mandava ir embora, ir embora enquanto ainda tinha a oportunidade, e seu bom-senso era muito forte. A curiosidade a mandava ficar e espiar... e esta era mais forte ainda.

Ela enfiou a cabeça na sala e olhou primeiro para a direita, onde havia uma lareira falsa, duas janelas que davam para a rua L e não muito mais do que isso. Olhou para a esquerda, e sua cabeça parou de se mover de repente. Na verdade, pareceu travar naquela posição. Os olhos se arregalaram.

Esse olhar paralisado não durou mais do que três segundos, mas pareceu bem mais. E ela viu tudo, até o menor detalhe; sua mente tirou fotos do que estava vendo, tão claras e apuradas quanto as que o fotógrafo da perícia tiraria em breve.

Ela viu as duas garrafas de Amstel na mesa de centro, uma vazia e outra pela metade, com um colarinho de espuma ainda dentro. Viu o cinzeiro com CHICAGOLAND! escrito na superfície oval. Viu duas guimbas de cigarro, sem filtro, esmagadas no centro da brancura imaculada do cinzeiro, embora o figurão não fumasse, ao menos não cigarros. Viu a caixinha de plástico, antes cheia de tachinhas, tombada entre as garrafas e o cinzeiro. A maioria das tachinhas, que o figurão usava para prender coisas no quadro de avisos da cozinha, estava espalhada no vidro da mesinha de centro. Algumas tinham ido parar em um exemplar aberto da revista *People*, a edição que trazia o artigo sobre Thad Beaumont/George Stark. Ela via o sr. e a sra. Beaumont apertando as mãos por cima da lápide de Stark, só que estavam de cabeça para baixo pelo ângulo dela. Era o artigo que, de acordo com Frederick Clawson, nunca seria impresso. Pelo contrário, o artigo faria dele um homem moderadamente rico. Ele tinha se enganado quanto a isso. Na verdade, parecia ter se enganado quanto a tudo.

Ela via Frederick Clawson, que havia passado de sr. Figurão para figura nenhuma, sentado em uma das duas cadeiras da sala. Tinha sido amarrado. Estava nu, as roupas emboladas de qualquer jeito embaixo da mesa de centro. Ela viu o buraco ensanguentado na virilha. Os testículos ainda estavam no lugar; o pênis tinha sido enfiado na boca. Havia bastante espaço, porque o assassino também tinha arrancado a língua do sr. Figurão. Estava presa na parede. A tachinha foi enfiada tão fundo na carne rosada que só conseguia ver metade dela, de um amarelo brilhante, e sua mente fotografou isso também, implacavelmente. Sangue tinha escorrido pelo papel de parede, em formato ondulado de leque.

O assassino tinha usado outra tachinha, essa com a cabeça verde, para prender a segunda página do artigo da revista *People* no peito nu do ex-figurão. Ela não conseguia ver a cara de Liz Beaumont, estava coberta pelo sangue de Clawson, mas via a mão da mulher oferecendo uma travessa de brownies para a inspeção sorridente de Thad. Ela lembrava que aquela foto em particular incomodara Clawson. *Que armação!*, exclamara ele. *Ela odeia cozinhar. Já disse isso em uma entrevista logo depois que Beaumont publicou o primeiro livro.*

Acima da língua presa à parede, cinco palavras foram escritas com um dedo sujo de sangue:

OS PARDAIS ESTÃO VOANDO NOVAMENTE.

Meu Deus, uma parte distante da mente dela pensou. *Parece um livro de George Stark... parece coisa do Alexis Machine.*

Um barulho soou atrás dela.

Dodie Eberhart gritou e se virou. Machine foi para cima dela com a terrível navalha, o brilho de aço coberto pelo sangue de Frederick Clawson. O rosto era uma máscara retorcida de cicatrizes, como Nonie Griffiths o tinha deixado quando o cortou no final de *O jeito de Machine*, e...

E não havia ninguém ali.

A porta havia se fechado, só isso, como às vezes as portas fazem.

É mesmo?, a parte distante da mente dela perguntou... só que estava mais próxima, erguendo a voz, ansiosa de pavor. *Estava parcialmente aberta sem nenhum problema quando você subiu a escada. Não escancarada, mas o suficiente pra você ver que não estava fechada.*

Seu olhar se desviou novamente para as garrafas de cerveja na mesa de centro. Uma vazia. Uma pela metade, com um anel de espuma ainda no gargalo.

O assassino estava atrás da porta quando ela entrou. Se ela tivesse virado o rosto, era quase certo que o teria visto... e agora, ela também estaria morta.

E, enquanto estava parada ali, hipnotizada pelos restos coloridos de Frederick "sr. Figurão" Clawson, ele simplesmente tinha ido embora, fechando a porta ao passar.

A força sumiu de suas pernas, e ela caiu de joelhos de um jeito esquisito e um tanto gracioso, parecendo uma garota prestes a comungar. Sua mente repetia freneticamente o mesmo pensamento, feito um hamster correndo em uma rodinha: *Ah, eu não deveria ter gritado, ele vai voltar, ah, eu não deveria ter gritado, ele vai voltar, ah, eu não deveria ter gritado...*

De repente, ela o ouviu, o baque controlado dos pés grandes no carpete do corredor. Mais tarde, ela se convenceu de que os Shulman tinham aumentado o volume da vitrola de novo e que ela confundira a batida do baixo com passos, mas naquele momento tinha certeza de que era Alexis Machine e que ele estava voltando... um homem tão dedicado e tão assassino que nem a morte o impediria.

Pela primeira vez na vida, Dodie Eberhart desmaiou.

Ela voltou a si menos de três minutos depois. As pernas continuavam incapazes de sustentá-la, então ela engatinhou pelo corredor curto do apartamento até a porta, com o cabelo caído na cara. Pensou em abrir a porta e olhar para fora, mas não conseguiu. Só virou a tranca, fechou o trinco e puxou o ferrolho. Depois de fazer isso, sentou-se encostada na porta, ofegante, o mundo um borrão cinza. Ela estava vagamente ciente de que tinha se trancado com um cadáver mutilado, mas isso não era tão ruim. Não era nada ruim considerando as alternativas.

Pouco a pouco as forças voltaram, e ela conseguiu se levantar. Ela virou no final do corredor e entrou na cozinha, onde ficava o telefone. Manteve o olhar distante do que restou do sr. Figurão, embora fosse um exercício vazio; ela veria aquela fotografia mental em toda sua clareza hedionda por um bom tempo.

Ela ligou para a polícia e, quando eles chegaram, ela só os deixou entrar depois que um dos policiais enfiou a identificação por baixo da porta.

— Qual é o nome da sua esposa? — perguntou ela ao policial cujo documento plastificado identificava como Charles F. Toomey Jr.

A voz estava estridente e falhando, ao contrário do habitual. Os amigos próximos (se ela tivesse algum) não teriam reconhecido.

— É Stephanie, senhora — respondeu a voz do outro lado da porta com paciência.

— Eu posso ligar para o seu batalhão e verificar isso, sabia? — ela quase berrou.

— Eu sei que pode, sra. Eberhart — respondeu a voz —, mas você se sentiria segura mais rápido se nos deixasse entrar, não acha?

E como ainda era capaz de reconhecer a Voz de Policial com a mesma facilidade com que reconhecia o Cheiro de Maldade, ela destrancou a porta e deixou Toomey e o parceiro entrarem. Depois que eles entraram, Dodie fez outra coisa que nunca havia feito antes: teve um ataque de histeria.

SETE
ASSUNTO DE POLÍCIA

1

Thad estava no escritório no andar de cima, escrevendo, quando a polícia chegou.

Liz estava lendo um livro na sala enquanto William e Wendy brincavam no cercadinho enorme deles. Ela foi até a porta e olhou por uma das janelas ornamentais estreitas ao lado antes de abrir. Era um hábito que ela tinha adquirido desde o que eles chamavam brincando de "estreia" de Thad na revista *People*. As visitas, na maior parte de conhecidos distantes, com uma boa dose de moradores curiosos da cidade e até alguns estranhos (esses últimos sempre fãs de Stark) no meio, passaram a aparecer sem avisar. Thad chamava de "síndrome de ver os crocodilos vivos" e dizia que acabaria em uma ou duas semanas. Liz esperava que ele estivesse certo. Enquanto isso, tinha medo de que um dos novos visitantes pudesse ser um caçador de crocodilos louco do tipo que tinha matado John Lennon, e por isso espiava primeiro pela janelinha. Não sabia se reconheceria um *verdadeiro* maluco, mas podia ao menos impedir que Thad perdesse a concentração durante as duas horas que ele passava escrevendo toda manhã. Depois disso, ele mesmo atendia a porta, normalmente fazendo para ela uma cara de garotinho culpado, à qual Liz não sabia como reagir.

Os três homens na porta naquela manhã de sábado não eram fãs nem de Beaumont nem de Stark, desconfiava ela, e tampouco malucos... a não ser que esse tipo de gente tivesse se apoderado de uma viatura da polícia estadual. Ela abriu a porta com a sensação incômoda que até a mais inocente das pessoas deve sentir quando a polícia aparece sem ser chamada. Se tivesse filhos com idade para estarem brincando e gritando lá fora naquela manhã chuvosa de sábado, já estaria se perguntando se eles estavam bem.

— Pois não?

— Sra. Elizabeth Beaumont? — perguntou um deles.

— Sim, sou eu. Como posso ajudar?

— Seu marido está em casa, sra. Beaumont? — perguntou o segundo.

Os dois usavam capas de chuva cinza idênticas e chapéus da polícia estadual.

Não, é o fantasma de Ernest Hemingway que vocês estão ouvindo datilografando lá em cima, ela pensou em dizer, mas claro que não disse. Primeiro veio o medo de alguém ter sofrido um acidente, depois a culpa-fantasma que fazia a pessoa querer dizer alguma coisa ríspida ou sarcástica, algo que dissesse, independente das palavras usadas: *Vão embora. Vocês não são bem-vindos aqui. Não fizemos nada de errado. Vão procurar algum bandido de verdade.*

— Posso perguntar por que vocês gostariam de falar com ele?

O terceiro policial era Alan Pangborn.

— É assunto de polícia, sra. Beaumont. Podemos falar com ele, por favor?

2

Thad Beaumont não tinha nada parecido com um diário organizado, mas às vezes escrevia sobre os eventos da própria vida que o interessavam, divertiam ou assustavam. Ele mantinha esses relatos em um caderno, e sua esposa não dava muita atenção a eles. Na verdade, assustavam-na, embora ela nunca tivesse dito isso para Thad. A maioria era estranhamente fria, quase como se parte dele estivesse de fora, relatando a vida com olhar separado, quase desinteressado. Depois da visita da polícia na manhã do dia 4 de junho, ele escreveu um longo trecho com um fluxo forte e incomum de emoção no meio.

"Entendo *O processo* de Kafka e *1984* de Orwell um pouco melhor agora", Thad escreveu. "Lê-los apenas como romances políticos é um erro grave. Acho que a depressão que enfrentei depois de terminar *Dançarinos* e descobrir que não havia nada à espera depois — exceto o aborto de Liz, claro — ainda conta como a experiência emocional mais avassaladora da nossa vida de casados, mas o que aconteceu hoje *parece* pior. Digo para mim mesmo que é porque ainda está recente, mas desconfio de que seja bem mais do que isso. Acho que o tempo que passei na escuridão e a perda dos primeiros gêmeos são feridas fechadas, que só deixaram cicatrizes marcando os lugares que ocuparam, e que esse novo ferimento também vai se curar... mas não acredito que o tempo vá fazer com que suma completamente. Também vai deixar uma cicatriz, dessa vez menor, porém mais profunda — como a marca de um corte repentino de faca que vai se apagando.

"Tenho certeza de que a polícia agiu de acordo com o juramento (se é que ainda fazem juramento, e acho que sim). Mas houve e ainda há um sentimento de que corri o risco de ser puxado para dentro de uma máquina burocrática sem face, não homens, mas uma *máquina* que cuidaria do trabalho de forma metódica até ter me mastigado todo... porque mastigar as pessoas até virarem pedacinhos é o jeito da máquina. O som dos meus gritos não apressaria nem atrasaria o processo de trituração.

"Percebi que Liz estava nervosa quando ela subiu e me disse que a polícia queria falar comigo sobre alguma coisa, mas não quiseram dizer para ela o que era. Ela disse que um deles era Alan Pangborn, o xerife do condado de Castle. É possível que eu o tenha visto uma ou duas vezes, mas só o reconheci porque a foto dele aparece no *Call* de Castle Rock de tempos em tempos.

"Fiquei curioso e agradecido por uma pausa na máquina de escrever, onde as minhas pessoas estão insistindo em fazer coisas que não quero que façam há uma semana. Meu palpite era que poderia ter algo a ver com Frederick Clawson, ou algum problema com o artigo da *People*. E tinha mesmo, mas não do jeito que eu achava.

"Não sei se consigo reproduzir o tom do encontro que aconteceu em seguida. Não sei nem se faz diferença, só que me parece importante tentar. Eles estavam no saguão, ao pé da escada, três homens grandes (não é surpresa as pessoas os chamarem de touros) pingando no tapete.

"'Você é Thaddeus Beaumont?', um deles perguntou, o xerife Pangborn, e foi nessa hora que a mudança emocional que quero descrever (ou pelo menos indicar) começou a acontecer. A perplexidade se juntou à curiosidade e ao prazer de ser libertado, ainda que brevemente, da máquina de escrever. E certa preocupação. Meu nome completo, sem o 'senhor'. Como um juiz falando com um réu cuja sentença está prestes a proferir.

"'Isso mesmo', falei, 'e você é o xerife Pangborn. Eu sei porque temos uma casa no lago Castle.' Em seguida, estiquei a mão, aquele gesto automático antigo do macho americano bem treinado.

"Ele só olhou para a minha mão, e uma expressão surgiu em seu rosto — foi como se ele tivesse aberto a porta da geladeira e descoberto que o peixe que comprou para o jantar tinha estragado. 'Não tenho intenção alguma de apertar sua mão', disse ele, 'então é melhor você baixá-la logo e nos poupar do constrangimento.' Foi uma coisa horrível de se dizer, bem *grosseira*, mas não me incomodou tanto quanto o jeito como ele falou. Parecia que achava que eu estava louco.

"E, do nada, fiquei apavorado. Mesmo agora, tenho dificuldade em acreditar na rapidez, a *rapidez* absurda, com que minhas emoções percorreram o espectro de curiosidade comum e certo prazer pela interrupção de uma rotina habitual até o puro medo. Naquela hora, eu soube que eles não estavam ali só para falar comigo sobre alguma coisa, mas porque acreditavam que eu tinha feito alguma coisa, e, naquele primeiro momento de horror — 'Não tenho intenção alguma de apertar sua mão' —, tive certeza de que eu *havia feito* alguma coisa.

"Era *isso* que eu precisava dizer. No momento de silêncio sepulcral que seguiu a recusa de Pangborn de apertar minha mão, eu achei que na verdade havia feito tudo... e que não adiantaria de nada não confessar minha culpa."

3

Thad baixou a mão lentamente. Com o canto do olho, viu Liz com as mãos apertadas com força na frente do peito e de repente quase ficou furioso com aquele policial, que tinha sido convidado a entrar em sua casa e então se recusou a apertar sua mão. Aquele policial cujo salário era pago, pelo menos em pequena parte, pelos impostos que os Beaumont pagavam sobre a casa de Castle Rock. Aquele policial tinha assustado Liz. Aquele policial tinha assustado *ele*.

— Tudo bem — disse Thad com voz firme. — Se você não quer apertar minha mão, talvez possa me dizer por que está aqui.

Ao contrário dos policiais estaduais, Alan Pangborn estava usando não uma capa de chuva, mas uma jaqueta à prova d'água que batia na cintura. Ele enfiou a mão no bolso de trás, pegou um cartão e começou a ler. Thad demorou um momento para perceber que estava ouvindo uma versão dos seus direitos.

— Como o senhor mesmo falou, meu nome é Alan Pangborn, sr. Beaumont. Sou o xerife do condado de Castle, no Maine. Estou aqui porque preciso interrogá-lo sobre sua ligação com um crime hediondo. Vou fazer essas perguntas na sede da polícia estadual de Oronto. Você tem o direito de permanecer calado...

— Ah, meu Deus do céu, por favor, o que é isso? — perguntou Liz, e, ao mesmo tempo, Thad se ouviu dizendo:

— Espera um minuto, espera só um minutinho. — Ele pretendia *rugir* ao falar, mas mesmo com o cérebro mandando os pulmões aumentarem o volume ao tom de um berro para silenciar uma sala de aula lotada, o melhor que ele conseguiu foi fazer um leve protesto que Pangborn ignorou com facilidade.

— ... e tem direito a um advogado. Se não puder pagar, providenciaremos um para você.

Ele guardou o cartão no bolso de trás.

— Thad.

Liz estava se aninhando nele feito uma criancinha com medo de trovão. Seus olhos enormes e surpresos olhavam para Pangborn. De vez em quando, olhava por alguns segundos para os policiais estaduais, tão grandes que poderiam ser da defesa de um time de futebol americano profissional, mas se limitaram a não sair de perto de Pangborn.

— Eu não vou a lugar nenhum com você — disse Thad. Sua voz estava tremendo, variando de tom, mudando de registro como a voz de um adolescente. Ele ainda tentava demonstrar fúria. — Acredito que você não possa me obrigar a isso.

Um dos policiais pigarreou.

— A alternativa — disse ele — é voltarmos com um mandado de prisão, sr. Beaumont. Com base nas informações que temos, seria fácil.

O policial olhou para Pangborn.

— Talvez seja bom acrescentar que o xerife Pangborn queria que já tivéssemos trazido o mandado. Defendeu essa ideia com veemência, e acho que teria conseguido fazer como queria se você não fosse... bem, uma figura pública.

Pangborn pareceu repugnado, possivelmente por esse fato, possivelmente porque o policial estava contando a Thad esse fato, provavelmente as duas coisas.

O policial viu o olhar, mexeu os pés molhados como se meio constrangido, mas prosseguiu.

— Com a situação atual, não é problema nenhum você saber disso.

Ele olhou com um questionamento para o parceiro, que assentiu. Pangborn só continuou repugnado. E com raiva. Thad pensou: *Parece que ele quer me cortar com as próprias unhas e enrolar minhas tripas na minha cabeça.*

— Isso me parece *bem* profissional — disse Thad. Sentiu alívio de ver que estava ao menos recuperando o fôlego e a voz. Queria ficar com raiva porque a raiva abafaria o medo, mas ainda não conseguia passar da perplexidade. A sensação era de ter levado um soco no estômago. — Só está deixando de lado um detalhe: que não tenho a menor ideia de *que* situação é essa.

— Se acreditássemos que era esse o caso, não estaríamos aqui, sr. Beaumont — disse Pangborn.

A expressão de repugnância no rosto foi o gatilho que faltava: Thad enfim ficou furioso.

— Não ligo para o que vocês pensam! Já falei que sei quem você é, xerife Pangborn. Minha esposa e eu temos uma casa de verão em Castle Rock desde 1973, bem antes de você ter sequer ouvido falar do local. Não sei o que você está fazendo aqui, a mais de duzentos e cinquenta quilômetros do seu território, nem por que está me olhando como se eu fosse um cocô de passarinho em um carro novo, mas posso afirmar que não vou a lugar nenhum com vocês enquanto não descobrir. Se for necessário um mandado de prisão, podem ir buscar. Mas quero que vocês saibam que, se fizerem isso, vão se meter até o pescoço em um caldeirão de merda fervente, e sou eu quem estará alimentando esse fogo. Porque não fiz nada. Isso é ultrajante pra caralho. *Ultrajante!*

A voz dele enfim tinha atingido volume máximo, e os dois policiais pareciam meio envergonhados. Pangborn, não. Ele continuou encarando Thad daquele jeito perturbador.

No outro cômodo, um dos gêmeos começou a chorar.

— Ah, meu Deus — gemeu Liz —, do que se trata? Conte para nós!

— Vá cuidar dos bebês, amor — disse Thad, sem tirar os olhos de Pangborn.

— Mas...

— Por favor — disse ele, e então os dois bebês estavam chorando. — Vai ficar tudo bem.

Ela lançou um último olhar desesperado para ele, os olhos dizendo *Promete?*, e foi para a sala.

— Nós queremos interrogar você sobre o assassinato de Homer Gamache — disse o segundo policial.

Thad interrompeu o duelo de olhares com Pangborn e se virou para o policial.

— *Quem?*

— Homer Gamache — repetiu Pangborn. — Você vai nos dizer que nunca ouviu falar nesse nome, sr. Beaumont?

— Claro que não — disse Thad, atônito. — Homer recolhe nosso lixo quando estamos na cidade. Faz alguns consertos pequenos na casa. Perdeu um braço na Coreia. Deram uma Estrela de Prata pra ele...

— De Bronze — disse Pangborn com voz pétrea.

— Homer está morto? Quem matou ele?

Os policiais se entreolharam, surpresos. Depois da dor, a surpresa pode ser a emoção humana mais difícil de fingir com eficiência.

O primeiro policial respondeu com uma voz curiosamente gentil:

— Temos todos os motivos para acreditar que foi *você*, sr. Beaumont. É por isso que estamos aqui.

4

Thad olhou para ele com expressão totalmente vazia por um momento e soltou uma gargalhada.

— Meu Deus. Meu Deus do céu. Isso é um absurdo.

— Quer pegar seu casaco, sr. Beaumont? — perguntou o outro policial. — Está chovendo forte lá fora.

— Eu não vou a lugar nenhum com vocês — repetiu ele, distraído, sem perceber a súbita expressão exasperada de Pangborn. Thad estava pensando.

— Receio que vai, sim — afirmou Pangborn —, de uma forma ou de outra.

— Vai ter que ser da outra — disse ele, e se desvencilhou dos pensamentos. — Quando isso aconteceu?

— Sr. Beaumont — disse Pangborn, falando lentamente e enunciando cada palavra com cuidado, como se estivesse falando com uma criança de quatro anos, ainda por cima não muito inteligente. — Nós não estamos aqui pra *lhe* dar informações.

Liz chegou até a porta da sala com os bebês no colo. Toda a cor tinha sumido do rosto; a testa brilhava como uma lâmpada.

— Isso é absurdo — disse ela, olhando de Pangborn para os policiais e novamente para o xerife. — Absurdo. Vocês não *sabem*?

— Escuta — disse Thad, indo até Liz e passando o braço em torno dela —, eu não matei Homer, xerife Pangborn, mas entendi agora por que você está tão puto. Vamos até meu escritório. Vamos nos sentar e ver se conseguimos entender...

— Eu quero que você pegue seu casaco — disse Pangborn. Ele olhou para Liz. — Me perdoe o linguajar, mas já aguentei merda demais para uma manhã chuvosa de sábado. Você não vai escapar dessa.

Thad olhou para o mais velho dos policiais estaduais.

— Você pode botar algum juízo na cabeça desse homem? Diga que ele pode evitar muito constrangimento e muita dor de cabeça simplesmente me dizendo quando Homer foi morto. — E acrescentou, como se só tivesse se lembrado depois: — E onde. Se foi em Rock, e não consigo imaginar o que Homer estaria fazendo aqui... bom, eu não saí de Ludlow, a não ser pra ir à universidade, nos últimos dois meses e meio. — Ele olhou para Liz, que assentiu.

O policial pensou no assunto e disse:

— Nos deem licença um momento.

Os três seguiram pelo corredor, os policiais quase tendo que carregar Pangborn. Saíram pela porta da frente. No mesmo instante, Liz explodiu em uma série de perguntas confusas. Pelo que Thad conhecia da esposa, desconfiava de que o medo dela se expressaria em forma de raiva, até mesmo fúria, dos policiais ou mesmo da notícia da morte de Homer Gamache. Mas, na verdade, ela estava à beira das lágrimas.

— Vai ficar tudo bem — disse ele, e beijou a bochecha dela. Em seguida, lembrou-se de beijar também William e Wendy, que estavam começando a parecer aborrecidos. — Acho que os policiais estaduais já sabem que estou falando a verdade. Pangborn... bom, ele conhece Homer. Você também. Ele só está muito puto da vida. — *E pela cara e voz dele, deve ter alguma prova supostamente inegável que me liga ao assassinato*, pensou ele, mas guardou para si.

Ele caminhou pelo corredor e espiou pela janelinha estreita lateral como Liz tinha feito. Se não fosse a situação, teria achado graça do que viu. Os três estavam parados, tendo uma reunião nos degraus, quase mas não totalmente fora da chuva. Thad ouvia as vozes, mas não entendia o que eles estavam dizendo. Achou-os parecidos com jogadores de beisebol discutindo jogadas no montículo durante uma disputa de final de entrada com vantagem para o outro time. Os dois policiais estaduais estavam falando com Pangborn, que balançava a cabeça e respondia com vigor.

Thad voltou pelo corredor.

— O que eles estão fazendo? — perguntou Liz.

— Não sei — disse Thad —, mas acho que os policiais estaduais estão tentando convencer Pangborn a me contar por que ele tem tanta certeza de que eu matei Homer Gamache. Ou pelo menos *parte* do motivo.

— Coitado do Homer — murmurou ela. — Parece um pesadelo.

Ele pegou William do colo dela e falou de novo que ela não se preocupasse.

5

Os policiais entraram uns dois minutos depois. Pangborn estava de cara amarrada. Thad concluiu que os dois policiais estaduais tinham dito o que Pangborn já sabia embora não quisesse admitir: o escritor não estava demonstrando nenhum dos tiques e sinais associados à culpa.

— Tudo bem — disse Pangborn. *Ele está tentando disfarçar a má vontade,* pensou Thad, e estava se saindo muito bem. Nada impecável, mas estava indo bem, considerando que estava na presença do suspeito número um do assassinato de um senhor de idade que só tinha um braço. — Esses cavalheiros gostariam que eu fizesse ao menos uma pergunta aqui, sr. Beaumont, e é o que vou fazer. Você pode relatar seu paradeiro no período de onze da noite do dia 31 de maio deste ano até as quatro da madrugada do dia primeiro de junho?

Os Beaumont trocaram um olhar. Thad sentiu aliviar um grande peso no coração. Ainda não tinha sido removido, mas foi como se todas as fivelas que prendiam o peso tivessem sido afrouxadas. Agora, bastava um bom empurrão.

— Foi? — murmurou ele para a esposa.

Ele achava que sim, mas pareceu bom demais para ser verdade.

— Tenho certeza de que foi — respondeu Liz. — Dia trinta e um, você disse? — Ela estava olhando para Pangborn com esperança radiante.

Pangborn devolveu o olhar com desconfiança.

— Sim, senhora. Mas infelizmente sua palavra não vai ser...

Ela o ignorava, contando nos dedos. De repente, sorriu feito uma colegial.

— Terça! Terça *foi* dia 31! — gritou ela para o marido. — Foi *mesmo*! Graças a Deus!

Pangborn pareceu confuso e mais desconfiado do que nunca. Os policiais se olharam e depois se voltaram para Liz.

— Pode nos contar o que tem esse dia, sra. Beaumont? — perguntou um.

— Nós demos uma festa aqui na noite de terça, dia 31! — respondeu ela, e olhou para Pangborn com expressão de triunfo e desprezo. — A casa estava *cheia*! Não foi, Thad?

— Com certeza.

— Em um caso assim, um bom álibi é motivo de desconfiança — declarou Pangborn, mas pareceu abalado.

— Ah, que homem tolo e arrogante! — exclamou Liz, com as bochechas bem vermelhas. O medo estava passando; a fúria estava chegando. Ela olhou para os policiais. — Se meu marido não tiver álibi pra esse assassinato, vocês dizem que ele o cometeu e o levam pra delegacia! Se ele tem, *este* homem diz que provavelmente significa que foi ele mesmo assim! O que está acontecendo, vocês estão com medo de um pouco de trabalho honesto? Por que vocês estão *aqui*?

— Calma, Liz — disse Thad, baixinho. — Eles têm bons motivos pra estarem aqui. Se o xerife Pangborn estivesse atirando no escuro ou só seguindo um palpite, acredito que teria vindo sozinho.

Pangborn o olhou de cara feia e suspirou.

— Nos conte sobre essa festa, sr. Beaumont.

— Foi para Tom Carroll — disse Thad. — Tom está no Departamento de Inglês da universidade há dezenove anos e é o chefe há cinco. Ele se aposentou no dia 27 de maio, quando o ano letivo terminou oficialmente. Todo mundo sempre gostou muito dele no departamento, era conhecido pela maioria de nós, das antigas, como Gonzo Tom, porque gostava muito dos ensaios de Hunter Thompson. Por isso, decidimos dar uma festa de aposentadoria para ele e a esposa.

— Que horas essa festa terminou?

Thad sorriu.

— Bom, acabou antes das quatro da madrugada, mas foi até tarde. Quando juntamos um bando de professores de inglês com suprimento quase ilimitado de bebida, o encontro pode durar um fim de semana. Os convidados começaram a chegar por volta das oito e... quem foi o último a sair, querida?

— Rawlie DeLesseps e aquela mulher horrível do Departamento de História com quem ele está saindo desde a infância de Jesus — disse ela. — A que anda por aí declarando: "Pode me chamar de Billie, todo mundo me chama assim".

— Isso mesmo — disse Thad. Ele estava com um sorriso enorme no rosto. — A Bruxa Malvada do Leste.

Os olhos de Pangborn enviavam uma mensagem clara que dizia "nós dois sabemos que você está mentindo".

— E que horas esses amigos foram embora?

Thad teve um ligeiro calafrio.

— Amigos? Rawlie, sim. Aquela mulher, com certeza não.

— Duas da madrugada — disse Liz.

Thad assentiu.

— Deviam ser pelo menos duas da madrugada quando os levamos até a porta. Praticamente tivemos que *expulsar* os dois. Como mencionei, é mais fácil nevar no inferno do que eu me inscrever no Fã Clube de Whilhelmina Burks, mas eu teria insistido que eles passassem a noite, se tivessem que dirigir mais de cinco quilômetros ou se fosse mais cedo. Mas não tem ninguém nas estradas naquele horário numa noite de terça, ou melhor, madrugada de quarta. Só talvez alguns cervos pelos jardins. — Ele fechou a boca abruptamente.

Estava quase tagarelando de tanto alívio.

Houve um momento de silêncio. Os dois policiais estavam olhando para o chão. Pangborn estava com uma expressão que Thad não conseguia decifrar; achava que nunca tinha visto antes. Não era humilhação, embora sem dúvida houvesse humilhação no meio.

Que porra está acontecendo aqui?

— Isso é bem conveniente, sr. Beaumont — disse Pangborn —, mas está longe de ser sólido. Nós temos a sua palavra e da sua esposa, ou melhor, uma estimativa, de quando esse casal foi levado até a porta. Se eles estavam bêbados como vocês parecem pensar, *eles* provavelmente não vão poder corroborar o que vocês disseram. E se esse tal DeLesseps for mesmo seu amigo, ele pode dizer... bom, quem sabe?

Mesmo assim, Alan Pangborn estava perdendo o gás. Thad viu e achava, ou melhor, *sabia* que os policiais também. Mas o sujeito não estava pronto para desistir. O medo que Thad sentiu inicialmente e a raiva que veio depois estavam se transformando em fascinação e curiosidade. Ele achava que nunca tinha visto a dúvida e a certeza em uma disputa tão de igual para igual. A festa, e ele deveria aceitar como fato uma coisa que podia ser verificada com tanta facilidade, o abalou... mas não o convenceu. E dava para ver que os policiais também não estavam completamente convencidos. A única diferença era que os policiais não estavam tão nervosos. Não tinham conhecido Homer Gamache pessoalmente, e por isso não tinham nenhum envolvimento pessoal com o caso. Alan Pangborn o conheceu e tinha.

Eu também o conhecia, pensou Thad. *Talvez eu também tenha um envolvimento pessoal. Além de querer salvar minha pele, claro.*

— Olha — disse ele, com paciência, sustentando o olhar para Pangborn e tentando não retribuir a hostilidade em pé de igualdade —, vamos cair na real, como meus alunos gostam de dizer. Você perguntou se podíamos de fato provar nosso paradeiro...

— *Seu* paradeiro, sr. Beaumont — corrigiu Pangborn.

— Certo, o *meu* paradeiro. Cinco horas bem difíceis. Horas em que a maioria das pessoas está na cama. Graças à pura sorte, nós, ou *eu*, se você preferir, posso cobrir pelo menos três dessas cinco horas. Pode ser que Rawlie e a namorada odiosa tenham ido embora às duas, talvez à uma e meia ou às duas e quinze. De qualquer modo, foi *tarde*. Eles vão confirmar *isso*, e a Burks não fabricaria um álibi pra mim, ainda que Rawlie sim. Acho que se Billie Burks visse que eu estava me afogando numa praia, ela jogaria um balde de água em mim.

Liz abriu um sorrisinho esquisito que mais parecia uma careta e pegou William, que estava começando a se contorcer no colo do pai. Primeiro, ele não entendeu o sorriso, depois ficou claro. Foi a expressão, claro: *fabricar um álibi*. Era uma expressão que Alexis Machine, o arquivilão dos livros de George Stark, usava às vezes. *Era* estranho, de certa forma; ele não se lembrava de já ter falado a língua de Stark em uma conversa. Por outro lado, também nunca tinha sido acusado de assassinato, e um assassinato era uma situação do universo George Stark.

— Mesmo supondo que tenhamos errado em uma hora e os convidados tenham saído por volta de uma da manhã — elaborou ele —, e supondo *ainda mais* que pulei no carro nesse mesmo minuto, no *segundo* em que eles sumiram pela colina e fui dirigindo que nem um louco até Castle Rock, seriam quatro e meia ou cinco da madrugada até que eu chegasse lá. Não tem via expressa para o oeste, sabe.

Um dos policiais começou a dizer:

— E a sra. Arsenault disse que era quinze pra uma quando ela viu...

— Não precisamos falar disso agora — interrompeu Alan rapidamente.

Liz fez um som grosseiro e exasperado, e Wendy olhou para ela de um jeito cômico. No outro braço, William parou de se mexer, absorto de repente na maravilha que eram os movimentos dos próprios dedos. Para Thad, a esposa disse:

— Ainda tinha muita gente aqui uma da manhã, Thad. *Muita*. — Então, ela se virou para Alan Pangborn, se virou *de verdade* desta vez. — Qual é seu *problema*, xerife? Por que está sendo tão cabeça-dura e determinado a botar a culpa no meu marido? Você é burro? Preguiçoso? *Mau?* Não parece nenhuma dessas coisas, mas seu comportamento está me fazendo questionar isso. Seriamente. Talvez tenha sido um sorteio. Foi isso? Você tirou o nome dele de uma porra de *chapéu?*

Alan recuou de leve, claramente surpreso (e incomodado) pela ferocidade dela.

— Sra. Beaumont...

— Eu tenho uma vantagem, xerife — disse Thad. — Você *acha* que eu matei Homer Gamache...

— Sr. Beaumont, você não foi acusado de...

— Não. Mas você acha, não acha?

Um rubor sólido, uma cor de tijolo, que não se tratava de constrangimento, na opinião de Thad, mas de frustração, estava surgindo lentamente pelas bochechas de Pangborn, como em um termômetro.

— Sim, senhor — disse ele. — *Acho.* Apesar das coisas que você e sua esposa disseram.

Essa resposta deixou Thad impressionado. O que em nome de Deus podia ter acontecido para fazer aquele homem (que, como Liz dissera, não parecia nem um pouco burro) ter tanta certeza? Certeza *absoluta?*

Thad sentiu um arrepio subir pela espinha... e uma coisa peculiar aconteceu. Um som-fantasma tomou sua mente (não a cabeça, mas a *mente*) por um momento. Foi um som que gerou uma sensação dolorosa de déjà-vu, pois havia quase trinta anos que ele não o ouvia. Foi o som fantasmagórico de centenas, talvez milhares de passarinhos.

Ele levou a mão à cabeça e tocou a pequena cicatriz, e então teve outro calafrio, mais forte dessa vez, se contorcendo em sua carne como um fio. *Fabrique um álibi pra mim, George*, pensou ele. *Estou num aperto aqui, então fabrique um álibi pra mim.*

— Thad — disse Liz. — Está tudo bem?

— Humm? — Ele olhou para ela.

— Você está pálido.

— Tudo bem — disse ele, e estava mesmo.

O som tinha sumido. Isso se realmente tivesse existido.

Ele se voltou para Pangborn.

— Como falei, xerife, tenho certa vantagem nessa situação. Você acha que eu matei Homer. Mas eu *sei* que não matei. Fora dos livros, eu nunca matei ninguém.

— Sr. Beaumont...

— Entendo sua revolta. Ele era um bom sujeito com uma esposa autoritária, um senso de humor aguçado e só um braço. Eu também fico furioso. Farei qualquer coisa que puder pra ajudar, mas você vai ter que quebrar essa burocracia policial de sigilo e me dizer por que está aqui, o que o fez vir até mim. Estou perplexo.

Alan olhou para ele por um bom tempo e disse:

— Todos os instintos no meu corpo me dizem que você está falando a verdade.

— Graças a Deus — disse Liz. — O homem é sensato.

— Se estiver mesmo — disse Alan, olhando somente para Thad —, vou procurar a pessoa do A.S.R.I. que fez merda aqui e arrancar o couro dela.

— O que é isso de A.S. sei lá o quê? — perguntou Liz.

— Armed Services Records and Identification, o serviço de registros e identificação — respondeu um dos policiais. — Washington.

— Eu nunca ouvi falar de nenhum erro que eles cometeram — continuou Alan com o mesmo tom lento. — Dizem que tem primeira vez pra tudo, mas... se eles *não* fizeram merda e se essa sua festa for confirmada, eu que ficarei bem perplexo.

— Você não pode nos contar o que está havendo? — perguntou Thad.

Alan suspirou.

— Já viemos até aqui. Por que não? Na verdade, os últimos convidados a saírem da sua festa não importam tanto assim. Se você estava aqui à meia-noite, se há testemunhas que possam jurar que você...

— Vinte e cinco, pelo menos — disse Liz.

— ... então você está limpo. Juntando o depoimento de testemunha ocular da moça que o policial mencionou e o exame *post-mortem* do legista, temos quase certeza absoluta de que Homer foi morto entre uma e três da madrugada do dia primeiro de junho. Ele foi golpeado até a morte com a própria prótese de braço.

— Meu Jesus — murmurou Liz. — E você achou que Thad...

— A picape de Homer foi encontrada duas noites atrás no estacionamento de uma parada na I-95 em Connecticut, perto da fronteira com Nova York. — Alan fez uma pausa. — Havia digitais nela toda, sr. Beaumont. A maioria era de Homer, mas várias pertenciam ao criminoso. Várias das digitais do criminoso estavam em excelente condição. Uma quase tinha um molde feito de um chiclete que o cara tirou da boca e grudou no painel com o polegar. Endureceu lá. Mas a melhor de todas foi no retrovisor. Era tão boa quanto uma digital tirada na delegacia. Só que a do espelho foi feita com sangue em vez de tinta.

— Então por que *Thad*? — perguntou Liz, indignada. — Com ou sem festa, como você pôde pensar que *Thad*...

Alan olhou para ela e disse:

— Quando o pessoal do A.S.R.I. colocou as digitais no computador, o registro do seu marido apareceu. As *digitais* do seu marido apareceram, pra ser preciso.

Por um momento, Thad e Liz só foram capazes de se entreolhar, e nada mais, em um silêncio atordoado. E Liz disse:

— Foi um erro, então. As pessoas que verificam essas coisas *devem* cometer erros de vez em quando.

— Sim, mas raramente são erros dessa magnitude. Há áreas cinzentas na identificação de digitais, claro. Leigos que crescem vendo programas como *Kojak* e *Barnaby Jones* ficam com a impressão de que comparar digitais é uma ciência exata, mas não é. Só que o uso dos computadores diminuiu boa parte da margem de erro da comparação de digitais, e esse caso ofereceu digitais extraordinariamente boas. Quando digo que eram as digitais do seu marido, sra. Beaumont, não é modo de dizer. Eu vi as folhas do computador e vi as sobreposições. A correspondência não é simplesmente próxima.

Ele se virou para Thad e olhou para ele com os olhos azuis faiscantes.

— A correspondência é *exata*.

Liz olhou para ele com a boca aberta, e nos braços dela primeiro William e depois Wendy começaram a chorar.

OITO
PANGBORN FAZ UMA VISITA

1

Quando a campainha tocou de novo às sete e quinze daquela mesma noite, foi Liz novamente a atender a porta, porque já tinha acabado de preparar William para dormir enquanto Thad ainda arrumava Wendy. Os livros todos diziam que cuidar dos filhos era uma habilidade que se aprendia e não tinha nada a ver com ser pai ou mãe, mas Liz tinha suas dúvidas. Thad se esforçava, fazia questão de participar, mas era *lento*. Conseguia ir ao mercado e voltar em uma tarde de domingo no tempo que ela levava para chegar ao último corredor, mas, quando o assunto era arrumar os gêmeos para dormir, bem...

William estava de banho tomado, fralda limpa e com o macacão verde de dormir, sentado no cercadinho, enquanto Thad ainda colocava a fralda em Wendy (e não tinha tirado todo o sabão do cabelo da criança, Liz percebeu, mas, considerando o dia que eles tiveram, achava melhor ela mesma tirar depois com um paninho sem dizer nada).

Liz foi pela sala até a porta da frente e olhou pela janelinha lateral. Viu o xerife Pangborn parado lá fora. Estava sozinho dessa vez, mas isso não ajudou a aliviar a consternação dela.

A mulher virou o rosto e gritou da sala até o som chegar ao banheiro do andar de baixo, adaptado para os cuidados dos bebês:

— Ele voltou! — Sua voz transmitia um tom claro de preocupação.

Houve um momento de silêncio, e Thad apareceu na porta do outro lado da sala. Estava descalço, de calça jeans e camiseta branca.

— Quem? — perguntou ele com voz estranha e lenta.

— Pangborn. Thad, você está bem?

Wendy estava no colo dele, só de fralda, colocando as mãos na cara do pai... mas o pouco que Liz conseguia ver não parecia bem.

— Estou ótimo. Abra a porta pra ele. Vou só botar a roupinha nela. — E, antes que Liz pudesse dizer qualquer outra coisa, ele sumiu.

Enquanto isso, Alan Pangborn ainda estava parado pacientemente nos degraus. Ele viu Liz olhar pela janela e não tocou de novo. Tinha um ar de quem desejava estar de chapéu só para poder segurá-lo e talvez até contorcê-lo um pouco.

Lentamente, sem sorriso de boas-vindas, ela abriu a correntinha e o deixou entrar.

2

Wendy estava agitada e brincalhona, o que dificultou na hora de vestir a roupinha. Thad conseguiu enfiar os pés dela no macacão, depois os braços, e finalmente conseguiu passar as mãos pelos punhos da manga. Na mesma hora, ela levantou o braço e apertou o nariz dele com força. Ele se encolheu em vez de rir, como normalmente fazia, e Wendy olhou para ele do trocador com uma leve perplexidade no rosto. Ele segurou o zíper que ia da perna esquerda do macacão até o pescoço, mas parou e ergueu as mãos na frente do rosto. Estavam tremendo. Pouco, mas estavam.

Do que você está com medo? Ou está sentindo culpa de novo?

Não, não era culpa. Ele quase desejava que fosse. O caso era que tinha acabado de tomar outro susto. Havia perdido a conta de quantos tinham sido só naquele dia.

Primeiro foi a polícia, com aquela acusação estranha e a certeza mais estranha ainda. Depois, aquele som estranho, sinistro, de pássaros. Ele não sabia o que era, não tinha certeza, mas era familiar.

Depois do jantar, aconteceu de novo.

Ele tinha ido até o estúdio para revisar o que tinha feito naquele dia para o livro novo, *O cachorro dourado*. E, de repente, ao inclinar a cabeça sobre a pilha de papéis para fazer uma pequena correção, o som preencheu sua cabeça. Milhares de aves, todas piando e cantando ao mesmo tempo, e dessa vez uma imagem acompanhou os sons.

Pardais.

Milhares e milhares de pardais, enfileirados em telhados e brigando por espaço nos cabos telefônicos, como faziam no começo da primavera, quando resquícios da neve de março ainda estavam no chão, em montes granulados e sujos.

Ah, a dor de cabeça está vindo, pensou ele, inconsolável, e a voz com a qual o pensamento falou, a voz de um garotinho assustado, foi o que trouxe familiaridade à lembrança. Uma sensação de terror subiu pela garganta e pareceu agarrar a cabeça dele com mãos congeladas.

É o tumor? Voltou? É maligno desta vez?

O som-fantasma, as vozes dos passarinhos, ficou mais alto de repente, quase ensurdecedor. Um som agudo e tenebroso de batida de asas soou junto. Ele então os viu levantando voo, todos de uma vez; milhares de pequenos passarinhos escurecendo um céu branco de primavera.

— Vou pegar o bonde pro norte, meu chapa — ele se ouviu dizendo com voz grave e gutural, uma voz que não era dele.

De repente, a visão e o som dos pássaros sumiram. Era 1988, não 1960, e ele estava no escritório. Ele era um homem adulto que tinha esposa, dois filhos e uma máquina de escrever Remington.

Ele inspirou fundo, ofegante. A dor de cabeça não voltou. Nem naquele momento nem antes. Ele se sentia bem. Só que...

Só que quando olhou para a pilha do manuscrito de novo, ele viu que tinha escrito uma coisa lá. Estava por cima das linhas datilografadas com letras de fôrma grandes.

OS PARDAIS ESTÃO VOANDO NOVAMENTE.

Ele tinha descartado a caneta Scripto e usou um dos lápis Berol Black Beauty quando escreveu, embora não tivesse lembrança de ter trocado um pelo outro. Ele nem usava mais aqueles lápis. Os lápis Berol eram de uma época morta... uma época sombria. Ele jogou no pote o lápis que tinha usado e o guardou em uma das gavetas. A mão com que fez isso não estava muito firme.

Liz o chamou em seguida para aprontar os gêmeos para a cama, e ele desceu para ajudá-la. Ele queria contar a ela o que tinha acontecido, mas percebeu que um puro pavor, o pavor de que o tumor da infância tivesse voltado, o pavor de que dessa vez fosse maligno, selou seus lábios. Talvez ele tivesse contado mesmo assim... mas a campainha tocou, Liz foi atender e disse a coisa errada no tom errado.

Ele voltou!, gritara Liz com irritação e consternação perfeitamente compreensíveis, e o terror o atingiu como um sopro de vento frio e forte. Terror e uma palavra: *Stark*. No segundo antes da realidade prevalecer, ele teve certeza de que foi isso que ela quis dizer. George Stark. Os pardais estavam voando e Stark tinha voltado. Ele estava morto, morto e publicamente enterrado, nunca tinha existido, na verdade, mas não importava. Real ou não, ele tinha voltado mesmo assim.

Para com isso, ele disse para si mesmo. *Você não é um homem medroso e não há necessidade de deixar essa situação bizarra transformar você nisso. O som que você ouviu, o som das aves, é um simples fenômeno psicológico chamado "persistência de memória". É gerado por estresse e pressão. Portanto, controle-se.*

Mas parte do terror permaneceu. O som dos pássaros tinha causado não só um déjà-vu, aquele sentimento de já ter vivido uma coisa, mas também de *presque vu*.

Presque vu: sentimento de vivenciar uma coisa que ainda não aconteceu, mas vai acontecer. Não exatamente precognição, e sim memória deslocada.

Baboseira deslocada é o que você quer dizer.

Ele esticou as mãos e olhou fixamente para elas. O tremor ficou infinitesimal, e parou completamente. Quando teve a certeza de que não beliscaria a pele rosada pós-banho de Wendy com o zíper do macacão, puxou-o, levou a garotinha para a sala, colocou-a no cercadinho com o irmão e foi até o corredor, onde Liz estava com Alan Pangborn. Exceto pelo fato de que Pangborn estava sozinho dessa vez, poderia ser uma repetição daquela manhã.

Agora sim é um momento e um lugar para um pequeno vu de um tipo ou de outro, pensou ele, mas não havia nada de engraçado naquilo. O outro sentimento ainda estava muito presente... e o som dos pardais.

— No que posso ajudar, xerife? — perguntou ele, sem sorrir.

Ah! Outra coisa foi diferente. Pangborn estava com uma embalagem de seis cervejas na mão. E a levantou.

— Fiquei pensando se podíamos tomar uma gelada — disse ele — e conversar sobre isso.

3

Liz e Alan Pangborn tomaram cerveja; Thad tomou uma Pepsi. Enquanto conversavam, eles olhavam os gêmeos brincarem um com o outro daquele jeito estranhamente sério deles.

— Eu não deveria estar aqui — disse Alan. — Estou socializando com um homem que agora é suspeito não só de um assassinato, mas de dois.

— Dois! — exclamou Liz.

— Vou chegar lá. Na verdade, vou contar tudo. Vou abrir a boca de uma vez. Primeiro, tenho certeza de que seu marido também tem álibi para o segundo assassinato. Os policiais estaduais também têm. Eles estão correndo em círculos, em silêncio.

— Quem foi morto? — perguntou Thad.

— Um jovem chamado Frederick Clawson, em Washington, DC — ele viu Liz dar um pulo na cadeira e derramar um pouco de cerveja na mão. — Estou vendo que você reconhece o nome, sra. Beaumont — acrescentou ele, sem ironia evidente.

— O que está acontecendo? — perguntou ela, em um sussurro fraco.

— Não tenho a menor ideia do que está acontecendo. Estou ficando louco tentando entender. Não estou aqui pra prender você, nem pra causar nenhum incômodo, sr. Beaumont, apesar de não entrar na minha cabeça como outra pessoa poderia ter cometido esses crimes. Estou aqui pra pedir a sua ajuda.

— Por que você não me chama de Thad?

Alan se mexeu com desconforto na cadeira.

— Acho que eu ficaria mais à vontade com sr. Beaumont por enquanto.

Thad assentiu.

— Como quiser. Então Clawson está morto. — Ele olhou para baixo com expressão meditativa por um momento e depois para Alan novamente. — Minhas digitais estavam na cena desse crime também?

— Estavam, e de várias maneiras. A revista *People* fez um artigo sobre você recentemente, não fez, sr. Beaumont?

— Duas semanas atrás.

— O artigo foi encontrado no apartamento de Clawson. Pelo visto, uma página foi usada como símbolo no que parece um assassinato de ritual.

— Meu Deus — disse Liz, soando cansada e horrorizada.

— Você está disposto a me contar o que esse cara significa para você? — perguntou Alan.

Thad assentiu.

— Não tenho motivo pra não contar. Por acaso você leu o artigo, xerife?

— Minha esposa compra a revista no supermercado, mas tenho que confessar: só olhei as fotos. Pretendo ler o texto assim que puder.

— Não perdeu muito, mas Frederick Clawson foi o motivo para aquele artigo ter acontecido. É que...

Alan levantou a mão.

— Vamos chegar nele, mas vamos voltar a Homer Gamache primeiro. Nós verificamos novamente com a A.S.R.I. As digitais na picape de Gamache, e também no apartamento de Clawson, embora nenhuma esteja tão perfeita quanto a do chiclete e a do espelho, parecem corresponder às suas perfeitamente. O que quer dizer que, se você não cometeu os assassinatos, temos duas pessoas com as mesmas digitais, e *isso* é digno de entrar para o *Livro dos Recordes*.

Ele olhou para William e Wendy, que estavam tentando brincar de adoleta no cercadinho. Mas na realidade estavam só quase cegando um ao outro.

— Eles são idênticos? — perguntou ele.

— Não — disse Liz. — São *bem* parecidos, mas são irmão e irmã, e irmãos de sexos diferentes nunca são idênticos.

Alan assentiu.

— Nem gêmeos idênticos têm digitais idênticas — disse ele. Fez uma pausa e acrescentou, com um tom despretensioso que Thad achou totalmente fingido: — *Você* por acaso não tem um irmão gêmeo, tem, sr. Beaumont?

Thad balançou a cabeça devagar.

— Não. Não tenho irmãos, e meus pais estão mortos. William e Wendy são meus únicos parentes de sangue vivos. — Ele sorriu para as crianças e olhou novamente para Pangborn. — Liz sofreu um aborto espontâneo em 1974. Os... os primeiros... também eram gêmeos, pelo que eu soube, mas não há como saber se seriam idênticos, não com o aborto acontecendo no segundo mês. E se houver, quem ia querer saber?

Alan deu de ombros, parecendo um pouco constrangido.

— Ela estava fazendo compras no Filene's. Em Boston. Alguém a empurrou. Ela caiu por uma escada rolante inteira, sofreu um corte feio no braço. Se um segurança não estivesse ali na hora pra fazer um torniquete, teria sido o fim da linha pra ela também. E ela perdeu os gêmeos.

— Isso está no artigo da *People*? — perguntou Alan.

Liz deu um sorriso amargurado e balançou a cabeça.

— Nós nos reservamos o direito de editar nossa vida quando aceitamos fazer o artigo, xerife Pangborn. Não falamos isso para Mike Donaldson, o homem que veio fazer a entrevista, claro, mas editamos.

— O empurrão foi proposital?

— Não dá pra saber — disse Liz. Seus olhos se voltaram para William e Wendy... se embeveceu neles. — Mas, se foi um empurrão acidental, foi muito forte. Eu saí voando. Só toquei na escada rolante quando estava na metade. Mesmo assim, tentei me convencer de que foi sem querer. É mais fácil de aceitar. A ideia de que alguém empurraria uma mulher por uma escada rolante alta só pra ver o que ia acontecer... é o tipo de coisa que faz a gente perder o sono à noite.

Alan assentiu.

— Os médicos que nos atenderam disseram que Liz provavelmente não engravidaria mais — disse Thad. — Quando ela engravidou de William e Wendy, disseram que ela provavelmente não aguentaria carregá-los por muito tempo. Mas ela foi até o fim. E, depois de mais de dez anos, eu finalmente comecei a trabalhar em um livro novo com meu próprio nome. Vai ser meu terceiro. Como você pode ver, tem sido bom pra nós dois.

— O outro nome que você usava pra escrever era George Stark.

Thad assentiu.

— Mas isso acabou. Começou a acabar quando Liz entrou no oitavo mês, ainda saudável e bem. Eu decidi que, se ia ser pai de novo, era bom começar a ser eu mesmo de novo também.

4

Houve uma hesitação na conversa nesse momento, não exatamente uma pausa. E Thad disse:

— Confesse, xerife Pangborn.

Alan ergueu as sobrancelhas.

— Como?

Um sorriso surgiu nos cantos da boca de Thad.

— Não vou dizer que você tinha a situação toda resolvida, mas aposto que pelo menos tinha a ideia geral. Se eu tivesse um irmão gêmeo idêntico, talvez *ele* tivesse recebido os convidados na festa. Assim, eu poderia estar em Castle Rock, matando Homer Gamache e botando minhas digitais na picape toda. Mas não podia parar nisso, podia? Meu irmão gêmeo dorme com minha esposa e cumpre meus compromissos enquanto dirijo a picape de Homer até uma parada em Connecticut, roubo outro carro lá, dirijo até Nova York, largo o carro e pego um trem ou avião até Washington, DC. Quando chego lá, apago Clawson e volto correndo pra Ludlow, mando meu irmão gêmeo de volta pra casa dele, e ambos reassumimos nossa vida. Ou nós três, se você achar que Liz foi parte da enganação.

Liz o encarou por um momento e começou a rir. Não riu por muito tempo, mas riu com vontade. Não havia nada de forçado no som, mas era uma gargalhada ressentida. Uma expressão de humor de uma mulher que foi pega de surpresa por uma história engraçada.

Alan estava olhando para Thad sem disfarçar uma genuína surpresa. Os gêmeos riram da mãe por um momento, ou talvez com ela, e voltaram a rolar uma bola amarela grande no cercadinho.

— Thad, que *horrível* — disse Liz quando se recompôs.

— Pode ser — disse ele. — Se for o caso, desculpa.

— É... bem complexo — disse Alan.

Thad sorriu para ele.

— Você não é fã do falecido George Stark, imagino.

— Sinceramente, não. Mas tenho um policial, Norris Ridgewick, que é. Ele teve que me explicar qual era a graça.

— Bom, Stark se envolveu com alguns chavões das histórias policiais. Nunca com coisas tão Agatha Christie como o que acabei de sugerir, mas isso não quer dizer que eu não consiga pensar assim se quiser. Vamos lá, xerife: o pensamento tinha passado pela sua cabeça ou não? Se não, eu realmente *devo* um pedido de desculpas à minha esposa.

Alan ficou em silêncio por um momento, sorrindo um pouco e pensando muito. Finalmente, disse:

— Talvez eu *estivesse* pensando alguma coisa nessa linha. Não seriamente, e não exatamente assim, mas não precisa pedir desculpas pra patroa. Desde hoje de manhã, eu me vi disposto a considerar até as possibilidades mais malucas.

— Considerando a situação.

— Considerando a situação, sim.

Sorrindo, Thad disse:

— Eu nasci em Bergenfield, Nova Jersey, xerife. Não precisa acreditar na minha palavra se você pode verificar os registros pra ver se tem algum irmão gêmeo do qual eu possa ter me esquecido.

Alan balançou a cabeça e tomou mais um gole de cerveja.

— Foi uma ideia louca, e me sinto meio babaca, mas isso não é lá nenhuma novidade. Estou me sentindo assim desde cedo, quando você falou da festa. Nós verificamos os nomes. Eles batem.

— Claro que batem — disse Liz com certa rispidez.

— E, como você não tem irmão gêmeo, isso praticamente encerra o assunto.

— Vamos supor por um segundo — disse Thad —, só por questão de argumento, que *tenha* acontecido como eu sugeri. Seria uma ótima história... até certo ponto.

— E que ponto é esse? — perguntou Alan.

— As digitais. Por que eu me daria ao trabalho de montar um álibi *aqui* com um sujeito que é a minha cara... pra depois estragar tudo deixando digitais nas cenas dos crimes?

— Você vai mesmo pesquisar os registros de nascimento, não vai, xerife? — disse Liz.

Alan disse, impassível:

— A base do procedimento da polícia é bater até que esteja morto. Mas já sei o que vou encontrar se pesquisar. — Ele hesitou e acrescentou: — Não foi só a festa. Você passou a impressão de um homem que estava falando a verdade, sr. Beaumont. Tenho experiência suficiente para identificar a diferença. Como pude perceber até agora na minha experiência como policial, há poucos bons mentirosos no mundo. Eles podem aparecer de tempos em tempos nos livros policiais que você citou, mas na vida real são bem raros.

— Então pra que deixar digitais? — perguntou Thad. — É isso que eu quero saber. A pessoa que você está procurando é só um amador com as minhas digitais? Duvido. Já passou pela sua cabeça que a mera *qualidade* das digitais é suspeita? Você falou de áreas cinzentas. Sei um pouco sobre digitais por conta das pesquisas que fiz para os livros de Stark, mas sou bem preguiçoso no que diz respeito a esse lado da questão; é bem mais fácil ficar na frente da máquina de escrever inventando mentiras. Mas não é preciso haver um certo número de pontos de comparação pra que uma digital possa ser considerada prova?

— No Maine, são seis — disse Alan. — É preciso haver seis correspondências perfeitas pra que uma digital seja aceita como prova.

— E não é verdade que na maioria dos casos as marcas são só metade de uma digital, ou um quarto, ou só manchas borradas com algumas espirais?

— É. Na vida real, os criminosos quase nunca são presos por conta de provas de digitais.

— Mas você tem uma no retrovisor que descreveu como sendo tão boa quanto uma digital tirada na delegacia, e outra praticamente em um molde de chiclete. Por algum motivo, é essa que me incomoda de verdade. Parece que as digitais foram colocadas lá pra vocês encontrarem.

— Já passou pela nossa cabeça.

Na verdade, tinha sido bem mais do que isso. Era um dos aspectos mais agravantes do caso. O assassinato de Clawson parecia um ataque clássico a quem falou demais: língua cortada, pênis na boca da vítima, muito sangue, muita dor, mas ninguém no prédio ouviu nada. Mas, se foi trabalho profissional, como é que as digitais de Beaumont estavam por toda parte? Uma coisa que parecia tanto incriminação podia *não* ser incriminação? Não, a não ser que alguém tivesse elaborado um truque novinho. Enquanto isso, a velha máxima ainda valia para Alan Pangborn: se anda como um pato, grasna como um pato e nada como um pato, provavelmente é um pato.

— Digitais podem ser plantadas? — perguntou Thad.

— Você lê mentes tão bem quanto escreve livros, sr. Beaumont?

— Eu leio mentes, escrevo livros, mas, querido, nada de beijo na boca.

Alan estava com a boca cheia de cerveja, e a gargalhada foi uma surpresa tão grande que ele quase cuspiu no tapete. Conseguiu engolir, mas um pouco desceu pelo caminho errado, e ele começou a tossir. Liz se levantou e bateu nas costas dele com força várias vezes. Talvez fosse uma coisa estranha de se fazer, mas para ela não pareceu; a vida com dois bebês pequenos a condicionara àquele tipo de reação. William e Wendy olharam do cercadinho, a bolinha amarela parada e esquecida entre os dois. William começou a rir. Wendy o imitou.

Por algum motivo, isso fez Alan rir ainda mais.

Thad se juntou a ele. E, ainda batendo nas costas do xerife, Liz também começou a rir.

— Estou bem — disse Alan, ainda tossindo e rindo. — De verdade.

Liz deu um último tapa nas costas dele. Um pouco de cerveja jorrou pelo gargalo da garrafa como um gêiser soltando vapor e caiu na virilha da calça dele.

— Tudo bem — disse Thad. — A gente tem fralda.

As gargalhadas voltaram com força total, e em algum ponto entre o momento em que Alan Pangborn começou a tossir e quando ele finalmente conseguiu parar, os três tinham se tornado amigos, ao menos temporariamente.

5

— Até onde eu sei ou consegui descobrir, digitais não podem ser plantadas — disse Alan, retomando o fio da conversa um tempo depois; àquela altura estavam na segunda rodada, e a mancha constrangedora na virilha da calça dele estava começando a secar. Os gêmeos haviam adormecido no cercadinho, e Liz tinha ido ao banheiro. — Claro que ainda estamos verificando, porque até hoje de manhã a gente não tinha motivo para desconfiar de alguma coisa assim. Sei que já *tentaram* isso; alguns anos atrás, um sequestrador tirou as digitais de um prisioneiro antes de matá-lo, transformou-as em... matrizes, acho que você pode chamar... e as carimbou em um plástico bem fino. Ele colocou as digitais de plástico por cima dos próprios dedos e tentou deixar as marcas por todo o chalé da vítima na montanha, para a polícia achar que o sequestro foi mentira e que o cara estava livre.

— Não deu certo?

— A polícia conseguiu ótimas digitais. Do criminoso. Os óleos naturais dos dedos do cara se sobrepuseram às digitais falsificadas, e, como o plástico era fino e naturalmente receptivo às mais delicadas formas, acabou tomando a forma das digitais do criminoso.

— Talvez um material diferente...

— Claro, talvez. Isso aconteceu nos anos 50, e imagino que cem tipos novos de polímero foram inventados desde então. É possível. Só podemos dizer por enquanto que ninguém da perícia e da criminologia ouviu falar de terem conseguido fazer isso, e acho que isso não vai mudar.

Liz voltou à sala, sentou-se com as pernas dobradas feito um gato e puxou a saia sobre as panturrilhas. Thad admirou o gesto, que pareceu a ele atemporal e eternamente gracioso.

— Enquanto isso, há outras observações aqui, Thad.

Thad e Liz trocaram um olhar ao ouvirem Alan usar o primeiro nome. Foi tão rápido que Alan não percebeu. Ele tinha tirado um caderno surrado do bolso e estava olhando uma das páginas.

— Você fuma? — perguntou ele, erguendo o rosto.

— Não.

— Parou sete anos atrás — comentou Liz. — Foi bem difícil, mas ele aguentou firme.

— Há críticos que dizem que o mundo seria um lugar melhor se eu escolhesse um lugar e caísse morto de uma vez, mas sou do contra — disse Thad. — Por quê?

— Mas você já fumou, então.

— Já.

— Pall Mall?

Thad estava levando a lata de refrigerante à boca. Parou a quinze centímetros.

— Como você sabe?

— Seu tipo sanguíneo é A negativo?

— Estou começando a entender por que você veio preparado pra me prender de manhã — observou Thad. — Se eu não tivesse um álibi tão bom, estaria na prisão agora, né?

— Bom palpite.

— Você poderia ter descoberto o tipo sanguíneo dele pelos registros do Corpo de Treinamento de Oficiais da Reserva — disse Liz. — Imagino que foi de lá que as digitais dele vieram.

— Mas lá não diz que eu fumei Pall Mall por quinze anos. Até onde sei, coisas assim não são parte do registro do Exército.

— Essas coisas foram chegando desde de manhã — revelou Alan. — O cinzeiro da picape de Homer Gamache estava cheio de guimbas de Pall Mall. O coroa só fumava cachimbo de vez em quando. Havia também umas guimbas de Pall Mall em um cinzeiro no apartamento de Frederick Clawson. Ele só fumava um baseado de vez em quando. Isso de acordo com a senhoria dele. Conseguimos o tipo sanguíneo do criminoso a partir da saliva nas guimbas. O relatório do sorologista também nos deu várias informações. Melhores do que as digitais.

Thad não estava mais sorrindo.

— Não estou entendendo. Não estou entendendo nada disso.

— Tem uma coisa que não bate — disse Pangborn. — Cabelo louro. Encontramos uns seis fios na picape de Homer, e mais outros na cadeira que o assassino usou na sala de Clawson. Seu cabelo é preto. E acho que você não está de peruca.

— Não, Thad não está, mas talvez o assassino estivesse — disse Liz em tom sombrio.

— É possível — concordou Alan. — Se foi esse o caso, era feita de cabelo humano. E pra que se dar ao trabalho de mudar a cor do cabelo se você vai deixar digitais e guimbas de cigarro pra todo lado? Ou o cara é muito burro ou estava tentando incriminar você. O cabelo louro não faz sentido em nenhum dos dois casos.

— Talvez ele só não quisesse ser reconhecido — disse Liz. — Lembre que Thad apareceu na revista *People* duas semanas atrás. De costa a costa.

— Isso é uma possibilidade. Se bem que, se esse cara também tem a *aparência* do seu marido, sra. Beaumont...

— Liz.

— Tudo bem, Liz. Se ele parece seu marido, ficaria parecendo um Thad Beaumont louro, não é?

Liz encarou Thad por um momento e começou a rir.

— Qual é a graça? — perguntou Thad.

— Estou tentando imaginar você louro — disse ela, ainda rindo. — Acho que você ficaria parecendo um David Bowie depravado.

— Isso é engraçado? — perguntou Thad a Alan. — *Eu* não vejo graça.

— Bom... — disse Alan, sorrindo.

— Deixa pra lá. Por mim, o cara poderia estar usando óculos escuros e um arco de anteninhas junto com a peruca loura.

— Não se o assassino era o mesmo cara que a sra. Arsenault viu entrando na picape de Homer às quinze pra uma da madrugada do dia primeiro de junho — disse Alan.

Thad se inclinou para a frente.

— Ele *era* parecido comigo? — perguntou ele.

— Ela não conseguiu ver direito, só que estava de terno. Por garantia, pedi a um dos meus homens, Norris Ridgewick, que mostrasse sua foto pra ela hoje. Ela disse que *achava* que não era você, mas não tinha como dar certeza. Ela disse que achava que o homem que tinha entrado na picape de Homer era maior. — Ele acrescentou, secamente: — Ela é uma mulher cautelosa.

— Ela conseguiu identificar diferença de tamanho por uma foto? — perguntou Liz, cética.

— Ela já viu Thad por lá no verão. E ela *disse* que não tinha certeza.

Liz assentiu.

— Claro que ela conhece ele. Nós dois, na verdade. Compramos verduras frescas na barraquinha dela o tempo todo. Que burrice. Desculpa.

— Não precisa se desculpar — respondeu Alan. Ele terminou a cerveja e verificou a virilha. Seca. Que bom. Tinha uma mancha clara, o tipo de coisa que provavelmente só a esposa notaria. — De qualquer modo, isso me leva ao último ponto... ou aspecto... ou como vocês queiram chamar. Duvido que seja parte disso, mas não faz mal verificar. Quanto você calça, sr. Beaumont?

Thad olhou para Liz, que deu de ombros.

— Tenho pé meio pequeno pra um cara de um e oitenta e cinco. Uso tamanho quarenta e dois, mas muitas vezes o quarenta e um...

— Acho que as pegadas passadas pra nós eram maiores do que isso. De qualquer modo, acho que as pegadas não têm a ver com o crime, mas, se tiverem, pegadas podem ser forjadas. É só enfiar jornal nas pontas de sapatos dois números maiores e pronto.

— Que pegadas são essas? — perguntou Thad.

— Não importa — respondeu Alan, balançando a cabeça. — Nós nem temos fotos. Acho que temos na mesa quase tudo que faz parte da cena, Thad. Suas digitais, seu tipo sanguíneo, sua marca de cigarro...

— Ele não... — Liz começou a dizer.

Alan ergueu a mão em um gesto de paz.

— *Antiga* marca de cigarro. Acho que pode ser maluquice minha estar te contando tudo isso, e tem uma parte de mim dizendo que é mesmo, mas, já que chegamos até aqui, não faz sentido ignorar a floresta enquanto observamos algumas árvores. Você também está ligado de outras formas. Castle Rock é sua residência legal, assim como Ludlow, considerando que você paga impostos em ambos os lugares. Homer Gamache era mais do que um conhecido. Ele fazia... servicinhos, correto?

— Correto — disse Liz. — Ele era caseiro, mas se aposentou no ano em que compramos a casa. Dave Phillips e Charlie Fortin se revezam nesse trabalho agora. Mas ele não gostava de ficar parado.

— Se o cara que a sra. Arsenault viu pegando carona for o assassino de Homer, e estamos seguindo essa suposição, uma pergunta surge. Homer foi assassinado por ser a primeira pessoa que apareceu e que foi burra o suficiente ou que estava bêbada o suficiente pra dar carona pra ele, ou por ser Homer Gamache, conhecido de Thad Beaumont?

— Como ele poderia saber que Homer *passaria* por lá? — perguntou Liz.

— Porque era a noite de boliche de Homer, e o velho tem, ou melhor, tinha, sua rotina certa. Como um cavalo velho, Liz; sempre voltava para o celeiro pelo mesmo caminho.

— Sua primeira suposição — disse Thad — foi que Homer não parou por estar bêbado, mas porque reconheceu o cara. Um estranho que quisesse matar Homer não teria usado o esquema de pedir carona. Teria achado que era uma probabilidade pequena, provavelmente uma causa perdida.

— Isso mesmo.

— Thad — disse Liz com uma voz que não ficou muito firme. — A polícia achou que ele parou porque viu que era Thad... não foi?

— Foi — disse Thad. Ele segurou a mão dela. — Eles acharam que só alguém parecido comigo, alguém que conhecia Homer, tentaria fazer as coisas daquela forma. Imagino que até o terno se encaixa. O que o escritor bem-vestido usa quando está planejando um assassinato no interior à uma da madrugada? Um bom terno de tweed, claro... com remendos de couro nos cotovelos do paletó. Todos os mistérios britânicos insistem que é o padrão.

Ele olhou para Alan.

— É bem estranho, né? Tudo isso.

Alan assentiu.

— É estranho demais. A sra. Arsenault achou que ele ia atravessar a rua, mas aí Homer apareceu na picape. Mas o fato de que você também conhecia esse tal Clawson em Washington faz parecer ainda mais provável que Homer tenha sido morto por conhecer você, não só porque estava bêbado demais e parou. Então, vamos conversar sobre Frederick Clawson, Thad. Me conte sobre ele.

Thad e Liz trocaram um olhar.

— Acho que minha esposa pode fazer isso de forma mais rápida e concisa do que eu. Ela também vai usar menos palavrões, creio.

— Tem certeza de que quer que eu fale? — perguntou Liz.

Thad assentiu. Liz começou a falar, lentamente no começo, depois foi pegando velocidade. Thad a interrompeu uma ou duas vezes no começo, depois se acomodou e só ficou ouvindo. Por meia hora, ele quase não falou. Alan Pangborn pegou o caderno e fez anotações, mas, depois de algumas perguntas iniciais, também não a interrompeu muito.

NOVE
A INVASÃO DO CREEPOZOID

1

— Eu chamo ele de creepozoid — disse Liz. — Lamento por ele estar morto... mas isso não muda o que ele era. Não sei se creepozoids de verdade nascem assim ou se tornam, mas eles chegam a um ponto nojento, então acho que não importa. O de Frederick Clawson por acaso foi Washington, DC. Ele foi para o maior antro de cobras do direito pra estudar para o exame da ordem dos advogados.

"Thad, as crianças estão se remexendo. Você pode dar a mamadeira da noite? E eu gostaria de outra cerveja, por favor."

Ele pegou a cerveja dela e foi para a cozinha esquentar as mamadeiras. Deixou a porta da cozinha aberta para ouvir melhor... e bateu com a patela no caminho. Ele já tinha feito isso tantas vezes que nem reparou.

Os pardais estão voando novamente, pensou ele, e esfregou a cicatriz na testa enquanto enchia uma panela de água morna e botava no fogão. *Se ao menos eu soubesse que porra isso quer dizer.*

— Nós acabamos ouvindo a maior parte da história pelo próprio Clawson — prosseguiu Liz —, mas a perspectiva dele era meio deturpada. Thad costuma dizer que nós somos os heróis da nossa própria vida, e de acordo com Clawson ele era mais um Boswell do que um creepozoid... mas nós conseguimos montar uma versão mais equilibrada incluindo coisas que ouvimos das pessoas da Darwin Press, que publicou os livros que Thad escreveu com o pseudônimo de Stark, e pelas coisas que Rick Cowley contou.

— Quem é Rick Cowley? — perguntou Alan.

— O agente literário que cuidava dos dois nomes de Thad.

— E o que Clawson, o seu creepozoid, queria?

— Dinheiro — respondeu Liz secamente.

Na cozinha, Thad pegou as duas mamadeiras (só pela metade para ajudar a diminuir as trocas inconvenientes no meio da noite) na geladeira e as colocou na panela de água. O que Liz tinha dito estava certo... mas também errado. Clawson queria bem mais do que dinheiro.

Foi como se Liz tivesse lido seus pensamentos.

— Não que ele *só* quisesse dinheiro. Nem sei se essa era a questão principal. Ele também queria ser conhecido como o homem que expôs a verdadeira identidade de George Stark.

— Tipo o cara que finalmente consegue tirar a máscara do Incrível Homem-Aranha?

— Exatamente.

Thad colocou um dedo na panela para testar a água e se encostou no fogão com os braços cruzados, ouvindo. Ele percebeu que queria um cigarro. Pela primeira vez em anos, queria um cigarro de novo.

Thad estremeceu.

2

— Clawson estava em lugares certos demais em horas certas demais — disse Liz. — Além de ser estudante de direito, trabalhava meio período em uma livraria. Além de trabalhar em uma livraria, era fã de carteirinha de George Stark. E talvez tenha sido o único fã de George Stark no país que também leu os dois livros de Thad Beaumont.

Na cozinha, Thad sorriu, não sem um pouco de amargura, e sentiu a temperatura da água na panela de novo.

— Acho que ele queria criar uma espécie de grande drama a partir de suas suspeitas — prosseguiu Liz. — No fim das contas, teve que correr muito atrás pra chegar a uma conclusão. Quando viu que Stark era mesmo Beaumont e vice-versa, ele ligou para a Darwin Press.

— A editora de Stark.

— Isso mesmo. Ele falou com Ellie Golden, a mulher que editava os livros de Stark. Fez a pergunta sem rodeios: me diga se George Stark é mesmo Thaddeus Beaumont. Ellie disse que a ideia era ridícula. Clawson perguntou então sobre a foto de autor na quarta capa dos livros de Stark. Disse que queria o endereço do homem da foto. Ellie respondeu que não podia dar o endereço dos autores da editora.

"Clawson disse: 'Eu não quero o endereço de *Stark*, quero o endereço do homem da foto. O homem que está *posando* como Stark'. Ellie disse que aquilo era ridículo, que o homem da foto *era* George Stark."

— Antes disso, a editora nunca se manifestou pra dizer que era um pseudônimo? — perguntou Alan. Ele pareceu genuinamente curioso. — Assumiram a posição de que ele era um homem de verdade o tempo todo?

— Ah, sim. Thad insistiu.

Sim, ele pensou, tirando as mamadeiras da panela e testando o leite no pulso. *Thad insistiu. Hoje em dia, Thad não sabe dizer* por que *insistiu, não tem a menor ideia, mas Thad insistiu mesmo.*

Ele levou as mamadeiras para a sala, evitando uma colisão com a mesa da cozinha no caminho. Deu uma mamadeira para cada gêmeo. Eles as pegaram com seriedade, sonolentos, e começaram a mamar. Thad se sentou novamente. Ouviu Liz e disse para si mesmo que fumar um cigarro era a última coisa que passava pela cabeça dele.

— Clawson queria fazer mais perguntas — continuou Liz —, tinha um monte de perguntas, na verdade. Mas Ellie não entrou no jogo. Ela o mandou ligar para Rick Cowley e desligou na cara dele. Clawson ligou para o escritório do Rick e foi atendido pela Miriam. É a ex-esposa de Rick. Também é sócia dele na agência. A sociedade é meio estranha, mas eles se dão bem.

"Clawson perguntou a mesma coisa pra ela, se George Stark era mesmo Thad Beaumont. De acordo com Miriam, ela disse que sim. Também que ela mesma era Dolley Madison. 'Eu me divorciei do James', disse ela, 'Thad vai se divorciar da Liz, e nós dois vamos nos casar na primavera!' E desligou. Ela correu para a sala de Rick e contou pra ele que um cara de Washington estava cavucando a identidade secreta de Thad. Depois disso, as ligações do Clawson para a Cowley Associates não deram em nada, só desligavam na cara dele."

Liz tomou um bom gole de cerveja.

— Mas ele não desistiu. Cheguei à conclusão de que os creepozoids de verdade não desistem. Ele percebeu que pedir por favor não daria certo.

— E ele não ligou para Thad? — perguntou Alan.

— Não, nem uma vez.

— O número de vocês não está na lista telefônica, imagino.

Thad fez uma de suas poucas contribuições para a história.

— Nós não estamos na lista telefônica pública, Alan, mas o telefone aqui de Ludlow está na lista de contatos dos professores. Tem que estar. Sou professor e tenho orientandos.

— Mas o cara nunca foi na fonte — disse Alan, impressionado.

— Ele fez contato mais tarde... por carta — contou Liz. — Mas estou me adiantando aqui. Posso continuar?

— Por favor — respondeu Alan. — É uma história fascinante.

— Bom — prosseguiu Liz —, nosso creepozoid demorou só três semanas e gastou provavelmente menos de quinhentos dólares pra confirmar o que afirmava o tempo todo: que Thad e George Stark eram o mesmo homem.

"Ele começou com o *Literary Market Place*, que o pessoal do ramo editorial chama só de *LMP*. É uma lista de nomes, endereços e números comerciais de todo mundo do mercado: escritores, editores, agentes. Usando isso e a coluna "Pessoas" da *Publishers Weekly*, ele conseguiu encontrar uns seis funcionários da Darwin Press que saíram da empresa entre o verão de 1986 e o verão de 1987.

"Uma delas tinha a informação e estava disposta a revelar. Ellie Golden tem certeza de que a culpada foi uma garota que trabalhou como secretária do tesoureiro-chefe durante oito meses entre 1985 e 1986. Ellie a chamou de vagabunda de Vassar com maus hábitos nasais."

Alan riu.

— Thad também acha que foi ela — prosseguiu Liz — porque as provas acabaram sendo fotocópias dos contratos de royalties de George Stark. Eram do escritório de Roland Burrets.

— O tesoureiro-chefe da Darwin Press — explicou Thad.

Ele estava olhando os gêmeos enquanto ouvia. Eles tinham deitado de costas, os pés dentro dos macacões grudadinhos, as mamadeiras viradas para o teto. Os olhos estavam vidrados e distantes. Ele sabia que em pouco tempo ambos pegariam no sono... e, quando isso acontecesse, seria os dois juntos. *Eles fazem tudo juntos*, pensou Thad. *Os bebês estão com sono e os pardais estão voando.*

Ele tocou novamente na cicatriz.

— O nome de Thad não estava nas fotocópias — disse Liz. — Contratos de royalties às vezes exigem cheques, mas não são cheques, então não *precisava* aparecer neles. Deu pra entender isso, né?

Alan assentiu.

— Mas o endereço revelou a maior parte do que ele precisava saber. Era sr. George Stark, caixa postal 1642, Brewer, Maine 04412. Isso fica bem longe do Mississippi, onde Stark teoricamente morava. Uma olhada no mapa do Maine revelaria que a cidade imediatamente ao sul de Brewer é Ludlow, e ele sabia qual escritor bem-visto, ainda que não exatamente famoso, morava lá. Thaddeus Beaumont. Que coincidência.

"Nem Thad nem eu o vimos pessoalmente, mas *ele* viu *Thad*. Ele soube quando a Darwin Press enviava os cheques trimestrais por causa das fotocópias que tinha recebido. A maioria dos cheques de royalties vai para o agente do autor primeiro. Depois, o agente emite um novo, que reflete a quantia original menos a comissão dele. Mas, no caso de Stark, o tesoureiro enviava os cheques diretamente para a caixa postal em Brewer."

— E a comissão do agente? — perguntou Alan.

— Era descontada da quantia total na Darwin Press e enviada para Rick em um cheque separado. Esse seria outro sinal claro para Clawson de que George Stark não era quem alegava ser... só que, àquela altura, Clawson não precisava de mais pistas. Ele queria provas concretas. E partiu atrás delas.

"Quando chegou a hora da emissão do cheque de royalties, Clawson pegou um avião pra cá. Passava as noites no Holiday Inn; passava os dias 'vigiando' a agência do correio de Brewer. Foi assim que ele botou na carta que Thad recebeu depois. Uma tocaia. Tudo muito *film noir*. Mas a investigação foi bem rudimentar. Se 'Stark' não tivesse aparecido pra pegar o cheque no quarto dia de vigilância dele, Clawson teria que levantar acampamento e voltar pra casa. Mas acho que não teria terminado ali. Quando um creepozoid genuíno enfia os dentes, ele só solta quando arranca um bom pedaço."

— Ou quando você quebra os dentes dele — grunhiu Thad.

Ele viu Alan se virar em sua direção, as sobrancelhas erguidas, e fez uma careta. Escolha ruim de palavras. Alguém tinha feito exatamente isso com o creepozoid de Liz... ou coisa bem pior.

— É uma questão controversa, de qualquer forma — prosseguiu Liz, e Alan se voltou para ela. — Não demorou tanto tempo. No terceiro dia, quando estava sentado em um banco do parque em frente à agência do correio, ele viu o Suburban de Thad estacionar em uma das vagas ali perto.

Liz tomou outro gole de cerveja e limpou a espuma do lábio. Quando afastou a mão, ela estava sorrindo.

— Agora vem a parte de que eu gosto — disse ela. — É simplesmente *d-d-delicioso*, como o sujeito gay da *Brideshead Revisited* dizia. Clawson tinha uma câmera. Era uma câmera pequenininha, do tipo que se esconde na palma da mão. Na hora de tirar a foto, é só abrir os dedos um pouco, deixar a lentezinha espiar e pronto!

Ela riu um pouco e balançou a cabeça imaginando a cena.

— Ele disse na carta que comprou por um catálogo que vende equipamento de espionagem; escutas telefônicas, gosma que se passa em envelopes pra que fiquem transparentes por dez ou quinze minutos, pastas que se autodestroem, coisas assim. O agente secreto X-9 Clawson se apresentando para o trabalho. Aposto que ele teria preenchido um dente oco com cianeto se fosse permitido comprar. Ele gostava dessa imagem.

"Ele conseguiu umas cinco ou seis fotos razoáveis. Não imagens artísticas, mas dava pra ver quem era a pessoa e o que estava fazendo. Tinha uma imagem de Thad se aproximando das caixas postais no saguão, uma de Thad enfiando a chave na caixa postal 1642 e uma dele tirando o envelope."

— Ele mandou cópias dessas fotos pra vocês? — perguntou Alan.

Ela tinha dito que ele queria dinheiro, e Alan achou que a moça sabia o que dizia. A história toda tinha cheiro de chantagem; fedia a chantagem, na verdade.

— Ah, sim. E uma ampliação da última. Dá pra ler parte do endereço do remetente: as letras DARW, e dá pra ver o colofão da Darwin Press acima.

— X-9 ataca de novo — disse Alan.

— É. X-9 ataca de novo. Ele mandou revelar as fotos e voltou pra Washington. Nós recebemos a carta com as fotos poucos dias depois. A carta era maravilhosa. Ele flertou com uma ameaça, mas nunca passou do limite.

— Ele *era* estudante de direito, afinal de contas — disse Thad.

— É — concordou Liz. — Sabia até onde podia ir, pelo visto. Thad pode pegar a carta, mas consigo recitar de cor. Começou dizendo quanto admirava as duas metades do que chamava de "mente dividida" de Thad. Contou o que tinha descoberto e como. Em seguida, foi ao que interessava. Ele tomou muito cuidado ao nos mostrar o anzol, mas o anzol estava lá. Disse que era aspirante a escritor, mas não tinha muito tempo para escrever. Os estudos de direito exigiam muito tempo, mas não era só isso. O verdadeiro problema, disse ele, era ter que trabalhar em uma livraria pra complementar a renda e pagar os estudos e as outras contas. Ele disse que gostaria de mostrar a Thad seus escritos e que, se Thad achasse promissor, talvez tivesse interesse em elaborar uma ajuda de custos para ele.

— Ajuda de custos — disse Alan, intrigado. — É *assim* que estão chamando agora?

Thad inclinou a cabeça para trás e riu.

— Foi assim que Clawson chamou. Acho que consigo citar o finalzinho palavra por palavra. 'Sei que deve parecer um pedido muito atrevido de primeira', disse ele, 'mas tenho certeza de que, se você estudasse meu trabalho, logo entenderia que um arranjo desses pode oferecer vantagens para nós dois.'

"Thad e eu surtamos por um tempo, depois rimos, depois surtamos mais um pouco."

— É — concordou Thad. — Não me lembro de ter rido, mas de surtar com certeza.

— Finalmente começamos a conversar. Conversamos quase até meia-noite. Nós dois reconhecemos o significado real da carta e das fotos de Clawson, e depois que a raiva de Thad passou...

— A minha raiva *ainda* não passou — comentou Thad —, e o cara está morto.

— Bom, quando a gritaria acabou, Thad quase ficou aliviado. Já tinha um tempo que ele queria se livrar de Stark, e já estava trabalhando em um livro longo e sério. Ainda está, aliás. Chama-se *O cachorro dourado*. Já li as primeiras duzentas páginas e é muito bom. Bem melhor do que as duas últimas coisas que escreveu como George Stark. Então, Thad decidiu...

— *Nós* decidimos — disse Thad.

— Tudo bem, *nós* decidimos que Clawson era uma bênção disfarçada, um jeito de apressar o que já ia acontecer mesmo. O único medo de Thad era que Rick Cowley não fosse gostar muito da ideia, porque a agência ganhava mais com George Stark do que com Thad, bem mais. Mas ele foi um fofo. Na verdade, disse que poderia gerar publicidade que ajudaria em várias áreas: nas vendas do catálogo de reserva de Stark, nas vendas do catálogo de reserva de Thad...

— Dos dois livros — disse Thad com um sorriso.

— ... e nas vendas do livro novo, quando finalmente sair.

— Perdão: o que é catálogo de reserva? — perguntou Alan.

Sorrindo agora, Thad disse:

— Os livros velhos que não vão mais pros lugares de destaque nas livrarias de rede.

— Então vocês foram a público.

— Fomos — disse Liz. — Primeiro no AP daqui do Maine e no *Publishers Weekly*, mas a história ganhou proporção nacional; afinal, Stark era campeão de vendas, e o fato de nunca ter existido foi motivo pra bons artigos nas páginas do final do jornal. Mas aí a revista *People* fez contato.

"Recebemos mais uma carta furiosa de Frederick Clawson nos dizendo que éramos maus e cruéis e ingratos. Ele parecia achar que não tínhamos o direito de tirar ele da jogada daquele jeito, porque ele tinha feito todo o trabalho, enquanto Thad só havia escrito uns livros. Depois disso, Clawson sumiu."

— Agora de vez — disse Thad.

— Não — disse Alan. — Alguém *deu* um sumiço nele... e tem uma grande diferença.

Um silêncio se espalhou entre eles. Foi curto... mas muito, muito pesado.

3

Alan pensou por vários minutos. Thad e Liz deixaram. Finalmente, ele ergueu o rosto e disse:

— Tudo bem. Por quê? Por que alguém recorreria a assassinato por causa disso? Ainda mais depois de o segredo já ter sido revelado?

Thad balançou a cabeça.

— Se tiver a ver comigo ou com os livros que escrevi como George Stark, não sei quem *nem* por quê.

— E por causa de um pseudônimo? — perguntou Alan, em tom reflexivo. — Sem querer ofender, Thad, mas não era exatamente um documento confidencial nem um grande segredo militar.

— Não me ofendi — disse Thad. — Na verdade, não poderia concordar mais.

— Stark tinha muitos fãs — afirmou Liz. — Alguns ficaram com raiva porque Thad não ia mais escrever livros como Stark. A *People* recebeu algumas cartas depois do artigo, e Thad, muito mais. Uma senhora chegou a ponto de sugerir que Alexis Machine deveria sair da aposentadoria e fazer Thad se arrepender.

— Quem é Alexis Machine? — Alan pegou o caderno de novo.

Thad sorriu.

— Calma, calma, meu bom inspetor. Machine é só um personagem de dois dos livros que George escreveu. O primeiro e o último.

— Ficção pela ficção — comentou Alan, guardando o caderno. — Que ótimo.

Enquanto isso, Thad pareceu um tanto sobressaltado.

— Ficção pela ficção — repetiu ele. — Isso não é nada mau. Nada mau.

— Mas aonde eu queria chegar — disse Liz — era que Clawson talvez tivesse um amigo, sempre supondo que creepozoids têm amigos, que era um grande fã de Stark. Talvez ele soubesse que Clawson foi o verdadeiro responsável por trazer a história à tona e tenha ficado com raiva porque não haveria mais livros de Stark agora que ele...

Ela suspirou, olhou para a garrafa de cerveja por um momento e ergueu a cabeça.

— É uma justificativa bem ruim, né?

— Acho que é — disse Alan com gentileza, e olhou para Thad. — Você deveria estar de joelhos agradecendo pelo seu álibi agora, se já não estava antes. Você percebe que isso te faz parecer um suspeito bem mais atraente, né?

— Parece que sim — concordou Thad. — Thaddeus Beaumont escreveu dois livros que quase ninguém leu. O segundo, publicado onze anos atrás, nem teve crítica muito boa. Os adiantamentos infinitesimais que ele conseguiu não se pagaram; vai ser surpreendente se ele conseguir ser publicado de novo, considerando como anda o mercado. Stark, por outro lado, ganha montes de dinheiro. São montes *discretos*, mas os livros ainda ganham seis vezes o que ganho por ano dando aula. Esse tal Clawson aparece cheio de dedos com uma ameaça de chantagem. Eu me recuso a ceder, mas minha única alternativa é trazer a história a público. Pouco tempo depois, Clawson é morto. Seria um ótimo motivo, mas não é. Matar um possível chantagista depois que você já revelou o segredo seria burrice.

— É... mas sempre tem vingança.

— Acho que sim... até olharmos o resto. O que Liz contou é a pura verdade. Stark já ia ser jogado no lixo de qualquer jeito. Talvez houvesse mais um livro, mas *só* um. E um dos motivos de Rick Cowley ter sido tão fofo, como Liz disse, foi porque ele sabia. E estava certo sobre a publicidade. O artigo da *People*, mesmo sendo bobo, fez maravilhas pelas vendas. Rick me disse que *O caminho da Babilônia* tem chance de voltar pra lista de mais vendidos, e as vendas de todos os livros de Stark subiram. A Dutton está até planejando fazer reimpressões de *Os dançarinos repentinos* e *Bruma roxa*. Se você olhar por esse ângulo, Clawson me fez um favor.

— E como isso nos deixa? — perguntou Alan.

— Não faço a menor ideia — respondeu Thad.

No silêncio que veio em seguida, Liz disse, baixinho:

— É um caçador de crocodilos. Eu estava pensando nisso hoje de manhã. É um caçador de crocodilos, louco de pedra.

— Caçador de crocodilos? — Alan se virou para ela.

Liz explicou sobre a síndrome de ver os crocodilos vivos de Thad.

— *Poderia* ter sido um fã maluco — disse ela. — Não é uma ideia *tão* ruim se você pensar no sujeito que atirou em John Lennon e no que tentou matar Ronald Reagan pra impressionar Jodie Foster. Eles *existem*. E se Clawson conseguiu descobrir sobre Thad, alguma outra pessoa pode ter descoberto sobre Clawson.

— Mas por que um cara assim tentaria me culpar se ama tanto o que escrevo? — perguntou Thad.

— Porque *não ama*! — retrucou Liz com veemência. — É *Stark* que o caçador de crocodilos ama. Ele deve odiar você tanto quanto odeia, odiava, Clawson. Você disse que não lamentava a morte de Stark. Isso poderia ter sido o suficiente.

— Não me convence — disse Alan. — As digitais...

— Você diz que digitais nunca foram copiadas e nem plantadas, Alan, mas, como estavam em ambos os lugares, *deve* haver um jeito. É a única resposta possível.

Thad se ouviu dizer:

— Não, você está enganada, Liz. Se *existe* um cara assim, ele não só ama Stark. — Ele olhou para os próprios braços e viu que a pele estava arrepiada.

— Não? — perguntou Alan.

Thad olhou para os dois.

— Vocês já pararam para pensar que o homem que matou Homer Gamache e Frederick Clawson talvez ache que *é* George Stark?

4

Nos degraus, Alan disse:

— Vou manter contato, Thad.

Em uma das mãos segurava fotocópias, feitas na máquina no escritório de Thad, das duas cartas de Frederick Clawson. Thad achou que o fato de Alan ter aceitado fotocópias, ao menos no momento, em vez de insistir em levar os originais como provas era o sinal mais claro de que ele tinha deixado de lado a maior parte de suas desconfianças.

— E vai voltar pra me prender se encontrar algum furo no meu álibi? — perguntou Thad, sorrindo.

— Acho que isso não vai acontecer. A única coisa que eu pediria é que você me mantenha informado também.

— Se alguma coisa acontecer?

— Isso mesmo.

— É uma pena não podermos ajudar mais — disse Liz.

Alan sorriu.

— Vocês ajudaram muito. Eu não conseguia decidir se deveria ficar mais um dia, o que representaria mais uma noite em um quarto no bloco de concreto que é o Ramada Inn, ou se deveria voltar para Castle Rock. Graças ao que vocês me contaram, decidi voltar. Agora. Vai ser bom voltar. Ultimamente, minha esposa Annie não anda muito bem de saúde.

— Espero que nada sério — disse Liz.

— Enxaqueca — disse Alan brevemente. Começou a se afastar, mas se virou. — Tem mais *uma* coisa.

Thad revirou os olhos para Liz.

— Lá vem — disse ele. — É a reviravolta final do velho Columbo de capa de chuva amassada.

— Nada do tipo, mas a polícia de Washington não revelou uma prova no assassinato de Clawson. É prática comum. Ajuda a descartar os malucos que gostam de confessar crimes que não cometeram. Tinha uma coisa escrita na parede do apartamento de Clawson. — Alan fez uma pausa e acrescentou, quase com um pedido de desculpas: — Estava escrito com o sangue da vítima. Se eu contar o que era, vocês dão sua palavra que não vão revelar pra ninguém?

Eles assentiram.

— A frase era "Os pardais estão voando novamente". Significa alguma coisa para algum de vocês?

— Não — disse Liz.

— Não — disse Thad, com tom neutro depois de um momento de hesitação.

O olhar de Alan permaneceu voltado para o rosto de Thad por um momento.

— Tem certeza?

— Absoluta.

Alan suspirou.

— Era o que eu achava mesmo, mas pareceu que valia a pena tentar. São tantas outras ligações estranhas que achei que isso pudesse ser mais uma. Boa noite, Thad, Liz. Não esqueçam de entrar em contato se acontecer alguma coisa.

— Pode deixar — disse Liz.

— Faremos isso — concordou Thad.

Um instante depois, os dois estavam dentro de casa, a porta fechada separando-os de Alan Pangborn... e da escuridão pela qual ele faria sua longa viagem para casa.

DEZ
MAIS TARDE NAQUELA MESMA NOITE

1

Eles levaram os gêmeos adormecidos para cima e começaram a se preparar para dormir. Thad ficou só de cueca e regata, o pijama dele, e foi para o banheiro. Estava escovando os dentes quando os tremores começaram. Ele largou a escova, cuspiu a espuma branca na pia e foi para a privada; suas pernas tinham tanta sensibilidade quanto pernas de pau.

Ele teve ânsia uma vez, um som horrivelmente seco, mas nada saiu. Seu estômago começou a se acalmar... ao menos temporariamente.

Quando se virou, Liz estava parada na porta, usando uma camisola azul de náilon que batia bem acima dos joelhos. Ela se abaixou para encará-lo.

— Você está guardando segredos, Thad. Isso não é bom. Nunca foi.

Ele deu um suspiro e esticou as mãos para a frente, os dedos abertos, ainda tremendo.

— Há quanto tempo você sabe?

— Tem alguma coisa estranha com você desde que o xerife voltou hoje à noite. E quando fez aquela última pergunta... sobre a coisa escrita na parede de Clawson... foi como se um letreiro de néon tivesse se acendido na sua testa.

— Pangborn não viu letreiro nenhum.

— O xerife Pangborn não conhece você tão bem quanto eu... mas, se você não percebeu que ele hesitou antes de ir, é porque não estava olhando. Até *ele* viu que *alguma coisa* não estava certa. Foi pelo jeito como ele olhou pra você.

Os cantos da boca de Liz se curvaram um pouco para baixo. Essa expressão destacava as rugas em seu rosto, rugas que ele tinha visto pela primeira vez depois do acidente em Boston e do aborto, rugas que ficaram mais fundas conforme ela assistia a ele se esforçando cada vez mais para tirar água de um poço que parecia ter secado.

Foi nessa época que ele tinha começado a perder o controle da bebida. Todas essas coisas (o acidente de Liz, o aborto, o fracasso de crítica e financeiro de *Bruma roxa* seguido do sucesso absurdo de *O jeito de Machine* sob o pseudônimo de Stark, a bebedeira repentina para compensar) se juntaram para levá-lo a um profundo estado depressivo. Ele reconheceu a situação como uma mentalidade egoísta e autocentrada, mas reconhecer não tinha ajudado. Acabou tomando um punhado de comprimidos para dormir com meia garrafa de Jack Daniel's. Foi uma tentativa de suicídio sem muito entusiasmo... mas ainda assim uma tentativa de suicídio. Todas essas coisas haviam acontecido em um período de três anos. Parecera bem mais na época. Na época, parecera uma eternidade.

E, claro, pouco ou nada disso tinha chegado às páginas da revista *People*.

Ali, ele estava vendo em Liz o mesmo olhar que vira naquela época. Ele odiou o que viu. A preocupação era ruim; a desconfiança era pior. Ele pensou que puro ódio teria sido mais fácil de suportar do que aquele olhar estranho e cauteloso.

— Odeio quando você mente pra mim — disse ela, sem cerimônia.
— Eu não menti, Liz! Pelo amor de Deus!
— Às vezes para mentir basta ficar calado.
— Eu ia contar pra você. Só não sabia como.

Mas era verdade? Era mesmo? Ele não sabia. Era uma coisa estranha, uma coisa louca, mas esse não era o motivo para ele talvez ter mentido por omissão. Ele sentira a necessidade de ficar quieto da mesma forma que um homem que viu sangue nas fezes ou sentiu um caroço na virilha poderia sentir. O silêncio em casos assim é irracional... mas o medo também é irracional.

E havia outra coisa: ele era escritor, alguém que imaginava. Nunca tinha conhecido outro escritor, nem a si mesmo, que tivesse mais do que uma ideia vaga do que o levava a fazer *qualquer coisa*. Ele às vezes acreditava que a compulsão por criar histórias não passava de um baluarte contra as dúvidas, talvez até contra a insanidade. Era uma imposição de ordem, uma imposição desesperada, por pessoas capazes de encontrar matérias preciosas só na mente... nunca no coração.

Dentro dele, uma voz sussurrou pela primeira vez: *Quem você é quando escreve, Thad? Quem você é nesses momentos?*

Para essa voz, ele não tinha resposta.

— E aí? — perguntou Liz.

O tom foi ríspido, beirando a raiva.

Ele abandonou os pensamentos, sobressaltado.

— Como?

— *Encontrou* o caminho? Seja lá pra onde for?

— Olha, não sei por que você está tão *irritada*, Liz!

— Porque estou com *medo*! — gritou ela, furiosa... mas ele viu lágrimas nos cantos dos olhos dela. — Porque você escondeu coisas do xerife, e estou aqui até sem saber se você também ia esconder de *mim*! Se eu não tivesse visto a sua cara...

— Ah? — Agora ele começou a ficar com raiva. — Cara de quê? O que tinha a minha cara?

— Você pareceu sentir culpa. Ficou com a cara que fazia quando dizia pras pessoas que tinha parado de beber, mas não tinha. Quando...

Ele não sabia o que ela vira em seu rosto, e no fundo talvez nem *quisesse* saber, mas acabou com a raiva dela. Um olhar abalado tomou o lugar da raiva.

— Me desculpe. Eu não deveria ter dito isso — continuou ela.

— Por quê? — disse ele, secamente. — Foi verdade. Por um tempo.

Ele voltou para o banheiro e usou o enxaguante bucal para tirar o que restava de pasta. Era do tipo sem álcool. Assim como o xarope para tosse. E a essência de baunilha no armário da cozinha. Ele não bebia nada desde que tinha terminado o último livro de Stark.

A mão dela tocou de leve na dele.

— Thad... estamos agindo com raiva. Isso faz mal a nós dois e não vai ajudar em nada. Você disse que pode haver um homem por aí, um psicótico, que acha que *é* George Stark. Ele matou duas pessoas que conhecemos. Uma delas foi parcialmente responsável por revelar o pseudônimo Stark. Deve ter passado pela sua cabeça que você poderia estar no topo da lista de inimigos do sujeito. Mas, apesar disso, você escondeu alguma coisa. Qual era a frase?

— Os pardais estão voando novamente.

Ele olhou para o próprio rosto na luz branca das lâmpadas fluorescentes acima do espelho do banheiro. O mesmo rosto de sempre. Com olheiras mais fortes, talvez, mas ainda assim o mesmo rosto de sempre. Ele ficou feliz. Não era a cara de um galã de cinema, mas era dele.

— Isso. Essa frase significa alguma coisa pra você. O quê?

Ele apagou a luz do banheiro e a abraçou, levando-a até a cama, onde se deitaram.

— Quando eu tinha onze anos, passei por uma cirurgia pra retirar um pequeno tumor do lobo frontal do cérebro. Acho que foi do lobo frontal. Você já sabe disso.

— Já. — Ela olhava para ele intrigada.

— Eu falei que tinha dores de cabeça horríveis antes do tumor ser diagnosticado, né?

— É.

Ele começou a acariciar a coxa dela, distraído. Ela tinha pernas longas e lindas, e a camisola era bem curta.

— E os sons?

— Sons? — Ela não pareceu entender.

— Imaginei que não tivesse contado... mas é que nunca pareceu muito importante. Tudo isso faz muito tempo. As pessoas com tumores cerebrais costumam ter dores de cabeça, às vezes convulsões, e às vezes ambos. Com muita frequência, esses sintomas têm sintomas próprios. São chamados de precursores sensoriais. Os mais comuns são cheiros: de pontas de lápis, cebola cortada, fruta podre. Meu precursor sensorial era auditivo. Eram pássaros.

Ele ficou cara a cara com ela, os narizes quase se tocando. Sentiu uma mecha do cabelo dela fazer cócegas em sua testa.

— Pardais, para ser preciso.

Ele se sentou, sem querer encarar a expressão de puro choque dela. E segurou a mão dela.

— Vem.

— Thad... aonde?

— Ao escritório — disse ele. — Quero mostrar uma coisa.

2

O escritório de Thad era dominado por uma escrivaninha de carvalho imensa. Não era um item de decoração referência em elegância antiga ou moderna. Era só um pedaço de madeira muito grande e muito útil. Parecia um dinossauro embaixo de três globos de vidro pendurados; a combinação de luz que os três lançavam sobre a superfície de trabalho era quase cruel. Pouca coisa da superfície da escrivaninha estava visível. Manuscritos, pilhas de correspondência, livros e provas de livros que tinham sido enviadas para ele estavam amontoadas por toda parte. Na parede branca atrás da escrivaninha havia um pôster da construção favorita de Thad no mundo todo: o Flatiron Building em Nova York. O improvável formato triangular sempre o impressionou.

Ao lado da máquina de escrever estava o manuscrito do livro novo, *O cachorro dourado*. Em cima da máquina de escrever estava a produção do dia. Seis páginas. Era a média dele... quando trabalhava como ele mesmo. Como Stark, costumava fazer oito, às vezes dez.

— Era isso que eu estava fazendo antes de Pangborn aparecer — disse ele, pegando a pequena pilha de papéis de cima da máquina de escrever e entregando para ela. — De repente, o som veio, o som de pardais. Pela segunda vez no dia, só que dessa vez bem mais intenso. Olhe o que está escrito na folha de cima.

Ela olhou por bastante tempo, e de onde ele estava só dava para ver o cabelo e o topo da cabeça dela. Quando ela virou de novo para ele, toda a cor tinha sumido do rosto. Os lábios estavam apertados em uma linha cinzenta estreita.

— É a mesma coisa — sussurrou ela. — *Exatamente a mesma coisa*. Ah, Thad, o que *é* isso? O que...?

Ela oscilou, e ele foi em sua direção, com medo por um momento de ela desmaiar. Segurou os ombros dela, seu pé prendeu no pé em formato de X da sua cadeira, e ele quase caiu com ela sobre a escrivaninha.

— Você está bem?

— Não — respondeu ela com voz fraca. — E você?

— Não exatamente. Me desculpe. Sou o Beaumont desastrado de sempre. Como cavaleiro de armadura brilhante, sou um ótimo peso de portas.

— Você escreveu isso *antes* de Pangborn aparecer — disse ela. Ela parecia achar isso impossível de entender. — *Antes*.

— Pois é.

— O que isso *quer dizer*?

Ela estava olhando para ele com uma intensidade frenética, as pupilas grandes e escuras apesar da luz forte.

— Não sei — disse ele. — Achei que você pudesse ter alguma ideia.

Ela balançou a cabeça e colocou os papéis de volta na mesa. Em seguida, esfregou a mão na saia curta da camisola, como se tivesse tocado em uma coisa suja. Thad achou que ela não percebeu o gesto, e preferiu também não comentar nada.

— Agora você entende por que não falei nada?

— Entendo... Acho que sim.

— O que ele teria dito? Nosso prático xerife do menor condado do Maine, que bota toda a sua fé em impressos de computador do A.S.R.I. e testemunhas oculares? Nosso xerife, que achou mais plausível eu estar escondendo um irmão gêmeo do que alguém ter descoberto como duplicar digitais? O que ele teria dito ao ouvir *isso*?

— Eu... não sei. — Ela estava lutando para se recompor, para sair do choque. Ele já tinha visto a esposa fazer isso, o que não diminuiu sua admiração por ela. — Não sei o que ele teria dito, Thad.

— Nem eu. Acho que, na pior das hipóteses, ele poderia ter suposto um conhecimento prévio do crime. É mais provável que acreditasse que corri até aqui e escrevi isso depois que ele foi embora.

— Por que você faria uma coisa assim? *Por quê*?

— Acho que insanidade seria a primeira suposição — disse Thad secamente. — Acho que um policial feito Pangborn teria bem mais chance de acreditar em insanidade do que de aceitar uma ocorrência que parece não ter explicação que não seja paranormal. Mas se você acha que estou errado de não revelar isso até ter a oportunidade de entender, e talvez eu tenha, pode dizer. Podemos ligar para a delegacia de Castle Rock e deixar um recado para o xerife.

Ela balançou a cabeça.

— Não sei. Ouvi falar, acho que em algum talk show, sobre elos psíquicos...

— Você acredita nisso?

— Nunca tive motivo pra pensar muito no assunto. Agora, acho que tenho. — Ela esticou a mão e pegou a folha de papel com as palavras escritas à mão. — Você escreveu com um dos lápis de George Stark — observou ela.

— Era a coisa mais próxima, só isso — disse ele com hesitação. Ele pensou brevemente na caneta Scripto e tirou isso da cabeça. — E não são os lápis de *George*, nunca foram. São meus. Estou ficando cansado de me referir a ele como outra pessoa. Perdeu a graça que pode já ter tido.

— Mas você também usou uma das expressões dele hoje: "fabricar um álibi". Nunca ouvi você usá-la antes, a não ser nos livros. Foi coincidência?

Ele começou a dizer que foi, *claro* que foi, mas parou. *Provavelmente* foi, mas depois do que tinha escrito naquela folha de papel, como ele podia ter certeza?

— Não sei.

— Você estava em transe, Thad? Estava em transe quando escreveu isso?

Lentamente, com relutância, ele respondeu:

— Estava. Acho que estava.

— Foi só isso que aconteceu? Ou houve mais alguma coisa?

— Não consigo lembrar — disse ele, e acrescentou com ainda mais relutância: — Acho que eu talvez tenha dito alguma coisa, mas não consigo lembrar mesmo.

Ela olhou para ele por muito tempo e disse:

— Vamos pra cama.

— Você acha que vamos conseguir dormir, Liz?

Ela deu uma risada amarga.

3

Mas, vinte minutos depois, ele estava adormecendo quando a voz de Liz o fez despertar.

— Você tem que ir ao médico. Na segunda.

— Não estou tendo dores de cabeça desta vez — protestou ele. — Só os ruídos de pássaros. E aquela coisa *esquisita* que eu escrevi. — Ele fez uma pausa e acrescentou, esperançoso: — Você não acha que pode ter sido só coincidência?

— Não sei o que é, mas tenho que dizer, Thad, coincidência está no *final* da minha lista.

Por algum motivo, eles acharam graça daquilo e começaram a rir na cama, o mais baixinho possível para não acordar os bebês, se abraçando. As coisas estavam bem entre eles de novo, pelo menos isso; Thad achava que não podia ter muitas certezas no momento, mas quanto àquilo ele tinha. Estava tudo bem. A tempestade tinha passado. Os malditos ossos velhos tinham sido enterrados novamente, ao menos por enquanto.

— Vou marcar a consulta — disse ela quando pararam de rir.

— Não. Eu marco.

— E você não vai ter nenhum esquecimento criativo?

— Não. Vou ligar na segunda logo cedo. Dou minha palavra.

— Tudo bem. — Ela suspirou. — Vai ser um milagre se eu conseguir dormir.

Mas, cinco minutos depois, a respiração dela estava suave e regular, e cinco minutos depois disso, Thad pegou no sono também.

4

E teve o sonho de novo.

Foi o mesmo (ou pelo menos pareceu) até o final: Stark o levou pela casa deserta, sempre atrás, dizendo para Thad que ele estava enganado quando insistiu com voz trêmula e consternada que aquela casa era dele. Você está enganado, disse Stark atrás de seu ombro direito (ou foi do esquerdo? Importava?). O dono daquela casa, ele disse novamente para Thad, estava morto. O dono daquela casa estava no famoso lugar onde o serviço ferroviário terminava, aquele lugar que todo mundo aqui embaixo (onde quer que fosse) chamava de Fimlândia. Tudo igual. Até eles voltarem pelo corredor, onde Liz não estava mais sozinha. Frederick Clawson estava com ela. Ele estava nu, exceto por um casaco de couro absurdo. E estava tão morto quanto Liz.

Por cima do ombro dele, Stark disse em tom de reflexão:

— Aqui embaixo, é isso que acontece com os dedos-duros. Eles viram essência de idiota. Mas *ele* já está resolvido. Vou cuidar de todos eles, um a um. Só toma cuidado pra eu não ter que cuidar de *você*. Os pardais estão voando novamente, Thad, lembre-se disso. Os pardais estão voando.

E então, do lado de fora da casa, Thad os *ouviu*: não só milhares, mas milhões, talvez *bilhões*, e o dia virou noite quando o bando gigantesco de aves começou a atravessar na frente do sol e o cobriu completamente.

— *Não estou enxergando!* — gritou ele, e atrás, George Stark sussurrou:

— Eles estão voando novamente, meu chapa. Não esquece. *E não me atrapalha.*

Ele acordou tremendo e gelado, e dessa vez o sono demorou a voltar. Ficou deitado no escuro pensando em como era absurda a ideia que o sonho tinha trazido; talvez estivesse presente no primeiro sonho também, mas ficou bem mais clara no segundo. Que absurdo. Certo que ele sempre tinha visualizado Stark e Alexis Machine bem parecidos (e por que não, considerando que de uma forma bem real os dois nasceram na mesma ocasião, com *O jeito de Machine*), os dois altos e de ombros largos, homens que pareciam não ter crescido, mas sim sido esculpidos em blocos sólidos de concreto. Além disso, os dois louros. Esse fato não mudava o absurdo. Pseudônimos não ganhavam vida e matavam pessoas. Ele contaria para Liz no café da manhã, eles dariam umas risadas... bom, talvez não chegassem a *rir*, considerando as circunstâncias, mas trocariam um sorriso lastimoso.

Vou chamar de meu complexo de William Wilson, pensou ele, adormecendo novamente. Mas, quando a manhã chegou, o sonho não pareceu digno de ser mencionado, tão irrelevante perto de todo o resto. Então, ele não contou para ela... mas, com o passar do dia, percebeu que sua mente se voltava para ele sem parar, considerando-o uma joia sombria.

ONZE
FIMLÂNDIA

1

Logo cedo na segunda-feira, antes de Liz perturbá-lo, ele marcou uma consulta com o dr. Hume. A retirada do tumor em 1960 estava em seu registro médico. Ele contou para Hume que teve duas recorrências dos sons de pássaros que eram presságio das dores de cabeça nos meses anteriores ao diagnóstico e à cirurgia. O dr. Hume perguntou se as dores de cabeça em si tinham voltado. Thad respondeu que não.

Ele não disse nada sobre o estado de transe, nem o que escreveu enquanto estava nesse estado, nem o que tinha sido encontrado escrito na parede do apartamento de uma vítima de homicídio em Washington, DC. Tudo já parecia tão distante quanto o sonho da noite anterior. Na verdade, ele começou a tentar desdenhar da história toda.

Mas o dr. Hume levou a sério. Muito a sério. Mandou que Thad fosse ao Eastern Maine Medical Center naquela tarde. Queria uma série de raios X cranianos e uma tomografia axial computadorizada... ou seja, uma TAC.

Thad foi. Ele se sentou para que tirassem as chapas e enfiou a cabeça em uma máquina que parecia uma secadora de roupas industrial. Estalou e sacudiu por quinze minutos, e ele foi libertado do cativeiro... ao menos por enquanto. Telefonou para Liz, contou que os resultados sairiam até o final da semana e disse que ia dar uma passada no seu escritório na universidade.

— Você pensou mais um pouco sobre ligar para o xerife Pangborn? — perguntou ela.

— Vamos esperar o resultado dos exames. Quando descobrirmos o que eu tenho, talvez possamos decidir.

2

Ele estava no escritório, arrumando a papelada de um semestre na escrivaninha e nas prateleiras, quando os pássaros começaram a piar dentro de sua cabeça de novo. Houve alguns piados isolados, ao qual outros se juntaram, e logo se tornaram um coral ensurdecedor.

Céu branco. Ele viu um céu branco cortado por silhuetas de casas e postes telefônicos. E para todo lado havia pardais. Eles cobriam todos os telhados, todos os postes, esperando só a ordem do líder do grupo. Nessa hora, explodiriam para o céu com um som de milhares de lençóis sendo sacudidos pelo vento forte.

Thad cambaleou cegamente até a escrivaninha, tateou em busca da cadeira, encontrou-a e desabou nela.

Pardais.

Pardais e o céu branco do final da primavera.

O som encheu sua cabeça, uma cacofonia confusa, e, quando puxou uma folha de papel e começou a escrever, não tinha consciência do que estava fazendo. A cabeça pendeu para trás; os olhos observavam o teto sem enxergar. A caneta voou para a frente e para trás, para cima e para baixo, parecendo ter vontade própria.

Em sua cabeça, todos os pássaros levantaram voo em uma nuvem escura que cobriu o céu branco de março na parte de Bergenfield chamada Ridgeway, em Nova Jersey.

3

Ele voltou a si menos de cinco minutos depois de ouvir os primeiros gritos isolados em sua mente. Estava suando muito e o pulso esquerdo latejava, mas não havia dor de cabeça. Ele olhou para baixo, viu o papel na escrivaninha (estava na parte de trás de um formulário de pedido de livros de cortesia de literatura americana) e olhou estupidamente para o que estava escrito lá.

— Não quer dizer nada — sussurrou ele. Esfregava as têmporas com a ponta dos dedos, esperando a dor de cabeça começar ou que as palavras rabiscadas no papel se conectassem e fizessem algum sentido.

Ele não queria que nenhuma das duas coisas acontecesse... e nenhuma aconteceu. As palavras eram só palavras, repetidas sem parar. Algumas foram tiradas do sonho com Stark; as outras eram baboseira desconexa.

E a cabeça dele estava ótima.

Não vou contar a Liz desta vez, pensou ele. *De jeito nenhum. E não só porque também estou com medo... apesar de estar. É bem simples: nem todos os segredos são ruins. Alguns são bons. Alguns são necessários. Nesse caso, são as duas coisas.*

Ele não sabia se isso era mesmo verdade, mas descobriu uma coisa que era tremendamente libertadora: não se importava. Estava cansado de pensar e pensar e não saber. Também estava cansado de sentir medo, feito um homem que entrou em uma caverna de brincadeira e logo depois começou a desconfiar de que estava perdido.

Para de pensar nisso, então. A solução é essa.

Ele desconfiava de que isso *era* verdade. Não sabia se conseguiria ou não... mas pretendia tentar. Lentamente, segurou o formulário com as duas mãos e começou a rasgá-lo em tiras. A confusão de palavras espremidas nele começou a desaparecer. Ele virou as tiras de lado, rasgou mais e jogou os pedaços no cesto de lixo, onde caíram como confete em cima de todo o lixo que ele já tinha jogado lá. Ficou olhando para os pedaços de papel por quase dois minutos, quase esperando que se grudassem e voassem de volta para a escrivaninha, como um filme rebobinando.

Ele acabou pegando o cesto de lixo e o levou pelo corredor até um painel de aço inoxidável na parede ao lado do elevador. A placa embaixo dizia INCINERADOR.

Ele abriu o painel e jogou o lixo no buraco negro.

— Pronto — disse ele para o silêncio estranho de verão do prédio de inglês e matemática. — Resolvido.

Aqui embaixo chamamos isso de essência de idiota.

— Aqui em cima chamamos de bosta de cavalo — murmurou ele, e voltou andando para o escritório com o cesto de lixo vazio na mão.

Já era. Caiu no buraco para o esquecimento. E até que os resultados dos exames chegassem, ou até outro blecaute, transe, fuga ou o que quer que fosse, ele pretendia não dizer nada. Nadinha. Era mais do que provável que as palavras escritas naquela folha de papel tivessem se enraizado na mente dele, como o sonho de Stark e a casa vazia, e não tivessem nada a ver com o assassinato de Homer Gamache e nem com o de Frederick Clawson.

Aqui em Fimlândia, onde o serviço de trem termina.

— Não quer dizer nada — disse Thad com voz seca e enfática... mas, quando saiu da universidade naquele dia, estava quase correndo.

DOZE
MANA

Ela soube que alguma coisa estava errada quando foi abrir a porta do apartamento e, em vez de escorregar a chave pelo buraco da fechadura Kreig com a série de cliques familiares e tranquilizadores, a porta se abriu. Não dedicou nenhum momento a pensar em como tinha sido burra de sair para trabalhar e deixar a porta do apartamento destrancada, caramba, Miriam, por que não pendurar logo um bilhete na porta dizendo: OI, LADRÕES, TEM DINHEIRO DENTRO DA WOK NA PRATELEIRA MAIS ALTA DA COZINHA?

Não houve momento assim porque quem está em Nova York há seis meses, ou menos até, quatro, não esquece. Talvez você só trancasse a casa ao sair de férias quando morava no interior, e talvez se esquecesse de trancar de vez em quando ao sair para o trabalho morando em uma cidade pequena como Fargo, Dakota do Norte, ou Ames, Iowa, mas, depois de passar um tempo na Grande Maçã podre, você trancava a porta mesmo que fosse só pegar uma xícara de açúcar com o vizinho do corredor. Esquecer-se de trancar a porta seria como expirar e esquecer de inspirar em seguida. A cidade era cheia de museus e galerias, mas a cidade também era cheia de drogados e loucos, e ninguém arriscava. A não ser que tivesse nascido burro, e não foi o caso de Miriam. Meio boba, talvez, mas não burra.

Portanto, ela soube que algo estava errado, e embora os ladrões que, Miriam sabia, haviam invadido o apartamento provavelmente tivessem ido embora três ou quatro horas antes, levando tudo que desse para vender (sem mencionar os oitenta ou noventa dólares na wok... e talvez a própria wok, pensando bem; afinal, a wok não dava para vender?), eles *podiam* ainda estar lá dentro. Pelo menos era a suposição a fazer, assim como garotos que recebem suas primeiras armas de verdade aprendem, antes de qualquer outra coisa, a supor que a arma está sempre carregada, que mesmo ao ser retirada da caixa na qual veio de fábrica, a arma está carregada.

Ela começou a se afastar da porta. Fez isso quase na mesma hora, mesmo antes da porta ter parado o movimento curto para dentro, mas já era tarde demais. A mão de alguém saiu da escuridão, atravessando como uma bala a abertura de cinco centímetros entre a porta e o umbral. Segurou a mão dela. As chaves caíram no carpete do corredor.

Miriam Cowley abriu a boca para gritar. O homem grande e louro estava logo depois da porta, esperando pacientemente havia mais de quatro horas, sem tomar café, sem fumar cigarros. Ele queria um cigarro, e fumaria um assim que aquilo acabasse, mas antes o cheiro poderia tê-la alertado; os nova-iorquinos eram como pequenos animais escondidos na vegetação rasteira, os sentidos apurados para o perigo mesmo quando eles achavam que estavam se divertindo.

Com a mão direita segurou o pulso da mulher antes que ela houvesse tido chance de pensar. Então, colocou a palma da mão esquerda na porta, segurando-a, e puxou a mulher para a frente com toda força. A porta parecia de madeira, mas claro que era de metal, assim como todas as boas portas de apartamento na Grande Maçã podre. A lateral do rosto dela bateu na beirada com um som seco. Dois dentes se quebraram e cortaram sua boca. Os lábios, que estavam contraídos, relaxaram com o choque, e o sangue escorreu pelo inferior. Gotas respingaram na porta. A maçã do rosto dela se partiu como um galho.

Ela oscilou, semiconsciente. O homem louro a soltou. Ela caiu no carpete do corredor. Aquilo tinha que ser muito rápido. De acordo com o folclore de Nova York, ninguém na Grande Maçã podre ligava para o que acontecia, desde que não fosse com *eles*. De acordo com o folclore, um psicopata poderia esfaquear uma mulher vinte ou quarenta vezes na frente de uma barbearia com capacidade para vinte clientes em plena luz do dia na Sétima Avenida e ninguém diria nada além de, talvez, *Dá pra aparar um pouco mais acima das orelhas?* ou *Acho que não vou querer a colônia desta vez, Joe*. O homem louro sabia que o folclore era falso. Para os animais pequenos e perseguidos, a curiosidade faz parte do pacote de sobrevivência. Proteger a própria pele, sim, esse era o nome do jogo, mas um animal sem curiosidade era capaz de estar morto em pouco tempo. Portanto, a velocidade era fundamental.

Ele abriu a porta, pegou Miriam pelo cabelo e a puxou para dentro.

Um momento depois, ele ouviu o estalo de uma tranca sendo girada no corredor, seguido do clique de uma porta se abrindo. Ele não precisou olhar para ver o rosto que estaria espiando de outro apartamento, uma carinha sem pelos de coelho, o nariz quase tremelicando.

— Você não quebrou, Miriam. Quebrou? — perguntou ele em voz alta. Mudou para um registro mais agudo, não exatamente um falsete, juntou as duas mãos a cinco centímetros da boca para dar um efeito abafado na voz e se tornou a mulher. — Acho que não. Pode me ajudar a pegar? — Ele afastou as mãos. Voltou à voz normal. — Claro. Só um segundo.

Ele fechou a porta e olhou pelo olho mágico. Era uma lente olho de peixe, que oferecia uma vista distorcida de ângulo amplo do corredor, e por ali ele viu exatamente o que esperava: uma cara branca espiando por uma porta do outro lado do corredor, feito um coelho espiando do buraco.

O rosto recuou.

A porta se fechou.

Não foi *batida*; só se fechou. A burra da Miriam tinha deixado alguma coisa cair. O homem com ela, talvez um namorado, talvez o ex, a ajudava a pegar. Nada com que se preocupar. Todos os cervos e filhotes de coelhos podem voltar ao que estavam fazendo.

Miriam estava gemendo, começando a voltar a si.

O homem louro enfiou a mão no bolso, tirou a navalha e a abriu. A lâmina brilhou na iluminação fraca da única lâmpada que ele tinha deixado acesa, o abajur na mesa da sala.

Ela abriu os olhos. Olhou para ele e viu o rosto de cabeça para baixo quando ele se inclinou. A boca estava manchada de vermelho, como se ela tivesse comido morangos.

Ele mostrou a navalha para ela. Os olhos da mulher, até então atordoados e enevoados, ficaram alertas e se arregalaram. A boca vermelha se abriu.

— Se você fizer algum barulho, eu corto você, mana — disse ele, e ela fechou a boca.

Ele agarrou o cabelo dela de novo e a puxou para a sala. A saia farfalhou no piso de madeira encerada. A bunda prendeu em um tapete, que se embolou embaixo dela. Miriam gemeu de dor.

— Não faça isso — disse ele. — Já avisei.

Eles estavam na sala. Era pequena, mas agradável. Aconchegante. Tinha pinturas de impressionistas franceses nas paredes. Um pôster emoldurado do *Cats* — AGORA E PARA SEMPRE. Flores secas. Um sofá pequeno forrado de um tecido nodoso cor de trigo. Uma estante. Na estante, ele viu os dois livros de Beaumont em uma prateleira e os quatro de Stark em outra. Os de Beaumont estavam em uma prateleira mais alta. Aquilo estava errado, mas ele tinha que supor que aquela escrota não sabia.

Ele soltou o cabelo dela.

— Senta no sofá, mana. Naquele canto. — Ele apontou para o canto do sofá perto da mesinha onde estavam o telefone e a secretária eletrônica.

— Por favor — sussurrou ela, sem nenhuma tentativa de se levantar. A boca e a bochecha estavam começando a inchar, e a palavra saiu úmida: *pofafô.* — Qualquer coisa. Tudo. Tem dinheiro na wok. — *Tediero nauoc.*

— Senta no sofá. Naquele canto. — Dessa vez, ele apontou a navalha para o rosto dela com uma das mãos enquanto apontava para o sofá com a outra.

Ela subiu no sofá e se encolheu o máximo que as almofadas permitiram, os olhos escuros muito arregalados. Limpou a boca com a mão e olhou sem acreditar para o sangue na palma um instante antes de olhar para ele.

— O que você quer? — *O que cê qué?*

Era como ouvir alguém falar de boca cheia.

— Quero que você faça uma ligação, mana. Só isso.

Ele pegou o telefone e usou a mão que segurava a navalha por tempo suficiente de apertar o botão MENSAGEM DE SAÍDA da secretária eletrônica. Em seguida, entregou o fone para ela. Era dos antigos, que tinham uma base que parecia um sino meio derretido. Bem mais pesado do que o fone de um telefone Princess. Ele sabia, e viu pela contração sutil do corpo dela quando pegou o aparelho que ela também sabia. Um leve sorriso surgiu nos lábios do homem louro. Não apareceu em nenhuma outra parte do rosto, só nos lábios. Não havia verão naquele sorriso.

— Você está pensando que poderia acertar minha cabeça com essa coisa, não é, mana? Vou dizer uma coisa: esse não é um pensamento feliz. E você sabe o que acontece com as pessoas que perdem seus pensamentos felizes, não sabe? — Como ela não respondeu, ele disse: — Elas caem do céu. É verdade. Vi num desenho uma vez. Então segura esse telefone no colo e se concentra em recuperar seus pensamentos felizes.

Ela olhou para ele com olhos enormes. Sangue escorria lentamente pelo queixo. Uma gota caiu no corpete do vestido. *Isso aí não vai sair nunca, mana*, pensou o homem louro. *Dizem que dá pra tirar se você esfrega a mancha logo com água fria, mas não é verdade. Eles têm máquinas. Espectroscópios. Cromatógrafos gasosos. Ultravioleta. Lady Macbeth estava certa.*

— Se o pensamento ruim voltar, vou ver nos seus olhos, mana. São olhos tão grandes e escuros. Você não ia querer um desses olhos grandes e escuros escorrendo pela bochecha, não é?

Ela balançou a cabeça com tanta rapidez que o cabelo voou no rosto. E o tempo todo em que estava balançando a cabeça, os lindos olhos escuros não saíram do rosto dele, e o homem louro sentiu uma comichão na perna. O senhor tem uma régua dobrável no bolso ou só está feliz de me ver?

Dessa vez o sorriso tocou seus olhos além da boca, e ele achou que ela relaxou um pouquinho.

— Quero que você disque o número de Thad Beaumont.

Ela apenas o encarou, os olhos brilhantes e reluzindo choque.

— Beaumont — disse ele com paciência. — O escritor. Anda, mana. O tempo voa como os pés alados de Mercúrio.

— Meu caderno — disse ela. A boca estava tão inchada que ficava fechada, e era mais difícil entender o que dizia. *Eu aerno*, foi o que pareceu dizer.

— Eu aerno? Existe isso? Não sei o que você está dizendo. Fala alguma coisa que faça sentido, mana.

Com cuidado, morrendo de dor, ela disse:

— Meu caderno. *Caderno*. Meu caderno de telefones. Não sei o número de cabeça.

A navalha voou na direção dela. Pareceu fazer o som de um sussurro humano. Devia ser imaginação, mas os dois ouviram mesmo assim. Ela se encolheu ainda mais nas almofadas cor de trigo, os lábios inchados se repuxando em uma careta. Ele virou a navalha em um ângulo que a lâmina refletiu a luz baixa e suave do abajur. Inclinou-a, deixou a luz escorrer como água, e olhou para ela como se os dois fossem loucos se não admirassem uma coisa tão linda.

— Não me sacaneia, mana. — Agora havia um leve sotaque sulista nas palavras. — Isso você não vai querer fazer, ainda mais quando estiver lidando com um sujeito feito eu. Agora disca a porra do número dele.

Ela podia não saber o número de *Beaumont* de cor, afinal não havia muito que fazer lá, mas teria o de *Stark*. No ramo dos livros, Stark era o que fazia as engrenagens rodarem, e por acaso o número do telefone era o mesmo para os dois.

Lágrimas saltaram dos olhos dela.

— Eu não lembro — gemeu ela. *Eu ão embo*.

O homem louro se preparou para cortá-la, não por estar com raiva, mas porque deixar uma moça dessas contar uma mentira sempre levaria a outra, mas reconsiderou. Era perfeitamente possível que ela tivesse perdido temporariamente a noção de coisas tão mundanas como um número de telefone, mesmo de clientes importantes como Beaumont/Stark, concluiu ele. Ela estava em choque. Se ele tivesse pedido que ela discasse o número da própria agência, era capaz de também não ter conseguido.

Mas como era de Thad Beaumont que eles estavam falando, e não Rick Cowley, ele podia ajudar.

— Tudo bem — disse ele. — Tudo bem, mana. Você está abalada. Eu entendo. Não sei se você acredita, mas até sinto pena. E você está com sorte, porque por acaso eu sei o número. Sei tão bem quanto sei o meu próprio, poderíamos dizer. E, quer saber? Não vou nem fazer você discar, em parte porque não quero ficar sentado aqui até o inferno congelar, esperando você acertar, mas também porque eu tenho *mesmo* pena. Eu mesmo vou pegar esse telefone e vou discar. Sabe o que isso quer dizer?

Miriam Cowley balançou a cabeça. Os olhos escuros pareciam ter ocupado boa parte do rosto.

— Quer dizer que vou confiar em você. Mas só nisso; só nisso e não mais do que nisso, garota. Está ouvindo? Está entendendo tudo direitinho?

Miriam assentiu freneticamente, o cabelo voando. Deus, ele amava mulher com muito cabelo.

— Que bom. Que bom mesmo. Enquanto eu disco o número, mana, você vai ficar olhando pra essa navalha. Vai ajudar você a manter os pensamentos felizes organizados.

Ele se inclinou para a frente e começou a discar o número no disco antiquado do telefone. Cliques amplificados saíram pela secretária eletrônica ao lado do aparelho. Soava como uma Roda da Fortuna de parque de diversões parando de girar. Miriam Cowley estava sentada com o fone no colo, olhando alternadamente para a navalha e para o rosto grande e grosseiro daquele estranho horrível.

— Fala com ele — disse o homem louro. — Se a esposa atender, diz que é Miriam de Nova York e que você quer falar com o marido dela. Sei que sua boca está inchada, mas faça com que a pessoa que atender saiba que é você. Faz um esforço por mim, mana. Se você não quer que seu rosto fique igual a um retrato feito pelo Picasso, é melhor você fazer um belo esforço por mim. — As últimas palavras saíram *pur mie.*

— O que... o que eu digo?

O homem louro sorriu. Ela era uma beleza mesmo. Que delícia. Tanto cabelo. Houve mais movimentação sob a fivela do cinto. As coisas lá embaixo estavam ficando animadas.

O telefone estava chamando. Os dois ouviram pela secretária eletrônica.

— Você vai pensar na coisa certa, mana.

Houve um clique quando o telefone foi atendido. O homem louro esperou até ouvir a voz de Beaumont dizer alô e, com a velocidade de uma cobra dando o bote, inclinou-se para a frente e passou a navalha na bochecha esquerda de Miriam Cowley, abrindo um corte em sua pele. O sangue jorrou. Miriam berrou.

— *Alô!* — berrou a voz de Beaumont. — *Alô, quem é? Porra, é você?*

Sou eu, sim, seu filho da puta, pensou o homem louro. *Sou eu e você sabe que sou eu, não sabe?*

— Diz pra ele quem você é e o que está acontecendo aqui! — gritou ele com Miriam. — Anda! Não me faça mandar duas vezes!

— *Quem é?* — gritou Beaumont. — *O que está acontecendo? Quem é?*

Miriam gritou de novo. Sangue espirrou nas almofadas cor de trigo. Não havia só uma gota de sangue no corpete do vestido agora; estava encharcado.

— *Faça o que eu mando, senão vou cortar sua cabeça fora com essa coisa!*

— Thad, tem um homem aqui! — gritou ela no telefone. Em meio à dor e ao pavor, ela estava enunciando as palavras claramente de novo. — *Tem um homem horrível aqui! Thad,* TEM UM HOMEM HORRÍVEL A...

— *DIZ SEU NOME!* — berrou ele, e passou a navalha a dois centímetros dos olhos dela, que se encolheu, chorando.

— *Quem é? Qu...*

— *MIRIAM! AH, THAD, NÃO DEIXA ELE ME CORTAR DE NOVO, NÃO DEIXA ESSE HOMEM HORRÍVEL ME CORTAR DE NOVO, NÃO...*

George Stark passou a navalha pelo fio espiralado do telefone. A secretária eletrônica emitiu um ruído furioso de estática e ficou em silêncio.

Foi bom. Poderia ter sido melhor; ele queria foder com ela, queria muito acabar com ela. Fazia muito tempo que ele não sentia vontade de se divertir com uma mulher, mas com aquela ele queria, e não poderia tê-la. Houve gritos demais. Os coelhos iam colocar as cabeças para fora dos buracos de novo, iam farejar o ar em busca do grande predador que estava rondando a floresta além do brilho das pobres fogueiras elétricas.

Ela ainda estava berrando.

Estava claro que ela tinha perdido todos os pensamentos felizes.

Assim, Stark a segurou pelo cabelo de novo, puxou a cabeça dela para trás até ela estar olhando para o teto, berrando para o teto, e cortou sua garganta.

A sala ficou em silêncio.

— Pronto, mana — disse ele com carinho.

Ele dobrou a navalha para dentro do cabo e a guardou no bolso. Esticou a mão esquerda suja de sangue e fechou os olhos dela. O punho da camisa dele na hora ficou encharcado de sangue quente, porque a jugular ainda estava bombeando, mas a coisa certa a fazer era a coisa certa a fazer. Quando se tratava de uma mulher, se fechava os olhos dela. Não importava quanto ela tinha sido horrível, não importava se era uma puta viciada que tinha vendido os próprios filhos para comprar droga. Sempre se fechava os olhos dela.

E ela era só uma pequena parte de tudo. Rick Cowley era outra história.

E o homem que tinha escrito o artigo da revista.

E a escrota que tinha tirado as fotos, principalmente a da lápide. Uma escrota, sim, uma escrota de verdade, mas ele fecharia os olhos *dela* também.

E quando tivesse cuidado de todos, chegaria a hora de ir falar com Thad. Sem intermediários; *mano a mano*. Seria hora de fazer Thad ser sensato. Depois que tivesse cuidado de todos, ele esperava que Thad estivesse *pronto* para ser sensato. Se não estivesse, havia formas de fazer com que fosse.

Afinal, ele era um homem casado, com uma esposa muito bonita, uma verdadeira rainha do ar e da escuridão.

E tinha filhos.

Ele deixou o indicador no jato quente do sangue de Miriam e começou a escrever na parede. Teve que voltar duas vezes para pegar mais sangue, mas a mensagem logo ficou pronta, acima da cabeça caída para trás. Ela teria conseguido ler de cabeça para baixo se estivesse de olhos abertos.

E, claro, se ainda estivesse viva.

Ele se inclinou para a frente e beijou a bochecha de Miriam.

— Boa noite, maninha — disse ele, e saiu do apartamento.

O homem do outro lado do corredor estava espiando de novo.

Quando viu o homem louro, alto e sujo de sangue sair do apartamento de Miriam, ele bateu e trancou a porta.

Esperto, pensou George Stark, indo para o elevador. *Esperto pra caralho.*

Mas ele tinha que se apressar. Não tinha tempo a perder.

Havia outras coisas para resolver naquela noite.

TREZE
PURO PÂNICO

1

Por vários instantes (ele nunca soube por quanto tempo), Thad ficou tomado de um pânico tão absurdo e total que não conseguiu fazer absolutamente nada. Era impressionante que tivesse conseguido respirar. Mais tarde, pensaria que a única ocasião em que sentiu algo parecido foi quando tinha dez anos e ele e alguns amigos decidiram nadar em meados de maio. Isso tinha sido pelo menos três semanas antes da época em que eles costumavam ir, mas pareceu uma boa ideia mesmo assim; o dia estava claro e muito quente para maio em Nova Jersey, a temperatura por volta dos trinta graus. Os três foram até o lago Davis, o nome satírico que eles davam ao laguinho a um quilômetro e meio da casa de Thad em Bergenfield. Ele foi o primeiro a tirar a roupa e ficar de sunga, e também o primeiro a entrar na água. Pulou como uma bomba da margem, e mesmo tantos anos depois continuava achando que havia chegado perto de morrer na ocasião... só não queria saber *quão* perto tinha sido. O *ar* naquele dia podia ter sido típico do verão, mas a *água* parecia do último dia antes de o inverno começar, antes do gelo formar uma camada na superfície. Seu sistema nervoso teve um curto-circuito momentâneo. A respiração parou nos pulmões, o coração parou no meio de uma batida, e, quando emergiu, parecia que ele era um carro sem bateria precisando de uma chupeta o mais depressa possível e não sabia como fazer isso. Ele lembrava como o sol estava forte, gerando dez mil faíscas douradas na superfície azul-enegrecida da água, se lembrava de Harry Black e Randy Wister parados na margem, Harry vestindo o calção desbotado que cobria sua bunda enorme, Randy parado e nu com a sunga na mão, gritando *Como está a água, Thad?* quando ele colocou a cabeça para fora do lago e só conseguia pensar *Estou morrendo, estou aqui no sol com meus dois melhores amigos, a aula acabou, não tenho dever de casa* e *Lar, meu tormento vai passar na primeira sessão desta noite e minha mãe disse que eu podia jantar vendo televisão, mas não vou ver o filme porque vou estar morto.* O que tinha sido uma respiração fácil e descomplicada segundos antes tinha se tornado uma meia enfiada na garganta dele, uma coisa que não conseguia empurrar e nem puxar. O coração parecia uma pedrinha fria dentro do peito. De repente, se partiu, ele inspirou forte, com um grito, o corpo explodiu em um arrepio e ele respondeu Randy com a alegria maliciosa e impensada características dos moleques: *A água está ótima! Não está tão fria! Pode pular!* Apenas anos depois lhe ocorreu que ele poderia ter matado um ou os dois, assim como quase tinha morrido.

Era como ele se encontrava no momento; exatamente no mesmo tipo de imobilidade corporal. Havia um nome para esse tipo de coisa no Exército: cagada generalizada. Isso. Era um bom nome. Quando o assunto era terminologia, o Exército era ótimo. Ele estava bem no meio de uma cagada generalizada. Estava sentado, ou melhor, apoiado na cadeira, inclinado para a frente, o telefone ainda na mão, olhando para a televisão desligada. Estava ciente de que Liz tinha aparecido na porta, ela estava perguntando primeiro quem era e depois qual era o problema, e foi como naquele dia no lago Davis, igualzinho, a sensação de tentar respirar com uma meia de algodão suja enfiada na garganta, que não descia nem subia, todas as linhas de comunicação entre cérebro e coração de repente em pane, lamentamos a falha, o serviço será restabelecido o mais rápido possível, ou talvez nunca seja restabelecido, mas, de qualquer modo, aprecie a estada no belo centro de Fimlândia, o lugar onde o serviço de trem termina.

De repente, passou, da mesma forma que da outra vez, e ele respirou com avidez. Seu coração deu dois saltos rápidos e aleatórios no peito e voltou ao ritmo regular... embora o ritmo continuasse rápido demais.

Aquele grito. Jesus Cristo Nosso Senhor, aquele *grito*.

Liz vinha correndo pela sala, e ele só percebeu que ela arrancou o fone de sua mão quando a viu gritando *Alô?* e *Quem é?* repetidamente. Ela ouviu o barulho da ligação interrompida e colocou o fone no lugar.

— Miriam — ele conseguiu dizer quando Liz se virou para ele. — Era Miriam, e ela estava gritando.

Fora dos livros, eu nunca matei ninguém.
Os pardais estão voando.
Aqui embaixo chamamos isso de essência de idiota.
Aqui embaixo chamamos de Fimlândia.
Vou pegar o bonde pro norte, meu chapa. Você vai ter que fabricar um álibi pra mim, porque vou voltar pro norte. Vou resolver uma questão.

— Miriam? Gritando? Miriam *Cowley*? Thad, o que está *acontecendo*?

— Era ele. Eu sabia que era. Acho que soube desde o começo, e hoje... esta tarde... eu tive outro.

— Outro *o quê?* — Os dedos dela apertaram a lateral do pescoço e massagearam com força. — Outro blecaute? Outro transe?

— As duas coisas — disse ele. — Primeiro, os pardais de novo. Escrevi um monte de coisa maluca em uma folha de papel quando estava apagado. Joguei fora, mas o nome dela estava na folha, Liz, o nome de *Miriam* foi parte do que escrevi desta vez quando estava fora de mim... e...

Ele parou. Os olhos se arregalando.

— O quê? Thad, o que é? — Ela segurou um dos braços dele e o sacudiu. — *O que é?*

— Ela tem um pôster na sala — disse ele. Ouviu a própria voz como se fosse de outra pessoa, uma voz de muito longe. Como se por um interfone. — Um pôster de um musical da Broadway. *Cats.* Eu vi da última vez que estive lá. *Cats,* AGORA E PARA SEMPRE. Eu também escrevi isso. Escrevi porque ele estava *lá,* então *eu* estava lá, parte de mim estava, parte de mim estava vendo com os olhos dele...

Ele olhou para ela. Olhou para ela com olhos muito, muito arregalados.

— Isso não é tumor, Liz. Pelo menos não dentro do meu corpo.

— *Não sei do que você está falando!* — disse Liz, quase gritando.

— Eu tenho que ligar para o Rick — murmurou ele. Parte de sua mente parecia estar decolando, se deslocando de forma brilhante e falando consigo mesma em imagens e símbolos luminosos rudimentares. Era assim que ele escrevia às vezes, mas, pelo que lembrava, era a primeira vez que ficava assim na vida real. *Escrever* era *a vida real?*, pensou ele de repente. Achava que não. Era mais como um intervalo.

— Thad, *por favor!*

— Eu tenho que avisar o Rick. Ele pode estar em perigo.

— Thad, nada do que você está falando faz sentido!

Não, claro que não fazia. E se ele parasse para explicar, o que diria faria menos sentido ainda... e, enquanto parasse para confessar os medos para a esposa, o que provavelmente só faria com que ela se perguntasse quanto tempo devia levar para preencher a papelada de sua internação, George Stark poderia estar atravessando os nove quarteirões de Manhattan que separavam o apartamento de Rick do da ex-esposa. Sentado em um táxi ou ao volante de um carro roubado, caramba, sentado ao volante do Torona-do preto dos seus sonhos, até onde Thad sabia... se era para chegar a esse ponto de insanidade, por que não mandar tudo à merda e fazer o serviço completo? Sentado ali, fumando, se preparando para matar Rick como tinha matado Miriam...

Ele a *tinha* matado?

Talvez só tivesse dado um susto e a deixado chorando em choque. Ou talvez a tivesse machucado; pensando bem, era bem provável que tivesse machucado. O que ela tinha dito? *Não deixa ele me cortar de novo, não deixa esse homem horrível me cortar de novo.* E no papel havia a palavra *cortes*. E... também não tinha um *exterminar*?

Sim. Tinha, sim. Mas isso fazia parte do sonho, não fazia? Do sonho com a Fimlândia, o lugar onde o serviço de trem termina... não era?

Ele rezou para que sim.

Precisava conseguir ajuda para ela, ou pelo menos tinha que tentar, e tinha que avisar Rick. Mas, se só ligasse para Rick, ligasse do nada e mandasse ele ficar alerta, Rick ia querer saber por quê.

O que houve, Thad? O que aconteceu?

E se ele mencionasse o nome de Miriam, Rick iria correndo para a casa dela, porque Rick ainda gostava dela. Ainda gostava pra caramba. E seria ele quem a encontraria... talvez esquartejada (parte da mente de Thad tentou afastar esse pensamento, essa *imagem*, mas o resto de sua mente não sossegava e o obrigava a visualizar como a linda Miriam ficaria cortada como carne na bancada de um açougueiro).

E talvez Stark estivesse contando com isso. O idiota do Thad, enviando Rick para uma armadilha. O idiota do Thad, fazendo o trabalho para ele.

Mas foi isso que fiz até aqui? Não é isso que um pseudônimo faz, caramba?

Ele sentiu a mente entalando de novo, se isolando lentamente em um nó como uma câimbra, em uma cagada generalizada, mas não podia se dar a esse luxo, naquele momento não havia a menor possibilidade.

— Thad... *por favor*! Me conta o que está acontecendo!

Ele respirou fundo e segurou os braços frios dela com suas mãos frias.

— Era o mesmo homem que matou Homer Gamache e Clawson. Ele estava com Miriam. Ele estava... ameaçando ela. Espero que só tenha feito isso. Não sei. Ela gritou. A ligação foi interrompida.

— Ah, Thad! Meu Deus!

— Não temos tempo pra ataques histéricos — disse ele, e pensou: *Mas Deus sabe que parte de mim quer isso.* — Vai lá em cima. Pega a agenda telefônica. Não tenho o número e o telefone de Miriam na minha. Acho que você tem.

— O que você quis dizer com "soube desde o começo"?

— Não temos tempo pra isso agora, Liz. Pega a agenda telefônica. Rápido. Tá?

Ela hesitou por mais um momento.

— Ela pode estar ferida! Vai!

Ela se virou e saiu correndo. Ele ouviu os passos rápidos e leves subindo a escada e tentou organizar os pensamentos novamente.

Não ligue para o Rick. Se isso for uma armadilha, ligar para o Rick seria péssima ideia.

Tudo bem, já chegamos até aí. Não é muito, mas é um começo. Para quem, então?

O Departamento de Polícia de Nova York? Não, eles fariam um monte de perguntas demoradas — como um sujeito no Maine poderia estar denunciando um crime em Nova York, para começar. Não a polícia de Nova York. Outra ideia ruim

Pangborn.

Sua mente se agarrou à ideia. Ele telefonaria para Pangborn primeiro. Teria que tomar cuidado com o que diria, pelo menos por enquanto. O que poderia ou não decidir dizer mais para a frente, sobre os blecautes, sobre o som dos pardais, sobre *Stark*, tudo isso poderia ser resolvido depois. No momento, o que importava era Miriam. Se Miriam estivesse ferida, mas ainda viva, não ajudaria em nada incluir elementos na situação que pudessem fazer Pangborn ir mais devagar. Era *ele* quem teria que ligar para a polícia de Nova York. Os policiais agiriam mais rápido e fariam menos perguntas se a informação viesse de um deles, mesmo que esse irmão policial especificamente estivesse no Maine.

Mas Miriam primeiro. Ele pediu a Deus que ela atendesse o telefone.

Liz entrou correndo na sala com a agenda. O rosto estava quase tão pálido quanto ficou quando finalmente conseguiu trazer William e Wendy ao mundo.

— Aqui — disse ela. Respirava rapidamente, quase ofegante.

Vai ficar tudo bem, ele pensou em dizer para ela, mas não disse. Não queria dizer nada que pudesse facilmente se revelar uma mentira... e o grito de Miriam sugeria que as coisas tinham passado bem longe de estarem bem. Que, para Miriam, pelo menos, as coisas talvez nunca voltassem a ficar bem.

Tem um homem aqui, tem um homem horrível aqui.

Thad pensou em George Stark e estremeceu um pouco. Ele era um homem horrível mesmo. Mais que qualquer pessoa, Thad sabia que isso era verdade. Afinal, ele tinha construído Stark do nada... não tinha?

— Nós estamos bem — disse ele para Liz. Isso, pelo menos, era verdade. *Até agora*, sua mente insistiu em acrescentar em um sussurro. — Tente se controlar, meu bem. Hiperventilar e desmaiar não vai ajudar Miriam.

Ela se sentou, ereta como uma vara, olhando para ele enquanto os dentes mordiam ferozmente o lábio inferior. Ele digitou o número de Miriam. Seus dedos, tremendo um pouco, falharam no segundo dígito e apertaram duas vezes. *Quem é você para mandar alguém se controlar?* Ele inspirou fundo de novo, prendeu o ar, desligou e começou de novo, obrigando-se a ir mais devagar. Chegou ao último botão e ouviu os cliques deliberados da ligação sendo completada.

Que ela esteja bem, Deus, e se não totalmente bem, se o Senhor não conseguir isso, pelo menos que esteja bem o bastante para atender o telefone. Por favor.

Mas o telefone nem tocou. Só houve o ruído insistente do sinal de ocupado. Talvez *estivesse* ocupado; talvez ela estivesse ligando para Rick ou para o hospital. Ou talvez o telefone estivesse fora do gancho.

Mas havia outra possibilidade, ele pensou ao desligar de novo. Talvez Stark tivesse arrancado o fio da parede. Ou talvez

(não deixa esse homem horrível me cortar de novo)

ele o tivesse cortado.

Como tinha cortado Miriam.

Navalha, pensou Thad, e um arrepio subiu por suas costas. Essa foi outra palavra da lista que ele tinha escrito naquela tarde. *Navalha*.

2

A meia hora seguinte foi um retorno ao surrealismo nefasto que ele sentiu quando Pangborn e os dois policiais estaduais apareceram na porta de sua casa para prendê-lo por um assassinato sobre o qual ele nem sabia. Não havia a sensação de ameaça pessoal, ao menos não *imediata*, mas a mesma sensação de caminhar por uma sala escura cheia de teias de aranha finas que roçavam no rosto, primeiro fazendo cócegas e depois levando à loucura, fios que não grudavam, mas sumiam quando você tentava pegá-los.

Ele tentou ligar para Miriam de novo, e quando deu ocupado mais uma vez, ele desligou e hesitou por um momento, dividido entre ligar para Pangborn ou para uma telefonista de Nova York para verificar o número de Miriam. Não havia alguma forma de diferenciar se uma linha estava ocupada, fora do gancho ou inoperante? Ele achava que sim, mas o importante era que a comunicação de Miriam com ele tinha sido interrompida de repente, e ela não estava mais acessível. Ainda assim, eles poderiam descobrir, ou Liz poderia descobrir, se eles tivessem duas linhas em vez de uma só. *Por que* eles não tinham duas linhas? Era *burrice* não ter duas linhas, não era?

Embora esses pensamentos tivessem passado pela cabeça dele em uns dois segundos, pareceram durar bem mais, e ele se repreendeu por bancar o Hamlet enquanto Miriam Cowley poderia estar morrendo de hemorragia em casa. Os personagens de livros, ao menos dos livros de *Stark*, nunca faziam pausas assim, nunca paravam para questionar uma coisa absurda como por que não ter uma segunda linha telefônica, caso uma mulher de outro estado estivesse morrendo de hemorragia. As pessoas dos livros nunca precisavam fazer pausas para ir ao banheiro e nunca ficavam sem saber o que fazer assim.

O mundo seria um lugar mais eficiente se todos saíssem de um livro comercial, ele pensou. *As pessoas dos livros comerciais sempre conseguem manter os pensamentos organizados enquanto seguem tranquilamente de um capítulo para o seguinte.*

Ele ligou para o auxílio à lista do Maine, e, quando a telefonista perguntou a cidade, ele hesitou por um momento porque Castle Rock era uma *cidadezinha*, não uma cidade grande, mas *pequena*, sendo ou não sede de condado, e pensou: *Isso é pânico, Thad. Puro pânico. Você tem que se controlar. Não pode deixar Miriam morrer porque entrou em pânico.* E ele até teve tempo, ao que parecia, para questionar *por que* não podia deixar que isso acontecesse e para responder à pergunta: ele era o único personagem *real* sobre o qual tinha algum controle, e o pânico não fazia parte da imagem desse personagem. Ao menos do ângulo que ele via.

Aqui embaixo a gente chama isso de baboseira, Thad. Aqui embaixo chamamos de essência de...

— Senhor? — questionou a telefonista. — Que cidade, por favor?

Calma. Controle.

Ele respirou fundo, se recompôs e disse:

— Castle City. — *Meu Deus.* Ele fechou os olhos. E, com eles ainda fechados, disse com voz lenta e clara: — Me desculpe, telefonista. Castle *Rock*. Eu gostaria do número do xerife.

Houve uma pausa, e uma voz de robô começou a recitar o número. Thad percebeu que não tinha caneta e nem lápis. O robô repetiu uma segunda vez, e Thad fez um esforço para lembrar, e de repente o número sumiu da mente dele na escuridão, sem deixar nem rastro.

— Se precisar de mais ajuda — disse a voz robô —, fique na linha para ser atendido por uma telefonista...

— Liz? — chamou ele. — Caneta? Alguma coisa pra escrever?

Havia uma Bic dentro da agenda telefônica dela, e ela a entregou a ele. A telefonista, a telefonista *humana*, voltou à linha. Thad disse que não tinha anotado o número. A telefonista ativou o robô, que recitou novamente o número com a voz cantarolada e levemente feminina. Thad anotou o número na capa de um livro, quase desligou, mas decidiu confirmar ouvindo a repetição. A segunda vez revelou que ele tinha trocado dois números de posição. Ah, ele estava chegando ao auge do pânico, isso estava claro.

Ele desligou. Uma camada fina de suor tinha revestido todo o corpo.

— Calma, Thad.

— Você não ouviu ela falando — disse ele, com tristeza, e ligou para o xerife.

O telefone tocou quatro vezes até uma voz entediada de ianque dizer:

— Posto do xerife, policial Ridgewick falando, como posso ajudar?

— Aqui é Thad Beaumont. Estou ligando de Ludlow.

— Ah?

Não houve reconhecimento. Nenhum. O que exigia mais explicações. Mais teias. O nome Ridgewick lembrava alguma coisa. Claro: o guarda que tinha entrevistado a sra. Arsenault e encontrado o corpo de Gamache. Meu Deus do céu, como ele podia ter encontrado o velho que Thad supostamente tinha matado e não saber quem Thad era?

— O xerife Pangborn veio aqui para... para discutir o assassinato de Homer Gamache comigo, policial Ridgewick. Tenho algumas informações sobre isso, e é importante que eu fale com ele agora mesmo.

— O xerife não está — disse Ridgewick, não parecendo nem um pouco impressionado com a urgência na voz de Thad.

— Bom, onde ele *está*?

— Em casa.

— Me dá o número, por favor.

E, inacreditavelmente:

— Ah, não sei se devo, sr. Bowman. O xerife, Alan, não tem tido muito descanso, e a esposa dele não anda bem. Sente muitas dores de cabeça.

— Eu *tenho* que falar com ele!

— Bom — disse Ridgewick, sem nenhum estresse —, está bem claro que você *acha* que tem, pelo menos. Pode até ser que tenha *mesmo*. De *verdade*. Quer saber, sr. Bowman! Por que você não me diz o que é e me deixa decid...

— Ele veio aqui me *prender* pelo assassinato de Homer Gamache, policial, e outra coisa aconteceu, e se você não me der o número dele *agora*...

— Ah, *caramba*! — gritou Ridgewick. Thad ouviu uma batida distante e imaginou os pés do sujeito saindo de cima da mesa, ou provavelmente da mesa de Pangborn, e batendo no chão enquanto ele se sentava mais ereto. — Beaumont, não Bowman!

— Sim, e...

— Ah, misericórdia! Misericórdia! O xerife, Alan, disse que se você ligasse era pra passar a ligação na hora!

— Que bom. Agora...

— Santa misericórdia! Como eu sou idiota!

Thad, que só podia concordar, disse:

— Me dá o número dele, por favor. — De alguma forma, usando reservas que não sabia que tinha, conseguiu não gritar.

— Claro. Só um segundo. Hã...

Uma pausa excruciante veio em seguida. De segundos apenas, claro, mas a Thad pareceu que pirâmides poderiam ter sido construídas durante essa pausa. Construídas e derrubadas. E no meio-tempo a vida de Miriam poderia estar se esvaindo no tapete da sala de estar a oitocentos quilômetros dali. *Posso tê-la matado*, pensou ele, *só por ter decidido ligar para Pangborn e ter sido atendido por esse idiota de nascimento em vez de ter ligado para o Departamento de Polícia de Nova York de primeira. Ou para a emergência. Era isso que eu deveria ter feito; ligado para a emergência e jogado o problema no colo deles.*

Só que essa opção não parecia real, nem agora. Era o transe, ele achava, e as palavras que tinha escrito durante o transe. Ele não achava que tivesse previsto o ataque a Miriam... mas, de certa forma, tinha testemunhado os *preparativos* de Stark para o ataque. Os gritos fantasmagóricos dos milhares de pássaros pareciam tornar aquela coisa toda responsabilidade dele.

Mas, se Miriam morresse só porque ele estava em pânico demais para ligar para a emergência, como ele poderia voltar a olhar na cara de Rick?

Porra, como ele conseguiria *se* olhar no espelho?

Ridgewick, o ianque caipira idiota, estava de volta. Ele deu a Thad o número do xerife, falando cada dígito tão lentamente que uma pessoa retardada poderia ter anotado... mas Thad o fez repetir mesmo assim, apesar da vontade ardente e profunda de correr. Ele ainda estava abalado com o erro que tinha cometido ao anotar o número do posto do xerife, e o que podia ser feito uma vez poderia ser feito de novo.

— Tudo bem — disse ele. — Obrigado.

— Hã, sr. Beaumont? Seria muito bom se você pudesse dar uma aliviada na minha...

Thad desligou na cara dele sem o menor remorso e ligou para o número que Ridgewick tinha lhe dado. Pangborn não atenderia o telefone, claro; era pedir demais da Noite das Teias de Aranha. E quem atendesse diria (depois dos minutos iniciais de telefone tocando, claro) que o xerife tinha saído para comprar pão e leite. Em Laconia, New Hampshire, provavelmente, embora Phoenix não estivesse fora de questão.

Ele soltou uma gargalhada meio enlouquecida, e Liz olhou para ele, sobressaltada.

— Thad? Você está bem?

Ele começou a responder, mas só balançou a mão para demonstrar que sim na hora que o telefone foi atendido. Não era Pangborn; nisso ele tinha acertado, pelo menos. Era um garotinho que parecia ter uns dez anos.

— Alô, residência dos Pangborn, Todd Pangborn falando.

— Oi — disse Thad. Ele estava levemente ciente de que apertava o fone com força demais e tentou afrouxar os dedos. Rangeram, mas não se moveram muito. — Meu nome é Thad... — *Pangborn*, ele quase disse, ah, Jesus, isso seria ótimo, você está mesmo no controle, Thad, que oportunidade perdeu!, deveria ter sido controlador de tráfego aéreo. — Beaumont — concluiu ele depois da breve correção. — O xerife está?

Não, ele teve que ir a Lodi, na Califórnia, comprar cerveja e cigarros.

Mas a voz do menino só se afastou do telefone e gritou:

— PAAAI! TELEFONE!

Isso foi seguido de um estampido que fez o ouvido de Thad doer.

Um momento depois, louvado seja o Senhor e todos os santos, a voz de Alan Pangborn disse:

— Alô.

Ao ouvir aquela voz, parte da febre mental de Thad passou.

— É Thad Beaumont, xerife Pangborn. Tem uma moça em Nova York que pode estar precisando muito de ajuda agora. Tem a ver com a questão que discutimos no sábado à noite.

— Pode dizer — disse Alan, secamente, só isso, e que alívio, ah, rapaz.

Thad sentiu como se uma imagem estivesse retomando o foco.

— A mulher é Miriam Cowley, a ex-esposa do meu agente. — Thad refletiu que um minuto antes ele sem dúvida teria identificado Miriam como "agente da minha ex-esposa". — Ela ligou pra cá. Estava chorando e muito perturbada. Eu nem percebi quem era no começo. Mas então ouvi uma voz de homem ao fundo. Ele mandou que ela me dissesse quem era e o que estava acontecendo. Ela disse que tinha um homem em sua casa ameaçando fazer mal a ela. Ameaçando... — Thad engoliu em seco. — ...

cortar ela. Eu já tinha reconhecido a voz a essa altura, mas o homem gritou com ela, disse que se ela não se identificasse ele ia cortar a porra da cabeça dela. Essas foram as palavras dele. "Faça o que eu mando, senão vou cortar sua cabeça fora." Ela disse que era Miriam e implorou... — Ele engoliu em seco de novo. Houve um clique na garganta, tão claro quanto a letra "e" em código Morse. — Ela implorou que eu não deixasse o homem horrível fazer aquilo. Cortar ela de novo.

Na frente dele, Liz foi ficando cada vez mais branca. *Não desmaie*, Thad desejou ou rezou. *Por favor, não desmaie agora.*

— Ela estava gritando. De repente, a linha ficou muda. Acho que ele cortou o fio ou arrancou da parede. — Mas essa parte era balela. Ele não *achava* nada. Ele *sabia*. A linha tinha sido cortada mesmo. Com uma navalha. — Tentei ligar pra ela, mas...

— Qual é o endereço?

A voz de Pangborn estava objetiva, ainda agradável, ainda calma. Exceto pelo tom claro de urgência e ordem, era como se ele estivesse batendo papo com um velho amigo. *Ligar para ele foi a coisa certa*, pensou Thad. *Graças a Deus existem pessoas que sabem o que estão fazendo, ou que pelo menos acreditam que sabem. Graças a Deus existem pessoas que se comportam como personagens de livros comerciais. Se eu tivesse que lidar com uma pessoa estilo Saul Bellow aqui, acho que eu perderia a cabeça.*

Thad olhou para baixo do nome de Miriam no caderninho de Liz.

— Querida, isso é um três ou um oito?

— Oito — disse ela com voz distante.

— Ótimo. Sente-se na cadeira de novo. Abaixa a cabeça até o colo.

— Sr. Beaumont? Thad?

— Desculpa. A minha esposa está muito abalada. Está com cara de quem vai desmaiar.

— Não estou surpreso. Vocês dois estão abalados. É uma situação perturbadora. Mas vocês estão indo bem. Aguente firme, Thad.

— Sim. — Ele percebeu com consternação que, se Liz desmaiasse, ele teria que deixá-la caída no chão e seguir em frente até Pangborn ter informações suficientes para agir. *Por favor, não desmaie*, ele pensou de novo, e olhou para o caderninho de Liz. — O endereço é rua 84 oeste, número 109.

— Número de telefone?

— Já tentei dizer, o telefone não está...
— Preciso do número mesmo assim, Thad.
— Sim. Claro. — Se bem que ele não tinha a menor ideia do motivo. — Desculpa. — Ele recitou o número.
— Quanto tempo tem essa ligação?

Horas, pensou ele, e olhou para o relógio acima da lareira. Seu primeiro pensamento foi que tinha parado. *Só podia* ter parado.

— Thad?
— Estou aqui — disse ele com uma voz calma que parecia estar vindo de outra pessoa. — Foi uns seis minutos atrás. Foi quando minha comunicação com ela terminou. Foi interrompida.
— Tudo bem, não perdemos muito tempo. Se você tivesse ligado pra polícia de Nova York, teriam deixado você esperando três vezes mais. Ligo pra você assim que conseguir, Thad.
— Rick. Diz pra polícia quando você falar com eles que o ex dela não pode saber ainda. Se o cara... você sabe, tiver feito alguma coisa com Miriam, Rick vai ser o próximo da lista.
— Você tem certeza de que foi o mesmo cara que matou Homer e Clawson, né?
— Absoluta. — E as palavras saíram voando pelo fio antes que ele pudesse ter certeza de que queria dizê-las: — Acho que sei quem é.

Depois de uma breve hesitação, Pangborn disse:
— Tudo bem. Fica perto do telefone. Vou querer falar com você sobre isso quando houver tempo. — Ele desligou.

Thad olhou para Liz e a viu caída de lado na cadeira. Seus olhos estavam arregalados e vidrados. Ele se levantou e foi até ela depressa, a ajeitou e bateu nas bochechas dela de leve.

— Qual dos dois é? — perguntou ela com voz rouca do mundo cinzento de quem não está totalmente consciente. — É Stark ou Alexis Machine? Qual dos dois, Thad?

E depois de muito tempo, ele disse:
— Acho que não há diferença. Vou fazer um chá, Liz.

3

Ele tinha certeza de que conversariam sobre o assunto. Como poderiam evitar? Mas eles não falaram nada. Durante muito tempo, só ficaram sentados, olhando-se por cima das canecas e esperando que Alan ligasse. Conforme os minutos infinitos iam se arrastando, parecia fazer cada vez mais sentido para Thad que não conversassem... ao menos enquanto Alan não ligasse e dissesse se Miriam estava morta ou viva.

Vamos imaginar, pensou ele, vendo-a levar a caneca de chá à boca enquanto ele bebia da sua própria, *vamos imaginar que estivéssemos sentados aqui uma noite, com livros nas mãos (para alguém de fora, pareceríamos estar lendo, e poderíamos estar mesmo, um pouco, mas o que estaríamos de fato fazendo seria saboreando o silêncio como se fosse um bom vinho, da forma como só pais com filhos muito pequenos conseguem saborear, porque costumam ter tão pouco), e vamos imaginar também que, nesse momento, um meteorito entrasse pelo teto e caísse, fumegante e luminoso, no chão da sala. Um de nós iria até a cozinha para encher um balde com água e o apagaria antes que pudesse botar fogo no tapete e depois voltaria a ler? Não... nós falaríamos sobre o que aconteceu. Teríamos que falar. Assim como temos que falar sobre isso.*

Talvez eles começassem depois que Alan ligasse. Talvez fossem até conversar *por meio* dele, Liz ouvindo com atenção enquanto Alan fazia perguntas e Thad respondia. Sim, poderia ser assim que a conversa deles começaria. Porque parecia a Thad que Alan era o catalisador. Estranhamente parecia a Thad que foi Alan quem iniciou aquilo tudo, embora o xerife só estivesse reagindo ao que Stark já tinha feito.

Eles ficaram sentados esperando.

Ele sentiu certo ímpeto de tentar o número de Miriam de novo, mas não ousou; Alan poderia escolher aquele exato momento para ligar e encontraria o número dos Beaumont ocupado. Ele se viu desejando novamente, de um jeito meio sem sentido, que tivessem uma segunda linha. *Bom*, pensou ele, *querer é livre.*

A razão e a racionalidade disseram que Stark não podia estar por aí, atacando como um câncer estranho em forma humana, matando gente. Como o caipira de *She Stoops to Conquer*, de Oliver Goldsmith, poderia dizer, era perfeitamente umpossível, Diggory.

Mas ele estava. Thad sabia que estava, e Liz também. Ele se perguntou se Alan também saberia quando ele contasse. Era de pensar que não; o esperado era que o homem mandasse chamar aqueles jovens de uniforme branco. Porque George Stark não era real, nem Alexis Machine, a ficção dentro da ficção. Nenhum dos dois jamais existira, da mesma forma que George Eliot nunca existira, nem Mark Twain, nem Lewis Carroll, nem Tucker Coe e nem Edgar Box. Pseudônimos eram só uma forma maior de personagem fictício.

Mas Thad teve dificuldade de acreditar que Alan Pangborn *não* acreditaria, mesmo se não quisesse no começo. O próprio Thad não queria, mas se viu incapaz de outra coisa. Com o perdão da expressão, era inexoravelmente plausível.

— Por que ele não liga? — perguntou Liz com inquietação.

— Só tem cinco minutos, amor.

— Quase dez.

Ele resistiu a uma vontade de ser ríspido com ela; aquilo não era a rodada de bônus em um programa de auditório, e Alan não ganharia pontos e prêmios por ligar antes das nove.

Stark *não existia*, parte da mente dele continuava insistindo. A voz era racional, mas estranhamente impotente, parecendo repetir essa lenga-lenga não por convicção, mas por hábito, como um papagaio treinado para dizer *Menino bonito!* ou *Polly quer biscoito!*. Mas era verdade, não era? Ele deveria acreditar que Stark tinha saído do túmulo, feito um monstro em um filme de terror? Seria um truque e tanto, considerando que o homem (ou não homem) nunca tinha sido enterrado, e sua lápide não passou de um objeto de papel machê colocado no gramado de um lote vazio de cemitério, tão fictício quanto o resto dele...

De qualquer modo, isso me leva ao último ponto... ou aspecto... ou como vocês queiram chamar... Quanto você calça, sr. Beaumont?

Thad estava caído na cadeira, quase cochilando, apesar de tudo. Então sentou-se tão repentinamente que quase derrubou o chá. Pegadas. Pangborn tinha dito alguma coisa sobre...

Que pegadas são essas?

Não importa. Nós nem temos fotos. Temos na mesa quase tudo...

— Thad? O que foi? — perguntou Liz.

Que pegadas? Onde? Em Castle Rock, claro, senão Alan não teria ficado sabendo. Foram no cemitério Homeland, onde a fotógrafa neurastênica tirou a foto que ele e Liz acharam tão engraçada?

— Um cara não muito legal — murmurou ele.

— *Thad?*

O telefone tocou nesse momento, e *os dois* derramaram o chá.

4

A mão de Thad disparou para o telefone... mas parou por um momento logo acima do aparelho.

E se for ele?

Ainda não acabei, Thad. É melhor você não se meter comigo, porque quem se mete comigo está se metendo com o melhor.

Ele forçou a mão a descer, se fechar no telefone e o levar até a orelha.

— Alô.

— Thad? — Era a voz de Alan Pangborn. De repente, Thad se sentiu muito mole, como se seu corpo fosse sustentado por arames que tinham acabado de ser removidos.

— Sou eu — disse ele. As palavras saíram chiadas, uma espécie de suspiro. Ele inspirou de novo. — Miriam está bem?

— Não sei — disse Alan Pangborn. — Dei o endereço dela à polícia de Nova York. Devemos ter notícias em breve, mas é melhor avisar que quinze minutos ou meia hora podem não parecer tão rápido pra você e sua esposa esta noite.

— Não mesmo.

— Ela está bem? — perguntou Liz, e Thad cobriu o bocal do telefone pelo tempo suficiente para dizer que Pangborn ainda não sabia.

Liz assentiu e se acomodou na cadeira, ainda pálida, mas parecendo mais calma e mais controlada do que antes. Pelo menos tinha gente agindo, e não era mais só responsabilidade deles.

— Também conseguiram o endereço do sr. Cowley com a companhia telefônica...

— Ei! Eles não vão...

— Thad, eles não vão fazer *nada* enquanto não souberem qual é a condição da mulher. Falei que tínhamos uma situação em que um homem mentalmente desequilibrado poderia estar atrás de uma pessoa ou pessoas citadas no artigo da revista *People* sobre o pseudônimo Stark e expliquei a ligação dos Cowley com você. Espero que tenha explicado direito. Não entendo muito sobre escritores e menos ainda sobre agentes. Mas eles compreenderam que não era recomendável que o ex-marido da moça fosse correndo pra lá antes que eles chegassem.

— Obrigado. Obrigado por tudo, Alan.

— Thad, a polícia de Nova York está ocupada demais agora para querer ou precisar de mais explicações, mas *vão* querer em alguma hora. E eu também quero. Quem você acha que esse cara é?

— Isso é uma coisa que não quero dizer por telefone. Eu iria até você, Alan, mas não quero deixar minha esposa e meus filhos agora. Acho que você é capaz de entender. Você vai ter que vir aqui.

— Não posso fazer isso — disse Alan com paciência. — Tenho meu emprego e...

— Sua esposa está doente, Alan?

— Hoje ela parece bem. Mas um dos meus policiais ligou pra avisar que está doente, e tenho que ficar no lugar dele. É o procedimento-padrão em cidades pequenas. Eu estava me arrumando pra sair. O que estou dizendo é que esse é um momento bem ruim pra você ficar acanhado, Thad. Me conta.

Ele pensou no assunto. Sentia uma confiança estranha de que Pangborn acreditaria quando ouvisse. Mas talvez não por telefone.

— Você pode vir amanhã?

— Nós vamos ter que nos encontrar amanhã, com certeza — disse Alan. A voz estava ao mesmo tempo tranquila e muito insistente. — Mas seja lá o que sabe, preciso que me diga *hoje*. Que a polícia de Nova York vá querer uma explicação é o de menos, no que me diz respeito. E tenho meu quintal pra cuidar. Tem muita gente aqui na cidade que quer o assassino de Homer Gamache preso imediatamente. Por acaso, sou uma dessas pessoas. Então, não me faça perguntar de novo. Apesar do horário, ainda posso muito bem ligar para o procurador do condado de Penobscot pedindo que ele dê um mandado de detenção pra você como testemunha em um caso de assassinato no condado de Castle. Ele já sabe pela polícia estadual que você é suspeito, com ou sem álibi.

— Você faria isso? — perguntou Thad, perplexo e fascinado.

— Faria se você me obrigasse, mas acho que você não faria isso.

A cabeça de Thad parecia mais lúcida; seus pensamentos de fato pareciam estar *indo* para algum lugar. Não importaria, nem para Pangborn nem para a polícia de Nova York, se o homem que eles estavam procurando era um psicopata que achava que era Stark ou se era o próprio Stark... importaria? Ele achava que não, assim como achava que não o pegariam de qualquer modo.

— Tenho certeza de que é um psicopata, como minha esposa falou — disse ele para Alan. Olhou nos olhos de Liz, tentou enviar uma mensagem. E devia ter conseguido transmitir ao menos alguma coisa, porque ela assentiu de leve. — Faz sentido de um jeito estranho. Você lembra que mencionou pegadas?

— Lembro.

— Foram no Homeland, não foram? — Do outro lado da sala, Liz arregalou os olhos.

— Como você sabia? — Alan pareceu abalado pela primeira vez. — Eu não contei isso.

— Você já leu o artigo? O da *People*?

— Já.

— Foi lá que a mulher colocou a lápide falsa. Foi onde George Stark foi enterrado.

Silêncio do outro lado. E:

— Ah, merda.

— Entendeu?

— Acho que sim — disse Alan. — Se esse cara acha que é Stark, e é maluco, faz sentido que ele tenha começado no túmulo de Stark, não faz? Essa fotógrafa é de Nova York?

Thad se sobressaltou.

— É.

— Então ela também pode estar em perigo?

— Pode. Bom, eu não tinha pensado nisso, mas acho que pode.

— Nome? Endereço?

— Não tenho o endereço. — Ela tinha lhe dado o cartão de visita, ele lembrava... provavelmente pensando no livro com o qual esperava que ele colaborasse, mas Thad havia jogado fora. *Merda*. Ele só podia dar o nome dela. — Phyllis Myers.

— E o cara que escreveu o artigo?

— Mike Donaldson.

— Também de Nova York?

Thad percebeu de repente que não sabia, não tinha certeza, e recuou um pouco.

— Bom, acho que só supus que os dois fossem...

— É uma suposição bem razoável. Se as sedes das revistas ficam em Nova York, eles devem estar perto, não é?

— Pode ser, mas se um deles ou os dois forem freelancers...

— Vamos voltar pra maldita foto. Em nenhum lugar, nem na legenda da foto nem no artigo, diz que o cemitério é o Homeland. Tenho certeza disso. Eu o reconheceria pelo fundo, mas estava atento aos detalhes.

— Não — disse Thad. — Não diz mesmo.

— O conselheiro municipal Dan Keeton insistiria que Homeland não fosse identificado. Seria uma condição inegociável. Ele é um cara muito cauteloso. Meio chato, na verdade. Consigo vê-lo dando permissão para as fotos, mas acho que ele teria vetado a identificação de um cemitério específico pra evitar vandalismo... gente procurando a lápide, essas coisas.

Thad assentia. Fazia sentido.

— Então seu psicopata conhece você ou é daqui — disse Alan.

Thad tinha chegado a uma conclusão da qual estava profundamente envergonhado: que o xerife de um condado pequeno do Maine onde havia mais árvores do que gente devia ser um babaca. Mas ele não tinha nada de babaca; estava bem à frente do escritor de sucesso mundial Thaddeus Beaumont.

— Temos que supor isso, ao menos por enquanto, pois parece que ele tinha informações não divulgadas.

— Então as marcas que você mencionou *eram* no Homeland.

— Claro que eram — disse Pangborn, quase distraído. — O que você está escondendo, Thad?

— Como assim? — perguntou ele com cautela.

— Sem joguinhos, tá? Tenho que ligar pra Nova York e dar os dois outros nomes, e você tem que colocar a cabeça para funcionar e pensar se tem mais algum nome que eu deveria saber. Editores... assistentes... não sei. Nesse meio-tempo, você me diz que o cara que estamos procurando acha que *é* George Stark. Estávamos bolando teorias sobre isso no sábado à noite, extrapolando possibilidades, e agora você vem me dizer que é um fato. Então, pra sustentar isso, joga as pegadas para cima de mim. Ou você deu um salto de dedução impressionante com base nos fatos que temos em comum, ou sabe de alguma coisa que eu não sei. Naturalmente, acho a segunda alternativa melhor. Então, pode falar.

Mas o que ele tinha? Transes com blecautes que eram anunciados por milhares de pardais gritando ao mesmo tempo? Palavras que ele poderia ter escrito em um manuscrito *depois* que Alan Pangborn falou que as mesmas palavras estavam escritas na parede da sala do apartamento de Frederick Clawson? Mais palavras escritas em um papel que tinha sido rasgado e jogado no incinerador do prédio de inglês e matemática? Sonhos em que um homem terrível fora de vista o conduzia por sua casa em Castle Rock e tudo em que tocava, inclusive a própria esposa, se autodestruía? *Eu poderia chamar minhas certezas de palpites em vez de dedução*, pensou ele, mas continua não havendo provas, não é? As digitais e a saliva sugeriam que havia algo de estranho, claro, mas *tão* estranho?

Thad achava que não.

— Alan — disse ele lentamente —, você riria. Não, retiro isso. Conheço você bem agora. Você não riria, mas duvido muito que acreditasse em mim. Já mudei de ideia algumas vezes, mas, no fim das contas, é o seguinte: acho que você não acreditaria em mim.

A voz de Alan soou na mesma hora, urgente, imperativa, difícil de resistir.

— Experimenta.

Thad hesitou, olhou para Liz e balançou a cabeça.

— Amanhã. Quando pudemos olhar na cara um do outro. Vou contar. Hoje, você vai ter que aceitar minha palavra de que não importa, que o que já contei é tudo de valor prático que *posso* contar.

— Thad, o que falei sobre deter você como testemunha...

— Se você tiver que fazer isso, faça. Não haverá ressentimentos da minha parte. Mas não vou além disso até me encontrar com você, independentemente do que você decida.

Silêncio de Pangborn. E um suspiro.

— Tudo bem.

— Quero dar uma descrição rudimentar do homem que a polícia está procurando. Não tenho certeza absoluta se está certa, mas acho que chega perto. Perto o bastante pra dar para os policiais de Nova York, pelo menos. Tem um lápis aí?

— Tenho. Pode falar.

Thad fechou os olhos que Deus tinha colocado no rosto dele e abriu o que Deus tinha colocado na mente, o olho que insistia em ver até as coisas que ele não queria olhar. Quando as pessoas que tinham lido os livros dele o conheciam, sempre ficavam decepcionadas. Elas tentavam esconder, mas não conseguiam. Ele não guardava ressentimento, porque entendia o que elas sentiam... ao menos um pouco. Se gostavam do trabalho dele (e algumas alegavam até amar), elas o imaginavam como um cara que era primo de primeiro grau de Deus. Em vez de um deus, elas viam um cara de mais de um metro e oitenta e cinco, de óculos, que estava começando a ficar calvo e tinha como hábito tropeçar nas coisas. Viam um homem com caspa e um nariz com duas narinas, como as delas.

O que elas não viam era aquele terceiro olho na cabeça dele. Aquele olho, brilhando na metade sombria dele, o lado que estava sempre na sombra... *aquilo* era divino, e ele ficava feliz que as pessoas não pudessem ver. Se pudessem, ele achava que muitas tentariam roubar. Sim, mesmo que significasse arrancar dali com uma faca cega.

Olhando para a escuridão, ele conjurou sua imagem particular de George Stark — o George Stark *de verdade*, que não se parecia em nada com o modelo que posara para a foto da orelha. Ele procurou o homem-sombra que se desenvolvera silenciosamente ao longo dos anos, o encontrou e começou a mostrá-lo para Alan Pangborn.

— Ele é bem alto — começou ele. — Mais alto do que eu, pelo menos. Tem um metro e noventa, talvez um metro e noventa e dois se estiver de bota. Tem cabelo louro, curto e arrumado. Olhos azuis. A visão de longe é excelente. Uns cinco anos atrás ele passou a usar óculos pra perto. Pra ler e escrever, basicamente.

"Chama atenção não pela altura, mas pela *largura*. Não é gordo, mas é bem *largo*. O pescoço tem uns quarenta e cinco centímetros, talvez cinquenta. Ele tem a minha idade, Alan, mas não está murchando como eu estou começando a murchar, nem está engordando. Ele é *forte*. Tipo Schwarzenegger agora que começou a diminuir um pouco. Ele malha com peso. Consegue contrair tanto o bíceps a ponto de rasgar a manga da camisa, mas não é todo musculoso.

"Ele nasceu em New Hampshire, mas, depois do divórcio dos pais, se mudou com a mãe para Oxford, Mississippi, onde ela passou a infância. Morou a maior parte da vida lá. Quando era mais novo, tinha sotaque tão carregado que parecia ser de Dogpatch. Muita gente debochava do sotaque dele na faculdade, mas não na cara dele, ninguém debocha de um cara desses na cara, e ele se esforçou pra mudar sua fala. Agora, acho que a única chance de ouvir o antigo sotaque é quando ele fica com raiva, e acho que as pessoas que o deixam com raiva normalmente não podem testemunhar depois. Ele tem pavio curto. É violento. É perigoso. Na verdade, é um psicopata em ação."

— O que... — Pangborn começou a dizer, mas Thad o interrompeu.

— Ele é bem bronzeado, e, como homens louros normalmente não pegam bronzeado muito bem, isso talvez seja um bom ponto de identificação. Tem pés grandes, mãos grandes, pescoço grande, ombros largos. O rosto parece que foi esculpido em pedra dura por alguém que tem talento mas estava com pressa.

"Uma última coisa: ele pode estar dirigindo um Toronado. Não sei o ano. Um dos antigos que tinha muita potência embaixo do capô. Preto. A placa pode ser do Mississippi, mas ele deve ter trocado. — Ele fez uma pausa e acrescentou: — Ah, e tem um adesivo no para-choque traseiro. FILHO DA PUTA DE PRIMEIRA CLASSE."

Ele abriu os olhos.

Liz o encarava. O rosto mais pálido do que nunca.

Houve uma longa pausa do outro lado da linha.

— Alan? Você...?

— Só um segundo. Estou escrevendo. — Houve outra pausa, mais curta. — Pronto. Anotei. Você pode me dizer isso tudo, mas não quem é o cara e nem sua ligação com ele nem como o conhece?

— Não sei, mas vou tentar. Amanhã. Saber o nome dele não vai ajudar ninguém hoje, porque ele está usando outro nome.

— George Stark.

— Bom, ele pode ser louco o bastante pra se apresentar como Alexis Machine, mas duvido. Eu apostaria em Stark mesmo.

Ele tentou piscar para Liz. No fundo não achava que o clima pudesse ficar mais leve com uma piscadela nem nada, mas tentou mesmo assim. Só conseguiu piscar com os dois olhos, feito uma coruja sonolenta.

— Não tem jeito de eu convencer você a falar hoje, tem?

— Não. Não tem. Desculpa, mas não tem.

— Tudo bem. Volto a ligar assim que puder.

E desligou, assim, sem dizer obrigado, sem dizer tchau. Pensando melhor, Thad achava que não merecia um obrigado.

Ele desligou e foi até a esposa, que estava sentada olhando para ele como se tivesse virado uma estátua. Ele segurou as mãos dela, que estavam muito frias, e disse:

— Vai ficar tudo bem, Liz. Juro que vai.

— Você vai contar sobre os transes quando falar com ele amanhã? Sobre o som dos pássaros? Que ouvia a mesma coisa quando era criança e o que queria dizer na época? As coisas que escreveu?

— Vou contar tudo. Mas o que ele vai escolher dizer para as autoridades... — Deu de ombros. — Depende dele.

— Tanto — disse ela com uma voz baixa e fraca. Os olhos ainda grudados nele pareciam incapazes de abandoná-lo. — Você sabe *tanto* sobre ele. Thad... *como*?

Ele só pôde se ajoelhar na frente dela e segurar as mãos frias. Como ele podia saber tanto? As pessoas perguntavam isso o tempo todo. Usavam palavras diferentes para expressar o sentimento — como você inventou aquilo? Como colocou aquilo em palavras? Como se lembrou daquilo? Como viu aquilo? —, mas a questão era sempre a mesma: como você *sabia*?

Ele não sabia como sabia.

Só sabia.

— Tanto — repetiu ela, e falou no tom de alguém que acabou de acordar de um sonho perturbador.

Os dois ficaram em silêncio. Ele esperava que os gêmeos sentissem a agitação dos pais, que acordassem e começassem a chorar, mas só havia o tique-taque regular do relógio. Ele assumiu uma posição mais confortável no chão, ao lado da cadeira dela, e continuou segurando suas mãos, na esperança de conseguir aquecê-las. Ainda estavam frias quinze minutos depois, quando o telefone tocou.

5

Alan Pangborn foi direto e conciso. Rick Cowley estava seguro em casa, sob proteção policial. Em pouco tempo iria até a ex-esposa, que tinha se tornado sua ex-esposa para sempre; a reconciliação da qual os dois falavam de tempos em tempos, e com considerável vontade, jamais aconteceria. Miriam estava morta. Rick faria a identificação formal no necrotério da Primeira Avenida. Thad não deveria esperar ligação de Rick naquele dia e nem deveria tentar ligar para ele; a ligação de Thad com o assassinato de Miriam Cowley não foi revelada para Rick por estar "aguardando desenvolvimentos". Phyllis Myers tinha sido localizada e também estava sob proteção policial. Michael Donaldson estava sendo mais complicado, mas eles esperavam que ele fosse encontrado até a meia-noite.

— Como ela foi morta? — perguntou Thad, sabendo perfeitamente bem a resposta.

Mas às vezes era preciso perguntar. Só Deus sabia por quê.

— Garganta cortada — disse Alan com o que Thad desconfiava de que fosse brutalidade intencional. E falou, logo em seguida: — Tem certeza de que não tem nada que queira me contar?

— De manhã. Quando estivermos frente a frente.

— Tudo bem. Achei que não faria mal nenhum perguntar.

— Não. Mal nenhum.

— A polícia de Nova York espalhou um alerta pra um homem chamado George Stark com a descrição que você deu.

— Que bom. — E ele achava que era bom mesmo, embora soubesse que provavelmente não adiantaria nada. Era quase certo que não o encontrariam se ele não quisesse ser encontrado, e, se alguém o encontrasse, Thad achava que essa pessoa se arrependeria.

— Nove horas — disse Pangborn. — Esteja em casa, Thad.

— Pode contar com isso.

6

Liz tomou um calmante e finalmente adormeceu. Thad ficou oscilando em um sono leve e agitado e se levantou às três e quinze para usar o banheiro. Quando estava parado lá, urinando no vaso, achou ter ouvido os pardais. Ficou tenso e prestou atenção, e o fluxo de urina parou na mesma hora. O som não aumentou e nem diminuiu, e depois de alguns instantes ele percebeu que eram só grilos.

Ele olhou pela janela e viu uma viatura da polícia estadual parada do outro lado da rua, apagada e silenciosa. Poderia ter achado que estava vazia se não tivesse visto o brilho de um cigarro aceso. Parecia que ele, Liz e os gêmeos também estavam sob proteção policial.

Ou guarda policial, pensou ele, e voltou para a cama.

O que quer que fosse, pareceu oferecer certa paz. Ele pegou no sono e acordou às oito, sem lembrança nenhuma de pesadelos. Mas é claro que o pesadelo *de verdade* ainda estava solto por ali. Em algum lugar.

CATORZE
ESSÊNCIA DE IDIOTA

1

O cara com o bigodinho idiota era bem mais rápido do que Stark esperava.

Stark estava esperando Michael Donaldson no corredor do nono andar do prédio onde ele morava, escondido em uma curva depois da porta do apartamento dele. Tudo teria sido mais fácil se Stark pudesse ter entrado no apartamento primeiro, como tinha feito com a escrota, mas um olhar bastou para convencê-lo de que as trancas, ao contrário das dela, não tinham sido colocadas pelo Grilo Falante. Mas não haveria problema. Era tarde, e todos os coelhos da toca estariam dormindo e sonhando com trevos. O próprio Donaldson devia estar lento e atordoado; quando se chegava em casa à uma e quinze da madrugada, não estava vindo da biblioteca.

Donaldson *parecia* meio atordoado, mas nada lento.

Quando Stark apareceu e atacou com a navalha enquanto Donaldson mexia no chaveiro, ele esperava cegar o homem de forma rápida e eficiente. Em seguida, antes que o sujeito pudesse começar a gritar, ele abriria a garganta de Donaldson, cortando as veias ao mesmo tempo em que as cordas vocais.

Stark não tentou se mover em silêncio. Ele queria que Donaldson o ouvisse, queria que Donaldson virasse o rosto para ele. Tornaria tudo mais fácil.

Donaldson fez o que tinha que fazer no começo. Stark moveu a navalha na direção do rosto dele em um arco curto e seco. Mas Donaldson conseguiu se abaixar um pouco; não muito, mas o suficiente para frustrar os propósitos de Stark. Em vez de acertar os olhos, a navalha abriu a testa dele até o osso. Uma aba de pele caiu sobre as sobrancelhas de Donaldson como uma tira solta de papel de parede.

— SOCORRO! — baliu Donaldson com uma voz estrangulada, feito o berro de uma ovelha, e já era o ataque sem reação. Porra.

Stark se aproximou, segurando a navalha na frente dos olhos com a lâmina um pouco virada para cima, feito um matador saudando o touro antes da primeira corrida. Tudo bem; nem tudo acontecia de acordo com Hoyle. Ele não tinha cegado o informante, mas tinha sangue jorrando do corte na testa aos litros, e o que o pequeno Donaldson *conseguisse* enxergar seria por uma camada grudenta e vermelha.

Ele mirou o golpe no pescoço de Donaldson, e o filho da mãe puxou a cabeça para trás quase tão rápido quanto uma cascavel recuando depois de um bote, uma velocidade *impressionante*, e Stark se viu admirando o sujeito um pouco, independente do bigodinho ridículo.

A lâmina cortou só o ar a menos de um centímetro da garganta do sujeito, e ele gritou por socorro de novo. Os coelhos, que nunca dormiam pesado naquela cidade, naquela Grande Maçã podre, acabariam acordando. Stark mudou a direção e atacou novamente, ao mesmo tempo em que se erguia nas pontas dos pés e inclinava o corpo para a frente. Foi um passo gracioso de balé, e deveria ter acabado com tudo. Mas Donaldson conseguiu colocar a mão na frente do pescoço; em vez de matá-lo, Stark só fez uma série de ferimentos longos e rasos que os patologistas da polícia chamariam de cortes de defesa. Donaldson levantou a mão com a palma virada para a frente, e a lâmina passou pela base dos quatro dedos. Ele usava um anel pesado de formatura no terceiro, que acabou ficando sem ferimentos. Houve um som seco e metálico, *ting!*, quando a lâmina tocou no anel, deixando uma marquinha na liga de ouro. A navalha cortou fundo os outros três dedos, deslizando tão suavemente na pele quanto uma faca quente em manteiga. Com os tendões cortados, os dedos caíram para a frente como marionetes adormecidas, deixando só o dedo do anel em pé, como se, em meio à confusão e ao horror, Donaldson tivesse esquecido qual dedo usar na hora de fazer o gesto obsceno.

Dessa vez, quando Donaldson abriu a boca, ele *uivou*, e Stark soube que podia esquecer a ideia de sair dali sem ser ouvido nem notado. Pois era esse seu plano, já que não precisava preservar Donaldson para fazer nenhuma ligação, mas não seria possível. Tampouco pretendia deixar Donaldson vivo. Quando se começava o trabalho sujo, só dava para parar quando ou o trabalho ou você chegasse ao fim.

Stark foi para cima. Eles tinham se deslocado pelo corredor quase até o apartamento vizinho. Ele sacudiu casualmente a navalha para limpar a lâmina. Um spray fino de gotículas pontilhou a parede creme.

No final do corredor, uma porta se abriu e um homem de pijama azul com o cabelo emaranhado colocou a cabeça e os ombros para fora.

— O que está acontecendo aqui? — perguntou ele, com a voz mal-humorada, deixando claro que podia ser o Papa ali fora, mas a festa tinha que *acabar*.

— Assassinato — respondeu Stark, em um tom casual, e por um momento seu olhar foi do homem ensanguentado e berrando à sua frente para o homem na porta. Mais tarde, esse homem diria para a polícia que os olhos do invasor eram azuis. Bem azuis. E completamente enlouquecidos.
— Quer também?

A porta se fechou tão rápido que foi como se nunca tivesse se aberto.

Mesmo tomado de pânico, como devia estar, mesmo sentindo dor, como sem dúvida estava, Donaldson viu uma oportunidade quando o olhar de Stark se desviou, mesmo que a distração tenha sido momentânea. Ele aproveitou. O filho da mãe era rápido mesmo. A admiração de Stark aumentou. A velocidade e o senso de autopreservação da vítima foram quase suficientes para compensar o incômodo do cacete que ele estava sendo.

Se tivesse pulado para a frente e lutado com Stark, talvez pudesse ter passado do estágio de incômodo para algo perto de um problema real. Mas Donaldson se virou para correr.

Perfeitamente compreensível, mas um erro.

Stark correu atrás dele, os sapatos grandes sussurrando no carpete, e cortou a nuca do sujeito, confiante de que seria o golpe final.

Mas, no instante anterior ao que a navalha devia ter feito seu último corte, Donaldson ao mesmo tempo projetou a cabeça para a frente e de alguma forma a *encolheu*, como uma tartaruga se escondendo no casco. Stark estava começando a achar que Donaldson era telepata. O que deveria ter sido o golpe mortal acabou só cortando o couro cabeludo acima do volume protetor de osso na nuca. Fez sangrar, mas não foi fatal.

Estava irritante, enlouquecedor... e chegando perto do ridículo.

Donaldson deu um pulo pelo corredor, desviando de um lado a outro, às vezes até batendo nas paredes feito uma bola de pinball naqueles pontos luminosos que marcam cem mil pontos para o jogador ou dão uma jogada grátis ou alguma outra porra assim. Ele gritou enquanto corria. Derramou sangue no carpete enquanto corria. Deixou marcas ocasionais de mão ensanguentada nas paredes enquanto corria. Mas ainda não estava morrendo enquanto corria.

Nenhuma outra porta se abriu, mas Stark sabia que, naquele momento, em pelo menos uns seis apartamentos, uns seis dedos estavam ligando (ou já tinham ligado) para a emergência em uns seis aparelhos de telefone.

Donaldson correu e tropeçou na direção dos elevadores.

Sem sentir raiva nem medo, só terrivelmente exasperado, Stark foi atrás dele. De repente, berrou:

— *Ah, por que você não para com isso e SE COMPORTA!*

O grito por socorro de Donaldson virou um choramingo. Ele tentou olhar ao redor. Tropeçou nos próprios pés e caiu a três metros de onde o corredor se abria em uma pequena área de elevadores. Stark tinha descoberto que até o mais ágil dos sujeitos acabava ficando sem pensamentos felizes se fosse cortado o suficiente.

Donaldson ficou de joelhos. Aparentemente, pretendia engatinhar até os elevadores depois de ser traído pelos pés. Olhou ao redor com o rosto ensanguentado para ver onde o agressor estava, e Stark deu um chute no nariz coberto de vermelho. Ele estava de mocassim marrom, e chutou o sujeitinho maldito com o máximo de força que conseguiu, as mãos abaixadas, uma de cada lado, um pouco para trás para manter o equilíbrio, o pé esquerdo acertando e subindo em um arco que chegou à altura da própria testa. Qualquer um que tivesse visto um jogo de futebol americano acabaria pensando em um típico chute muito, muito forte.

A cabeça de Donaldson voou para trás, bateu com tanta força na parede que afundou o gesso de leve e voltou.

— Finalmente acabei com sua energia, não foi? — murmurou Stark, e ouviu uma porta se abrir atrás. Ele se virou e viu uma mulher com cabelo preto desgrenhado e olhos escuros enormes olhando pela porta de um apartamento quase na outra ponta do corredor. — *VOLTA PRA DENTRO, SUA PUTA!* — gritou ele.

A porta bateu como se fosse de mola.

Ele se inclinou, pegou o cabelo sujo e pegajoso de Donaldson, puxou a cabeça para trás e cortou a garganta. Achava que Donaldson já devia estar morto antes mesmo que a cabeça batesse na parede, e quase com certeza depois, mas era melhor ter certeza. Além do mais, quando se começava a cortar, tinha que *terminar* de cortar.

Ele recuou rapidamente, mas o sangue de Donaldson não jorrou como o da mulher. O coração dele já tinha parado ou estava quase parando. Stark foi depressa para os elevadores, dobrando a navalha e a enfiando no bolso de trás.

Um elevador que chegava apitou baixinho.

Poderia ser um morador; chegar à uma da manhã não era tão tarde para uma cidade grande, mesmo em uma segunda-feira. Mesmo assim, Stark foi rapidamente até um vaso grande de planta que ficava no canto do saguão com um quadro inútil que não representava nada. Ele se enfiou atrás da planta. Seu radar apitava alto. *Podia* ser alguém voltando de uma farra de dia de semana ou de uma social pós jantar de negócios, mas ele achava que não seria nenhuma das duas coisas. Ele achava que seria a polícia. Na verdade, tinha certeza.

Uma viatura que por acaso estava perto do prédio quando um dos residentes daquele andar ligou para dizer que um assassinato estava sendo cometido no corredor? Era possível, mas Stark duvidava. Parecia mais provável que Beaumont tivesse dado com a língua nos dentes, a maninha tivesse sido descoberta e aquela fosse a proteção policial de Donaldson chegando. Antes tarde do que nunca.

Ele deslizou lentamente, encostado na parede, o paletó esporte sujo de sangue fazendo um ruído áspero. Ele não se escondeu exatamente, mas submergiu, como um submarino rumo às profundezas, e o esconderijo que a planta oferecia era mínimo. Se olhassem ao redor, o encontrariam. Mas Stark estava apostando que toda a atenção seria dedicada à Prova A na metade do corredor. Por alguns instantes, pelo menos... e seria suficiente.

As folhas largas e entrecruzadas da planta fizeram sombra no rosto dele. Stark ficou olhando entre elas como um tigre de olhos azuis.

As portas do elevador se abriram. Houve uma exclamação abafada, santo alguma coisa por aí, e dois guardas uniformizados saíram correndo. Foram seguidos por um sujeito negro de calça jeans justa e um par de tênis antiquado. O sujeito negro também usava uma camiseta com mangas cortadas. PROPRIEDADE DOS N.Y. YANKEES estava escrito na frente. Ele *também* usava óculos de sol de cafetão, e Stark podia apostar que era um detetive. Quando se disfarçavam, *sempre* exageravam… e agiam com certa insegurança. Era como se eles *soubessem* que estavam exagerando, mas não conseguissem evitar. Então era, ou pelo menos era para ser, a proteção de Donaldson mesmo. Não haveria detetive em uma viatura que estivesse passando. Era um pouco fortuito *demais*. Aquele cara tinha ido com os guardas primeiro para interrogar Donaldson e depois ficar de babá dele.

Foi mal, pessoal, pensou Stark. *Acho que ele não vai mais precisar.*

Ele ficou de pé e contornou a planta. Nenhuma folha fez ruído. Seus pés não fizeram barulho no carpete. Ele passou a menos de um metro atrás do detetive, que estava inclinado, tirando uma .32 de um coldre de tornozelo. Stark poderia ter dado um belo chute na bunda dele se quisesse.

Ele entrou no elevador aberto no último instante antes de a porta começar a se fechar. Um dos policiais uniformizados percebeu o movimento com o canto do olho, talvez da porta, talvez do próprio Stark, mas não importava; ele afastou o olhar do corpo de Donaldson.

— Ei…

Stark levantou a mão e balançou solenemente os dedos para o policial. Tchauzinho. A porta se fechou e o separou da cena do corredor.

O saguão do prédio estava deserto, exceto pelo porteiro, que dormia profundamente na recepção. Stark saiu, dobrou a esquina, entrou em um carro roubado e foi embora.

2

Phyllis Myers morava em um dos prédios novos no West Side de Manhattan. Sua proteção policial (acompanhada de um detetive de calça esportiva da Nike, um moletom do New York Islanders com mangas cortadas e óculos escuros de cafetão) tinha chegado às dez e meia da noite do dia 6 de junho e a encontrou furiosa por ter sido obrigada a cancelar um encontro. Ela ficou mal-humorada no começo, mas se alegrou consideravelmente quando ouviu que alguém que pensava ser George Stark poderia estar interessado em matá-la. Ela respondeu às perguntas do detetive sobre a entrevista de Thad Beaumont, à qual ela se referiu como Sessão de Thad Beaumont, enquanto carregava três câmeras com filme novo e mexia em umas vinte lentes. Quando o detetive perguntou o que ela estava fazendo, ela deu uma piscadela e disse:

— Acredito no lema dos escoteiros. Quem sabe? Alguma coisa pode estar mesmo acontecendo.

Depois da entrevista, do lado de fora do apartamento, um dos guardas uniformizados perguntou ao detetive:

— Ela tá falando sério?

— Claro — disse o detetive. — O problema é que ela acha que mais ninguém está. Pra ela, o mundo todo é só uma foto esperando para ser tirada. O que tem ali dentro é uma escrota idiota que realmente acredita que sempre vai estar do lado certo da lente.

Agora, às três e meia da madrugada do dia 7 de junho, o detetive já tinha ido embora. Umas duas horas antes, os dois homens designados para proteger Phyllis Myers tinham recebido a notícia do assassinato de Donaldson pelos rádios presos ao cinto. Eles foram aconselhados a serem extremamente cautelosos e vigilantes, pois o maluco com quem estavam lidando já tinha mostrado ter sede extrema de sangue e raciocínio muito rápido.

— Cuidado é meu sobrenome — disse o policial nº 1.

— Que coincidência — disse o policial nº 2. — Extremo é o meu.

Eles eram parceiros havia mais de um ano e se davam bem. Sorriram um para o outro, e por que não? Eram dois dos melhores integrantes armados e uniformizados da Grande Maçã podre, parados em um corredor climatizado e iluminado no vigésimo sexto andar de um prédio novinho (ou talvez fosse um condomínio, quem sabia os nomes dessas porras, quando os guardas Cuidado e Extremo eram garotos, condomínio era o tipo de coisa da qual eles nunca tinham ouvido falar), e ninguém se aproximaria sorrateiramente nem pularia do teto em cima deles e muito menos os metralharia com uma Uzi mágica que nunca emperrava nem ficava sem munição. Aquilo era a vida real, não um livro da série sobre a 87ª Delegacia ou um filme do Rambo, e a vida real naquela noite consistia de uma missão especial bem mais tranquila do que ficar dando voltas de viatura apartando brigas de bar até os bares fecharem e depois até o alvorecer em prédios pequenos e antigos onde maridos bêbados e esposas concordavam em discordar. A vida real sempre deveria consistir de Cuidado e Extremo em corredores climatizados em noites quentes na cidade. Era nisso que eles acreditavam.

Eles tinham progredido até esse ponto no pensamento quando as portas do elevador se abriram e o homem cego e ferido saiu cambaleando pelo corredor.

Ele era alto e tinha ombros muito largos. Parecia ter uns quarenta anos. Estava usando um paletó esporte rasgado e uma calça que não fazia par com o paletó, mas o complementava. De certa forma, pelo menos. O primeiro policial, Cuidado, teve tempo para pensar que a pessoa com visão que escolheu as roupas do cego devia ter bom gosto. O homem cego também estava usando óculos pretos grandes que estavam tortos na cara porque uma das hastes tinha sido quebrada. Não era, nem forçando muito a barra, o tipo de óculos de cafetão. Pareciam os óculos que Claude Rains usou em *O homem invisível*.

O homem cego estava com as duas mãos à frente do corpo. A esquerda estava vazia, apenas balançando aleatoriamente. A direita segurava uma bengala branca suja com cabo de borracha tipo guidão de bicicleta na ponta. As duas estavam cobertas de sangue seco. Havia manchas marrom de sangue secando no paletó e na camisa do homem cego. Se os dois policiais designados para proteger Phyllis Myers fossem mesmo Cuidado e Extremo, a situação toda poderia ter parecido estranha. O homem cego estava berrando sobre alguma coisa que tinha acabado de acontecer, e, pela cara dele, alguma coisa tinha mesmo acontecido, e não uma coisa muito *boa*, mas o sangue na pele e nas roupas já tinha ficado amarronzado. Isso sugeria que havia sido derramado algum tempo antes, um fato que os policiais comprometidos com o conceito de Cuidado Extremo poderiam ter estranhado. Talvez até disparado um alarme na mente desses policiais.

Mas provavelmente não. As coisas aconteceram rápido demais, e quando as coisas acontecem nessa velocidade, ser extremamente cauteloso ou extremamente descuidado fica em segundo plano; a prioridade vira dançar conforme a música.

Em um momento, eles estavam parados do lado de fora da porta de Myers, felizes feito crianças cujas aulas foram canceladas porque o boiler quebrou; no seguinte, o homem cego ensanguentado estava na frente deles, balançando a bengala branca suja. Não houve tempo para pensar e menos ainda para deduzir.

— Po-*líííí*-cia! — gritou o homem cego antes mesmo das portas do elevador estarem totalmente abertas. — O porteiro disse que a polícia está no vinte e seis. Po-*líííí*-cia! Vocês estão aqui?

Ele descia o corredor, a bengala balançando de um lado a outro, e *TOC!*, bateu na parede da esquerda, foi balançada de novo e *TOC!*, na parede da direita, e qualquer um daquele andar que não estivesse acordado estaria logo.

Extremo e Cuidado começaram a andar sem nem trocarem um olhar.

— *Po-líííí-cia! Po...*

— Senhor! — berrou Extremo. — Calma! Você vai c...

O homem cego virou a cabeça na direção da voz de Extremo, mas não parou. Seguiu em frente, balançando a mão vazia e a bengala branca suja, parecendo um pouco Leonard Bernstein tentando conduzir a Filarmônica de Nova York depois de fumar uma ou duas pedras de crack.

— *Po-líííí-cia!* Mataram meu cachorro! Mataram Daisy! *PO-LÍÍÍÍ-CIA!*

— Senhor...

Cuidado esticou a mão para o homem cego, que enfiou a mão vazia no bolso esquerdo do paletó e tirou não duas entradas para o Baile de Gala do Homem Cego, mas uma arma .45. Ele apontou para Cuidado e puxou o gatilho duas vezes. O som foi ensurdecedor e átono no corredor fechado. Houve muita fumaça azul. Cuidado foi atingido pelas balas quase à queima-roupa. Ele caiu com o peito afundado como uma cesta de pêssegos quebrada. O uniforme ficou queimado e soltando fumaça.

Extremo viu o cego apontar a .45 para ele.

— Meu Jesus, por favor, não — disse Extremo com voz baixa.

Ele falou como se alguém tivesse tirado todo o ar dele. O cego disparou mais duas vezes. Houve mais fumaça azul. Ele atirava muito bem para um cego. Extremo voou para trás, para longe da fumaça, bateu no carpete com as omoplatas, teve um espasmo repentino e ficou imóvel.

3

Em Ludlow, a oitocentos quilômetros dali, Thad Beaumont se virou de lado, agitado.

— Fumaça azul — murmurou ele. — Fumaça azul.

Do lado de fora da janela havia nove pardais pousados em uma linha telefônica. Mais seis se juntaram a eles. Os pássaros ficaram no local, silenciosos e invisíveis, acima dos observadores na viatura da polícia estadual.

— Não vou mais precisar disto — disse Thad, dormindo.

Ele fez um gesto desajeitado na cara com uma das mãos e jogou alguma coisa invisível com a outra.

— Thad? — chamou Liz, sentando-se. — Thad, você está bem?

Thad disse alguma coisa incompreensível.

Liz olhou para os próprios braços. Estavam arrepiados.

— Thad? São os pássaros de novo? Você está ouvindo os pássaros?

Thad não disse nada. Do lado de fora, os pardais levantaram voo ao mesmo tempo e seguiram para a escuridão, apesar de não ser horário de voo deles.

Nem Liz nem os dois policiais na viatura repararam.

4

Stark jogou longe os óculos escuros e a bengala. O corredor estava acre com fumaça. Ele tinha disparado quatro balas Colt Hi-Point que tinha transformado em balas dundum. Duas tinham atravessado os policiais e deixado buracos do tamanho de pratos na parede do corredor. Ele foi até a porta de Phyllis Myers. Estava pronto para convencê-la a sair se precisasse, mas ela estava bem ali, do outro lado, e só de ouvi-la dava para perceber que seria fácil.

— O que está acontecendo? — gritou ela. — O que houve?

— Pegamos ele, sra. Myers — disse Stark com alegria. — Se quiser tirar uma foto, tem que ser rápido, mas depois lembre que você nunca ouviu isso de mim.

Ela manteve a porta presa pela corrente quando a abriu, mas tudo bem. Quando ela colocou um olho castanho arregalado na abertura, ele meteu uma bala.

Fechar os olhos dela, ou fechar o olho que ainda existia, não era opção, então ele se virou e voltou para os elevadores. Não se demorou, mas também não correu. A porta de um apartamento se abriu (parecia que todo mundo tinha resolvido abrir a porta para ele naquela noite), e Stark ergueu a arma para a carinha de coelho de olhos arregalados. A porta se fechou na mesma hora.

Ele apertou o botão do elevador. As portas do que ele usou depois de apagar o segundo porteiro da noite (com a bengala que tinha roubado do cego na rua 60) se abriram na mesma hora, como ele esperava; àquela hora da noite, os três elevadores não eram muito usados. Ele jogou a arma para trás por cima do ombro. Fez um baque no carpete.

— *Esse* correu bem — comentou ele, entrou no elevador e desceu para o saguão.

5

O sol estava nascendo na janela da sala de Rick Cowley quando o telefone tocou. Rick estava com cinquenta anos, olhos vermelhos, cabelo desgrenhado e meio bêbado. Ele atendeu o telefone com a mão tremendo muito. Nem sabia direito onde estava, e sua mente cansada e dolorida ficava insistindo que aquilo era um sonho. Menos de três horas antes, ele estivera mesmo no necrotério da Primeira Avenida para identificar o cadáver mutilado da ex-esposa, a menos de um quarteirão do restaurantezinho francês chique onde eles só levavam os clientes que também eram amigos? Havia mesmo policiais do lado de fora do apartamento dele porque o homem que matou Mir podia querer matá-lo também? Essas coisas eram verdade? Não podiam ser. Só podia ser sonho... e talvez o telefone não fosse um telefone, mas um despertador. Via de regra, ele odiava aquela merda... já o tinha jogado do outro lado do quarto em mais de uma ocasião. Mas, naquela manhã, ele o beijaria. Daria até beijo *de língua*.

Mas ele não acordou. Só atendeu o telefone.

— Alô.

— Aqui é o homem que cortou a garganta da sua mulher — disse a voz em seu ouvido, e Rick despertou de repente.

Qualquer esperança de que aquilo fosse um sonho se dissipou. Era o tipo de voz que só se deveria ouvir em sonhos... mas nunca é no sonho que ouvimos.

— Quem é você? — Ele se ouviu fazer a pergunta com uma vozinha sem forças.

— Pergunta a Thad Beaumont quem eu sou. Ele sabe tudo. Diga a ele que eu falei que você está andando entre mortos. E diga que não terminei de preparar a essência de idiota.

O telefone fez um clique no ouvido dele, houve um momento de silêncio e depois o zumbido da linha.

Rick botou o telefone no colo, olhou para o aparelho e de repente começou a chorar.

6

Às nove daquela manhã, Rick ligou para o escritório e disse para Frieda que ela e John deveriam ir para casa; eles não trabalhariam naquele dia e nem no resto da semana. Frieda queria saber por quê, e Rick ficou atônito de perceber que estava prestes a mentir para ela, como se tivesse sido pego em um crime horrível e sério, tipo pedofilia infantil, e não conseguisse admitir até o choque ficar menos intenso.

— Miriam morreu — disse ele para Frieda. — Foi morta no apartamento dela ontem à noite.

Frieda inspirou fundo com um chiado rápido e chocado.

— Meu Deus do céu, Rick! Não brinca com coisas assim! Se você brinca com coisas assim, elas viram verdade!

— É verdade, Frieda — disse ele, e se viu à beira das lágrimas de novo.

E essas, as que ele tinha derramado no necrotério, as que tinha derramado no carro voltando para casa, as que tinha derramado quando aquele maluco ligou, as que estava tentando não derramar agora, todas essas foram só as primeiras. Pensar em todas as lágrimas que derramaria no futuro o deixou exausto. Miriam foi uma filha da mãe, mas também foi, do jeitinho dela, uma filha da mãe *amorosa*, e ele a amara. Rick fechou os olhos. Quando abriu, havia um homem olhando para ele pela janela, apesar de a janela ficar a catorze andares de altura. Rick levou um susto, mas viu o uniforme. Um limpador de janelas. O limpador de janelas acenou para ele do andaime. Rick ergueu a mão em retribuição. A mão parecia pesar algo em torno de trezentos e cinquenta quilos, e ele a deixou cair novamente sobre a coxa logo depois que a ergueu.

Frieda estava dizendo de novo para ele não brincar, e ele se sentiu mais exausto do que nunca. Ele via que as lágrimas eram só o começo.

— Só um minuto, Frieda — disse ele, e colocou o telefone na mesa.

Foi até a janela para fechar a cortina. Chorar ao telefone com Frieda do outro lado era bem ruim; ele não precisava que o maldito limpador de janelas ficasse olhando.

Quando chegou à janela, o homem no andaime enfiou a mão no bolso do macacão para pegar alguma coisa. Rick sentiu uma pontada de inquietação. *Diga que eu falei que você está andando entre mortos.*

(*Jesus...*)

O limpador de janelas pegou uma plaquinha. Era amarela com letras pretas. A mensagem tinha carinhas sorridentes dos dois lados. TENHA UM BOM DIA!, dizia.

Rick assentiu com cansaço. Tenha um bom dia. Claro. Ele fechou a cortina e voltou para o telefone.

7

Quando finalmente convenceu Frieda de que não estava brincando, ela explodiu em um choro com toda a sua alma; todo mundo no escritório e todos os clientes, até aquele idiota do Ollinger, que escrevia os livros ruins de ficção científica e aparentemente se dedicava à tarefa de puxar todos os sutiãs do mundo ocidental, gostava de Mir. E Rick chorou com ela até conseguir desligar. *Pelo menos eu fechei a cortina*, ele pensou.

Quinze minutos depois, quando estava fazendo café, a ligação do maluco voltou à sua mente. Havia dois policiais do lado de fora do apartamento, e ele não contou nada. Qual era seu problema?

Bom, pensou ele, *minha ex-esposa morreu, e quando eu a vi no necrotério, parecia que tinha uma boca nova cinco centímetros abaixo do queixo. Talvez tenha a ver com isso.*

Pergunta a Thad Beaumont quem eu sou. Ele sabe tudo.

Ele pretendia ligar para Thad, claro. Mas sua mente ainda estava em queda livre; as coisas assumiram novas proporções que ele não parecia capaz de compreender, ao menos por enquanto. Bom, ele *ligaria* para Thad. Faria isso assim que contasse à polícia sobre a ligação.

Ele *contou*, e os policiais ficaram extremamente interessados. Um pegou o walkie-talkie e comunicou o quartel-general. Quando terminou, disse para Rick que o chefe dos detetives queria que ele fosse até o One Police Plaza para falar sobre a ligação que tinha recebido. Enquanto fazia isso, uma pessoa iria até o apartamento ligar um gravador e um equipamento de rastreio ao telefone. Caso houvesse mais ligações.

— Provavelmente vai ter — disse o segundo policial para Rick. — Esses malucos adoram o som da própria voz.

— Eu deveria ligar para o Thad primeiro — disse Rick. — Ele também pode estar em perigo. Foi o que pareceu.

— O sr. Beaumont já está com proteção policial no Maine, sr. Cowley. Vamos?

— Bom, eu acho...

— Talvez você possa ligar pra ele de lá. Agora... onde está seu casaco?

Rick, confuso e sem saber direito se aquilo tudo era real, se permitiu ser levado.

8

Quando voltou, duas horas depois, um dos acompanhantes franziu a testa para a porta do apartamento e disse:

— Não tem ninguém aqui.

— E daí? — perguntou Rick com desânimo.

Ele se *sentia* desanimado, como uma vidraça leitosa que chegava a ficar translúcida. Muitas perguntas tinham sido feitas a ele, que as respondeu da melhor maneira que pôde; foi uma tarefa difícil, considerando que tão poucas pareciam fazer sentido.

— Se o pessoal da Comunicação terminasse antes da gente voltar, eles tinham que esperar.

— Eles devem estar lá dentro — disse Rick.

— Um deles, talvez, mas o outro deveria estar aqui fora. É o procedimento-padrão.

Rick pegou a chave, mexeu nelas, encontrou a certa e a enfiou na fechadura. Qualquer problema que aqueles caras pudessem estar tendo com o procedimento de operação dos colegas não era da conta dele. Graças a Deus; ele já batera sua cota de preocupações naquela manhã.

— Tenho que ligar para o Thad primeiro — disse ele. Suspirou e abriu um pequeno sorriso. — Não é nem meio-dia e já tenho a sensação de que o dia não vai ter...

— *Não faz isso!* — gritou um dos policiais de repente, dando um pulo.

— Fazer o q... — disse Rick, girando a chave, e a porta foi pelos ares em uma explosão de luz, fumaça e som.

O policial cujo instinto entrou em ação um pouco tarde demais ficou reconhecível para os parentes; Rick Cowley foi quase vaporizado. O outro policial, que estava um pouco mais para trás e que protegeu instintivamente o rosto quando o parceiro gritou sofreu queimaduras, uma concussão e ferimentos internos. Misericordiosamente, quase por mágica, os estilhaços da porta e da parede voaram em torno dele em uma nuvem, mas não o tocaram. Mas ele jamais voltaria a trabalhar para a polícia de Nova York; a explosão o deixou surdo na mesma hora.

Dentro do apartamento de Rick, os dois técnicos da Comunicação que foram ajustar o telefone estavam mortos no tapete da sala. Havia um bilhete preso na testa de um deles, com uma tachinha.

OS PARDAIS ESTÃO VOANDO NOVAMENTE.

Na testa do outro havia mais uma mensagem:

MAIS ESSÊNCIA DE IDIOTA. DIGA PRO THAD.

II
STARK ASSUME O COMANDO

— Qualquer idiota com mãos rápidas pode segurar um tigre pelas bolas — disse Machine para Jack Halstead. — Sabia disso?

Jack começou a rir. O olhar de Machine o fez pensar melhor.

— Tira esse sorriso babaca da cara e presta atenção — disse Machine. — Estou dando uma instrução aqui. Está prestando atenção?

— Sim, sr. Machine.

— Então escute isto e não esqueça. Qualquer idiota com mãos rápidas pode segurar um tigre pelas bolas, mas é preciso ser um herói pra continuar apertando. Vou contar outra coisa, já que comecei: só heróis e desistentes saem com vida, Jack. Mais ninguém. E eu não sou desistente.

— O jeito de Machine
de George Stark

QUINZE
PURA DESCRENÇA

1

Thad e Liz estavam mergulhados em um choque tão profundo e azul que parecia gelo enquanto ouviam Alan Pangborn contar como foram as primeiras horas do dia em Nova York. Mike Donaldson, cortado e espancado até a morte no corredor de seu prédio; Phyllis Myers e dois policiais alvejados no condomínio dela no West Side. O porteiro da noite no prédio de Myers levou um golpe de algo pesado e sofreu traumatismo craniano. Os médicos consideravam a hipótese de que ele acordasse no lado mortal do céu. O porteiro do prédio de Donaldson estava morto. O trabalho sujo foi executado em estilo de gangue em todos os casos, com o agressor simplesmente indo até as vítimas e atacando.

Enquanto Alan falava, referia-se repetidamente ao assassino como Stark.

Ele o está chamando pelo nome certo sem nem pensar, refletiu Thad. Em seguida, balançou a cabeça, um pouco impaciente consigo mesmo. Era preciso chamá-lo de alguma coisa, pensava, e "Stark" talvez fosse um pouco melhor do que "o elemento" ou "sr. X". Seria um erro àquela altura pensar que Pangborn estava usando o nome por qualquer outro motivo que não fosse conveniência.

— E Rick? — perguntou ele quando Alan terminou e ele finalmente conseguiu destravar a língua.

— O sr. Cowley está vivo e bem, sob proteção policial.

Eram dez e quinze da manhã; a explosão que mataria Rick e um dos seus guardiões só aconteceria quase duas horas depois.

— Phyllis Myers também estava — disse Liz.

No cercadinho, Wendy estava dormindo e William estava quase. O queixo batia no peito, os olhos se fechavam... e ele levantava a cabeça de novo. Para Alan, ele parecia comicamente uma sentinela tentando não adormecer no trabalho. Mas cada vez que erguia a cabeça, o fazia com menos ímpeto. Ao olhar os gêmeos, o caderno então fechado no colo, Alan reparou em uma coisa interessante: cada vez que William levantava a cabeça em um esforço para ficar acordado, Wendy se mexia dormindo.

Os pais já notaram isso?, perguntou-se ele, e depois pensou: *Claro que sim.*

— É verdade, Liz. Ele os surpreendeu. A polícia pode ser pega de surpresa tanto quanto qualquer um, sabe; nós só devemos reagir melhor. No andar em que Phyllis Myers morava, várias pessoas do corredor abriram a porta e olharam depois que os tiros foram disparados, e temos uma boa ideia do que aconteceu baseado nos depoimentos delas e no que a polícia achou na cena do crime. Stark fingiu ser cego. Ele não tinha trocado de roupa depois do assassinato de Miriam Cowley e de Michael Donaldson, que foram... me perdoem, vocês dois, mas foram uma sujeira danada. Ele sai do elevador com óculos escuros que deve ter comprado na Times Square ou de um camelô e balançando uma bengala branca coberta de sangue. Só Deus sabe onde ele arrumou a bengala, mas a polícia de Nova York acha que ele também a usou pra bater no porteiro.

— Ele roubou de um cego de verdade, claro — disse Thad calmamente. — Esse sujeito não é Sir Galahad, Alan.

— Obviamente não. Ele devia estar gritando que tinha sido assaltado na rua ou talvez que seu apartamento tinha sido invadido por ladrões. De qualquer modo, ele partiu pra cima tão rápido que os policiais não tiveram tempo de reagir. Afinal, eram dois policiais de ronda de viatura que foram arrancados de seu ambiente e colocados na frente da porta daquela mulher sem muita explicação.

— Mas eles sabiam que Donaldson tinha sido assassinado também, não sabiam? — protestou Liz. — Se uma coisa assim não os alertou para o fato de que o homem era perigoso...

— Eles também sabiam que a proteção policial de Donaldson tinha chegado *depois* que o homem foi morto — disse Thad. — Estavam confiantes.

— Talvez, um pouco — concordou Alan. — Não tenho como saber. Mas os caras que estão com Cowley sabem que esse homem é ousado e inteligente, além de homicida. Estão de olhos abertos. Não, Thad. Seu agente está seguro. Fique tranquilo.

— Você disse que houve testemunhas — comentou Thad.

— Ah, sim. Muitas testemunhas. No prédio da agente, de Donaldson, de Myers. Ele pareceu estar cagando para testemunhas. — Olhou para Liz e disse: — Desculpe.

Ela deu um sorriso breve.

— Já ouvi isso uma ou duas vezes na vida, Alan.

Ele assentiu, abriu um sorrisinho e se voltou para Thad.

— E a descrição que eu dei?

— Confere todinha. Ele é grande, louro, tem um bom bronzeado. Me diga quem ele é, Thad. Me dê um nome. Tenho bem mais do que Homer Gamache com que me preocupar agora. A porcaria do comissário de polícia de Nova York está em cima de mim. Sheila Brigham, minha principal atendente, acha que vou ser um astro da imprensa, mas ainda é com Homer que me preocupo. Ainda mais do que com os dois policiais mortos que estavam tentando proteger Phyllis Myers, eu me preocupo com Homer. Então, me dê um nome.

— Já dei — disse Thad.

Houve um longo silêncio, talvez uns dez segundos. E, bem baixinho, Alan perguntou:

— O quê?

— O nome dele é George Stark.

Thad ficou surpreso de ver como estava calmo, ainda mais surpreso de descobrir que se *sentia* calmo... a não ser que choque profundo e calma fossem a mesma coisa. Mas o alívio de dizer isso, *Você tem o nome dele, o nome dele é George Stark*, foi inexplicável.

— Acho que não entendi — disse Alan depois de outra longa pausa.

— Claro que entendeu, Alan — disse Liz. Thad olhou para ela, surpreso pelo tom seco e pé no chão de sua voz. — O que meu marido está dizendo é que o pseudônimo dele de alguma forma ganhou vida. A lápide da foto... o que diz naquela lápide, onde deveria haver uma homilia ou um versinho, é uma coisa que Thad disse para o repórter da agência de notícias, o que divulgou a notícia originalmente. UM CARA NÃO MUITO LEGAL. Se lembra disso?

— Sim, mas, Liz...

Ele estava olhando para os dois com uma espécie de surpresa desamparada, como se percebesse pela primeira vez que estava conversando com duas pessoas que tinham ficado loucas.

— Poupe seus "mas" — disse ela com o mesmo tom brusco. — Você vai ter muito tempo pra contestar. Você e todo mundo. No momento, escute. Thad não estava brincando quando disse que George Stark não era um cara muito legal. Ele pode ter *achado* que estava brincando, mas não. Eu sabia, mesmo que ele não soubesse. George Stark era mais do que um cara não muito legal, ele era, na verdade, um cara *horrível*. Ele foi me deixando mais nervosa a cada um dos quatro livros que escreveu, e quando Thad finalmente decidiu que ia matá-lo, eu subi até o nosso quarto e chorei de alívio. — Ela olhou para Thad, que a encarava. Ela o avaliou antes de assentir. — É isso mesmo. Eu chorei. Chorei de verdade. O sr. Clawson de Washington era um creepozoid nojento, mas nos fez um favor, talvez o maior favor para a nossa vida de casados, e por esse motivo eu lamento a morte dele, ainda que por nenhum outro.

— Liz, acho que você não quer dizer...

— *Não* me diga o que eu quero e não quero *dizer*! — disse ela.

Alan piscou. A voz dela permaneceu controlada, não alta o suficiente para acordar Wendy e nem levar William a fazer mais do que levantar a cabeça uma última vez antes de se deitar de lado e adormecer perto da irmã. Mas Alan tinha a sensação de que, se não fossem as crianças, ele *teria* ouvido uma voz mais alta. Talvez até em volume total.

— Thad tem algumas coisas pra contar agora. Você tem que ouvir com atenção, Alan, e precisa tentar acreditar nele. Porque, se você não acreditar, tenho medo de que esse homem, ou o que quer que ele seja, continue matando até chegar no fim da lista de açougueiro. Pessoalmente, tenho bastante motivos pra não querer que isso aconteça. É que acho que Thad e eu e nossos bebês podemos estar nessa lista.

— Tudo bem.

A voz dele estava controlada, mas os pensamentos estavam disparados. Ele fez um esforço consciente de afastar a frustração, a raiva e até a surpresa para pensar nessa ideia louca da forma mais clara que pudesse. Não se era verdadeira ou falsa, claro que era impossível sequer considerar verdadeira: a questão principal era por que eles estavam se dando ao trabalho de contar aquilo. Tinha sido elaborada para esconder alguma cumplicidade imaginada nos assassinatos? Uma cumplicidade real? Seria possível que eles *acreditassem* naquilo? Parecia impossível que um casal de pessoas instruídas e racionais, ao menos até o momento, pudesse *acreditar* naquilo, mas era como no dia em que ele tinha ido prender Thad pelo assassinato de Homer; eles não exalavam o aroma leve e inconfundível de pessoas que estavam mentindo. Mentindo *conscientemente*, acrescentou para si mesmo.

— Pode continuar, Thad.

— Tudo bem — respondeu Thad.

Ele pigarreou, nervoso, e se levantou. A mão foi até o bolso do peito, e ele percebeu achando certa graça que o que estava fazendo era meio amargo: procurando os cigarros que fazia anos não ficavam mais no bolso. Enfiou as mãos nos bolsos e olhou para Alan Pangborn como poderia olhar para um aluno confuso que tinha ido parar no simpático terreno do escritório de Thad.

— Uma coisa muito estranha está acontecendo aqui. Não, é mais do que estranha. É terrível e inexplicável, mas *está* acontecendo. E acho que começou quando eu tinha só onze anos.

2

Thad contou tudo: as dores de cabeça da infância, os gritos agudos e visões embaçadas dos pardais que anunciavam a chegada dessas dores de cabeça, a volta dos pardais. Mostrou a Alan a página do manuscrito com OS PARDAIS ESTÃO VOANDO escrito com traços fortes de lápis. Contou sobre o estado de fuga que teve no escritório no dia anterior e o que tinha escrito (o tanto que conseguia lembrar) no verso do formulário. Explicou o que acontecera com o formulário e tentou expressar o medo e a surpresa que o levaram a destruí-lo.

O rosto de Alan permaneceu impassível.

— Além do mais — concluiu Thad —, eu *sei* que é Stark. Aqui. — Ele fechou a mão e bateu de leve no peito.

Alan não disse nada por alguns instantes. Tinha começado a girar a aliança de casamento no terceiro dedo da mão esquerda, e essa operação parecia ter capturado toda a sua atenção.

— Você perdeu peso desde que se casou — disse Liz, baixinho. — Se não ajustar essa aliança, Alan, vai acabar perdendo um dia.

— Acho que vou. — Ele levantou a cabeça e olhou para ela. Quando falou, foi como se Thad tivesse saído da sala para fazer alguma coisa e só restassem o policial e ela ali. — Seu marido levou você ao escritório e mostrou essa primeira mensagem do mundo dos espíritos depois que fui embora... correto?

— O único mundo dos espíritos que conheço é o cemitério — disse Liz com voz firme —, mas, sim, ele me mostrou a mensagem depois que você foi embora.

— *Logo* depois que fui embora?

— Não. Botamos os gêmeos pra dormir e, quando nós estávamos nos preparando pra deitar, eu perguntei a Thad o que ele estava escondendo.

— Entre o momento em que fui embora e a hora em que ele contou sobre os blecautes e os cantos dos pássaros, houve períodos em que ele ficou longe de você? Períodos em que poderia ter subido e escrito a frase que mencionei?

— Não lembro ao certo. *Acho* que ficamos juntos o tempo todo, mas não tenho certeza absoluta. E não importaria mesmo que eu dissesse que ele nunca saiu de perto de mim, não é?

— O que você quer dizer, Liz?

— Quero dizer que você presumiria que eu também estou mentindo, não é?

Alan deu um suspiro profundo. Era a única resposta de que eles precisavam.

— Thad não está mentindo sobre isso.

Alan assentiu.

— Agradeço a sinceridade... mas, como você não pode jurar que ele não saiu do seu lado por alguns minutos, não preciso acusar você de mentir. Fico feliz por isso. Você admite que a oportunidade pode ter acontecido, e acho que você também vai admitir que a alternativa é bem louca.

Thad se encostou na moldura da lareira, os olhos indo de um lado para outro como um homem acompanhando uma partida de tênis. O xerife Pangborn não estava dizendo nada que Thad não tivesse previsto, e estava apontando os buracos na história com bem mais gentileza do que poderia, mas Thad ainda se viu quase amargo de decepção... quase magoado. A premonição de que Alan acreditaria, de que acreditaria *instintivamente*, se revelou tão falsa quanto um frasco de remédio cura-tudo.

— Sim, eu admito essas coisas — disse Liz com voz firme.

— Quanto ao que Thad alega que aconteceu no escritório... não há testemunhas nem do blecaute nem do que ele alega ter escrito. Na verdade, ele não mencionou o incidente antes da ligação da sra. Cowley, não foi?

— Não. Ele não mencionou.

— E assim... — Ele deu de ombros.

— Tenho uma pergunta pra você, Alan.

— Está bem.

— Por que Thad mentiria? De que adiantaria?

— Não sei. — Alan olhou para ela com total franqueza. — Ele talvez não saiba. — Ele olhou brevemente para Thad e voltou a olhar para Liz. — Ele pode nem *saber* que está mentindo. O que estou dizendo é bem simples: esse é o tipo de coisa que nenhum policial poderia aceitar sem uma prova consistente. E não há nenhuma.

— Thad está dizendo a verdade. Entendo tudo que você disse, mas também quero muito que você acredite que ele está dizendo a verdade. Quero desesperadamente. É que eu *vivi* com George Stark. E sei como Thad foi ficando por causa dele com o passar do tempo. Vou contar uma coisa que não saiu na *People*. Thad começou a falar de se livrar de Stark dois livros antes do último...

— Três — corrigiu Thad, baixinho, de onde estava, perto da lareira. Seu desejo por um cigarro tinha se tornado uma febre. — Comecei a falar nisso depois do primeiro.

— Tudo bem, três. O artigo da revista fez parecer que era uma coisa bem recente, mas não era verdade. É isso que estou tentando dizer. Se Frederick Clawson não tivesse aparecido e colocado meu marido na parede, acho que Thad ainda estaria falando sobre se livrar dele da mesma forma. Tanto quanto um alcoólatra ou viciado diz pra família e pros amigos que vai parar amanhã... ou no dia seguinte... ou no seguinte.

— Não — interrompeu Thad. — Não exatamente assim. A crença está certa, mas a vertente está errada.

Ele parou e franziu a testa, mais do que pensando. *Concentrando-se*. Alan abriu mão com relutância da ideia de que eles estavam mentindo ou enganando-o por algum motivo louco. Eles não estavam se esforçando tanto só para convencê-lo, ou a eles mesmos, mas só para articular como tinha sido... como homens tentando descrever como foi apagar um incêndio bem depois do episódio.

— Olha — disse Thad, por fim. — Vamos deixar de lado por um minuto a questão dos blecautes e dos pardais e as visões precognitivas, se é que foram isso mesmo. Se você achar que precisa, pode conversar com meu médico, George Hume, sobre os sintomas físicos. Talvez os exames que fiz ontem mostrem algo estranho quando o resultado sair, e, mesmo que não mostrem, o médico que fez a cirurgia em mim quando eu era criança talvez ainda esteja vivo e possa conversar sobre o caso. Ele talvez tenha alguma informação que possa dar uma luz a essa confusão. Não me lembro do nome dele de cara, mas com certeza está nos meus registros médicos. Mas, agora, toda essa merda psíquica é irrelevante.

Alan estranhou que Thad dissesse isso... ele *tendo* plantado um bilhete precognitivo e mentido sobre o outro. Alguém louco o suficiente para fazer uma coisa dessas, e louco o suficiente para esquecer que tinha feito, para realmente acreditar que os bilhetes eram manifestações de um fenômeno psíquico, não ia querer falar sobre mais nada. Certo? A cabeça dele estava começando a doer.

— Tudo bem — disse ele, calmamente —, se o que você chama de "essa merda psíquica" é irrelevante, qual é a principal linha de raciocínio aqui?

— George Stark é a principal linha de raciocínio — disse Thad, e pensou: *A linha que vai até Fimlândia, onde o serviço de trem termina.* — Imagine que um estranho foi morar na sua casa. Alguém de quem você sempre teve um pouco de medo, assim como Jim Hawkins sempre teve um pouco de medo do Velho Lobo do Mar na Almirante Benbow... você leu *A ilha do tesouro*, Alan?

Ele assentiu.

— Bom, então você sabe o tipo de sentimento que estou tentando expressar. Você tem medo desse cara e não gosta nem um pouco dele, mas deixa ele ficar. Você não é dono de uma estalagem, como em *A ilha do tesouro*, mas talvez ache que ele é parente distante da sua esposa ou algo assim. Está entendendo?

Alan assentiu.

— E finalmente um dia, depois que esse hóspede sinistro faz alguma coisa tipo jogar o saleiro na parede porque está entupido, você diz para sua esposa: "Quanto tempo o idiota do seu primo de segundo grau vai ficar por aqui mesmo?". E ela olha pra você e diz: "*Meu* primo de segundo grau? Achei que ele fosse *seu* primo de segundo grau!".

Alan grunhiu uma gargalhada apesar de tudo.

— Mas você expulsa o cara? — prosseguiu Thad. — Não. Para começar, ele já está na sua casa há um tempo, e, por mais grotesco que possa parecer pra alguém que está de fora da situação, é como se ele tivesse... direito de ficar, algo assim. Mas não é isso que importa.

Liz assentia. Seus olhos estavam com a expressão animada e agradecida de uma mulher que acabou de ouvir a palavra que vinha dançando na ponta de sua língua o dia todo.

— O que importa é que você está morrendo de *medo* dele — disse ela. — Medo do que ele poderia fazer se você dissesse na cara dele pra ele pegar as coisas e cair fora.

— Isso aí — disse Thad. — Você quer ter coragem e mandar ele embora, e não só porque tem medo de que ele seja perigoso. Vira uma questão de amor-próprio. Mas... você fica adiando. Encontra *motivos* pra adiar. Tipo, está chovendo e talvez ele crie menos caso se for mandado embora em um dia de sol. Ou talvez depois de todos terem uma boa noite de sono. Você pensa em mil motivos para adiar. Percebe que, se os motivos soarem bons pra você, consegue manter pelo menos *um pouco* do seu amor-próprio, e um pouco é melhor do que nada. Um pouco também é melhor do que todo, se ter todo significa que você vai acabar machucado ou morto.

— E talvez não só você.

Foi Liz quem falou de novo, com a voz controlada e agradável de uma mulher se dirigindo a um clube de jardinagem... talvez dizendo quando plantar milho ou explicando como perceber que os tomates estão prontos para a colheita.

— Ele era um homem feio e perigoso quando estava... morando conosco... e é um homem feio e perigoso agora. As evidências sugerem que, se alguma coisa mudou, foi só pra pior. Ele é louco, claro, mas pela ótica dele o que está fazendo é perfeitamente razoável: está procurando gente que conspirou pra sua morte e está exterminando todas, uma a uma.

— Acabou?

Ela olhou para Alan, sobressaltada, como se a voz dele a tivesse tirado de um devaneio particular profundo.

— O quê?

— Eu perguntei se você acabou. Você queria falar, e eu queria ter certeza de que conseguiu.

A calma dela desapareceu. Ela deu um suspiro profundo e passou as mãos distraidamente pelo cabelo.

— Você não acredita, né? Em nenhuma palavra.

— Liz — disse Alan —, isso é... loucura. Desculpa usar uma palavra assim, mas, considerando as circunstâncias, eu diria que é a mais gentil que tenho. Mais policiais vão chegar daqui a pouco. O FBI, eu acho. Esse homem pode agora ser considerado um fugitivo interestadual, e isso vai incluir eles no jogo. Se você contar essa história, envolvendo blecaute e escrita fantasma, vai ouvir muitas outras menos gentis. Se você me dissesse que essas pessoas foram assassinadas por um fantasma, eu também não acreditaria. — Thad se remexeu, mas Alan ergueu a mão, e o escritor sossegou, ao menos por um tempo. — Mas eu poderia ter chegado mais perto de acreditar em uma história de fantasma do que nisso. Não estamos falando de um fantasma, estamos falando de um homem que nunca existiu.

— Como você explica minha descrição? — perguntou Thad de repente. — O que dei foi minha imagem particular de como George Stark era, *é*. Parte está no perfil do autor que a Darwin Press tem arquivado. Parte era de coisas que estavam na minha cabeça. Eu nunca parei pra imaginar deliberadamente o sujeito, sabe... eu só formei uma espécie de imagem mental ao longo dos anos, do mesmo jeito que se forma uma imagem mental do DJ que você ouve todos os dias de manhã no rádio a caminho do trabalho. Mas, quando você encontra o DJ, acaba descobrindo que imaginou totalmente errado na maioria das vezes. Ao que tudo indica eu acertei em quase tudo. Como você explica isso?

— Não tenho como explicar. A não ser, claro, que você esteja mentindo sobre a origem da descrição.

— Você sabe que não estou.

— Não suponha isso — disse Alan. Ele se levantou, andou até a lareira e cutucou com inquietação a lenha de bétula que havia lá usando um atiçador. — Nem todas as mentiras surgem de uma decisão consciente. Se um homem convenceu a si mesmo de que está dizendo a verdade, ele pode até passar por um detector de mentiras. Ted Bundy passou.

— Ah, para com isso — retrucou Thad, com rispidez. — Para de resistir tanto. É a história das digitais de novo. A única diferença é que dessa vez não tenho como mostrar coisas que corroboram. E as digitais, falando nisso? Quando a gente soma isso, não temos pelo menos um indício de que estamos dizendo a verdade?

Alan se virou. De repente com raiva de Thad... dos dois. Parecia que estava sendo implacavelmente encurralado, e eles não tinham nenhum direito de fazê-lo se sentir assim. Era como ser a única pessoa que acreditava que a terra era redonda em uma reunião da Sociedade Terraplanista.

— Não tenho explicação para nenhuma dessas coisas... por enquanto. Mas, enquanto isso, talvez você queira me dizer exatamente de onde esse cara, o *verdadeiro*, veio, Thad. Você simplesmente pariu ele um dia? Ele saiu da merda de um ovo de pardal? Você ficou parecido com ele enquanto estava escrevendo os livros que acabaram sendo publicados no nome dele? Como foi exatamente?

— Não sei como ele passou a existir — disse Thad, cansado. — Você acha que eu não contaria se pudesse? Até onde sei ou consigo lembrar, fui *eu* que escrevi *O jeito de Machine* e *Oxford Blues* e *Torta de tubarão* e *A caminho da Babilônia*. Não tenho a menor ideia de quando ele se tornou uma... pessoa separada. Ele me parecia real quando eu assinava com o nome dele, mas do mesmo jeito que as histórias que eu escrevo parecem reais pra mim quando estou escrevendo, nada mais que isso. Quer dizer, eu *levo* elas a sério, mas não acredito nelas... só que acredito... na ocasião...

Ele parou e soltou uma gargalhada perplexa.

— Todas as vezes que falei sobre escrita. Centenas de palestras, milhares de aulas, e acho que nunca falei uma palavra sobre a compreensão do escritor de ficção sobre as realidades gêmeas que existem pra ele: a do mundo real e a do mundo do manuscrito. Acho que nunca sequer pensei nisso. E agora eu percebo... bom... parece que nem sei *como* pensar nisso.

— Não importa — disse Liz. — Ele não *precisou* ser uma pessoa separada até Thad tentar matá-lo.

Alan se virou para ela.

— Bom, Liz, você conhece Thad melhor do que qualquer outra pessoa. Ele mudou de dr. Beaumont pra sr. Stark quando estava trabalhando nos livros de crime? Batia em você? Ameaçava as pessoas com uma navalha nas festas?

— O sarcasmo não vai facilitar essa conversa — disse ela, olhando para ele com firmeza.

Ele ergueu as mãos, exasperado, mesmo sem saber se era o casal, ele mesmo ou os três o motivo de sua exasperação.

— Não estou sendo sarcástico, estou tentando usar um pouco de tratamento de choque verbal pra fazer vocês enxergarem a loucura que estão dizendo! *Vocês estão falando de um pseudônimo ganhando vida!* Se contarem ao FBI *metade* disso tudo, eles vão pesquisar as leis de internação não voluntária do estado do Maine!

— A resposta à sua pergunta é não — disse Liz. — Ele não batia em mim nem levava uma navalha para as festas. Mas, quando estava escrevendo como George Stark, e particularmente sobre Alexis Machine, Thad não era o mesmo. Quando ele... abria a porta, talvez seja a melhor forma de dizer... quando ele fazia isso e convidava Stark pra entrar, ficava distante. Não frio, nem mesmo morno, só distante. Perdia um pouco a vontade de sair, de ver pessoas. Às vezes faltava a reuniões do corpo docente, até encontros com alunos... embora fosse bem raro. Ele ia dormir tarde da noite, e às vezes ainda estava rolando na cama tentando dormir uma hora depois de deitar. Quando adormecia, ele se mexia e murmurava muito, como se estivesse tendo pesadelos. Perguntei em algumas ocasiões se eram mesmo pesadelos, e ele alegava estar se sentindo cansado, com um pouco de dor de cabeça, mas que não conseguia lembrar se estava sonhando.

"Não havia nenhuma grande mudança de personalidade... mas ele não era o mesmo. Meu marido parou de ingerir álcool um tempo atrás, Alan. Ele não frequenta o Alcoólicos Anônimos nem nada, mas parou. Com uma exceção. Quando um dos livros de Stark ficava pronto, ele enchia a cara. Era como se estivesse comemorando, dizendo pra si mesmo: 'O filho da puta foi embora de novo. Pelo menos por um tempo. George voltou pra sua fazenda no Mississippi. Viva.'"

— Ela acertou na mosca — disse Thad. — Viva... a sensação era bem essa. Vou resumir pra você o que temos se deixarmos os blecautes e a escrita automática fora da história. O homem que você está procurando está matando gente que eu conheço, pessoas, com exceção de Homer Gamache, que foram responsáveis por "executar" George Stark... conspirando comigo, claro. Ele tem meu tipo sanguíneo, que não é o mais raro que existe, mas é um tipo sanguíneo que só seis em cada cem pessoas têm. Ele se encaixa na descrição que te dei, que foi uma destilação da imagem mental que eu tenho de como George Stark seria se existisse. Ele fuma os cigarros que eu fumava. E por último, e mais interessante, é que pelo visto ele tem digitais idênticas às minhas. Pode ser que só seis em cada cem pessoas tenham sangue tipo A negativo, mas, até onde sabemos, ninguém neste mundo tem as mesmas digitais que eu. Apesar de tudo isso, você se recusa a sequer considerar minha afirmação de que, de alguma forma, Stark está vivo. Agora, xerife Pangborn, me diga: quem está operando na neblina, por assim dizer?

Alan sentiu o alicerce que tinha considerado seguro e sólido tremer um pouco. *Não era* possível, era? Mas... ainda que não fizesse mais nada naquele dia, ele teria que falar com o médico de Thad e começar a pesquisar o histórico clínico. Passou pela cabeça dele que seria maravilhoso descobrir que *não houve* tumor cerebral nenhum, que Thad mentiu... ou teve uma alucinação. Se ele pudesse provar que o homem era doido, tudo ficaria melhor. Talvez...

Talvez *porra nenhuma*. Não *havia* George Stark, nunca *houve* nenhum George Stark. Ele podia não ser gênio do FBI, mas isso não significava que era trouxa de cair *nisso*. Talvez pegassem o maluco em Nova York quando ele fosse atrás de Cowley, provavelmente pegariam, mas, se não pegassem, o psicopata era capaz de decidir tirar férias no Maine naquele verão. Se ele voltasse, Alan queria uma chance de pegá-lo. Ele achava que engolir aquela merda tirada de um episódio de *Além da imaginação* não ajudaria em nada se a chance surgisse. E ele não queria perder tempo falando no assunto ali.

— O tempo dirá, eu acho — disse ele vagamente. — Agora, aconselho que você siga a mesma linha que tomou comigo ontem à noite: ele é um cara que *acha* que é George Stark, e é louco o suficiente pra ter começado no local lógico, lógico para um louco, claro, enfim, o local onde Stark foi oficialmente enterrado.

— Se não der ao menos um espaço pra ideia, você vai se afundar até os sovacos na merda — disse Thad. — Esse cara... Alan, não dá pra argumentar com esse cara, não dá pra pedir nada pra ele. Você poderia suplicar por misericórdia, isso se ele lhe desse tempo, mas não adiantaria nada. Se você chegar perto dele com a guarda baixa, ele vai transformar *você* em torta de tubarão.

— Vou falar com seu médico — disse Alan —, e com o médico que fez a operação quando você era criança. Não sei de que vai adiantar, nem o que pode acrescentar a essa confusão, mas vou fazer isso. De resto, acho que vou ter que correr meus riscos.

Thad abriu um sorriso sem achar graça nenhuma.

— Do meu ponto de vista, há um problema nisso. Minha esposa, meus filhos e eu vamos estar correndo esses riscos junto com você.

3

Quinze minutos depois, uma picape adaptada estacionou em frente à casa de Thad, atrás do carro de Alan. Parecia uma van da companhia telefônica, e era mais ou menos isso mesmo, só que as palavras *polícia estadual do maine* estavam escritas na lateral com letras discretas em minúsculas.

Dois técnicos foram à porta, se apresentaram, pediram desculpas por terem demorado tanto (um pedido de desculpas que passou incompreendido entre Thad e Liz, pois nenhum dos dois estava esperando por eles) e perguntaram a Thad se seria algum incômodo assinar o formulário que um deles trazia em uma prancheta. Ele passou os olhos rapidamente e viu que era uma permissão para instalarem equipamento de gravação e rastreamento no telefone. Não dava permissão para que usassem as transcrições obtidas em nenhum procedimento de tribunal.

Thad rabiscou a assinatura no lugar indicado. Tanto Alan Pangborn quanto um dos técnicos (Thad reparou com confusão que ele tinha um telefone de teste pendurado de um lado no cinto e uma arma do outro) foram testemunhas.

— Essa coisa de rastreamento funciona mesmo? — perguntou Thad vários minutos depois, quando Alan já tinha saído para a sede da polícia estadual de Orono.

Parecia importante dizer alguma coisa; depois que ele devolveu o documento, o técnico ficou em silêncio.

— Funciona — respondeu um deles. Ele tinha tirado o fone do telefone da sala e estava soltando rapidamente o bocal. — Podemos rastrear o ponto de origem de uma ligação em qualquer lugar do mundo. Não é como os rastreios de telefones antigos que a gente vê no cinema, em que é preciso manter a pessoa na linha até o rastreamento terminar. Desde que este lado não seja desligado — ele balançou o telefone, que agora parecia um androide demolido por uma arma a laser em um épico de ficção científica —, podemos rastrear a ligação até o ponto de origem. O mais comum é que seja um telefone público de shopping.

— Isso mesmo — disse o parceiro dele, fazendo alguma coisa na base do aparelho que ficava na parede e tinha soltado do plugue. — Tem telefone lá em cima?

— Dois — respondeu Thad. Estava começando a sentir como se alguém o tivesse empurrado com força no buraco do coelho da Alice. — Um no meu escritório e um no quarto.

— São linhas diferentes?

— Não, a gente só tem essa. Onde vocês vão colocar o gravador?

— Provavelmente no porão — disse o primeiro, distraído.

Ele estava enfiando fios do telefone em um bloco de acrílico cheio de conectores, e havia um tom de "podemos fazer nosso trabalho em paz?" na voz dele.

Thad abraçou a cintura de Liz e a tirou dali, pensando se havia *alguém* capaz de entender que nenhum gravador e nenhum bloco de acrílico de última geração impediria George Stark. Ele estava por aí, talvez descansando, talvez já a caminho.

E se ninguém quisesse acreditar nisso, o que ele poderia fazer, pelo amor de Deus? Como poderia proteger sua família? *Havia* alguma forma? Ele pensou bastante, e, como não deu em nada, só ouviu a si mesmo. Às vezes (nem sempre, mas às vezes) a resposta vinha assim se não viesse de outra forma.

Mas não foi o caso. E ele achou graça de perceber de repente que estava desesperadamente excitado. Pensou em convencer Liz a subir, mas depois se lembrou dos dois técnicos da polícia estadual que subiriam em breve, querendo fazer coisas mais misteriosas com seus antigos aparelhos de telefone.

Não posso nem trepar, pensou ele. *O que a gente faz, então?*

Mas a resposta era bem simples. Eles iam esperar, era isso.

E não tiveram que esperar muito tempo para saber a novidade horrível do momento: Stark tinha chegado a Rick Cowley, afinal. Tinha feito uma espécie de armadilha na porta do apartamento dele depois de surpreender os técnicos que estavam fazendo no telefone de Rick a mesma coisa que os caras na sala estavam fazendo no dos Beaumont. Quando Rick girou a chave, a porta simplesmente explodiu.

Foi Alan quem levou a notícia. Ele tinha percorrido menos de cinco quilômetros de estrada na direção de Orono quando a notícia da explosão chegou pelo rádio. Ele deu meia-volta na mesma hora.

— Você nos disse que Rick estava em segurança — disse Liz. A voz e os olhos dela estavam embotados. Até o cabelo parecia ter perdido vida. — Você praticamente garantiu.

— Eu errei. Peço desculpas.

Alan sentia um choque tão profundo quanto Liz Beaumont parecia sentir, mas estava se esforçando para não demonstrar. Ele olhou para Thad, que o encarava com olhos brilhantes e vidrados. Um sorrisinho sem graça assombrava os lábios de Thad.

Ele sabe o que estou pensando. Não devia ser verdade, mas *pareceu* verdade para Alan. *Bom... talvez não TUDO, mas parte. Uma boa parte, talvez. Pode ser que eu esteja me saindo muito mal em disfarçar, mas acho que não é isso. Acho que é ele. Acho que ele vê demais.*

— Você fez uma suposição que no fim das contas estava errada, só isso — disse Thad. — Acontece com os melhores. Talvez você deva voltar atrás e pensar um pouco mais sobre George Stark. O que *você* acha, Alan?

— Que você pode estar certo — respondeu, tentando convencer a si mesmo de que só estava dizendo isso para acalmar os dois.

Mas o rosto de George Stark, até então só visto pela descrição de Thad Beaumont, tinha começado a espiar por cima de seu ombro. Ele ainda não conseguia ver, mas sentia que estava ali, observando.

— Quero conversar com esse dr. Hurd...

— Hume — corrigiu Thad. — George Hume.

— Obrigado. Quero falar com ele, então estarei por aqui. Se o FBI aparecer *mesmo*, vocês gostariam que eu voltasse mais tarde?

— Não sei o que Thad acha, mas *eu* gostaria muito — disse Liz.

Thad assentiu.

— Sinto muito por tudo isso, mas o que mais lamento foi ter prometido que algo daria certo quando no fim das contas não deu — disse Alan.

— Em uma situação assim, acho que é fácil subestimar — disse Thad. — Eu falei a verdade, pelo menos a verdade como eu a vejo, por um motivo simples. Se *for* Stark, acho que muita gente vai subestimá-lo antes que isso acabe.

Alan olhou de Thad para Liz e de novo para Thad. Depois de um longo tempo no qual não houve nenhum ruído além dos guardas da proteção policial de Thad conversando do lado de fora da porta da frente (havia outro nos fundos), Alan disse:

— O mais louco é que vocês realmente acreditam nisso, né?

Thad assentiu.

— Eu, pelo menos, acredito.

— Eu não — disse Liz, e os dois olharam para ela, sobressaltados. — Eu não acredito. Eu *sei*.

Alan suspirou e enfiou as mãos no fundo dos bolsos.

— Tem uma coisa que *eu* gostaria de saber — disse ele. — Se isso tudo é o que vocês dizem que é... eu não acredito, *não posso acreditar*, acho que vocês diriam... mas, se *for*, o que esse cara quer? Só vingança?

— De jeito nenhum — disse Thad. — Ele quer a mesma coisa que você e eu iríamos querer no lugar dele. Quer não estar mais morto. Só isso. Não estar mais morto. Sou o único capaz de fazer isso acontecer. E, se eu não puder ou não quiser... bom... ele pode pelo menos levar algumas pessoas junto.

DEZESSEIS
GEORGE STARK LIGANDO

1

Alan tinha ido falar com o dr. Hume, e os agentes do FBI estavam encerrando o interrogatório, se é que essa era a palavra certa para uma coisa que parecia tão estranhamente esgotada e incoerente, quando George Stark telefonou. A ligação chegou menos de cinco minutos depois que os técnicos da polícia estadual (que se diziam "os homens dos fios") finalmente se declararam satisfeitos com os acessórios que tinham conectado aos telefones dos Beaumont.

Eles ficaram revoltados, mas aparentemente não muito surpresos, ao descobrir que, por baixo da aparência moderna dos telefones Merlin dos Beaumont, tinham que lidar com a carroça que era o sistema de disco da cidade de Ludlow.

— Cara, difícil de acreditar — disse o homem dos fios chamado Wes (em um tom de voz que sugeria que ele não esperaria mais nada daquele lugar onde Judas perdeu as botas).

O outro homem dos fios, Dave, foi até a picape pegar os adaptadores adequados e qualquer outro equipamento de que eles pudessem precisar para colocar os telefones dos Beaumont alinhados com a força da lei que imperou nos últimos anos do século XX. Wes revirou os olhos e olhou para Thad, como se ele devesse ter informado na mesma hora que ainda vivia na era dos pioneiros do telefone.

Nenhum dos dois se deu ao trabalho de sequer olhar para os homens do FBI que pegaram um avião do escritório de Boston até o de Bangor e dirigiram heroicamente pela região selvagem infestada de lobos e ursos entre Bangor e Ludlow. Era como se os homens do FBI existissem em um espectro de luz completamente diferente, que os homens dos fios não conseguiam ver, da mesma forma que não viam infravermelho ou raios X.

— Todas as linhas da cidade são assim — disse Thad com humildade.

Estava desenvolvendo um caso sério de azia e indigestão. Em circunstâncias normais, ficaria mal-humorado e intragável. Mas hoje só se sentia cansado e vulnerável e terrivelmente triste.

Seus pensamentos toda hora se voltavam para o pai de Rick, que morava em Tucson, e os de Miriam, que moravam em San Luis Obispo. O que o velho sr. Cowley estaria pensando naquele minuto? E os Pennington? Como exatamente essas pessoas, muitas vezes mencionadas em conversa, mas que ele nunca conhecera, estariam lidando com aquilo? Como se lidava não só com a perda de um filho, mas com a perda inesperada de um filho *adulto*? Como se lidava com o fato simples e irracional de assassinato?

Thad percebeu que estava pensando nos sobreviventes e não nas vítimas por um motivo simples e terrível: ele se sentia responsável por *tudo*. Por que não? Se não era o culpado por George Stark, quem seria? Bobcat Goldthwaite? Alexander Haig? O fato de que o sistema ultrapassado de discagem ainda em uso ali tornou seus telefones inesperadamente difíceis de grampear foi só um aumento da lista de culpa.

— Acho que é tudo, sr. Beaumont — disse um dos homens do FBI.

Ele vinha revisando suas anotações, aparentemente tão alheio a Wes e Dave quanto os dois homens dos fios a ele. O agente, que se chamava Malone, fechou o caderno com capa de couro e as iniciais dele discretamente gravadas em prata no canto inferior esquerdo. Ele estava usando um terno cinza conservador, e o cabelo era dividido por uma linha reta como uma régua à esquerda.

— Tem mais alguma coisa, Bill?

Bill, ou agente Prebble, folheou o próprio caderno, também com capa de couro, mas *sans* iniciais, o fechou e balançou a cabeça.

— Não. Acho que é tudo. — O agente Prebble usava um terno marrom conservador. O cabelo também era dividido por uma linha reta como uma régua à esquerda. — Nós talvez tenhamos mais algumas perguntas depois, mas temos o que precisamos por enquanto. Gostaríamos de agradecer aos dois pela cooperação.

Ele abriu um sorrisão, exibindo dentes cobertos por jaquetas ou tão perfeitos que chegavam a ser sinistros, e Thad refletiu: *Se tivéssemos cinco anos, acho que ele daria pra cada um de nós um certificado de HOJE FOI UM DIA FELIZ! pra levarmos pra casa e mostrarmos pra mamãe.*

— Não foi nada — disse Liz, com voz lenta e distraída.

Ela massageava delicadamente a têmpora esquerda com a ponta dos dedos, como se estivesse sentindo a chegada de uma dor de cabeça bem forte.

Deve ser isso mesmo, pensou Thad.

Ele olhou para o relógio acima da lareira e viu que era pouco mais de duas e meia. Aquela era a tarde mais longa de sua vida? Ele não gostava de tirar esse tipo de conclusão precipitada, mas desconfiava de que era.

Liz se levantou.

— Acho que vou me deitar com os pés para o alto por um tempo, se não houver problema. Não estou me sentindo muito bem.

— É uma boa… — *Ideia* era o que ele pretendia dizer, claro, mas, antes que pudesse falar, o telefone tocou.

Todos olharam, e Thad sentiu o pescoço começar a latejar. Uma bolha de ácido, quente e ardente, se formou, subindo lentamente pelo peito e parecendo tomar o fundo da garganta.

— Que bom — disse Wes, satisfeito. — Não vamos precisar mandar ninguém sair pra fazer uma ligação teste.

Thad sentiu de repente como se estivesse envolto em uma camada de ar gelado. Camada que o acompanhou quando ele foi atender o telefone, que então dividia a mesa com o aparelho que parecia um tijolo de acrílico com luzes na lateral. Uma das luzes estava pulsando em sincronia com o toque do telefone.

Onde estão os pássaros? Eu deveria estar ouvindo os pássaros. Mas não havia nenhum; o único som era o gorjeio exigente do telefone Merlin.

Wes estava ajoelhado perto da lareira, colocando as ferramentas de volta em uma caixa preta que, com as fivelas enormes de cromo, parecia a marmita de um operário. Dave estava encostado na soleira da porta entre a sala de estar e a de jantar. Ele tinha perguntado a Liz se podia comer uma banana da fruteira e no momento a descascava, pensativo, parando de vez em quando para examinar o trabalho com o olhar crítico de um artista em processo de criação.

— Por que você não pega o testador de circuitos? — perguntou ele para Wes. — Se precisar de definição de linha, a gente aproveita enquanto ainda tá aqui. Pode economizar uma viagem de volta.

— Boa ideia — disse Wes, e pegou na marmita gigante uma coisa com cabo de pistola.

Os dois homens pareciam com certa expectativa e mais nada. Os agentes Malone e Prebble estavam de pé, guardando os cadernos, ajeitando o tecido das calças nos pontos amarrotados, em geral confirmando a opinião de Thad: aqueles homens pareciam mais consultores da H&R Block do que agentes armados da lei. Malone e Prebble aparentemente estavam totalmente alheios ao telefone que tocava.

Mas Liz sabia. Tinha parado de massagear a têmpora e estava olhando para Thad com o olhar surpreso e assombrado de um animal que foi encurralado. Prebble estava agradecendo a ela pelo café e o bolinho que havia oferecido, tão desatento à ausência de resposta dela quanto ao toque do telefone.

Qual é o problema de vocês?, Thad sentiu vontade de gritar. *Pra que montaram esse equipamento todo?*

Injusto, claro. O homem que eles estavam procurando ser a primeira pessoa a ligar para os Beaumont cinco minutos depois do telefone ser grampeado e do equipamento de rastreio ser instalado era na verdade fortuito demais... ou era o que eles diriam para qualquer um que perguntasse. As coisas não aconteciam assim no maravilhoso mundo da força da lei que imperou nos últimos anos do século xx, eles teriam dito. É outro escritor ligando para conversar sobre uma história nova, Thad, ou talvez alguém que queira saber se sua esposa tem uma xícara de açúcar para dar. Mas o cara que acha que é seu alter ego? De jeito nenhum. Seria rápido demais, seria sorte demais.

Só que *era* Stark. Thad sentiu o *cheiro*. E, ao olhar para a esposa, percebeu que Liz também sentiu.

Wes estava olhando para ele, sem dúvida se perguntando por que Thad não atendia logo o telefone recém-grampeado.

Não se preocupe, pensou Thad. *Não se preocupe, ele vai esperar. Ele sabe que estamos em casa.*

— Bom, nós vamos deixar você em paz, sra. Beau... — Prebble começou a dizer, e Liz respondeu com voz calma e terrivelmente sofrida:

— Acho melhor você esperar, por favor.

Thad atendeu o telefone e gritou:

— O que você quer, seu filho da puta? Que porra você QUER?

Wes pulou. Dave ficou paralisado enquanto se preparava para dar a primeira mordida na banana. A cabeça dos agentes federais virou. Thad se viu desejando com uma intensidade infeliz que Alan Pangborn estivesse lá em vez de conversando com o dr. Hume em Orono. Alan também não acreditava em Stark, pelo menos não por enquanto, mas pelo menos era *humano*. Thad achava que os outros talvez fossem, mas tinha dúvidas sérias se eles sabiam ou não que ele e Liz eram.

— É ele, é ele! — Liz estava dizendo para Prebble.

— Ah, Jesus — disse Prebble. Ele e o outro destemido agente da lei trocaram um olhar perplexo: *Que porra a gente faz agora?*

Thad ouviu e viu essas coisas, mas estava distante delas. Distante até de Liz. Estava em um lugar onde só havia ele e Stark. Juntos de novo pela primeira vez, como diziam os velhos apresentadores de vaudeville.

— Calma aí, Thad — disse George Stark. Pelo tom de voz estava achando graça. — Não precisa tirar a calcinha pela cabeça. — Era a voz que ele esperava. Exatamente. Cada nuance, até o sotaque leve do sul que embolava as palavras.

Os dois homens dos fios combinaram alguma coisa brevemente, e Dave correu até a picape para pegar o telefone auxiliar. Ele ainda estava segurando a banana. Wes correu para a escada do porão para verificar o gravador ativado por voz.

Os destemidos agentes da lei do Éfe Bi Ai ficaram parados no meio da sala olhando. Pareciam querer trocar um abraço de consolo, feito crianças perdidas na floresta.

— O que você quer? — repetiu Thad com voz mais calma.

— Ora, só dizer que acabou — disse Stark. — Peguei o último na hora do almoço, a garota que trabalhava pro chefe do departamento de contabilidade da Darwin Press.

Quase, mas não exatamente, *departamen di contabilidadji*.

— Foi ela que deu corda para aquele garoto Clawson na primeira vez — disse Stark. — A polícia vai encontrar ela. Ela mora na Segunda Avenida. Tem uma parte dela no chão. Coloquei o resto na mesa da cozinha. — Ele riu. — A semana foi agitada, Thad. Estou pulando mais do que o perneta numa competição de chutes. Só liguei pra deixar você tranquilo.

— Pois não fiquei nada tranquilo — disse Thad.

— Bom, dê tempo ao tempo, meu chapa. Dê tempo ao tempo. Acho que vou pro sul pescar um pouco. Essa vida na cidade me cansa. — Ele riu, um som tão monstruosamente alegre que deixou Thad arrepiado.

Estava mentindo.

Thad soube disso da mesma forma que sabia que Stark havia esperado que o equipamento de gravação e rastreio estivesse pronto para só então telefonar. Ele *tinha como* saber uma coisa assim? A resposta era sim. Stark podia estar ligando de Nova York, mas os dois estavam conectados pelo mesmo laço invisível e inegável que conectava gêmeos. Eles *eram* gêmeos, metades que se completavam, e Thad ficou apavorado de se ver saindo do corpo, percorrendo a linha telefônica, não até Nova York, não, mas até metade do caminho; encontrando-se com o monstro no centro desse cordão umbilical, no oeste de Massachusetts, talvez, os dois se encontrando e se mesclando de novo, como tinham se encontrado e se mesclado cada vez que ele cobria a máquina de escrever e pegava um dos malditos lápis Berol Black Beauty.

— Seu mentiroso filho da puta! — gritou ele.

Os agentes do FBI pularam como se tivessem levado um beliscão na bunda.

— Ei, Thad, que grosseria! — disse Stark, magoado. — Você achou que eu faria mal a *você*? Porra, não! Eu estava me *vingando* por você, garoto! Sabia que tinha que ser eu. Sei que você tem fígado de galinha, mas não considero isso um defeito; é preciso todo tipo de gente pra fazer um mundo agitado como esse girar. Por que eu me daria ao trabalho de vingar você se fosse deixar as coisas de um jeito que você não pudesse apreciar?

Os dedos de Thad tinham ido até a pequena cicatriz branca na testa e começado a esfregá-la, com força suficiente para deixar a pele vermelha. Ele se viu tentando, tentando desesperadamente, se controlar. Agarrar-se à sua *realidade* básica.

Ele está mentindo e eu sei por quê, e ele SABE que eu sei, e ele sabe que não importa, porque ninguém vai acreditar em mim. Ele sabe como tudo parece estranho pra eles, e sabe que estão ouvindo, sabe o que eles acham... mas também sabe COMO eles pensam, e isso o deixa seguro. Eles acreditam que ele é um psicopata que só PENSA ser George Stark, porque é isso que eles TÊM que pensar. Pensar de outra forma vai contra tudo que aprenderam, tudo que eles SÃO. Nem todas as digitais do mundo podem mudar isso. Ele sabe que, se der a entender que não é George Stark, se der a entender que finalmente entendeu isso, eles vão relaxar. Não vão tirar a proteção policial imediatamente... mas ele pode acelerar esse processo.

— Você sabe de quem foi a ideia de enterrar você. Foi minha.

— Não, não! — disse Stark, com tranquilidade, e foi quase (mas não exatamente) *naum, naum!* — Você foi enganado, só isso. Quando aquele nojento do Clawson apareceu, ele te botou numa sinuca de bico, foi isso que aconteceu. Quando você ligou praquele macaco treinado que se dizia agente literário, ele deu uns conselhos bem ruins. Thad, foi como se alguém tivesse cagado na sua mesa de jantar e você ligou pra alguém de confiança pra perguntar o que fazer e essa pessoa disse: "Você não tem problema nenhum, é só botar molho. Merda com molho fica uma delícia em uma noite fria". Você nunca teria feito o que fez sozinho. Sei *disso*, meu chapa.

— Isso é uma mentira do cacete e você sabe!

De repente, ele percebeu como aquilo era perfeito e como Stark entendia bem as pessoas com quem estava lidando. *Ele vai dizer abertamente daqui a pouco. Vai dizer que não é George Stark. E vão acreditar nele quando fizer isso. Vão ouvir a fita que está girando no porão agora mesmo e vão acreditar no que ele diz. Alan e todo mundo. Porque não é só que queiram acreditar; é que JÁ acreditam.*

— Não sei disso — disse Stark com calma, quase simpatia. — Não vou mais incomodar você, Thad, mas quero dar só mais um conselhinho antes de desligar. Pode ser que ajude. Não vá *pensando* que sou George Stark. Esse foi o erro que *eu* cometi. Eu tive que matar um monte de gente só pra botar a cabeça no lugar de novo.

Thad ouviu aquilo estupefato. Ele deveria estar dizendo certas coisas, mas parecia que não conseguia superar esse sentimento estranho de estar desconectado do corpo e a surpresa por causa da pura e simples *pachorra* do sujeito.

Ele pensou na conversa inútil com Alan Pangborn e se perguntou de novo quem ele era quando inventou Stark, que começou sendo só mais uma história. Onde exatamente ficava o limite da crença? Ele tinha criado aquele monstro ao perder esse limite, ou havia algum outro fator, um fator x que ele não conseguia ver, só ouvir nos gritos dos pássaros fantasmas?

— Não sei — disse Stark com uma gargalhada tranquila —, talvez eu *seja* mesmo tão louco quanto disseram que eu era desde o começo.

Ah, que bom, que bom, faça com que eles comecem a verificar os sanatórios do sul atrás de um homem alto, louro e de ombros largos. Isso não vai ocupar todos eles, mas já é alguma coisa, não é?

Thad apertou o telefone com força, a cabeça latejando com fúria doentia.

— Mas não me arrependo nem um pouco do que fiz porque eu amei *mesmo* aqueles livros, Thad. Quando eu estava... lá... naquele manicômio... acho que foram as únicas coisas que me mantiveram são. E quer saber de uma coisa? Estou me sentindo bem melhor agora. Hoje eu sei perfeitamente quem eu sou, e isso é importante. Acredito que você poderia chamar o que fiz de terapia, mas acho que não há muito futuro nisso, você acha?

— *Para de mentir, porra!* — gritou Thad.

— Nós poderíamos discutir — disse Stark. — Poderíamos discutir até cansar, mas demoraria. Acho que mandaram você me manter na linha, não foi?

Não. Eles não precisam de você na linha. E você sabe muito bem disso.

— Dê lembranças à sua linda esposa — disse Stark com um toque do que quase pareceu reverência. — Cuide dos seus bebês. E não se cobre demais, Thad. Não vou mais incomodar você. É...

— E os pássaros? — perguntou Thad de repente. — Você ouve os pássaros, George?

Houve um silêncio repentino na linha. Thad pareceu sentir uma surpresa ali... como se, pela primeira vez na conversa, uma coisa não tivesse ido de acordo com o roteiro cuidadosamente preparado por George Stark. Ele não sabia exatamente por quê, mas era como se suas terminações nervosas fossem dotadas de uma compreensão misteriosa que o resto dele não tinha. Ele sentiu um momento de triunfo louco, o tipo de triunfo que um boxeador amador pode sentir ao passar pela guarda de Mike Tyson e abalar momentaneamente o campeão.

— George... você ouve os pássaros?

O único som na sala era o tique-taque do relógio sobre a lareira. Liz e os agentes do FBI estavam olhando para ele.

— Não sei do que você está falando, meu chapa — disse Stark lentamente. — É possível que você...

— Não — disse Thad, e deu uma gargalhada louca. Seus dedos continuaram massageando a pequena cicatriz branca, com uma ligeira forma de ponto de interrogação, que ele tinha na testa. — Não, você *não* sabe do que estou falando, sabe? Bom, escuta *aqui* um minuto, George, *eu* escuto os pássaros. Ainda não sei o que querem dizer... mas vou descobrir. E quando eu descobrir...

Mas foi aí que as palavras pararam. Quando ele descobrisse, o que aconteceria? Não sabia.

A voz do outro lado disse, lentamente, com grande deliberação e ênfase:

— Seja lá o que for que você esteja dizendo, Thad, não importa. *Porque já acabou.*

Houve um clique. Stark tinha desligado. Thad quase se *sentiu* puxado de volta pela linha telefônica do ponto de encontro mítico no oeste de Massachusetts, puxado não na velocidade do som ou da luz, mas do pensamento, e encaixou com rigidez no próprio corpo.

Jesus.

Ele largou o fone, que bateu no aparelho e ficou meio torto. Ele se virou, a sensação era que estava sobre pernas de pau, sem se dar ao trabalho de colocar o telefone no lugar.

Dave chegou correndo de uma direção, Wes, da outra.

— *Funcionou perfeitamente!* — gritou Wes. Os agentes do FBI deram outro pulo. Malone deu um gritinho como aqueles atribuídos nos quadrinhos às mulheres que acabaram de ver um rato. Thad tentou imaginar como esses dois reagiriam em um confronto com uma gangue de terroristas ou ladrões de banco armados, mas não conseguiu. *Talvez eu só esteja cansado demais*, pensou ele.

Os dois homens dos fios fizeram uma dancinha desajeitada, bateram nas costas um do outro e correram juntos até a van com os equipamentos.

— Era ele — disse Thad para Liz. — Ele disse que não era, mas era. *Ele.*

Ela foi até ele e o abraçou com força. Ele precisava daquilo, e não sabia quanto até que ela o fizesse.

— Eu sei — sussurrou Liz no ouvido dele, e ele encostou o rosto no cabelo dela e fechou os olhos.

2

A gritaria acordou os gêmeos; os dois estavam chorando a plenos pulmões no andar de cima. Liz foi buscá-los. Thad fez menção de ir atrás dela, mas voltou para ajeitar o telefone. Tocou na mesma hora. Alan Pangborn estava na linha. Ele tinha parado na delegacia de Orono para tomar um café antes do horário marcado com o dr. Hume e estava lá quando Dave, o homem dos fios, passou um rádio com a notícia da ligação e do resultado preliminar do rastreamento. Alan ficou muito animado.

— Ainda não temos o rastreio completo, mas sabemos que foi da área de Nova York com código 212. Em cinco minutos vamos ter a localização exata.

— Era ele — repetiu Thad. — Era Stark. Ele disse que não era, mas era, sim. Alguém tem que dar uma olhada na garota que ele mencionou. Acho que o nome é Darla Gates.

— A vagabunda de Vassar com maus hábitos nasais?

— Isso mesmo — disse Thad. Se bem que duvidava de que Darla Gates estivesse preocupada com o nariz àquela altura, de uma forma ou de outra. Estava muito cansado.

— Vou passar o nome para a polícia de Nova York. Como você está, Thad?

— Estou bem.

— Liz?

— Pode deixar as cortesias de lado agora, tá? Você ouviu o que eu disse? Era ele. Não importa o que ele disse. Era *ele*.

— Bom... por que a gente não espera pra ver no que vai dar o rastreio?

Havia algo na voz dele que Thad não tinha ouvido antes. Não o tipo de incredulidade cautelosa que ele manifestou quando se deu conta de que os Beaumont estavam falando de George Stark como um cara real, mas um constrangimento. Era uma percepção que Thad teria evitado se pudesse, mas estava clara demais na voz do xerife. Constrangimento, e de um tipo bem especial, que se sente por alguém consternado demais ou burro demais ou talvez insensível demais para se dar conta disso a respeito de si mesmo. Thad sentiu uma pontada de diversão amarga com a ideia.

— Tudo bem, vamos esperar e ver — concordou Thad. — E, enquanto estamos esperando e vendo, espero que você não desmarque o horário com meu médico.

Pangborn estava respondendo, mas de repente Thad não se importou mais. O ácido estava subindo pelo estômago de novo, e dessa vez era um vulcão. *O malandro do George,* pensou ele. *Eles acham que o têm na palma da mão. Ele quer que pensem isso. Ele está vendo que acham isso, e quando eles forem embora, forem para longe, o malandro do George vai chegar no Toronado preto. E o que eu vou fazer para impedir?*

Ele não sabia.

Desligou o telefone, cortando a voz de Alan Pangborn, e subiu para ajudar Liz a trocar os gêmeos e botar a roupa limpa da tarde.

E ficou pensando na sensação, como pareceu que ele estava preso em uma linha telefônica passando por baixo de Massachusetts, preso lá na escuridão com o malandro do George Stark. Foi uma sensação de estar em Fimlândia.

3

Dez minutos depois, o telefone tocou de novo. Parou na metade do segundo toque, e Wes, o homem dos fios, chamou Thad ao telefone. Ele desceu para atender a ligação.

— Onde estão os agentes do FBI? — perguntou ele para Wes.

Por um momento ele realmente esperou que Wes dissesse: *Agentes do FBI? Não vi nenhum agente do FBI.*

— Eles? Ah, eles foram embora. — Wes deu de ombros, como se perguntando se Thad esperava algo de diferente. — Eles têm um monte de computadores, e se ninguém brinca com eles, acho que outra pessoa fica perguntando por que há tanto tempo de inatividade, e eles talvez tenham que fazer um corte orçamentário ou alguma outra coisa.

— Eles *fazem* alguma coisa?

— Não — disse Wes com simplicidade. — Não em casos assim. Ou, se fazem, eu nunca estive perto pra ver. Eles escrevem coisas. Isso eles fazem. Depois, botam em um computador em algum lugar. Como eu falei.

— Entendi.

Wes olhou o relógio.

— Eu e Dave vamos cair fora também. O equipamento funciona sozinho. Você nem vai ser cobrado.

— Que bom — disse Thad, e foi até o telefone. — E obrigado.

— De nada. Sr. Beaumont?

Thad se virou.

— Se eu fosse ler um dos seus livros, você acha que eu ia gostar mais de um dos que escreveu com seu próprio nome ou de um que escreveu no nome do outro cara?

— Tenta o do outro cara — disse Thad, pegando o telefone. — Tem mais ação.

Wes assentiu, fez uma saudação e saiu.

— Alô — disse Thad.

Ele sentiu que devia grudar um telefone na cabeça em breve. Pouparia tempo e trabalho. Com o equipamento de gravação e de rastreio ligados, claro. Ele poderia carregar tudo por aí numa mochila.

— Oi, Thad. É Alan. Ainda estou na delegacia. Escuta, a notícia não é tão boa sobre o rastreio. Seu amigo ligou de um telefone público na Penn Station.

Thad se lembrou do que o outro homem dos fios, Dave, tinha dito sobre instalar todo aquele equipamento caro de alta tecnologia para rastrear uma ligação até os telefones públicos de um shopping em algum fim de mundo.

— Você está surpreso?

— Não. Decepcionado, mas não surpreso. Nós sempre esperamos um escorregão, e você pode não acreditar, mas acaba acontecendo mais cedo ou mais tarde. Eu gostaria de ir aí hoje à noite. Tudo bem?

— Tudo bem. Por que não? Se as coisas ficarem chatas, a gente joga bridge.

— Esperamos ter os espectros de voz dele até a noite.

— E daí se vocês tiverem a voz dele?

— Não a voz. Os *espectros*.

— Não...

— Espectrograma do som é um gráfico gerado por computador que representa com precisão as qualidades vocais de uma pessoa — disse Pangborn. — Não tem nada a ver com a *fala* em si; não estamos interessados em sotaques, dificuldades, pronúncia, esse tipo de coisa. O que o computador capta é tom e timbre, o que os especialistas chamam de voz de cabeça, e timbre e ressonância, que é conhecido como voz do peito. São digitais verbais, e, como as digitais, ninguém nunca encontrou duas exatamente idênticas. Me disseram que a diferença nos espectrogramas do som de gêmeos idênticos é bem maior do que a diferença nas digitais.

Ele parou.

— Enviamos uma cópia da fita em alta resolução para o FOLE, em Washington. O que vamos receber é uma comparação do espectrograma da sua voz com a *dele*. Os caras da polícia daqui queriam me dizer que eu estava maluco. Vi no rosto deles, mas, depois das digitais e do seu álibi, ninguém teve coragem de dizer abertamente.

Thad abriu a boca, tentou falar, não conseguiu, molhou os lábios, tentou de novo e não conseguiu.

— Thad? Você vai bater o telefone na minha cara de novo?

— Não — disse ele, e de repente pareceu haver um grilo no meio de sua voz. — Obrigado, Alan.

— Não, não diga isso. Sei por que você está me agradecendo e não quero que você entenda mal. Só estou tentando seguir o procedimento-padrão de investigações. O procedimento é meio estranho nesse caso, é verdade, porque as circunstâncias são meio estranhas. Isso não quer dizer que você deveria fazer suposições precipitadas. Entendeu?

— Entendi. O que é FOLE?

— F...? Ah. Federal Office of Law Enforcement. Talvez a única coisa boa que Nixon tenha feito durante todo o tempo que passou na Casa Branca. É composta basicamente de computadores que funcionam como uma câmara de compensação para as agências locais de execução da lei... e dos programadores que os comandam, claro. Podemos acessar as digitais de quase todo mundo dos Estados Unidos que já foi condenado de um crime a partir de 1969. O FOLE também fornece relatórios de balística para comparações, tipos sanguíneos de criminosos sempre que disponível, espectrogramas do som e fotos geradas por computador de suspeitos de crimes.

— Então vamos ver se minha voz e a dele...?

— Isso mesmo. Devemos ter os resultados às sete. Oito se houver tráfego pesado no computador de lá.

Thad estava balançando a cabeça.

— Nossa voz não era parecida.

— Eu ouvi a fita e sei disso — disse Pangborn. — Mas quero repetir: os espectros de voz não têm nada a ver com a *fala*. Voz da cabeça e voz do peito, Thad. Tem uma grande diferença.

— Mas...

— Me diz uma coisa. Elmer Fudd e o Patolino têm a mesma voz pra você?

Thad piscou.

— Bom... não.

— Nem pra mim — disse Pangborn —, mas um cara chamado Mel Blanc faz a voz dos dois... além das do Pernalonga, do Piu-Piu, do Frangolino e só Deus sabe quantos outros mais. Eu tenho que desligar. Nos vemos esta noite, tá?

— Tá.

— Entre sete e meia e nove horas, combinado?

— Vamos esperar você, Alan.

— Tudo bem. Aconteça o que acontecer, vou voltar pra Rock amanhã e, se não houver nenhuma mudança inesperada no caso, vou ficar lá.

— O dedo, após terminar de escrever, segue em frente, certo? — disse Thad, e pensou: *É com isso que ele está contando, afinal.*

— É... tenho um monte de outras coisas pra fazer. Nenhuma tão importante quanto essa, mas as pessoas do condado de Castle pagam meu salário pra resolvê-las. Está me entendendo? — A pergunta pareceu séria, não só força de expressão.

— Sim. Sei, sim. — *Nós dois sabemos. Eu... e o malandro do George.*

— Tenho que desligar, mas você vai ver uma viatura da polícia estadual estacionada na frente da sua casa vinte e quatro horas por dia até isso tudo acabar. Eles são durões, Thad. E se a polícia de Nova York baixou a guarda um pouco, os ursos que estão tomando conta de você não vão. Ninguém vai subestimar mais esse cara. Ninguém vai esquecer você, nem deixar você e sua família resolverem isso sozinhos. Vai ter gente trabalhando nesse caso e, enquanto isso, outras pessoas vão estar cuidando de você e dos seus. Você entende isso, não entende?

— Sim. Entendo. — E pensou: *Hoje. Amanhã. Semana que vem. Talvez mês que vem. Mas ano que vem? Não mesmo. Eu sei. E ele também sabe. Neste exato momento, eles não acreditam totalmente no que ele disse sobre ter se dado conta do que fez e parar. Mais tarde, vão acreditar... quando as semanas passarem e nada acontecer, acreditar vai acabar sendo mais do que questão política para eles; vai ser também econômica. Porque George e eu sabemos como o mundo continua girando em torno do sol no ritmo de sempre, assim como sabemos que, quando todo mundo estiver ocupado fazendo outras coisas, George vai aparecer pra dar um jeito em mim. EM NÓS.*

4

Quinze minutos depois, Alan ainda estava na delegacia de Orono, ainda ao telefone e ainda em espera. Houve um clique na linha. Uma jovem falou com ele com certo tom de desculpas:

— Pode esperar mais um pouco, chefe Pangborn? O computador está em um dos dias lentos.

Alan considerou dizer que era xerife, não chefe de polícia, mas decidiu não se dar ao trabalho. Era um erro que todo mundo cometia.

— Claro.

Clique.

Ele foi jogado de novo na espera, a versão do limbo do final do século XX.

Estava sentado em um escritório espremido nos fundos da delegacia; se estivesse mais ao fundo, estaria no mato. A salinha estava cheia de arquivos poeirentos. A única mesa era uma carteira escolar, do tipo com superfície inclinada, tampo que abria e buraco para o tinteiro. Alan a equilibrou nos joelhos e balançou de um lado para o outro. Ao mesmo tempo, ficou virando o papel na mesa. Com a caligrafia pequena e caprichada dele, havia duas informações escritas: *Hugh Pritchard* e *Hospital do Condado de Bergenfield, Bergenfield, Nova Jersey.*

Ele pensou em sua última conversa com Thad, meia hora antes. Em que ele dissera que os corajosos policiais estaduais o protegeriam e à esposa dele do maluco malvado que achava ser George Stark, se o maluco malvado aparecesse. Alan se perguntou se Thad acreditara. Dificilmente; Alan achava que um homem que escrevia ficção como meio de vida teria o faro apurado para contos de fadas.

Bom, eles *tentariam* proteger Thad e Liz; eles mereciam esse crédito. Mas Alan sempre se lembrava de uma coisa que tinha acontecido em Bangor em 1985.

Uma mulher pediu e recebeu proteção policial depois que o marido separado deu uma surra nela e ameaçou voltar e matá-la se ela seguisse em frente com os planos de divórcio. Durante duas semanas, o homem não fez nada. A polícia de Bangor estava prestes a cancelar a vigilância quando o marido apareceu, dirigindo uma van de lavanderia e usando um uniforme verde com o nome da lavanderia na parte de trás da camisa. Ele foi até a porta carregando um fardo de roupas. A polícia talvez tivesse reconhecido o homem, mesmo de uniforme, se ele tivesse chegado mais cedo, quando a ordem de vigilância era recente, mas isso é uma hipótese; mas não o reconheceram quando ele de fato *apareceu*. Ele bateu à porta, a mulher abriu, e então ele tirou uma arma do bolso da calça e a matou com um tiro. Antes que os policiais designados para vigiá-la tivessem entendido o que estava acontecendo, nem tinham chegado a sair do carro, o homem já estava parado no degrau da varanda com as mãos erguidas. Ele tinha jogado a arma fumegante no canteiro de rosas. "Não atirem em mim", dissera calmamente. "Já acabei." A van e o uniforme, no fim das contas, tinham sido emprestados por um amigo de bar que nem sabia que o criminoso estava brigado com a esposa.

A questão era simples: se alguém queria muito pegar você e se esse alguém tivesse um pouco de sorte, conseguiria. Era só pensar em Oswald; era só pensar em Chapman; era só pensar no que esse tal de Stark fez com aquelas pessoas em Nova York.

Clique.

— Ainda está aí, chefe? — perguntou a alegre voz feminina do Hospital do Condado de Bergenfield.

— Estou — disse ele. — Ainda estou aqui.

— Tenho a informação que você pediu. O dr. Hugh Pritchard se aposentou em 1978. Tenho um endereço e um número de telefone no nome dele, na cidade de Fort Laramie, Wyoming.

— Você pode me passar, por favor?

Ela forneceu os dados do médico. Alan agradeceu, desligou e ligou para o número. O telefone deu meio toque e a secretária eletrônica atendeu e começou a recitar a gravação no ouvido de Alan.

— Alô, aqui é Hugh Pritchard — disse uma voz grave. *Bom*, pensou Alan, *o cara não bateu as botas, pelo menos. Já é alguma coisa.* — Helga e eu não estamos em casa. Devo estar jogando golfe, e só Deus sabe o que *Helga* está fazendo. — Houve uma risada rouca de velho. — Se você tiver um recado, pode falar depois do bipe. Você tem uns trinta segundos.

Bii-iip!

— Dr. Pritchard, aqui é o xerife Alan Pangborn. Sou da polícia do Maine. Preciso falar com você sobre um homem chamado Thad Beaumont. Você removeu uma lesão do cérebro dele em 1960, quando ele tinha onze anos. Por favor, me ligue a cobrar na Central da Polícia Estadual de Orono: 207-866-2121. Obrigado.

Ele terminou um pouco suado. Falar com secretárias eletrônicas sempre o deixava se sentindo um competidor de *Beat the Clock*.

Por que você está se dando ao trabalho de fazer tudo isso?

A resposta que ele tinha dado a Thad era simples: procedimento. O próprio Alan não conseguia se satisfazer com uma resposta tão superficial porque ele sabia que *não era* o procedimento. Poderia ter sido, até certo ponto, se esse Pritchard tivesse feito a operação no homem que se dizia *Stark*,

(*só que ele não é mais, agora ele diz que sabe quem realmente é*)

mas ele não fez isso. Ele operou *Beaumont*, e, de qualquer modo, isso foi há vinte e oito longos anos.

Então, por quê?

Porque nada daquilo estava certo, era por isso. As digitais não estavam, o tipo sanguíneo obtido pelas guimbas de cigarro não estava, a combinação de inteligência e fúria homicida que o homem demonstrou não estava, e a insistência de Thad e Liz de que o pseudônimo era real não estava. Isso mais do que tudo. Essa era a declaração de dois lunáticos. E ele acabara de arrumar outra coisa que não estava certa. A polícia estadual aceitou a declaração do homem de que agora entendia quem realmente era sem questionar. Para Alan, tudo tinha a mesma autenticidade de uma nota de três dólares. Tinha um letreiro dizendo: truque, ardil, logro.

Alan achava que talvez o homem ainda estivesse a caminho.

Mas nada disso responde à pergunta, sua mente sussurrou. *Por que você está se dando ao trabalho de fazer isso? Por que está ligando para Fort Laramie, Wyoming, caçando um médico velho que não deve nem se lembrar de Thad Beaumont?*

Porque não tenho nada melhor pra fazer, ele respondeu para si mesmo, irritado. *Porque posso ligar daqui sem os representantes da cidade resmungando sobre o preço das ligações interurbanas. E porque ELES acreditam, Thad e Liz. É loucura mesmo, mas eles parecem bem sãos em todo o resto... e, caramba, ELES acreditam. Isso não quer dizer que eu acredite.*

E ele não acreditava.

Acreditava?

O dia passou lentamente. O dr. Pritchard não retornou a ligação. Mas os espectros de voz chegaram logo depois das oito, e eram bem impressionantes.

5

Não eram o que Thad esperava.

Ele esperava uma folha de gráficos cobertos de montanhas e vales que Alan tentaria explicar. Ele e Liz assentiriam com seriedade, como as pessoas faziam quando alguém estava explicando uma coisa complexa demais para eles entenderem, sabendo que, se *fizessem* perguntas, as explicações que viriam depois seriam ainda *menos* compreensíveis.

Mas Alan mostrou duas folhas de papel branco comum. Tinha uma única linha no meio de cada uma. Havia alguns grupos de picos, sempre em pares ou trios, mas, na maior parte, as linhas eram tranquilas (ainda que um tanto irregulares) ondas de seno. E bastava olhar de uma para a outra a olho nu para ver que eram idênticas ou quase.

— Só isso? — perguntou Liz.

— Não — disse Alan. — Vejam.

Ele colocou uma folha de papel em cima da outra. Fez isso com o jeito de um mágico executando um truque excepcional. Segurou as duas folhas contra a luz. Thad e Liz olharam para os papéis sobrepostos.

— São mesmo — disse Liz, baixinho, impressionada. — São idênticos.

— Bom... não exatamente — disse Alan, e apontou para três pontos em que a linha do espectro de voz da folha de baixo aparecia um pouco. Um desses três pontos ficava acima da linha da folha de cima, os outros dois abaixo. Nos três casos, os pontos diferentes eram em lugares em que a linha chegava a picos. As ondas em si pareciam encaixar perfeitamente.

— As diferenças estão nos espectros de Thad e só aparecem nos pontos de estresse. — Ele bateu em cada ponto. — Aqui: "O que você quer, seu filho da puta? Que porra você quer?". E aqui: "Isso é uma mentira do cacete e você sabe!". E, finalmente, aqui: "Para de mentir, porra". No momento, todo mundo está concentrado nessas três pequenas diferenças porque todos querem se agarrar à suposição de que dois espectros de voz nunca são iguais. Mas o fato é que não *houve* nenhum momento de estresse na fala de Stark. O filho da mãe ficou tranquilo, calmo e controlado o tempo todo.

— É — disse Thad. — Ele parecia que estava tomando uma limonada.

Alan colocou as folhas de papel na mesa.

— Ninguém no quartel-general da polícia estadual *acredita* que os espectros de voz são diferentes, mesmo com as diferenças pontuais. Nós recebemos os documentos de Washington muito rápido. O motivo de eu ter vindo tão tarde foi que, depois que o especialista em August os viu, ele quis uma cópia da fita. Nós enviamos por um voo da Eastern Airlines saindo de Bangor, e eles passaram a fita por um aparelho apurador de áudio. Ele é usado pra verificar se alguém realmente disse as palavras sendo investigadas ou se o que está sendo ouvido era uma voz que estava em uma fita.

— É ao vivo ou é Memorex? — perguntou Thad.

Ele estava sentado perto da lareira, tomando um refrigerante.

Liz tinha ido até o cercadinho depois de olhar os espectros de voz. Ela estava sentada de pernas cruzadas no chão, tentando impedir William e Wendy de baterem a cabeça enquanto olhavam os dedos dos pés do outro.

— Por que fizeram isso?

Alan apontou com o polegar para Thad, que estava sorrindo com amargura.

— Seu marido sabe.

Thad perguntou a Alan:

— Com as poucas diferenças nos picos, eles podem pelo menos *enganar* a si mesmos que havia duas vozes diferentes falando, mesmo sabendo que não é bem assim. Era isso que você queria dizer, não era?

— Aham. Apesar de eu nunca ter ouvido falar de espectros de voz tão parecidos quanto esses. — Ele deu de ombros. — É verdade que minha experiência com isso não é tão ampla quanto a dos caras da FOLE que estudam esse tipo de coisa como profissão, nem mesmo os caras de Augusta, que são profissionais de áreas mais ou menos generalizadas: espectros de voz, digitais, pegadas, marcas de pneus. Mas eu *leio* sobre o assunto e estava lá quando os resultados saíram, Thad. Eles estão se enganando, sim, mas não tanto.

— Então tem três diferenças pequenas, mas não são suficientes. O problema é que minha voz estava estressada e a de Stark, não. Então foram usar o tal apurador com esperança de uma posição alternativa. Torcendo, na verdade, para que o lado da conversa de Stark fosse uma gravação. Feita por mim. — Ele ergueu a sobrancelha para Alan. — Eu ganho o guisado de frango?

— Não só isso, você também ganha o jogo de copos pra seis pessoas e a viagem pra Kittery.

— É a coisa mais maluca que eu já ouvi — disse Liz secamente.

Thad riu sem achar muita graça.

— A coisa toda é louca. Acharam que eu podia ter mudado a voz, como dubladores tipo Rich Little... ou Mel Blanc. A ideia é que gravei uma fita com a minha voz de George Stark, usando pausas para eu poder responder na frente de testemunhas com a minha própria voz. Claro que eu teria que comprar um aparelho que pudesse ligar um toca-fitas a um telefone público. Isso *existe*, não existe, Alan?

— Com certeza. Tem nas melhores casas de eletrônicos em qualquer lugar, ou basta ligar para o número gratuito que vai aparecer na tela e os atendentes estarão esperando.

— Certo. A única coisa de que eu precisaria seria um cúmplice, alguém de confiança que fosse até Penn Station, ligasse o toca-fitas no aglomerado de telefones que parecesse menos usado e telefonasse pra minha casa na hora certa. Então... — Ele parou de falar. — Como a ligação foi paga? Me esqueci disso. Não foi a cobrar.

— O número do seu cartão de crédito foi usado — disse Alan. — Obviamente, você deu esse número pro seu cúmplice.

— Sim, obviamente. Eu só tinha que fazer duas coisas antes do show começar. Uma era garantir que eu e mais ninguém atendesse o telefone. A outra era lembrar as falas e dizer nas pausas corretas. Eu fui muito bem, você não acha, Alan?

— Foi. Fantástico.

— Meu cúmplice desliga o telefone quando o roteiro diz que ele deve desligar. Desliga o toca-fitas do telefone, enfia debaixo do braço...

— Porra, enfia no bolso — disse Alan. — Os equipamentos de agora são tão bons que até a CIA compra na Radio Shack.

— Certo, ele enfia no bolso e sai andando. O resultado é uma conversa em que eu sou visto e ouvido falando com um homem a oitocentos quilômetros de distância, um homem que *parece* diferente, que, na verdade, parece meio sulista, mas tem o mesmo espectro de voz que eu. É a história das digitais novamente, só que melhorada. — Ele olhou para Alan em busca de confirmação.

— Pensando melhor — disse Alan —, que seja uma viagem com tudo pago pra Portsmouth.

— Obrigado.

— Não tem de quê.

— Isso não é só loucura — disse Liz —, é inacreditável. Acho que todas aquelas pessoas deviam ser examin...

Quando ela ficou distraída, os gêmeos finalmente conseguiram bater a cabeça um no outro e começaram a chorar aos berros. Liz pegou William. Thad resgatou Wendy.

Quando a crise passou, Alan disse:

— É inacreditável mesmo. Você sabe, eu sei e eles também sabem. Mas Conan Doyle botou Sherlock Holmes pra dizer pelo menos uma coisa que ainda é verdade no que diz respeito à resolução de crimes: quando eliminamos todas as explicações impossíveis, o que sobra é sua resposta... por mais improvável que seja.

— Acho que o original era um pouco mais elegante — comentou Thad.

Alan sorriu.

— Vai se ferrar.

— Vocês dois podem achar isso engraçado, mas eu não — disse Liz. — Thad teria que ser louco pra fazer uma coisa assim. Claro que a polícia pode já achar que somos os dois loucos.

— Ninguém acha isso — respondeu Alan, sério —, pelo menos não a essa altura do campeonato, e nem vão achar, desde que vocês continuem guardando as histórias loucas pra si.

— E *você*, Alan? — perguntou Thad. — Nós jogamos *todas* as histórias loucas em cima de você. O que *você* acha?

— Não que vocês sejam loucos. Tudo seria bem mais simples se eu acreditasse nisso. Eu não sei *o que* está acontecendo.

— O que você conseguiu com o dr. Hume? — perguntou Liz.

— O nome do médico que operou Thad na infância. Hugh Pritchard. O nome soa familiar, Thad?

Thad franziu a testa e refletiu. Por fim, disse:

— Acho que sim... mas posso estar me confundindo. Foi muito tempo atrás.

Liz estava inclinada para a frente, os olhos arregalados; William olhava para Alan da segurança do colo da mãe.

— O que Pritchard disse? — perguntou ela.

— Nada. Só consegui chegar até a secretária eletrônica, o que me faz deduzir que o sujeito ainda está vivo, e mais nada. Deixei recado.

Liz se acomodou na cadeira, claramente desapontada.

— E meus exames? — perguntou Thad. — Hume tinha recebido algum resultado? Ou não quis contar?

— Ele disse que quando tivesse os resultados você seria o primeiro a saber — respondeu Alan, e sorriu. — O dr. Hume pareceu meio ofendido com a ideia de contar *qualquer coisa* pra um xerife de condado.

— George Hume é assim mesmo — comentou Thad, sorrindo também. — Casca-Grossa é seu outro sobrenome.

Alan se mexeu na cadeira.

— Quer beber alguma coisa, Alan? — perguntou Liz. — Uma cerveja ou uma Pepsi?

— Não, obrigado. Vamos voltar pra o que a polícia estadual acredita ou não. Eles *não* acreditam que vocês estejam envolvidos, mas se reservam o direito de acreditar que *podem* estar. Eles sabem que não podem botar os acontecimentos de ontem à noite e de hoje de manhã na sua conta, Thad. Em um cúmplice, talvez, o mesmo que, hipoteticamente, teria cuidado da questão do toca-fitas, mas não em você. Você estava aqui.

— E Darla Gates? — perguntou Thad, baixinho. — A garota do escritório do tesoureiro?

— Morta. Muito mutilada, como ele deu a entender, mas levou uma bala na cabeça primeiro. Não sofreu.

— Isso é mentira.

Alan olhou para ele, sem entender.

— Ele não deixou tão barato pra ela. Não depois do que fez com Clawson. Afinal, ela foi a primeira dedo-duro, não foi? Clawson balançou dinheiro na cara dela, e não pode ter sido muito, a julgar pelo estado das finanças dele, e a reação dela foi botar a boca no trombone. Então não venha me dizer que ele a matou antes de cortá-la em pedacinhos e que ela não sofreu.

— Tudo bem — disse Alan. — Não foi assim. Quer saber *mesmo* como foi?

— Não — respondeu Liz na mesma hora.

Houve um momento de silêncio pesado na sala. Até os gêmeos pareceram sentir; eles se olharam com o que pareceu grande seriedade. Finalmente, Thad falou:

— Quero perguntar de novo: em que *você* acredita? Em que acredita agora?

— Não tenho nenhuma teoria. Sei que você não gravou as falas de Stark porque o apurador não detectou chiados de fita cassete, e, aumentando o áudio, dá pra ouvir o alto-falante da Penn Station anunciando que o *Pilgrim* pra Boston está pronto para o embarque na plataforma de número 3. O *Pilgrim* saiu mesmo da plataforma 3 hoje à tarde. O embarque começou às 14h36, e encaixa perfeitamente com o horário do seu bate-papo. Mas eu nem precisava disso. Se as falas de Stark tivessem sido gravadas, você ou Liz teriam me perguntado o que o processo de apuração mostrou assim que eu toquei no assunto. Vocês não perguntaram.

— Tudo isso e você continua não acreditando, né? — comentou Thad.

— Deixou você abalado, a ponto de estar *mesmo* tentando fazer contato com o dr. Pritchard, mas você também não consegue entender exatamente o que está acontecendo, né? — Ele soou frustrado e perturbado até aos próprios ouvidos.

— O próprio cara admitiu que não era Stark.

— Ah, sim. E ele foi bem sincero mesmo. — Thad riu.

— Você age como se isso não te surpreendesse.

— Não surpreende. E a *você*?

— Sinceramente, sim. Surpreende. Depois de tanto trabalho pra estabelecer que você e ele têm as mesmas digitais, os mesmos espectros de voz...

— Alan, para um pouquinho — disse Thad.

Alan parou e olhou para Thad com curiosidade.

— Eu falei pra você hoje de manhã que achava que George Stark estava fazendo essas coisas. Não um cúmplice meu, não um maluco que conseguiu inventar um jeito de plantar digitais de outra pessoa, considerando os acessos assassinos e as fugas de identidade dele, claro. Mas você não acreditou em mim. Acredita agora?

— Não, Thad. Queria poder dizer o contrário, mas o melhor que posso dizer é que acredito que você acredita. — Ele desviou o olhar para observar Liz. — Vocês *dois* acreditam.

— Prefiro a verdade, porque qualquer outra coisa pode acabar me matando — disse Thad —, e minha família também, muito provavelmente. A essa altura, faz bem ao meu coração só ouvir que você não tem uma teoria. Não é muito, mas já é alguma coisa. O que eu estava tentando mostrar é que as digitais e espectros de voz não fazem diferença, e Stark sabe disso. Você pode falar quanto quiser sobre descartar o impossível e aceitar o que sobrar, por mais improvável que seja, mas não funciona assim. Você não aceita *Stark*, e *ele* é o que sobra quando eliminamos o resto. Vamos dizer o seguinte, Alan: se você tivesse tantas provas assim de um tumor no seu cérebro, você iria ao hospital fazer uma cirurgia, mesmo que não tivesse grandes chances de sair vivo.

Alan abriu a boca, balançou a cabeça e a fechou de novo. Fora o relógio e os barulhos que os gêmeos faziam, não havia som nenhum na sala, onde Thad começava a sentir que tinha passado toda a vida adulta.

— De um lado, você tem provas concretas suficientes pra montar um caso circunstancial no tribunal — resumiu Thad. — Do outro, tem a afirmação insubstancial de uma voz ao telefone que ele "voltou a si", que "sabe quem é agora". Mas você vai ignorar as provas em favor da afirmação.

— Não, Thad. Isso não é verdade. Não estou aceitando *nenhuma* afirmação agora; nem as suas, nem as da sua esposa, e menos ainda as do homem que ligou. Ainda não formei nenhuma opinião.

Thad apontou com o polegar por cima do ombro para a janela. Atrás das cortinas que balançavam delicadamente, dava para ver um carro da polícia estadual que pertencia aos policiais que estavam vigiando a casa dos Beaumont.

— E *eles*? Já *têm* opinião formada? Queria tanto que você ficasse aqui, Alan. Eu abriria mão de um *exército* de policiais por você, porque pelo menos você tem meio olho aberto. Os deles estão bem fechados.

— Thad...

— Não precisa falar nada — disse Thad. — É verdade. Você sabe... *e ele também sabe*. Ele vai esperar. E quando todo mundo concluir que acabou e que os Beaumont estão fora de perigo, quando toda a polícia levantar acampamento e for embora, George Stark virá pra cá.

Ele fez uma pausa, o rosto de uma complexidade sombria. Alan viu arrependimento, determinação e medo atuando naquele rosto.

— Vou contar uma coisa agora... pra vocês dois. Eu sei exatamente o que ele quer. Ele quer que eu escreva outro livro e assine como Stark, provavelmente outra história de Alexis Machine. Não sei se consigo, mas, se eu achasse que ajudaria de alguma forma, eu tentaria. Eu destruiria *O cachorro dourado* e começaria hoje mesmo.

— Thad, não! — exclamou Liz.

— Não se preocupe — disse ele. — Isso me mataria. Não me pergunte como sei disso. Só sei. Mas mesmo que eu precisasse morrer para acabar com isso, talvez tentasse. Só que acho que não adiantaria. Porque acho que ele não é um homem de verdade.

Alan ficou em silêncio.

— Então! — disse Thad, falando com o ar de um homem que vai dar encerramento a uma questão importante. — É nesse pé que as coisas estão. Não posso, não quero, não devo. Isso quer dizer que ele vem. E, quando vier, só Deus sabe o que vai acontecer.

— Thad — disse Alan, com desconforto —, você precisa de um pouco de perspectiva, só isso. E, quando tiver, a maior parte de tudo vai simplesmente... passar. Como poeira ao vento. Como um sonho ruim depois que a gente acorda.

— Não é de perspectiva que a gente precisa — disse Liz. Eles olharam para ela e viram que ela estava chorando em silêncio. Não muito, mas havia algumas lágrimas. — O que precisamos é que alguém *desligue* ele.

6

Alan voltou para Castle Rock de madrugada e chegou pouco antes das duas. Entrou em casa o mais silenciosamente possível e reparou que Annie mais uma vez tinha esquecido de ativar o alarme. Ele não gostava de pegar no pé dela por causa disso, as enxaquecas estavam mais frequentes ultimamente, mas ele teria que tocar no assunto mais cedo ou mais tarde.

Começou a subir a escada, os sapatos na mão, movendo-se com uma delicadeza que parecia até que estava flutuando. Seu corpo era dotado de extrema graça, o oposto do jeito estabanado de Thad Beaumont, que Alan raramente demonstrava; seus membros pareciam conhecer um segredo misterioso de movimento que sua mente achava meio constrangedor. Ali, naquele silêncio, não havia necessidade de esconder, e ele se moveu com uma tranquilidade que era quase macabra.

Na metade da escada ele parou... e desceu novamente. Havia uma salinha adjacente à sala de estar, pouco mais do que um closet mobiliado com uma escrivaninha e umas prateleiras, mas adequado às suas necessidades. Ele tentava não levar trabalho para casa. Nem sempre conseguia, mas se esforçava bastante.

Ele fechou a porta, acendeu a luz e olhou para o telefone.

Você não vai mesmo fazer isso, vai?, ele perguntou a si mesmo. É quase meia-noite no horário das Montanhas Rochosas, e esse cara não é só um médico aposentado; ele é um NEUROCIRURGIÃO aposentado. Se você o acordar, é capaz de ele comer seu cu até aparecer um novo.

Mas então, Alan pensou nos olhos de Liz Beaumont, nos olhos escuros e assustados, e decidiu que *ia* fazer, sim. Talvez até fosse bom; uma ligação no meio da noite determinaria que o assunto era sério e faria o dr. Pritchard falar. Depois, Alan poderia voltar a ligar em um horário mais razoável.

Quem sabe, pensou ele sem muita esperança (mas com certo humor), *talvez ele SINTA FALTA de receber ligações no meio da noite.*

Alan tirou o pedaço de papel do bolso da camisa do uniforme e discou o número de Hugh Pritchard em Fort Laramie. Fez isso de pé, se preparando para uma explosão de raiva de uma voz rouca.

Mas ele não precisava ter se preocupado; a secretária eletrônica atendeu na mesma fração de toque e repetiu a mesma mensagem.

Ele desligou, pensativo, e se sentou à escrivaninha. O abajur de leitura lançava um círculo de luz na superfície da mesa, e Alan começou a fazer uma série de animais de sombra: um coelho, um cachorro, um falcão, até mesmo um canguru bem passável. Suas mãos compartilhavam a mesma graça do resto do corpo quando ele estava sozinho e relaxado; por baixo dos dedos sinistramente flexíveis, os animais pareciam marchar em um desfile pela luzinha emitida pelo abajur coberto, um se transformando no outro. Essa pequena distração nunca deixava de fascinar e divertir seus filhos, e muitas vezes acalmava sua própria mente quando estava perturbada.

Não funcionou dessa vez.

O dr. Hugh Pritchard está morto. Stark pegou ele também.

Era impossível, claro; ele achava que era capaz de engolir um fantasma se alguém botasse uma arma em sua cabeça, mas não um fantasma Super-homem maligno que atravessava continentes inteiros com um salto. Conseguia pensar em vários bons motivos para alguém ligar a secretária eletrônica à noite. Não ser perturbado por algum estranho como o xerife Alan J. Pangborn, de Castle Rock, no meio da madrugada não era o menor deles.

É, mas ele está morto. Ele e a esposa. Qual era o nome dela? Helga. "Devo estar jogando golfe, e só Deus sabe o que Helga está fazendo." Eu sei o que Helga está fazendo; sei o que os dois estão fazendo. Estão sangrando por um corte na garganta, é isso que eu acho, e tem uma mensagem escrita na parede da sua sala. Está escrito OS PARDAIS ESTÃO VOANDO NOVAMENTE.

Alan Pangborn sentiu um calafrio. Era loucura, mas ele sentiu mesmo assim. O calafrio se enroscou nele como um fio.

Ele ligou para o Auxílio à Lista do Wyoming, pegou o número do posto do xerife de Fort Laramie e fez outra ligação. Foi atendido por uma pessoa que parecia meio adormecida. Alan se identificou, disse para o atendente com quem estava tentando fazer contato e informou o local, depois perguntou se o dr. Pritchard e a esposa constavam na lista de quem estava de férias. Se o médico e a esposa *tivessem* viajado, e estava quase na época mesmo, eles provavelmente teriam informado aos representantes da lei e pedido que ficassem de olho na casa vazia.

— Bom — disse o atendente —, por que você não me dá seu número? Posso entrar em contato com as informações.

Alan suspirou. Mais procedimento-padrão. Mais baboseira, para ser bem direto. O cara só queria dar a informação quando tivesse certeza de que Alan era o que dizia ser.

— Não — disse ele. — Estou ligando de casa, estamos no meio da noite...

— Não estamos em plena luz do dia aqui, xerife Pangborn — respondeu o atendente, lacônico.

Alan suspirou.

— Sei disso, e também tenho certeza de que sua esposa e seus filhos não estão dormindo aí no andar de cima. Faça o seguinte, meu amigo: ligue para a Central da Polícia Estadual do Maine em Oxford, Maine, eu posso lhe dar o número, e verifique meu nome. Podem lhe dar o número da minha identificação. Ligo de volta em dez minutos, aproximadamente, e vamos poder trocar senhas.

— Pode dizer — disse o atendente, não muito feliz com a situação.

Alan achava que devia ter interrompido algum programa da madrugada ou a leitura da edição do mês da *Penthouse*.

— Qual é o assunto? — perguntou o atendente depois de ter repetido o número de telefone da Central da Polícia Estadual do Maine.

— Uma investigação de assassinato — disse Alan —, que ainda está quente. Não estou ligando por causa da minha saúde, amigo. — Ele desligou.

Ficou sentado atrás da escrivaninha e fez animais na sombra e esperou que o ponteiro dos minutos contornasse a face do relógio dez vezes. Pareceu ir bem devagar. Só tinha dado cinco voltas quando a porta do escritório se abriu e Annie entrou. Ela estava com o roupão rosa e com uma aparência meio fantasmagórica; sentiu aquele arrepio ameaçar surgir de novo, como se tivesse olhado o futuro e visto alguma coisa desagradável. Ruim, até.

Como eu me sentiria se fosse atrás de mim que ele estivesse?, pensou ele de repente. *De mim e de Annie e de Toby e Todd? Como eu me sentiria se soubesse quem ele era... e ninguém acreditasse em mim?*

— Alan? O que você está fazendo sentado aí tão tarde?

Ele sorriu, se levantou e a beijou com tranquilidade.

— Só estou esperando o efeito das drogas passar — disse ele.

— Não, é sério. É o caso de Beaumont?

— É. Estou atrás de um médico que talvez saiba de alguma coisa. Sempre caio na secretária eletrônica, então liguei para o posto do xerife pra ver se ele está de férias. O homem do outro lado está verificando se eu sou eu mesmo. — Ele olhou para Annie com preocupação e ao mesmo tempo cautela. — Como você está, querida? Dor de cabeça?

— Não, mas ouvi você entrar. — Ela sorriu. — Você é o homem mais silencioso do mundo quando quer, Alan, mas não tem como controlar seu carro.

Ele a abraçou.

— Quer uma xícara de chá? — perguntou ela.

— Meu Deus, não. Um copo de leite, se você quiser buscar.

Ela o deixou sozinho e voltou um minuto depois com o leite.

— Como o sr. Beaumont é? — perguntou ela. — Já o vi pela cidade, e a esposa vai à loja de vez em quando, mas nunca falei com ele.

A loja era Costura e Costura, cuja dona e vendedora era uma mulher chamada Polly Chalmers. Annie Pangborn trabalhou lá em meio período por quatro anos.

Alan pensou no assunto e disse, por fim:

— Eu gosto dele. No começo, não gostava. Achei que era frio. Mas ele estava em circunstâncias difíceis. Ele só é... distante. Talvez seja por causa de sua profissão.

— Eu gostei muito dos dois livros dele.

Ele ergueu as sobrancelhas.

— Eu não sabia que você tinha lido.

— Você nunca perguntou, Alan. E, quando a notícia sobre o pseudônimo estourou, tentei ler os *outros*.

O nariz dela se franziu de desagrado.

— Não são bons?

— São *horríveis*. Assustadores. Eu nem terminei. Jamais teria acreditado que o mesmo homem escreveu as duas coisas.

Adivinha só, amor, pensou Alan. *Ele também não acredita.*

— Você deveria voltar pra cama — disse ele —, senão vai acordar com dor de cabeça.

Ela balançou a cabeça.

— Acho que o Monstro da Enxaqueca foi embora de novo por um tempo. — Ela o olhou. — Ainda vou estar acordada quando você subir... se você não demorar, claro.

Ele botou a mão no seio dela por cima do roupão rosa e beijou os lábios entreabertos.

— Vou subir assim que puder.

Ela saiu, e Alan viu que mais de dez minutos tinham passado. Ele ligou para o Wyoming de novo e foi atendido pelo mesmo atendente sonolento.

— Achei que você tinha me esquecido, amigo.

— Não mesmo — disse Alan.

— Pode me dizer o número da sua identificação, xerife?

— 109-44-205-ME.

— Acho que você é genuíno mesmo. Desculpe fazer você passar por todo o procedimento nesse horário, xerife Pangborn, mas acho que entende.

— Entendo. O que você pode me dizer sobre o dr. Pritchard?

— Ah, ele e a esposa estão de férias, sim — disse o atendente. — Eles estão no Parque Yellowstone acampando até o fim do mês.

Pronto, pensou Alan. *Está vendo? Você está aqui mergulhado nas sombras tarde da noite. Não tem garganta cortada nenhuma. Não tem recado na parede nenhum. Só dois coroas acampando.*

Mas ele percebeu que não estava muito aliviado. O dr. Pritchard seria um homem difícil de encontrar, pelo menos nas duas semanas seguintes.

— Se eu precisasse mandar um recado pra ele, você acha que é possível?

— Acho que sim — disse o atendente. — Você poderia ligar para o Serviço do Parque de Yellowstone. Vão saber onde ele está, ou pelo menos deveriam. Pode demorar um pouco, mas acho que eles acabariam falando com ele. Já estive com ele uma ou duas vezes. Parece um bom sujeito.

— Bom saber — disse Alan. — Obrigado pela ajuda.

— Não foi nada. Estamos aqui pra isso.

Alan ouviu um leve farfalhar de páginas e logo imaginou o homem sem face pegando a *Penthouse* de novo, a meio continente de distância.

— Boa noite — disse ele.

— Boa noite, xerife.

Alan desligou e ficou parado por um momento, olhando para a escuridão pela janela da salinha.

Ele está lá fora. Em algum lugar. E ainda está vindo.

Alan se perguntou de novo como se sentiria se fosse a vida dele (e a vida de Annie e de seus filhos) em jogo. Perguntou-se como se sentiria se soubesse disso e ninguém acreditasse no que ele sabia.

Você está levando trabalho pra casa de novo, querido, ele ouviu Annie dizendo em seu pensamento.

E era verdade. Quinze minutos antes, ele tinha se convencido (em suas terminações nervosas ao menos, ainda que não na cabeça) de que Hugh e Helga Pritchard estavam mortos em uma poça de sangue. Não era verdade; eles estavam dormindo feito anjos sob as estrelas no Parque Nacional de Yellowstone naquela noite. Intuição não era nada; acabava contaminando você.

É assim que Thad vai se sentir quando descobrirmos o que está realmente acontecendo, pensou ele. *Quando descobrirmos que a explicação, por mais bizarra que venha a ser, se conforma a todas as leis da natureza.*

Ele realmente acreditava naquilo?

Decidiu que sim, acreditava. Ao menos na cabeça. As terminações nervosas não tinham tanta certeza.

Alan terminou o leite, desligou o abajur e subiu a escada. Annie ainda estava acordada, gloriosamente nua. Ela o envolveu nos braços, e Alan se permitiu com prazer esquecer todo o resto.

7

Stark ligou de novo dois dias depois. Thad Beaumont estava no Dave's Market na hora.

O Dave's era um mercadinho a dois quilômetros da casa dos Beaumont. Era um lugar ao qual recorrer quando não se estava com disposição para ir até Brewer.

Thad foi lá naquele fim de tarde de sexta-feira comprar umas latas de Pepsi, batatas fritas e uma pastinha. Um dos policiais que vigiavam a família foi com ele. Era 10 de junho, seis e meia da tarde, o céu ainda estava bem claro. O verão, aquele miserável verde lindo, tinha chegado ao Maine de novo.

O policial ficou no carro enquanto Thad foi fazer as compras. Ele pegou o refrigerante e estava olhando a variedade de pastinhas (havia a básica de frutos do mar e, para quem não gostava, a básica de cebola) quando o telefone tocou.

Ele ergueu o rosto na mesma hora e pensou: *Ah. Tudo bem.*

Rosalie, que estava atrás da bancada, atendeu, disse alô, ouviu e esticou o telefone para ele, como ele sabia que ela faria. Thad foi novamente engolido por aquele sentimento sonhador de *presque vu*.

— Telefone, sr. Beaumont.

Ele estava bem calmo. O coração tinha dado um pulo, mas só um; depois voltara ao ritmo normal. Não estava suando.

E não havia pássaros.

Ele não sentiu nada do medo e da fúria que tinha sentido dois dias antes. Não se deu ao trabalho de perguntar a Rosalie se era sua esposa querendo que ele levasse ovos ou uma caixa de suco de laranja. Ele sabia quem era.

Parou ao lado do computador Megabucks, que informava na tela verde luminosa que ninguém tinha vencido a loteria na semana anterior e que o prêmio da semana era de quatro milhões de dólares. Pegou o telefone da mão de Rosalie e disse:

— Alô, George.

— Alô, Thad. — O leve sotaque sulista continuava presente, mas o tom caipira tinha sumido completamente; Thad só reparou a forma forte e sutil com que Stark tinha conseguido passar a sensação de "Olha só, rapaziada, não sou muito inteligente, mas até que consegui enganar, não foi, hahaha?" quando deu a falta dele.

Mas, claro, agora são só os rapazes, pensou Thad. *Só dois escritores brancos batendo papo.*

— O que você quer?

— Você sabe a resposta. Não precisamos fazer joguinhos aqui, né? Está meio tarde pra isso.

— Pode ser que eu só queira ouvir você dizer com todas as letras. — A sensação estava de volta, o sentimento estranho de ser sugado para fora do corpo e puxado pela linha telefônica até um lugar no meio dos dois.

Rosalie tinha ido para a outra ponta da bancada, onde pegava maços de cigarros de uma pilha e colocava no suporte comprido. Fazia questão de demonstrar que não estava ouvindo o lado de Thad da conversa de um jeito que quase chegava a ser engraçado. Não havia ninguém em Ludlow, ao menos daquele lado da cidade, que não estivesse ciente de que Thad estava sob guarda policial ou proteção policial ou alguma coisa policial, e ele não precisava ouvir os boatos para saber que já estavam voando. Os que não achavam que ele estava prestes a ser preso por tráfico de drogas sem dúvida apostavam em pedofilia ou violência doméstica. A pobre Rosalie estava lá do outro lado tentando ser legal, e Thad sentiu uma gratidão absurda. Também teve a sensação de estar olhando para ela pelo lado errado de um telescópio poderoso. Ele estava na linha telefônica, no buraco do coelho, onde não havia coelho branco, só o velho e malandro George Stark, o homem que não podia estar lá, mas estava mesmo assim.

O velho e malandro George, aqui em Fimlândia, onde os pardais estavam voando novamente.

Ele lutou contra a sensação, lutou muito.

— Pode falar, George — disse ele, um pouco surpreso pelo tom de fúria na voz. Estava atordoado, preso em uma contracorrente poderosa de distância e irrealidade... mas, Deus, sua voz saiu tão desperta e tão ciente! — Pode dizer na cara, tá?

— Se você insiste.

— Insisto.

— Está na hora de começar um livro novo. Um romance novo de Stark.

— Não mesmo.

— Não diga isso! — A rispidez na voz era como uma chicotada cheia de espinhos. — Estou desenhando, Thad. Desenhando *pra* você. Não me faça desenhar *em* você.

— Você está morto, George. Só não tem o bom-senso de se deitar.

Rosalie virou a cabeça um pouco; Thad viu de relance um olho arregalado antes de ela voltar a cabeça depressa para a vitrine de cigarros.

— *Olha essa boca!* — Havia fúria real naquela voz. Mas haveria também alguma outra coisa? Medo? Dor? Ambos? Ou ele estava só se enganando?

— Qual é o problema, George? — debochou ele, de repente. — Está perdendo seus pensamentos felizes?

Houve uma pausa nesse momento. Thad o tinha surpreendido, abalado, ao menos por um momento. Tinha certeza disso. Mas por quê? O que teve esse efeito?

— Escuta aqui, cara — disse Stark, por fim. — Vou te dar uma semana pra começar. Não vai achando que pode me enrolar, não pode, não. — Só que a última palavra soou nasalada. Sim, George estava aborrecido. Podia ter um preço alto para Thad antes daquilo tudo acabar, mas por ora ele só sentiu uma alegria selvagem. Ele o atingira. Parecia que ele não era o único que se sentia impotente e vulnerável nessas conversas íntimas de pesadelo; ele tinha conseguido atingir Stark, e isso estava de bom tamanho.

— É verdade — retrucou Thad. — Não tem conversa-fiada entre nós. Pode ter qualquer outra coisa, mas não isso.

— Você teve uma ideia — disse Stark. — Já tinha tido antes mesmo daquele pentelho pensar em te chantagear. A ideia do casamento e do assalto com o carro blindado.

— Joguei minhas anotações fora. Não quero mais saber de você.

— Não, foram as *minhas* anotações que você jogou fora, mas não importa. Você não precisa de anotações. Vai ser um livro bom.

— Você não entendeu. George Stark está *morto*.

— É *você* que não entende — respondeu Stark, a voz suave, feroz, enfática. — Você tem uma semana. E, se não tiver pelo menos trinta páginas de manuscrito, vou atrás de você, meu chapa. Só que não vou começar com você, seria fácil demais. Fácil demais *mesmo*. Vou pegar seus filhos primeiro, e eles terão uma morte lenta. Vou fazer questão. Sei como fazer isso. Eles não vão saber o que está acontecendo, só que morrerão sofrendo. Mas você vai saber, e eu vou saber, e sua esposa vai saber. Vou pegar ela depois... só que antes de matá-la, eu vou *pegar* ela. Sabe o que quero dizer, meu chapa. E, quando eles tiverem morrido, vou cuidar de você, Thad, e você vai morrer como nenhum homem na face da Terra morreu antes.

Ele parou. Thad o ouviu ofegando em seu ouvido, feito um cachorro em um dia quente.

— Você não sabia sobre os pássaros — disse Thad, baixinho. — Isso é verdade, não é?

— Thad, o que você diz não faz sentido. Se não começar a fazer logo, muita gente vai se machucar. O tempo está se esgotando.

— Ah, eu estou prestando atenção — disse Thad. — Minha questão é como você pode ter escrito o que escreveu na parede de Clawson e depois na de Miriam *e não saber o que é*.

— É melhor parar de falar merda e começar a falar coisas que façam sentido, meu amigo — disse Stark, mas Thad conseguiu sentir confusão e algum medo por trás daquela voz. — Não tinha nada escrito nas paredes.

— Ah, tinha. Tinha, sim. E quer saber, George? Acho que se você não sabe disso foi porque *eu* escrevi. Acho que parte de mim estava lá. Não sei como, mas parte de mim estava lá, vendo você. Acho que sou o único de nós que sabe sobre os pardais, George. Acho que talvez *eu* tenha escrito. É bom você pensar nisso... pensar *bem*... antes de começar a me pressionar.

— Me escuta — disse George, com uma leve pressão. — Escuta bem. Primeiro, seus filhos... depois, sua esposa... depois, você. Começa outro livro, Thad. É o melhor conselho que posso te dar. O melhor conselho que você já recebeu nessa merda de vida. Começa outro livro. Eu não estou morto.

Uma pausa longa. E, baixinho, deliberadamente:

— E eu não quero *estar* morto. Então, vai pra casa, aponta seus lápis e, se precisar de inspiração, pensa em como seus bebezinhos ficariam cheios de vidro na cara. Não existe pássaro nenhum. Esquece isso e pode começar a escrever.

Houve um clique.

— Vai se foder — sussurrou Thad na linha muda e desligou o telefone.

DEZESSETE
WENDY SE ACIDENTA

1

A situação teria se resolvido de alguma maneira, independentemente do que acontecesse, Thad tinha certeza disso. George Stark não ia simplesmente sumir. Mas Thad passou a achar, não à toa, que a queda de Wendy da escada dois dias depois da ligação de Stark no Dave's Market determinou o caminho que a situação tomaria de uma vez por todas.

O resultado mais importante foi que finalmente mostrou a ele um caminho de ação. Tinha passado os dois dias em uma espécie de torpor sem fôlego. Teve dificuldade de acompanhar até os mais simples programas de TV, não conseguiu ler, e a ideia de escrever pareceu similar à ideia de viajar à velocidade da luz. O que ele mais fez foi vagar de um aposento ao outro, se sentar por alguns momentos e voltar a andar. Ficava atrapalhando e irritando Liz. Ela não foi ríspida com ele, apesar de ele achar que ela precisou morder a língua em mais de uma ocasião para não dar o equivalente verbal a um corte de papel.

Duas vezes ele se preparou para contar sobre a segunda ligação de Stark, quando o malandro do George falou exatamente o que tinha em mente, ciente de que a linha não estava grampeada e de que era uma conversa particular. Nas duas ocasiões ele desistira, sabendo que isso só iria chateá-la mais.

E duas vezes ele se viu no escritório, segurando um dos malditos lápis Berol que tinha prometido nunca mais usar, olhando para uma pilha nova de cadernos ainda embrulhada em celofane, do tipo que Stark usava para escrever os livros.

Você teve uma ideia... Do casamento e do assalto com o carro blindado.

E era verdade. Thad até tinha um título, um título bom: *Máquina de aço*. E outra coisa era verdade: parte dele queria muito escrever. A coceira estava lá, como aquele lugar nas costas que você não alcança quando precisa coçar.

George coçaria pra você.

Ah, sim. George ficaria *feliz* de coçar para ele. Mas alguma coisa aconteceria com Thad, porque as coisas tinham mudado, não tinham? O que exatamente essa coisa seria? Ele não sabia, talvez *não tivesse* como saber, mas uma imagem assustadora voltava à mente dele. Era daquela história infantil encantadora e racista de antigamente, *Little Black Sambo*. Quando Black Sambo subiu na árvore e os tigres não conseguiram pegá-lo, eles ficaram com tanta raiva que morderam o rabo dos outros e ficaram correndo cada vez mais rápido em volta da árvore até virarem manteiga. Sambo pegou a manteiga em um pote e levou para casa, para a mãe.

George, o alquimista, Thad refletiu, sentado no escritório, batendo um lápis Berol Black Beauty não apontado na beirada da mesa. *Palha em ouro. Tigres em manteiga. Livros em campeões de venda. E Thad em... o quê?*

Ele não sabia. Tinha *medo* de saber. Mas *ele* deixaria de existir, *Thad* deixaria de existir, tinha certeza disso. Talvez alguém que se *parecia* com ele ficasse morando ali, mas por trás daquele rosto de Thad Beaumont haveria outra mente. Uma mente doentia e brilhante.

Ele achava que o novo Thad Beaumont seria bem menos desastrado... e bem mais perigoso.

Liz e os bebês?

Stark os deixaria em paz se conseguisse ocupar o banco do motorista?

Não.

Também tinha pensado em fugir. Em botar Liz e os gêmeos no Suburban e ir embora. Mas de que adiantaria? De que adiantaria se o malandro do George conseguia enxergar pelos olhos do bobo do Thad? Não importaria se eles fugissem para os confins da terra; eles chegariam lá, olhariam ao redor e veriam George Stark escondido atrás de um arbusto, a navalha na mão.

Pensou também, mas descartou a ideia ainda mais rapidamente e com mais determinação, em ligar para Alan Pangborn. Alan tinha dito onde o dr. Pritchard estava, e sua decisão de não tentar mandar mensagem para o neurocirurgião, de esperar até Pritchard e a esposa voltarem das férias, foi suficiente para revelar a Thad o que Alan acreditava... e, mais importante, o que não acreditava. Se ele contasse sobre a ligação que recebeu no Dave's, Alan acharia que ele estava inventando. Mesmo que Rosalie confirmasse que ele tinha recebido uma ligação de *alguém* no mercado, Alan continuaria não acreditando. Ele e todos os outros policiais que se convidaram para aquela festa específica estavam bem empenhados em não acreditar.

Assim, os dias passaram lentamente, e foram uma espécie de tempo vazio. Depois do meio-dia do segundo dia, Thad escreveu *Sinto como se estivesse em uma versão mental das Latitudes dos Cavalos* no diário. Foi a única coisa que ele escreveu em uma semana, e começou a se perguntar se chegaria a escrever outra. Seu livro novo, *O cachorro dourado*, estava largado no limbo. Isso era óbvio. Era muito difícil inventar histórias quando se estava com medo de que um homem horrível, um homem *muito* horrível, aparecesse e trucidasse sua família inteira antes de partir para cima de você.

A única vez em que ele se lembrava de já ter ficado tão perdido consigo mesmo foi semanas depois de parar de beber: depois de dar fim à bebedeira à qual se entregou quando Liz sofreu o aborto espontâneo e antes de Stark aparecer. Naquela ocasião, assim como agora, houve o sentimento de que havia um problema, mas era tão inacessível quanto aquelas miragens de água que se veem no final de um trecho plano de rodovia em uma tarde quente. Quanto mais ele corria até o problema, querendo atacá-lo com as próprias mãos, desmantelá-lo, destruí-lo, mais rápido o problema recuava, até deixá-lo ofegante e sem ar, com as falsas ondulações rindo da sua cara no horizonte.

Naquelas noites, ele dormiu mal e sonhou que George Stark estava mostrando sua própria casa deserta para ele, uma casa em que as coisas explodiam quando ele as tocava e onde, no último aposento, os cadáveres da esposa e de Frederick Clawson esperavam. Assim que chegava lá, todos os pássaros levantavam voo, uma explosão das árvores e linhas telefônicas e postes de luz, milhares, milhões, tantos que tapavam o sol.

Até Wendy cair na escada, ele se sentia a própria essência de idiota, esperando o tal assassino chegar, prender um guardanapo na gola, pegar o garfo e começar a comer.

2

Os gêmeos já estavam engatinhando havia um tempo, e no último mês começaram a se levantar com a ajuda do objeto estável (e, em alguns casos, instável) mais próximo; uma perna de cadeira era o ideal, assim como a mesa de centro, mas até uma caixa de papelão vazia servia, ao menos até o gêmeo em questão botar peso demais nela e a caixa desmontar para dentro ou virar. Os bebês são capazes de se meter em confusões divinas em qualquer idade, mas, aos oito meses, quando já estavam cansados de engatinhar e ainda não tinham aprendido a andar, eles entravam na Era Dourada de Fazer Cagada.

Liz tinha colocado os dois no chão para brincarem no sol por volta das cinco e quinze da tarde. Depois de uns dez minutos engatinhando com confiança e ficando de pé com pernas trêmulas (feito acompanhado de ruídos alegres de satisfação para os pais e um para o outro), William se ergueu se segurando na beirada da mesa de centro. Olhou ao redor e fez vários gestos imperiosos com o braço direito. Esses gestos lembraram a Thad filmagens antigas mostrando *Il Duce* falando com seu eleitorado da sacada. William pegou a xícara de chá da mãe e conseguiu virar toda a borra de chá nele mesmo antes de cair de bunda no chão. Por sorte o chá estava frio, mas William ficou segurando a xícara e conseguiu bater com ela na boca a ponto de fazer o lábio inferior sangrar um pouco. Começou a chorar. Wendy se juntou a ele na mesma hora.

Liz o pegou no colo, examinou-o, revirou os olhos para Thad, e levou o bebê para cima para acalmá-lo e limpá-lo.

— Fica de olho na princesa — disse ela quando subiu.

— Pode deixar — respondeu Thad, mas descobriu e redescobriria em pouco tempo que, na Era Dourada de Fazer Cagada, essas promessas muitas vezes não valem nada.

William tinha conseguido pegar a xícara de Liz debaixo do nariz dela, e Thad viu que Wendy ia cair do terceiro degrau da escada um instante tarde demais para salvá-la da queda.

Ele estava olhando uma revista; não lendo, mas folheando, distraído, olhando uma foto aqui e outra ali. Quando terminou, foi até o cesto de tricô perto da lareira que servia como revisteiro improvisado para guardá-la e pegar outra. Wendy estava engatinhando no chão, as lágrimas esquecidas antes mesmo de terem secado completamente nas bochechas gordinhas. Estava fazendo o barulhinho sussurrado que os dois faziam quando engatinhavam, um som que às vezes fazia Thad questionar se eles associavam todos os movimentos com os carros e caminhões que viam na televisão. Ele se agachou, botou a revista no topo da pilha no cesto e remexeu nas outras até finalmente escolher uma *Harper's* do mês anterior sem nenhum motivo especial. Ocorreu a ele que estava se comportando feito um homem na sala de espera do dentista aguardando para arrancar um dente.

Ele se virou, e Wendy estava na escada. Tinha subido até o terceiro degrau e se erguia nas pernas bambas, segurando nas hastes que iam do corrimão até o chão. Quando ele olhou, ela olhou para ele, acenou de um jeito particularmente grandiloquente e abriu um sorriso. O movimento do braço fez o corpo gorducho tombar para a frente.

— Meu Deus — disse ele, baixinho, e, quando se levantou, os joelhos dando um estalo seco, ele a viu dar um passo à frente e soltar o eixo. — *Wendy, não faça isso!*

Ele praticamente pulou de um lado da sala até o outro e quase conseguiu. Mas era um homem estabanado, e um de seus pés prendeu na perna de uma cadeira. A cadeira caiu, e Thad se estatelou. Wendy caiu com um gritinho assustado. O corpo girou um pouco enquanto caía. Ele tentou segurá-la de joelhos, tentou evitar a queda, mas ficou a uns sessenta centímetros de distância. A perna direita dela bateu no primeiro degrau, e a cabeça, no piso acarpetado da sala, com um baque abafado.

Ela gritou, e ele teve tempo de pensar como um grito de dor de um bebê é apavorante, mas logo estava com ela nos braços.

Acima, Liz gritou "Thad?" com voz assustada, e ele ouviu o barulho dela correndo de pantufas.

Wendy estava tentando chorar. O primeiro grito de dor só tirou todo o ar que ela tinha nos pulmões, e depois veio o momento paralisante e eterno em que ela lutava para destravar o peito e inspirar para começar a chorar. Seria de estourar os tímpanos quando começasse.

Se começasse.

Ele a abraçou e olhou com ansiedade para o rosto retorcido e vermelho. Estava de uma cor que era quase castanho-avermelhada, exceto pela marca vermelha parecida com uma vírgula enorme na testa. *Meu Deus, e se ela desmaiar? E se morrer sufocada, sem conseguir respirar e dar o grito trancado nos pulmõezinhos dela?*

— Chora, caramba! — Meu Deus, aquele rosto roxo! Os olhos esbugalhados e abalados! — *Chora!*

— Thad!

Liz estava *muito* assustada, mas também muito distante. Nos poucos e eternos segundos entre o primeiro grito de Wendy e a luta para libertar o segundo e continuar respirando, George Stark foi removido por completo da mente de Thad pela primeira vez em oito dias. Wendy inspirou convulsivamente e começou a berrar. Thad, tremendo de alívio, a abraçou, apoiando o rostinho dela em seu ombro, e começou a acariciar suas costas com delicadeza, fazendo sons para ela se acalmar.

Liz desceu a escada correndo, segurando William, que não parava quieto, como se fosse um saco de grãos.

— O que aconteceu? Thad, ela está bem?

— Está. Caiu do terceiro degrau. Está bem agora. Quando começou a chorar. No começo, pareceu... que ela estava travada. — Ele deu uma gargalhada trêmula e trocou Wendy por William, que chorava também em harmonia solidária com a irmã.

— Você não estava olhando ela? — perguntou Liz com reprovação.

Ela estava balançando automaticamente o corpo para a frente e para trás, embalando Wendy, tentando acalmá-la.

— Estava... não. Eu fui buscar uma revista. Quando percebi, ela estava na escada. Foi como Will e a xícara de chá. Eles são tão... escorregadios. A cabeça dela está bem, você acha? Ela bateu no tapete, mas foi com força.

Liz afastou Wendy por um momento, olhou para a marca vermelha e deu um beijo suave. O choro de Wendy já estava começando a ficar mais baixo.

— Acho que está tudo bem. Ela vai ficar com um galo por um ou dois dias, só isso. Graças a Deus tinha tapete. Eu não queria ser agressiva com você, Thad. Sei como eles são rápidos. É que... a sensação é de que vou ficar menstruada, só que o tempo todo agora.

O choro de Wendy estava virando um soluço. William também estava parando. Ele esticou o braço gorducho e puxou a camiseta branca de algodão da irmã. Ela olhou para ele, que fez um barulhinho e falou com ela da sua forma incoerente. Para Thad, a fala incoerente deles sempre era meio sinistra: tipo uma língua estrangeira acelerada a tal ponto que não se dava para identificar qual era, muito menos entendê-la. Wendy sorriu para o irmão, embora algumas lágrimas ainda estivessem escorrendo e molhando as bochechas. Ela fez um ruído e respondeu outra coisa incoerente. Por um momento, foi como se estivessem tendo uma conversa no mundo particular deles, o mundo dos gêmeos.

Wendy acariciou o ombro de William. Eles se olharam e continuaram fazendo barulhinhos.

Você está bem, minha linda?

Estou. Eu me machuquei, meu querido William, mas não foi grave.

Vai querer ficar em casa em vez de ir na festa dos Stadley, coração?

Acho que não, embora seja muita consideração sua perguntar.

Tem certeza, minha querida Wendy?

Sim, querido William. Nenhum mal maior aconteceu, embora, acredito eu, tenha cagado na fralda.

Ah, querida, que DESGASTANTE!

Thad sorriu um pouco e olhou para a perna de Wendy.

— Vai ficar roxo — disse ele. — Na verdade, pelo visto já está.

Liz abriu um sorrisinho.

— Vai passar — respondeu. — Não vai ser o último.

Thad se inclinou para a frente e beijou a ponta do nariz de Wendy, pensando em como as tempestades passavam rápida e furiosamente, pois menos de três minutos antes ele estava com medo de ela morrer por falta de oxigênio, e em como começavam rápido de novo.

— Se Deus quiser, não vai ser o último.

3

Quando os gêmeos acordaram do cochilo tardio às sete da noite, o hematoma na coxa de Wendy tinha ficado roxo. Tinha um formato estranho e distinto de cogumelo.

— Thad — disse Liz do outro trocador. — Olha isso.

Thad tirou a fralda de Wendy, meio úmida mas não muito molhada, e largou no cesto de fraldas que dizia DELA. Levou a filha nua até o trocador do filho para ver o que Liz queria que ele visse. Ele olhou para William e arregalou os olhos.

— O que você acha? — perguntou ela, baixinho. — Não é estranho?

Thad olhou para William por muito tempo.

— É — disse ele depois de um instante. — É muito estranho.

Ela estava com a mão no peito do filho que se contorcia no trocador. Então, encarou Thad.

— Você está bem?

— Estou.

Estava surpreso com a tranquilidade que demonstrava. Uma luz branca parecia ter se apagado, não diante dos olhos dele, como um holofote, mas atrás. De repente, ele achou que tinha entendido os pássaros, ao menos um pouco, e qual deveria ser o passo seguinte. Só de olhar para o filho e ver o hematoma na perna, idêntico em forma, cor e posição ao da perna de Wendy, ele entendeu. Quando Will segurou a xícara de Liz e a virou nele mesmo, ele caiu sentado de bunda. Até onde sabia, William não tinha feito nada que pudesse afetar a perna. Mas ali estava: um hematoma solidário na parte superior da coxa direita, um hematoma mais ou menos na forma de um cogumelo.

— Tem *certeza* de que está bem? — insistiu Liz.

— Eles também compartilham machucados — disse ele, olhando para a perna de William.

— Thad?

— Estou bem — disse ele, e roçou os lábios na bochecha dela. — Vamos vestir o Psico e a Somática, o que você acha?

Liz caiu na gargalhada.

— Thad, você é doido — disse ela.

Ele sorriu para ela. Foi um sorriso meio peculiar, meio distante.

— Doido não, malandro.

Ele levou Wendy de volta ao trocador e começou a botar uma fralda limpa.

DEZOITO
ESCRITA AUTOMÁTICA

1

Ele esperou Liz se deitar e foi até o escritório. Parou na frente da porta do quarto por um momento para ouvir a respiração regular dela e ter a certeza de que estava dormindo. Ele não sabia muito bem se o que ia tentar daria certo, mas, se desse, poderia ser perigoso. Extremamente perigoso.

Seu escritório era um aposento grande, um sótão reformado, que tinha sido dividido em duas partes: a "sala de leitura", que era uma área cheia de livros com um sofá, uma poltrona reclinável e iluminação de holofotes e, no final do aposento comprido, seu local de trabalho. Essa parte era dominada por uma escrivaninha antiga sem nenhum aspecto que redimisse a feiura impressionante. Era um móvel marcado, surrado e puramente utilitário. Thad tinha essa escrivaninha desde os vinte e seis anos, e Liz às vezes dizia para as pessoas que ele não a abandonava porque acreditava secretamente que era sua Fonte de Palavras particular. Os dois sorriam quando ela dizia isso, como se realmente acreditassem que era uma piada.

Havia três lustres com cúpulas de vidro pendurados sobre esse dinossauro, e, quando Thad acendia só essas luzes, como tinha acabado de fazer, os círculos fortes e sobrepostos de luz que elas formavam sobre a paisagem abarrotada da escrivaninha faziam parecer que ele estava prestes a jogar uma versão bizarra de bilhar nela; as regras para jogar em uma superfície complexa daquela talvez fossem impossíveis de entender, mas, na noite seguinte ao acidente de Wendy, o rosto contraído poderia ter convencido um observador que o jogo teria uma aposta alta, independentemente de quais fossem as regras.

Thad teria concordado cem por cento com isso. Afinal, ele levou mais de vinte e quatro horas para reunir coragem.

Olhou para a Remington Standard por um momento, um volume embaixo da cobertura com a alavanca de retorno de aço inoxidável se projetando na lateral como um polegar pedindo carona. Ele se sentou em frente, batucou os dedos com inquietação na beirada da escrivaninha por alguns instantes e abriu a gaveta à esquerda da máquina de escrever.

Essa gaveta era larga e funda. Ele tirou o diário e abriu a gaveta ao máximo. O pote de vidro em que ele deixava os lápis Berol Black Beauty tinha rolado até o fundo, espalhando lápis no caminho. Ele pegou o pote, colocou-o no lugar de sempre, reuniu os lápis e os guardou dentro novamente.

Fechou a gaveta e olhou para o pote. Tinha enfiado o pote na gaveta depois do primeiro transe, em que usou um dos Black Beauty para escrever OS PARDAIS ESTÃO VOANDO NOVAMENTE no manuscrito de *O cachorro dourado*. Ele nunca pretendera voltar a usar um daqueles lápis... mas duas noites antes tinha pegado um e naquela os colocara ali, no mesmo lugar em que sempre estiveram durante os mais de dez anos em que Stark vivera com ele, vivera *nele*. Durante longos períodos, Stark ficava calado, quase ausente. De repente, uma ideia aparecia, e o malandro do George pulava de cabeça como um palhaço de mola maluco em uma caixa fechada. *Ta-dá!* Vamos, meu chapa! Vamos nessa!

E todos os dias, durante uns três meses, Stark pulava da cabeça dele exatamente às dez da manhã, inclusive fins de semana. Ele pulava, pegava um dos lápis Berol e começava a escrever suas maluquices... maluquices essas que pagavam as contas que o trabalho de Thad não conseguia pagar. Em pouco tempo o livro ficava pronto, e George desaparecia de novo, como o velho maluco que fiou palha em ouro para Rapunzel.

Thad pegou um dos lápis, olhou para as marcas de dentes na madeira e o colocou de volta no pote. Fez um *clink!* baixo.

— Minha metade sombria — murmurou ele.

Mas George Stark era dele? Já tinha sido *alguma* vez? Exceto pela fuga, ou transe, ou o que quer que tenha sido, ele não usava aqueles lápis, nem mesmo para escrever bilhetes, desde que tinha escrito *Fim* na última página do último livro de Stark, *A caminho da Babilônia*.

Não houve motivo para usá-los, afinal; eram os lápis de George Stark, e Stark estava morto... ou assim achara Thad. Supôs que acabaria jogando os lápis fora com o tempo.

Mas pelo visto tinha achado uma serventia para eles, afinal.

Esticou a mão para o pote de boca larga, mas recuou, como se afastando de uma fornalha que arde com um calor profundo e ciumento.

Ainda não.

Ele tirou a caneta Scripto do bolso da camisa, abriu o diário, tirou a tampa da caneta, hesitou e começou a escrever.

Se William chora, Wendy chora. Mas descobri que a ligação entre eles é bem mais profunda e forte do que isso. Ontem, Wendy caiu da escada e ficou com um hematoma, que parece um grande cogumelo roxo. Quando os gêmeos acordaram do cochilo, William também estava com um hematoma. No mesmo local, do mesmo formato.

Thad caiu no estilo de autoentrevista que caracterizava boa parte do seu diário. Enquanto fazia isso, percebeu que esse hábito, esse jeito de encontrar um caminho até as coisas que ele pensava, sugeria outra forma de dualidade... ou talvez fosse outro aspecto de uma única rachadura na sua mente e no seu espírito, algo ao mesmo tempo fundamental e misterioso.

Pergunta: Se alguém pegasse imagens dos hematomas na perna dos meus filhos e as sobrepusesse, chegariam a uma imagem única?

Resposta: Acho que sim. Acho que é como o caso das digitais. E dos espectros de voz.

Thad ficou em silêncio por um momento, batendo com a ponta da caneta no papel do diário, pensando nisso. Em seguida, debruçou-se de novo e começou a escrever mais rápido.

Pergunta: William SABE que está com um hematoma?

Resposta: Não. Acho que não.

Pergunta: Eu sei o que os pardais são ou o que querem dizer?

Resposta: Não.

Pergunta: Mas sei que HÁ pardais. Sei disso, não sei? Independentemente do que Alan Pangborn e as outras pessoas acreditem, eu sei que HÁ pardais, e sei que estão voando novamente, não sei?

Resposta: Sim.

Agora a caneta estava correndo no papel. Ele não escrevia com tanta rapidez e nem tão absorto havia meses.

Pergunta: Stark sabe que há pardais?
Resposta: Não. Ele disse que não, e eu acredito.
Pergunta: Eu tenho CERTEZA de que acredito?

Ele parou de novo, brevemente, e escreveu:

Stark sabe que tem ALGUMA COISA. Mas William também deve saber que tem alguma coisa; se a perna está machucada, deve doer. Mas Wendy foi responsável pelo hematoma quando caiu. William só sabe que está sentindo dor.
Pergunta: Stark sabe que tem um lugar que dói? Um lugar vulnerável?
Resposta: Sabe. Acho que sabe.
Pergunta: Os pássaros são meus?
Resposta: Sim.
Pergunta: Isso quer dizer que quando ele escreveu OS PARDAIS ESTÃO VOANDO NOVAMENTE na parede de Clawson e na de Miriam ele não sabia o que estava fazendo e não lembrou mais, depois que terminou?
Resposta: Sim.
Pergunta: Quem escreveu sobre os pardais? Quem escreveu com sangue?
Resposta: Aquele que sabe. O dono dos pardais.
Pergunta: Qual é o que sabe? Quem é o dono dos pardais?
Resposta: Sou eu que sei. Eu sou o dono.
Pergunta: Eu estava lá? Estava lá quando ele os matou?

Ele parou de novo, brevemente. *Sim*, escreveu ele, e também: *Não. As duas coisas. Eu não tive uma fuga quando Stark matou Homer Gamache e Clawson, pelo menos não que eu lembre. Acho que o que eu sei... o que eu VEJO... pode estar crescendo.*
Pergunta: Ele vê você?
Resposta: Não sei. Mas...

— Deve ver — murmurou Thad.

Ele escreveu: *Ele deve me conhecer. Deve me ver. Se ESCREVEU mesmo os livros, já me conhece há muito tempo. E o que ele conhece e o que ele vê também estão crescendo. Aquele equipamento todo de rastreio e gravação não incomodou o malandro do George nem um pouco, não é? Não, claro que não. Porque o malandro do George sabia que estaria lá. Não se passa quase dez anos escrevendo histórias de crime sem descobrir coisas assim. Esse foi um dos motivos para não ter incomodado. Mas o outro é melhor ainda, não é? Quando ele quis falar comigo, falar em particular, ele soube exatamente onde eu estaria e como fazer contato comigo, não foi?*

Sim. Stark ligou para casa quando queria ser ouvido e ligou para o Dave's Market quando não queria. Por que ele quis ser ouvido na primeira vez? Porque tinha uma mensagem a enviar para a polícia, que ele sabia que estaria ouvindo: ele não era George Stark e *sabia* que não era... e não ia mais matar, não ia atrás de Thad e da família dele. E havia outro motivo também. Ele queria que Thad visse os espectros de voz que ele sabia que fariam. Ele sabia que a polícia não acreditaria nas provas, por mais incontroversas que parecessem... mas Thad acreditaria.

Pergunta: Como ele sabia onde eu estava?

E essa era uma pergunta muito boa, não era? Essa andava junto com as outras, tipo: como dois homens diferentes podem ter as mesmas impressões digitais e espectros de voz? e como dois bebês podem ter exatamente o mesmo hematoma?... principalmente quando só um desses bebês em questão bateu a perna.

Só que ele sabia que mistérios similares eram bem documentados e aceitos, pelo menos em casos que envolviam gêmeos; o laço entre os idênticos era ainda mais sinistro. Saiu um artigo sobre isso em uma revista um ano antes, mais ou menos. Por causa dos gêmeos que tinha na vida, Thad leu o artigo com atenção.

Havia o caso de gêmeos idênticos que foram separados por um continente inteiro; mas, quando um quebrou a perna esquerda, o outro sentiu dores excruciantes na mesma perna sem nem saber que alguma coisa tinha acontecido com o irmão. Havia as meninas idênticas que desenvolveram uma linguagem própria só delas, que não era conhecida e compreendida por mais ninguém na face da Terra. Essas gêmeas nunca aprenderam inglês, apesar dos QIs altos idênticos. Que necessidade elas tinham de inglês? Elas tinham uma à outra... e isso era tudo que elas queriam. E o artigo dizia que havia os gêmeos que, depois de separados no nascimento, se reencontraram quando adultos e descobriram que tinham se casado no mesmo dia do mesmo ano, com mulheres de mesmo nome e surpreendentemente parecidas fisicamente. Além disso, os dois casais deram ao primeiro filho o nome Robert. Os dois Robert nasceram no mesmo mês do mesmo ano.

Metade e metade.

Zigue e zague.

Cara e coroa.

— Sinval e Pasqual pensam igual — murmurou Thad.

Esticou a mão e circulou a última coisa que tinha escrito.

Pergunta: Como ele sabia onde eu estava?

Embaixo, ele escreveu:

Resposta: Porque os pardais estão voando novamente. E porque somos gêmeos.

Ele virou a página do diário e colocou a caneta na mesa. Com o coração batendo forte, a pele gelada de medo, ele esticou a mão trêmula e pegou um Berol no pote. Pareceu arder com um calor desagradável na mão dele.

Era hora de trabalhar.

Thad Beaumont se debruçou na página em branco, parou e escreveu OS PARDAIS ESTÃO VOANDO NOVAMENTE com letras de fôrma grandes no alto.

2

O que exatamente ele pretendia fazer com o lápis?

Mas ele sabia. Tentaria responder à última pergunta, a que era tão óbvia que ele nem se deu ao trabalho de escrever: poderia induzir conscientemente o estado de transe? Poderia *fazer* os pardais voarem?

A ideia incorporava uma forma de contato físico sobre a qual ele tinha lido, mas nunca tinha visto aplicada: escrita automática. A pessoa tentando fazer contato com uma alma morta (ou viva) por esse método deixava uma caneta ou lápis frouxo na mão e a ponta em uma folha em branco e simplesmente esperava que o espírito agisse. Thad tinha lido que a escrita automática, que podia ser praticada com a ajuda de um tabuleiro Ouija, costumava ser abordada como uma espécie de piada, um jogo, até, e que podia ser extremamente perigoso; que podia até deixar a pessoa aberta a algum tipo de possessão.

Thad não acreditou nem desacreditou quando leu isso; parecia tão distante de sua vida quanto a adoração de ídolos pagãos ou a prática de trepanação para aliviar dores de cabeça. Agora a coisa toda parecia ter uma lógica mortal. Mas ele teria que convocar os pardais.

Thad pensou neles. Tentou conjurar a imagem de todos aqueles pássaros, todos aqueles *milhares* de pássaros, pousados em telhados e fios telefônicos sob um céu de primavera, esperando o sinal telepático para levantarem voo.

E a imagem veio... mas era chapada e irreal, uma espécie de pintura imaginária sem vida. Quando ele começava a escrever, muitas vezes era assim: um exercício seco e estéril. Não, era pior do que isso. Começar sempre parecia meio obsceno, como beijar de língua um cadáver.

Mas ele tinha aprendido que, se continuasse, se simplesmente empurrasse as palavras para a página, saía alguma coisa, uma coisa ao mesmo tempo maravilhosa e terrível. As palavras como unidades individuais começavam a desaparecer. Personagens artificiais e sem vida começavam a se articular, como se tivessem passado a noite guardados dentro de um armário e tivessem que alongar os músculos antes de partirem para uma dança complicada. Alguma coisa começava a acontecer no *cérebro* dele; ele quase sentia a forma das ondas elétricas lá dentro mudando, perdendo o rigor do passo de ganso, virando as ondas delta suaves do sono com sonhos.

Thad se encontrava diante do diário, o lápis na mão, e tentou fazer isso acontecer. Enquanto o tempo passava e nada acontecia, ele foi começando a se sentir mais bobo.

Uma fala do velho desenho *As aventuras de Rocky e Bullwinkle* grudou na cabeça dele e se recusou a se soltar: *Uni-duni-tê, os espíritos vão falar com você!* O que ele diria para Liz se ela aparecesse e perguntasse o que estava fazendo com um lápis na mão e uma folha em branco, poucos minutos antes da meia-noite? Que estava tentando desenhar o coelho na carteira de fósforos e ganhar uma bolsa para a Famosa Escola dos Artistas em New Haven? Ele nem *tinha* uma carteira de fósforos!

Ele foi guardar o lápis, mas parou. Tinha se virado um pouco na cadeira e estava olhando pela janela à esquerda da escrivaninha.

Tinha um pássaro ali, no parapeito da janela, olhando para ele com olhos pretos e brilhantes.

Era um pardal.

Enquanto ele olhava, outro pousou.

E outro.

— Ah, meu Deus — disse ele, com voz trêmula.

Nunca tinha se sentido tão apavorado na vida... e, de repente, a sensação de *ir* tomou conta dele de novo. Foi o que sentiu quando falou com Stark ao telefone, só que mais forte, bem mais forte.

Outro pardal pousou e empurrou os outros três para o lado, e atrás ele viu uma fila de pássaros pousados no telhado da garagem onde eles guardavam o equipamento de jardinagem e o carro de Liz. O cata-vento antigo que ficava nas telhas estava coberto de pardais e oscilava com o peso.

— Ah, meu Deus — repetiu ele, e ouviu a própria voz a um milhão de quilômetros de distância, uma voz cheia de horror e uma admiração terrível. — Ah, meu querido Deus, eles são reais. *Os pardais são reais.*

De todos os cenários que tinha imaginado, este nunca lhe ocorreu... mas não havia tempo para pensar, não havia mente *com a qual* pensar. De repente, o escritório sumiu, e no lugar dele estava a parte de Bergenfield chamada Ridgeway, onde ele tinha passado a infância. Estava tão silenciosa e deserta quanto a casa do pesadelo com Stark; ele se viu espiando um subúrbio silencioso em um mundo morto.

Mas não totalmente morto, porque o telhado de todas as casas estava coberto de pardais piando. Todas as antenas de televisão estavam cobertas. Todas as árvores estavam cobertas. Eles se enfileiravam em todos os fios telefônicos. Estavam pousados em carros estacionados, em cima da caixa de correspondência azul que ficava na esquina da rua Duke e da travessa Marlborough, e no bicicletário na frente da loja de conveniência da rua Duke, aonde ele ia comprar leite e pão para a mãe quando era criança.

O mundo estava cheio de pardais, esperando a ordem para voar.

Thad Beaumont pendeu para trás na cadeira do escritório, com uma espuma leve caindo pelos cantos da boca, os pés tremendo aleatoriamente, e então todas as janelas do escritório estavam cheias de pardais, olhando para ele como estranhos espectadores aviários. Um som longo e gorgolejado escapou de sua boca. Os olhos se reviraram, exibindo a parte branca, saltada e brilhante.

O lápis tocou na folha e começou a escrever.

SIS

o lápis escreveu na linha de cima. Desceu duas linhas, fez a marca de recuo em forma de L que era característica de cada novo parágrafo de Stark e escreveu:

L A mulher começou a se afastar da porta. Ela fez isso quase imediatamente, mesmo antes da porta ter parado o movimento curto para dentro, mas foi tarde demais. Minha mão disparou pela abertura de cinco centímetros entre a porta e o batente e se fechou na mão dela.

Os pardais levantaram voo.

Todos bateram asas ao mesmo tempo, os da sua cabeça, na Bergenfield de muito tempo antes, e os do lado de fora da sua casa de Ludlow... os de *verdade*. Eles voaram em dois céus: um céu branco de primavera no ano de 1960 e um céu escuro de verão no ano de 1988.

Eles voaram e sumiram em uma agitação enorme de asas.

Thad se sentou ereto... mas a mão ainda estava grudada no lápis, sendo puxada.

O lápis estava escrevendo sozinho.

Eu consegui, pensou ele, atordoado, limpando cuspe e espuma da boca e do queixo com a mão esquerda. *Eu consegui... mas queria tanto nem ter tentado. O que É isso?*

Ele olhou para as palavras que saíam pelo punho, o coração batendo tão forte que ele sentia a pulsação acelerada na garganta. As frases jorrando nas linhas azuis com sua própria caligrafia... mas *todos* os livros de Stark tinham sido escritos com sua caligrafia. *Com as mesmas digitais, o mesmo gosto pra cigarros e as mesmas características vocais, seria muito estranho se a caligrafia fosse de outra pessoa,* pensou ele.

Sua caligrafia, como em todas as outras vezes, mas de onde as *palavras* vinham? Não da cabeça dele, isso era certo; não havia nada lá além de terror misturado com uma confusão alta e barulhenta. E não havia mais sensação na mão. O braço direito parecia terminar uns oito centímetros acima do pulso. Não havia nem uma sensação remota de pressão nos dedos, embora ele visse que estava segurando o Berol com tanta força que o polegar e os dois primeiros dedos ficaram com a ponta branca. Era como se ele tivesse recebido uma injeção de novocaína.

Chegou ao final da primeira página. A mão sem tato a virou, a palma da mão sem tato subiu pelo centro do diário, esticando o papel, e começou a escrever de novo.

L Miriam Cowley abriu a boca para gritar. Eu estava parado logo além da porta, depois de ter esperado pacientemente por mais de quatro horas, sem tomar café, sem fumar cigarros (eu queria um, e fumaria um assim que tudo acabasse, mas, antes, o cheiro poderia tê-la alertado). Lembrei a mim mesmo que tinha que fechar os olhos dela depois que cortasse a garganta.

Thad percebeu cada vez mais horrorizado que ele estava lendo um relato do assassinato de Miriam Cowley... e, dessa vez, não era uma série de palavras desconexas e confusas, mas a narração coerente e brutal de um homem que era, de seu jeito horrendo, um escritor extremamente eficiente; tão eficiente que vendeu milhões de livros.

A estreia de George Stark na não ficção, ele pensou com repulsa.

Ele fez exatamente o que tinha decidido tentar fazer: contato; conseguiu entrar na mente de Stark, assim como Stark devia ter entrado na mente de Thad. Mas quem adivinharia as forças monstruosas e desconhecidas que ele afetaria ao fazer isso? Quem *poderia* adivinhar? Os pardais (e a constatação de que os pardais eram *reais*) tinham sido uma coisa ruim, mas aquilo era pior. Ele tinha achado que o lápis e o caderno estavam quentes ao toque? Nenhuma surpresa. A mente daquele homem era uma maldita fornalha.

E agora... Jesus! Aqui estava! Saindo do próprio punho! Jesus Cristo!

└ *"Você está pensando que poderia acertar minha cabeça com essa coisa, não é, mana?", eu perguntei a ela. "Vou dizer uma coisa: esse pensamento não é feliz. E você sabe o que acontece com as pessoas que perdem seus pensamentos felizes, não sabe?"*

└ *As lágrimas estavam escorrendo pelas bochechas dela agora.*

Qual é o problema, George? Está perdendo seus pensamentos felizes?

Não era *surpresa* que o filho da puta de coração sombrio tivesse parado por um momento quando ele disse isso. Se foi assim mesmo, Stark tinha usado a mesma expressão antes de matar Miriam.

Eu ESTAVA conectado à mente dele durante o assassinato. ESTAVA. Foi por isso que usei essa expressão durante a conversa que tivemos no Dave's.

Então, Stark obrigara Miriam a ligar para Thad, pegando o número no caderno de telefones dela, que estava apavorada demais para lembrar, embora semanas antes ela tivesse telefonado para ele várias vezes. Thad achou esse esquecimento e a compreensão de Stark ao mesmo tempo horríveis e persuasivos. Stark usava a navalha para...

Mas ele não queria e não iria ler isso. Puxou o braço, erguendo a mão dormente como se fosse um peso de chumbo. Assim que o contato do lápis com o caderno foi rompido, o tato voltou à mão. Os músculos estavam doloridos e a lateral do segundo dedo latejava; o lápis deixou uma marca que estava ficando vermelha.

Ele olhou para o papel rabiscado, cheio de horror e com uma espécie meio idiota de surpresa. A última coisa que ele queria era encostar o lápis no papel de novo, completar aquele circuito obsceno entre Stark e ele mesmo... mas não tinha investido naquilo só para ler o relato em primeira pessoa do assassinato de sra. Cowley, não foi?

E se os pássaros voltarem?

Mas não voltariam. Os pássaros já tinham cumprido seu papel. O circuito que ele conseguiu obter ainda estava inteiro e funcionando. Thad não tinha ideia de como sabia disso, mas *sabia*.

Cadê você, George?, pensou ele. *Como é que eu não estou te sentindo? É porque você está tão alheio à minha presença quanto eu à sua? Ou é outra coisa? Onde você ESTÁ, porra?*

Ele sustentou o pensamento na mente, tentando visualizá-lo como uma placa vermelha de néon. Em seguida, pegou o lápis novamente e começou a aproximá-lo do diário.

Assim que a ponta do lápis tocou no papel, sua mão subiu e virou uma página em branco. A palma ajeitou a folha virada como antes. Em seguida, o lápis voltou ao papel e escreveu:

↳ "Não importa", disse Machine para Jack Rangely. "Todos os lugares são iguais." Ele fez uma pausa. "Exceto talvez o nosso lar. E vou saber quando chegar lá."

Todos os lugares são iguais. Ele reconheceu essa frase primeiro, depois toda a citação. Era do primeiro capítulo do primeiro livro de Stark, *O jeito de Machine*.

O lápis parou por vontade própria dessa vez. Ele o levantou e olhou para as palavras rabiscadas, frias e sinistras. *Exceto talvez o nosso lar. E vou saber quando chegar lá.*

Em *O jeito de Machine*, o lar ficava na avenida Flatbush, onde Alexis Machine tinha passado a infância, varrendo o chão do bar de sinuca do pai alcoólatra. Onde era o lar *nessa* história?

Onde fica o lar?, pensou ele, olhando para o lápis, e o levou lentamente até o papel.

O lápis traçou vários m's meio corridos. Parou e se moveu de novo.

escreveu o lápis embaixo dos pássaros.

Um trocadilho. Significava alguma coisa? O contato ainda estava mesmo lá ou ele estava enganando a si mesmo? Não tinha enganado a si mesmo sobre os pássaros e nem durante aquela série de palavras escritas freneticamente, sabia disso, mas a sensação de calor e compulsão parecia ter diminuído. Sua mão ainda estava dormente, mas a força com que apertava o lápis (e era muita mesmo, a julgar pela marca na lateral do dedo) podia estar relacionada à dormência. No mesmo artigo sobre escrita automática ele também não tinha lido que as pessoas muitas vezes enganavam a si mesmas com o tabuleiro Ouija, que, na maioria dos casos, a mão era guiada não pelos espíritos, mas pelos pensamentos subconscientes e desejos de quem a manipulava?

Lar é onde o começo está. Se aquilo ainda fosse Stark, e se o trocadilho tivesse significado, a frase se referia àquela casa, não era? Porque foi ali que George Stark nasceu.

De repente, parte da porcaria do artigo da revista *People* voltou à mente dele.

"Coloquei uma folha de papel na máquina de escrever... e tirei logo em seguida. Sempre datilografei meus livros, mas George Stark aparentemente não se dava muito bem com máquinas de escrever. Talvez porque ele não tenha tido aula de datilografia em nenhum xadrez por onde passou."

Que bonitinho. Muito bonitinho. Mas era apenas um parente distante dos fatos, não? Não foi a primeira vez que Thad contou uma história que só tinha relação tênue com a verdade, e ele achava que não seria a última... supondo que sobrevivesse a tudo aquilo, claro. Não era exatamente mentir; não era nem enfeitar a verdade. Era a arte quase inconsciente de transformar a própria vida em ficção, e Thad não conhecia um único escritor de livros ou contos que não fizesse aquilo. Não era para parecer melhor em uma determinada situação; às vezes acontecia, mas havia a mesma probabilidade de contar uma história em que seu papel era ruim ou comicamente idiota. Qual era o filme em que alguém de um jornal disse: "Quando tiver escolha entre verdade e lenda, publique a lenda"? *O homem que matou o facínora*, talvez. Podia até ser jornalismo de merda ou imoral, mas era um tipo maravilhoso de ficção. Se o faz de conta transbordasse para a vida da pessoa, era um efeito colateral quase inevitável de contar histórias, como ter calos nos dedos de tanto tocar guitarra ou desenvolver uma tosse depois de anos fumando.

O nascimento de Stark foi bem diferente do que foi contado na *People*. Não houve decisão mística de escrever os livros de Stark à mão, embora o tempo tenha transformado em uma espécie de ritual. E, quando se tratava de ritual, os escritores eram tão supersticiosos quanto atletas profissionais. Jogadores de beisebol podiam usar as mesmas meias dia após dia ou fazer o sinal da cruz antes de ir para a posição de rebatedor quando estavam rebatendo bem; os escritores, quando bem-sucedidos, tinham a tendência de seguir os mesmos padrões até que se tornassem um ritual, na tentativa de afastar o equivalente literário de uma incapacidade de rebater... que era conhecido como bloqueio criativo.

O hábito de George Stark de escrever os livros à mão começou só porque Thad tinha se esquecido de levar fita nova para a Underwood quando foi para a casa de veraneio de Castle Rock. Ele não tinha fita para a máquina de escrever, mas a ideia era quente e promissora demais para esperar, então ele remexeu nas gavetas da escrivaninha que tinha lá até encontrar um caderno e uns lápis e...

Naquela época, a gente ia para a casa do lago bem mais tarde no verão porque eu dava aula naquele curso de três semanas... como era o nome? Modos criativos. Que coisa idiota. Fomos no final de junho naquele ano, e me lembro de ter ido até o escritório e descoberto que não tinha fita. Porra, eu me lembro de Liz reclamando que não tinha nem café...

Lar é onde o começo está.

Quando falou com Mike Donaldson, o cara da *People*, quando contou a história semifictícia da gênese de George Stark, ele mudou o local para a casa grande de Ludlow sem nem pensar... e achava que fez isso porque Ludlow era onde ele escrevia mais e era perfeitamente normal montar a cena lá, principalmente se ele *estava* montando uma cena, *pensando* em uma cena, como se fazia ao criar ficção. Mas não foi ali que George Stark fez sua estreia; não foi ali que ele usou os olhos de Thad para olhar para o mundo pela primeira vez, apesar de ter sido ali que fez a maior parte do trabalho tanto como Stark quanto como ele mesmo, apesar de ter sido ali que eles passaram a maior parte da estranha vida dupla.

Lar é onde o começo está.

Nesse caso, o lar devia ser Castle Rock. Que por acaso era onde ficava o cemitério Homeland. Que por acaso era, na mente de Thad, ainda que não na de Alan Pangborn, onde George Stark tinha aparecido pela primeira vez em sua encarnação física assassina, cerca de duas semanas antes.

Em seguida, como se fosse a progressão mais natural do mundo (e, até onde ele sabia, podia ser mesmo), outra pergunta lhe ocorreu, tão básica e tão espontânea que ele se ouviu murmurando em voz alta, como um fã tímido em um encontro com o autor:

— Por que você quer voltar a escrever?

Ele baixou a mão até a ponta do lápis tocar no papel. A dormência surgiu na mesma hora, dando a sensação de que a mão estava imersa em um fluxo de água muito fria e muito limpa.

Mais uma vez, o primeiro ato da mão foi se erguer de novo e virar a página do diário. Desceu, ajeitou a folha... mas, dessa vez, a escrita não começou imediatamente. Thad teve tempo de pensar que o contato, fosse qual fosse, tinha sido rompido apesar da dormência, e logo em seguida o lápis vibrou na mão dele como se fosse uma coisa viva... viva, mas muito ferida. Tremeu, fez uma marca parecida com uma espécie de vírgula sonolenta, vibrou de novo, fez um travessão, escreveu

George   Stark   George   Stark   George
George Stark   Não tem pássaro nenhum

e parou como uma máquina cansada.

Sim. Você sabe escrever seu nome. E consegue negar a existência dos pássaros. Muito bem. Mas por que quer voltar a escrever? Por que é tão importante? Importante a ponto de matar pessoas?

⌐ Se eu não escrever vou morrer

escreveu o lápis.

— O que quer dizer? — murmurou Thad, mas sentiu uma esperança louca explodir na cabeça.

Era possível que fosse tão simples? Ele achava que *podia* ser, principalmente para um escritor que nem existia, para começo de conversa. Meu

Deus, havia tantos escritores de *verdade* que só conseguiam existir se estivessem escrevendo, ou achavam isso... e, no caso de homens como Ernest Hemingway, acabava dando no mesmo, não era?

O lápis vibrou e rabiscou uma linha comprida e torta abaixo da mensagem anterior. Parecia muito o espectro de voz.

— Ah, *não* — sussurrou Thad. — O que você quer dizer?

↳ *Desmoronando* TODO

escreveu o lápis. As letras estavam forçadas, relutantes. O lápis vibrou e balançou entre os dedos brancos como cera. *Se eu fizer mais pressão, vai quebrar*, Thad pensou.

perdendo

perdendo a COESÃO *necessária*

↳ *não tem pássaro nenhum* NÃO TEM PÁSSARO NENHUM PORRA

ah seu fülho de uma puta

sai da minha cabeça!

De repente, seu braço voou para cima. Ao mesmo tempo, a mão dormente girou o lápis com a agilidade de um mágico manipulando uma carta de baralho, e, em vez de posicionar os dedos perto da ponta, ele estava segurando o lápis com a mão fechada, como uma adaga.

Ele golpeou, *Stark* golpeou, e de repente o lápis estava enfiado na pele entre o polegar e o indicador da mão esquerda. A ponta de grafite, ligeiramente arredondada pelo tanto que Stark tinha escrito, atravessou quase completamente. O lápis quebrou. Uma poça de sangue surgiu na abertura que o lápis fez na pele, e de repente a força que tinha tomado conta dele sumiu. Uma dor vermelha subiu pela mão, que ficou apoiada na mesa com o lápis fincado.

Thad virou a cabeça para trás e trincou os dentes para não soltar o grito de dor que lutava para subir pela garganta.

3

Havia um banheiro pequeno ao lado do escritório, e, quando Thad sentiu que conseguiria andar, foi com a mão latejando monstruosamente até lá e examinou o ferimento sob o brilho forte da luz fluorescente. Parecia um ferimento de bala, um buraco perfeitamente redondo com uma mancha preta em volta. A mancha parecia pólvora, não grafite. Ele virou a mão de lado e viu um ponto vermelho do tamanho de um furo de agulha do lado da palma. A ponta do lápis.

Por pouco não atravessou minha mão inteira, pensou ele.

Ele botou o ferimento na água corrente fria até a mão ficar dormente e pegou um frasco de água oxigenada no armário. Percebeu que não conseguia segurar o frasco com a mão esquerda, então apertou-o contra o corpo com o braço esquerdo para tirar a tampa. Em seguida, jogou o líquido desinfetante no buraco na mão e ficou olhando o líquido embranquecer e soltar espuma, dentes trincados de dor.

Ele botou a água oxigenada no lugar e pegou os poucos frascos de remédio do armário um a um para ler os rótulos. Tinha sofrido espasmos terríveis nas costas depois de uma queda quando estava esquiando, dois anos antes, e o bom dr. Hume lhe deu receita para Percodan. Só tinha tomado alguns na época; os comprimidos afetaram seu ciclo de sono e atrapalharam na escrita.

Depois de um tempo procurando, encontrou o frasco de plástico escondido atrás de uma lata de creme de barbear Barbasol que devia ter uns mil anos de idade. Abriu o frasco com os dentes e botou um comprimido na lateral da pia. Pensou em pegar outro, mas desistiu. O remédio era forte.

E pode ser que esteja estragado. Pode ser que você termine essa noite louca de diversão indo parar no hospital por causa de uma bela convulsão... que tal?

Mas ele decidiu correr o risco. Não havia nem dúvida: a dor estava imensa, absurda. Quanto ao hospital... ele olhou para o ferimento na mão de novo e pensou: *Acho que eu deveria ir para darem uma olhada nisso, mas não vou de jeito nenhum. Não aguento mais gente me olhando como se eu fosse louco nessas últimas semanas. Já valeu pela vida inteira.*

Ele pegou mais quatro Percodans, enfiou todos no bolso da calça e botou o frasco na prateleira do armário. Em seguida, colocou um band-aid, daqueles redondinhos; serviu perfeitamente. *Olhando para esse círculo de plástico*, pensou ele, *não dá pra imaginar como essa porcaria dói. Ele montou uma armadilha pra mim. Uma armadilha na mente, e eu caí direitinho.*

Foi mesmo isso que aconteceu? Thad não sabia, não tinha certeza, mas sabia de uma coisa: não queria repetir a dose.

4

Quando estava sob controle de novo, ou perto disso, Thad guardou o diário na gaveta da escrivaninha, apagou as luzes do escritório e desceu para o segundo andar. Parou no patamar e prestou atenção. Os gêmeos estavam em silêncio. Liz também.

O Percodan, ao que tudo indicava não tão velho assim, começou a agir, e a dor na mão começou a diminuir um pouco. Se ele a flexionasse, sem querer, o latejar leve ficava insuportável, mas, se tomasse cuidado, não ficava tão ruim.

Ah, mas vai estar doendo de manhã, amigão... e o que você vai dizer pra Liz?

Ele não sabia ao certo. Provavelmente a verdade... ou parte, pelo menos. Pelo visto, ela havia desenvolvido uma capacidade muito apurada de perceber as mentiras dele.

A dor estava menor, mas os efeitos do choque repentino, de *todos*, ainda não tinham passado, e ele achava que ainda demoraria um pouco para conseguir dormir. Foi até o térreo, puxou a cortina da enorme janela da sala e espiou a viatura da polícia estadual estacionada na porta. Viu lá dentro o brilho de dois cigarros.

Eles estão no carro com a maior tranquilidade do mundo, pensou ele. *Não parecem ter sido incomodados pelos pássaros, então talvez NÃO TENHA HAVIDO nenhum pássaro, a não ser na minha cabeça. Afinal, esse pessoal é pago pra se incomodar.*

Era uma ideia tentadora, mas o escritório ficava do outro lado da casa. Da entrada de carros não dava para ver as janelas daquela parte. Nem a garagem. Logo os policiais não teriam visto mesmo. Pelo menos não quando eles começaram a se empoleirar.

Mas e quando levantaram voo? Vai me dizer que eles não ouviram? Você viu pelo menos uns cem, Thad, ou até duzentos ou trezentos.

Thad saiu de casa. Mal tinha aberto a porta de tela da cozinha, e os dois policiais já estavam fora do carro, um de cada lado. Eram homens grandes que se moviam com a velocidade silenciosa de uma jaguatirica.

— Ele ligou de novo, sr. Beaumont? — perguntou o que saiu pelo lado do motorista. O nome dele era Stevens.

— Não, nada do tipo. Eu estava escrevendo no meu escritório e acho que ouvi uns pássaros voando. Fiquei meio assustado. Vocês ouviram?

Thad não sabia o nome do policial que tinha saído pelo lado do passageiro. Ele era jovem e louro, com um daqueles rostos redondos e puros que irradiam bondade.

— Nós ouvimos e vimos — disse ele. Apontou para o céu, onde estava a lua, crescente com um pouco mais de um quarto do tamanho. — Eles passaram pela frente da lua. Pardais. Um bando enorme. Eles quase nunca voam à noite.

— De onde vocês acham que eles vieram? — perguntou Thad.

— Bom, devo dizer que não sei — disse o policial com o rosto redondo. — Não passei na aula de observação de pássaros.

Ele riu. O outro policial, não.

— Está meio tenso hoje, sr. Beaumont? — perguntou ele.

Thad olhou para ele, cara a cara.

— Estou. Estou meio tenso *todas* as noites ultimamente.

— Podemos fazer alguma coisa para ajudar, senhor?

— Não. Acho que não. Só fiquei curioso quanto ao que ouvi. Boa noite, rapazes.

— Boa noite — respondeu o policial de rosto redondo.

Stevens só assentiu. Seus olhos estavam brilhantes e sem expressão abaixo da aba larga do chapéu.

Ele acha que sou culpado, pensou Thad, voltando pelo caminho. *De quê? Ele não sabe. Não deve nem ligar. Mas tem cara de quem acredita que todo mundo é culpado de alguma coisa. Quem sabe? Talvez até esteja certo.*

Ele fechou e trancou a porta da cozinha. Voltou para a sala e olhou para fora de novo. O policial com o rosto redondo tinha voltado para o carro, mas Stevens ainda estava parado do lado de fora, e por um momento Thad teve a impressão de que Stevens olhava dentro dos olhos dele. Claro que não era possível; com as cortinas finas fechadas, Stevens veria no máximo a silhueta... e olhe lá.

Mesmo assim, a impressão ficou marcada.

Thad fechou a cortina mais grossa por cima da fina e foi até o armário de bebidas. Abriu a porta e pegou uma garrafa de Glenlivet, que sempre foi sua favorita. Olhou por um longo momento e guardou a garrafa de volta. Queria muito, mas aquele seria o pior momento da história para começar a beber de novo.

Foi até a cozinha e encheu um copo de leite, tomando o cuidado para não dobrar a mão esquerda. O ferimento passava uma sensação áspera e quente.

Ele veio, mas vago, pensou ele enquanto tomava o leite. *Não durou muito; ele ficou alerta tão rápido que foi assustador. Mas estava atordoado. Acho que estava dormindo. Talvez estivesse sonhando com Miriam, mas acho que não. O que canalizei foi coerente demais para ser um sonho. Acho que foi uma lembrança. Acho que foi a Galeria de Registros do subconsciente de George Stark, onde tudo está devidamente anotado e arquivado. Imagino que, se ele canalizasse meu subconsciente, e até onde sei talvez já tenha feito isso, encontraria o mesmo tipo de coisa.*

Ele tomou o leite e olhou para a porta da despensa.

Será que eu conseguiria invadir sua mente acordada... os pensamentos conscientes?

Ele achava que a resposta era sim... mas também achava que o deixaria vulnerável de novo. E, da próxima vez, podia não ser um lápis na mão. Da próxima vez, podia ser um abridor de cartas no pescoço.

Ele não pode fazer isso. Precisa de mim.

É, mas ele é maluco. Pessoas malucas não estão sempre alinhadas com o que é melhor pra si.

Ele olhou para a porta da despensa e pensou em como podia entrar lá... e sair novamente, do outro lado da casa.

Eu poderia obrigá-lo a fazer alguma coisa? Do jeito que ele me obrigou?

Ele não sabia responder. Pelo menos, ainda não. E um experimento fracassado poderia matá-lo.

Thad terminou o leite, passou água no copo e o colocou de volta no escorredor. Em seguida, foi até a despensa. Ali, entre prateleiras de enlatados à direita e prateleiras de produtos de papel à esquerda, havia uma portinha que levava ao gramado amplo que eles chamavam de quintal. Ele destrancou a porta, abriu as duas abas e viu a mesa de piquenique e a churrasqueira lá fora, sentinelas silenciosas. Saiu para o caminho de asfalto que contornava aquele lado da casa até o caminho principal na frente.

O caminho cintilava como vidro preto na luz fraca da meia-lua. Ele via manchas brancas no chão em intervalos irregulares.

Merda de pardal, para ser bem direto, pensou ele.

Thad andou lentamente pelo caminho de asfalto até estar embaixo das janelas do escritório. Um caminhão Orinco apareceu no horizonte vindo em direção à casa pela rodovia 15, lançando momentaneamente uma luz forte no gramado e no caminho de asfalto. Nessa luz breve, Thad viu os cadáveres de dois pardais no caminho; montinhos de penas com pés trifurcados. O caminhão foi embora. No luar, os corpos dos pássaros mortos voltaram a ser apenas manchas irregulares de sombra, nada mais do que isso.

Eles eram reais, ele pensou de novo. *Os pardais eram reais.* Aquele horror cego e revoltado voltou, fazendo-o se sentir meio sujo. Ele tentou fechar as mãos, e a esquerda respondeu com um berro ferido. O pouco alívio que ele teve com o Percodan já estava passando.

Eles estiveram aqui. Eram reais. Como é possível?

Ele não sabia.

Eu os chamei ou os criei do nada?

Ele também não sabia. Mas tinha certeza de uma coisa: os pardais que apareceram naquela noite, os pardais verdadeiros que tinham aparecido antes dele ser engolido pelo transe, eram só uma fração de todos os pardais *possíveis*. Talvez só uma fração microscópica.

Nunca mais, pensou ele. *Por favor, nunca mais.*

Mas ele desconfiava de que sua vontade não importava. Esse era o verdadeiro horror; ele tinha tocado em uma espécie de talento paranormal terrível em si mesmo, mas não era capaz de controlá-lo. A própria ideia de controle nessa questão era uma piada.

E ele acreditava que, antes de tudo acabar, eles voltariam.

Thad sentiu um calafrio e voltou para dentro de casa. Entrou na própria despensa feito um ladrão, trancou a porta e foi com a mão latejante para a cama. Antes de ir, engoliu outro Percodan e bebeu água da torneira da cozinha.

Liz não acordou quando ele se deitou ao lado dela. Um tempo depois, ele escapou para três horas de sono picotado e agitado no qual os pesadelos voaram e o envolveram, sempre fora de alcance.

DEZENOVE
STARK FAZ UMA COMPRA

1

Acordar não era como acordar.

Pensando bem, ele achava que *nunca* tinha estado acordado ou dormindo, pelo menos da forma como as pessoas normais usavam essas palavras. De certa maneira, era como se ele sempre estivesse dormindo e só fosse de um sonho a outro. Dessa forma, a vida dele, o pouco que se lembrava dela, era como um ninho de caixas chinesas que não terminavam, ou como espiar um corredor infinito de espelhos.

Esse sonho era um pesadelo.

Ele saiu lentamente do sono sabendo que não tinha dormido nada. De alguma forma, Thad Beaumont tinha conseguido capturá-lo por um curto espaço de tempo; conseguiu obrigá-lo a fazer sua vontade. Ele dissera coisas, *revelara coisas*, enquanto Beaumont estava no controle? Tinha a sensação de que talvez sim... mas também tinha quase certeza de que Beaumont não saberia interpretar essas coisas, nem separar as informações importantes das que não importavam.

Ele também saiu do sono sentindo dor.

Tinha alugado um conjugado no East Village, perto da avenida B. Quando abriu os olhos, estava sentado à mesa torta da cozinha com um caderno aberto à sua frente. Um filete de sangue escorria pela toalha de plástico da mesa, e não havia nada de muito surpreendente nisso, porque havia uma caneta Bic cravada na mão dele.

O sonho começou a voltar.

Foi *assim* que ele conseguiu tirar Beaumont da cabeça, o único jeito que teve para quebrar o laço que aquele merda covarde tinha implantado entre os dois. Covarde? Sim. Mas também *furtivo*, e seria má ideia esquecer isso. Muito má ideia.

Stark se lembrava vagamente de ter sonhado que Thad estava com ele, na cama; eles estavam conversando, sussurrando, e no começo isso pareceu agradável e estranhamente reconfortante, como conversar com o irmão depois de apagar as luzes.

Só que eles estavam fazendo mais do que *conversar*, não foi?

O que eles estavam fazendo era *trocando segredos*... ou melhor, Thad estava fazendo perguntas e Stark se viu respondendo. Foi *agradável* responder, foi *reconfortante* responder. Mas também foi um motivo de tensão. No começo, a tensão ficou centrada nos pássaros; por que Thad ficava perguntando sobre *pássaros*? *Não tem* pássaro nenhum. Uma vez, talvez... muito tempo antes... não mais. Era só um jogo mental, um esforço medíocre de botar medo nele. Mas aos poucos a tensão foi acompanhada do instinto de sobrevivência quase bizarramente apurado que ele tinha; foi ficando mais intenso e mais específico conforme lutava para ficar acordado. Parecia que ele estava preso embaixo da água, afogado...

Assim, ainda naquele estado meio acordado e meio dormindo, ele foi até a cozinha, abriu o caderno e pegou a caneta esferográfica. Thad não o mandou fazer nada daquilo; por que mandaria? Ele também não estava escrevendo a oitocentos quilômetros de distância? A caneta não era o instrumento certo, claro, parecia deslocada em sua mão, mas serviria. Naquele momento.

Desmoronando TODO, ele se viu escrever, e naquele momento estava bem perto do espelho mágico que separava o sono do despertar, e se esforçou para impor seus próprios pensamentos à caneta, sua vontade sobre o que apareceria ou não na brancura do papel, mas era difícil, meu deus, meu Cristo, era tão *difícil*.

Ele tinha comprado a caneta Bic e seis cadernos na papelaria logo depois que chegou a Nova York; antes mesmo de alugar o conjugado horroroso. Havia lápis Berol na loja e era *isso* que ele queria comprar, mas não comprou. Porque, não importava a mente que tinha movido os lápis, era a mão de Thad Beaumont que os segurava, e ele precisava saber se aquele era um laço que podia romper. Então, ele deixou os lápis e levou a caneta.

Se pudesse escrever, se conseguisse escrever *sozinho*, tudo ficaria bem e ele não precisaria da criatura horrenda e chorona do Maine. Mas a caneta se revelara inútil para ele. Por mais que tentasse, por mais que se concentrasse, a única coisa que tinha conseguido escrever foi o próprio nome. Ele o escrevera sem parar: George Stark, George Stark, George Stark, até que, no pé da página, o nome não formava mais palavras reconhecíveis, mas só os rabiscos de uma criança da pré-escola.

No dia anterior, ele tinha ido a uma filial da Biblioteca Pública de Nova York e alugado uma hora em uma máquina de escrever elétrica cinza IBM na Sala de Escrita. A hora parecera durar mil anos. Ele ficou sentado em um cubículo fechado por três divisórias, os dedos tremendo nas teclas, e digitou o próprio nome, dessa vez em letras de fôrma: GEORGE STARK, GEORGE STARK, GEORGE STARK.

Sai disso!, ele gritou consigo mesmo. *Digita outra coisa, qualquer coisa, mas sai disso!*

E ele tentou. Debruçou-se nas teclas, suando, e digitou: *A veloz raposa castanha pulou no cachorro preguiçoso.*

Só que, quando olhou para o papel, ele viu que o que tinha escrito foi: *O George Stark george george starkeou por cima do starky stark.*

Sentiu vontade de arrancar a IBM da mesa e sair destruindo o aposento com ela, batendo com a máquina de escrever como uma clava de bárbaro, partindo cabeças e colunas; se não podia criar, que destruísse!

Mas ele se controlou (com um esforço enorme) e saiu da biblioteca, amassando a folha de papel inútil na mão forte e jogando-a em uma cesta de lixo na calçada. Agora se lembrava, com a caneta Bic na mão, da pura fúria cega que sentiu ao descobrir que sem Beaumont ele não conseguia escrever nada além do próprio nome.

E o medo.

O pânico.

Mas ele ainda *tinha* Beaumont, não tinha? Beaumont podia achar que tinha acabado, mas talvez... talvez Beaumont estivesse perto de ter uma surpresa grande pra caralho.

perdendo, ele escreveu, e, Jesus, ele não podia dizer *mais nada* para Beaumont; o que tinha escrito já era bem ruim. Ele fez um esforço enorme para tomar o controle da mão traidora. Para *acordar*.

COESÃO necessária, sua mão escreveu, como se para ampliar o pensamento anterior, e de repente Stark se viu perfurando Beaumont com a caneta. Ele pensou: *E eu posso fazer isso. Acho que você não, Thad, porque, no fim das contas, você é só café com leite, não é? Mas quando chegamos no pomo da discórdia... eu aguento, seu filho da mãe. Está na hora de colocar isso na cabeça, na minha opinião.*

Em seguida, apesar de parecer um sonho dentro de um sonho, apesar de ele estar tomado daquele sentimento horrível e vertiginoso de estar fora de controle, parte da autoconfiança selvagem e incondicional voltou, e ele conseguiu perfurar o escudo do sono. Naquele momento triunfante de rompimento da superfície, antes que Beaumont pudesse afogá-lo, ele assumiu o controle da caneta... e finalmente conseguiu *escrever* com ela.

Por um momento, e só um momento, houve uma sensação de *duas* mãos segurando dois instrumentos de escrita. A sensação foi clara demais, real demais, para *não* ser real.

não tem pássaro nenhum, ele escreveu; foi a primeira frase de verdade que ele escreveu como ser físico. Era muito difícil escrever; só uma criatura de determinação sobrenatural poderia ter aguentado o esforço. Mas, quando as palavras tinham sido colocadas para fora, ele sentiu seu controle se fortalecer. Aquela outra mão afrouxou, e Stark apertou a própria mão por cima, sem demonstrar misericórdia nem hesitação.

Se afogue um pouco, pensou ele. *Veja como é pra VOCÊ.*

Em uma onda mais rápida e bem mais satisfatória do que o mais poderoso dos orgasmos, ele escreveu: *NÃO TEM PÁSSARO NENHUM PORRA Ah seu filho de uma puta sai da minha CABEÇA!*

Antes que pudesse pensar, pois pensar poderia ter provocado uma hesitação fatal, ele pegou a Bic em um arco curto e raso. A ponta de ferro afundou na mão direita... e, centenas de quilômetros ao norte, ele sentiu Thad Beaumont pegando um lápis Berol Black Beauty e enfiando na *própria* mão esquerda.

Foi nessa hora que ele acordou, que *os dois* acordaram de verdade.

2

A dor estava ardente e enorme, mas também libertadora. Stark gritou, virou a cabeça suada para o braço para abafar o som, mas foi um grito de alegria e euforia junto com a dor.

Ele sentiu Beaumont sufocando um grito no escritório no Maine. A percepção que Beaumont tinha criado entre os dois não se rompeu; parecia mais um nó amarrado com pressa que cedeu sob a pressão de um último puxão. Stark sentiu, quase *viu*, a sonda que o filho da mãe traidor tinha enfiado em sua cabeça enquanto ele dormia agora se retorcendo e se afastando.

Stark tentou alcançar, não fisicamente, mas com a mente, e agarrou a cauda oscilante da sonda mental de Thad. Na mente de Stark, parecia uma larva branca e gorda delirantemente abarrotada de dejetos e podridão.

Ele pensou em fazer Thad pegar outro lápis no pote de vidro e usá-lo para se perfurar novamente, dessa vez no olho. Ou talvez fizesse com que ele enfiasse a ponta do lápis bem fundo no ouvido, perfurando o tímpano e alcançando a maciez do cérebro. Quase conseguia ouvir Thad gritando. *Esse* grito ele não conseguiria abafar.

Mas, então, parou. Ele não queria Beaumont morto.

Pelo menos, ainda não.

Não enquanto Beaumont não o ensinasse a viver por conta própria.

Stark relaxou o pulso lentamente e, ao fazer isso, sentiu o punho no qual segurou a essência de Beaumont (o punho mental, que tinha se mostrado tão veloz e implacável quanto o físico) se abrir também. Sentiu Beaumont, a larva branca e gorda, se afastar, gritando e gemendo.

— Só por enquanto — sussurrou ele, e se virou para a outra tarefa necessária.

Fechou a mão esquerda na caneta enfiada na direita. Puxou-a suavemente. Em seguida, jogou-a no lixo.

3

Havia uma garrafa de Glenlivet no escorredor de aço inoxidável ao lado da pia. Stark a pegou e entrou no banheiro. A mão direita pendia ao lado do corpo conforme ele andava, respingando gotas de sangue do tamanho de moedas no linóleo torto e desbotado. O buraco na mão ficava um centímetro acima dos nós dedos e um pouco à direita do terceiro dedo. Era perfeitamente redondo. A mancha de tinta preta em volta, junto com o sangramento interno e o furo, fazia parecer um ferimento de bala. Ele tentou abrir e fechar a mão. Os dedos se moveram... mas a onda nauseante de dor que veio em seguida foi grande demais para ele ir além.

Puxou a corrente pendurada acima do espelho do armário do banheiro, e a lâmpada exposta de sessenta watts se acendeu. Usou o braço direito para segurar a garrafa de uísque presa na lateral do corpo e abrir a tampa. Em seguida, abriu a mão ferida sobre a pia. Beaumont estaria fazendo a mesma coisa no Maine? Ele duvidava. Duvidava de que Beaumont tivesse coragem de limpar a própria sujeira. Ele já devia estar a caminho do hospital àquela altura.

Stark virou uísque na ferida, e uma onda de dor pura e penetrante subiu pelo braço até o ombro. Ele viu o uísque borbulhar no ferimento, viu fios de sangue em meio ao âmbar, e teve que esconder o rosto no braço encharcado de suor da camisa de novo.

Pensou que a dor não passaria nunca, mas finalmente começou a melhorar.

Tentou botar a garrafa de uísque na prateleira presa à parede de azulejo abaixo do espelho. Sua mão estava tremendo muito para que essa operação tivesse chance de sucesso, então ele a colocou no piso de metal enferrujado do boxe. Sabia que ia querer um gole em um minuto.

Ele levou a mão até a luz e espiou o buraco. Dava para ver a lâmpada do outro lado, mas bem de leve; era como olhar por um filtro vermelho coberto de uma espécie de muco membranoso. Ele não tinha enfiado a caneta até o outro lado, mas chegou bem perto. Talvez Beaumont tivesse se saído melhor.

A esperança é a última que morre.

Ele botou a mão embaixo da água fria da torneira, esticando os dedos para deixar o buraco o mais aberto possível, e se preparou para a dor. Foi horrível no começo; ele teve que sufocar outro grito com dentes trincados e lábios apertados em uma linha branca fina. Mas a mão acabou ficando dormente e tudo ficou melhor. Ele se obrigou a ficar com a mão embaixo da torneira por três minutos inteiros. Em seguida, fechou a torneira e levou a mão à luz de novo.

A luz da lâmpada ainda passava pelo buraco, porém mais fraca e distante. O ferimento estava fechando. Seu corpo parecia ter incríveis poderes de regeneração, e isso era até engraçado, porque ao mesmo tempo ele estava se desfazendo. Perdendo coesão, ele tinha escrito. E era bem isso mesmo.

Ele olhou fixamente para o rosto no espelho irregular e manchado do armário de remédios por trinta segundos ou mais, depois voltou a despertar com um tremor físico. Olhar para o próprio rosto, tão conhecido e familiar, mas também tão novo e estranho, sempre o deixava com a sensação de estar entrando em um transe hipnótico. Ele achava que, se olhasse por tempo suficiente, era o que acabaria acontecendo.

Stark abriu o armário de remédios e virou o espelho e o rosto repulsivamente fascinante para o lado. Havia uma coleção estranha de itens lá dentro: dois barbeadores descartáveis, um usado; frascos de maquiagem; um pó compacto; vários discos de esponja fina, cor de marfim onde não tinham sido manchados de um tom um pouco mais escuro pelo pó; um frasco de aspirina genérica. Nenhum band-aid. Os band-aids eram como policiais, ele pensou: nunca havia um por perto quando se precisava. Mas tudo bem; ele desinfetaria o ferimento com mais uísque (depois de desinfetar as entranhas com um bom gole, claro) e o enrolaria com um lenço. Ele não achava que infeccionaria; aparentemente era imune a infecções. O que também achou hilário.

Abriu o frasco de aspirina com o dente, cuspiu a tampa na pia, virou o frasco e colocou uns seis comprimidos na boca. Pegou o uísque no boxe e empurrou as aspirinas com um gole. A bebida bateu no estômago e abriu sua flor reconfortante de calor. Em seguida, ele usou mais um pouco na mão.

Stark foi até o quarto e abriu a gaveta de cima de uma cômoda que já tinha visto dias melhores, bem melhores. Ela e o sofá-cama antigo eram os únicos móveis do aposento.

A gaveta de cima era a única que tinha alguma coisa além do forro feito com o *Daily News*: três cuecas ainda na embalagem, dois pares de meias com a etiqueta ainda pendurada, uma calça Levi's e um lenço Hav-a-Hank, também na embalagem. Ele abriu o celofane com os dentes e enrolou o lenço na mão. Uísque âmbar encharcou o tecido fino, e também um círculo de sangue. Stark esperou para ver se o círculo ia crescer, mas não aconteceu nada. Que bom. Muito bom mesmo.

Beaumont tinha conseguido captar alguma informação *sensorial?*, ele se perguntou. Sabia talvez que George estava se escondendo em um apartamentinho sujo no East Village, em um prédio horrível com baratas tão grandes que pareciam capazes de roubar o cheque da ajuda de custo do governo? Ele achava que não, mas não fazia sentido correr riscos desnecessários. Tinha prometido a Thad uma semana para decidir, e, apesar de estar praticamente convencido de que ele não tinha nenhum plano de voltar a escrever como Stark, ele garantiria a Thad todo o tempo que lhe foi prometido.

Afinal, era um homem de palavra.

Beaumont provavelmente precisaria de um pouco de inspiração. Um daqueles maçaricos de propano vendidos em lojas de material de construção apontados para a sola dos pés dos filhos dele por alguns segundos devia bastar, pensou Stark, mas isso seria depois. No momento, ele faria o jogo da espera... e, enquanto isso, não faria mal nenhum começar a se dirigir ao norte. Para ganhar posição no campo, podemos dizer. Afinal, tinha seu carro, o Toronado preto. Estava guardado, o que não significava que tinha que *ficar* guardado. Ele poderia partir de Nova York na manhã seguinte. Mas, antes, tinha uma compra a fazer... e precisava usar alguns dos cosméticos no armário do banheiro.

4

Ele pegou os potinhos de maquiagem líquida, o pó, as esponjas. Tomou outro bom gole da garrafa antes de começar. Suas mãos estavam firmes de novo, mas a direita latejava muito. Isso não o incomodou; se a dele estava latejando, a de Thad devia estar doendo muito.

Ele se olhou no espelho, tocou a bolsa embaixo do olho esquerdo com o dedo esquerdo, depois o passou pela bochecha até chegar no canto da boca.

— Perdendo coesão — murmurou ele, e, caramba, como era verdade.

Quando Stark olhou para o próprio rosto pela primeira vez, ajoelhado do lado de fora do cemitério Homeland, olhando uma poça de lama cuja superfície parada e suja tinha sido iluminada pela luz branca e redonda da lâmpada de um poste próximo, ele ficara satisfeito. Era exatamente como tinha aparecido nos sonhos que teve enquanto estava preso no porão em formato de útero da imaginação de Beaumont. Tinha visto um homem convencionalmente bonito cujas feições eram um pouco largas demais para atrair muita atenção. Se a testa não fosse tão alta, os olhos tão separados, poderia ser um rosto que faria as mulheres olharem com mais atenção.

Um rosto *perfeitamente* comum (se é que isso existia) talvez atraísse atenção demais justamente por não ter nenhuma feição que chamasse atenção antes que o olhar seguisse em frente; algo comum demais pode incomodar o olhar e fazer com que volte para observar mais um pouco. O rosto que Stark viu pela primeira vez com olhos reais na poça de lama passava longe desse grau de comum por uma margem confortável. Ele achou que era o rosto perfeito, que ninguém conseguiria descrever depois. Olhos azuis... um bronzeado que poderia parecer um pouquinho estranho para alguém com cabelo tão claro... e pronto! Só isso! A testemunha seria obrigada a falar sobre os ombros largos, que eram a característica mais distinta nele... e o mundo estava cheio de homens com ombros largos.

Mas tudo tinha mudado. Seu rosto tinha ficado decididamente estranho... e, se ele não começasse a escrever logo, ficaria mais do que estranho. Ficaria grotesco.

Perdendo coesão, pensou ele de novo. *Mas você vai pôr um fim nisso, Thad. Quando começar o livro sobre o carro blindado, o que está acontecendo comigo vai começar a se reverter. Não sei como sei disso, mas sei.*

Havia duas semanas que ele tinha se visto pela primeira vez naquela poça, e seu rosto passou por uma degeneração constante depois disso. Foi sutil no começo, tão sutil que ele conseguiu persuadir a si mesmo de que era só imaginação... mas, quando o ritmo das mudanças começou a acelerar, essa opinião se tornou insustentável, e ele foi obrigado a abandoná-la. Ver uma foto dele tirada naquela ocasião e outra tirada ali, duas semanas depois, levaria qualquer um a pensar em um homem exposto a uma radiação estranha ou a uma substância química corrosiva. George Stark parecia estar vivenciando um colapso espontâneo de todos os tecidos moles ao mesmo tempo.

Os pés de galinha em volta dos olhos, marcas comum da meia-idade que ele tinha visto na poça, haviam se tornado vãos profundos. As pálpebras estavam caídas e assumiram a textura de pele de crocodilo. As bochechas tinham começado a assumir uma aparência fragmentada e rachada similar. As olheiras tinham ficado avermelhadas e lhe davam a aparência lamentável de um homem que não sabia que era hora de tirar a cara da garrafa. Linhas fundas tinham sido cavadas na pele do rosto, dos cantos dos lábios até a linha do maxilar, dando à boca a aparência incômoda de um boneco de ventríloquo. O cabelo louro, que era fino no começo, tinha ficado mais fino ainda, recuado nas têmporas, e exibia a pele rosada do couro cabeludo. Manchas senis tinham aparecido nas costas da mão.

Ele poderia ter aguentado isso tudo sem recorrer a maquiagem. Só parecia velho, afinal, e a idade não era impressionante. Sua força não parecia afetada. Além do mais, havia aquela certeza inabalável de que, quando ele e Beaumont recomeçassem a escrever, escrever como George Stark, claro, o processo se reverteria.

Mas os dentes estavam frouxos nas gengivas. E havia feridas também.

Ele havia reparado na primeira na parte interna do cotovelo direito três dias antes; uma mancha vermelha com pele branca morta em volta. Era o tipo de ferida que ele associava à pelagra, que foi endêmica no sul até os anos 1960. Dois dias antes, encontrou outra, no pescoço, abaixo do lóbulo da orelha esquerda. Mais duas no dia anterior, uma no peito, entre os mamilos, a outra embaixo do umbigo.

Hoje a primeira apareceu no rosto, na têmpora direita.

Não doíam. Havia uma coceira chata e profunda, mas só isso... pelo menos era o que ele podia sentir. Mas estavam se espalhando rápido. O braço direito tinha um inchaço vermelho da dobra do cotovelo até quase no ombro. Ele cometera o erro de coçar, e a pele cedeu com facilidade nauseante. Uma mistura de sangue e pus amarelado escorreu pelas trincheiras que suas unhas criaram, e os ferimentos soltaram um cheiro horrível, de gases. Mas não era infecção. Ele jurava que não. Parecia mais... podridão úmida.

Ao olhar para ele, uma pessoa, mesmo alguém com formação médica, provavelmente diria que era um melanoma descontrolado, talvez provocado por exposição a altos níveis de radiação.

Ainda assim, os ferimentos não o preocupavam tanto. Ele achava que se multiplicariam, se espalhariam, se juntariam uns aos outros e acabariam devorando-o vivo... se ele permitisse. Como não era o que pretendia, não havia necessidade de se preocupar. Mas não podia ser mais uma cara na multidão se as feições daquele rosto estivessem virando um vulcão em erupção. Por isso, a maquiagem.

Ele passou base líquida cuidadosamente com uma das esponjas, espalhando das maçãs do rosto até as têmporas e cobrindo o caroço vermelho na ponta da sobrancelha direita e a nova ferida começando a aparecer na pele da bochecha esquerda. Um homem de maquiagem só parecia uma coisa no mundo, Stark descobriu, e essa coisa era um homem de maquiagem. O que queria dizer que era um ator de novela ou um convidado no programa do Donahue. Mas qualquer coisa era melhor do que as feridas, e o bronzeado disfarçou um pouco do efeito falso. Se ele ficasse na sombra ou fosse visto sob luz artificial, nem dava para reparar direito. Ou assim esperava. Havia outros motivos para ficar fora da luz direta do sol. Ele desconfiava de que o sol acelerava a reação química desastrosa que estava acontecendo dentro dele. Era quase como se estivesse virando um vampiro. Mas tudo bem; de certa forma, sempre tinha sido um vampiro. *Além do mais, sou uma pessoa da noite, sempre fui; é a minha natureza.*

Isso o fez sorrir, e o sorriso expôs dentes que pareciam presas.

Ele botou a tampa no frasco de base e começou a aplicar o pó. *Estou sentindo meu cheiro, pensou ele, e daqui a pouco as outras pessoas vão sentir também; um cheiro denso e desagradável, como de uma lata de carne enlatada que passou um dia no sol. Isso não é bom, amigos e queridos. Isso não é nada bom.*

— Você *vai* escrever, Thad — disse ele, olhando para si mesmo no espelho. — Mas, com sorte, não vai precisar fazer isso por muito tempo.

Ele sorriu ainda mais, expondo um incisivo que já tinha ficado preto e morto.

— Eu aprendo rápido.

5

Às dez e meia do dia seguinte, um vendedor de papelaria na rua Houston vendeu três caixas de lápis Berol Black Beauty para um homem alto de ombros largos e camisa xadrez, calça jeans e óculos escuros bem grandes. O homem também estava de base no rosto, o vendedor observou; provavelmente os resquícios de uma noite passada percorrendo bares gays. E, pelo cheiro, o vendedor achou que ele tinha não passado, mas *tomado banho* de English Leather. A colônia não disfarçou que o sujeito de ombros largos fedia. O vendedor pensou brevemente, *muito* brevemente, em fazer um comentário engraçadinho, mas achou melhor não. O cara podia ser fedorento, mas também era forte. Além do mais, a transação foi bem rápida. Afinal, eram só lápis que o viadinho estava comprando, não um Rolls-Royce Corniche.

Era melhor deixá-lo em paz.

6

Stark fez uma parada rápida no conjugado do East Village para enfiar seus poucos pertences na mochila que ele tinha comprado em uma loja de artigos militares no primeiro dia que passou na Grande Maçã podre. Se não fosse a garrafa de uísque, era provável que ele nem tivesse voltado.

Ao subir os degraus quebrados de entrada, passou pelo corpinho de três pardais mortos sem nem reparar neles.

Saiu da avenida B a pé... mas não andou por muito tempo. Já tinha descoberto que um homem determinado sempre encontrava carona, se precisasse.

VINTE
O FIM DO PRAZO

1

Quando a bendita semana de Thad Beaumont terminou, parecia mais final de julho do que terceira semana de junho. Thad dirigiu os trinta quilômetros até a Universidade do Maine sob um céu da cor de cromo, o ar-condicionado do Suburban a toda apesar do consumo de gasolina que isso exigia. Havia um Plymouth marrom-escuro atrás dele. Nunca a menos de dois carros de distância e nem a mais de cinco. Raramente permitia que outro carro entrasse entre ele e o Suburban de Thad; se algum conseguisse passar, em um cruzamento ou na zona escolar de Veazie, o Plymouth marrom ultrapassava rapidamente... e se isso não fosse possível quase imediatamente, um dos guardiões de Thad recorria à luz azul no painel. Bastava piscar algumas vezes.

Thad dirigiu quase o caminho inteiro com a mão direita, só usando a esquerda quando absolutamente necessário. A mão estava melhor, mas ainda doía pra caramba se ele a dobrasse ou flexionasse com rapidez, e ele se via contando os minutos para poder tomar o próximo Percodan.

Liz não queria que ele fosse à universidade naquele dia, e os policiais estaduais designados para tomar conta dos Beaumont também não. Para eles, a questão era simples: não queriam dividir a equipe. Com Liz, as coisas eram um pouco mais complexas. O *argumento* que ela usou foi a mão; ele poderia abrir o ferimento tentando dirigir, foi o que ela disse. Mas nos olhos dela havia outra coisa. Os olhos dela estavam cheios de George Stark.

Mas por que diabo você tem que ir lá hoje?, ela quis saber... e essa era uma pergunta para a qual ele teve que se preparar, porque o semestre tinha acabado, já fazia algum tempo até, e ele não estava dando nenhum curso de verão. Ele decidira usar a justificativa dos arquivos de honra.

Sessenta alunos se candidataram para o Eh-7A, o curso de honra do departamento de escrita criativa. Era o dobro do número que tinha se candidatado para o mesmo curso do semestre de outono anterior, mas (elementar, meu caro Watson) no outono anterior o mundo (inclusive aquela parte que ia se formar em inglês na Universidade do Maine) não sabia que o chato do Thad Beaumont por acaso também era o surpreendente George Stark.

Assim, ele disse para Liz que queria pegar esses arquivos e começar a examiná-los, para reduzir os candidatos de sessenta a quinze alunos, o máximo que ele podia assumir (e provavelmente catorze a mais do que ele podia ensinar) em um curso de escrita criativa.

Claro que ela quis saber por que ele não podia adiar, ao menos até julho, e lembrou a ele (claro, também) que ele tinha adiado até meados de agosto no ano anterior. Voltou a falar do aumento na quantidade de candidatos e acrescentou virtuosamente que não queria que a preguiça do verão anterior se tornasse hábito.

Ela acabou desistindo de protestar, não convencida pelos argumentos, ele achava, mas porque viu que ele pretendia ir de qualquer jeito. E ela sabia tão bem quanto ele que *teriam* que começar a sair de casa novamente mais cedo ou mais tarde; ficar entocados até alguém matar ou capturar George Stark não era uma opção muito palatável. Mas os olhos dela ainda estavam cheios de um medo cego e questionador.

Thad a beijou, beijou os gêmeos e saiu rapidamente. Ela estava com cara de quem começaria a chorar logo, e, se ele ainda estivesse em casa quando ela começasse, ele *ficaria* em casa.

Não era por causa dos alunos, claro.

Era o prazo.

Ele tinha acordado naquela manhã cheio de medo cego também, uma sensação tão desagradável quanto uma cólica intestinal. George Stark tinha ligado na noite de 10 de junho e tinha lhe dado uma semana para começar o livro sobre o roubo com o carro blindado. Thad ainda não havia se mexido... embora visse como a história poderia se desenrolar a cada dia que passava. Tinha até sonhado com ela duas vezes. Foi bom variar um pouco o cenário da própria casa abandonada com seus itens explodindo ao toque. Mas, naquela manhã, seu primeiro pensamento foi: *O prazo. Cheguei no prazo.*

Isso queria dizer que era hora de falar com George de novo, por menor que fosse sua vontade. Era hora de descobrir quão puto George estava. Bom... Thad achava que já sabia. Mas era possível que, se Stark estivesse *muito* puto, descontrolado, e se Thad conseguisse provocá-lo até ele perder a cabeça, o malandro do George poderia cometer um erro e deixar alguma coisa escapar.

Perdendo coesão.

Thad tinha a sensação de que George *já havia* deixado alguma coisa escapar quando permitiu que a mão invasora de Thad escrevesse aquelas palavras no diário. Se ao menos ele pudesse ter certeza do que queriam dizer... Ele tinha uma ideia... mas não *certeza*. E um erro àquela altura poderia significar mais do que a *própria* vida.

Portanto, ele estava a caminho da universidade, a caminho do escritório no prédio de inglês e matemática. Estava indo para lá não para pegar os arquivos dos alunos, embora fosse fazer isso também, mas porque havia um telefone lá, um telefone sem grampo, e porque alguma coisa tinha que ser feita. O prazo tinha acabado.

Ao olhar para a mão esquerda, parada no volante, ele pensou (não pela primeira vez durante aquela semana longa) que o telefone não era o único jeito de fazer contato com George. Ele já tinha provado isso... mas o preço tinha sido muito alto. Não era só a agonia excruciante de enfiar um lápis na mão, nem o horror de ver seu corpo descontrolado ferir a si mesmo sob ordens de Stark, o malandro do George, o fantasma de um homem que nunca existiu. Ele pagou o *verdadeiro* preço na mente. O verdadeiro preço foi a chegada dos pardais; o pavor de perceber que as forças trabalhando naquilo eram bem maiores e ainda mais incompreensíveis do que o próprio George Stark.

Os pardais, ele tinha cada vez mais certeza, significavam morte. Mas para quem?

Seu medo era ter que correr o risco de chamar os pardais em nome de fazer contato com George Stark de novo.

E ele os via chegando; os via chegando naquele ponto místico intermediário em que os dois estavam ligados, o lugar onde ele acabaria tendo que lutar com George Stark pelo controle da única alma que compartilhavam.

Receava saber quem venceria uma luta naquele lugar.

2

Alan Pangborn estava no escritório nos fundos da sede do Posto do Xerife do Condado de Castle, que ocupava uma ala do Prédio Municipal de Castle Rock. A semana tinha sido longa e estressante para ele também... mas até aí nada novo. Quando o verão começava de verdade em Castle Rock, ficava assim. Do Memorial Day até o Dia do Trabalho, tudo ficava uma loucura para a polícia na Feriaslândia.

Houve um acidente de quatro carros na rodovia 117 cinco dias antes, uma batida causada por um motorista embriagado que deixara dois mortos. Dois dias depois, Norton Briggs havia batido na esposa com uma frigideira, deixando-a apagada no chão da cozinha. Norton já tinha batido muito na esposa nos turbulentos vinte anos de casamento, mas dessa vez pareceu acreditar que a tinha matado. Ele escreveu um bilhete curto, com remorso demais e gramática de menos, depois tirou a própria vida com uma arma .38. Quando a esposa, que também não era nenhuma erudita, acordou e achou o cadáver do agressor esfriando ao seu lado, ela ligou o gás e enfiou a cabeça dentro do forno. Os paramédicos do Serviço de Resgate de Oxford a salvaram. Por pouco.

Duas crianças de Nova York tinham se afastado do chalé dos pais no lago Castle e se perderam na floresta, como João e Maria. Foram encontradas oito horas depois, com medo, mas bem. John LaPointe, o braço direito de Alan, não estava muito bem; estava em casa sofrendo de uma reação forte ao contato com hera venenosa durante a busca. Houvera uma briga entre dois veranistas por causa do último exemplar do *New York Times* de domingo na Nan's Luncheonette; outra briga no estacionamento do Mellow Tiger; um pescador de fim de semana tinha arrancado metade da própria orelha direita enquanto tentava jogar o anzol na água com um floreio; três casos de furtos em lojas; e uma apreensão pequena de drogas no Universe, a casa de sinuca e fliperama de Castle Rock.

Só uma típica semana em uma cidade pequena em junho, uma espécie de inauguração do verão. Alan mal teve tempo de se sentar e engolir correndo uma xícara de café. Ainda assim, sua mente vivia voltando para Thad e Liz Beaumont... para eles e para o homem que os assombrava. Aquele homem que também tinha matado Homer Gamache. Alan tinha feito várias ligações para a polícia de Nova York (havia um certo tenente Reardon que já devia estar muito de saco cheio dele), mas eles não tinham nenhuma novidade a relatar.

Alan havia chegado naquela tarde em um posto inesperadamente tranquilo. Sheila Brigham não teve nada a relatar do atendimento, e Norris Ridgewick estava roncando na cadeira na área cercada, os pés em cima da mesa. Alan deveria tê-lo acordado; se Danforth Keeton, o primeiro membro do conselho municipal, aparecesse e encontrasse Norris daquele jeito, teria um troço. Mas não teve coragem. A semana também tinha sido agitada para ele, que fora o encarregado de limpar os restos na estrada depois do acidente na 117, e fizera um excelente trabalho mesmo com aquele estômago sensível.

Alan se sentou à sua mesa, projetando sombras de animais em um raio de sol que batia na parede... e seus pensamentos se voltaram novamente para Thad Beaumont. Depois de obter a bênção de Thad, o dr. Hume de Orono ligou para Alan para dizer que os exames neurológicos de Thad deram negativo. Pensando nisso agora, a mente de Alan voltou-se para o dr. Hugh Pritchard, que tinha feito a cirurgia quando Thaddeus Beaumont tinha onze anos e estava longe de ser famoso.

Um coelho pulou pelo raio de sol na parede. Foi seguido de um gato; um cachorro correu atrás do gato.

Deixa pra lá. É loucura.

Claro que era loucura. E claro que ele podia deixar pra lá. Haveria outra crise para resolver ali em pouco tempo; não era preciso ser médium para saber disso. As coisas eram assim no verão. A agitação era tanta que às vezes não dava nem para pensar, e às vezes era *bom* não pensar.

Um elefante foi atrás do cachorro, balançando uma tromba que era na verdade o indicador esquerdo de Alan.

— Ah, porra — disse ele, e puxou o telefone.

Ao mesmo tempo, sua outra mão estava tirando a carteira do bolso de trás. Ele apertou o botão que ligava automaticamente para a sede da polícia estadual em Oxford e perguntou ao atendimento se Henry Payton, o comandante e detetive principal de lá, estava. Estava. Alan teve tempo de pensar que a polícia estadual também deveria estar tendo um dia lento, e logo Henry atendeu.

— Alan! Em que posso ajudar?

— Eu estava aqui pensando — disse Alan — se você poderia ligar para o chefe dos guardas-florestais do Parque Nacional de Yellowstone pra mim. Eu posso te dar o número.

Ele olhou para o número com uma leve surpresa. Tinha conseguido no auxílio à lista quase uma semana antes e anotado no verso de um cartão de visita. Suas mãos ágeis o tinham tirado da carteira quase por conta própria.

— Yellowstone! — Henry falou como se achasse graça. — Não é lá que o Zé Colmeia mora?

— Não — disse Alan, sorrindo. — O Zé Colmeia mora em *Jellystone*. E o urso não é suspeito de nada. Pelo menos que eu saiba. Preciso falar com um homem que está acampando lá, Henry. Bom... não sei se *preciso* mesmo falar com ele, mas me deixaria mais tranquilo. Parece uma coisa inacabada.

— Tem a ver com Homer Gamache?

Alan mudou o telefone de orelha e passou o cartão de visita no qual tinha escrito o número do chefe dos guardas-florestais de Yellowstone distraidamente pelos dedos.

— Tem, mas, se você me pedir pra explicar, vou fazer papel de bobo.

— É um palpite?

— É. — E ele ficou surpreso de perceber que *tinha* um palpite, só não sabia direito sobre o que era. — O homem com quem quero falar é um médico aposentado chamado Hugh Pritchard. Ele está com a esposa. O chefe dos guardas-florestais deve saber onde eles estão, eu soube que é preciso se registrar ao entrar. E acho que deve ser na área de camping com acesso a um telefone. Os dois têm por volta de setenta anos. Se *você* ligar para o guarda-florestal, ele provavelmente vai passar o recado para o sujeito.

— Em outras palavras, você acha que um guarda-florestal de um parque nacional pode levar mais a sério um comandante de polícia estadual do que um xerife de condado de merda.

— Você tem um jeito muito diplomático de dizer as coisas, Henry.

Henry Payton morreu de rir.

— Tenho *mesmo*, né? Bom, vamos fazer assim, Alan: não me importo de fazer um trabalhinho pra você desde que você não queira que eu me envolva mais, e desde que você...

— Não, é só isso — disse Alan com gratidão. — Só isso que eu quero.

— Espera um pouco, eu não acabei. Desde que você entenda que não posso usar nossa linha oficial pra fazer a ligação. O capitão examina os demonstrativos, meu amigo. Examina com muita atenção. E, se visse isso, acho que poderia querer saber por que eu gastei o dinheiro do contribuinte pra mexer o que tem na sua panela. Entende o que estou dizendo?

Alan suspirou com resignação.

— Pode usar o número do meu cartão de crédito pessoal, e pode dizer para o chefe dos guardas-florestais mandar o Pritchard ligar a cobrar. Vou identificar a ligação e pagar do meu próprio bolso.

Houve um longo momento de silêncio, e, quando Henry falou de novo, ele estava mais sério.

— Isso é mesmo importante pra você, não é, Alan?

— É. Não sei por quê, mas é.

Houve um segundo momento de silêncio. Alan sentiu Henry Payton lutando para não fazer perguntas. Finalmente, a boa vontade de Henry venceu. Ou talvez, pensou Alan, tivesse sido só sua natureza prática.

— Tudo bem — disse ele. — Vou fazer a ligação e dizer para o chefe dos guardas-florestais que você quer falar com esse Hugh Pritchard sobre uma investigação de assassinato em andamento no condado de Castle, no Maine. Qual é o nome da esposa dele?

— Helga.

— De onde eles são?

— Fort Laramie, Wyoming.

— Tudo bem, xerife; agora vem a parte difícil. Qual é o número do seu cartão de crédito?

Suspirando, Alan ditou o número.

Um minuto depois, ele botou o desfile de sombras para marchar no raio de sol na parede de novo.

Esse cara provavelmente nunca vai retornar a ligação, pensou ele, *e, se retornar, não vai me dizer nada de útil. O que ele teria para dizer?*

Ainda assim, Henry estava certo sobre uma coisa: ele tinha um palpite. Sobre *alguma coisa*. E não estava passando.

3

Enquanto Alan Pangborn falava com Henry Payton, Thad Beaumont estava estacionando em uma das vagas de professores atrás do prédio de inglês e matemática. Ele saiu e tomou o cuidado de não esbarrar com a mão esquerda em nada. Por um momento, só ficou parado, observando o dia e a tranquilidade incomum do campus.

O Plymouth marrom parou ao lado do Suburban dele, e os dois homens grandes que saíram de dentro acabaram com qualquer sonho de paz que ele poderia estar à beira de construir.

— Só vou para o escritório por alguns minutos — disse Thad. — Vocês poderiam ficar aqui embaixo se quisessem.

Ele viu duas garotas passando, provavelmente a caminho do anexo leste para se inscreverem em cursos de verão. Uma estava de regata nadador e short azul, a outra em um minivestido frente única com a barra a um batimento cardíaco da curva da bunda.

— Apreciem a vista.

Os dois policiais estaduais tinham se virado para acompanhar o progresso das garotas, como se a cabeça delas estivesse sobre uma articulação invisível. Então o responsável (Ray Garrison ou Roy Harriman, Thad não tinha certeza de qual dos dois) se virou de volta e disse, lamentando:

— Bem que nós íamos gostar, senhor, mas é melhor irmos com você.

— Falando sério, é só no segundo andar...

— Nós vamos esperar no corredor.

— Vocês não imaginam quanto tudo isso está começando a me deprimir — disse Thad.

— Ordens — disse Garrison/Harriman. Estava claro que a depressão de Thad, assim como a felicidade, não tinha importância nenhuma para ele.

— É — disse Thad, desistindo. — Ordens.

Ele foi para a porta lateral. Os dois policiais foram atrás a uma distância de dez passos, parecendo mais policiais com as roupas civis do que pareciam de uniforme, Thad desconfiava.

Depois do calor parado e úmido, o ar-condicionado atingiu Thad como uma pancada. Na mesma hora a camisa pareceu congelar na pele. O prédio, tão cheio de vida e barulho no ano letivo de setembro a maio, estava meio sinistro nessa tarde em plena semana no final da primavera. Ficaria com mais ou menos um terço da agitação habitual na segunda-feira, quando a primeira aula dos cursos de verão de três semanas começasse, mas, naquele dia, Thad ficou um pouco aliviado de estar com a guarda policial. Ele achava que o segundo andar, onde seu escritório ficava, poderia estar completamente deserto, o que ao menos permitiria a ele fugir de dar explicações aos amigos observadores.

No fim das contas não estava completamente vazio, mas ele não teve dificuldade mesmo assim. Rawlie DeLesseps estava saindo da sala comunitária do departamento e vindo na direção da sala dele, com seu típico jeito Rawlie DeLesseps de andar... que nada mais era do que andar como se tivesse levado recentemente uma porrada forte na cabeça que poderia ter afetado a memória e o controle motor. Ele se movia como se estivesse sonhando, indo de um lado do corredor até o outro em pequenos pulinhos, olhando os desenhos, poemas e anúncios presos nos quadros de aviso nas portas trancadas dos colegas. Ele *podia* estar a caminho da sala dele, *parecia* que estava, mas até alguém que o conhecesse bem se recusaria a apostar. O cabo de um cachimbo amarelo enorme estava preso entre as dentaduras, que não eram tão amarelas quanto o cachimbo, mas quase. O cachimbo estava apagado desde 1985, quando o médico o proibiu de fumar depois de um ataque cardíaco leve. *Eu nem gostava tanto assim de fumar mesmo*, explicava Rawlie com a voz gentil e distraída quando alguém perguntava do cachimbo. *Mas sem o cabo preso nos dentes... cavalheiros, eu não saberia para onde ir e nem o que fazer se tivesse a sorte de chegar lá.* Na maioria das vezes ele dava a impressão de não saber para onde ir e nem o que fazer de qualquer modo... como ali naquele dia. Algumas pessoas só descobriam depois de anos conhecendo Rawlie que ele não era o bobo distraído e educado que parecia. Alguns nunca descobriam.

— Oi, Rawlie — disse Thad, procurando a chave.

Rawlie olhou para ele, desviou o olhar para observar os dois homens atrás de Thad, deixou-os de lado e voltou a olhar para Thad.

— Oi, Thaddeus. Eu achava que você não ia dar cursos de verão este ano.

— Não vou.

— Então o que pode ter dado em você pra vir aqui, logo aqui, no primeiro dia quente de verdade do verão?

— Só vim pegar uns documentos. Não vou ficar mais do que o necessário, pode acreditar.

— O que aconteceu com a sua mão? Está preta e azul até o pulso.

— Bom — disse Thad, constrangido.

A história o fazia parecer bêbado ou idiota, ou as duas coisas... mas ainda era bem mais fácil do que a verdade. Thad achou tristemente engraçado que a polícia tivesse engolido com a mesma facilidade que Rawlie; não houve uma única pergunta sobre como ou por que ele conseguiu fechar a porta do armário na própria mão.

Ele soube instintivamente a história certa a contar; mesmo morrendo de dor, ele já sabia disso. As pessoas o *reconheciam* por ser desajeitado, era parte da sua personalidade. De certa forma, foi como dizer ao entrevistador da *People* (que Deus o tenha) que George Stark tinha sido criado em Ludlow e não em Castle Rock, e que escrevia à mão foi porque não aprendeu a datilografar.

Ele nem tentou mentir para Liz... mas insistira que ela não falasse nada sobre o que tinha realmente acontecido, e ela concordou. A única preocupação dela foi extrair dele uma promessa de que não tentaria mais fazer contato com Stark. Ele fez a promessa com boa vontade, mas sabia que talvez não pudesse cumprir. Desconfiava de que, em algum nível profundo da mente, Liz também soubesse.

Rawlie estava olhando para ele com interesse real.

— Porta de armário. Que maravilha. Você por acaso estava brincando de esconde-esconde? Ou era algum rito sexual estranho?

Thad sorriu.

— Eu deixei os ritos sexuais estranhos pra trás em 1981, mais ou menos. Recomendação médica. Na verdade, eu só não estava prestando muita atenção ao que estava fazendo. A história toda é meio constrangedora.

— Imagino que seja — disse Rawlie... e piscou.

Foi uma piscadela muito sutil, um leve movimento de pálpebra inchada e enrugada... mas foi uma piscadela. Ele achou que enganaria Rawlie? Quem sabe se chovesse canivete.

De repente, uma ideia nova ocorreu a Thad.

— Rawlie, você ainda dá aquela aula de mitos folclóricos?

— Todo outono. Você não lê o catálogo do próprio departamento, Thaddeus? Radiestesia, bruxas, remédios holísticos, sinais de bruxaria dos ricos e famosos. Continua tão popular quanto sempre. Por que a pergunta?

Havia uma resposta pronta para aquela pergunta, Thad descobriu; uma das melhores coisas de ser escritor era sempre ter uma resposta para *Por que a pergunta?*.

— Bom, eu tive uma ideia pra uma história — disse ele. — Ainda está em fase de exploração, mas tem possibilidades, eu acho.

— O que você queria saber?

— O pardal tem algum significado nas superstições ou nos mitos folclóricos americanos que você saiba?

A testa franzida do Rawlie começou a parecer a topografia de um planeta alienígena hostil à vida humana. Ele mordeu o cabo do cachimbo.

— Nada me ocorre de primeira, Thaddeus, mas... Será que é isso que você está interessado em saber?

Quem sabe se chovesse canivete, Thad pensou de novo.

— Bom... talvez não, Rawlie. Talvez não. Talvez eu só tenha dito isso porque meu interesse é algo que não consigo explicar correndo. — O olhar dele se voltou rapidamente para os cães de guarda, depois voltou para o rosto de Rawlie. — Estou um pouco atrasado agora.

Os lábios do Rawlie estremeceram em uma leve sombra de sorriso.

— Acho que entendi. O pardal... um pássaro tão comum. Comum demais pra ter qualquer conotação supersticiosa profunda, eu diria. Mas... pensando aqui... *tem* alguma coisa. Só que associo mais com o bacurau. Vou verificar. Você vai ficar aqui um tempo?

— Acho que no máximo meia hora.

— Bom, pode ser que eu encontre alguma coisa rápido no livro do Barringer. *Folclore nos Estados Unidos*. Não é muito mais do que um livro de receitas de superstições, mas é útil. E eu posso ligar pra você.

— É. Você sempre pode fazer isso.

— A festa que você e Liz deram para o Tom Carroll foi ótima — disse Rawlie. — Claro, você e Liz *sempre* dão as melhores festas. Sua esposa é encantadora demais pra *ser* esposa, Thaddeus. Ela devia ser sua amante.

— Obrigado, eu acho.

— O Gonzo Tom — disse Rawlie com carinho. — É difícil de acreditar que o Gonzo Tom Carroll seguiu para o santuário da aposentadoria. Fiquei ouvindo ele soltar aqueles peidos de trompete na sala ao lado por mais de vinte anos. Imagino que o próximo vai ser mais silencioso. Ou pelo menos mais discreto.

Thad riu.

— Whilhelmina também se divertiu — prosseguiu Rawlie.

Suas pálpebras baixaram de um jeito malicioso. Ele sabia perfeitamente bem o que Thad e Liz achavam da Billie.

— Que bom — disse Thad. Ele achava a Billie Burks e o conceito de diversão mutuamente excludentes... mas, como ela e Rawlie tinham formado parte do álibi muito necessário, achava que deveria ficar feliz de ela ter ido. — E se você se lembrar de alguma coisa sobre aquele outro assunto...

— O pardal e seu lugar no Mundo Invisível. Sim, de fato. — Rawlie assentiu para os dois policiais atrás de Thad. — Boa tarde, cavalheiros.

Ele desviou dos dois e seguiu para sua sala com um pouco mais de determinação. Não muita, mas um pouco.

Thad olhou para ele, intrigado.

— O que foi *aquilo*? — perguntou Garrison/Harriman.

— DeLesseps — murmurou Thad. — Gramático profissional e folclorista amador.

— Parece o tipo de cara que precisa de um mapa pra achar o caminho de casa — disse o outro policial.

Thad foi até a porta do escritório e a destrancou.

— Ele é mais ligado do que parece — disse ele, e abriu a porta.

Ele só ficou ciente de que Garrison/Harriman estava ao seu lado, uma das mãos dentro do paletó especial para pessoas altas, quando acendeu a luz. Thad sentiu um momento de medo atrasado, mas a sala estava vazia, claro; vazia e tão arrumada depois de um ano inteiro de tralhas acumuladas que parecia morta.

Por nenhum motivo que pudesse identificar, sentiu uma onda repentina e quase nauseante de saudade de casa e vazio e perda; uma mistura de sentimentos como uma dor profunda e inesperada. Era como um sonho. Como se ele tivesse ido lá se despedir.

Pare de ser tão bobo, disse a si mesmo, e outra parte da mente dele respondeu baixinho: *O prazo acabou, Thad. O seu prazo acabou, e acho que pode ter cometido um erro feio ao nem tentar fazer o que o cara quer. Um alívio breve é melhor do que nenhum alívio.*

— Se quiserem café, podem pegar uma xícara na sala comunitária — disse ele. — A garrafa vai estar cheia se conheço bem o Rawlie.

— Onde fica? — perguntou o parceiro do Garrison/Harriman.

— Do outro lado do corredor, duas portas à frente — explicou Thad, destrancando o arquivo. Ele se virou e abriu um sorriso que pareceu torto no rosto. — Acho que vocês vão me ouvir se eu gritar.

— Só trate de gritar *mesmo* se alguma coisa acontecer — disse Garrison/Harriman.

— Pode deixar.

— Eu posso mandar o Manchester aqui buscar o café — disse o Garrison/Harriman —, mas tenho a sensação de que você está querendo um pouco de privacidade.

— Ah, sim. Agora que você falou.

— Tudo bem, sr. Beaumont. — Ele olhou para Thad com seriedade, e Thad lembrou de repente que o nome dele era Harrison. Como o ex-Beatle. Que burrice ter esquecido. — Você só precisa lembrar que aquelas pessoas em Nova York morreram por overdose de privacidade.

Ah, é? Achei que Phyllis Myers e Rick Cowley tivessem morrido na companhia da polícia. Pensou em dizer isso em voz alta, mas preferiu evitar. Afinal, aqueles homens só estavam tentando cumprir seu dever.

— Ânimo, guarda Harrison — disse ele. — O prédio está tão silencioso hoje que os passos de um homem descalço ecoariam.

— Tudo bem. Estaremos do outro lado do corredor, naquela sala.

— A sala comunitária.

— Isso.

Eles saíram, e Thad abriu o arquivo identificado como HNR. Em pensamento, continuou vendo Rawlie DeLesseps dando aquela piscadela rápida e discreta. E ouvindo aquela voz dizendo que o prazo tinha acabado, que ele tinha passado para o lado sombrio. O lado em que estavam os monstros.

4

O telefone ficou ali parado, sem tocar.

Anda, pensou ele, empilhando as pastas dos alunos de honra ao lado da IBM Seletric oferecida pela universidade. *Anda, anda, estou aqui, ao lado de um telefone sem grampo, então anda, George, me liga, me telefona, me bate um fio.*

Mas o telefone só ficou lá parado, sem tocar.

Ele percebeu que estava olhando para um arquivo que não só estava arrumado, mas também vazio. Em sua preocupação, ele tinha tirado *todas* as pastas, não só as que pertenciam aos alunos de honra interessados no curso de escrita criativa. Até as fotocópias dos que queriam fazer gramática transformacional, o evangelho de acordo com Noam Chomsky, traduzido por aquele Mestre do Cachimbo Apagado, Rawlie DeLesseps.

Thad foi até a porta e olhou para fora. Harrison e Manchester estavam parados na porta da sala comunitária do departamento, tomando café. Nos punhos do tamanho de presuntos, as canecas pareciam xícaras de cafezinho. Thad levantou a mão. Harrison levantou a dele em resposta e perguntou se ele ia demorar.

— Cinco minutos — disse Thad, e os dois policiais assentiram.

Ele voltou até a mesa, separou as pastas de escrita criativa das outras e começou a colocar as que sobraram no arquivo, trabalhando o mais lentamente possível, dando tempo para o telefone tocar. Mas o telefone continuava lá parado. Ele ouviu um toque em algum lugar no corredor, o som abafado por uma porta fechada, meio fantasmagórico no silêncio incomum de verão do prédio. *Talvez George tenha discado para o número errado*, pensou ele, e deu uma gargalhada baixa. O fato era que George não ia ligar. O fato era que ele, Thad, tinha se enganado. Aparentemente, George tinha outro truque na manga. Por que ele deveria ficar surpreso? Truques eram a *spécialité de la Maison* do George Stark. Mesmo assim, ele tinha *certeza*, tanta *certeza*...

— Thaddeus?

Ele deu um pulo e quase derramou o conteúdo das últimas pastas no chão. Quando conseguiu estabilizá-las, ele se virou. Rawlie DeLesseps estava parado na porta. O cachimbo grande para fora da boca como um periscópio horizontal.

— Desculpa — disse Thad. — Você me deu um susto, Rawlie. Minha mente estava a dez mil quilômetros.

— Meu telefone tocou e era para você — disse Rawlie com simpatia. — Devem ter errado o número. Sorte que eu estava lá.

Thad sentiu o coração começar a bater devagar e com força; como se houvesse um tambor no peito, e alguém tivesse começado a tocá-lo com uma grande quantidade de energia controlada.

— É — disse Thad. — Foi muita sorte.

Rawlie lançou um olhar avaliador para ele. Os olhos azuis embaixo das pálpebras inchadas e um pouco avermelhadas estavam tão vivos e curiosos que quase chegavam a ser grosseiros, e certamente destoavam do jeito de professor alegre, estabanado e distraído.

— Está tudo bem, Thaddeus?

Não, Rawlie. Tem um assassino louco por aí que é parte de mim, um sujeito que aparentemente consegue se apossar do meu corpo e me obrigar a fazer coisas estranhas como enfiar um lápis em mim mesmo, e considero uma vitória cada vez que chego ao fim de um dia ainda são. A realidade está fora de prumo, amigão.

— Tudo bem? Por que não estaria?

— Tenho a impressão de que estou detectando um odor leve e inconfundivelmente ferroso de ironia, Thad.

— Você está enganado.

— Estou? Então por que você parece um cervo iluminado por faróis de um carro?

— Rawlie...

— E o homem com quem falei parece o tipo de vendedor de quem você compra alguma coisa por telefone só pra garantir que ele nunca vá pessoalmente visitar sua casa.

— Não é nada, Rawlie.

— Muito bem. — Rawlie não pareceu convencido.

Thad saiu do escritório e foi até o dele.

— Aonde você está indo? — gritou Harrison.

— Rawlie recebeu uma ligação pra mim na sala dele. Os números de telefone aqui são todos em sequência. A pessoa deve ter misturado os números.

— E por acaso ligou para o único outro professor aqui hoje? — perguntou Harrison, desconfiado.

Thad deu de ombros e continuou andando.

A sala de Rawlie DeLesseps era bagunçada, agradável e ainda habitada pelos aromas do cachimbo; dois anos de abstinência aparentemente não compensaram trinta anos de vício. Era dominada por um alvo de dardos com uma fotografia de Ronald Reagan no meio. Um livro do tamanho de uma enciclopédia, o *Folclore dos Estados Unidos*, de Franklin Barringer, estava aberto na mesa do Rawlie. O telefone estava fora do gancho, em cima de uma pilha de diários de classe vazios. Ao olhar para o fone, Thad sentiu o velho medo surgir, com as características sufocantes de sempre. Era como ser embrulhado em um cobertor que precisa muito ser lavado. Ele virou a cabeça, com a certeza de que veria os três, Rawlie, Harrison e Manchester, enfileirados na porta como pardais em um fio de telefone. Mas a porta da sala estava vazia, e em algum lugar no corredor ele ouvia a voz rouca do Rawlie. Ele tinha encurralado os cães de guarda. Thad duvidava de que tivesse sido sem querer.

Ele pegou o telefone e disse:

— Oi, George.

— Você teve a sua semana — disse a voz do outro lado. Era Stark, mas Thad pensou que os espectros de voz não seriam mais tão idênticos. A voz de Stark não estava mais a mesma. Tinha ficado grave e rouca, como a voz de um homem que passara tempo demais gritando em um evento esportivo. — Você teve a sua semana e não fez porra nenhuma.

— Isso aí — disse Thad. Ele sentia muito frio. Teve que fazer um esforço consciente para não tremer. Esse frio parecia estar vindo do telefone, escorrendo pelos buracos do fone como estalactites. Mas ele também estava com muita raiva. — Eu não vou fazer, George. Uma semana, um mês, dez anos, pra mim dá no mesmo. Por que você não aceita logo? Você está morto, e morto vai ficar.

— Você está errado, meu chapa. Se quiser estar mortalmente errado é só continuar assim.

— Sabe o que parece, George? Parece que você está desmoronando. É por isso que você quer que eu comece a escrever de novo, né? Perdendo coesão, foi isso que você escreveu. Você está se biodegradando, né? Não vai demorar pra começar a se desfazer em pedacinhos.

— Nada disso importa pra você, Thad — respondeu a voz rouca. Foi de um arrastar escabroso a um som áspero de cascalho caindo da caçamba de um caminhão e depois virou um sussurro agudo, como se as cordas vocais tivessem desistido de funcionar pelo espaço de uma ou duas frases, e então voltou ao som arrastado. — Nada do que está acontecendo comigo é da sua conta. Não passa de distração pra você, amigão. É melhor você começar até o anoitecer, ou vai ser um filho da puta bem arrependido. E não vai ser o único.

— Eu não...

Clique! Stark desligou. Thad olhou para o fone, pensativo por um momento, e o recolocou no lugar. Quando se virou, Harrison e Manchester estavam parados ali.

5

— Quem era? — perguntou Manchester.

— Um aluno — disse Thad. Ele já nem sabia bem por que estava mentindo. A única coisa de que tinha certeza era da sensação horrível nas entranhas. — Só um aluno. Como eu achava.

— Como ele soube que você estaria aqui? — perguntou Harrison. — E como foi que ele ligou para o telefone desse cavalheiro?

— Eu desisto — disse Thad humildemente. — Sou um agente russo disfarçado. Na verdade, era o meu contato. Podem me levar, não vou resistir.

Harrison não ficou irritado; ou, pelo menos, não pareceu. A expressão de reprovação meio cansada que fez para Thad foi bem mais eficiente do que a raiva.

— Sr. Beaumont, estamos tentando ajudar você e sua esposa. Sei que ter dois caras atrás de você para cima e para baixo acaba enchendo o saco, mas estamos *mesmo* tentando ajudar.

Thad sentiu vergonha... mas não o suficiente para falar a verdade. O sentimento ruim ainda estava ali, a sensação de que tudo daria errado, que talvez *já tivesse* dado errado. E tinha outra coisa também. Uma sensação leve e trêmula na pele. Uma sensação rastejante *debaixo* da pele. Pressão nas têmporas. Não eram os pardais; pelo menos, ele achava que não. Mesmo assim, um barômetro mental que ele nem sabia que tinha estava caindo. Mas não era a primeira vez: já tinha sentido algo parecido, embora não tão forte, quando estava a caminho do mercado Dave's oito dias antes. E sentiu no seu escritório quando estava pegando os arquivos. Uma agitação nas entranhas.

É o Stark. Ele está com você, de alguma forma, em você. Está olhando. Se você disser a coisa errada, ele vai saber. E alguém vai sofrer.

— Peço desculpas — disse ele. Estava ciente de que Rawlie DeLesseps estava agora parado atrás dos dois policiais, observando Thad com olhos calmos e curiosos. Ele teria que começar a mentir agora, e as mentiras vieram com tanta naturalidade, foi tão fácil, que poderiam, até onde sabia, ter sido plantadas pelo próprio George Stark. Ele nem tinha certeza de que Rawlie o acompanharia, mas era meio tarde para se preocupar com isso agora. — Estou tenso, só isso.

— Compreensível — disse Harrison. — Só quero que você perceba que não somos o inimigo, sr. Beaumont.

— O garoto que ligou sabia que eu estava aqui porque estava saindo da livraria quando eu passei. Ele queria saber se vou dar aula de escrita no curso de verão. A lista de telefones dos professores é dividida em departamentos, e os membros de cada departamento são listados em ordem alfabética. A letra é bem pequena, como qualquer pessoa que tenha tentado usar pode dizer.

— É um livro horrível mesmo — concordou Rawlie, o cachimbo na boca.

Os dois policiais se viraram para olhar para ele por um momento, sobressaltados. Rawlie assentiu para eles, solenemente, parecendo uma coruja.

— Rawlie vem depois de mim na lista — continuou Thad. — Não temos nenhum professor cujo sobrenome comece com C este ano. — Ele olhou para Rawlie por um momento, mas o homem havia tirado o cachimbo da boca e parecia estar inspecionando o fornilho preto de fuligem. — Por conta disso, eu sempre recebo ligações dele e ele sempre recebe as minhas. Falei para o garoto que ele tinha dado azar. Só volto no outono.

Bom, era isso. Talvez tivesse se estendido um pouco demais na explicação, mas a verdadeira pergunta era em que momento Harrison e Manchester tinham chegado à porta da sala e quanto tinham ouvido. Não era comum dizer aos alunos interessados no cursos de escrita que eles estavam se biodegradando e que logo se desfariam em pedaços.

— Bem que *eu* queria só voltar no outono — disse Manchester, suspirando. — Já acabou, sr. Beaumont?

Thad deu um suspiro interior de alívio e disse:

— Só tenho que guardar os arquivos de que não vou precisar.

(*e um bilhete; você tem que escrever um bilhete para a secretária*)

— E, claro, tenho que escrever um bilhete pra sra. Fenton — ele se ouviu dizendo. Não tinha a menor ideia de por que estava dizendo isso; só sabia que precisava. — É a secretária do departamento de inglês.

— Temos tempo pra outra xícara de café? — perguntou Manchester.

— Claro. Talvez até uns biscoitos se aquela horda bárbara tiver deixado algum — disse ele. A sensação de que as coisas estavam desconjuntadas, de que as coisas estavam erradas e só pioravam tinha voltado mais forte do que nunca. Um bilhete para a sra. Fenton? Jesus, que piada. Rawlie devia estar *morrendo* de rir com o cachimbo na boca.

Quando Thad saiu da sala, Rawlie perguntou:

— Posso falar com você um minuto, Thaddeus?

— Claro.

Ele queria pedir a Harrison e Manchester que os deixassem sozinhos, avisar que logo iria para a própria sala, mas admitiu com relutância que isso não era o tipo de coisa que se dizia para evitar desconfianças. E Harrison, pelo menos, estava de antena ligada. Talvez não totalmente ainda, mas quase.

O silêncio funcionou melhor. Quando se virou para Rawlie, Harrison e Manchester foram andando lentamente pelo corredor. Harrison falou rapidamente com o parceiro e parou na porta da sala comunitária enquanto Manchester procurava os biscoitos. Harrison ficou de olho neles, mas Thad achava que não conseguia ouvir.

— Que bela história essa da lista de telefones dos professores — comentou Rawlie, botando o cabo mastigado do cachimbo de volta na boca. — Acho que você tem muita coisa em comum com a garotinha de "A janela aberta", de Saki, Thaddeus. Um romance de improviso parece ser sua especialidade.

— Rawlie, não é o que você está pensando.

— Eu não tenho a menor ideia de *o que* é — disse Rawlie, tranquilamente —, e, embora admita certa dose de curiosidade humana, não sei bem se quero saber.

Thad abriu um pequeno sorriso.

— E *tive* a sensação clara de que você tinha esquecido o Gonzo Tom Carroll de propósito. Ele pode estar aposentado, mas, na última vez que olhei, ainda estava entre nós na lista atual dos professores.

— Rawlie, eu tenho que ir.

— Certo. Você tem um bilhete pra escrever pra sra. Fenton.

Thad sentiu as bochechas ficarem meio quentes. Althea Fenton, a secretária do departamento de inglês desde 1961, tinha morrido de câncer no esôfago em abril.

— O único motivo pra segurar você aqui — prosseguiu Rawlie — foi pra contar que posso ter encontrado o que estava procurando. Sobre os pardais.

Thad sentiu a pulsação dar um salto.

— Como assim?

Rawlie levou Thad de volta para dentro da sala e pegou o *Folclore dos Estados Unidos*, de Barringer.

— O pardal, o mergulhão e principalmente o bacurau são psicopompos — disse ele com um certo triunfo na voz. — Eu *sabia* que havia alguma coisa sobre o bacurau.

— Psicopompos? — disse Thad, confuso.

— Do grego, quer dizer "os que conduzem". Nesse caso, os que conduzem almas humanas indo e voltando entre a terra dos vivos e a terra dos mortos. De acordo com Barringer, os mergulhões e os bacuraus são a escolta dos vivos; eles supostamente se reúnem perto do lugar onde uma morte está prestes a ocorrer. Não são aves de mau presságio. A função delas é guiar as novas almas mortas para o lugar adequado no pós-vida. — Ele encarou Thad. — Grupos de pardais são mais agourentos, pelo menos de acordo com o Barringer. Dizem que os pardais são a escolta dos falecidos.

— O que quer dizer...

— Quer dizer que a função deles é guiar almas perdidas de volta à terra dos vivos. Em outras palavras, eles são os anunciadores dos mortos-vivos.

Rawlie tirou o cachimbo da boca e olhou para Thad solenemente.

— Não sei qual é sua situação, Thaddeus, mas sugiro cautela. Extrema cautela. Você parece um homem passando por muitas dificuldades. Se houver qualquer coisa que eu possa fazer, não deixe de me avisar.

— Eu agradeço, Rawlie. Você fez muito de não ter falado nada.

— Nisso, pelo menos, você e meus alunos parecem estar perfeitamente de acordo. — Mas o olhar manso voltado para Thad por cima do cachimbo era preocupado. — Você vai se cuidar?

— Vou.

— E se aqueles homens estiverem seguindo você por aí para ajudar, Thaddeus, talvez seja bom confiar neles.

Seria maravilhoso se pudesse, mas a questão não era a confiança de Thad neles. Se *abrisse* a boca, seriam eles que teriam pouquíssima confiança em Thad. E, mesmo que confiasse em Harrison e Manchester o suficiente para se abrir, não ousaria dizer nada até aquela sensação nojenta rastejando sob sua pele sumir. Porque George Stark estava de olho. E o prazo tinha acabado.

— Obrigado, Rawlie.

Rawlie assentiu, disse novamente que ele se cuidasse e se sentou atrás da escrivaninha.

Thad voltou para o escritório.

6

E, claro, tenho que escrever um bilhete para a sra. Fenton.

Enquanto guardava o último dos arquivos que tinha pego por engano, ele parou e olhou para a IBM Selectric bege. Ultimamente, parecia quase hipnoticamente ciente de todos os instrumentos de escrita, grandes e pequenos. Tinha se questionado em mais de uma ocasião na semana anterior se havia uma versão diferente de Thad Beaumont dentro de cada um, feito gênios maus saindo de umas lâmpadas.

Tenho que escrever um bilhete para a sra. Fenton.

Mas atualmente seria mais adequado usar um tabuleiro Ouija do que uma máquina de escrever elétrica para fazer contato com a falecida sra. Fenton, cujo café era tão forte que quase andava e falava sozinho, e por que ele tinha dito aquilo, afinal? A sra. Fenton era a última coisa em sua mente.

Thad botou o último arquivo no armário, fechou a gaveta e olhou para a mão esquerda. Embaixo do curativo, a pele entre o polegar e o indicador de repente começou a arder e coçar. Ele esfregou a mão na perna da calça, mas isso só pareceu fazer a coceira piorar. E agora também estava latejando. A sensação de calor profundo e abafado aumentou.

Ele olhou pela janela da sala.

Do outro lado do bulevar Bennett, os fios de telefone estavam cobertos de pardais. Havia mais pardais no telhado da enfermaria e, enquanto ele olhava, um grupo novo pousou em uma das quadras de tênis.

Todos pareciam estar olhando para ele.

Psicopompos. Os anunciadores dos mortos-vivos.

Um bando de pardais desceu como um ciclone de folhas queimadas e pousou no telhado do Bennett Hall.

— Não — sussurrou Thad, a voz trêmula.

Suas costas estavam rígidas com um arrepio. A mão coçando e ardendo.

A máquina de escrever.

Ele poderia se livrar dos pardais e da coceira intensa e enlouquecedora na mão apenas usando a máquina de escrever.

O instinto de se sentar na frente dela era forte demais para negar. Fazer isso parecia horrivelmente natural, de alguma forma, como o desejo de enfiar a mão em água fria depois de queimá-la.

Tenho que escrever um bilhete para a sra. Fenton.

É melhor você começar até o anoitecer, ou vai ser um filho da puta bem arrependido. E não vai ser o único.

Aquela sensação de arrepio embaixo da pele estava cada vez mais forte. Irradiava do buraco na mão em ondas. Os globos oculares pareciam pulsar em sincronia perfeita com a sensação. E, no olho da mente, a visão dos pardais se intensificou. Era a parte de Bergenfield chamada Ridgeway; Ridgeway debaixo de um céu branco de primavera; era 1960; o mundo todo estava morto, exceto por essas aves terríveis e comuns, esses psicopompos, e, enquanto ele olhava, todos levantaram voo. O céu ficou escuro com o volume enorme de aves. Os pardais estavam voando novamente.

Do lado de fora da janela de Thad, os pardais nos fios, na enfermaria e no Bennett Hall levantaram voo juntos, em uma agitação de asas. Alguns alunos que já estavam no campus pararam na praça para ver o bando virar para a esquerda e desaparecer no céu a oeste.

Thad não viu isso. Não viu nada além do bairro da sua infância transformado no terreno morto de um sonho. Ele se sentou na frente da máquina de escrever, afundando ainda mais no mundo sombrio do transe. Mas um pensamento permanecia firme. O malandro do George podia fazê-lo se sentar e bater nas teclas da IBM, sim, mas ele não escreveria o livro, independentemente do que acontecesse... e, se ele fosse firme nisso, o malandro do George desmoronaria ou simplesmente deixaria de existir, como a chama de uma vela. Ele sabia disso. Podia *sentir*.

Sua mão parecia estar *vibrando* agora, e ele sentia que, se pudesse ver, estaria como a pata de um personagem de desenho animado (o Coiote, talvez) depois de levar uma martelada. Não era exatamente dor; era mais uma sensação de "vou ficar louco daqui a pouco" que dá nas pessoas quando o meio das costas, aquele lugar que não dá para alcançar, começa a coçar. Não uma coceira superficial, mas aquela coceira profunda e latejante que faz você trincar os dentes.

Mas mesmo isso pareceu distante, sem importância.

Ele se sentou em frente à máquina de escrever.

7

Assim que ligou a máquina, a coceira passou... e a visão dos pardais foi junto.

Mas o transe permaneceu, e no centro dele havia um imperativo severo; havia uma coisa que precisava ser escrita, e ele podia sentir o corpo todo gritando que ele fosse em frente, fizesse logo, que acabasse com aquilo. De certa forma, era bem pior do que a visão dos pardais e a coceira na mão. Aquela coceira emanava de um lugar no fundo da mente.

Ele enfiou uma folha de papel na máquina e ficou ali sentado por um momento, sentindo-se distante e perdido. Em seguida, botou os dedos na posição básica da datilografia, na fileira do meio das teclas, embora tivesse abandonado essas regras anos antes.

Eles vibraram por um momento, e de repente todos os dedos menos os indicadores se encolheram. Aparentemente, quando datilografava, Stark fazia do mesmo jeito que Thad, catando milho. Claro; a máquina de escrever não era o instrumento de sua preferência.

Houve uma pontada distante de dor quando ele moveu os dedos da mão esquerda, mas não passou disso. Os indicadores digitaram devagar, mas não demorou para a mensagem se formar na folha branca. Foi terrivelmente breve. A bola de tipos de fonte Letter Gothic girou, imprimindo seis palavras em caixa-alta:

ADIVINHA DE ONDE EU LIGUEI, THAD.

O mundo de repente ganhou foco. Ele nunca tinha sentido tanto sofrimento, tanto horror na vida. Meu Deus, claro; estava tão certo, tão *claro*.

O filho da puta ligou da minha casa! Ele está com Liz e os gêmeos!

Ele começou a se levantar sem saber aonde pretendia ir. Nem percebeu o que estava fazendo até a mão explodir de dor, como uma tocha em brasa balançada com força no ar para produzir uma flor intensa de fogo. Seus lábios se repuxaram sobre os dentes, e ele soltou um gemido baixo. Caiu sentado na cadeira na frente da máquina de escrever e, antes de se dar conta do que estava acontecendo, as mãos foram até as teclas e digitaram de novo.

Seis palavras novamente.

SE CONTAR PARA ALGUÉM, ELES MORREM

Ele ficou olhando para as palavras feito um pateta. Assim que digitou o último M, tudo parou de repente; era como se ele fosse uma lâmpada que alguém tivesse desligado. Não havia mais dor na mão. Não havia mais coceira. Não havia mais sensação nojenta de coisa rastejando embaixo da pele.

Os pássaros tinham ido embora. Aquela sensação vaga e hipnotizante tinha sumido. E Stark também.

Só que ele não tinha sumido de verdade, tinha? Não. Stark estava cuidando da casa enquanto Thad estava fora. Eles tinham deixado dois policiais estaduais do Maine vigiando a casa, mas não importava. Ele tinha sido idiota, idiota demais de achar que dois policiais poderiam fazer a diferença. Um esquadrão de Boinas Verdes da Força Delta não teria feito diferença. George Stark não era um homem; era algo tipo um tanque Tiger nazista que por acaso tinha aparência humana.

— Como está indo? — perguntou Harrison atrás dele.

Thad deu um pulo, como se alguém tivesse espetado um alfinete na nuca dele... e isso o fez pensar em Frederick Clawson, o Frederick Clawson que tinha se metido onde não era chamado... e cometido suicídio ao contar o que sabia.

SE CONTAR PARA ALGUÉM, ELES MORREM

o encarava na folha de papel na máquina de escrever.

Ele arrancou a folha de papel do rolo da máquina e a amassou. Fez isso sem olhar para ver se Harrison estava perto; isso teria sido um grande erro. Ele tentou parecer normal. Não se sentia normal; sentia-se insano. Estava esperando que Harrison perguntasse o que ele tinha escrito e por que estava com tanta pressa para tirar o papel da máquina. Como Harrison não disse nada, Thad disse:

— Acho que acabei. Deixa o bilhete para lá. Vou trazer os arquivos de volta antes que a sra. Fenton dê pela falta deles mesmo. — Isso, pelo menos, era verdade...

A não ser que Althea estivesse olhando do céu. Ele se levantou, rezando para as pernas não o traírem e o derrubarem de volta na cadeira. Estava aliviado de ver Harrison parado na porta, sem olhar para ele. Um instante antes, Thad teria jurado que o homem estava bufando no cangote dele, mas Harrison estava comendo um biscoito e espiando atrás de Thad os poucos alunos que passavam pela praça.

— Cara, este lugar está mesmo morto — comentou o policial.

A minha família também pode estar antes de eu chegar em casa.

— Por que a gente não vai embora? — perguntou ele a Harrison.

— Por mim tudo bem.

Thad foi até a porta. Harrison olhou para ele, intrigado.

— Caramba. Talvez seja verdade essa coisa de professores serem distraídos.

Thad olhou para ele, nervoso, olhou para baixo e viu que ainda estava segurando a folha de papel amassada na mão. Jogou-a no cesto, mas a mão trêmula o traiu. Bateu na borda da lixeira e caiu do lado de fora. Antes que pudesse se inclinar para pegar, Harrison já tinha passado. Ele pegou a bola de papel e começou a jogá-la casualmente de uma das mãos para a outra.

— Você vai deixar as pastas que veio buscar?

O policial apontou para as pastas dos alunos de honra de escrita criativa, que estavam ao lado da máquina de escrever presas por um elástico vermelho. Em seguida, voltou a jogar a bola de papel que continha as duas últimas mensagem de Stark de uma mão para a outra, direita-esquerda, esquerda-direita, para a frente e para trás, siga a bolinha. Thad viu um pedaço das letras em uma das dobras amassadas: NTAR PRA ALGUÉM, ELES MO.

— Ah. É. Obrigado.

Thad pegou os arquivos e quase os deixou cair. Agora Harrison desamassaria a folha de papel que tinha na mão. Ele faria isso, e, embora Stark não estivesse vigiando-o naquele momento, Thad tinha quase certeza disso, ele voltaria a dar uma olhada em breve. Quando voltasse, saberia. E quando soubesse, faria algo indescritível com Liz e os gêmeos.

— Não foi nada. — Harrison jogou a bolinha de papel amassada no lixo. Rolou por quase toda a borda e caiu dentro. — Dois pontos — disse ele, e foi para o corredor, permitindo que Thad fechasse a porta.

8

Ele desceu a escada com a escolta policial atrás. Rawlie DeLesseps botou a cabeça para fora da sala e desejou a ele um bom verão, caso não voltassem a se ver. Thad desejou o mesmo com uma voz que, aos próprios ouvidos, pelo menos, soou bem normal. Sentia como se estivesse no piloto automático. A sensação durou até ele chegar ao Suburban. Quando jogou as pastas no banco do passageiro, um telefone público do outro lado do estacionamento chamou a atenção dele.

— Vou ligar pra minha esposa — disse ele para Harrison. — Pra ver se ela quer alguma coisa do mercado.

— Devia ter feito isso lá de cima — disse Manchester. — Teria economizado uma moeda.

— Esqueci. Talvez seja verdade *mesmo* essa coisa do professor distraído.

Os policiais se entreolharam, rindo, e entraram no Plymouth, onde podiam ficar com o ar-condicionado ligado vendo-o pelo para-brisa.

Thad sentiu como se suas entranhas tivessem virado vidro moído. Tirou uma moeda de vinte e cinco centavos do bolso e a colocou no buraco.

A mão estava tremendo, e ele errou o segundo número. Desligou, esperou a moeda voltar e tentou de novo, pensando *Meu Deus, parece a noite em que a Miriam morreu. Parece que estou vivendo aquela noite toda de novo.*

Era o tipo de déjà-vu do qual ele não precisava.

Na segunda vez, ele acertou, e ficou ali parado com o fone apertado com tanta força no ouvido que chegava a doer. Fez um esforço consciente para relaxar os ombros. Não podia deixar que Harrison e Manchester soubessem que havia algo de errado; mais do que tudo, não devia fazer isso. Mas não conseguia destravar os músculos.

Stark atendeu no primeiro toque.

— Thad?

— O que você fez com eles? — Foi como cuspir bolas secas de linha. E, ao fundo, ele ouviu os gêmeos chorando aos berros. Thad achou o choro estranhamente reconfortante. Não eram os berros roucos que Wendy deu quando caiu da escada; era um choro perplexo, de raiva, talvez, mas não de *dor*.

Mas Liz... onde estava a Liz?

— Nadinha — respondeu Stark —, como você mesmo pode ouvir. Não toquei em nenhum fio de cabelo da preciosa cabecinha deles. Por enquanto.

— A Liz — disse Thad.

Foi tomado de repente por um terror solitário. Era como estar imerso em uma onda fria.

— O que tem ela? — O tom de provocação foi grotesco, insuportável.

— Bota ela na linha! — gritou Thad. — Se você espera que eu escreva uma palavra que seja com o seu nome, *coloca ela na linha!* — E parte de sua mente, que pelo visto não tinha sido atingida por tamanho horror e surpresa, avisou: *Cuidado com sua expressão, Thad. Você só está parcialmente virado de costas para os policiais. Um homem não grita ao telefone quando está perguntando pra esposa se ela quer que compre ovos.*

— Thad! Thad, meu chapa! — Stark usou um tom magoado, mas Thad sabia, com uma certeza horrível e enlouquecedora, que o filho da puta estava sorrindo. — Você tem uma opinião péssima sobre mim, amigão. Que coisa *baixa*, meu filho! Acalma aí, ela está aqui.

— Thad? Thad, você está aí? — Ela estava agitada e com medo, mas não em pânico. Por enquanto.

— Estou. Querida, você está bem? As crianças?

— Estamos bem, sim. Nós... — Essa última palavra quase não foi completada. Thad ouviu o filho da mãe dizendo alguma coisa para ela, mas não entendeu o quê. Ela disse sim, tudo bem, e voltou ao telefone, à beira das lágrimas. — Thad, você tem que fazer o que ele quer.

— Sim. Eu sei disso.

— Mas ele quer que eu diga que não pode ser aqui. A polícia vai chegar daqui a pouco. Ele... Thad, ele disse que matou os dois que estavam vigiando a casa.

Thad fechou os olhos.

— Não sei como ele fez isso, mas ele disse que fez... e eu... acredito nele.

Ela tinha começado a chorar. Tentando segurar, sabendo que preocuparia Thad e que, se ficasse preocupado, ele poderia fazer alguma coisa perigosa. Ele apertou o telefone, pressionou na orelha e tentou parecer casual.

Stark estava murmurando ao fundo de novo. E Thad ouviu uma das palavras. *Colaboração.* Incrível. Incrível pra caralho.

— Ele vai nos levar daqui — disse ela. — Ele diz que você vai saber pra onde vamos. Se lembra da tia Martha? Ele disse que você tem que se livrar dos homens que estão com você. Diz que sabe que você consegue porque *ele* conseguiria. Ele quer que você se junte a nós esta noite, depois que escurecer. Ele disse... — Ela soltou um soluço assustado. E quando ia soltar outro, conseguiu segurar. — Ele disse que você vai colaborar com ele, que com os dois trabalhando juntos, vai ser o melhor livro de todos. Ele...

Murmúrios, murmúrios, murmúrios.

Ah, Thad queria apertar o pescoço hediondo de George Stark com os dedos e apertar até perfurarem a pele e entrarem na garganta do filho da puta.

— Ele disse que Alexis Machine voltou da morte, mais poderoso do que nunca. — E com voz aguda: — *Por favor*, faça o que ele diz, Thad! Ele tem armas! E tem um maçarico! Um maçarico pequeno! Ele disse que se você tentar alguma coisa...

— Liz...

— Por favor, Thad, faça o que ele diz.

As palavras dela foram ficando distantes quando Stark pegou o telefone.

— Me diz uma coisa, Thad — disse Stark, e não havia mais provocação na voz dele. Estava seriíssima. — Me diz uma coisa, e é melhor você falar de um jeito sincero que me faça acreditar, meu chapinha, senão eles vão pagar. Entendeu?

— Entendi.

— Tem certeza? Porque ela não mentiu sobre o maçarico.

— Tenho! *Tenho*, caramba!

— O que ela quis dizer quando falou pra você se lembrar da tia Martha? Quem é essa? Foi algum tipo de código, Thad? Ela estava tentando me passar a perna?

Thad viu de repente a vida da esposa e dos filhos por um fio. Não era uma metáfora; ele *via*. O fio era azul-gelo, transparente, quase invisível no meio de toda a eternidade que poderia existir. Tudo passou a se resumir a duas coisas: o que ele dissesse e no que George Stark acreditaria.

— O equipamento de gravação dos telefones está desligado?

— Claro que está! — disse Stark. — O que você acha que eu sou, Thad?

— A *Liz* sabia disso quando você passou o telefone para ela?

Depois de um instante, Stark disse:

— Bastaria ela olhar. A merda dos fios está caída no chão.

— Mas ela olhou? Ela olhou?

— Para de enrolar, Thad.

— Ela estava tentando me dizer aonde vocês vão sem dizer as palavras — disse Thad. Ele estava se esforçando para usar um tom paciente e professoral; paciente, mas um pouco condescendente. Não dava para saber se estava conseguindo ou não, mas achava que George deixaria claro em pouco tempo. — Ela quis dizer a casa de verão. A casa em Castle Rock. Martha Tellford é tia da Liz. Nós não gostamos dela. Sempre que ela ligava e dizia que ia nos visitar, nós fantasiávamos de fugir pra Castle Rock e nos esconder na casa de veraneio até ela morrer. Agora *já falei*, e se tiver equipamento de gravação sem fio no nosso telefone, George, a culpa é sua.

Ele esperou, suando, para ver se Stark cairia... ou se o fio fino que era a única coisa entre seus entes queridos e a eternidade se partiria.

— Não tem — disse Stark, e a voz dele soou relaxada de novo.

Thad lutou contra a necessidade de se encostar na lateral da cabine telefônica e fechar os olhos de alívio. *Se a gente se encontrar novamente, Liz,* pensou ele, *vou torcer seu pescoço por correr um risco tão maluco.* Embora ele achasse que, se a visse de novo, iria mesmo era beijá-la até deixá-la sem fôlego.

— Não faça nada com eles — disse ele ao telefone. — Por favor, não faça nada com eles. Vou fazer o que você quiser.

— Ah, eu sei. Sei que vai, Thad. E vamos fazer juntos. Pelo menos no começo. E é bom você se mexer. Se livra dos cães de guarda e vai pra Castle Rock. Vai o mais rápido que puder, mas não tanto a ponto de chamar atenção. Seria um erro. Você pode pensar em trocar de carro, mas vou deixar os detalhes com você; afinal, é um cara criativo. Chegue lá antes de escurecer se quer encontrar todos vivos. Não faça merda. Entendeu? Não faça merda e não tente nenhuma gracinha.

— Não vou.

— Isso mesmo. Não vai. O que você vai fazer, meu chapa, é entrar no jogo. Se pisar na bola, só vai encontrar os corpos e a fita da sua esposa te xingando antes de morrer.

Houve um clique. A ligação foi interrompida.

9

Quando ele estava voltando para o Suburban, Manchester abriu a janela do passageiro do Plymouth e perguntou se estava tudo bem em casa. Thad viu nos olhos do homem que era mais do que uma pergunta de praxe. Ele tinha visto alguma coisa no rosto de Thad. Mas tudo bem; ele achava que dava para contornar. Afinal, era um cara criativo, e sua mente se movia em uma velocidade própria sinistra e silenciosa, como um trem-bala japonês. A pergunta se apresentou de novo: mentir ou falar a verdade? E, como antes, não houve dificuldade para decidir.

— Tudo está ótimo — disse ele. O tom de voz foi natural e casual. — As crianças estão mal-humoradas, só isso. E isso deixa Liz mal-humorada. — Ele ergueu a voz um pouco. — Vocês dois estão agitados desde que saímos de casa. Está acontecendo alguma coisa que eu deveria saber?

Ele tinha consciência suficiente, mesmo naquela situação desesperada, para sentir uma pontada de culpa por dizer aquilo. Tinha uma coisa acontecendo, sim, mas era ele quem sabia e não estava contando.

— Não — disse Harrison atrás do volante, inclinando-se para a frente para falar ao lado do parceiro. — Não conseguimos falar com Chatterton e Eddings na sua casa, só isso. Talvez eles tenham entrado.

— Liz disse que fez chá gelado — disse Thad, mentindo frivolamente.

— Então é isso — disse Harrison. Ele sorriu para Thad, que sentiu outra pontada um pouco mais forte de culpa. — Será que ainda vai ter um pouco quando a gente chegar, hein?

— Tudo é possível.

Thad fechou a porta do Suburban e enfiou a chave na ignição, a mão estava com tanto tato quanto um bloco de madeira. Perguntas rodopiavam em sua cabeça, fazendo um desfile complicado e nada adorável. Stark e sua família já tinham ido para Castle Rock? Ele esperava que sim; queria que estivessem longe antes da notícia de que foram raptados se espalhasse pelo rádio da polícia. Se eles estivessem no carro de Liz e alguém o visse, ou se ainda estivessem próximos ou em Ludlow, poderia dar problema. Do tipo mortal. Era horrivelmente irônico ele estar torcendo para Stark conseguir fugir sem nenhum empecilho, mas essa era exatamente sua posição.

E, falando em fugas, como ele se livraria de Harrison e Manchester? Essa era outra boa pergunta. Não fugindo a toda velocidade no Suburban, isso era certo. O Plymouth que eles estavam dirigindo parecia um cachorro, com a cobertura de poeira e os pneus pretos, mas o ronco do motor ligado e parado sugeria que havia um papa-léguas debaixo do capô. Ele achava que *conseguiria* escapar deles, já tinha uma ideia de como e onde poderia fazer isso, mas como faria para não ser achado ao longo do percurso de duzentos e sessenta quilômetros até Castle Rock?

Ele não tinha a menor ideia... só sabia que teria que dar um jeito.

Se lembra da tia Martha?

Ele mentiu para Stark sobre o que aquilo queria dizer, e Stark caiu. Então o acesso do filho da mãe à sua mente não era total. Martha Tellford era tia de Liz, sim, e eles brincavam, quase sempre na cama, sobre fugir dela, mas falavam sobre fugir para lugares exóticos como Aruba ou Taiti... porque a tia Martha sabia sobre a casa de verão em Castle Rock. Ela os visitava lá com mais frequência do que em Ludlow. E o lugar favorito da tia Martha Tellford em Castle Rock era o lixão. Ela era membro contribuinte do NRA e o que mais gostava de fazer no lixão era atirar em ratos.

— Se você quer que ela vá embora — Thad se lembrava de ter dito para Liz uma vez —, é você que tem que falar isso para ela. — Essa conversa também acontecera na cama, perto do final da visita interminável da tia Martha no verão de... 1979 ou 1980? Não importava, na opinião dele. — Ela é *sua* tia. Além do mais, acho que, se eu falasse, ela talvez acabasse usando aquela Winchester em *mim*.

— Não sei se ser parente aliviaria para o meu lado. Ela fica com um olhar... — Ela fingiu sentir um calafrio ao lado dele, Thad lembrava, e riu e o cutucou nas costelas. — Vai em frente. Deus odeia os covardes. Diz pra ela que somos a favor da preservação, mesmo se tratando de ratos de lixão. Vai até ela, Thad, e diz: "Cai fora, tia Martha! Você já atirou no seu último rato no lixão! Faça as malas e cai fora!".

Claro que nenhum dos dois mandou a tia Martha cair fora; ela manteve as visitas diárias ao lixão, onde atirava em dezenas de ratos (e Thad desconfiava de que em algumas gaivotas quando os ratos se escondiam). Finalmente chegou o dia abençoado em que Thad a levou ao aeroporto de Portland e a botou em um avião de volta para Albany. No portão, ela lhe deu um desconcertante aperto de mão duplo masculino, como se estivesse fechando um negócio, e não se despedindo, e disse que talvez os agraciasse com uma visita no ano seguinte.

— Foi ótimo pra atirar — dissera ela. — Devo ter acertado mais de seis ou sete dezenas daquelas pragas.

Ela *nunca* voltou, apesar de uma vez ter sido por pouco (*essa* visita iminente foi evitada por um misericordioso convite de última hora para ir ao Arizona, onde, tia Martha os informou por telefone, ainda havia recompensa por atirar em coiotes).

Nos anos seguintes à última visita dela, "Se lembra da tia Martha" tinha se tornado uma frase-código como "Se lembra do *Maine*". Queria dizer que um deles deveria tirar a .22 do barracão de armazenamento e atirar em algum convidado chato, como a tia Martha tinha atirado nos ratos no lixão. Agora que estava pensando no assunto, Thad achava que Liz tinha usado a expressão uma vez durante a sessão de entrevista e fotos da *People*. Ela tinha se virado para ele e murmurado "Será que aquela tal de Myers se lembra da tia Martha, Thad?".

Em seguida, cobriu a boca e começou a rir.

Bem engraçado.

Só que dessa vez não era piada.

E não era para atirar em ratos no lixão.

A não ser que ele tivesse entendido tudo errado, Liz estava tentando dizer para Thad ir atrás deles e matar George Stark. E, se ela queria que ele fizesse isso, a Liz, que chorava quando ouvia sobre animais de rua sendo "sacrificados" no Abrigo de Animais de Derry, ela devia achar que não havia outra solução. Ela devia achar que só havia duas escolhas àquela altura: morte para Stark... ou morte para ela e os gêmeos.

Harrison e Manchester estavam olhando para ele com curiosidade, e Thad se deu conta de que estava sentado atrás do volante do Suburban ligado, perdido em pensamentos, havia quase um minuto. Ele levantou a mão, fez um cumprimento de leve, deu ré e se virou para a avenida Maine, que o levaria para fora do campus. Tentou começar a pensar em como escaparia daqueles dois antes que eles recebessem a notícia pelo rádio da polícia de que os colegas estavam mortos. Tentou pensar, mas ficava ouvindo Stark dizer que, se ele pisasse na bola, quando chegasse à casa de veraneio em Castle Rock, só encontraria os corpos e uma fita de Liz xingando-o antes de morrer.

E ele ficava vendo Martha Tellford olhando por cima do cano da Winchester, que era bem maior do que a .22 que ele guardava trancada no abrigo da casa de veraneio, mirando nos ratos gordos correndo pelas pilhas de lixo e pelas fogueiras laranja baixas de lixo. Ele percebeu de repente que *queria* atirar em Stark, e não com uma .22.

O malandro do George merecia uma coisa maior.

Um obus talvez fosse do tamanho certo.

Os ratos, voando pelo brilho do vidro de garrafas quebradas e de latas amassadas, os corpos se retorcendo e explodindo quando entranhas e pelo voavam.

Sim, ver uma coisa assim acontecer a George Stark seria ótimo.

Ele apertava o volante com muita força, fazendo a mão esquerda doer. Parecia ranger nos ossos e nas juntas.

Ele relaxou (ou ao menos tentou), procurou o Percodan no bolso do peito, encontrou e engoliu o comprimido a seco.

Começou a pensar no cruzamento de zona escolar em Veazie. O que tinha placas dizendo PARE nas quatro direções.

E começou a pensar no que Rawlie DeLesseps tinha dito. Psicopompos, Rawlie os chamou.

Os emissários dos mortos-vivos.

VINTE E UM
STARK ASSUME O COMANDO

1

Ele não teve dificuldade de planejar o que queria fazer e como queria fazer, apesar de nunca ter ido a Ludlow na vida.

Stark já tinha ido lá o suficiente em sonhos.

Pegou a estrada com o Honda Civic velho roubado e depois foi para uma área de descanso a dois quilômetros da casa dos Beaumont. Thad tinha ido até a universidade, e isso foi bom. Às vezes era impossível saber o que Thad estava fazendo ou pensando, mesmo que ele quase sempre conseguisse sentir o tom de suas emoções, se tentasse.

Se estivesse muito difícil fazer contato com Thad, bastava começar a mexer em um dos lápis Berol que tinha comprado na papelaria da rua Houston.

Isso ajudava.

Hoje, seria fácil. Seria fácil porque, independentemente do que Thad pudesse ter dito aos cães de guarda, ele tinha ido à universidade por um motivo e apenas um motivo: porque tinha estourado o prazo e acreditava que Stark tentaria fazer contato com ele. Stark pretendia fazer exatamente isso. Pois é.

Só não planejava fazer como Thad esperava.

E certamente não do *lugar* que Thad esperava.

Era quase meio-dia. Havia algumas pessoas fazendo piquenique na parada, em volta de mesas na grama ou reunidas nas pequenas churrasqueiras de pedra perto do rio. Ninguém olhou para Stark quando ele saiu do Civic e foi andando. Isso era bom, porque, se o tivessem visto, as pessoas se lembrariam dele.

Lembrariam, sim.

Descreveriam, não.

Quando saiu andando pelo asfalto e partiu pela estrada para a casa dos Beaumont a pé, Stark estava bem parecido com o Homem Invisível de H.G. Wells. Uma atadura larga cobria sua testa das sobrancelhas até o couro cabeludo. Outra atadura cobria o queixo e o maxilar inferior. Ele estava com um boné dos New York Yankees enfiado na cabeça. Usava óculos de sol, um colete acolchoado e luvas pretas.

As ataduras estavam manchadas com uma substância amarela e purulenta que escorria sem parar pela gaze de algodão como lágrimas grudentas. Mais substância amarela escorria por trás dos óculos escuros Foster Grant. De tempos em tempos, ele limpava a bochecha com as luvas, que eram de tecido fino. As palmas e os dedos da luva estavam grudentos com a gosma secando. Debaixo das ataduras, boa parte da pele tinha se soltado. O que restava não era exatamente carne humana; era uma substância escura e esponjosa que purgava quase sem parar. Essa substância parecia pus, mas tinha um cheiro sombrio e desagradável, como uma combinação de café forte e nanquim.

Ele andou com a cabeça meio inclinada para a frente. Os ocupantes dos poucos carros que vinham na direção dele viram um homem de boné com a cabeça abaixada contra a luz e as mãos enfiadas nos bolsos. A sombra da aba do boné só não afastaria os olhares mais insistentes, e, se tivessem olhado com mais atenção, só teriam visto as ataduras. Os carros que vieram por trás e passaram por ele a caminho do norte só tinham as costas dele para olhar, claro.

Se estivesse mais próximo das cidades gêmeas de Bangor e Brewer, a caminhada teria sido mais difícil. Mais perto havia subúrbios e condomínios. A parte de Ludlow onde os Beaumont moravam ainda ficava a uma distância no campo que podia ser considerada comunidade rural; não roça, mas também não parte da cidade grande. Os terrenos eram tão grandes que alguns podiam ser classificados como chácaras. Eram separados não por cercas, aqueles avatares da privacidade suburbana, mas por cinturões estreitos de árvores e, às vezes, muros irregulares de pedra. Havia uma ou outra antena satélite espalhada pelo horizonte, que pareciam postos avançados de uma invasão alienígena.

Stark andou pelo acostamento até passar pela casa dos Clark. A de Thad era a seguinte. Ele atravessou o canto mais distante do jardim da frente dos Clark, que era mais feno do que grama. Olhou uma vez para a casa. As janelas estavam baixadas para bloquear o calor, e a porta da garagem estava bem fechada. A casa dos Clark parecia mais do que deserta; tinha o ar abandonado de casas que estavam vazias havia algum tempo. Não tinha uma pilha de jornais denunciando a ausência, mas Stark acreditava mesmo assim que a família Clark tinha ido viajar para aproveitar as férias de verão e não via problema nenhum nisso.

Entrou no aglomerado de árvores entre as duas propriedades, passou por cima dos restos de um muro de pedra desmoronado e se apoiou em um joelho. Pela primeira vez, estava olhando diretamente para a casa do seu gêmeo teimoso. Havia uma viatura da polícia estacionada na entrada da garagem, e seus dois respectivos policiais estavam na sombra de uma árvore ali perto, fumando e conversando. Ótimo.

Ele tinha o que precisava; o resto era moleza. Mas esperou mais um pouco. Não se via como um homem de imaginação, ao menos não fora das páginas dos livros em cuja criação ele teve participação vital, tampouco era um homem emotivo, e por isso ficou um pouco apreensivo com a raiva cega e o ressentimento que sentiu fervendo nas entranhas.

Que direito o filho da puta tinha de dizer não para ele? Que porra de direito? Porque ele existiu primeiro? Porque Stark não sabia como, por quê e nem quando tinha começado a existir? Isso era absurdo. No que dizia respeito a George Stark, ser veterano não servia de nada nessa questão. Ele não tinha o dever de se deitar e morrer sem protestar, ao contrário do que Thad Beaumont pelo visto achava. Seu dever era consigo mesmo: a simples sobrevivência. E isso nem era tudo.

Ele tinha que pensar nos fãs leais também, não tinha?

Olha só aquela casa. Uma casa colonial espaçosa típica da Nova Inglaterra, que talvez quase até se qualificasse como mansão. Gramado enorme, sprinklers girando e espirrando água para mantê-lo verde. Uma cerca de estacas de madeira percorria um lado do piso preto da entrada da garagem, o tipo de cerca que Stark achava que era para ser "pitoresca". Havia uma passagem coberta que ia da casa até a garagem; uma *passarela*, meu Deus! E por dentro a casa era mobiliada em um estilo colonial gracioso (talvez eles chamassem de agradável), combinando com a parte de fora: uma mesa comprida de carvalho na sala de jantar, cômodas altas e bonitas nos quartos de cima e cadeiras delicadas e agradáveis aos olhos sem serem preciosas; cadeiras que um visitante admiraria e ainda ousaria se sentar nelas. Paredes que não eram cobertas por papel de parede, mas pintadas e decoradas com estêncil. Stark tinha visto isso tudo, tinha visto nos sonhos que Beaumont nem sabia que estava tendo quando escrevia como Stark.

De repente, ele teve vontade de botar fogo na casinha branca encantadora. Era só acender um fósforo — ou talvez a chama do maçarico que estava no bolso do seu colete — e deixar queimar até a base. Mas não antes de entrar. Não antes de quebrar os móveis, cagar no tapete da sala e passar excremento pelas paredes cuidadosamente pintadas para que ficasse com manchas marrons. Não antes de pegar um machado e estraçalhar as preciosas cômodas.

Que direito Beaumont tinha de ter filhos? De ter uma linda esposa? Que direito Thad Beaumont tinha de viver na luz e ser feliz enquanto seu irmão sombrio, que o tornou rico e famoso quando ele teria vivido pobre e morrido na obscuridade, morria na escuridão como um vira-lata doente em um beco?

Nenhum, claro. Direito nenhum. Era só que Beaumont *acreditara* naquele direito e, ainda, apesar de tudo, continuava acreditando. Mas essa crença, e não o George Stark de Oxford, Mississippi, era ficção.

— Está na hora de ter sua primeira lição, amigão — murmurou Stark em meio às árvores. Levou a mão aos clipes que prendiam a atadura na testa, retirou-os e os guardou no bolso para depois. Em seguida, começou a desenrolar a atadura, as camadas cada vez mais úmidas conforme iam chegando perto da carne estranha. — Uma lição que você não vai esquecer nunca. Dou minha maldita garantia.

2

Não foi nada além de uma variação do truque da bengala que ele aplicou nos policiais de Nova York, mas isso não era problema para Stark; ele acreditava piamente na ideia de que, se você tinha um bom golpe, deveria continuar usando até gastá-lo. Aqueles policiais não representavam nenhuma dor de cabeça, a não ser que ele fosse descuidado; eles estavam naquele trabalho havia mais de uma semana, com cada dia mais certeza de que o maluco estava dizendo a verdade quando falou que ia embora. O único entrave era Liz; se ela estivesse olhando pela janela quando ele abatesse os porcos, as coisas poderiam ficar complicadas. Mas ainda faltavam alguns minutos para o meio-dia; ela e os gêmeos deviam estar cochilando ou se preparando para isso. Independentemente de como fosse, ele estava confiante que as coisas dariam certo.

Na verdade, não tinha a menor dúvida disso.

O amor quebra barreiras.

3

Chatterton ergueu a bota para apagar o cigarro (ele planejava colocar a guimba no cinzeiro do carro quando estivesse apagada; a polícia estadual do Maine não sujava a entrada das casas dos cidadãos) e, quando olhou, o homem com a pele arrancada do rosto estava ali, se aproximando lentamente. Uma das mãos acenou devagar para ele e para Jack Eddings, pedindo ajuda; a outra estava dobrada nas costas e parecia quebrada.

Chatterton quase teve um ataque cardíaco.

— Jack! — gritou ele, e Eddings se virou.

Seu queixo caiu.

— ... *socorro*... — grunhiu o homem com a pele arrancada da cara.

Chatterton e Eddings correram na direção dele.

Se tivessem sobrevivido, talvez tivessem contado aos colegas policiais que acharam que o homem havia sofrido um acidente de carro ou sido queimado por uma chama descontrolada de uma explosão de gasolina ou querosene, ou talvez caído de cara em uma daquelas máquinas cruéis de fazenda que decidem de vez em quando ganhar vida própria e acertar seus donos com as lâminas, cortadores ou espetos giratórios cruéis.

Eles talvez tivessem contado aos colegas policiais qualquer uma dessas coisas, mas no momento não estavam pensando em nada. A mente deles tinha sido apagada pelo horror. O lado esquerdo do rosto do homem parecia quase estar *fervendo*, como se, depois da pele arrancada, alguém tivesse derramado uma solução poderosa de ácido carbônico na carne viva. Um fluido grudento e indescritível escorria sobre montes de carne intumescida e entrava em rachaduras pretas, às vezes num fluxo repugnante e intenso.

Eles não pensaram nada; simplesmente reagiram.

Essa era a beleza do truque da bengala.

— ... *socorro*...

Stark fez seus pés se embolarem e caiu. Gritando alguma coisa incoerente para o parceiro, Chatterton esticou a mão para segurar o homem ferido. Stark passou o braço direito pelo pescoço do policial e tirou a mão esquerda das costas. Havia uma surpresa nela. A surpresa era a navalha de cabo perolado. A lâmina brilhou febrilmente no ar úmido. Stark golpeou e partiu o globo ocular direito de Chatterton com um estalo audível. Chatterton gritou e levou a mão ao rosto. Stark passou a mão pelo cabelo dele, puxou a cabeça para trás e cortou sua garganta de orelha a orelha. Sangue jorrou do pescoço musculoso em uma maré de sangue. Tudo isso aconteceu em quatro segundos.

— O quê? — perguntou Eddings com um tom de voz grave e estranhamente controlado. Ele estava parado meio metro atrás de Chatterton e Stark. — O quê?

Uma das mãos frouxas estava parada ao lado da coronha do revólver de serviço, mas uma olhada rápida deixou claro que o policial não tinha a menor ideia de onde a arma estava, tanto quanto não tinha a menor ideia de qual era a população de Moçambique. Seus olhos estavam arregalados. Ele não sabia o que estava vendo e nem quem estava sangrando. *Não, não é verdade*, pensou Stark, *ele acha que sou eu. Ele ficou parado me vendo cortar a garganta do parceiro dele, mas acha que sou eu que estou sangrando porque metade do meu rosto está destruído, mas esse nem é o motivo* verdadeiro; *sou eu sangrando, tem que ser, porque ele e o parceiro são da polícia. Eles são os heróis desse filme.*

— Aqui — disse ele —, pode segurar isto pra mim? — E empurrou o corpo ainda vivo de Chatterton para cima do parceiro.

Eddings soltou um gritinho agudo. Tentou recuar, mas foi lento demais. O peso quase morto de noventa quilos que era Tom Chatterton o jogou cambaleante para trás, em cima do carro de polícia. Sangue quente escorria pelo rosto virado como água de um chuveiro quebrado. Ele gritou e empurrou o corpo. Chatterton se virou e tateou o carro cegamente com o que restava de suas forças. A mão esquerda bateu no capô, deixando a marca. A direita segurou com fraqueza a antena do rádio e a arrancou. Ele caiu no chão, segurando-a na frente do olho que restava como um cientista com uma amostra rara demais para abrir mão dela, mesmo em uma situação extrema.

Eddings teve um vislumbre borrado do homem de pele arrancada indo com tudo para cima dele e tentou recuar. Bateu no carro.

Stark deu um golpe para cima, rasgando ao meio a virilha do uniforme bege de Eddings e seu saco escrotal, e enfiou a navalha para cima em um golpe longo e lento. As bolas de Eddings, uma repentinamente separada da outra, bateram nas coxas como nós pesados nas pontas de uma corda que se soltara. A calça em volta do zíper ficou manchada de sangue. Por um momento, parecia que alguém tinha enfiado um monte de sorvete na virilha dele... e a dor veio, quente e cheia de dentes afiados. Ele gritou.

Stark golpeou a garganta de Eddings com a navalha com uma velocidade monstruosa, mas ele conseguiu levantar o braço, e o primeiro golpe só cortou ao meio a palma da mão. Eddings tentou rolar para a esquerda, e isso expôs o lado direito do pescoço.

A lâmina nua, pálida e prateada na luz do dia, cortou o ar de novo e dessa vez foi exatamente aonde devia ir. Eddings caiu de joelhos, as mãos entre as pernas. A calça bege tinha ficado vermelha quase até os joelhos. A cabeça tombou, e ficou parecendo uma vítima de um sacrifício pagão.

— Tenha um ótimo dia, filho da puta — disse Stark em tom de conversa.

Ele se inclinou, enfiou a mão no cabelo de Eddings e puxou a cabeça para trás, exibindo o pescoço para um golpe final.

4

Ele abriu a porta de trás da viatura, puxou Eddings pela gola da camisa do uniforme e pelo traseiro ensanguentado da calça e o jogou lá dentro como um saco de grãos. Em seguida, fez o mesmo com Chatterton. Este último devia pesar mais de cem quilos, com o cinto de equipamentos e a .45 incluídos, mas Stark o moveu como se ele fosse um saco de penas. Bateu a porta e voltou um olhar cheio de curiosidade para a casa.

Estava silenciosa. Os únicos sons eram dos grilos na grama alta ao lado do caminho de entrada e o chiado baixo dos sprinklers no gramado. A isso se misturou o som de um caminhão que se aproximava: um tanque Orinco. Passou rugindo a quase cem, em direção ao norte. Stark ficou tenso e se abaixou um pouco ao lado da viatura quando viu os freios do caminhão se acenderem por um instante. Soltou uma única gargalhada grunhida quando se apagaram e o tanque desapareceu na colina seguinte, acelerando novamente. O motorista tinha visto a viatura estacionada na entrada dos Beaumont, verificou o velocímetro e achou que devia estar com o radar de velocidade acionado. A coisa mais natural do mundo. Ele não precisava ter se preocupado; o radar de velocidade daquela viatura estava desligado para sempre.

Havia muito sangue na entrada, mas, no asfalto preto, passaria por água... a não ser para quem chegasse bem perto. Isso não seria problema. E, mesmo que fosse, ficaria assim mesmo.

Stark dobrou a navalha, segurou na mão grudenta e foi até a porta. Não viu nem os pardais mortos no degrau nem os vivos que começavam a pousar no telhado e na macieira perto da garagem, observando em silêncio.

Em um ou dois minutos, Liz Beaumont desceu a escada, ainda meio atordoada do cochilo da tarde, para atender a campainha.

5

Ela não gritou. O grito estava lá, mas o rosto em carne viva com o qual se deparou quando abriu a porta trancou o grito dentro dela, congelou, negou, cancelou, enterrou o grito vivo. Ao contrário de Thad, ela não se lembrava de ter sonhado com George Stark, mas talvez tivesse sonhado, sim, e as imagens talvez estivessem enterradas na mente inconsciente, porque o rosto iluminado e sorridente parecia quase uma coisa esperada, com todo o seu horror.

— Ei, moça, quer comprar um pato? — perguntou Stark pela porta de tela.

Ele sorriu, exibindo dentes demais. A maioria morta. Os óculos escuros transformavam seus olhos em vãos grandes e pretos. Gosma escorria da bochecha e do maxilar, sujando o colete.

Tardiamente, ela tentou fechar a porta. Stark enfiou o punho enluvado pela tela e a abriu novamente. Liz cambaleou para trás e tentou gritar. Não conseguiu. A garganta ainda estava trancada.

Stark entrou e fechou a porta.

Liz ficou observando enquanto ele ia devagar até ela. Ele parecia um espantalho em decomposição que tinha ganhado vida. O sorriso era o pior, porque a metade esquerda do lábio superior parecia não só podre ou apodrecendo, mas carcomida. Ela via dentes pretos e os buracos que tinham sido ocupados por outros dentes até recentemente.

Ele esticou as mãos enluvadas na direção dela.

— Oi, Beth — disse ele com aquele sorriso horrível. — Peço perdão pela intromissão, mas eu estava aqui perto e resolvi dar uma passada. Sou George Stark, é um prazer conhecer você. Um prazer maior do que você pode imaginar...

Um dos dedos dele tocou o queixo dela... em uma carícia. A carne embaixo do couro preto parecia esponjosa, inconsistente. Naquele momento, ela pensou nos gêmeos dormindo no andar de cima, e sua paralisia acabou. Ela se virou e correu para a cozinha. Em algum lugar na confusão barulhenta da mente, ela se viu pegando uma das facas no suporte magnético acima da bancada e enfiando naquela caricatura obscena de rosto.

Ela ouviu que ele vinha atrás, rápido como o vento.

A mão dele roçou nas costas da blusa, tentando segurar, e escorregou.

A porta da cozinha era de vaivém, mantida aberta por um calço. Ela chutou o calço quando passou, sabendo que, se errasse ou só o virasse de lado, não haveria segunda chance. Mas acertou na mosca com o chinelo e sentiu um instante de dor nos dedos. O calço voou pelo piso da cozinha, tão encerado que ela via o reflexo do aposento todo de cabeça para baixo. Sentiu Stark tentando pegá-la de novo. Esticou a mão para trás e fechou a porta. Ouviu o baque da porta batendo nele, que gritou, furioso e surpreso, mas não era um grito de dor. Ela foi pegar a faca...

... e Stark a puxou pelo cabelo e pelas costas da blusa. Ele a puxou para trás e a virou. Ela ouviu o ruído de tecido rasgando e pensou, atordoada: *se ele me estuprar, ah, Jesus, se ele me estuprar eu vou ficar maluca...*

Ela socou o rosto grotesco, entortando e depois derrubando os óculos. A pele embaixo do olho esquerdo soltou e caiu como uma boca morta, expondo o volume vermelho do globo ocular.

E ele estava *rindo*.

Segurou as mãos dela e as empurrou para baixo, mas Liz soltou uma e arranhou o rosto dele. Os dedos deixaram sulcos fundos dos quais sangue e pus escorreram lentamente. Houve pouca ou nenhuma resistência; era como atacar um pedaço de carne podre. Ela começou a emitir um som; queria gritar, dar voz ao seu horror e medo antes que sufocasse, mas o máximo que conseguiu foi uma série de grunhidos roucos e perturbados.

Ele segurou a mão dela, empurrou para baixo, colocou as duas para trás e segurou os dois pulsos com uma única mão. A sensação era esponjosa, mas firme como um grilhão. Ele levou a outra mão até a frente da blusa e tocou seu seio. A pele reagiu ao toque. Ela fechou os olhos e tentou se afastar.

— Ah, para com isso — disse ele. Ele ainda estava sorrindo, mas não de propósito, um sorriso torto pra esquerda, paralisado na boca podre. — Para, Beth. Para o seu próprio bem. Eu fico excitado quando você resiste. Você não vai querer me deixar excitado. Acredite. Acho que deveríamos ter um relacionamento platônico, você e eu. Pelo menos por enquanto.

Ele apertou o seio dela com mais pressão, e ela sentiu a força implacável por baixo da decomposição, como uma armadura de hastes articuladas de aço dentro de plástico macio.

Como ele pode ser tão forte? Como pode ser tão forte se parece que está morrendo?

Mas a resposta era óbvia. Ele não era humano. Ela não sabia nem se ele estava *vivo*.

— Ou será que você *quer*? É isso? Você quer? Quer agora? — A língua, preta e vermelha e amarela, a superfície cheia de rachaduras estranhas como naquelas planícies secas, saiu da boca repuxada e sorridente e balançou para ela.

Ela parou de lutar na mesma hora.

— Melhor — disse Stark. — Agora... vou soltar você, Bethie, minha querida, minha doçura. Quando eu fizer isso, a vontade de fazer os cem metros rasos em cinco segundos vai surgir de novo. Isso é natural; nós ainda não nos conhecemos direito, e tenho noção de que não estou no meu melhor momento. Mas, antes que você faça qualquer besteira, quero que você se lembre dos dois policiais lá fora. Eles estão mortos. E quero que pense nos seus *bambinos*, dormindo que nem dois anjinhos lá em cima. Crianças precisam descansar, não é? Principalmente crianças muito *pequenas*, muito *indefesas*, como as suas. Entendeu? Está me acompanhando?

Ela assentiu estupidamente. Tinha começado a sentir o cheiro dele. Era um odor horrível de carne. *Ele está apodrecendo*, pensou ela. *Apodrecendo diante dos meus olhos.*

Tinha ficado muito claro para ela por que ele queria tão desesperadamente que Thad voltasse a escrever.

— Você é um vampiro — disse ela com voz rouca. — Um maldito vampiro. E ele botou você de regime. Aí, você vem aqui. Me apavora e ameaça meus bebês. Você é um covarde escroto, George Stark.

Ele a soltou e ajeitou e apertou primeiro a luva esquerda e depois a direita. Foi um gesto exagerado e estranhamente sinistro.

— Não acho isso justo, Beth. O que *você* faria se estivesse na minha posição? O que faria, por exemplo, se estivesse presa em uma ilha sem nada pra comer e beber? Você faria poses de langor e suspiraria graciosamente? Ou lutaria? Você realmente me culpa por querer uma coisa tão simples quanto a sobrevivência?

— *Sim!* — gritou ela.

— Palavras de uma verdadeira partidária... mas talvez você mude de ideia. É que ser partidária agora pode sair mais caro do que você imagina, Beth. Quando a oposição é tão ardilosa e dedicada, pode sair extremamente caro. Você pode acabar se tornando uma colaboradora mais entusiasmada do que acharia possível.

— Vai sonhando, filho da puta!

O lado direito da boca de Stark se ergueu, o lado esquerdo eternamente sorridente também se ergueu um pouco mais, e ele ofereceu a ela o sorriso monstruoso que, ela supôs, era para ser envolvente. A mão, gélida e doentia por baixo da luva fina, deslizou pelo antebraço dela em uma carícia. Um dedo apertou sugestivamente a palma esquerda dela por um instante antes de se afastar.

— Isso não é sonho, Beth, eu garanto. Thad e eu vamos trabalhar juntos em um novo livro de Stark... por um tempo. Em outras palavras, Thad vai me dar um empurrãozinho. Eu sou como um carro que morreu, sabe. Mas, em vez de bateria morta, eu tenho um bloqueio criativo. Só isso. Esse é meu único problema, de acordo com a minha avaliação. Quando começar a rodar, vou passar a segunda e *vrum!* Lá vou eu!

— Você é maluco — sussurrou ela.

— Sou. Mas Tolstói também era. Richard Nixon também, e esse escroto nojento foi eleito presidente dos Estados Unidos. — Stark virou a cabeça e olhou pela janela. Liz não ouviu nada, mas de repente ele pareceu estar prestando muita atenção, se esforçando para captar algum som leve e quase inaudível.

— O que você...?

— Cala a boca um segundo, querida — disse Stark. — Fecha essa matraca.

Baixinho, ela ouviu o som de uma revoada de pássaros levantando voo. O som era impossivelmente distante, impossivelmente lindo. Impossivelmente *livre*.

Ela ficou parada olhando para ele, o coração batendo rápido demais, se perguntando se conseguiria se soltar. Ele não estava exatamente em transe nem nada parecido, mas a atenção estava voltada para outra coisa. Ela poderia correr, talvez. Se conseguisse uma arma...

A mão podre envolveu um dos pulsos dela de novo.

— Eu consigo entrar no seu homem e olhar, sabe. Consigo *sentir* ele pensando. Não consigo fazer isso com você, mas consigo olhar na sua cara e dar uns bons palpites. O que quer que você esteja pensando agora, Beth, é bom se lembrar dos policiais... e dos seus filhos. Se fizer isso, vai conseguir manter tudo em perspectiva.

— Por que você fica me chamando assim?

— Como? De Beth? — Ele riu. Foi um som horrível, como se houvesse cascalho preso na garganta. — É como *ele* chamaria você se tivesse essa criatividade, sabe.

— Você é l...

— Louco, eu sei. Isso é encantador, querida, mas vamos ter que deixar a discussão sobre a minha sanidade pra depois. Tem coisa demais acontecendo agora. Escuta, preciso ligar para Thad, mas não pra sala dele. O telefone de lá pode estar grampeado. *Ele* acha que não, mas a polícia pode ter feito sem avisar. Seu marido é um cara que confia nos outros. Eu, não.

— Como você…?

Stark chegou perto dela e falou bem lentamente e com cautela, como um professor poderia falar com um aluno mais lento de primeiro ano.

— Quero que você pare de implicar comigo, Beth, e responda às minhas perguntas. Porque se eu não conseguir o que preciso de *você*, talvez consiga arrancar dos seus gêmeos. Sei que eles ainda não falam, mas talvez eu possa ensinar. Um pouco de incentivo faz maravilhas.

Ele estava usando um colete acolchoado por cima da camisa, apesar do calor, do tipo que tem muitos bolsos e caçadores e trilheiros adoram. Puxou um dos zíperes laterais, onde a forma de um objeto cilíndrico se destacava no tecido de poliéster. Ele tirou um pequeno maçarico a gás.

— Mesmo que eu não consiga ensiná-los a falar, tenho certeza de que consigo ensinar a cantar. Tenho certeza de que consigo ensiná-los a cantar como duas cotovias. Você talvez não queira ouvir esse tipo de música, Beth.

Ela tentou desviar o olhar, mas não conseguiu. Ficou acompanhando, incontrolável, o maçarico que Stark jogava de uma das mãos para a outra. Seus olhos pareciam grudados no bico.

— Eu conto o que você quiser saber — disse ela, e pensou: *por enquanto.*

— Que bom pra você — disse ele, e guardou o maçarico de volta no bolso. O colete se deslocou um pouco para o lado, e ela viu a coronha de uma arma muito grande. — Bem sensato. Agora, escuta. Tem outra pessoa lá hoje, no departamento de inglês. Estou vendo ele com tanta clareza quanto vejo você agora. É um sujeitinho baixo, cabelo branco, está com um cachimbo quase do tamanho dele na boca. Qual é o nome dele?

— Parece o Rawlie DeLesseps — disse ela, aterrorizada.

Ficou se perguntando como ele podia saber que Rawlie estava lá… e concluiu que não queria saber.

— Pode ser outra pessoa?

Liz pensou por um segundo e balançou a cabeça.

— Só pode ser o Rawlie.

— Você tem a lista de telefones dos professores?

— Na gaveta da mesa do telefone. Na sala.

— Que bom.

Antes de ela sequer perceber qualquer movimentação, ele já tinha se afastado; a graça felina e fluida daquele corpo em decomposição a deixava meio enjoada. Ele tirou uma das facas compridas do suporte magnético na parede. Liz enrijeceu. Stark olhou para ela, e aquele som de cascalho engasgado soou de novo.

— Não se preocupe, não vou te cortar. Você é minha boa ajudante, não é? Vem.

A mão, forte e desagradavelmente esponjosa, envolveu a cintura dela de novo. Quando tentou se afastar, só aumentou o aperto. Ela parou de tentar e permitiu que ele a guiasse.

— Que bom.

Ele a levou para a sala, onde ela se sentou no sofá e abraçou os joelhos na frente do corpo. Stark olhou para ela, assentiu e voltou a atenção para o telefone. Quando determinou que não havia fio de alarme (e que isso era descuido, um baita descuido), ele cortou os fios que a polícia estadual tinha acrescentado: o que seguia até o dispositivo de rastreamento e ia até o gravador ativado por voz no porão.

— Você sabe como se comportar e isso é muito importante — disse Stark acima da cabeça inclinada de Liz. — Agora, escuta. Vou encontrar o número desse Rawlie DeLesseps e ter uma conversinha rápida com Thad. Enquanto faço isso, você vai subir e arrumar as fraldas e as malas com tudo de que seus bebês vão precisar na casa de verão. Quando terminar, traz eles aqui pra baixo.

— Como você sabia que eles estavam...?

Ele sorriu um pouco quando viu a expressão de surpresa dela.

— Ah, eu conheço a rotina desta casa. Conheço melhor do que você, talvez. Acorda eles, Beth, arruma os dois e traz aqui pra baixo. Mais do que a rotina, conheço a disposição da casa, e se você tentar fugir de mim, querida, eu vou saber. Não precisa vestir os dois; só arruma uma bolsa e desce com eles de fralda mesmo. Você pode botar a roupa depois, no caminho.

— Castle Rock? Você quer ir pra Castle Rock?

— Aham. Mas não precisa pensar nisso agora. Só precisa pensar que se você demorar mais de dez minutos pelo meu relógio, vou ter que subir e ver o que está te atrasando. — Ele a encarou, os óculos escuros criando buracos de caveira abaixo da testa descascada e purulenta. — E vou com meu maçarico aceso pronto pra entrar em ação. Entendeu?

— Eu... entendi.

— Acima de tudo, Beth, você tem que se lembrar de uma coisa. Se cooperar, você vai ficar bem. E seus filhos vão ficar bem. — Ele sorriu de novo. — E como sei que é uma boa mãe, desconfio de que isso seja muito importante pra você. Só quero que saiba que não deve bancar a espertinha comigo. Os dois policiais estaduais estão lá fora no banco de trás daquele carrinho só atraindo moscas porque tiveram o azar de estar no caminho quando minha locomotiva passou. Tem uns policiais mortos em Nova York que tiveram o mesmo azar... como você sabe bem. A melhor forma de se preservar, e aos seus filhos... e a Thad também, porque, se ele fizer o que eu quero, ele vai ficar bem, é ficar calada e colaborar. Entendeu?

— Entendi — disse ela com voz rouca.

— Você pode acabar tendo alguma ideia. Sei que isso acontece quando a pessoa sente que está encurralada. Mas, se você *tiver* uma ideia, é melhor espantá-la na mesma hora. É melhor lembrar que, apesar de eu parecer não estar tão bem, meus ouvidos são *ótimos*. Se você tentar abrir uma janela, eu vou ouvir. Se tentar tirar uma tela, eu vou ouvir. Bethie, sou um homem capaz de ouvir os anjos cantando no céu e os demônios gritando nos buracos mais profundos do inferno. Você tem que pensar se ousa se arriscar. Você é uma mulher inteligente. Acho que vai tomar a decisão certa. Anda, garota. Vai logo.

Ele estava olhando o relógio, marcando o tempo dela. E Liz seguiu para a escada com pernas que pareciam insensíveis.

6

Ela o ouviu falar brevemente ao telefone no andar de baixo. Houve uma longa pausa, e ele começou a falar de novo. A voz dele mudou. Ela não sabia com quem ele falou antes da pausa, talvez com Rawlie DeLesseps, mas, quando começou a falar de novo, ela tinha quase certeza de que era Thad do outro lado. Não conseguiu identificar as palavras e não ousou pegar a extensão, mas teve certeza de que era Thad. De qualquer modo, não havia tempo para xeretar. Ele pediu que ela perguntasse a si mesma se ousava correr o risco de contrariá-lo. A resposta era não.

Ela jogou fraldas na bolsa de passeio e roupas em uma mala. Botou os cremes, o talco, os lenços umedecidos, os alfinetes de fralda e outras coisinhas em uma bolsa de mão.

A conversa tinha terminado lá embaixo. Ela estava indo pegar os gêmeos quando ele gritou por ela.

— Beth! Está na hora!

— Estou *indo*! — Ela pegou Wendy, que começou a chorar, sonolenta.

— Quero você aqui embaixo. Estou esperando um telefonema, e você é o efeito sonoro especial.

Mas ela nem ouviu isso direito. Seu olhar estava no saco de alfinetes em cima da cômoda dos gêmeos.

Ao lado do suporte havia uma tesoura de costura.

Ela botou Wendy no berço, olhou para a porta e correu até a cômoda. Pegou a tesoura e dois alfinetes de fralda. Segurou os alfinetes na boca, feito uma mulher costurando um vestido, e abriu o zíper da saia. Prendeu a tesoura na parte interna da calcinha e fechou o zíper. Ficou um pequeno volume no lugar do cabo da tesoura e das cabeças dos alfinetes. Ela achava que um homem comum não repararia, mas George Stark não era um homem comum. Ela deixou a blusa para fora da saia. Melhor.

— *Beth!* — A voz beirava a raiva.

Pior, vinha do meio da escada, e ela nem o tinha ouvido, apesar de saber que não dava para usar a escada principal daquela casa antiga sem produzir nenhum ruído.

Nessa hora, o telefone tocou.

— *Desce aqui agora mesmo!* — gritou ele, e ela correu para acordar William.

Não teve tempo de ser delicada, e como resultado estava com um bebê chorando em volume máximo em cada braço quando desceu a escada.

Stark estava no telefone, e ela esperava que ele fosse ficar ainda mais furioso com o barulho. Mas, ao contrário, ele pareceu bem satisfeito... e ela percebeu que, se ele estivesse falando com Thad, devia mesmo estar satisfeito. Não poderia ter feito melhor se tivesse levado o gravador de efeitos sonoros.

O maior incentivo, pensou ela, e sentiu uma onda de ódio poderoso por aquela criatura podre que não tinha nada que existir, mas se recusava a desaparecer.

Stark estava segurando um lápis na mão, batendo com a ponta da borracha delicadamente na beirada do telefone, e ela percebeu, um pouco chocada ao reconhecer, que era um Berol Black Beauty. *Um dos lápis do Thad*, ela pensou. *Ele tinha ido ao escritório?*

Não, claro que não tinha ido ao escritório, e nem aquele era um dos lápis do Thad. Nunca tinham sido os lápis do Thad, na verdade; ele só os comprava às vezes. Os Black Beauty eram do Stark. Ele usara o lápis para escrever alguma coisa em letras de fôrma na parte de trás da lista de telefones dos professores. Quando se aproximou, ela leu duas frases. ADIVINHA DE ONDE EU LIGUEI, THAD?, dizia a primeira. A segunda era brutalmente direta: SE CONTAR PRA ALGUÉM, ELES MORREM.

Como se para confirmar isso, Stark disse:

— Nadinha, como você mesmo pode ouvir. Não toquei em nenhum fio de cabelo da preciosa cabecinha deles.

Ele se virou para Liz e piscou para ela. E conseguiu ser a coisa mais hedionda de todas, como se eles estivessem naquilo juntos. Stark estava girando os óculos escuros entre o polegar e o indicador da mão esquerda. Os globos oculares saltavam como bolas de gude na cara de uma estátua de cera derretendo.

— Por enquanto — acrescentou ele.

Ele escutou e sorriu. Mesmo que o rosto não estivesse se decompondo praticamente diante dela, aquele sorriso teria parecido provocador e perverso.

— O que tem ela? — perguntou Stark com uma voz que era quase cantarolada, e foi nessa hora que a raiva superou o medo e ela pensou pela primeira vez na tia Martha e nos ratos. Queria que a tia Martha estivesse ali naquele momento, para cuidar daquele rato específico. Ela estava com a tesoura, mas isso não queria dizer que ele lhe daria a oportunidade de que ela precisava para usá-la. Mas Thad... *Thad* sabia sobre a tia Martha. A ideia surgiu na mente dela.

7

Quando a conversa acabou e Stark já tinha desligado, ela perguntou o que ele pretendia fazer.

— Ir rápido — disse ele. — É a minha especialidade. — Ele esticou os braços. — Me dá um dos bebês. Não importa qual.

Ela se afastou dele, apertando instintivamente os dois contra o peito. Eles tinham se acalmado, mas, com o abraço repentino, começaram a choramingar e se debater.

Stark olhou para ela com paciência.

— Não tenho tempo pra discutir com você, Beth. Não me faça ter que te convencer com isto. — Ele bateu no volume cilíndrico no bolso do colete de caça. — Não vou machucar seus filhos. De um jeito meio esquisito, sabe, eu também sou papai deles.

— *Não diga isso!* — berrou ela, se afastando ainda mais.

Ela tremeu, à beira de fugir.

— Controle-se, mulher.

As palavras foram secas, sem entonação e mortais. Causaram nela a sensação de levar uma porrada na cara com um saco de água fria.

— Anda logo, queridinha. Tenho que sair e levar aquela viatura da polícia pra garagem. E não posso deixar que você saia correndo para o outro lado nesse meio-tempo. Se eu estiver segurando um dos seus filhos, como garantia, digamos assim, não vou ter que me preocupar com isso. Estou falando sério quando digo que não pretendo fazer mal a você e a eles... e, mesmo que fosse mentira, de que me adiantaria machucar um dos seus filhos? Eu preciso da sua cooperação. Não é assim que se consegue. Agora você me dá um deles, senão vou machucar os dois. Não matar, mas machucar, machucar de verdade, e a culpa vai ser sua.

Ele esticou os braços. O rosto destroçado estava firme. Ao olhar para ele, ela viu que nenhum argumento o abalaria, nenhuma súplica o comoveria. Ele nem ouviria. Só faria o que ameaçou fazer.

Ela foi até ele, e, quando ele tentou pegar Wendy, o braço dela se contraiu de novo, impedindo-o por um momento. Wendy começou a chorar mais. Liz relaxou, soltou a menina e começou a chorar. Ela olhou nos olhos dele.

— Se você machucar ela, eu te mato.

— Eu sei que você tentaria — disse Stark, seriamente. — Tenho grande respeito pela maternidade, Beth. Você acha que sou um monstro, e talvez esteja certa. Mas os monstros de verdade não estão livres de sentimentos.

Acho que no fim das contas é isso, e não a aparência, que torna os monstros tão assustadores. Não vou machucar essa pequena, Beth. Ela está em segurança comigo... enquanto você cooperar.

Liz segurou William com os dois braços... e o círculo que seus braços formavam nunca tinha lhe parecido tão vazio. Nunca na vida ela esteve tão convencida de que tinha cometido um erro. Mas o que mais podia fazer?

— Além do mais... olha! — exclamou Stark, e havia alguma coisa na voz dele que ela não aceitou, não quis aceitar.

O carinho que ela acreditava ter ouvido *só podia* ser fingido, só mais provocação monstruosa. Mas ele estava olhando para Wendy com uma atenção profunda e perturbadora... e Wendy estava olhando para ele, absorta, sem chorar.

— A pequena não sabe como é minha aparência. Ela não está com medo nenhum de mim, Beth. Nem um pouco.

Ela observou com um horror calado quando ele levantou a mão direita. Havia tirado as luvas, e ela viu uma atadura grossa enrolada no mesmo lugar onde Thad tinha um curativo, só que o de Thad era na mão esquerda. Stark abriu a mão, fechou e abriu de novo. Ficou claro pela contração do maxilar que sentia dor ao flexionar os dedos, mas fez mesmo assim.

O Thad faz isso, ele faz exatamente isso, ah, meu Deus, ele faz DO MESMO JEITO...

Wendy parecia estar totalmente calma. Ela olhou para o rosto de Stark e o observou com atenção, os olhos cinzentos e tranquilos nos azuis de Stark. Com a pele caída no meio, os olhos dele pareciam prestes a desabar a qualquer momento e ficar pendurados nas bochechas.

E Wendy deu um tchauzinho.

Mão aberta; mão fechada; mão aberta.

Um tchauzinho típico de Wendy.

Liz sentiu movimento nos braços, olhou e viu que William estava olhando para George Stark com o mesmo olhar absorto, cinzento-azul. Ele estava sorrindo.

William abriu a mão; fechou; abriu.

Um tchauzinho típico de William.

— Não — gemeu ela, quase baixo demais para ser ouvida. — Ah, Deus, não, por favor, não permita que isso esteja acontecendo.

— Está vendo? — disse Stark, olhando para ela. Ele estava com aquele sorriso irônico paralisado, e a coisa mais horrível foi que ela entendeu que ele estava tentando ser gentil... e não conseguia. — Está vendo? Eles gostam de mim, Beth. Eles *gostam* de mim.

8

Stark levou Wendy para fora depois de recolocar os óculos de sol. Liz correu até a janela e olhou para eles com ansiedade. Parte dela tinha certeza de que ele pretendia pular na viatura e ir embora com o bebê no banco ao lado e os dois policiais mortos atrás.

Mas, por um momento, ele não fez nada; só ficou parado no sol ao lado da porta do motorista, a cabeça abaixada, o bebê aninhado nos braços. Ficou nessa posição imóvel por um tempo, como se estivesse falando seriamente com Wendy, ou talvez rezando. Mais tarde, quando teve mais informações, concluiu que ele devia estar tentando fazer contato com Thad de novo, talvez ler os pensamentos dele e adivinhar se pretendia fazer o que Stark queria ou se tinha outros planos.

Depois de uns trinta segundos disso, Stark levantou a cabeça, balançou-a bruscamente como se para organizar os pensamentos, entrou na viatura e deu partida. *As chaves estavam na ignição*, pensou ela estupidamente. *Ele nem precisou fazer ligação direta, ou sei lá como se faz isso. O sujeito tem a sorte do demônio.*

Stark levou a viatura até a garagem e desligou o motor. Em seguida, ela ouviu a porta do carro batendo e ele saindo, parando o suficiente para apertar o botão que fechava a porta da garagem.

Alguns instantes depois, ele estava dentro de casa, devolvendo Wendy para ela.

— Está vendo? Ela está bem. Agora me conte sobre os vizinhos. Os Clark.

— Os Clark? — perguntou ela, sentindo-se absurdamente burra. — Por que você quer saber deles? Eles foram pra Europa este verão.

Ele sorriu. Foi um sorriso horrível, porque em circunstâncias mais comuns teria sido de prazer genuíno... e um sorriso conquistador, ela desconfiava. Ela não tinha sentido atração por um instante? Uma leve fagulha?

339

Era loucura, claro, mas isso significava que ela podia negar? Liz achava que não, e até entendia por quê. Afinal, ela tinha se casado com o parente mais próximo daquele homem.

— Maravilha! Não podia ser melhor! E eles têm carro?

Wendy começou a chorar. Liz viu a filha olhando para o homem de rosto podre e olhos saltados, esticando os bracinhos lindamente gordinhos. Ela não estava chorando porque tinha medo dele; estava chorando porque queria voltar para o colo dele.

— Que fofo! — exclamou Stark. — Ela quer voltar para o papai.

— Cala a boca, seu monstro — disse ela com rispidez.

O malandro do George Stark inclinou a cabeça para trás e riu.

9

Ele lhe deu cinco minutos para arrumar mais algumas coisas para ela e para os gêmeos. Ela disse que seria impossível pegar metade do que eles precisavam nesse espaço de tempo, e ele disse para ela fazer o melhor possível.

— Você tem sorte de eu estar dando mais tempo, Beth, considerando as circunstâncias: tem dois policiais mortos na garagem e o seu marido sabe o que está acontecendo. Se quiser gastar os cinco minutos debatendo comigo, a escolha é sua. Agora você só tem... — Ele olhou o relógio e sorriu para ela. — Quatro e meio.

Ela fez o que pôde, enquanto botava potes de comida de bebê em uma sacola e parava vez ou outra para olhar os filhos. Eles estavam sentados lado a lado no chão, brincando de uma espécie de adoleta e olhando para Stark. Ela achava que sabia o que eles estavam pensando.

Que fofo.

Não. Ela não pensaria nisso. Não pensaria, mas era a única coisa em que *conseguia* pensar: Wendy chorando e esticando os bracinhos gordinhos. Esticando os bracinhos para o estranho assassino.

Eles querem voltar para o papai.

Ele estava parado na porta da cozinha, observando-a, sorrindo, e ela teve vontade de usar a tesoura naquele momento. Nunca na vida quis tanto uma coisa.

— Você não pode me ajudar? — gritou ela com irritação para ele, indicando as duas bolsas e o cooler que tinha abastecido.

— Claro, Beth — disse ele.

E pegou uma das bolsas para ela. A outra mão, a esquerda, ele manteve desocupada.

10

Eles atravessaram o pátio lateral, passaram pela área verde entre as propriedades e seguiram pelo quintal dos Clark até a entrada da garagem do vizinho. Stark insistiu que ela fosse rápido, e Liz estava ofegante quando pararam na frente da garagem fechada. Ele tinha se oferecido para carregar um dos gêmeos, mas ela recusou.

Ele colocou o cooler no chão, tirou a carteira do bolso de trás, pegou uma tira fina de metal com a ponta mais fina ainda e a enfiou na tranca da porta da garagem. Virou primeiro para a direita e depois para a esquerda, o ouvido alerta. Houve um clique, e ele sorriu.

— Que bom. Até as trancas mais básicas das portas de garagem podem ser um saco. As molas são grandes. É difícil fazer girar. Mas essa aqui está tão gasta quanto a xereca de uma puta velha no fim da noite. Sorte nossa. — Ele girou a maçaneta e empurrou. A porta rugiu e subiu.

A garagem estava quente como um forno, e o interior do Volvo dos Clark, ainda mais. Stark se inclinou embaixo do painel, expondo a nuca para ela, sentada no banco do passageiro. Seus dedos tremeram. Ela só levaria um segundo para pegar a tesoura, mas podia ser tempo demais. Ela tinha visto como ele reagia rápido ao inesperado. Não a surpreendia que os reflexos dele fossem velozes como os de um animal selvagem, pois era exatamente isso que ele era.

Ele puxou alguns fios do painel e tirou uma navalha ensanguentada do bolso da frente. Ela estremeceu um pouco e teve que engolir em seco duas vezes, rapidamente, para sufocar o reflexo de vômito. Ele abriu a navalha, inclinou-se de novo, tirou a capa de dois fios e encostou o cobre de um no do outro. Saiu uma faísca azul, e o motor começou a roncar. No instante seguinte, o carro estava ligado.

— Ah, isso *aí*! — proclamou George Stark. — Vamos nessa, que tal?

Os gêmeos deram risadinhas e balançaram as mãos para ele. Stark acenou, todo feliz. Enquanto dava a ré para sair da garagem, Liz botou a mão com cuidado atrás de Wendy, que estava sentada em seu colo, e tocou nos buracos dos dedos da tesoura. Ainda não, mas em breve. Ela não pretendia esperar Thad. Estava incomodada demais com o que aquela criatura sombria poderia decidir fazer com os gêmeos até lá.

Ou com ela.

Assim que ele abrisse uma brecha, ela ia tirar a tesoura do esconderijo e enfiar no pescoço dele.

III
A CHEGADA DOS PSICOPOMPOS

— Os poetas falam de amor — disse Machine, passando a navalha no couro de um lado para o outro, em um ritmo regular e hipnótico — e tudo bem. Existe amor. Os políticos falam sobre dever, e tudo bem também. Existe dever. Eric Hoffer fala sobre pós-modernismo, Hugh Hefner fala sobre sexo, Hunter Thompson fala sobre drogas e Jimmy Swaggart fala sobre Deus Todo-Poderoso, criador do céu e da terra. Todas essas coisas existem, e tudo bem. Entende o que eu quero dizer, Jack?

— Acho que entendo — disse Jack Rangely. Ele não sabia, não tinha a menor ideia, mas, quando Machine estava daquele jeito, só um maluco discutiria com ele.

Machine virou a lâmina da navalha e cortou de repente a tira de couro em duas. Uma parte grande caiu no piso do salão de bilhar como uma língua cortada.

— Mas eu falo sobre condenação — disse ele. — Porque, no final, é só a condenação que importa.

—A caminho da Babilônia
de George Stark

VINTE E DOIS
THAD EM FUGA

1

Finja que é um livro que você está escrevendo, ele pensou enquanto virava à esquerda na avenida College, deixando o campus para trás. *E finja que você é um personagem desse livro.*

Foi um pensamento mágico. Sua mente estava tomada de pânico, uma espécie de tornado mental no qual fragmentos de um plano possível giravam como nacos de terra. Mas com a ideia de que ele podia fingir que tudo era ficção inofensiva, que ele podia mover não só a si mesmo como também os outros personagens da história (personagens como Harrison e Manchester, por exemplo) da mesma forma que movia os personagens no papel, na segurança do escritório, com luzes fortes acesas e uma lata de Pepsi gelada ou uma xícara de chá quente ao lado... com essa ideia, foi como se o vento uivando entre as orelhas dele de repente sumisse. A merda aleatória sumiu também, deixando-o com as partes do plano... partes que ele conseguiu juntar com facilidade. Ele descobriu que tinha uma coisa que podia até dar certo.

É melhor que dê, pensou Thad. *Se não der, você vai acabar sendo detido para sua própria segurança, e é capaz de Liz e as crianças acabarem mortas.*

Mas e os pardais? Onde os pardais se encaixavam?

Ele não sabia. Rawlie tinha dito que eles eram psicopompos, anunciadores dos mortos-vivos, e fazia sentido, não? Fazia. Até certo ponto, pelo menos. Porque o malandro do George estava vivo de novo, mas o malandro do George também estava morto... morto e apodrecendo. Então, os pardais faziam sentido... mas não completamente. Se os pardais tinham guiado George de volta

(*da terra dos mortos*)

de onde quer que ele estivesse, como é que o próprio George não sabia nada sobre eles? Como não se lembrava de ter escrito a frase OS PARDAIS ESTÃO VOANDO NOVAMENTE com sangue na parede de dois apartamentos?

— Porque *eu* escrevi — murmurou Thad, e a mente dele voltou para as coisas que tinha escrito no diário enquanto estava sentado no escritório, à beira de um transe.

Pergunta: Os pássaros são meus?
Resposta: Sim.
Pergunta: Quem escreveu sobre os pardais?
Resposta: Aquele que sabe. Sou eu que sei. Eu sou o dono.

De repente, todas as respostas chegaram, as respostas terríveis, impensáveis. Thad ouviu um som longo e trêmulo saindo da própria boca. Um gemido.

Pergunta: Quem trouxe George Stark de volta à vida?
Resposta: Aquele que sabe. O dono.

— Eu não *queria* isso! — exclamou ele.

Mas era verdade? Verdade mesmo? Não havia uma parte dele que sempre foi apaixonada pela natureza simples e violenta de George Stark? Não havia uma parte dele que sempre admirou George, um homem que não esbarrava nem derrubava coisas, um homem que nunca parecia fraco nem bobo, um homem que nunca precisaria temer os demônios trancados no armário de bebidas? Um homem sem esposa e sem filhos para considerar, sem amores que o prendessem ou o segurassem? Um homem que nunca tinha que ler um trabalho de merda de aluno nem sofria com uma reunião de Comitê de Orçamento? Um homem que tinha uma resposta ácida e direta para todas as questões mais difíceis da vida?

Um homem que não tinha medo do escuro porque o escuro *pertencia* a ele?

— É, *mas ele é um FILHO DA PUTA!* — gritou Thad no interior quente do carro americano de quatro rodas tão sensato.

Certo, e parte de você acha isso MUITO atraente, não acha?

Talvez ele, Thad Beaumont, no fundo não tivesse criado George... mas não era possível que parte dele tivesse permitido que Stark fosse *recriado*?

Pergunta: Se sou dono dos pardais, posso usá-los?

Não surgiu resposta nenhuma. *Queria* surgir, ele sentia a vontade. Mas dançou fora de seu alcance, e Thad de repente se viu com medo de que ele próprio, uma parte dele que amava Stark, estivesse segurando essa resposta à distância. Uma parte que não queria que Stark morresse.

Sou eu quem sabe. Eu sou o dono. Eu sou o portador.

Ele parou no sinal de trânsito de Orono e seguiu para a rodovia 2, na direção de Bangor e Ludlow.

Rawlie era parte do plano dele, parte que pelo menos entendia. O que ele faria se conseguisse se livrar dos policiais que estavam atrás e descobrisse que Rawlie já tinha ido embora da universidade?

Não sabia.

O que faria se Rawlie estivesse lá, mas se recusasse a ajudar?

Ele também não sabia.

Vou transpor esses obstáculos quando e se chegar a eles.

E chegaria em pouco tempo.

Ele estava passando pelo Gold's à direita. O Gold's era um prédio longo e tubular construído de partes de alumínio pré-fabricadas. Pintado de um tom particularmente agressivo de verde-água e cercado de uma área ampla com carros destruídos. Os para-brisas cintilavam no sol, em uma galáxia de pontinhos brancos. Era tarde de sábado, já fazia quase vinte minutos. Liz e o sequestrador sombrio estariam a caminho de Castle Rock. E, embora fosse possível encontrar um ou outro funcionário vendendo peças para mecânicos de fim de semana no prédio pré-fabricado onde o Gold's funcionava, Thad podia ter uma esperança razoável de que no pátio do ferro-velho propriamente dito não haveria ninguém. Com quase vinte mil carros em estados variados de decomposição organizados em dezenas de filas em zigue-zague, ele talvez conseguisse esconder o Suburban... *tinha* que esconder. Alto, quadrado e cinza com laterais vermelhas, ele se destacava onde estivesse.

ZONA ESCOLAR, dizia a placa à frente. Thad sentiu um fio quente na barriga. Era a hora.

Ele olhou pelo retrovisor e viu que o Plymouth ainda estava dois carros para trás. Não era tão bom quanto ele gostaria, mas era improvável que pudesse ficar melhor. De resto, ele dependeria de sorte e surpresa. Não estavam esperando que ele tentasse fugir; por que ele faria isso? E, por um momento, ele pensou em não fazer. E se ele só parasse o carro? E quando eles encostassem atrás, e Harrison saísse para perguntar qual era o problema, ele diria: *São muitos. Stark pegou a minha família. Os pardais ainda estão voando, sabe.*

"Thad, ele disse que matou os dois que estavam vigiando a casa. Não sei como ele fez isso, mas ele disse que fez... e eu... acredito nele."

Thad também acreditava. Esse era o grande problema. E era por isso que ele não podia parar e pedir ajuda. Se Thad tentasse alguma gracinha, Stark saberia. Achava que Stark não conseguia ler seus pensamentos, pelo menos não do jeito que os alienígenas leem pensamentos nos quadrinhos e nos filmes de ficção científica, mas *conseguia* "sintonizar" com Thad... ter uma ideia clara do que ele estava tramando. Thad poderia até preparar uma surpresinha para George, isso se conseguisse esclarecer essa ideia sobre os malditos pássaros, claro, mas por enquanto pretendia seguir o roteiro.

Se conseguisse, obviamente.

Ali estava o cruzamento da escola e a parada de quatro lados. Estava bem movimentado, como sempre; durante anos houve batidas no cruzamento, a maioria causada por pessoas que, incapazes de aceitar a ideia de uma parada de quatro lados em que um seguia de cada vez, acabavam passando direto. Uma enxurrada de cartas, quase todas escritas por pais preocupados, exigindo que a cidade colocasse um sinal de trânsito no cruzamento, era enviada depois de cada acidente, e uma declaração do representante dizendo que estavam "avaliando" a possibilidade sempre vinha em seguida... e a questão ficava esquecida até o acidente seguinte.

Thad entrou na fila de carros esperando para atravessar na direção sul, verificou para ter certeza que o Plymouth ainda estava dois carros para trás, e viu a atividade de "é sua vez de esperar a minha vez" se desenrolar no cruzamento. Viu um carro cheio de senhoras de cabelo azul quase bater em um jovem casal em um Datsun Z, viu a garota no Z mostrar o dedo do meio para as senhoras, e viu que ele faria a travessia para o lado sul antes de um caminhão-tanque de leite do Grant's atravessar de leste para oeste. Era uma ajuda inesperada.

O carro na frente dele atravessou, e sua vez chegou. O fio quente cutucou sua barriga de novo. Ele olhou o retrovisor uma última vez. Harrison e Manchester ainda estavam dois carros para trás.

Dois carros atravessaram na frente dele. À esquerda, o caminhão-tanque assumiu sua posição. Thad respirou fundo e passou tranquilamente com o Suburban pelo cruzamento. Uma picape indo para o norte, na direção de Orono, passou por ele na outra pista.

Quando chegou do outro lado, ele foi tomado por uma vontade quase irresistível, uma *necessidade*, de enfiar o pé no acelerador e disparar com o Suburban pela estrada. Mas seguiu na velocidade calma e dentro do permitido, abaixo de trinta quilômetros por hora, os olhos grudados no retrovisor. O Plymouth ainda estava esperando na fila para atravessar, dois carros para trás.

Ei, caminhão de leite!, pensou ele, concentrando-se, contraindo a testa, como se pudesse fazê-lo se deslocar só pela força de vontade... como fazia as pessoas e as coisas existirem em um livro, pela força de vontade. *Caminhão de leite, vem agora!*

E *veio*, percorreu o cruzamento com uma dignidade lenta e prateada, como uma viúva mecanizada.

Assim que bloqueou o Plymouth marrom no retrovisor, Thad enfiou o pé no acelerador do Suburban.

2

Havia uma entrada à direita meio quarteirão depois. Thad entrou nela e percorreu a rua curta a sessenta e cinco quilômetros por hora, rezando para que nenhuma criancinha escolhesse aquele momento para correr atrás de uma bola.

Houve um momento horrível em que pareceu ser uma rua sem saída, mas ele viu que dava para entrar à direita; a rua transversal estava parcialmente escondida por uma cerca viva alta da casa na esquina.

Ele deu uma desacelerada na esquina e virou à direita cantando pneu de leve. Cento e setenta metros à frente, virou à direita de novo e levou o Suburban até o cruzamento da rua com a rodovia 2. Ele tinha voltado para a via principal uns quatrocentos metros ao norte do cruzamento de quatro lados. Se o caminhão tivesse mesmo bloqueado a visão da virada à direita, como ele esperava, o Plymouth marrom ainda estaria seguindo para o sul pela rodovia 2. Eles talvez ainda nem soubessem que havia algo de errado... embora Thad duvidasse seriamente de que Harrison fosse burro assim. Manchester, talvez, mas Harrison não.

Ele virou para a esquerda e pegou uma abertura tão estreita no trânsito que o motorista de um Ford na via na direção sul teve que frear. O motorista do Ford sacudiu o punho enquanto Thad o cortava e se voltava para o ferro-velho Gold's, enfiando o pé no acelerador. Se um guarda por acaso o visse não só violando o limite de velocidade mas aparentemente tentando desintegrá-lo, que pena. Ele não podia se dar ao luxo de demorar. Tinha que tirar aquele veículo, grande e reluzente demais, da estrada o mais rápido possível.

Estava a oitocentos metros do ferro-velho. Thad dirigiu a maior parte do percurso de olho no retrovisor, procurando o Plymouth. Não havia nem sinal dele quando pegou a esquerda, entrando no Gold's.

Ele guiou o Suburban lentamente por um portão aberto na cerca de arame. Uma placa, letras vermelhas desbotadas em um fundo branco sujo, dizia APENAS FUNCIONÁRIOS A PARTIR DAQUI!. Em um dia de semana ele seria visto na mesma hora e daria meia-volta. Mas era sábado, e em pleno horário de almoço.

Thad entrou em uma fila de carros amassados em pilhas de dois e até três veículos. Os de baixo tinham perdido a forma básica e pareciam estar derretendo aos poucos no chão. A terra estava tão preta de óleo que parecia impossível alguma coisa crescer ali, mas mato verde e girassóis enormes e silenciosos brotavam amontoados, como sobreviventes de um holocausto nuclear. Um girassol grande tinha crescido pelo para-brisa quebrado de um caminhão de padaria virado de cabeça para baixo feito um cachorro morto. O caule verde com uma penugem tinha se enrolado como um punho fechado no cotoco do volante, e um segundo punho se agarrava ao ornamento do capô do velho Cadillac em cima do caminhão. Parecia olhar para Thad como o olho preto e amarelo de um monstro morto.

Era uma necrópole grande e silenciosa de Detroit, e provocou arrepios em Thad.

Ele virou à direita e depois à esquerda. De repente, via pardais para todo lado, empoleirados em telhados e troncos e em motores amputados cheios de graxa. Viu um trio das pequenas aves se banhando em uma calota cheia de água. Não saíram voando quando ele se aproximou, mas pararam o que estavam fazendo e ficaram olhando para ele com os olhos pretos brilhantes. Pardais ocupavam o alto de um para-brisa apoiado na lateral de um Plymouth velho. Ele passou a um metro deles. Os pássaros bateram as asas, nervosos, mas mantiveram a posição quando ele passou.

Os anunciadores dos mortos-vivos, pensou Thad. Sua mão foi até a pequena cicatriz branca na testa e começou a esfregá-la com nervosismo.

Ao passar por um Datsun com o que parecia um buraco de meteoro no para-brisa, ele percebeu uma mancha grande de sangue seco no painel.

Não foi um meteoro que fez aquele buraco, pensou ele, e seu estômago deu um nó lento.

Havia uma congregação de pardais no banco da frente do Datsun.

— O que vocês querem comigo? — perguntou ele, a voz gutural. — O que vocês querem comigo, porra?

E, na mente, pareceu ouvir uma espécie de resposta; na mente, ele pareceu ouvir a voz estridente e única daquela inteligência aviária: *Não, Thad... o que VOCÊ quer com A GENTE? Você é o dono. Você é o portador. Você é quem sabe.*

— Eu não sei merda nenhuma — murmurou ele.

No final do corredor, havia espaço disponível na frente de um Cutlass Supreme de modelo novo; alguém tinha amputado a parte da frente toda. Ele entrou de ré com o Suburban e saiu do carro. Olhando de um lado do corredor estreito para o outro, Thad se sentiu como um rato em um labirinto. O local tinha cheiro de óleo e um odor mais intenso e azedo de fluido de transmissão. Não havia sons além do ruído distante de carros na rodovia 2.

Os pardais olhavam para ele de todos os lados, uma assembleia silenciosa de pequenas aves marrons e pretas.

Então, abruptamente, todos levantaram voo ao mesmo tempo; centenas, talvez milhares. Por um momento, o ar ficou carregado com o som das asas. Eles subiram ao céu e viraram para o oeste, na direção de onde ficava

Castle Rock. E subitamente ele começou a sentir aquela sensação incômoda de novo... não tanto na pele, mas *dentro* de si.

Estamos tentando dar uma espiada, George?

Ele começou a cantar baixinho uma canção do Bob Dylan:

— *John Wesley Harding... was a friend to the poor... he travelled with a gun in every hand...*

Aquela sensação rastejante e a coceira pareceram aumentar, encontrando e se concentrando no buraco na mão esquerda. Ele podia estar errado, se deixando levar meramente por um desejo e nada mais, mas sentia raiva... e frustração.

— *All along the telegraph... his name it did resound...* — cantou Thad, ainda baixinho.

À frente, caído no chão oleoso como o resto retorcido de uma estátua de aço para a qual ninguém nunca quis olhar, havia um berço de motor enferrujado. Thad o pegou e voltou para o Suburban, ainda cantando trechos de "John Wesley Harding" baixinho e lembrando seu velho amigo guaxinim de mesmo nome. Se ele conseguisse camuflar o Suburban batendo um pouco na lataria, se pudesse conseguir ao menos umas duas horas extras, isso poderia salvar a vida de Liz e dos gêmeos.

— *All along the countryside...* Foi mal, amigão, isso dói mais em mim do que em você... *he opened many a door...*

Ele bateu com o berço de motor na lateral do motorista do Suburban, provocando um amassado fundo como uma bacia. Pegou o berço de motor de novo, foi até a frente do carro e bateu na grade com tanta força que seu ombro doeu. O plástico se quebrou e saiu voando. Thad abriu o capô e o ergueu um pouco, dando ao Suburban um sorriso de jacaré morto que parecia a versão do Gold's da alta-costura automotiva.

— *... but he was never known to hurt an honest man...*

Ele pegou o berço de motor de novo, e ao fazer isso percebeu que a atadura na mão estava manchada de sangue. Não havia nada que ele pudesse fazer.

— *... with his lady by his side, he took a stand...*

Ele jogou o berço de motor uma última vez no para-brisa com um estrondo pesado, que, por mais absurdo que parecesse, machucou seu coração.

Ele julgou que o Suburban enfim estava no nível dos outros carros amassados.

Thad saiu andando pelo corredor. Virou à direita no primeiro cruzamento, a caminho do portão e da loja de peças que tinha depois. Tinha visto um telefone público ao lado da porta quando entrou. Na metade do caminho parou de andar e de cantar. Inclinou a cabeça. Um homem tentando ouvir um som baixo. O que estava realmente fazendo era ouvindo o próprio corpo, fazendo um exame.

A coceira sinistra tinha passado.

Os pardais tinham ido embora, e George Stark também, ao menos por ora.

Sorrindo um pouco, Thad começou a andar mais rápido.

3

Depois de dois toques, Thad começou a suar. Se Rawlie ainda estivesse lá, ele já deveria ter atendido o telefone. Os escritórios dos professores no prédio de inglês e matemática não eram tão grandes. Para quem mais ele podia ligar? Quem mais *estava* lá? Ele não conseguiu pensar em ninguém.

Na metade do terceiro toque, Rawlie atendeu.

— Alô, DeLesseps.

Thad fechou os olhos ao ouvir a voz rouca de fumante e se encostou na lateral de metal da loja de peças por um momento.

— Alô.

— Oi, Rawlie. É o Thad.

— Oi, Thad. — Rawlie não estava lá muito surpreso pela ligação. — Esqueceu alguma coisa?

— Não. Rawlie, estou ferrado.

— Sim. — Só isso, e não era uma pergunta.

Rawlie disse a palavra e só esperou.

— Sabe aqueles dois… — Thad hesitou por um momento. — Sabe aqueles dois caras que estavam comigo?

— Sei — disse Rawlie calmamente. — A escolta policial.

— Eu despistei eles — disse Thad, e deu uma olhada rápida para trás ao ouvir o som de um carro na terra batida do estacionamento de clientes do Gold's. Por um momento, ele teve tanta certeza de que era o Plymouth marrom que realmente *viu* o carro... mas era algum modelo importado, e o que ele achou primeiro que era marrom era só um vinho desbotado por ferrugem e poluição, e o motorista estava só fazendo o contorno. — Pelo menos eu *espero* ter conseguido fugir. — Ele fez uma pausa. Tinha chegado ao ponto em que as escolhas eram pular ou não pular, e não teve tempo de adiar a decisão. Quando se parava para pensar, ficava fácil perceber que não havia decisão, porque, na verdade, ele não tinha escolha. — Preciso de ajuda, Rawlie. Preciso de um carro que eles não conheçam.

Rawlie ficou em silêncio.

— Você disse que me ajudaria.

— Eu sei bem o que disse — responde Rawlie com a fala macia. — Também me lembro de ter dito que se aqueles dois homens estivessem seguindo você como medida de proteção, você deveria dar a eles o máximo de ajuda que pudesse. — Ele parou. — Acho que posso inferir que você decidiu não seguir meu conselho.

Thad chegou bem perto de dizer *Eu não podia, Rawlie. O homem que está com a minha esposa e os meus filhos os mataria também*. Não era que ele não tivesse coragem de contar ao Rawlie o que estava acontecendo, que Rawlie fosse achar que ele era maluco; os professores universitários têm concepção mais flexível sobre a loucura, e às vezes não têm concepção nenhuma, preferindo achar as pessoas burras (mas sãs), um tanto excêntricas (mas sãs) ou *muito* excêntricas (mas ainda sãs, meu velho). Ele ficou de boca calada porque Rawlie DeLesseps era um daqueles homens tão voltados para si mesmos que era provável que nada que Thad dissesse fosse convencê-lo... e qualquer coisa que saísse de sua boca talvez só atrapalhasse. Mas, voltado para si mesmo ou não, o gramático tinha bom coração... era corajoso, do jeito dele... e Thad acreditava que Rawlie estava mais do que um pouco curioso sobre a situação, a escolta policial e o interesse estranho em pardais. No final, Thad simplesmente acreditou (ou teve esperanças de) que era melhor ficar calado.

Mas foi difícil esperar.

— Tudo bem — disse Rawlie, finalmente. — Eu empresto o meu carro, Thad.

Thad fechou os olhos e teve que enrijecer os joelhos para não se dobrarem de fraqueza. Passou a mão no pescoço embaixo do queixo, e ela saiu molhada de suor.

— Mas espero que você tenha a decência de estar disposto a cobrir qualquer conserto se voltar... danificado — disse Rawlie. — Se você é um fugitivo da Justiça, duvido muito que meu seguro pague.

Fugitivo da Justiça? Porque tinha fugido da vigilância dos policiais que não poderiam protegê-lo? Ele não sabia se isso o tornava fugitivo da Justiça. Era uma pergunta interessante, na qual ele teria que pensar depois. Em um outro momento, quando não estivesse enlouquecido de preocupação e medo.

— Você sabe que eu cubro.

— Tenho outra condição — disse Rawlie.

Thad fechou os olhos de novo. Dessa vez, de frustração.

— Qual é?

— Quero saber tudo quando isso acabar. Quero saber por que ficou tão interessado no significado folclórico dos pardais e por que ficou branco quando falei o que são psicopompos e o que supostamente fazem.

— Eu fiquei branco?

— Como papel.

— Vou contar a história toda — prometeu Thad. E abriu um sorrisinho. — Você talvez até acredite em parte dela.

— Onde você está? — perguntou Rawlie.

Thad respondeu. E pediu que ele fosse o mais rápido possível.

4

Ele desligou o telefone, passou pelo portão na cerca de arame e se sentou no para-choque largo de um ônibus escolar que tinha sido cortado no meio, sabe-se lá por quê. Era um bom lugar para esperar, se fosse preciso mesmo esperar. Não estava colocando a cara na rodovia, mas conseguia ver o estacionamento de terra da loja de peças só se inclinando para a frente. Olhou ao redor em busca de pardais e não viu nenhum, só um corvo grande e gordo bicando pedaços brilhantes de cromado em um dos corredores entre os carros destruídos. Ao pensar que tinha terminado sua segunda conversa com George Stark pouco mais de meia hora antes, sentiu-se um tanto irreal. Parecia que horas haviam se passado desde então. Apesar do pico de ansiedade, estava sonolento, como se fosse hora de dormir.

A sensação de coceira e de algo rastejando por seu corpo começou a invadi-lo novamente uns quinze minutos depois da conversa com Rawlie. Ele cantou os trechos de "John Wesley Harding" que ainda lembrava e, depois de um minuto ou dois, o sentimento passou.

Talvez seja psicossomático, pensou, mas sabia que isso era besteira. A sensação era George tentando abrir um buraco na mente dele, e, quanto mais ciente disso Thad estava, mais sensível ficava. Achava que o contrário funcionaria também. E que, mais cedo ou mais tarde, talvez tivesse que *tentar...* mas isso queria dizer tentar chamar os pássaros, e essa não era uma coisa pela qual ansiava. Além do mais, na última vez que conseguiu espiar George Stark, acabou com um lápis enfiado na mão esquerda.

O tempo se arrastou com uma lentidão absurda. Depois de vinte e cinco minutos, Thad começou a temer que Rawlie tivesse mudado de ideia e não fosse aparecer. Ele saiu do para-choque do ônibus partido e parou na passagem entre o cemitério de carros e a área de estacionamento, sem se importar com quem pudesse avistá-lo da estrada. Começou a pensar se ousaria pedir carona.

Acabou decidindo ligar para o escritório de Rawlie de novo e estava na metade do caminho até o prédio das peças quando um Fusca sujo entrou no estacionamento. Ele o reconheceu na mesma hora e saiu correndo, achando certa graça das preocupações de Rawlie quanto ao seguro. O Fusca se encontrava praticamente em um estado de perda total, e o estrago podia ser pago com uma caixa de garrafas retornáveis de refrigerante.

Rawlie parou ao lado do prédio de venda de peças e saiu do veículo. Thad ficou meio surpreso de ver que o cachimbo estava aceso e soltando nuvens do que poderia ser uma fumaça *extremamente* agressiva em um ambiente fechado.

— Você não deveria estar fumando, Rawlie. — Foi a primeira coisa que ele pensou em dizer.

— Você não deveria estar fugindo — respondeu Rawlie com seriedade.

Eles se olharam por um momento e caíram em uma gargalhada surpresa.

— Como você vai voltar pra casa? — perguntou Thad.

Agora que tinha chegado a hora, que era só entrar no carrinho do Rawlie e seguir a longa estrada sinuosa até Castle Rock, ele não pareceu ter mais nada no estoque de assuntos além de coisas aleatórias.

— Acho que vou chamar um táxi — respondeu Rawlie. Ele olhou para as colinas e vales cintilantes de carros destruídos. — Imagino que muitos táxis venham aqui pegar as pessoas que estão se juntando aos desmotorizados.

— Vou te dar cinco dólares...

Thad pegou a carteira no bolso de trás, mas Rawlie fez sinal de que não precisava.

— Estou cheio da grana, ainda mais pra um professor de inglês no verão — disse ele. — Ora, devo ter mais de quarenta dólares. É surpreendente a Billie me deixar andar por aí sem uma guarda da Brinks. — Ele deu uma baforada no cachimbo com grande prazer, tirou-o da boca e sorriu para Thad. — Mas vou pegar recibo com o motorista e dar pra você no momento adequado, Thad, não tema.

— Eu estava começando a achar que você não vinha.

— Eu parei no mercado — disse Rawlie. — Comprei umas coisas que achei que você podia gostar de levar, Thaddeus.

Ele se enfiou dentro do Fusca (que balançou perceptivelmente para a esquerda em um amortecedor que, se não estava quebrado, logo quebraria) e, depois de um tempo remexendo, resmungando e dando baforadas de nuvens de fumaça, pegou um saco de papel. Ele entregou o saco para Thad, que olhou dentro e encontrou óculos de sol e um boné do Boston Red Sox que cobriria bem seu cabelo. Então voltou-se para Rawlie, comovido.

— Obrigado, Rawlie.

O homem balançou a mão e deu um sorrisinho malicioso e torto.

— Talvez eu devesse agradecer a *você* — disse ele. — Ando procurando uma desculpa pra acender o cachimbo há dez meses. As oportunidades até foram aparecendo de tempos em tempos, como o divórcio do meu filho mais novo, a noite em que perdi cinquenta pratas jogando pôquer na casa do Tom Carroll, mas nada pareceu... apocalíptico o suficiente.

— Isso é bem apocalíptico mesmo — disse Thad, com um sutil arrepio. Ele olhou para o relógio. Estava perto de uma hora. Stark tinha pelo menos uma hora de vantagem, talvez mais. — Tenho que ir, Rawlie.

— Sim. É urgente, não é?

— Infelizmente é.

— Tenho mais uma coisa, guardei no bolso do paletó pra não perder. Não veio da loja. Encontrei na minha mesa.

Rawlie começou a remexer metodicamente nos bolsos do paletó xadrez velho que ele usava no inverno e no verão.

— Se a luz do óleo acender, pare em algum lugar e compre uma lata de Sapphire — disse ele, ainda procurando. — É o reciclado. Ah! Aqui está! Eu estava começando a achar que tinha esquecido na sala.

Ele tirou um pedaço tubular de madeira esculpida do bolso. Era oco do tamanho do indicador de Thad. Tinha uma fenda numa ponta. Parecia velho.

— O que é? — perguntou Thad, quando Rawlie lhe entregou o objeto.

Mas ele já sabia, e sentiu que outro bloco da coisa inimaginável que ele estava construindo encaixou no lugar certo.

— É um apito para chamar pássaros — disse Rawlie, observando-o por cima do cachimbo. — Se achar que pode usar, quero que leve.

— Obrigado — disse Thad, e botou o apito no bolso do peito com a mão não muito firme. — Pode ser útil.

Rawlie arregalou os olhos sob as sobrancelhas peludas. Tirou o cachimbo da boca.

— Acho que você não vai precisar — disse ele com a voz baixa e trêmula.

— O quê?

— Olhe atrás de você.

Thad se virou, sabendo o que Rawlie tinha visto mesmo antes de ver com os próprios olhos.

Havia não centenas de pardais, mas milhares; os carros e caminhões quebrados empilhados no pátio do Ferro-Velho e Peças Automotivas Gold's estavam *cobertos* de pardais. Havia pardais para todo lado... e Thad não tinha ouvido nem um único chegar.

Os dois homens olharam para as aves com quatro olhos. Os pássaros olharam para eles com vinte mil... ou talvez quarenta mil. Eles não emitiram nenhum som. Só ficaram pousados em capôs, janelas, telhados, canos de descarga, grades, motores, juntas universais e carcaças.

— Jesus Cristo — disse Rawlie, rouco. — Os psicopompos... o que quer dizer, Thad? O que quer dizer?

— Acho que estou começando a entender — disse Thad.

— Meu Deus. — Rawlie ergueu as mãos acima da cabeça e bateu palmas com força.

Os pardais não se mexeram. E não estavam interessados em Rawlie; só tinham olhos para Thad Beaumont.

— Encontrem George Stark — disse Thad, baixinho, pouco mais do que um sussurro. — George Stark. Encontrem ele. *Voem!*

Os pardais subiram para o céu azul em uma nuvem preta, as asas fazendo um som de trovão que virou uma renda fina, piando. Dois homens que estavam dentro da loja de peças de carros saíram correndo para olhar. No céu, um bloco preto voou e fez uma curva, assim como o bando menor tinha feito antes, e seguiu para oeste.

Thad olhou para eles, e por um momento sua realidade se mesclou com a visão que marcava o início dos transes; por um momento, passado e presente eram um só, entremeados em um rabicho estranho e lindo.

Os pardais foram embora.

— Jesus Todo-Poderoso! — gritava um homem de macacão cinza de mecânico. — Vocês viram aqueles pássaros? De onde essas *porras de pássaros* vieram?

— Tenho uma pergunta melhor — disse Rawlie, olhando para Thad. Ele estava sob controle de novo, mas com certeza tinha ficado muito abalado. — Aonde eles estão *indo*? Você sabe, não sabe, Thad?

— Sei, claro — murmurou Thad, abrindo a porta do Fusca. — Eu tenho que ir, Rawlie, tenho mesmo. Não sei nem como agradecer.

— Toma cuidado, Thaddeus. Toma muito cuidado. Nenhum homem controla os agentes da vida após a morte. Não por muito tempo, e sempre tem um preço.

— Vou tomar o máximo de cuidado possível.

O câmbio do Fusca protestou, mas finalmente cedeu e engatou a marcha. Thad parou só para colocar os óculos escuros e o boné, levantou a mão para o Rawlie e saiu.

Quando pegou a rodovia 2, viu Rawlie indo até o mesmo telefone público que ele tinha usado e pensou: *Agora eu TENHO que impedir Stark de entrar. Porque tenho um segredo. Posso não conseguir controlar os psicopompos, mas por um tempo pelo menos eu mando neles, ou eles em mim, e ele não pode saber disso.*

Ele engatou a segunda marcha, e o Fusca de Rawlie DeLesseps começou a se deslocar no âmbito inexplorado da velocidade acima de cinquenta e cinco quilômetros por hora.

VINTE E TRÊS
DUAS LIGAÇÕES PARA O XERIFE PANGBORN

1

A primeira das duas ligações que mandaram Alan Pangborn de volta ao coração da coisa chegou pouco depois das três da tarde, enquanto Thad estava colocando três quartos de óleo para motor Sapphire no Fusca sedento do Rawlie em um posto de Augusta. O próprio Alan estava a caminho do Nan's para tomar uma xícara de café.

Sheila Brigham botou a cabeça para fora da sala de atendimento e gritou:

— Alan! Ligação a cobrar pra você. Conhece algum Hugh Pritchard?

Alan se virou na mesma hora.

— Conheço! Recebe a ligação!

Ele correu para a sala e pegou o telefone na hora em que Sheila estava aceitando a chamada.

— Dr. Pritchard? Dr. Pritchard, o senhor está aí?

— Sim, estou aqui. — A ligação estava boa, mas Alan teve um momento de dúvida.

Aquele homem não parecia ter setenta anos. Quarenta, talvez, mas não setenta.

— Você é o dr. Hugh Pritchard que atendia em Bergenfield, Nova Jersey?

— Em Bergenfield, Tenafly, Hackensack, Englewood, Englewood Heights... ora, eu cuidei de cabeças até Paterson. Você é o xerife Pangborn que está tentando falar comigo? Minha esposa e eu tínhamos ido até Devil's Knob. Acabamos de voltar. Até minhas dores estão doendo.

— Sim, sinto muito. Gostaria de agradecer pela ligação, doutor. O senhor tem a voz bem mais jovem do que eu esperava.

— Ah, isso é ótimo, mas você deveria ver o resto. Pareço um jacaré andando em duas pernas. Como posso ajudar?

Quando tinha pensado a respeito, Alan decidiu usar a abordagem cuidadosa. Prendeu o telefone entre a orelha e o ombro, encostou-se na cadeira, e o desfile de animais de sombra começou na parede.

— Estou investigando um assassinato aqui no condado de Castle, Maine. A vítima foi um morador da região chamado Homer Gamache. Pode haver uma testemunha do crime, mas estou em uma situação muito delicada com esse homem, dr. Pritchard. Há dois motivos pra isso. Primeiro, ele é famoso. Segundo, ele está exibindo sintomas com os quais o senhor já teve familiaridade. Digo isso porque o senhor o operou vinte e oito anos atrás. Ele tinha um tumor cerebral. Temo que, se o tumor tiver voltado, o testemunho possa não ser muito crív...

— Thaddeus Beaumont — disse Pritchard na mesma hora. — Sejam quais forem os sintomas que ele esteja apresentando, duvido muito que seja recorrência daquele antigo tumor.

— Como o senhor soube que era Beaumont?

— Porque eu salvei a vida dele em 1960 — explicou Pritchard, e acrescentou com arrogância inconsciente: — Se não fosse eu, ele não teria escrito um único livro, porque estaria morto antes do décimo segundo aniversário. Acompanhei a carreira dele com certo interesse desde que ele quase ganhou aquele prêmio National Book pelo primeiro livro. Dei uma olhada na fotografia na sobrecapa e soube que era o mesmo cara. O rosto tinha mudado, mas os olhos eram os mesmos. Olhos incomuns. Sonhadores, eu deveria dizer. E claro que eu sabia que ele morava no Maine por causa do artigo recente na *People*. Saiu pouco antes de viajarmos de férias.

Ele fez uma pausa e disse uma coisa tão impressionante, mas também tão casual, que Alan não teve reação por um momento.

— Você diz que ele pode ter testemunhado um crime. Tem certeza de que não desconfia de que ele possa ter sido o culpado?

— Bom... eu...

— Só fico pensando — prosseguiu Pritchard — porque as pessoas com tumores cerebrais costumam fazer coisas muito peculiares. A peculiaridade dos atos nos parece diretamente proporcional à inteligência do homem ou mulher afetado. Mas o garoto não tinha tumor nenhum, sabe, ao menos não no sentido amplamente aceito do termo. Foi um caso incomum. Extremamente incomum. Eu só soube de três casos similares desde 1960, dois depois que me aposentei. Ele fez os exames neurológicos de rotina?

— Fez.

— E?

— Deram negativo.

— Não me surpreende. — Pritchard ficou em silêncio por alguns instantes e disse: — Você não está sendo muito honesto comigo, meu jovem, não é verdade?

Alan parou de projetar sombras de animais e se sentou ereto na cadeira.

— É, acho que não estou mesmo. Mas gostaria muito de saber o que o senhor quer dizer com "Thad Beaumont não tinha um tumor cerebral no sentido amplamente aceito do termo". Conheço bem a regra de confidencialidade entre médico e paciente, e sei que é difícil confiar em alguém logo de cara, ainda mais por telefone, mas espero que o senhor acredite quando digo que estou do lado do Thad nessa, e tenho certeza de que ele ia querer que o senhor me contasse o que quero saber. E não posso perder tempo pedindo que ele ligue para o senhor e dê autorização, doutor. Preciso saber *agora*.

E Alan ficou surpreso de perceber que era verdade, ou que ele acreditava que fosse. Uma tensão estranha tinha começado a tomar conta dele, um sentimento de que as coisas estavam acontecendo. Coisas sobre as quais ele não sabia... mas logo saberia.

— Não tenho problema nenhum em contar sobre o caso — disse Pritchard calmamente. — Pensei, em muitas ocasiões, em fazer contato com Beaumont, ao menos para contar o que aconteceu no hospital pouco depois que a cirurgia dele terminou. Achei que poderia ser de interesse.

— O que houve?

— Vou chegar lá, pode ficar tranquilo. Não contei para os pais dele o que a cirurgia encontrou porque não importava, não de forma prática, e eu não queria mais nada com eles. Principalmente o pai. Aquele homem deveria ter nascido em uma caverna e passado a vida caçando mamutes. Decidi na ocasião dizer o que eles queriam ouvir e me livrar deles o mais rápido possível. Depois, claro, o tempo se tornou um fator. Nós acabamos perdendo contato com os nossos pacientes. Pensei em escrever pra ele quando a Helga me mostrou o primeiro livro, e voltei a pensar várias vezes depois, mas também achei que ele podia não acreditar em mim... ou não se importar... ou que pudesse pensar que eu era um excêntrico. Não conheço gente famosa, mas tenho pena. Desconfio de que tenham vidas defensivas, desorganizadas, cheias de medo. Pareceu mais fácil deixar quieto. Agora, isso. Como meus netos diriam, que droga.

— Qual era o problema do Thad? O que o levou até você?

— Transes. Dores de cabeça. Sons-fantasma. E, finalmente...

— Sons-fantasma?

— Sim, mas você precisa deixar eu contar do meu jeito, xerife. — Mais uma vez, Alan ouviu aquela arrogância inconsciente na voz do homem.

— Tudo bem.

— Finalmente houve uma convulsão. Os problemas estavam todos sendo causados por uma pequena massa no lobo frontal do cérebro. Nós operamos supondo que fosse um tumor. O tumor acabou se revelando o irmão gêmeo de Thad Beaumont.

— *Como é?*

— Exatamente — disse Pritchard. Ele falou como se o choque na voz de Alan lhe agradasse. — Isso não é totalmente incomum; gêmeos costumam ser absorvidos ainda no útero, e em casos raros a absorção é incompleta. Mas a *localização* foi incomum, assim como o crescimento de tecido estranho. Esse tipo de tecido quase sempre fica inerte. Acredito que os problemas do Thad podem ser sido causados pelo desenvolvimento precoce da puberdade.

— Espera — disse Alan. — Espera um pouco. — Ele tinha lido a frase "a mente entrou em parafuso" algumas vezes em livros, mas era a primeira vez que sentia na pele. — O senhor está me dizendo que Thad tinha um irmão gêmeo, mas que... de alguma forma... ele *comeu* o irmão?

— Ou irmã — acrescentou Pritchard. — Mas desconfio de que fosse irmão, porque acredito que a absorção seja bem mais rara em casos de gêmeos fraternos. Isso é com base em frequência estatística, não provas concretas, mas acredito que tenha sido o caso. E como gêmeos idênticos são sempre do mesmo sexo, a resposta à sua pergunta é sim. Acredito que o feto que Thad Beaumont foi um dia comeu o irmão no útero da mãe.

— Deus — disse Alan, baixinho. Ele não conseguia se lembrar de ouvir nada tão horrível nem tão *estranho* na vida.

— Você parece repugnado — disse o dr. Pritchard, divertindo-se com aquilo —, mas não precisa ficar, basta contextualizar a questão. Não estamos falando de Caim se voltando para matar Abel com uma pedra. Isso não foi um ato de assassinato; é só a ação de um imperativo biológico que não compreendemos. Um sinal ruim, talvez, disparado por alguma coisa no sistema endócrino da mãe. Não estamos nem falando de fetos, se formos precisos; na ocasião da absorção, eram apenas dois conglomerados de tecido no útero da sra. Beaumont, talvez nem humanoides ainda. Anfíbios vivos, se preferir. E um deles, o maior e mais forte, simplesmente se aproximou do mais fraco, envolveu-o... e o incorporou.

— Essa porra parece coisa de inseto — murmurou Alan.

— Parece? Acho que um pouco, sim. De qualquer modo, a absorção não foi completa. Um pouco do outro gêmeo manteve a integridade. Essa matéria estranha, não consigo pensar em outra forma de dizer, acabou grudada no tecido que se tornou o cérebro de Thaddeus Beaumont. E, por algum motivo, ficou ativa pouco depois que o garoto fez onze anos. Começou a crescer. Não havia espaço na pensão. Portanto, foi necessário extraí-la, como se fosse uma verruga. E fizemos isso com sucesso.

— Como uma verruga — disse Alan, repugnado e fascinado.

Havia todo tipo de ideia voando pela mente dele. Eram ideias sombrias, tão sombrias quanto morcegos em um campanário deserto de igreja. Só uma era completamente coerente: *Ele é dois homens, SEMPRE foi dois homens. É o que qualquer pessoa que ganha a vida com o faz de conta precisa ser. O que existe no mundo normal... e o que cria mundos. Eles são dois. Sempre dois, pelo menos.*

— Eu me lembraria de um caso tão incomum de qualquer modo — continuou Pritchard —, mas aconteceu uma coisa pouco antes do garoto acordar que foi ainda mais incomum. Uma coisa que nunca saiu da minha cabeça.

— O que foi?

— O garoto Beaumont ouvia aves antes de cada uma das dores de cabeça. Isso por si só não era incomum; é uma ocorrência amplamente documentada em casos de tumor cerebral ou epilepsia. É um distúrbio sensorial. Mas, pouco depois da operação, houve um incidente estranho relacionado a pássaros *de verdade*. O Hospital do Condado de Bergenfield foi atacado por pardais.

— Como assim?

— Parece absurdo, não parece? — Pritchard pareceu bem satisfeito consigo mesmo. — Não é o tipo de coisa que eu mencionaria, só que foi um evento muito documentado. Saiu até um artigo na primeira página do *Courier* de Bergenfield, com foto e tudo. Pouco depois das duas da tarde do dia 28 de outubro de 1960, um bando muito grande de pardais entrou voando pelo lado oeste do hospital. Era o lado da Unidade de Terapia Intensiva naquela época, e claro que foi para lá que o menino Beaumont foi levado depois da operação.

"Muitas janelas se quebraram, e a equipe de manutenção tirou mais de trezentos pássaros mortos do local depois do incidente. Um ornitólogo foi citado no artigo do *Courier*, pelo que lembro; ele observou que o lado oeste do prédio era quase todo de vidro e desenvolveu a teoria de que as aves podem ter sido atraídas pelo sol forte refletido nas vidraças."

— Isso é loucura! Pássaros só voam em vidro quando não conseguem ver.

— Acredito que o repórter que fez a entrevista mencionou isso, e o ornitólogo explicou que bandos de aves parecem compartilhar uma telepatia que une as muitas mentes do grupo, se é que podemos dizer que pássaros *têm* mente, em uma só. Como formigas estocando comida. Ele disse que se um do bando decidiu voar para o vidro, o resto provavelmente só foi atrás. Eu não estava no hospital quando aconteceu; já tinha terminado com o menino, verificado se os sinais estavam estáveis...

— Sinais?

— Sinais vitais, xerife. E fui jogar golfe. Mas soube que os pássaros deixaram todo mundo na ala Hirschfield morrendo de medo. Duas pessoas se cortaram com estilhaços de vidro. Eu poderia aceitar a teoria do ornitólogo, mas mesmo assim fiquei com a pulga atrás da orelha... porque sabia sobre o distúrbio sensorial do jovem Beaumont, entende. Não só aves, mas aves *específicas*: pardais.

— Os pardais estão voando novamente — murmurou Alan com uma voz distraída e horrorizada.

— Como, xerife?

— Nada. Continue.

— Perguntei sobre os sintomas dele um dia depois. Às vezes há amnésia localizada em relação aos distúrbios sensoriais depois de uma operação que remove a causa, mas não nesse caso. Ele lembrava perfeitamente bem.

Via os pássaros além de ouvir. Pássaros para todo lado, ele dizia, no telhado das casas e gramados e nas ruas de Ridgeway, que era a parte de Bergenfield onde ele morava.

"Tive interesse de verificar o prontuário e relacioná-lo com os relatos do incidente. O bando de pardais chegou ao hospital às 2h05. O garoto acordou às 2h10. Talvez até um pouco antes."

Pritchard fez uma pausa e acrescentou:

— Na verdade, uma das enfermeiras da UTI disse que achava que tinha sido o som do vidro se quebrando que o acordou.

— Uau — comentou Alan, baixinho.

— Sim — disse Pritchard. — Uau mesmo. Não falo sobre isso há anos, xerife Pangborn. Alguma dessas coisas ajuda?

— Não sei — disse Alan com sinceridade. — Talvez. Dr. Pritchard, talvez o senhor não tenha tirado tudo. Se não tirou, pode ser que tenha começado a crescer de novo.

— Você disse que ele fez exames. Algum deles foi tomografia computadorizada?

— Foi.

— E também raios X, claro.

— Aham.

— Se esses exames deram negativo é porque não tem nada ali. Particularmente, acredito que *tiramos* tudo.

— Obrigado, dr. Pritchard. — Ele teve dificuldade de articular as palavras; seus lábios estavam dormentes e estranhos.

— Você pode me contar com mais detalhes o que aconteceu depois que a questão estiver resolvida, xerife? Fui muito franco com você, e parece um pequeno favor a ser pedido em troca. Estou muito curioso.

— Eu conto se puder.

— É só o que peço. Vou deixar você voltar ao trabalho e eu vou voltar para as minhas férias.

— Espero que o senhor e a sua esposa estejam se divertindo.

Pritchard suspirou.

— Na minha idade, eu tenho que me esforçar cada vez mais pra ter uma diversão medíocre, xerife. Nós adorávamos acampar, mas acho que no ano que vem vamos ficar em casa.

— Bom, eu agradeço muito o tempo que tirou para retornar minha ligação.

— Foi um prazer. Eu sinto falta do trabalho, xerife Pangborn. Não do misticismo da cirurgia, nunca gostei muito disso, mas do *mistério*. O mistério da mente. Era muito empolgante.

— Posso imaginar — concordou Alan, achando que ficaria muito feliz se houvesse um pouco menos de mistério mental na vida dele no momento. — Farei contato se e quando as coisas... se esclarecerem.

— Obrigado, xerife. — Ele fez uma pausa e disse: — Essa é uma questão de grande preocupação pra você, não é?

— Sim. É, sim.

— Pelo que me lembro, o garoto era muito agradável. Estava com medo, mas era agradável. Que tipo de homem ele é?

— Um bom homem, eu acho. Um pouco frio, talvez, e um pouco distante, mas um bom homem mesmo assim. — E repetiu: — Eu acho.

— Obrigado. Vou deixar você cuidar da vida. Tchau, xerife Pangborn.

Houve um clique na linha, e Alan colocou o fone no lugar lentamente. Ele se encostou na cadeira, cruzou as mãos ágeis e fez um pássaro grande bater asas lentamente no pedaço da parede onde estava batendo sol. Um trecho de *O mágico de Oz* surgiu na mente dele e ficou ressoando: "Eu *acredito* em fantasmas, eu *acredito* em fantasmas, eu *acredito*, eu *acredito*, eu *acredito* em fantasmas!". Foi o Leão Covarde, não foi?

A pergunta era: em que *ele* acreditava?

Era mais fácil pensar nas coisas em que ele *não* acreditava. Ele não acreditava que Thad Beaumont tivesse assassinado ninguém. Também não acreditava que Thad tivesse escrito a frase enigmática nas paredes das pessoas.

Então, como foi parar lá?

Simples. O velho dr. Pritchard pegou um avião para o leste em Fort Laramie, matou Frederick Clawson, escreveu OS PARDAIS ESTÃO VOANDO NOVAMENTE na parede, seguiu de Washington para Nova York, arrombou a fechadura da Miriam Cowley com seu bisturi favorito e fez o mesmo com ela. Ele operou os dois porque sentia falta do mistério da cirurgia.

Não, claro que não. Mas Pritchard não era o único que sabia sobre... como ele chamou? O distúrbio sensorial de Thad. Verdade que não apareceu na *People*, mas...

Você está esquecendo as impressões digitais e os espectros de voz. Está esquecendo a afirmação clara e direta de Thad e Liz: George Stark é real; ele está disposto a cometer assassinatos para PERMANECER real. E agora, você está se esforçando muito para não analisar o fato de que está começando a acreditar que tudo pode ser verdade. Você falou com eles sobre como seria loucura acreditar não só em um fantasma vingativo, mas no fantasma de um homem que nunca existiu. Mas escritores CONVIDAM fantasmas, talvez; junto com atores e artistas, eles são os únicos médiuns totalmente aceitos da nossa sociedade. Eles criam mundos que nunca existiram, populados por pessoas que nunca existiram e depois nos convidam para nos juntarmos a eles nas fantasias. E nós vamos, não vamos? Sim. Nós PAGAMOS para isso.

Alan apertou bem as mãos, esticou os dedos mindinhos e fez um pássaro bem menor voar pela parede ensolarada. Um pardal.

Você não tem como explicar o bando de pardais que atingiu o Hospital do Condado de Bergenfield quase trinta anos atrás, assim como não tem como explicar como dois homens podem ter as mesmas impressões digitais e os mesmos espectros de voz, mas agora você sabe que Thad Beaumont compartilhou o útero da mãe com outra pessoa. Com um estranho.

Hugh Pritchard mencionou puberdade precoce.

Alan Pangborn se viu pensando de repente se o crescimento do tecido estranho não coincidia com outra coisa.

Ele se perguntou se começou a crescer na mesma época em que Thad Beaumont começou a escrever.

2

O interfone na mesa apitou, sobressaltando-o. Era Sheila de novo.

— Fuzzy Martin está na linha um, Alan. Quer falar com você.

— O Fuzzy? Que diabo ele quer?

— Não sei. Ele não quis me contar.

— Meu Deus — disse Alan. — Era só o que faltava hoje.

Fuzzy tinha uma propriedade grande na Town Road nº 2, a uns seis quilômetros do lago Castle. A casa dos Martin já tinha sido uma fazenda próspera de laticínios, mas isso foi na época em que Fuzzy era conhecido pelo nome de batismo, Albert, e ainda era ele quem consumia o uísque e não o uísque que o consumia. Os filhos estavam crescidos, a esposa tinha decidido que ele não valia a pena dez anos antes, e atualmente Fuzzy comandava sozinho mais de dez hectares de campos que lentamente eram tomados pelo mato. No lado oeste da propriedade, onde a Town Road nº 2 serpenteava a caminho do lago, ficavam a casa e o celeiro. O celeiro, que já tinha sido lar de quarenta vacas, era uma construção enorme, o telhado se encontrava meio afundado, a tinta estava descascando, a maioria das janelas estava coberta com pedaços de papelão. Alan e Trevor Hartland, o chefe do corpo de bombeiros de Castle Rock, estavam esperando que a casa de Martin, o celeiro de Martin ou os dois pegassem fogo havia quatro anos.

— Quer que eu diga que você não está? — perguntou Sheila. — Clut acabou de chegar. Posso passar pra ele.

Alan chegou a considerar por um momento, mas suspirou e balançou a cabeça.

— Vou falar com ele, Sheila. Obrigado. — Ele pegou o telefone e o prendeu entre a orelha e o ombro.

— Chefe Pangborn?

— Aqui é o xerife, sim.

— Aqui é Fuzzy Martin, da número dois. Acho que temos um problema aqui, xerife.

— Ah? — Alan puxou o segundo telefone da mesa para mais perto. Era uma linha direta com os outros escritórios do Prédio Municipal. A ponta do dedo deslizou em volta da tecla quadrada do número 4. Ele só precisava pegar o fone e apertar o botão para falar com Trevor Hartland. — Que tipo de problema?

— Bom, chefe, a questão é que eu não faço a menor ideia. Eu chamaria de grande roubo de carro se fosse um carro meu. Mas não era. Nunca vi na vida. Mas saiu do meu celeiro mesmo assim. — Fuzzy falou com aquele sotaque forte e meio satírico do Maine que transformava uma palavra simples como *carro* em uma coisa que quase parecia uma gargalhada: *caaaaarro*.

Alan empurrou o telefone interno para o lugar normal. Deus favorecia os tolos e os bêbados, um fato que ele tinha aprendido bem nos muitos anos de trabalho policial, e ao que tudo indicava a casa e o celeiro do Fuzzy ainda estavam de pé apesar do hábito dele de jogar guimbas de cigarro acesas por toda parte quando estava bêbado. *Agora eu só preciso ficar sentado aqui até ele revelar qual é o problema*, pensou Alan. *Depois posso entender ou pelo menos tentar entender se é no mundo real ou só dentro do que sobrou da mente do Fuzzy.*

Ele percebeu que estava fazendo outro pardal com as mãos e parou.

— Qual carro saiu do seu celeiro, Albert? — perguntou Alan, com toda a paciência do mundo. Quase todos em Castle Rock (inclusive o próprio homem) chamavam Albert de Fuzzy, e Alan poderia até aderir depois de passar mais dez anos na cidade. Ou vinte, talvez.

— Acabei de falar que nunca vi na vida — disse Fuzzy Martin com um tom que dizia "seu idiota" de forma tão clara que foi quase como se de fato tivesse falado. — É por isso que estou ligando, chefe. Não era um dos meus.

Uma imagem finalmente começou a se formar na mente de Alan. Agora que estava sem as vacas, sem os filhos e sem a esposa, Fuzzy Martin não precisava de tanto dinheiro; as terras dele estavam quitadas quando as herdou do pai, e ele só precisava pagar os impostos. O dinheiro que Fuzzy tinha vinha de várias fontes incomuns. Alan acreditava, quase sabia, na verdade, que um fardo ou dois de maconha se juntavam aos de feno no celeiro do Fuzzy a cada dois meses, mais ou menos, e esse era só um dos negócios escusos dele. Já tinha pensado algumas vezes que deveria fazer um esforço real de prender Fuzzy por posse com intenção de venda, mas duvidava que o homem fumasse a maconha, e menos ainda que tivesse neurônios para vender. Era provável que recebesse cem ou duzentos dólares de vez em quando só por oferecer o espaço de armazenamento. E, mesmo em um burgo pequeno como Castle Rock, havia coisas mais importantes a fazer do que prender bêbados por guardar erva.

Outro dos serviços de armazenamento do Fuzzy, este pelo menos dentro da lei, era guardar carros no celeiro para os veranistas. Quando Alan chegou à cidade, o celeiro do Fuzzy era um estacionamento regular. Dava para entrar lá e ver até quinze carros, a maioria de pessoas que tinham casa no lago, guardados onde as vacas antigamente passavam a noite e as tardes de inverno. Fuzzy tinha derrubado as divisórias para fazer uma garagem ampla, e lá os carros de veraneio esperavam os longos meses de outono e inverno nas sombras com o cheiro doce do feno, e as superfícies reluzentes se tornavam foscas pela palha velha que ficava caindo do mezanino, estacionados um na frente do outro e um ao lado do outro.

Ao longo dos anos, o negócio de guardar carros do Fuzzy diminuiu radicalmente. Alan achava que a notícia dos hábitos descuidados dele com o cigarro tinha se espalhado. Ninguém quer perder o carro em um incêndio de celeiro, mesmo que seja só um carro velho que só era usado no verão. Na última vez que tinha ido à casa do Fuzzy, Alan só vira dois carros: o Thunderbird 1959 do Ossie Brannigan, um carro que seria um clássico se não estivesse tão enferrujado e amassado, e o velho Ford Woody do Thad Beaumont.

Thad de novo.

Naquele dia parecia que todos os caminhos levavam a Thad Beaumont.

Alan se empertigou na cadeira, puxando o telefone para mais perto sem nem perceber.

— Não foi o velho Ford do Thad Beaumont? — perguntou ao Fuzzy. — Tem certeza?

— Mas é claro que tenho. Não era Ford coisa nenhuma, e não era nenhum Woody. Era um Toronado preto.

Outra chama se acendeu na mente de Alan... mas ele não sabia bem por quê. Alguém tinha dito alguma coisa para ele sobre um Toronado preto, e não fazia muito tempo. Ele não conseguia lembrar quem nem quando, não por ora... mas acabaria lembrando.

— Por acaso eu estava na cozinha, pegando um copo de limonada — disse Fuzzy —, quando vi o carro saindo de ré do celeiro. A primeira coisa que pensei foi que não guardo nenhum carro assim. A *segunda* foi que não sei como entraram lá se tem aquele cadeado Kreig enorme na porta, sendo que a única chave fica no meu chaveiro.

— E os donos dos carros que ficam guardados lá? Não têm chave?

— Não, senhor! — Fuzzy pareceu ofendido pela ideia.

— Você não pegou a placa, pegou?

— Mas é claro que peguei! — exclamou Fuzzy. — Meu binóculo Jeezly velho está sempre aqui no parapeito da janela da cozinha, sabe?

Alan, que tinha ido ao celeiro fazer inspeções com Trevor Hartland, mas nunca entrara na cozinha do Fuzzy (e não tinha a menor intenção de entrar tão cedo, obrigado), disse:

— Ah, é. O binóculo. Eu tinha esquecido.

— Mas eu, não! — comentou Fuzzy com uma truculência feliz. — Está com um lápis?

— Estou sim, Albert.

— Chefe, por que você não me chama de Fuzzy, como todo mundo?

Alan suspirou.

— Tudo bem, Fuzzy. E, já que estamos falando nisso, por que você não me chama de xerife?

— Como você preferir. Agora, você quer a placa ou não quer?

— Manda.

— Primeiro de tudo, era uma placa do Mississippi — disse Fuzzy, com uma espécie de triunfo na voz. — O que você acha *disso*?

Alan não sabia exatamente *o que* achava... só que uma terceira chama se acendeu na cabeça dele, essa mais forte do que as outras. Um Toronado. E do Mississippi. Alguma coisa sobre o Mississippi. E uma cidade. Oxford? Era Oxford? Tipo a cidade ali perto?

— Não sei — disse Alan, e, achando que era o que Fuzzy queria ouvir: — É bem suspeito.

— E não é que é mesmo! — berrou Fuzzy. Em seguida, limpou a garganta e começou a falar, todo sério: — Certo. A placa é do Mississippi. Número 62284. Anotou, chefe?

— 62284.

— 62284, isso mesmo, pode botar fé. Suspeito! É mesmo! Foi o que *eu* pensei! Jesus amado comendo uma lata de feijão!

Ao pensar na imagem de Jesus comendo uma lata de feijão B & M, Alan teve que cobrir o telefone por outro breve momento.

— E então, que atitude você vai tomar, chefe?

Eu vou tentar sair dessa conversa com a sanidade intacta, pensou Alan. *É a primeira coisa que vou fazer. E vou tentar lembrar quem mencionou...*

De repente, surgiu na cabeça dele em um brilho frio que fez seus braços ficarem arrepiados até o pescoço, deixando seu corpo tenso como o couro de um tambor.

Ao telefone com Thad. Não muito tempo depois que o maluco ligou do apartamento da Miriam Cowley. Na noite em que a matança começou.

Ele ouviu Thad dizendo: *Ele se mudou com a mãe de Hampshire para Oxford, Mississippi... perdeu quase todo o sotaque sulista.*

O que mais Thad disse quando estava descrevendo George Stark pelo telefone?

Uma última coisa: ele pode estar dirigindo um Toronado. Não sei o ano. Um dos antigos que tinha muita potência embaixo do capô. Preto. A placa pode ser do Mississippi, mas ele deve ter trocado.

— Acho que ele estava um pouco ocupado demais pra isso — murmurou Alan. Seu corpo ainda estava todo arrepiado e parecia ser percorrido por mil pezinhos.

— O que você disse, chefe?

— Nada, Albert. Estou falando sozinho.

— Minha mãe dizia que isso era sinal de dinheiro a caminho. Acho que eu deveria começar a falar sozinho também.

Alan lembrou de repente que Thad tinha acrescentado uma coisa, um detalhe final.

— Albert...

— Me chama de Fuzzy, chefe. Já falei.

— Fuzzy, tinha um adesivo no para-lama do carro que você viu? Você chegou a reparar...?

— Como sabia disso? Está procurando esse veículo, chefe? — perguntou Fuzzy com ansiedade.

— Isso não importa, Fuzzy. É assunto da polícia. Você viu o que dizia?

— Claro que vi — disse Fuzzy Martin. — FILHO DA PUTA DE PRIMEIRA CLASSE, era isso que estava escrito. Dá pra acreditar?

Alan desligou o telefone devagar, acreditando, mas dizendo a si mesmo que aquilo não provava nada, nadinha... só que talvez Thad Beaumont fosse louco de pedra. Seria uma completa burrice achar que o que Fuzzy viu provava que alguma coisa... bom, alguma coisa *sobrenatural*, por falta de palavra melhor, estava acontecendo.

Ele pensou nos espectros de voz e nas impressões digitais, pensou nas centenas de pardais se chocando com as janelas do Hospital do Condado de Bergenfield, e foi tomado de um ataque de tremor violento que durou quase um minuto.

3

Alan Pangborn não era um covarde e nem um caipira supersticioso que fazia o sinal contra o mau-olhado para corvos e que mandava que as mulheres grávidas ficassem longe de leite fresco por ter medo que talhasse. Ele não era matuto; não era suscetível à bajulação de malandros da cidade que queriam vender pontes famosas por um precinho ótimo; ele não tinha nascido ontem. Ele acreditava em lógica e em explicações razoáveis. Então, esperou que o tremor passasse, puxou a agenda e encontrou o número de telefone de Thad. Observou achando certa graça que a informação no papel e a que ele tinha na cabeça fossem iguais. Aparentemente, o "escritor" distinto de Castle Rock tinha ficado mais fixo na mente dele, ao menos em parte, do que achava.

Só podia ser Thad naquele carro. Se a gente eliminar as maluquices, que alternativa sobra? Ele o descreveu. Como era mesmo o nome daquele programa de rádio de perguntas e respostas? Name It and Claim It.

O Hospital do Condado de Bergenfield foi de fato atacado por pardais.

E havia outras perguntas. Perguntas demais.

Thad e a família estavam sob proteção da polícia estadual do Maine. Se eles tivessem decidido fazer as malas e vir passar o fim de semana aqui, os policiais de plantão deveriam ter ligado para Alan, em parte para avisá-lo, em parte como gesto de cortesia. Mas a polícia estadual teria tentado dissuadir Thad de fazer uma viagem dessas depois de terem instalado o equipamento todo lá em Ludlow. E se a viagem tivesse sido de última hora, os esforços para fazê-lo mudar de ideia teriam sido ainda maiores.

Havia também o que Fuzzy *não* tinha visto; mais especificamente, o carro ou os carros designados para acompanhar os Beaumont se eles tivessem decidido viajar de qualquer modo... como *poderiam* ter decidido. Afinal, não eram prisioneiros.

Pessoas com tumores cerebrais muitas vezes fazem coisas peculiares.

Se o Toronado fosse do Thad, se ele tivesse ido até a casa do Fuzzy buscar *e* se estivesse sozinho, o que se poderia concluir, Alan achava, seria pouco palatável, porque ele tinha começado a gostar do Thad. Essa conclusão era que ele tinha abandonado deliberadamente a família e seus protetores.

A polícia estadual deveria ter me ligado se fosse esse o caso. Eles emitiriam um boletim e saberiam muito bem que aqui é um dos lugares para onde ele provavelmente viria.

Ele ligou para o número de Beaumont. Foi atendido no primeiro toque. Uma voz que ele não conhecia atendeu. Mas isso só queria dizer que ele não associava a voz a um nome. Que estava falando com um agente da lei foi uma coisa que identificou na primeira sílaba.

— Alô, residência dos Beaumont.

Na defensiva. Pronto para soltar uma enxurrada de perguntas na próxima pausa se a voz por acaso fosse a certa... ou a errada.

O que aconteceu?, pensou Pangborn, e, logo em seguida: *Eles estão mortos. A pessoa que está lá matou a família toda, um ato rápido, fácil e sem piedade nenhuma, como foi com os outros. A proteção, os interrogatórios, o equipamento de rastreamento... não valeram de nada.*

Não havia nem sinal desses pensamentos na voz dele.

— Aqui é Alan Pangborn — disse ele secamente. — Xerife do condado de Castle. Eu estava ligando para falar com Thad Beaumont. Quem fala?

Houve uma pausa. E a voz respondeu:

— Aqui é Steve Harrison, xerife. Da polícia estadual do Maine. Eu ia ligar para você. Deveria ter feito isso uma hora atrás. Mas as coisas aqui... A merda aqui está estratosférica. Posso perguntar por que você ligou?

Sem parar para pensar, o que certamente teria mudado sua resposta, Alan mentiu. Fez sem se perguntar por quê. A pergunta viria depois.

— Eu liguei pra falar com Thad. Tem tempo que não nos falamos, e eu queria saber como eles estão. Imagino que tenha havido algum problema.

— Um problema tão grande que você nem acreditaria — disse Harrison com voz sombria. — Dois homens meus estão mortos. Temos quase certeza de que foi o Beaumont.

Temos quase certeza de que foi o Beaumont.

A peculiaridade dos atos é diretamente proporcional à inteligência do homem ou mulher afetado.

Alan sentiu o déjà-vu não só penetrando na mente, mas se espalhando pelo corpo todo como um exército invasor. Thad, sempre voltava ao Thad. Claro. Ele era inteligente, era peculiar e estava, como ele mesmo admitiu, sofrendo de sintomas que sugeriam um tumor cerebral.

O garoto não tinha tumor nenhum, sabe.

Se esses exames deram negativo é porque não tem nada ali.

Esquece o tumor. É nos pardais que você tem que pensar agora, porque os pardais estão voando novamente.

— O que aconteceu? — perguntou ele ao policial Harrison.

— Ele cortou Tom Chatterton e Jack Eddings em pedacinhos, foi isso que aconteceu! — gritou Harrison, assustando Alan com a profundeza da fúria. — A família está com ele, e eu *quero* aquele filho da puta!

— O que... como ele escapou?

— Não tenho tempo de falar sobre isso. É uma história lamentável, xerife. Ele estava dirigindo um Chevrolet Suburban vermelho e cinza, uma baleia sobre rodas, mas achamos que ele deve ter largado o carro em algum lugar e pegado outro. Ele tem uma casa de veraneio aí. Você conhece o local e a disposição, certo?

— Conheço — disse Alan. Sua mente estava em disparada. Ele olhou para o relógio na parede e viu que faltava um minuto para as três e quarenta. Tempo. Tudo era uma questão de tempo. E ele percebeu que não tinha perguntado ao Fuzzy Martin que horas eram quando ele viu o Toronado saindo do celeiro. Não pareceu importante no momento. Agora, parecia. — A que horas vocês perderam ele de vista, policial Harrison?

Ele achou que conseguia sentir quão furioso Harrison estava com isso, mas, quando respondeu, falou sem raiva e sem estar na defensiva.

— Por volta de meio-dia e meia. Ele deve ter levado um tempo pra trocar de carro, se é que fez isso mesmo, e depois foi para a casa de Ludlow...

— Onde ele estava quando sumiu de vista? Qual era a distância da casa dele?

— Xerife, eu gostaria de responder a todas as perguntas, mas não há tempo. A questão é, se ele foi pra casa de veraneio, e pode parecer improvável, mas o cara é maluco, então não dá pra saber, ele ainda não vai ter chegado, mas vai chegar daqui a pouco. Ele e a família toda. Seria ótimo se você e alguns de seus homens estivessem aí esperando. Se acontecer alguma coisa, pode chamar Henry Payton no rádio da Central da Polícia Estadual de Oxford e vamos enviar mais reforço do que você já viu na vida. *Não tente detê-lo sozinho sob circunstância nenhuma.* Estamos supondo que a esposa foi levada como refém, isso se já não estiver morta, e isso vale em dobro para as crianças.

— Sim, se matou os policiais de vigia só pode ter levado a esposa à força, certo? — concordou Alan, e se viu pensando: *Mas você os tornaria parte de tudo se pudesse, não tornaria? Porque você já formou opinião e não vai mudar. Porra, cara, você não vai nem pensar direito enquanto o sangue dos seus amigos não secar.*

Havia dezenas de perguntas que queria fazer, e as respostas provavelmente produziriam outras quarenta... mas Harrison estava certo sobre uma coisa. Não havia tempo.

Ele hesitou por um momento, querendo muito perguntar a coisa mais importante de novo, a pergunta de um milhão de dólares: Harrison tinha certeza de que Thad tivera *tempo* de chegar em casa, matar os homens montando guarda e levar a família embora, tudo isso antes dos primeiros reforços chegarem? Mas fazer a pergunta seria cutucar a ferida dolorosa com que Harrison estava tentando lidar no momento, porque enterrada na pergunta havia a crítica condenatória e irrefutável: *Você deixou que ele escapasse. De alguma forma, ele fugiu de você. Você tinha uma missão, mas fez merda.*

— Posso contar com você, xerife? — perguntou Harrison, sua voz não soava mais raivosa, só exausta, e Alan sentiu pena dele.

— Pode. Vou cercar o local agora mesmo.

— Bom homem. E vai fazer contato com a Central de Oxford?

— Afirmativo. Henry Payton é meu amigo.

— Beaumont é perigoso, xerife. *Extremamente* perigoso. Se ele aparecer, tome cuidado.

— Pode deixar.

— E me mantenha informado. — Harrison desligou sem nem se despedir.

4

A mente dele, a parte que se ocupava com protocolo, pelo menos, despertou e começou a fazer perguntas... ou tentar articulá-las. Alan decidiu que não tinha tempo para protocolo. Em nenhuma das formas. Ele só manteria todos os circuitos possíveis abertos e seguiria em frente. Tinha a sensação de que chegara ao ponto em que alguns dos circuitos começariam logo a se fechar por vontade própria.

Pelo menos chame alguns dos seus homens.

Mas ele achava que também não estava pronto para isso. Norris Ridgewick, a pessoa para quem ele teria ligado, estava de folga fora da cidade. John LaPointe ainda estava sofrendo de intoxicação por hera venenosa em casa. Seat Thomas estava na rua, em patrulha. Andy Clutterbuck estava lá, mas Clut era novato e aquele trabalho era dos piores.

Ele cuidaria daquilo sozinho por enquanto.

Você está louco!, gritou o protocolo na cabeça dele.

— Pode ser que esteja ficando — disse Alan, em voz alta.

Ele pesquisou o número de Albert Martin na lista telefônica e ligou para fazer as perguntas que deveria ter feito da primeira vez.

5

— Que horas você viu o Toronado saindo do seu celeiro, Fuzzy? — perguntou ele ao telefone, pensando: *Ele não vai saber. Porra, acho que ele nem sabe ver a hora.*

Mas Fuzzy provou no mesmo instante que ele estava enganado.

— Foi um pentelho depois das três, chefe. — E, depois de uma pausa de reflexão: — Perdão pela linguagem.

— Você só ligou... — Alan olhou para a folha de atendimento, onde ele tinha anotado a ligação do Fuzzy sem nem pensar. — Só às 15h28.

— Tive que pensar bem. Um homem tem sempre que olhar antes de dar um pulo, chefe, pelo menos no meu ponto de vista. Antes de ligar pra você, fui até o celeiro ver se a pessoa que estava no carro fez alguma traquinagem.

Traquinagem, pensou Alan, rindo internamente. *Deve ter ido olhar o fardo de erva no mezanino quando foi até lá, não foi, Fuzzy?*

— E fez?

— Fez o quê?

— Alguma traquinagem.

— Não. Acho que não.

— Qual era a condição do cadeado?
— Aberto — disse Fuzzy.
— Quebrado?
— Não. Só pendurado e aberto.
— Chave, você acha?
— Não sei onde o filho da puta pode ter arrumado uma chave. Acho que foi arrombado.
— Ele estava sozinho no carro? — perguntou Alan. — Deu pra ver isso?
Fuzzy parou e pensou.
— Não deu pra ter certeza. Sei o que você está pensando, chefe; se consegui ver a placa e ler o adesivo, eu devo ter conseguido ver quantas pessoas estavam dentro. Mas o sol estava batendo no vidro, e acho que não era um vidro comum. Acho que tinha película escura. Não muito escura, mas um pouco.
— Tudo bem, Fuzzy. Obrigado. Nós vamos verificar.
— Bom, ele saiu daqui — disse Fuzzy, e acrescentou uma dedução repentina: — Mas deve ter ido pra *algum lugar*.
— Isso é verdade — disse Alan. Ele prometeu contar ao Fuzzy "no que aquilo ia dar" e desligou.
Ele se afastou da mesa e olhou o relógio.
Três, dissera Fuzzy. *Foi um pentelho depois das três, chefe. Perdão pela linguagem.*
Alan achava que não havia como Thad ter ido de Ludlow a Castle Rock em três horas se não fosse de foguete, ainda mais tendo passado em casa antes... onde teria, incidentalmente, sequestrado a esposa e os filhos e matado dois policiais estaduais. Talvez se ele tivesse ido direto de Ludlow, mas sair de outro lugar, parar em Ludlow e chegar a tempo de arrombar um cadeado e sair dirigindo em um Toronado que ele tinha convenientemente escondido no celeiro do Fuzzy? Impossível.
Mas e se *outra* pessoa tivesse matado os policiais na casa dos Beaumont e levado a família do Thad? Alguém que não precisava despistar a escolta policial, trocar de veículos e fazer paradinhas no trajeto? Alguém que simplesmente tivesse enfiado Liz Beaumont e os gêmeos em um carro e ido para Castle Rock? Alan achava que *eles* podiam ter chegado a tempo do Fuzzy Martin vê-los às três. Poderiam ter conseguido tranquilamente.

A polícia, ou seja, o policial Harrison, ao menos por enquanto, achava que só podia ter sido Thad, mas Harrison e seus compadres não sabiam sobre o Toronado.

Placa do Mississippi, dissera Fuzzy.

O Mississippi era a terra natal de George Stark, de acordo com a biografia fictícia que Thad fez para o sujeito. Se Thad fosse esquizofrênico o suficiente para achar que era Stark pelo menos em parte do tempo, ele poderia muito bem ter arrumado um Toronado preto para incrementar a ilusão, fantasia, o que quer que fosse... mas, para conseguir a placa, ele não só teria que ter visitado o Mississippi, mas também estabelecido residência lá.

Que idiotice. Ele poderia ter roubado uma placa do Mississippi. Ou comprado uma velha. Fuzzy não disse nada sobre o ano da placa; da casa, ele provavelmente nem teria conseguido ler isso, nem de binóculo.

Mas o carro não era do Thad. Não podia ser. Liz saberia, não saberia? *Talvez não. Se ele for muito louco, talvez não.*

E havia a porta trancada. Como Thad poderia ter entrado no celeiro sem quebrar o cadeado? Ele era escritor e professor, não um arrombador.

Duplicata, sua mente sussurrou, mas Alan não achava que fosse isso. Se Fuzzy *estivesse mesmo* guardando fumo da alegria lá dentro de tempos em tempos, Alan achava que ele teria cuidado com a chave, por mais descuidado que fosse com suas guimbas de cigarro.

E uma pergunta final, a matadora: como é que Fuzzy nunca tinha visto aquele Toronado preto antes se estava no celeiro dele o tempo todo? Como era possível?

Que tal isto, sussurrou uma voz no fundo da mente dele enquanto pegava o chapéu e saía do escritório. *É uma ideia bem engraçada, Alan. Você vai rir. Vai rir pra caramba. E se Thad Beaumont estava certo desde o começo? E se tem mesmo um monstro chamado George Stark correndo solto por aí... e os elementos da vida dele, os elementos que Thad criou, passam a existir quando ele precisa? QUANDO precisa, mas nem sempre ONDE ele precisa. Porque sempre aparecem em lugares ligados à vida do criador primário. Por isso, Stark teria que tirar o carro do lugar onde Thad guarda o dele, assim como teve que começar do cemitério onde Thad o enterrou simbolicamente. Você não está amando? Não é o máximo?*

Ele não estava amando. Não era o máximo. Não era nem remotamente engraçado. Era como uma rachadura horrível não só em tudo que ele acreditava, mas no jeito que aprendeu a *pensar*.

Ele se viu pensando em uma coisa que Thad tinha dito. *Não sei quem eu sou quando estou escrevendo.* Não foi bem isso, mas quase. *E, o mais incrível, isso só passou pela minha cabeça agora.*

— Você era *ele*, não era? — perguntou Alan, baixinho. — Você era ele, e ele era você, e foi assim que o assassino cresceu, quem manda na minha boca sou eu.

Ele tremeu, e Sheila Brigham ergueu o rosto da máquina de escrever na mesa de atendimento a tempo de ver.

— Está muito quente pra isso, Alan. Você deve estar pegando um resfriado.

— Acho que estou mesmo com alguma coisa. Fica de olho no telefone, Sheila. Passa qualquer coisa menor pro Seat Thomas e qualquer coisa grande pra mim. Cadê o Clut?

— Aqui! — A voz do Clut veio do banheiro.

— Devo voltar em uns quarenta e cinco minutos! — gritou Alan para ele. — Você fica responsável até eu voltar!

— Aonde você vai, Alan? — Clut saiu do banheiro enfiando a camisa cáqui dentro da calça.

— Para o lago — disse Alan vagamente, e saiu antes que Clut ou Sheila pudessem fazer mais perguntas... ou antes que ele pudesse refletir sobre o que estava fazendo. Sair sem declarar o destino em uma situação assim era uma ideia péssima. Era pedir mais do que um problema, era pedir para ser morto.

Mas o que ele estava pensando

(*os pardais estão voando*)

simplesmente não podia ser verdade. *Não podia.* Tinha que haver uma explicação mais lógica.

Ele ainda estava tentando se convencer disso quando saiu dirigindo a viatura para fora da cidade, para o pior problema de sua vida.

6

Havia uma área de descanso na rodovia 5, a uns oitocentos metros da propriedade do Fuzzy Martin. Alan entrou, motivado por uma coisa que era em parte palpite, em parte ímpeto. A parte do palpite era bem simples: com ou sem Toronado preto, eles não foram para Ludlow em um tapete mágico. Deviam ter ido de carro. Ou seja, tinha um carro abandonado em algum lugar. O homem que ele estava caçando tinha abandonado a picape do Homer Gamache no estacionamento de uma área de descanso da estrada quando não precisou mais dela, e o que um criminoso fazia uma vez sempre acabava fazendo de novo.

Havia três veículos estacionados na área: um caminhão de cerveja, um Ford Escort novo e um Volvo sujo de terra da estrada.

Ao descer da viatura, um homem de macacão verde saiu do banheiro e foi para a cabine do caminhão de cerveja. Era baixo, de cabelo escuro e ombros estreitos. Nada George Stark.

— Seu guarda — disse ele, e fez uma saudação.

Alan assentiu e andou para onde três senhoras idosas estavam, sentadas em volta de uma das mesas de piquenique, tomando café de uma garrafa térmica e conversando.

— Oi, seu guarda — disse uma delas. — Podemos ajudar em alguma coisa? — *Ou será que fizemos alguma coisa errada?*, perguntaram os olhos momentaneamente ansiosos.

— Eu só queria saber se o Ford e o Volvo que estão ali são das senhoras — disse Alan.

— O Ford é meu — disse uma segunda. — Nós todas viemos nele. Não sei nada sobre o Volvo. É aquela coisa do adesivo? Aquela coisa do adesivo venceu de novo? É meu filho que cuida do adesivo, mas ele é *tão* esquecido! Quarenta e três anos e eu ainda tenho que dizer tudo pra el...

— O adesivo está regular, senhora — disse Alan, abrindo seu melhor sorriso de "a polícia é sua amiga". — Por acaso alguma de vocês viu o Volvo chegar?

Elas balançaram a cabeça.

— Viram alguém passar aqui nos últimos minutos que poderia ser o dono do carro?

— Não — disse a terceira senhora. Ela olhou para ele com olhinhos brilhosos de esquilo. — Está no rastro, seu guarda?

— Como, senhora?

— Está atrás de um criminoso?

— Ah — disse Alan. Ele sentiu um momento de irrealidade. O que exatamente estava fazendo ali? O que exatamente estava pensando para *ir* até ali? — Não, senhora. É que eu gosto de Volvos.

Cara, que comentário inteligente. Que comentário... *genial*... pra caralho.

— Ah — disse a primeira senhora. — Bom, não vimos ninguém. Quer uma xícara de café, seu guarda? Acho que ainda tem uma aqui.

— Não, obrigado — disse Alan. — Tenham um ótimo dia.

— Você também — responderam elas, quase em um perfeito coral de três partes.

Fez com que Alan se sentisse ainda mais irreal.

Ele voltou até o Volvo. Tentou abrir a porta do motorista. Conseguiu. O interior do carro tinha uma sensação quente de sótão. O carro devia estar ali havia um tempo. Ele olhou no banco de trás e viu um pacotinho pequeno, pouco maior que um pacotinho de adoçante Sweet'n Low, caído no chão. Inclinou-se entre os assentos e o pegou.

LENÇOS UMEDECIDOS, dizia o pacote, e ele sentiu como se tivesse sido atingido no estômago por uma bola de boliche.

Não quer dizer nada, disse a voz do protocolo e da razão na mesma hora. *Não necessariamente. Sei o que você está pensando: os bebês. Mas, Alan, essas coisas são distribuídas em barraquinhas de estrada para quem compra frango frito, caramba.*

Mesmo assim...

Alan enfiou o pacote no bolso do uniforme e saiu do carro. Estava prestes a fechar a porta, mas voltou a se inclinar para dentro. Tentou olhar embaixo do painel, mas não conseguiu de pé. Teve que ficar de joelhos.

Outra bola de boliche. Ele fez um som abafado, o som de um homem que levou um golpe forte.

Os fios da ignição estavam caídos, o cobre exposto e cheio de pontas. Alan sabia que era porque tinham sido presos um no outro. O Volvo tinha funcionado por ligação direta, uma ligação bem eficiente, ao que tudo indicava. O motorista pegou os fios acima da base e os separou para desligar o motor quando estacionou.

Então, era verdade... ao menos parte. A grande questão era quanto. Ele estava começando a se sentir um homem cada vez mais perto de uma queda potencialmente letal.

Voltou para a viatura, entrou, ligou o motor e tirou o microfone da base.

O que é verdade?, sussurrou o protocolo e a razão. Deus, que voz irritante. *Que tem alguém na casa do lago dos Beaumont? Sim, isso pode ser verdade. Que uma pessoa chamada George Stark tirou aquele Toronado preto do celeiro do Fuzzy Martin? Corta essa, Alan.*

Dois pensamentos passaram pela cabeça dele quase ao mesmo tempo. O primeiro foi que, se fizesse contato com Henry Payton na Central da Polícia Estadual de Oxford, como Harrison tinha pedido, ele talvez *nunca* ficasse sabendo como aquilo terminaria. A via Lake, onde ficava a casa de veraneio dos Beaumont, era uma rua sem saída. A polícia estadual mandaria que ele não se aproximasse da casa sozinho, nenhum policial sozinho, não com a suspeita de que o homem que estava com Liz e os gêmeos era responsável por pelo menos dez assassinatos. Iam querer que ele bloqueasse a estrada e *só isso* enquanto eles enviavam um monte de viaturas, talvez um helicóptero, e, até onde Alan sabia, uns destroieres e uns caças também.

O segundo pensamento foi sobre Stark.

Eles não estavam pensando em Stark. Eles nem *sabiam* sobre Stark.

Mas e se Stark fosse real?

Se fosse esse o caso, Alan estava começando a acreditar que enviar um grupo de policiais estaduais que não sabiam nada para a via Lake seria como mandar homens para um moedor de carne.

Ele colocou o microfone no suporte. Estava decidido a ir, e ir sozinho. Podia ser errado, provavelmente era, mas era o que faria. Poderia encarar a própria burrice; Deus sabia que já tinha acontecido. Mas não poderia encarar a possibilidade de ter causado a morte de uma mulher e dois bebês ao pedir reforço por rádio antes de saber a verdadeira natureza da situação.

Alan saiu da parada e seguiu para a via Lake.

VINTE E QUATRO
A CHEGADA DOS PARDAIS

1

Thad evitou a via expressa no trajeto (Stark tinha mandado que Liz a pegasse, cortando meia hora do tempo de viagem deles), então teve que ir por Lewiston-Auburn ou Oxford. L.A., como os moradores da região a chamavam, era uma área metropolitana bem maior... mas a Central da Polícia Estadual ficava em Oxford.

Ele escolheu Lewiston-Auburn.

Estava parado em um sinal de Auburn, verificando o retrovisor toda hora para ver se vinha alguma viatura da polícia, quando a ideia que visualizou claramente pela primeira vez quando estava conversando com Rawlie no ferro-velho surgiu de novo. Dessa vez, não foi só uma cutucada; foi mais um tapa de mão aberta.

Sou eu quem sabe. Eu sou o dono. Eu sou o portador.

Estamos lidando com magia aqui, pensou Thad, *e qualquer mágico digno precisa de uma varinha. Todo mundo sabe disso. Por sorte, sei onde achar uma coisa assim. Onde, na verdade, é vendida aos montes.*

A papelaria mais próxima ficava na rua Court, e Thad pegou aquela direção. Ele tinha certeza de que havia lápis Berol Black Beauty na casa de Castle Rock, e tinha certeza também de que Stark tinha levado os dele, mas esses ele não ia querer. O que queria eram lápis em que Stark nunca tivesse tocado, nem como parte de Thad nem como entidade separada.

Thad encontrou uma vaga a meio quarteirão da loja, desligou o motor do Fusca do Rawlie (morreu com força, com um chiado e várias tosses) e saiu. Era bom se afastar do fantasma do cachimbo do Rawlie e tomar um pouco de ar fresco.

Na papelaria, comprou uma caixa de lápis Berol Black Beauty. O vendedor disse para ele ficar à vontade quando Thad perguntou se podia usar o apontador preso na parede. Ele apontou seis dos Berols. Colocou-os no bolso do peito, um do lado do outro. As pontas de grafite pareciam as cabeças de mísseis pequenos e mortais.

Presto e abracadabra, pensou ele. *Que a folia comece.*

Voltou para o carro do Rawlie, entrou e ficou sentado ali por um momento, suando no calor e cantando baixinho "John Wesley Harding". Lembrou-se de quase toda a letra. Era incrível mesmo o que a mente humana era capaz de fazer sob pressão.

Isso pode ser muito, muito perigoso, pensou ele. Percebeu que não se importava muito consigo mesmo. Afinal, tinha trazido George Stark ao mundo, e achava que isso o tornava responsável por ele. Não parecia muito justo, porque na sua opinião não havia criado George com intenções malignas. Não conseguia se ver como nenhum daqueles famosos doutores, os senhores Jekyll e Frankenstein, apesar do que podia estar acontecendo com sua esposa e seus filhos. Ele não tinha decidido escrever uma série de livros que gerariam muito dinheiro, e certamente não tinha decidido criar um monstro. Só tentara encontrar um modo de contornar o obstáculo que tinha surgido em seu caminho. Só queria encontrar um modo de escrever outra boa história, porque isso o deixava feliz.

Mas o que aconteceu foi que ele pegou uma espécie de doença sobrenatural. E havia doenças, muitas, que se alojavam no corpo de pessoas que não fizeram nada para merecê-las; coisas estranhas como paralisia cerebral, distrofia muscular, epilepsia, mal de Alzheimer. Mas, quando se tinha a doença, era preciso lidar com ela. Qual era o nome daquele antigo programa de perguntas do rádio? *Name It and Claim It?*

Mas a situação toda poderia ser muito perigosa para Liz e as crianças, sua mente insistiu de forma bem racional.

Sim. Uma cirurgia no cérebro também podia ser perigosa... mas, se havia um tumor crescendo lá, que escolha se tinha?

Ele vai olhar. Espiar. Os lápis não são problema; ele talvez até fique lisonjeado. Mas se sentir o que você planeja fazer com eles, ou se descobrir sobre o apito de pássaros... se fizer alguma suposição sobre os pardais... porra, se ele supusesse que tem alguma coisa pra supor... a merda será grande.

Mas pode dar certo, outra parte da mente sussurrou. *Caramba, você sabe que pode.*

Sim. Ele sabia. E porque a parte mais profunda da mente dele insistia que não havia outra coisa a fazer ou tentar, Thad ligou o Fusca e apontou para Castle Rock.

Quinze minutos depois tinha deixado Auburn para trás e estava no campo novamente, seguindo para oeste a caminho da região dos lagos.

2

Nos últimos quarenta minutos da viagem, Stark falou sem parar sobre *Máquina de aço*, o livro no qual ele e Thad trabalhariam juntos. Ele ajudou Liz com as crianças, sempre deixando uma das mãos livre e perto da arma presa na cintura por questão de credibilidade, enquanto ela destrancava a casa de veraneio para eles entrarem. Ela esperava ver carros estacionados em pelo menos algumas das casas na via Lake; ou ouvir sons de vozes e serras elétricas, mas só havia o zumbido sonolento dos insetos e o rugido poderoso do motor do Toronado. Parecia que o filho da puta tinha uma sorte do diabo.

Enquanto descarregavam e levavam as coisas para dentro de casa, Stark não parou de falar. Não parou nem quando estava usando a navalha para amputar todos os fios telefônicos, exceto um. E o livro parecia bom. Isso era o mais horrível. O livro parecia muito bom. Parecia capaz de atingir as proporções de *O jeito de Machine*, ou até mais.

— Preciso ir ao banheiro — disse ela quando a bagagem estava toda dentro de casa, interrompendo-o no meio de uma frase.

— Tudo bem — disse ele tranquilamente, virando-se para ela. Ele tinha tirado os óculos escuros quando chegaram, e ela precisou virar o rosto para não encará-lo. Aquele olhar vidrado e podre era demais para ela. — Eu vou junto.

— Gosto de um pouco de privacidade quando faço minhas necessidades. Você não?

— Pra mim não importa muito — disse Stark, com uma alegria serena.

Ele estava com esse humor desde que saíram da via expressa em Gates Falls; era o ar inconfundível de um homem que sabe que tudo vai acabar bem.

— Mas pra *mim* faz — disse ela, como se falasse com uma criança particularmente teimosa.

Ela sentiu os dedos arqueados, feito garras. Mentalmente, estava arrancando aqueles globos oculares saltados das órbitas flácidas... e, quando arriscou olhar e viu a diversão no rosto dele, soube que *ele* sabia o que ela estava pensando e sentindo.

— Eu fico na porta — disse ele com humildade debochada. — Vou ser um bom menino. Não vou espiar.

Os bebês estavam ocupados engatinhando pelo tapete da sala. Estavam alegres, falantes, animados. Pareciam felizes de estarem ali, onde já tinham estado uma vez, por um fim de semana prolongado de inverno.

— Eles não podem ficar sozinhos — disse Liz. — O banheiro fica perto do quarto principal. Se ficarem aqui, vão fazer alguma besteira.

— Tudo bem, Beth — disse Stark, e pegou os dois sem esforço nenhum, um embaixo de cada braço. Naquela manhã, ela teria acreditado que, se qualquer pessoa que não ela ou Thad tentasse uma coisa daquelas, William e Wendy berrariam feito loucos. Mas, quando Stark os pegou, eles riram com alegria, como se fosse a coisa mais divertida sob o sol. — Vou levar os dois para o quarto, e vou ficar de olho *neles* e não em você. — Ele se virou e a olhou com uma frieza momentânea. — E vou cuidar muito bem deles. Não quero que nada de mal aconteça a eles, Beth. Eu gosto deles. Se acontecer alguma coisa, a culpa não vai ser *minha*.

Ela foi para o quarto, e ele parou na porta, de costas para ela como tinha prometido, vigiando os gêmeos. Enquanto levantava a saia e baixava a calcinha e se sentava, ela torceu para que ele fosse um homem de palavra. Não morreria se ele se virasse e a visse sentada na privada... mas, se ele visse a tesoura de costura dentro da calcinha, talvez.

E, como sempre quando estava com pressa para urinar, a bexiga travou com obstinação. *Vamos, vamos*, pensou ela com uma mistura de medo e irritação. *Qual é o problema, você acha que vai ganhar juros com isso?*

Finalmente. Alívio.

— Mas quando eles tentam sair do celeiro — disse Stark —, Machine bota fogo na gasolina que eles jogaram na trincheira que tem ao redor durante a noite. Não vai ser ótimo? Tem potencial pra filme nessa história também, Beth. Aqueles babacas que fazem filmes *amam* fogo.

Ela usou o papel higiênico e vestiu a calcinha com cuidado. Manteve os olhos grudados nas costas de Stark enquanto ajeitava a roupa, rezando para que ele não se virasse. Ele não se virou. Estava totalmente absorto na própria história.

— Westerman e Jack Rangely voltam para dentro, planejando usar o carro para dirigir pelo fogo. Mas Ellington entra em pânico e...

Ele parou de repente, a cabeça inclinada para o lado. E se virou para ela, na hora em que estava ajeitando a saia.

— Pra fora — disse ele abruptamente, e o bom humor tinha sumido da voz. — Sai daí agora.

— O que...

Ele segurou o braço dela com força brutal e a jogou no quarto. Ele entrou no banheiro e abriu o armário atrás do espelho.

— Temos companhia, e está cedo demais pra ser Thad.

— Eu não...

— Motor de carro — afirmou ele brevemente. — Um motor poderoso. Pode ser um interceptador da polícia. Está ouvindo?

Stark bateu a porta do armário com força e abriu a gaveta à direita da pia. Encontrou um rolo de esparadrapo Red Cross e tirou a tampa protetora.

Ela não ouviu nada e disse isso para ele.

— Tudo bem — respondeu ele. — Consigo escutar por nós dois. Bote as mãos para trás.

— O que você vai...?

— Cala a boca e bota as mãos pra trás!

Ela fez isso, e na mesma hora seus pulsos foram presos. Ele enrolou e cruzou o esparadrapo, dando várias voltas, em formato apertado de oito.

— O motor foi desligado. A uns quatrocentos metros, talvez. Alguém tentando ser esperto.

Ela achou ter ouvido o motor no último momento, mas poderia estar só sendo influenciada. Sabia que não teria ouvido nada se não estivesse completamente concentrada. Meu Deus, que audição boa ele tinha.

— Tenho que cortar a fita — disse ele. — Perdão por ficar tão íntimo por um segundo, Beth. O tempo está meio curto pra eu ser educado.

E antes que ela percebesse, ele enfiou a mão pela frente da saia dela. Um instante depois, pegou a tesoura. Nem a furou com os alfinetes.

Ele a encarou por um momento enquanto levava as mãos às costas dela e usava a tesoura para cortar o esparadrapo. Parecia estar achando graça de novo.

— Você viu — disse ela estupidamente. — Você viu o volume, afinal.

— Da tesoura? — Ele riu. — Eu vi a tesoura, não o volume. Vi a tesoura nos seus *olhos*, querida Beth. Lá em Ludlow. Eu sabia que estava aí no momento em que você desceu a escada.

Ele se ajoelhou na frente dela com a fita, lembrando um pedido de casamento absurdo e ameaçador. Em seguida, olhou para ela.

— Melhor não pensar em me chutar nem nada, Beth. Não tenho certeza, mas acho que é um policial. E não tenho tempo pra sexo violento com você, por mais que eu quisesse. Então, fica parada.

— Os bebês...

— Eu vou fechar a porta. Eles não têm altura pra alcançar a maçaneta nem se ficarem de pé. Pode ser que comam um pouco de poeira embaixo da cama, mas acho que isso é o pior que pode acontecer. Volto daqui a pouco.

Agora, o esparadrapo estava sendo enrolado nos tornozelos dela. Ele o cortou e se levantou.

— Se comporta, Beth. Não vai perder os pensamentos felizes. Eu faria você pagar por uma coisa assim... mas primeiro faria você ver *esses dois* pagando.

Ele fechou a porta do banheiro, a porta do quarto e saiu. Sumiu com a velocidade de um bom mágico fazendo um truque.

Ela pensou na .22 trancada no barracão de ferramentas. Havia balas lá também? Ela tinha quase certeza de que sim. Meia caixa de balas para Winchester .22 em uma prateleira alta.

Liz começou a mexer os pulsos para lá e para cá. Ele tinha enrolado o esparadrapo com maestria, e por um tempo ela ficou na dúvida se conseguiria afrouxar, que dirá soltar as mãos.

Mas começou a sentir ceder um pouco e passou a mover os pulsos com mais rapidez, ofegando.

William engatinhou até ela, colocou as mãos em sua perna e a olhou de um jeito indagativo.

— Vai ficar tudo bem — disse ela, e sorriu para ele.

William sorriu para ela e saiu engatinhando atrás da irmã. Liz tirou uma mecha suada dos olhos com um movimento brusco de cabeça e voltou a girar os pulsos para a frente e para trás, para a frente e para trás, para a frente e para trás.

3

Pelo que Alan Pangborn viu, a via Lake estava totalmente deserta... pelo menos até onde ousava ir: a sexta garagem da rua. Ele achava que conseguiria ir um pouco mais longe ainda em segurança; não tinha como o som do motor do carro ser ouvido na casa dos Beaumont de tão longe, não com duas colinas no caminho, mas era melhor ser precavido. Foi até um chalé de estilo suíço que pertencia à família William, residentes de verão vindos de Lynn, Massachusetts, estacionou sobre um tapete de agulhas embaixo de um pinheiro velho, desligou o motor e saiu.

Ele olhou para cima e viu os pardais.

Estavam pousados no telhado da casa dos William. Nos galhos altos das árvores em volta. Empoleirados em pedras perto da beira do lago; brigavam por espaço na doca dos William, tantos que ele não conseguia ver a madeira. Havia centenas e centenas.

E estavam completamente em silêncio, só olhando para ele com os olhinhos pretos.

— Meu Deus — sussurrou Alan.

Havia grilos cricrilando na grama alta que crescia aos pés da casa e o movimento do lago na parte permanente da doca e um avião seguindo para oeste, na direção de New Hampshire. Fora isso, tudo estava em silêncio. Não havia nem o ruído de um motor de lancha no lago.

Só os pássaros.

Todos aqueles pássaros.

Alan sentiu um medo profundo e gelado subindo pelos ossos. Ele tinha visto pardais voarem em bando na primavera ou no outono, às vezes grupos de cem ou duzentos, mas nunca na vida tinha visto uma coisa *assim*.

Vieram por causa do Thad... ou do Stark?

Ele olhou para o microfone do rádio novamente, pensando se não deveria pedir reforço, afinal. Tudo estava estranho demais, saindo muito do controle.

E se todos levantarem voo de uma vez? Se estiver aqui e for inteligente como Thad diz, ele vai ouvir. Vai ouvir direitinho.

Ele começou a andar. Os pardais não se mexeram... mas um novo grupo apareceu e pousou nas árvores. Estavam por toda parte ao redor de Alan, olhando para ele como um júri rigoroso olhando para um assassino na doca. Menos na rua. O bosque ladeando a via Lake ainda estava vazio.

Ele decidiu ir por lá.

Um pensamento lúgubre, quase uma premonição, ocorreu a ele: que aquele poderia ser o maior erro da sua vida profissional.

Vou só fazer reconhecimento do local, pensou. *Se os pássaros não levantarem voo, e pelo visto não pretendem fazer isso, não devo ter problema. Posso percorrer essa entrada de carros, atravessar a via e descer até a casa dos Beaumont pelo bosque. Se o Toronado estiver lá, eu vou ver. Se vir o carro, pode ser que eu o veja. Se eu o vir, pelo menos vou saber o que tenho que enfrentar. Vou saber se é o Thad ou... outra pessoa.*

Houve também outro pensamento, no qual Alan mal ousava pensar, porque pensar nele poderia estragar sua sorte. Se ele *visse* o dono do Toronado preto, talvez tivesse espaço para atirar. Talvez conseguisse abater o filho da mãe e encerrar as coisas logo. Se as coisas fossem assim, ele seria repreendido pela polícia estadual por ter desobedecido a ordens específicas... mas Liz e as crianças ficariam bem, e no momento aquela era sua única preocupação.

Mais pardais desceram do céu sem ruído. Estavam cobrindo a superfície de asfalto da entrada da garagem dos William de cima a baixo. Um pousou a menos de um metro e meio das botas de Alan. Ele fez um gesto de chute e se arrependeu na mesma hora, quase esperando que ele e o bando monstruoso levantassem voo juntos.

O pardal deu um pulinho. Só isso.

Outro pardal pousou no ombro do Alan. Ele não acreditava, mas era verdade. Foi afastá-lo, e a ave pulou na mão dele. Baixou o bico, como se pretendesse bicar a palma... e parou. Com o coração batendo forte, Alan baixou a mão. O pássaro pulou, bateu asas uma vez e pousou no chão com os amigos. Olhou para ele com os olhos brilhosos e estúpidos.

Alan engoliu em seco. Houve um clique audível em sua garganta.

— O que você é? — murmurou ele. — Que porra você *é*?

Os pardais só olharam para ele. E naquele momento todos os pinheiros e bordos que ele via daquele lado do lago Castle pareciam cheios. Ouviu um galho estalar em algum lugar por causa do peso acumulado.

Os ossos deles são ocos, pensou. *Eles não pesam quase nada. Quantos são necessários pra fazer um galho assim estalar?*

Ele não sabia. Não queria saber.

Alan abriu a tira que prendia a coronha da sua .38 e voltou pela inclinação íngreme da calçada dos William, afastando-se dos pardais. Quando chegou à via Castle, que não passava de uma rua de terra com uma faixa de grama no meio, o rosto estava ensebado de suor, e a camisa, grudada nas costas. Ele olhou ao redor. Via os pardais no lugar de onde viera (tinham ido para cima do carro dele, para o capô e para o porta-malas e para a luz em cima), mas não havia nenhum ali.

Parece até que eles não querem chegar perto demais... pelo menos por enquanto. É como se aqui fosse os bastidores deles.

Ele olhou para os dois lados da via de um lugar que esperava que fosse um esconderijo, atrás de um arbusto alto de sumagre. Não havia uma alma à vista, só os pardais, e estavam todos na casa dos William. Não havia som além dos grilos e alguns mosquitos zumbindo na cara dele.

Ótimo.

Alan seguiu pela rua como um soldado em território inimigo, a cabeça baixa entre os ombros encolhidos, pulou a vala cheia de mato e pedras do outro lado e desapareceu no bosque. Quando estava escondido, seu foco se transformou em achar uma forma rápida e silenciosa de chegar à casa de veraneio dos Beaumont.

4

O lado oriental do lago Castle ficava no pé de uma ladeira longa e íngreme. A via Lake ficava na metade dessa ladeira, e a maioria das casas ficava tão abaixo da via Lake que, de onde estava, Alan só conseguia ver os telhados, uns vinte metros colina acima da rua. Em alguns casos, estavam completamente escondidas dele. Mas ele via a rua, e a entrada das garagens, e, desde que não perdesse a conta, ficaria bem.

Quando chegou à quinta entrada depois da dos William, ele parou. Olhou para trás para ver se os pardais o seguiam. A ideia era bizarra, mas um tanto inevitável. Não viu nem sinal deles, e pensou que talvez sua mente sobrecarregada tivesse imaginado a coisa toda.

Pode parar, pensou ele. *Você não imaginou. Eles estavam mesmo lá... e ainda estão.*

Ele olhou para a calçada dos Beaumont, mas não conseguiu ver nada daquela localização. Começou a descer, indo devagar, abaixado. Moveu-se silenciosamente e estava se parabenizando por isso quando George Stark encostou uma arma em sua orelha esquerda e disse:

— Se você se mexer, camarada, boa parte do seu cérebro vai cair no seu ombro direito.

5

Ele virou a cabeça bem, bem devagar.

O que viu quase o fez desejar ter nascido cego.

— Acho que nunca vão me querer na capa da GQ, né? — declarou Stark.

Estava sorrindo. O sorriso mostrava mais dentes e gengivas (e os buracos onde antes houvera outros dentes) do que o maior dos sorrisos deveria mostrar. O rosto estava coberto de feridas, e a pele parecia estar se soltando do tecido por baixo. Mas esse não era o grande problema, não foi o que fez a barriga do Alan se contrair de horror e repulsa. Parecia haver alguma coisa errada com a estrutura por baixo do rosto do homem. Era como se ele não estivesse apenas apodrecendo, mas sim sofrendo uma *mutação* horrível.

E ainda sabia quem era o homem com a arma.

O cabelo, sem vida como uma peruca velha grudada na cabeça de palha de um espantalho, era louro. Os ombros eram quase tão largos quanto os de um jogador de futebol americano com as ombreiras. Sua presença tinha uma aura de arrogância e leveza, apesar de estar parado, e olhou para Alan com bom humor.

Era o homem que não podia existir, que nunca *tinha* existido.

Era o sr. George Stark, o filho da puta de primeira classe de Oxford, Mississippi.

Era tudo verdade.

— Bem-vindo à festa, meu chapa — disse Stark calmamente. — Você se move bem pra um homem tão grande. Quase deixei passar de primeira, e eu estava te procurando. Vamos pra casa. Quero apresentar você pra mulherzinha. E se fizer um único gesto errado, estará morto, assim como ela e aquelas criancinhas fofas. Não tenho nada no mundo todo a perder. Acredita nisso?

Stark sorriu com a cara podre e horrivelmente errada. Os grilos continuaram cricrilando na grama. No lago, um mergulhão soltou um grito doce e penetrante. Alan desejou de todo coração ser aquela ave, porque, quando olhou para os olhos saltados de Stark, só viu uma coisa além de morte... e essa coisa era nada.

Percebeu com clareza perfeita e repentina que nunca mais veria a esposa e os filhos.

— Eu acredito — disse ele.

— Então larga a arma no chão e vamos.

Alan fez o que ele mandou. Stark foi logo atrás. Atravessaram a rua e desceram a rampa da entrada dos Beaumont até a casa. Firmava-se na encosta sobre estacas pesadas de madeira, quase como uma casa de praia em Malibu. Pelo que Alan via, não havia pardais por perto. Nenhum.

O Toronado estava estacionado ao lado da porta, uma tarântula preta e brilhante no sol da tarde. Parecia uma bala. Alan leu o adesivo do para-lama de trás um tanto impressionado. Todas as suas emoções pareciam meio embotadas, meio controladas, como se estivesse em um sonho do qual logo acordaria.

Melhor não pensar assim, ele avisou a si mesmo. *Pensar assim só vai causar sua morte.*

Isso era quase engraçado, porque ele já era um homem morto, não era? Lá estava ele, aproximando-se da entrada dos Beaumont, pretendendo atravessar a rua sorrateiramente como o índio Tonto, dar uma boa olhada, ter uma ideia de como as coisas estavam, Kemosabe... e Stark simplesmente botou uma arma em sua orelha e o mandou largar a dele, e fim de jogo.

Eu não o ouvi; nem senti que ele estava chegando. As pessoas me acham silencioso, mas esse cara fez parecer que eu tinha dois pés esquerdos.

— Gostou do meu possante? — perguntou Stark.

— Neste momento, acho que todos os policiais do Maine devem gostar do seu possante — disse Alan —, porque estão todos procurando por ele.

Stark soltou uma gargalhada alegre.

— E por que eu não acredito nisso? — O cano da arma cutucou Alan na lombar. — Entra, meu bom amigo. Estamos esperando Thad. Quando ele chegar, acho que vamos estar prontinhos pra farra.

Alan olhou para a mão livre de Stark e viu uma coisa muito estranha: parecia não ter linha nenhuma na palma. Nenhuma.

6

— Alan! — exclamou Liz. — Você está bem?

— Bom — disse Alan —, se é possível um homem se sentir um cu e ainda assim estar bem, acho que estou.

— Ninguém esperava que você acreditasse — disse Stark calmamente. Ele apontou para a tesoura que tinha tirado da calcinha dela. Havia colocado na mesa de cabeceira ao lado da cama de casal, fora do alcance dos gêmeos. — Corta o esparadrapo das pernas dela, guarda Alan. Não precisa cortar dos pulsos; parece que ela já está conseguindo por conta própria. Ou você é o chefe Alan?

— Xerife Alan — disse ele, e pensou: *Ele sabe isso. Ele ME conhece, o xerife Alan Pangborn do condado de Castle, porque Thad me conhece. Mas mesmo quando está por cima, ele não revela tudo que sabe. Ele é sagaz como uma raposa que ganha a vida entrando e saindo de galinheiros.*

E pela segunda vez uma certeza da morte iminente tomou conta dele. Tentou pensar nos pardais, porque os pardais eram o único elemento daquele pesadelo com o qual, achava ele, George Stark não estava familiarizado. Mas depois pensou melhor. O homem era esperto demais. Se tivesse esperança, Stark veria em seus olhos... e iria querer saber do que se tratava.

Alan pegou a tesoura e soltou as pernas de Liz na hora que ela soltou a mão e começou a desenrolar a fita dos pulsos.

— Você vai me machucar? — perguntou ela, apreensiva.

Levantou as mãos, como se as marcas vermelhas que o esparadrapo deixara nos pulsos pudessem dissuadi-lo disso.

— Não — disse ele, sorrindo um pouco. — Não posso culpar você por fazer uma coisa natural, posso, Beth querida?

Ela o olhou com expressão revoltada e amedrontada e foi até os gêmeos. Perguntou a Stark se podia levá-los para a cozinha para dar algo de comer aos dois. Eles tinham dormido até Stark estacionar o Volvo roubado dos Clark na área de descanso e estavam animados e cheios de energia.

— Pode, claro — disse Stark. Pareceu alegre, disposto... mas estava segurando a arma em uma das mãos, e o olhar se deslocava sem parar entre Liz e Alan. — Por que não vamos todos? Quero falar com o xerife aqui.

Eles foram até a cozinha, e Liz começou a preparar uma refeição para os gêmeos. Alan cuidou das crianças enquanto isso. Eram crianças fofas, tão fofas quanto dois coelhinhos, e cuidar delas o lembrou de uma época em que ele e Annie eram bem mais novos, uma época em que Toby, que estava no último ano do ensino médio, usava fralda e Todd nem sonhava em nascer.

Eles engatinhavam com alegria para lá e para cá, e de vez em quando ele precisava mudar a direção de um antes que virasse uma cadeira ou batesse a cabeça embaixo da mesa de fórmica na copa.

Stark foi falando enquanto ele cuidava dos bebês.

— Você acha que vou te matar. Não precisa negar, xerife; vejo nos seus olhos, é uma expressão que conheço bem. Eu poderia mentir e dizer que não é verdade, mas acho que você duvidaria de mim. Tem certa experiência nessas questões, não é mesmo?

— Acho que sim. Mas uma coisa assim é meio... bom, fora da rotina policial.

Stark inclinou a cabeça para trás e riu. Os gêmeos olharam na direção do som e riram junto. Alan olhou para Liz e viu terror e ódio no rosto dela. E havia outra coisa também, não havia? Sim. Alan achou que era ciúme. Ficou pensando se havia alguma coisa que George Stark não sabia. Ficou pensando se Stark tinha alguma ideia do quanto aquela mulher podia ser perigosa para ele.

— *Nisso* você acertou! — disse Stark, ainda rindo, e ficou sério em seguida. Ele se inclinou para cima de Alan, que sentiu o fedor da carne em decomposição. — Mas não *tem* que ser assim, xerife. As chances de você sair disto vivo são poucas, isso eu admito, mas a possibilidade existe. Tenho uma coisa pra fazer aqui. Tenho que escrever um pouco. Thad vai me ajudar; ele vai dar corda, podemos dizer. Acho que vamos trabalhar a noite toda, ele e eu, mas, quando o sol nascer amanhã de manhã, minha casa já deve estar em ordem.

— Ele quer que Thad o ensine a escrever por conta própria — disse Liz da copa. — Diz que eles vão trabalhar em colaboração em um livro.

— Não é bem assim — corrigiu Stark. Ele olhou para ela por um momento, uma onda de irritação passando pela superfície antes inalterada do bom humor. — E ele me deve, sabe. Talvez ele soubesse escrever antes de eu aparecer, mas fui *eu* que ensinei a *ele* como escrever coisas que as pessoas iam querer ler. E de que adianta escrever uma coisa que ninguém quer ler?

— Não... você não entenderia, não é? — perguntou Liz.

— O que eu quero dele — disse Stark para Alan — é uma espécie de transfusão. Parece que tem alguma... glândula que parou de funcionar aqui. *Temporariamente.* Acho que Thad sabe como fazer essa glândula funcionar. Deveria, porque eu clonei a minha a partir da dele, se é que você me entende. Acho que você pode dizer que ele construiu a maior parte do meu equipamento.

Ah, não, meu amigo, pensou Alan. Não é bem assim. Você pode não saber, mas não é. Vocês construíram juntos, os dois, porque você estava lá o tempo todo. E você tem sido muito insistente. Antes de nascer, Thad tentou pôr um fim em você e não conseguiu. Onze anos depois, o dr. Pritchard tentou, e deu certo, mas só por um tempo. Finalmente, Thad o convidou para voltar. Sim, foi ele, mas sem saber o que estava fazendo... porque não sabia sobre VOCÊ. Pritchard não contou a ele. E você veio, não veio? Você é o fantasma do irmão morto... mas é ao mesmo tempo bem mais e bem menos do que isso.

Alan pegou Wendy, que estava perto da lareira, antes que ela pudesse cair para trás na caixa de lenha.

Stark olhou para William e Wendy, depois para Alan.

— Thad e eu temos uma longa história de gêmeos, sabe. E claro que minha existência surgiu depois da morte dos gêmeos que teriam sido os irmãos ou irmãs mais velhos desses dois. Pode chamar de ato transcendental de equilíbrio, se quiser.

— Eu chamo de maluquice — disse Alan.

Stark riu.

— Na verdade, eu também. Mas aconteceu. A palavra virou carne, podemos dizer. Como aconteceu não importa muito. O que importa é que estou aqui.

Você está errado, pensou Alan. *Como aconteceu pode ser a ÚNICA coisa que importa agora. Para nós, se não pra você... porque talvez seja a única coisa que pode nos salvar.*

— Quando as coisas chegaram a certo ponto, eu *me* criei — prosseguiu Stark. — E não é tão surpreendente que eu esteja tendo problemas com a escrita, é? Criar a si mesmo... gasta muita energia. Você não acha que esse tipo de coisa acontece todo dia, acha?

— Que Deus não permita — disse Liz.

Isso foi um golpe certeiro, ou quase. Stark olhou para ela com a velocidade de uma cobra dando o bote, e dessa vez a irritação foi mais do que uma onda.

— Acho melhor você calar essa matraca, Beth — disse ele baixinho —, antes que crie problema pra alguém que não pode emitir opinião própria.

Liz olhou a panela no fogão. Alan achou que ela ficou pálida.

— Pode trazer os dois aqui, Alan? — pediu ela baixinho. — A comida está pronta.

Ela segurou Wendy no colo para dar comida, e Alan segurou William. Era incrível como a técnica voltava rápido, ele pensou enquanto alimentava o garoto gordinho. Era só enfiar a colher, inclinar e passar de leve do queixo até o lábio inferior na hora de tirar, tentando ao máximo impedir que caísse comida ou baba. Will ficava querendo pegar a colher, como se já se achasse grande e vivido o bastante para comer sozinho, obrigado. Alan o desencorajou delicadamente, e o garoto logo se dedicou a comer de verdade.

— O fato é que eu posso usar você — disse Stark para ele. Estava encostado na bancada da cozinha, passando a mira da pistola para cima e para baixo no colete, fazendo um som áspero, baixinho. — A polícia estadual ligou pedindo que você viesse dar uma olhada aqui? Foi por isso que veio?

Alan avaliou os prós e contras de mentir e decidiu que seria mais seguro dizer a verdade, principalmente porque ele não tinha dúvida de que aquele homem (se *fosse* um homem) tinha um detector de mentiras intrínseco muito eficiente.

— Não exatamente — disse ele, e contou a Stark sobre a ligação do Fuzzy Martin.

Stark estava assentindo antes mesmo de Alan terminar.

— Eu *achei* que tinha visto um brilho na janela da casa — disse ele, e riu. Seu bom humor aparentemente voltara. — Ora, ora! Esse pessoal do interior não consegue evitar uma fofoca, não é mesmo, xerife Alan? Eles têm tão pouca coisa pra fazer que seria impressionante se conseguissem! E o que *você* fez quando desligou?

Alan contou também, e dessa vez não mentiu porque acreditava que Stark soubesse o que ele tinha feito; o simples fato de estar sozinho respondia a maior parte das perguntas. Para o xerife, o que Stark realmente queria era saber se ele era burro o suficiente para tentar mentir.

Quando terminou, Stark disse:

— Certo, isso é bom. Aumenta sua chance de lutar por mais um dia, xerife Alan. Agora me escute, e vou contar exatamente o que vamos fazer quando os bebês estiverem alimentados.

7

— Tem certeza de que sabe o que dizer? — perguntou Stark de novo.

Eles estavam parados ao lado do telefone no saguão de entrada, o único aparelho funcionando na casa.

— Tenho.

— E não vai tentar deixar nenhuma mensagenzinha secreta pra sua atendente?

— Não.

— Bom — disse Stark. — Muito bom porque este seria um *péssimo* momento pra você esquecer que é adulto e começar a brincar de caverna dos piratas ou de Robbers' Roost. Alguém acabaria sofrendo.

— Eu gostaria que você parasse um pouco com as ameaças.

O sorriso de Stark cresceu, tornou-se uma coisa de esplendor pestilento. Ele tinha levado William para garantir o bom comportamento de Liz, e fez cócegas embaixo do braço do bebê.

— Não posso fazer isso. Um homem que vai contra a própria natureza tem constipação, xerife Alan.

O telefone estava em uma mesa perto de uma janela grande. Quando Alan o pegou, verificou se tinha pardais no bosque em frente à casa. E não havia nenhum. Ao menos por enquanto.

— Está procurando o quê, meu chapa?

— Hã? — Ele olhou para Stark.

Os olhos do homem o encaravam secamente dentro das órbitas em decomposição.

— Você me ouviu. — Stark indicou o Toronado na calçada. — Você não está olhando pela janela do jeito que um homem olha só porque tem uma janela. Está com a cara de um homem que espera ver alguma coisa. Quero saber o que é.

Alan sentiu uma gota gelada de terror escorrer pelas costas.

— Thad — ele se ouviu dizer calmamente. — Estou de olho em Thad, do mesmo jeito que você. Ele já deve estar chegando.

— É melhor que isso seja verdade, você não acha? — perguntou Stark, e levantou William um pouco mais.

Começou a passar o cano da arma pela barriga gordinha e fofa de William, fazendo cócegas. William riu e bateu delicadamente na bochecha podre de Stark, como quem diz "Para, seu bobo... mas daqui a pouco, porque está divertido".

— Entendi — disse Alan, e engoliu secamente.

Stark levou a boca do cano até o queixo do William e mexeu na gordurinha dali. O bebê riu.

Se Liz aparecer e vir isso, vai ficar louca, pensou Alan calmamente.

— Tem *certeza* de que me contou tudo, xerife Alan? Não está escondendo nada de mim?

— Não — disse Alan. *Só sobre os pardais no bosque em volta da casa dos William.* — Não estou escondendo nada.

— Tudo bem. Eu acredito. Ao menos neste momento. Agora, faça o que tem que fazer.

Alan ligou para o Posto do Xerife do Condado de Castle. Stark chegou mais perto, tão perto que o odor podre deixou Alan com ânsia de vômito, e ficou escutando.

Sheila Brigham atendeu no primeiro toque.

— Oi, Sheila. É Alan. Estou no lago Castle. Tentei falar pelo rádio, mas você sabe como é o sinal aqui.

— Inexistente — disse ela, e riu.

Stark sorriu.

8

Quando eles sumiram do aposento, Liz abriu a gaveta embaixo da bancada da cozinha e pegou a maior faca que havia lá. Olhou para o canto por onde eles tinham se afastado, sabendo que Stark poderia botar a cabeça ali a qualquer momento para dar uma olhada nela. Mas não havia nada. Dava para ouvir que eles estavam conversando. Stark estava falando alguma coisa sobre como Alan olhou pela janela.

Eu tenho que fazer isso, pensou ela, *e tenho que fazer sozinha. Ele está observando Alan como um gato, e, mesmo que eu pudesse dizer alguma coisa para Thad, isso só pioraria as coisas... porque ele tem acesso à mente de Thad.*

Segurando Wendy, ela tirou os sapatos e andou rapidamente até a sala, descalça. Havia um sofá lá, em uma posição que dava para se sentar e ver o lago. Ela enfiou a faca embaixo... mas não muito fundo. Quando se sentasse ali, a faca estaria ao seu alcance.

E se eles se sentassem juntos, ela e o malandro do George Stark, *ele* também estaria ao alcance dela.

Pode ser que eu consiga, pensou ela, voltando correndo para a cozinha. *Sim, pode ser. Ele se sente atraído por mim. E isso é horrível... mas não tanto que eu não possa aproveitar.*

Ela voltou para a cozinha esperando ver Stark lá, mostrando o que restava dos dentes naquele sorriso horrível e mofado dele. Mas a cozinha estava vazia, e ela ainda ouvia Alan falando ao telefone no saguão. Conseguia visualizar Stark parado ao lado, ouvindo tudo. *Isso* era bom. Ela pensou: *Com sorte, George Stark vai estar morto quando Thad chegar.*

Ela não queria que eles se encontrassem. Não entendia todos os motivos por que queria tanto impedir isso, mas pelo menos um deles: tinha medo que a colaboração pudesse dar certo, e tinha mais medo ainda de saber quais seriam os frutos do sucesso.

No final, só uma pessoa poderia controlar a natureza dupla de Thad Beaumont e George Stark. Só um ser físico poderia sobreviver a uma divisão tão básica. Se Thad *conseguisse* oferecer o empurrão de que George precisava, se Stark começasse a escrever por conta própria, os ferimentos e a deterioração dele começariam a cicatrizar?

Liz achava que sim. Achava que Stark poderia até começar a assumir o rosto e a forma de seu marido.

E, depois, quanto tempo demoraria (supondo que Stark os deixasse vivos aqui e fosse embora) para que as feridas começassem a aparecer no rosto de *Thad*?

Ela achava que não muito. E duvidava que Stark fosse ter interesse em impedir que Thad se deteriorasse e acabasse apodrecendo até não sobrar nada, todos os pensamentos felizes eliminados para sempre.

Liz enfiou os sapatos e começou a limpar a sujeira do jantar dos gêmeos. *Seu filho da mãe*, ela pensou, limpando primeiro a bancada e começando a encher a pia de água quente. *VOCÊ é o pseudônimo, VOCÊ é o intruso, não meu marido.* Botou um pouco de detergente Joy na pia e foi até a sala dar uma olhada em Wendy. Ela engatinhava de um lado a outro, provavelmente procurando o irmão. Atrás das portas de correr, o sol do fim da tarde criava uma faixa dourada na água azul do lago Castle.

Aqui não é seu lugar. Você é uma abominação, uma ofensa ao olho e à mente.

Ela olhou para o sofá, com a faca comprida e afiada embaixo, bem ao alcance da mão.

Mas posso dar um jeito nisso. E se Deus permitir que eu faça as coisas como quero, eu VOU dar um jeito.

9

O cheiro de Stark começava a afetá-lo, dando a sensação de que vomitaria a qualquer momento, mas Alan tentou não demonstrar na voz.

— Norris Ridgewick já voltou, Sheila?

Ao lado dele, Stark começou a fazer cócegas em William com a .45 de novo.

— Ainda não, Alan. Lamento.

— Se ele voltar, fala pra ele assumir o comando. Até lá, o Clut que resolve.

— O turno dele...

— Eu sei, o turno dele acabou. A cidade vai ter que pagar umas horas extras pra ele, e Keeton vai me encher o saco, mas o que eu posso fazer? Estou preso aqui com um rádio ruim e uma viatura que ferve toda hora. Estou ligando da casa dos Beaumont. A polícia estadual queria que eu desse uma olhada aqui, mas não tem nada.

— Que pena. Quer que eu passe o recado pra alguém? Da estadual?

Alan olhou para Stark, que parecia totalmente absorto em fazer cócegas no garoto que se contorcia todo alegre nos braços dele. Stark assentiu distraidamente quando Alan o olhou.

— Quero. Liga pra central de Oxford pra mim. Estou pensando em comer alguma coisa naquele restaurante de frango e voltar aqui pra olhar de novo. Isso se eu conseguir ligar o carro. Se não conseguir, pode ser que eu veja o que tem na despensa dos Beaumont. Pode anotar um recado pra mim, Sheila?

Ele mais sentiu do que viu Stark ficar um pouco mais tenso ao seu lado. O cano da arma parou apontado para o umbigo do William. Alan sentiu um suor gelado e lento escorrer pelo tórax.

— Claro, Alan.

— Supostamente, ele é um cara criativo. Acho que devia ter um lugar melhor do que embaixo do capacho pra esconder a chave extra.

Sheila Brigham riu.

— É mesmo.

Atrás dele, o cano da .45 começou a se mover novamente, e William voltou a sorrir. Alan relaxou um pouco.

— É com Henry Payton que devo falar, Alan?

— Aham. Ou Danny Eamons se o Henry não estiver.

— Tudo bem.

— Obrigado, Sheila. É só mais besteira da estadual mesmo. Se cuida.

— Você também, Alan.

Ele desligou o telefone delicadamente e se virou para Stark.

— Tudo bem?

— Ótimo — disse Stark. — Gostei muito da parte da chave debaixo do capacho. Deu aquele toque a mais que é fundamental.

— Como você é babaca — disse Alan.

Dadas as circunstâncias, não era uma coisa muito sábia de se dizer, mas sua própria raiva o surpreendeu.

Stark também o surpreendeu. Ele riu.

— Ninguém gosta muito de mim, gosta, xerife Alan?

— Não.

— Bom, tudo bem. Eu gosto de mim mesmo por todo mundo. Sou meio New Age nesse sentido. O importante é que acho que estamos numa situação muito boa aqui. Acho que vai dar tudo certo.

Ele enrolou a mão no fio do telefone e o arrancou da parede.

— Acho que vai — disse Alan, mas ficou na dúvida.

A chance de dar tudo certo era pouca, bem menor do que Stark — que devia acreditar que todos os policiais ao norte de Portland eram uns tipos lentos e preguiçosos — parecia perceber. Dan Eamons, de Oxford, provavelmente deixaria passar, a não ser que alguém de Orono ou Augusta pegasse no pé dele. Mas Henry Payton? Ele duvidava muito que Henry cairia naquela história de que Alan tinha ido dar uma procurada rápida pelo assassino de Homer Gamache antes de ir comer frango no Cluck-Cluck Tonite. Henry talvez farejasse algo de errado.

Enquanto olhava Stark fazer cócegas no bebê com o cano da .45, Alan se perguntou se queria ou não que isso acontecesse e concluiu que não sabia.

— E agora? — perguntou ele a Stark.

Stark inspirou fundo e olhou para o bosque ensolarado, sem esconder a alegria.

— Vamos perguntar à Bethie se ela pode preparar um rango. Estou com fome. A vida no campo é ótima, não é, xerife Alan? Caramba!

— Tudo bem — disse Alan.

Ele se encaminhou para a cozinha, e Stark o segurou.

— Aquela coisa do carro ferver — disse ele. — Aquilo não tinha nenhum significado secreto, tinha?

— Não. Foi só outro caso de... Como você chama? Toque a mais que é fundamental. Várias das nossas viaturas tiveram problema de carburador este ano.

— É melhor que seja verdade — disse Stark, olhando para Alan com aqueles olhos mortos. Havia pus denso escorrendo dos cantos e passando pelas laterais do nariz descascado, como lágrimas pegajosas de crocodilo. — Seria uma pena ter que machucar uma dessas criancinhas porque você quis bancar o esperto. Thad não vai trabalhar tão bem se descobrir que tive que estourar um dos gêmeos pra botar você na linha. — Ele sorriu e encostou o cano da arma na axila de William. O bebê riu e se contorceu. — Ele é fofo como um gatinho, não é?

Alan engoliu o que parecia uma bola de pelos grande e seca.

— Isso que você faz me deixa nervoso pra caramba, cara.

— Pode ficar nervoso à vontade — disse Stark, sorrindo para ele. — É bom ficar nervoso perto de um cara que nem eu. Vamos comer, xerife Alan. Acredito que este aqui está ficando com saudade da irmã.

Liz aqueceu uma tigela de sopa para Stark no micro-ondas. Ofereceu primeiro um jantar congelado, mas ele fez que não, sorrindo, enfiou a mão na boca e arrancou um dente. Saiu da gengiva com uma facilidade podre.

Ela virou o rosto quando ele jogou o dente na lixeira, os lábios apertados, o rosto uma máscara tensa de repulsa.

— Não se preocupe — disse, serenamente. — Vão melhorar logo. *Tudo* vai melhorar logo. Papai vai chegar já já.

Ele ainda estava tomando a sopa quando Thad chegou ao volante do Fusca do Rawlie dez minutos depois.

VINTE E CINCO
MÁQUINA DE AÇO

1

A casa de veraneio dos Beaumont ficava a um quilômetro e meio do início da via Lake na rodovia 5, mas Thad parou a menos de um décimo disso e ficou olhando sem acreditar.

Havia pardais para todo lado.

Todos os galhos de todas as árvores, todas as pedras, todo trecho de chão estavam cobertos com pardais. O mundo que ele via era grotesco, uma alucinação: era como se aquela parte do Maine tivesse criado penas. A rua à frente tinha sumido. Completamente. No lugar, havia um caminho de pardais silenciosos e agitados entre as árvores sobrecarregadas.

Em algum lugar, um galho estalou. O único outro som era do Fusca do Rawlie. O silenciador estava ruim quando Thad começou a viagem; quando chegou ao destino, parecia não estar funcionando. O motor estalava e rugia, soltava alguns estrondos vez ou outra, e o som deveria ter feito o bando de pássaros levantar voo na hora, mas eles nem se mexeram.

O bando começava a menos de quatro metros à frente de onde ele tinha parado o Fusca e botado o câmbio em ponto morto. Havia uma linha de demarcação tão clara que poderia ter sido feita com uma régua.

Ninguém vê um bando de pássaros assim há anos, pensou ele. *Desde o extermínio dos pombos-passageiros no fim do século passado... se é que alguma vez já viram. Parece algo saído daquela história da Daphne du Maurier.*

Um pardal pousou no capô do Fusca e pareceu olhar para ele. Thad sentiu uma curiosidade assustadora e fria nos olhos pretos do passarinho.

Até onde vão?, refletiu ele. *Daqui até minha casa? Se sim, George os viu... e o preço vai ser alto, isso se já não foi. Mesmo que não haja pássaros lá perto, como eu vou chegar lá? Eles não estão simplesmente na rua; eles SÃO a rua.*

Mas é claro que ele sabia a resposta. Se pretendia chegar até a casa, ele teria que passar com o carro por cima deles.

Não, sua mente quase gemeu. *Não, você não pode fazer isso.* Sua imaginação conjurou imagens terríveis: o som de corpinhos esmagados aos milhares, os jatos de sangue espirrando debaixo de cada roda, os pedaços de penas molhadas grudadas girando com os pneus.

— Mas eu vou fazer isso mesmo — murmurou ele. — Vou porque preciso.

Um sorriso trêmulo começou a transformar seu rosto em uma careta, concentrada de ferocidade e loucura. Naquele momento, ele se pareceu com George Stark de um jeito sinistro. Botou o câmbio na primeira marcha e começou a cantarolar "John Wesley Harding" baixinho. O Fusca do Rawlie engasgou, quase morreu, soltou três estalos altos e começou a seguir em frente.

O pardal no capô levantou voo, e Thad prendeu a respiração, esperando que todos fizessem o mesmo, como em seus transes/visões: uma nuvem escura e enorme acompanhada de um som feito um furacão em uma garrafa.

Mas a superfície da estrada à frente do nariz do Fusca começou a se contorcer e se mover. Os pardais, pelo menos alguns, estavam se afastando, abrindo duas faixas de terra... exatamente no caminho das rodas do carro.

— Meu Deus — sussurrou Thad.

Ele foi para o meio deles. De repente, passou do mundo que sempre conhecera para um alienígena, ocupado só por essas sentinelas que protegiam a fronteira entre a terra dos vivos e a dos mortos.

É onde estou agora, pensou ele enquanto dirigia lentamente pelas faixas gêmeas que as aves estavam oferecendo. *Estou na terra dos mortos-vivos, e que Deus me ajude.*

O caminho continuou se abrindo à frente dele. Sempre tinha uns quatro metros livres à frente, e, quando percorria essa distância, outros quatro se abriam. O chassi do Fusca estava passando por cima dos pardais pousados entre as faixas de terra, mas aparentemente não estava matando os pássaros; ele não viu nenhum morto pelo retrovisor, pelo menos. Mas era difícil ter certeza, porque os pardais estavam se juntando novamente atrás, recriando o tapete plano e cheio de penas.

Thad sentia o *cheiro* deles, um cheiro leve e frágil que parecia pousar no peito como pó fino. Uma vez, quando criança, ele enfiara o rosto em um saco de ração de coelho e inspirou profundamente. O cheiro era parecido. Não era sujo, mas sufocante. E *estranho*. Ele começou a ficar nervoso com a ideia de que aquela grande massa de pássaros estava roubando todo o oxigênio do ar, que ele sufocaria antes de chegar aonde estava indo.

De repente, começou a ouvir sons leves de *tak-tak-tak* vindos de cima e imaginou os pardais pousando no teto do Fusca, de alguma forma se comunicando com os outros, guiando-os, dizendo para eles quando se afastar e criar o caminho para as rodas, dizendo quando era seguro voltar.

Ele chegou ao alto da primeira colina na via Lake e olhou para um vale de pardais; pardais por toda parte, pardais cobrindo todos os objetos e árvores, mudando a paisagem para um mundo de pesadelo dominado pelas aves que ia além da sua capacidade de imaginação. Ia além do seu poder de compreensão.

Thad sentiu que estava quase desmaiando e deu um tapa forte na própria cara. Foi um som baixo, *pá!*, em comparação ao rugido do motor do Fusca, mas ele viu uma ondulação intensa percorrer os pássaros amontoados... uma ondulação que parecia um tremor.

Eu não posso ir até lá. Não posso.

Você tem que ir. Você é quem sabe. Você é o portador. Você é o dono.

Além do mais... para onde ele poderia ir? Pensou em Rawlie dizendo *Tome muito cuidado, Thaddeus. Nenhum homem controla os agentes da vida após a morte. Não por muito tempo.* E se ele tentasse dar ré até a rodovia 5? Os pássaros tinham aberto caminho à frente dele... mas achava que não fariam o mesmo atrás. Acreditava que as consequências de tentar mudar de ideia seriam impensáveis.

Thad começou a descer a colina... e os pardais seguiram abrindo caminho.

Ele nunca se lembrou precisamente do resto daquele trajeto; sua mente puxou uma cortina de misericórdia ao redor daquilo assim que acabou. Ele se lembrava de ter pensado sem parar: *São só PARDAIS, meu Deus... não são tigres e nem jacarés e nem piranhas... são só PARDAIS!*

E era verdade, mas ver tantos ao mesmo tempo, vê-los em *toda parte*, espremidos em todos os galhos e tentando se acomodar em todos os troncos caídos... isso mexia com a cabeça de qualquer um. Feria a *mente*.

Quando fez a curva fechada na via Lake depois de uns oitocentos metros, a campina Schoolhouse surgiu à esquerda... só que não exatamente. A campina Schoolhouse tinha sumido. A campina Schoolhouse estava preta de tantos pardais.

Feria a *mente*.

Quantos? Quantos milhões? Ou seriam bilhões?

Outro galho estalou e cedeu no bosque com um trovão distante. Ele passou pela casa dos William, mas a casa em si não passava de uma forma debaixo do peso dos pardais. Ele não percebeu que a viatura de Alan Pangborn estava estacionada na entrada da casa do vizinho; só via um montinho de penas.

Ele passou pela casa dos Saddler. Pela dos Massenburg. Pela dos Payne. Por outras que não conhecia ou não lembrava. E então, a menos de quatrocentos metros da casa dele, não havia mais pássaros. Havia um lugar onde o mundo todo era pardais; quinze centímetros depois, não havia mais nenhum. Mais uma vez, parecia que alguém tinha feito uma linha com régua na rua. Os pássaros pularam e chegaram para o lado, revelando caminhos de rodas que levavam à terra batida da via Lake.

Thad dirigiu até a rua vazia, parou de repente, abriu a porta e vomitou no chão. Gemeu e limpou um suor doentio da testa com o braço. À frente, via o bosque dos dois lados e brilhos azuis do lago à esquerda.

Ele olhou para trás e viu um mundo preto, silencioso e expectante.

Os psicopompos, pensou ele. *Que Deus me ajude se isso der errado, se ele obtiver controle desses pássaros. Que Deus nos ajude a todos.*

Ele bateu a porta e fechou os olhos.

Controle-se, Thad. Você não passou por tudo aquilo pra estragar as coisas agora. É melhor se controlar. Esquece os pardais.

Não posso esquecer!, gritou uma parte da mente dele. Estava horrorizada, ultrajada, cambaleando à beira da loucura. *Não posso! NÃO POSSO!*

Mas podia. E *conseguiria*.

Os pardais estavam esperando. Ele também esperaria. Esperaria até a hora certa chegar. Achava que saberia a hora quando chegasse. Se não conseguisse fazer por si próprio, faria por Liz e pelos gêmeos.

Finja que é uma história. Só uma história que você está escrevendo. Uma história sem passarinhos.

— Tudo bem — murmurou ele. — Tudo bem, vou tentar.

Ele voltou a dirigir. Ao mesmo tempo, começou a cantar "John Wesley Harding" baixinho.

2

Thad desligou o Fusca, que morreu com uma última explosão triunfante do escapamento, e saiu do carrinho devagar. Ele se alongou. George Stark foi até a porta, segurando Wendy, e pisou na varanda, olhando para Thad.

Stark também se alongou.

Liz, parada ao lado de Alan, sentiu um grito subindo não pela garganta, mas atrás da testa. Queria mais do que tudo desviar o olhar dos dois homens, mas não conseguiu.

Olhar para eles era como olhar um homem fazer alongamento na frente do espelho.

Eles não eram nada parecidos, mesmo tirando a decomposição acelerada de Stark da jogada. Thad era magro e moreno, Stark tinha ombros largos e era claro apesar do bronzeado (do pouco que restava). Mas eram imagens espelhadas mesmo assim. A similaridade era sinistra precisamente porque não havia nada que o olhar horrorizado e resistente pudesse identificar. Estava *sub rosa*, profundamente enterrado nas entrelinhas, mas tão real que parecia berrar: aquele truque de cruzar os pés durante o alongamento, de abrir os dedos rígidos ao lado de cada coxa, a ruga dos olhos.

Eles relaxaram exatamente no mesmo momento.

— Oi, Thad — disse Stark, quase com timidez.

— Oi, George — disse Thad, secamente. — A família?

— Está bem, obrigado. Você pretende mesmo fazer isso? Está pronto?

— Estou.

Atrás deles, na direção da rodovia 5, um galho estalou. Stark olhou.

— O que foi isso?

— Um galho de árvore — explicou Thad. — Houve um furacão aqui uns quatro anos atrás, George. Ainda tem galhos mortos caindo. Você sabe disso.

Stark assentiu.

— Como você está, meu chapa?

— Estou bem.

— Está um pouco pálido. — Stark observou o rosto de Thad; dava para sentir que estava tentando espiar os pensamentos ali atrás.

— Você também não está lá essas coisas.

Stark riu ao ouvir isso, mas não achava graça nenhuma.

— Acho que não.

— Vai deixar eles em paz? — perguntou Thad. — Se eu fizer o que você quer, você vai mesmo deixar eles em paz?

— Vou.

— Me dá sua palavra.

— Tudo bem. Você tem a minha palavra. A palavra de um homem do sul, que não é uma coisa usada em vão.

O sotaque falso, carregado e quase burlesco tinha sumido completamente. Ele falava com dignidade simples e apavorante. Os dois homens se encararam no sol do fim da tarde, tão forte e dourado que parecia surreal.

— Certo — disse Thad depois de um longo momento, e pensou: *Ele não sabe. Não sabe mesmo. Os pardais... ainda estão escondidos dele. Esse segredo é meu.* — Certo, vamos lá.

3

Quando os dois homens estavam perto da porta, Liz percebeu que tinha sido a oportunidade perfeita para contar a Alan sobre a faca embaixo do sofá... e ela havia deixado passar.

Havia mesmo?

Ela se virou para ele, e naquele momento Thad a chamou:

— Liz.

A voz dele soou aguda. Tinha um tom de ordem que ele raramente usava, e parecia quase que ele sabia o que ela estava tramando... e não queria que ela fizesse nada. Era impossível, claro. Não era? Ela não sabia. Não sabia de mais nada.

Ela olhou para ele e viu Stark entregar o bebê para Thad, que segurou Wendy com firmeza. Wendy passou os braços em volta do pescoço do pai com o mesmo carinho com que tinha feito em Stark.

Agora!, a mente de Liz gritou. *Fala pra ele agora! Manda ele fugir! Agora que estamos com os gêmeos!*

Mas claro que Stark tinha uma arma, e ela achava que nenhum deles era rápido o suficiente para escapar de uma bala. E ela conhecia Thad muito bem; jamais diria em voz alta, mas de repente ocorreu a ela que ele poderia tropeçar nos próprios pés.

E Thad estava muito próximo dela, que não podia nem fingir para si mesma que não estava entendendo a mensagem nos olhos dele.

Deixa pra lá, Liz, diziam eles. *A jogada é minha.*

Ele a enlaçou com o outro braço, e a família completa deu um abraço caloroso e desajeitado.

— Liz — disse ele, beijando os lábios frios. — Liz, Liz, me desculpe, sinto muito por tudo isso. Eu não queria que nada assim acontecesse. Eu não sabia. Achei que era... inofensivo. Uma piada.

Ela o abraçou com força, o beijou, deixou que os lábios dele aquecessem os dela.

— Tudo bem. Vai *ficar* tudo bem, não vai, Thad?

— Vai. — Ele se afastou para encarar os olhos dela. — Vai ficar tudo bem.

Ele a beijou de novo e olhou para Alan.

— Oi, Alan — disse ele, e sorriu discretamente. — Repensou algumas coisas?

— Sim. Muitas coisas. Conversei com um velho conhecido seu hoje. — Ele olhou para Stark. — Seu também.

Stark ergueu o que restava das sobrancelhas.

— Eu não sabia que Thad e eu tínhamos amigos em comum, xerife Alan.

— Ah, vocês tiveram uma ligação muito forte com esse cara. Na verdade, ele matou você uma vez.

— De que você está falando? — disparou Thad.

— Foi com o dr. Pritchard que eu conversei. Ele se lembra muito bem de vocês dois. É que foi um tipo de cirurgia muito incomum. O que ele tirou de dentro da sua cabeça foi *ele*. — Alan assentiu na direção de Stark.

— O que você está dizendo? — perguntou Liz, e a voz dela falhou na última palavra.

Alan contou a eles o que Pritchard tinha lhe contado... mas, no último momento, omitiu a parte sobre o choque dos pardais no hospital. Fez isso porque Thad não tinha dito nada sobre os pardais... e Thad precisava ter passado de carro pela casa dos William para chegar ali. Isso indicava duas possibilidades: ou os pardais já tinham ido embora quando Thad chegou, ou Thad não queria que Stark soubesse que eles estavam lá.

Alan olhou com atenção para Thad. *Tem alguma coisa acontecendo aí. Alguma ideia. Rezo a Deus para que seja boa.*

Quando Alan terminou, Liz parecia perplexa. Thad assentia. Stark, de quem Alan esperaria a reação mais intensa, não pareceu muito incomodado. A única expressão que conseguiu identificar naquele rosto destruído foi diversão.

— Explica muita coisa — disse Thad. — Obrigado, Alan.

— Não explica porcaria nenhuma pra mim! — O grito de Liz foi tão agudo que os gêmeos começaram a choramingar.

Thad olhou para George Stark.

— Você é um fantasma. Um tipo estranho de fantasma. Estamos parados aqui olhando pra um fantasma. Não é incrível? Não é simplesmente um incidente psíquico; é *épico*!

— Acho que não importa — disse Stark com tranquilidade. — Conta pra eles a história do William Burroughs, Thad. Eu lembro bem. Estava dentro, claro... mas estava ouvindo.

Liz e Alan olharam para Thad com curiosidade.

— Você sabe de que ele está falando? — perguntou Liz.

— Claro que sei — disse Thad. — Sinval e Pasqual pensam igual.

Stark inclinou a cabeça para trás e riu. Os gêmeos pararam de choramingar e riram com ele.

— Essa foi boa, meu chapa! Essa foi *boooooa*!

— Eu estava, ou talvez eu devesse dizer que nós estávamos, em um painel com Burroughs em 1981. Na New School, em Nova York. Abriram a mesa para perguntas, e um estudante perguntou a Burroughs se ele acreditava na vida após a morte. Burroughs disse que sim, que achava que estávamos vivendo nela.

— E aquele homem é *inteligente* — observou Stark, sorrindo. — Não consegue atirar nem pro alto, mas é *inteligente*. Agora... está vendo? Está vendo como não importa?

Mas importa, pensou Alan, observando o rosto de Thad com atenção. *Importa muito. O rosto de Thad diz que importa... e os pardais que você desconhece também dizem o mesmo.*

O conhecimento de Thad era mais perigoso do que até *ele mesmo* sabia, desconfiava Alan. Mas poderia ser tudo que tinham. Ele concluiu que fez o certo ao guardar o final da história de Pritchard... mas ainda se sentia um homem na beira de um penhasco, tentando equilibrar muitas tochas acesas.

— Chega de papinho, Thad — disse Stark.

Ele assentiu.

— É. Chega mesmo. — Ele olhou para Liz e para Alan. — Não quero nenhum de vocês dois tentando nada... bom... inesperado. Vou fazer o que ele quer.

— Thad! Não! Você não pode fazer isso.

— Shhh. — Ele levou um dedo aos lábios dela. — Posso e vou. Nada de truques, nada de efeitos especiais. Palavras no papel criaram ele, e palavras no papel são a única coisa que vão nos livrar dele. — Ele inclinou a cabeça para Stark. — Você acha que *ele* sabe se vai funcionar? Ele não sabe. Só tem esperanças.

— Isso mesmo — disse Stark. — A esperança jorra eternamente das tetas dos humanos. — Ele riu.

Foi um som louco e lunático, e Alan entendeu que Stark também estava fazendo malabarismo com tochas acesas na beira de um precipício.

Um movimento repentino chamou a atenção na visão periférica. Alan virou um pouquinho só o rosto e viu pela parede de vidro da sala um pardal pousar na amurada da varanda. Um segundo e um terceiro se juntaram a ele. Alan olhou para Thad e viu os olhos do escritor se moverem discretamente. Ele também tinha visto? Achava que sim. Estava certo, então. Thad sabia... mas não queria que *Stark* soubesse.

— Nós dois vamos só escrever um pouco e nos despedir — disse Thad. Seu olhar voltou para o rosto destruído de Stark. — É *isso* que vamos fazer, não é, George?

— Isso mesmo, cara.

— Então, me diz — disse Thad para Liz. — Você está escondendo alguma coisa? Está com alguma ideia na cabeça? Algum plano?

Ela ficou olhando com desespero nos olhos do marido, sem perceber que, entre eles, William e Wendy estavam de mãos dadas se olhando com alegria, como parentes que não se viam havia muito tempo e se reencontravam em uma reunião surpresa.

Você não está falando sério, está, Thad?, seu olhar perguntava. *É truque, não é? Um truque pra acalmá-lo, pra afastar as desconfianças dele?*

Não, respondeu o olhar de Thad. *É isso mesmo. É o que eu quero.*

E não havia outra coisa também? Uma coisa tão profunda e escondida que talvez ela fosse a única que conseguisse ver?

Eu vou cuidar dele, amor. Sei como fazer isso. Eu consigo.

Ah, Thad, espero que você esteja certo.

— Tem uma faca embaixo do sofá — disse ela lentamente, olhando para o rosto dele. — Peguei na cozinha enquanto Alan e... e ele... estavam no saguão, usando o telefone.

— Liz, *meu Deus*! — Alan quase gritou e fez os bebês darem um pulo.

Na verdade, ele não estava tão aborrecido quanto esperava parecer. Já tinha entendido que, se aquilo fosse terminar de alguma forma que não significasse puro terror para todos eles, Thad teria que ser a pessoa a resolver a situação. Ele tinha feito Stark; teria que desfazê-lo.

Ela olhou para Stark e viu o sorriso odioso surgindo nos restos de cara que ele tinha.

— Eu sei o que estou fazendo — disse Thad. — Confia em mim, Alan. Liz, pega a faca e joga lá fora.

Eu tenho um papel a desempenhar aqui, pensou Alan. *É pequeno, mas lembro o que o cara dizia na nossa aula de teatro da faculdade: não há papéis pequenos, só atores pequenos.*

— Você acha que ele vai simplesmente deixar a gente *ir*? — perguntou Alan, incrédulo. — Que ele vai sair pela porta com o rabinho balançando como o carneirinho da Maria? Cara, você é louco.

— Claro, eu sou louco — disse Thad, e riu. Foi parecido com o som que Stark tinha feito, uma gargalhada sinistra de um homem que estava dançando na beira do limbo. — *Ele é*, e ele veio de mim, não foi? Como um demônio barato da testa de um Zeus de terceira categoria. Mas sei como tem que ser. — Ele se virou e olhou para Alan direta e seriamente dessa vez. — *Eu sei como tem que ser* — repetiu ele lentamente, e com grande ênfase. — Vá em frente, Liz.

Alan fez um som grosseiro e enojado e se virou de costas, como se para se dissociar de todos eles.

Sentindo-se em um devaneio, Liz atravessou a sala, ajoelhou-se e pegou a faca embaixo do sofá.

— Cuidado com essa coisa — disse Stark. Ele pareceu muito alerta, muito sério. — Seus filhos diriam a mesma coisa se soubessem falar.

Ela olhou para trás, tirou o cabelo do rosto e viu que ele estava apontando a arma para Thad e William.

— Eu *estou* tomando cuidado! — disse ela, com a voz falhando, e zangada por estar à beira das lágrimas.

Ela correu a porta na parede de vidro e saiu para a varanda. Havia agora seis pardais pousados na amurada. Eles chegaram para o lado em grupos de três quando ela se aproximou do terreno íngreme que havia depois, mas não levantaram voo.

Alan a viu parar por um momento, avaliando as aves, o cabo da faca entre os dedos e a ponta virada para a varanda como uma bomba. Olhou para Thad, que a observava tenso. Finalmente, olhou para Stark.

Ele observava Liz com atenção, mas não havia sinal de surpresa e nem desconfiança em seu rosto, e um pensamento louco surgiu de repente na mente de Alan Pangborn: *Ele não os enxerga! Não se lembra do que escreveu nas paredes dos apartamentos e não os enxerga agora! Ele não sabe que estão lá!*

Ele percebeu de repente que Stark estava olhando para *ele*, avaliando-o com aquele olhar seco e mofado.

— Por que você está me olhando? — perguntou Stark.

— Quero ter certeza de que vou lembrar como é a feiura de verdade — disse Alan. — Pode ser que eu queira contar pros meus netos um dia.

— Se não tomar cuidado com a boca, não vai precisar se preocupar com netos — disse Stark. — Nem um pouco. É melhor parar de ficar me encarando, xerife Alan. Não é recomendado.

Liz jogou a faca por cima da amurada. Quando ouviu a arma cair nas plantas sete metros abaixo, começou a chorar.

4

— Vamos todos subir — disse Stark. — É lá que fica o escritório do Thad. Imagino que você vá querer sua máquina de escrever, não vai, meu chapa?

— Não pra isso — respondeu Thad. — Você sabe bem.

Um sorriso surgiu nos lábios rachados de Stark.

— Sei?

Thad apontou para os lápis no bolso da camisa.

— É isso que eu uso quando quero fazer contato com Alexis Machine e Jack Rangely.

Stark pareceu absurdamente satisfeito.

— É, isso mesmo, né? Acho que pensei que desta vez você fosse querer fazer diferente.

— Nada de diferente, George.

— Eu trouxe os meus. Três caixas. Xerife Alan, que tal ser um bom menino e correr no meu carro pra buscar? Estão no porta-luvas. O resto de nós vai cuidar dos bebês. — Ele olhou para Thad, soltou sua gargalhada louca e balançou a cabeça. — Que *malandro*!

— Isso mesmo, George — disse Thad. Ele abriu um sorrisinho. — Eu sou malandro. Você também. E malandro velho não aprende truque novo.

— Você está animado pra fazer isso, não está, meu chapa? Não importa o que diga, tem uma parte sua *doooooida* pra trabalhar. Estou vendo nos seus olhos. Você *quer*.

— Quero — disse Thad, e Alan não achou que ele estava mentindo.

— Alexis Machine — disse Stark.

Seus olhos amarelados estavam brilhando.

— Isso mesmo — disse Thad, e os olhos brilharam. — "Corta ele enquanto eu fico aqui olhando."

— Isso aí! — gritou Stark, e começou a rir. — "Quero ver o sangue correr. Não me faça mandar duas vezes."

Os dois estavam rindo.

Liz olhou de Thad para Stark e novamente para o marido, e o sangue sumiu das bochechas, porque ela não conseguiu ver diferença.

De repente, a beira do precipício pareceu mais próxima do que nunca.

5

Alan foi buscar os lápis. A cabeça dele só ficou dentro do carro por um momento, mas pareceu bem mais, e ele ficou feliz de sair. O veículo tinha um cheiro sombrio e desagradável que o deixou meio tonto. Remexer no Toronado de Stark era como enfiar a cabeça em um sótão onde alguém derramou um vidro de clorofórmio.

Se esse é o odor dos sonhos, pensou Alan, *nunca mais quero sonhar.*

Ele ficou parado um instante ao lado do carro preto, as caixas de lápis Berol na mão, e olhou para a entrada de carros.

Os pardais tinham chegado.

O caminho estava desaparecendo embaixo de um tapete de aves. Enquanto ele olhava, mais pousaram. E o bosque estava lotado. Eles só pousaram e ficaram olhando para ele, em um silêncio macabro, um enorme enigma vivo.

Eles estão vindo atrás de você, George, pensou ele, e foi para a casa. Na metade do caminho, parou de repente, quando uma ideia horrível surgiu.

Ou estão vindo atrás de nós?

Ele olhou para os pássaros por um bom tempo, mas eles não contaram segredo nenhum, e ele entrou.

6

— Pra cima — disse Stark. — Você primeiro, xerife Alan. Vai até o fundo do quarto de hóspedes. Tem uma estante de vidro cheia de fotos e pesos de papel e pequenos bibelôs. Quando se empurra o lado esquerdo da estante, ela gira para dentro em um eixo central. O escritório de Thad fica ali.

Alan olhou para Thad, que assentiu.

— Você conhece bem esta casa — comentou Alan — pra um homem que nunca esteve aqui.

— Mas eu *estive* aqui — disse Stark seriamente. — Estive aqui muitas vezes nos meus sonhos.

7

Dois minutos depois, todos estavam reunidos do lado de fora da porta peculiar do pequeno escritório de Thad. A estante de vidro estava virada para dentro, criando duas entradas, separadas pela profundidade da estante. Não havia janelas ali. "Se colocarmos uma janela aqui, com vista para o lago", disse Thad para Liz uma vez, "eu só escrevo duas palavras e passo o resto do tempo olhando por ela, vendo os barcos passarem."

Um abajur com haste flexível e uma lâmpada forte de halogênio lançavam um círculo de luz branca na mesa. Havia uma cadeira de escritório e uma dobrável de camping atrás, lado a lado, na frente de dois cadernos em branco, que tinham sido colocados no círculo de luz. Em cima de cada caderno estavam dois lápis Berol Black Beauty apontados. A IBM elétrica que Thad às vezes usava ali tinha sido desligada da tomada e empurrada para um canto.

O próprio Thad pegou a cadeira dobrável no armário do corredor, e o aposento naquele momento expressava uma dualidade que Liz achava ao mesmo tempo surpreendente e extremamente desagradável. Era, de certa forma, outra versão da criatura no espelho que ela pensou ter visto quando Thad finalmente chegou. Ali havia duas cadeiras, onde sempre houvera uma; ali havia duas estações de escrita, também lado a lado, onde só deveria haver uma. O implemento de escrita que ela associava com o lado normal

(*melhor*)

de Thad tinha sido empurrado para o lado e, quando eles se sentaram, Stark na cadeira de escritório e Thad na cadeira dobrável, a desorientação foi total. Ela quase se sentiu tonta e enjoada.

Cada um deles estava com um gêmeo no colo.

— Quanto tempo temos até alguém ficar desconfiado e decidir dar uma olhada aqui? — Thad perguntou a Alan, que estava parado na porta com Liz. — Seja sincero e o mais preciso que conseguir. Você tem que acreditar em mim quando eu digo que esta é a única chance que temos.

— Thad, *olha* pra ele! — explodiu Liz. — Você não está vendo o que está acontecendo com ele? Ele não quer só ajuda pra escrever um livro! Ele quer roubar a sua *vida*! Você não *vê* isso?

— Shhh — disse ele. — Eu sei o que ele quer. Acho que soube desde o começo. Este é o único jeito. Eu sei o que estou fazendo. Quanto tempo, Alan?

Alan pensou com cuidado. Tinha dito para Sheila que ia comprar comida e já tinha ligado para lá, então demoraria um tempo para ela ficar nervosa. As coisas talvez tivessem acontecido mais rápido se Norris Ridgewick estivesse por lá.

— Talvez até minha esposa ligar pra perguntar onde eu estou. Talvez mais. Ela é esposa de policial há muito tempo. Já espera noites longas e estranhas. — Ele não gostou de se ouvir dizendo isso.

Não era assim que se jogava; deveria ser o contrário disso.

O olhar de Thad o compeliu. Stark não parecia estar prestando atenção; ele tinha pegado o peso de papel em cima de uma pilha desarrumada de manuscritos velhos no canto da mesa e começou a brincar com ele.

— Acho que pelo menos quatro horas. — E, com relutância, acrescentou: — Talvez a noite toda. Deixei Andy Clutterbuck no comando, e Clut não é exatamente o mais perspicaz dos homens. Se alguém conseguir deixar ele preocupado, provavelmente vai ser aquele tal de Harrison, o que você despistou, ou um cara que conheço da Central da Polícia Estadual de Oxford. Um cara chamado Henry Payton.

Thad olhou para Stark.

— É suficiente?

Os olhos de Stark, pedras brilhantes na paisagem destruída que era a cara dele, estavam distantes, enevoados. A mão envolta na atadura brincava distraidamente com o peso de papel. Ele o colocou no lugar e sorriu para Thad.

— O que *você* acha? Você sabe tanto sobre isso quanto eu.

Thad refletiu. *Nós dois sabemos o que estamos dizendo, mas acho que nenhum de nós é capaz de expressar em palavras. Não é escrever o que vamos fazer aqui, no fundo não. Escrever é só o ritual. Estamos falando de passar algum tipo de bastão. Uma distribuição de poder. Ou, para ser mais preciso, uma troca: a vida de Liz e dos gêmeos em troca de... o quê? O quê, exatamente?*

Mas ele sabia, claro. Seria estranho se não soubesse, pois ele estava meditando sobre o assunto não muitos dias antes. Era seu *olho* que Stark queria... ou melhor, exigia. Aquele terceiro olho exótico, enterrado no cérebro, que só olhava para dentro.

Ele teve aquela sensação rastejante de novo e lutou contra. *Não é justo espiar, George. Você tem o poder de fogo; eu só tenho uns pássaros esqueléticos. Por isso, não é justo espiar.*

— Acho que provavelmente vai ser — disse Thad. — Nós vamos saber quando acontecer, não vamos?

— Vamos.

— Como uma gangorra, quando um lado sobe... o outro desce.

— Thad, o que você está escondendo? O que está escondendo de mim?

Houve um momento de silêncio elétrico na sala, uma sala que de repente pareceu pequena demais para as emoções crescendo dentro dela.

— Eu poderia fazer a mesma pergunta — disse Thad.

— Não — respondeu Stark lentamente. — Todas as *minhas* cartas estão na mesa. Me conta, Thad. — A mão fria e podre segurou o pulso de Thad com a força inexorável de uma algema de aço. — *O que você está escondendo?*

Thad se obrigou a se virar e olhar nos olhos de Stark. A sensação rastejante tomara o corpo todo, mas o centro era o buraco na mão.

— Você quer escrever esse livro ou não? — perguntou ele.

Pela primeira vez, Liz viu a expressão inerente ao rosto de Stark, não a superficial, mas a interna, mudar. De repente, havia incerteza ali. E medo? Talvez. Talvez não. Mas, mesmo que não, era algo próximo, esperando acontecer.

— Eu não vim aqui pra comer cereal com você, Thad.

— Então descobre *você* — desafiou Thad.

Liz ouviu um som de espanto e descobriu que tinha vindo dela mesma. Stark a olhou brevemente e encarou Thad.

— Não me provoca, Thad — sussurrou ele. — Você não vai querer me provocar, meu chapa.

Thad riu. Foi um som frio e desesperado... mas não totalmente desprovido de humor. Essa foi a pior parte. Não foi totalmente desprovido de humor, e Liz ouviu George Stark naquela gargalhada, assim como tinha visto Thad Beaumont nos olhos de Stark quando ele estava brincando com os bebês.

— Por quê, George? Eu sei o que *eu* tenho a perder. Isso também está na mesa. Agora você quer escrever ou quer conversar?

Stark o observou por um longo momento, o olhar seco e sinistro avaliando o rosto de Thad. Por fim, respondeu:

— Ah, porra. Vamos.

Thad sorriu.

— Por que não?

— Você e o policial saem — disse Stark para Liz. — Isso aqui é só para os garotos. A gente cuida disso.

— Vou levar os bebês — Liz se ouviu dizer, e Stark riu.

— Que engraçado, Beth. Aham. Os bebês são garantia. Tipo a proteção contra gravação em um disquete, não é, Thad?

— Mas... — gaguejou Liz.

— Tudo bem — disse Thad. — Eles vão ficar bem. George pode cuidar deles enquanto eu começo. Eles gostam dele. Você não reparou?

— *Claro* que reparei — disse ela com voz baixa e cheia de ódio.

— Só lembra que eles estão aqui com a gente — disse Stark para Alan. — Não tira isso da cabeça, xerife Alan. Não seja criativo. Se você tentar alguma gracinha, vai ser igual a Jonestown. Vão arrastar todos nós pra fora pelos pés. Entendeu?

— Entendi — disse Alan.

— E fechem a porta ao sair. — Stark se virou para Thad. — Está na hora.

— Está mesmo — declarou Thad, e pegou um lápis. Ele se virou para Liz e para Alan, e os olhos de George Stark os encararam do rosto de Thad Beaumont. — Andem logo. Saiam.

8

Liz parou na metade da escada. Alan quase se chocou com ela. Ela olhava do outro lado da sala, pela parede de vidro.

O mundo era composto de pássaros. A varanda tinha sumido embaixo deles; a inclinação até o lago estava preta de pássaros na luz do dia cada vez mais fraca; acima do lago, o céu estava escuro e não paravam de chegar mais pássaros do oeste à casa do lago dos Beaumont.

— Ah, meu Deus! — exclamou Liz.

Alan segurou o braço dela.

— Fica quieta — disse ele. — Não deixa ele ouvir você.

— Mas o que...

Ele a guiou pelo resto dos degraus, ainda segurando o braço dela com firmeza. Quando estavam na cozinha, Alan contou o resto do que o dr. Pritchard tinha relatado mais cedo, naquela mesma tarde, mil anos antes.

— O que significa? — sussurrou ela. Seu rosto estava cinza. — Alan, estou com tanto medo.

Ele passou o braço pelos ombros dela e percebeu, apesar de também estar com muito medo, que ela era uma mulher e tanto.

— Não sei, mas sei que eles estão aqui porque Thad ou Stark os convocou. Tenho quase certeza de que foi Thad. Porque ele deve ter visto os pássaros quando chegou. Ele viu, mas não disse nada.

— Alan, ele não é mais o mesmo.

— Eu sei.

— Parte dele ama Stark. Parte dele ama... as trevas de Stark.

— Eu sei.

Eles foram até a janela ao lado da mesinha do telefone no saguão e olharam para fora. A entrada de carros estava cheia de pardais, e o bosque e a pequena área em volta do abrigo onde a .22 ainda estava trancada também. O Fusca de Rawlie tinha desaparecido embaixo.

Mas não havia pardais no Toronado de George Stark. E havia um círculo vazio perfeito em volta, como se o carro estivesse de quarentena.

Um pássaro se chocou contra a janela com um ruído baixo. Liz deu um gritinho. Os outros pássaros se mexeram com inquietação, uma grande onda que passou pela colina lá em cima, mas logo pararam novamente.

— Mesmo que *sejam* do Thad — observou ela —, ele pode não usá-los contra Stark. Parte de Thad está louca, Alan. Parte dele *sempre* foi louca. Ele... ele gosta disso.

Alan não disse nada, mas também sabia. Tinha pressentido.

— Tudo isso parece um sonho terrível — disse ela. — Eu queria poder acordar. Queria poder acordar e encontrar as coisas como sempre foram. Não como eram antes do Clawson; como eram antes do *Stark*.

Alan assentiu.

Ela olhou para ele.

— O que a gente faz agora?

— A gente faz o mais difícil — declarou ele. — A gente espera.

9

O anoitecer pareceu não terminar nunca, a luz sumindo lentamente do céu enquanto o sol se despedia atrás das montanhas a oeste do lago, as montanhas que seguiam até se juntarem à Cordilheira Presidencial, até a chaminé de New Hampshire.

Do lado de fora, os últimos bandos de pardais chegaram e se juntaram ao grupo grande. Alan e Liz os sentiam no telhado, um túmulo feito de pardais, mas estavam em silêncio. Estavam esperando.

Quando se moviam pela sala, viravam o rosto conforme andavam, como radares captando um sinal. Era no escritório que eles estavam prestando atenção, e a coisa mais enlouquecedora era que não havia som nenhum vindo de trás daquela porta sorrateira. Ela não ouvia nem os bebês tagarelando e tentando se comunicar um com o outro. Torcia para que eles tivessem dormido, mas não era possível silenciar a voz que insistia que Stark tinha matado os dois e também a Thad.

Silenciosamente.

Com a navalha que ele tinha.

Ela disse para si mesma que, se uma coisa assim acontecesse, os pardais saberiam, fariam alguma coisa, e esse pensamento ajudou, mas só um pouco. Os pardais eram um ponto de interrogação incômodo cercando a casa. Só Deus sabia o que eles fariam... e quando.

O crepúsculo estava se rendendo aos poucos à escuridão total quando Alan disse secamente:

— Eles vão trocar de lugar se demorar muito, não vão? Thad vai começar a ficar doente... e Stark vai começar a melhorar.

Ela levou um susto tão grande que quase derrubou a xícara de café amargo que estava segurando.

— Vão. Eu acho que vão.

Um mergulhão gritou no lago, um som isolado, sofrido, solitário. Alan pensou neles lá em cima, os dois pares de gêmeos, um descansando, o outro dedicado a uma luta terrível no crepúsculo mesclado da imaginação comum a ambos.

Do lado de fora, os pássaros olhavam e esperavam conforme a noite caía.

A gangorra está em movimento, pensou Alan. *O lado do Thad está subindo, o do Stark está descendo.* Lá em cima, atrás daquela porta que se abria em duas entradas, a mudança tinha começado.

Está quase no fim, pensou Liz. *De uma forma ou de outra.*

E, como se esse pensamento tivesse provocado, ela ouviu um vento começar a soprar, um vento estranho e agitado. Só que o lago estava plano como papel.

Ela se levantou, os olhos arregalados, as mãos subindo ao pescoço. Olhou pelo paredão de vidro. *Alan,* ela tentou dizer, mas a voz falhou. Não importava.

Lá em cima um apito estranho soou, como uma nota soprada em uma flauta torta. Stark deu um grito repentino, alto.

— Thad? O que você está fazendo? *O que você está fazendo?*

Houve uma batida rápida, como de uma arma de espoleta. Um momento depois, Wendy começou a chorar.

E, do lado de fora, na escuridão cada vez mais profunda, um milhão de pardais começou a bater as asas se preparando para voar.

VINTE E SEIS
OS PARDAIS ESTÃO VOANDO

1

Quando Liz fechou a porta e deixou os dois homens sozinhos, Thad abriu seu caderno e olhou para a página em branco por um momento. Em seguida, pegou um dos lápis Berol apontados.

— Vou começar com o bolo — disse para Stark.

— Sim — disse Stark. Uma espécie de ansiedade surgiu no rosto dele. — Isso mesmo.

Thad encostou o lápis na página em branco. Aquele era sempre o melhor momento... antes do primeiro risco. Era uma espécie de cirurgia, e no final o paciente quase sempre morria, mas tinha que ser feito mesmo assim, porque era para isso que existia. Somente para isso.

Só lembre, pensou ele. *Só lembre o que está fazendo.*

Mas parte dele, a parte que realmente queria escrever *Máquina de aço*, protestou.

Thad se inclinou para a frente e começou a preencher o espaço vazio.

MÁQUINA DE AÇO
de George Stark

Capítulo 1: O casamento

Alexis Machine raramente era impulsivo, e para ele ter um pensamento impulsivo em uma situação como aquela era algo inédito. Mas passou pela cabeça dele: de todas as pessoas no planeta... o quê? Cinco bilhões? Eu sou o único que está dentro de um bolo de casamento com rodinhas com uma Heckler & Koch .223 semiautomática na mão.

Ele nunca tinha ficado tão apertado em um lugar. O ar tinha ficado ruim quase na mesma hora, mas ele não teria como inspirar fundo mesmo. A cobertura do Bolo de Troia era real, mas embaixo só havia uma camada fina de um produto de gesso chamado Nartex, uma espécie de papelão de alto nível. Se ele enchesse o peito, a noiva e o noivo em cima da camada mais alta do bolo provavelmente cairiam. Sem dúvida a cobertura racharia e...

Ele escreveu por quase quarenta minutos e foi pegando velocidade com o ritmo de trabalho, a mente se enchendo gradualmente com as visões e sons da festa de casamento que terminaria de forma tão explosiva.

Ele finalmente botou o lápis na mesa. Tinha escrito até a ponta quase acabar.

— Me dá um cigarro — pediu ele.

Stark ergueu as sobrancelhas.

— É — confirmou Thad.

Havia um maço de Pall Mall na mesa. Stark tirou um, e Thad pegou. A sensação do cigarro entre os lábios foi estranha depois de tantos anos... o cigarro parecia grande demais, de alguma forma. Mas foi bom. Pareceu *certo*.

Stark acendeu um fósforo e o levou até Thad, que tragou fundo. A fumaça fez seus pulmões arderem do jeito antigo, impiedoso e necessário. Ele se sentiu tonto na mesma hora, mas não se incomodou nem um pouco.

Agora, preciso de uma bebida, pensou ele. *E se eu sair dessa vivo e de pé, é a primeira coisa que vou fazer.*

— Pensei que você tivesse parado — disse Stark.

Thad assentiu.

— Eu também. O que posso dizer, George? Eu errei. — Ele tragou fundo de novo e soprou a fumaça pelas narinas. Em seguida, virou o caderno para Stark. — Sua vez.

Stark se debruçou sobre o caderno e leu o último parágrafo que Thad tinha escrito. Não havia necessidade de ler mais. Os dois sabiam como a história continuava.

Em casa, Jack Rangely e Tony Westerman estavam na cozinha, e Rollick devia estar no andar de cima. Os três estavam armados com semiautomáticas Steyr-Aug, a única metralhadora boa feita nos Estados Unidos, e, mesmo que alguns guarda-costas disfarçados de convidados fossem rápidos, os três deveriam conseguir gerar uma tempestade de fogo mais do que adequada para dar cobertura à retirada. *Só me deixem sair deste bolo*, pensou Machine. *É tudo que peço.*

Stark acendeu um Pall Mall, pegou um Berol, abriu o caderno... e fez uma pausa. Olhou para Thad com honestidade declarada.

— Estou com medo, meu chapa — confessou ele.

E Thad sentiu uma onda enorme de solidariedade por Stark... apesar de tudo que sabia. *Com medo. Sim, claro que está*, pensou ele. *Só quem está começando, os jovens, não têm medo. Os anos passam e as palavras no papel não parecem escurecer... mas o espaço branco fica mais branco. Com medo? Você seria ainda mais maluco se não estivesse sentindo medo.*

— Eu sei — disse ele. — E você sabe a que se resume: o único jeito de fazer é fazendo.

Stark assentiu e chegou mais perto do caderno. Ele verificou o último parágrafo que Thad tinha escrito mais duas vezes... e começou a escrever.

As palavras se formaram com lentidão agonizante na mente de Thad.

Machine... nunca... tinha imaginado...

Uma longa pausa e, tudo de uma vez:

... como devia ser ter asma, mas se alguém perguntasse depois daquilo...

Uma pausa mais curta.

... ele se lembraria do serviço de Scoretti.

Ele releu o que tinha escrito e olhou para Thad sem acreditar.
Thad assentiu.
— Faz sentido, George.
Ele levou o dedo ao canto da boca, que estava ardendo de repente, e sentiu uma ferida nova se abrindo. Olhou para Stark e viu que uma ferida similar tinha sumido no mesmo local do rosto dele.

Está acontecendo. Está acontecendo de verdade.
— Vai em frente, George — disse ele. — Manda ver.
Mas Stark já estava curvado sobre o caderno de novo, e dessa vez escrevia mais rápido.

2

Stark escreveu por quase meia hora e finalmente botou o lápis na mesa com um ruído de satisfação.
— Está bom — disse ele com voz baixa e exultante. — Está ficando o melhor possível.
Thad pegou o caderno e começou a ler. E, ao contrário de Stark, leu tudo. O que estava procurando começou a aparecer na terceira página das nove que Stark tinha escrito.

Machine ouviu um som de movimento e congelou, tenso, as mãos apertando a Heckler & Pardal, e entendeu o que eles estavam fazendo. Os convidados, uns duzentos, reunidos nas mesas compridas debaixo de tendas enormes listradas de azul e amarelo, estavam empurrando os pardais dobráveis sobre as tábuas que tinham sido colocadas para proteger o gramado dos furos dos pardais de salto alto das mulheres. Os convidados estavam batendo palmas de pé para o bolo de pardal.

Ele não sabe, pensou Thad. *Está escrevendo* pardais *sem parar e não tem a menor... ideia.*
No alto, ele os ouvia se mexendo de um lado para outro, e os gêmeos tinham olhado várias vezes antes de pegarem no sono, então ele sabia que os dois também tinham percebido.
Mas não George.
Para George, os pardais não existiam.
Thad voltou para o manuscrito. A palavra começou a aparecer cada vez mais, com mais frequência, e, no último parágrafo, a expressão toda começou a aparecer.

Machine descobriu depois que os pardais estavam voando e que as únicas pessoas em seu grupo seleto que eram seus pardais de verdade eram Jack Rangely e Lester Rollick. Todos os outros, pardais com quem ele voara por dez anos, estavam envolvidos. Pardais. E começaram a voar antes mesmo de Machine gritar no pardal-talkie.

— E então? — perguntou Stark quando Thad botou o manuscrito de volta na mesa. — O que você achou?

— Acho que está ótimo — disse Thad. — Mas você já sabia disso, não sabia?

— Sabia... mas queria ouvir você dizer, meu chapa.

— Também acho que sua aparência está bem melhor.

E era verdade. Enquanto George estava perdido no mundo violento e furioso de Alex Machine, ele tinha começado a melhorar.

As feridas estavam se fechando. A pele rachada e podre estava ficando rosada de novo; as beiradas da pele nova estavam se esticando por cima das feridas e, em alguns casos, já se juntando. As sobrancelhas que tinham desaparecido em uma gosma de carne podre estavam aparecendo de volta. Os filetes de pus que deixaram a gola da camisa de Stark em um tom feio e úmido de amarelo estavam secando.

Thad levantou a mão esquerda e tocou na ferida que estava se abrindo na têmpora esquerda, e encostou nos olhos com a ponta dos dedos por um momento. Estavam úmidos. Ele levantou a mão novamente e tocou a testa. A pele estava lisa. A pequena cicatriz branca, lembrança da cirurgia à qual ele tinha sido submetido no ano em que sua vida real começou, havia sumido.

Um lado da gangorra sobe, o outro tem que descer. Só mais uma lei da natureza, baby. Só mais uma lei da natureza.

Já estaria escuro lá fora? Thad achava que sim, totalmente escuro ou quase. Olhou o relógio, mas não havia ajuda ali. Tinha parado às cinco e quinze. O tempo não importava. Ele teria que agir logo.

Stark apagou um cigarro no cinzeiro lotado.

— Quer continuar ou dar uma parada?

— Por que *você* não continua? — disse Thad. — Acho que você consegue.

— É — disse Stark. Ele não estava olhando para Thad. Só tinha olhos para as palavras, as palavras, as palavras. Passou a mão pelo cabelo louro, que estava ficando lustroso de novo. — Também acho que consigo. Na verdade, eu *sei* que consigo.

Começou a escrever de novo. Ergueu o rosto brevemente quando Thad se levantou da cadeira e foi até o apontador, mas voltou a olhar para baixo. Thad apontou um dos lápis Berol até ficar com a ponta afiadíssima. E, quando se virou, pegou no bolso o apito de pássaros que Rawlie tinha lhe dado. Fechou a mão em volta do apito e se sentou, olhando para o caderno à frente.

Chegara a hora; aquele era o momento. Ele sabia tão bem e tão profundamente quanto conhecia o formato do próprio rosto sob a mão. A única questão era se tinha ou não coragem de tentar.

Parte dele não queria; parte dele ainda desejava o livro. Mas ele ficou surpreso de descobrir que esse sentimento não estava tão forte quanto no momento em que Liz e Alan saíram do escritório, e achava que sabia por quê. Uma separação estava acontecendo. Uma espécie de nascimento obsceno. Não era mais seu livro. Alexis Machine estava com quem, desde o começo, era seu dono.

Ainda segurando o apito na mão esquerda fechada, Thad se debruçou sobre o próprio caderno.

Eu sou o portador, escreveu ele.

Lá no alto, a movimentação inquieta dos pássaros parou.

Eu sou quem sabe, escreveu ele.

O mundo todo pareceu parar, ouvir.

Eu sou o dono.

Ele parou e olhou para os filhos adormecidos.

Mais cinco palavras, pensou ele. *Só mais cinco.*

E descobriu que queria escrevê-las mais do que qualquer palavra que já tivesse escrito na vida.

Ele queria escrever histórias... porém, mais do que isso, mais do que queria as lindas visões que aquele terceiro olho às vezes oferecia, ele queria ser livre.

Mais cinco palavras.

Ele levou a mão esquerda à boca e prendeu o apito nos lábios como um charuto.

Não olha agora, George. Não olha, não tira os olhos do mundo que você está criando. Não agora. Por favor, meu bom Deus, não permita que ele olhe o mundo das coisas reais agora.

Na folha em branco à sua frente, ele escreveu a palavra PSICOPOMPOS em letras de fôrma. Circulou-a. Desenhou uma seta embaixo, e embaixo da seta escreveu: OS PARDAIS ESTÃO VOANDO.

Do lado de fora, um vento começou a soprar... só que não era vento; era a movimentação de milhões de penas. E estava dentro da cabeça de Thad. De repente, aquele terceiro olho se abriu em sua mente, se abriu mais do que em qualquer outra ocasião, e ele viu Bergenfield, Nova Jersey; as casas vazias, as ruas vazias, o céu ameno de primavera. Ele viu os pardais para todo lado, nunca antes tinha visto tantos. O mundo no qual ele cresceu virou um aviário enorme.

Só que não era Bergenfield.

Era Fimlândia.

Stark parou de escrever. Seus olhos se arregalaram, de repente preocupado, mas tarde demais.

Thad inspirou fundo e soprou. O apito de pássaros, presente de Rawlie DeLesseps, soltou uma nota estranha e aguda.

— Thad? O que você está fazendo? *O que você está fazendo?*

Stark esticou a mão para pegar o apito. Antes que pudesse tocar nele, houve um estrondo, e o apito se abriu na boca de Thad, cortando seus lábios. O som acordou os gêmeos. Wendy começou a chorar.

Do lado de fora, a movimentação dos pardais virou um rugido.

Eles estavam voando.

3

Liz se levantou e foi para a escada quando ouviu Wendy começar a chorar. Alan ficou parado por um momento, hipnotizado pelo que via do lado de fora. A terra, as árvores, o lago, o céu... tudo estava bloqueado. Os pardais subiram em uma onda enorme, escurecendo a janela de cima a baixo e de um lado a outro.

Quando os primeiros corpinhos começaram a se chocar no vidro reforçado, a paralisia de Alan passou.

— Liz! — gritou ele. — Liz, pra baixo!

Mas ela não ia se abaixar; o bebê dela estava chorando, e ela só conseguia pensar nisso.

Alan correu até ela, usando aquela velocidade quase sinistra que era seu segredo pessoal, e a derrubou na hora que a parede de vidro toda explodiu para dentro com o peso de vinte mil pardais. Vinte mil outros vieram atrás, e mais vinte mil, e mais vinte mil. Em um momento, a sala ficou cheia. Estavam por toda parte.

Alan se jogou em cima de Liz e a puxou para debaixo do sofá. O mundo estava tomado pelos pios agudos dos pardais. Eles podiam ouvir as outras janelas se quebrando, todas as janelas. A casa tremeu com os baques de pequenininhos bombardeiros suicidas. Alan olhou para fora e viu um mundo que era só movimento marrom-enegrecido.

Os detectores de fumaça começaram a tocar quando os pássaros bateram neles. Em algum lugar houve um estrondo monstruoso, quando a tela da televisão explodiu. Estrondos quando os quadros nas paredes caíram. Uma série de ruídos de xilofone quando os pardais bateram nas panelas penduradas nas paredes perto do fogão e as derrubaram no chão.

E ele ainda conseguia ouvir os bebês chorando e Liz gritando.

— Me solta! Meus filhos! Me solta! EU TENHO QUE PEGAR OS MEUS FILHOS!

Ela se contorceu e saiu um pouco de debaixo dele, e o tronco dela ficou na mesma hora coberto de pardais. Eles se emaranharam no cabelo dela e bateram as asas feito loucos. Ela bateu neles, desesperada. Alan a segurou e a puxou de volta. Pelo ar em turbilhão da sala de estar, ele via um fluxo preto de pardais voando escada acima... na direção do escritório.

4

Stark tentou agarrar Thad quando os primeiros pássaros começaram a se chocar contra a porta secreta. Do lado de fora, Thad ouvia o baque abafado de pesos de papel caindo e o tilintar de vidro se quebrando. Os gêmeos estavam chorando. O choro deles ficou mais alto, se misturou com o piado enlouquecedor dos pardais, e as duas coisas juntas formavam uma harmonia dos infernos.

— *Para com isso!* — gritou Stark. — *Para, Thad! Seja o que for que você está fazendo, tem que parar!*

Ele tentou pegar a arma, e Thad enfiou o lápis que estava segurando no pescoço de Stark.

O sangue jorrou com força. Stark se virou para ele, sufocando, tentando agarrar o lápis. Movia-se para cima e para baixo quando ele tentava engolir. Ele fechou uma das mãos no lápis e o puxou.

— O que você está fazendo? — grunhiu ele. — O que é?

Passou a ouvir os pássaros; não entendia, mas ouvia. Olhou para a porta fechada, e Thad viu terror de verdade naqueles olhos pela primeira vez.

— Eu estou escrevendo o fim, George — disse Thad com uma voz baixa que nem Liz nem Alan ouviram lá embaixo. — Estou escrevendo o fim no mundo real.

— Tudo bem — disse Stark. — Vamos escrever pra nós todos, então.

Ele se virou para os gêmeos com o lápis ensanguentado em uma das mãos e a .45 na outra.

5

Havia uma colcha dobrada na ponta do sofá. Alan a pegou e sentiu o que parecia umas dez agulhas quentes de costura enfiadas na mão.

— Droga! — gritou ele, e puxou a mão de volta.

Liz ainda estava tentando sair de debaixo dele. O som monstruoso parecia reverberar no universo inteiro àquela altura, e Alan não conseguia mais ouvir os bebês... mas Liz Beaumont conseguia. Ela estava se contorcendo e empurrando. Alan prendeu a mão esquerda na gola dela e sentiu o tecido rasgar.

— *Espera um minuto!* — ele gritou para ela, mas não adiantou nada.

Não havia nada que ele pudesse dizer para impedi-la enquanto os filhos estivessem chorando. Annie teria feito igual. Alan levantou a mão direita de novo, ignorando as bicadas dessa vez, e pegou a colcha que se abriu um pouco quando caiu do sofá. No quarto principal houve um estrondo tremendo quando algum móvel, talvez a cômoda, caiu. A mente distraída e sobrecarregada de Alan tentou imaginar quantos pardais seriam necessários para derrubar uma cômoda, mas não conseguiu descobrir.

Quantos pardais são necessários para trocar uma lâmpada?, perguntou sua mente, fora de si. *Três para segurar a lâmpada e três bilhões para girarem a casa!* Ele soltou uma gargalhada enlouquecida, e o lustre grande pendurado no meio da sala explodiu como uma bomba. Liz gritou e se encolheu por um momento, e Alan conseguiu jogar a colcha na cabeça dela. Ele também entrou embaixo. Eles não ficaram sozinhos nem embaixo do pano; uns seis pardais entraram junto. Ele sentiu asas baterem na bochecha, uma dor intensa na têmpora esquerda, e bateu em si mesmo debaixo da colcha. O pardal se chocou no ombro dele e caiu no chão.

Ele puxou Liz para perto e gritou no ouvido dela:

— Nós vamos andar! *Andar*, Liz! Debaixo desse cobertor! Se você tentar correr, vou te derrubar! Balança a cabeça se você tiver entendido.

Ela tentou se afastar. A colcha foi esticada. Pardais pousaram brevemente, quicaram na colcha como se fosse uma cama elástica e saíram voando. Alan a puxou de volta e a sacudiu pelo ombro. Sacudiu com força.

— *Balança a cabeça se você tiver entendido, caramba!*

Ele sentiu o cabelo dela roçar na bochecha dele quando ela assentiu. Saíram de debaixo do sofá. Alan manteve o braço com força em volta dos ombros dela, com medo que ela fosse sair correndo. E, lentamente, começaram a percorrer a sala lotada, passando pelas nuvens leves e enlouquecedoras de pássaros piando. Eles pareciam um animal exótico em uma feira de interior: um burro dançante com Sinval como a cabeça e Pasqual como a traseira.

A sala da casa dos Beaumont era espaçosa, com teto alto, mas agora parecia não haver mais ar. Eles andaram por uma atmosfera flexível, instável e grudenta composta de pássaros.

Móveis caíram. Pássaros bateram nas paredes, tetos e eletrodomésticos. O mundo todo tinha se transformado em fedor de pássaros e em uma percussão estranha.

Eles finalmente chegaram à escada e começaram a subir lentamente, sob a colcha, que já estava coberta de penas e cocô de passarinho. E quando começaram a subir, um disparo soou no escritório.

Alan enfim ouviu os gêmeos de novo. Eles estavam aos berros.

6

Thad tateou pela mesa quando Stark mirou a arma em William e encontrou o peso de papel com o qual Stark estava brincando mais cedo. Era um pedaço pesado de pedra cinza, achatado de um lado. Ele bateu no pulso de Stark um instante antes do grande homem louro disparar, quebrando o osso e virando o cano da arma para baixo. O estrondo foi ensurdecedor na salinha. A bala entrou no chão a dois centímetros do pé esquerdo de William, espirrando pedacinhos de madeira nas pernas do macacão azul. Os gêmeos começaram a berrar, e, quando Thad se aproximou de Stark, viu seus filhos se abraçarem em um gesto espontâneo de proteção mútua.

João e Maria, pensou ele, e nessa hora Stark enfiou o lápis no ombro dele.

Thad deu um grito de dor e empurrou Stark, que tropeçou na máquina de escrever colocada no canto e caiu para trás, na parede. Tentou mudar a pistola para a mão direita... e a deixou cair.

O som dos pássaros na porta tinha se tornado um trovão infinito... e a passagem começou a se abrir um pouco, girando no eixo central. Um pardal com asa esmagada conseguiu entrar e caiu, debatendo-se no chão.

Stark procurou no bolso de trás... e pegou a navalha. Abriu a lâmina com os dentes. Seus olhos tinham um brilho louco acima do aço.

— É isso que você quer, meu chapa? — perguntou ele, e Thad viu a decomposição voltando ao rosto, despencando tudo de uma vez como uma parede de tijolos. — Quer mesmo? Tudo bem. É o que você vai ter.

7

Na metade da escadaria, Liz e Alan foram detidos. Eles encontraram uma parede molenga e suspensa de pássaros e não conseguiram passar por ela. O ar tremia e zumbia com os pardais. Liz gritou de pavor e fúria.

Os pássaros não se voltaram contra eles, não os atacaram; só atrapalharam. Todos os pardais do mundo, ao que parecia, tinham sido atraídos para lá, para o segundo andar da casa dos Beaumont em Castle Rock.

— *Por baixo!* — gritou Alan para ela. — *Pode ser que a gente consiga passar por baixo, engatinhando!*

Eles ficaram de joelhos. No começo, foi possível progredir, embora não tivesse sido agradável; eles se viram engatinhando por cima de um tapete duro e sujo de sangue de pardal, de pelo menos quarenta e cinco centímetros. E logo encontraram a parede novamente. Olhando por baixo da barra da colcha, Alan via uma massa confusa e amontoada que não dava para descrever. Os pardais nos degraus estavam sendo esmagados. Havia camadas e camadas de vivos (mas que em breve estariam mortos) em cima deles. Mais no alto, talvez quase um metro acima da escada, pardais voavam em uma espécie de zona de tráfego suicida, colidiam e caíam, alguns subindo e voando de novo, outros se contorcendo no meio dos companheiros caídos com pernas ou asas quebradas. Alan lembrou que pardais não conseguiam pairar.

De algum lugar acima, do outro lado daquela barreira viva grotesca, um homem gritou.

Liz o segurou e o puxou para perto.

— *O que a gente pode fazer?* — gritou ela. — *O que a gente pode fazer, Alan?*

Ele não respondeu. Porque a resposta era nada. Não havia nada que eles *pudessem* fazer.

8

Stark foi para cima de Thad com a navalha na mão direita. Thad recuou na direção da porta rotativa do escritório de olho na lâmina. Ele pegou outro lápis na mesa.

— Isso não vai adiantar de nada, meu chapa — disse Stark. — Não agora.

Então, ele olhou para a porta. Tinha se aberto o suficiente, e os pardais entraram voando, um rio deles... para cima de George Stark.

Em um instante, a expressão dele se transformou em horror... e compreensão.

— *Não!* — gritou ele, e começou a atacar os pássaros com a navalha de Alexis Machine. — *Não, eu não vou! Não vou voltar! Vocês não podem me obrigar!*

Ele cortou um dos pardais ao meio; o corpinho despencou em dois pedaços agitados. Stark atacou e cortou o ar à sua volta.

E Thad entendeu de repente

(*não vou voltar*)

o que estava acontecendo ali.

Os psicopompos, claro, tinham ido até lá para escoltar George Stark. Escoltar George Stark de volta até Fimlândia; de volta até a terra dos mortos.

Thad largou o lápis e foi até os filhos. O ar estava tomado por pardais. A porta estava quase toda aberta agora; o rio tinha virado uma enxurrada.

Pardais pousaram nos ombros largos de Stark. Pousaram nos braços, na cabeça. Pardais se chocaram em seu peito, dezenas no começo, depois centenas. Ele se contorceu em uma nuvem de penas e bicos reluzentes e cortantes, tentando revidar.

Eles cobriram a navalha; o brilho prateado maligno tinha sumido, enterrado embaixo das penas grudadas nela.

Thad olhou para os filhos. Eles tinham parado de chorar. Estavam olhando para o ar abafado e agitado com expressões idênticas de surpresa e prazer. As mãos estavam levantadas, como se para verificar se estava chovendo. Os dedinhos esticados. Pardais pousaram neles... e não bicaram.

Mas bicavam Stark.

Sangue jorrou do rosto dele em cem pontos. Um dos olhos azuis se apagou. Um pardal pousou na gola da camisa e enfiou o bico no buraco que Thad tinha feito com o lápis; o pássaro bicou três vezes, rápido, *tum-tum--tum*, como uma metralhadora, antes de Stark segurar e esmagar o corpinho como se fosse um origami vivo.

Thad se agachou ao lado dos gêmeos, e os pássaros também pousaram nele. Sem bicar; só ficaram parados.

Olhando.

Stark tinha desaparecido. Tinha se tornado uma escultura viva e agitada coberta de pássaros. Sangue escorria pelas asas e penas. De algum lugar embaixo, Thad ouviu um som agudo e prolongado: madeira cedendo.

Eles quebraram a parede para entrar na cozinha, pensou ele. Pensou brevemente nas tubulações de gás que iam até o fogão, mas o pensamento estava distante, nada importante.

E então ele começou ouvir o som frouxo e úmido e o estalo da carne viva sendo arrancada dos ossos de George Stark.

— Eles vieram buscar você, George — ele se ouviu sussurrar. — Eles vieram buscar você. Que Deus o ajude agora.

9

Alan sentiu espaço acima do corpo novamente e olhou pelos buracos na colcha. Sentiu bosta de passarinho pingar na bochecha e limpou. A escada ainda estava cheia de pássaros, mas a quantidade era menor. A maioria dos que ainda estavam vivos parecia ter chegado aonde queria.

— Vem — disse ele para Liz, e começaram a se mover pelo tapete horrível de pássaros mortos.

Tinham conseguido chegar ao segundo andar quando ouviram Thad gritar:

— *Levem ele, então! Levem ele!* LEVEM ELE DE VOLTA PARA O INFERNO, QUE É O LUGAR DELE!

A agitação dos pássaros virou um furacão.

10

Stark fez um último esforço hercúleo para fugir deles. Não havia para onde ir, para onde correr, mas ele tentou mesmo assim. Era seu estilo.

A coluna de pássaros que o cobria se moveu junto; braços gigantescos e inchados cobertos de pernas e cabeças e asas subiram, batendo no próprio tronco, subiram de novo e se cruzaram no peito. Pássaros, alguns feridos, alguns mortos, caíram no chão, e por um momento Thad teve uma visão que o assombraria pelo resto da vida.

Os pardais estavam comendo George Stark vivo. Seus olhos tinham sumido: no lugar só restavam buracos grandes e escuros. Seu nariz tinha se reduzido a uma aba ensanguentada. A testa e a maior parte do cabelo tinham sido arrancados, revelando a superfície coberta de muco do crânio. A gola da camisa ainda envolvia o pescoço, mas o resto tinha sumido.

Caroços brancos da costela se projetavam da pele. Os pássaros tinham aberto sua barriga. Havia um bando de pardais pousado nos pés dele, que olhava com total atenção e brigava pelas entranhas que caíam em pedaços suculentos.

E ele viu outra coisa.

Os pardais estavam tentando erguê-lo. Estavam tentando... e, em pouco tempo, quando tivessem reduzido bastante o peso corporal, fariam exatamente isso.

— Levem ele, então! — gritou. — Levem ele! LEVEM ELE DE VOLTA PARA O INFERNO, QUE É O LUGAR DELE!

Os gritos de Stark pararam quando a garganta se desintegrou embaixo de cem bicos que martelavam e furavam. Pardais se reuniram embaixo das axilas, e por um segundo seus pés se ergueram do tapete ensanguentado.

Ele movimentou os braços, o que restava, em um gesto selvagem, esmagando dezenas de pássaros... só que outras dezenas surgiram para substituir os que se foram.

O som de bicadas e de madeira se partindo à direita de Thad de repente ficou mais alto, mais oco. Ele olhou na direção do ruído e viu a madeira da parede do escritório se desintegrando como um lenço de papel. Por um instante, viu milhares de bicos amarelos aparecerem ao mesmo tempo, então pegou os gêmeos, arqueando o corpo para protegê-los, movendo-se com verdadeira graça talvez pela única vez na vida.

A parede desabou para dentro do cômodo em uma nuvem poeirenta de farpas e serragem. Thad fechou os olhos e apertou bem os filhos.

Não viu mais nada.

11

Mas Alan Pangborn viu, e Liz também.

Eles tinham descido a colcha para os ombros quando a nuvem de pássaros acima e em volta se desfez. Liz entrou tropeçando no quarto de hóspedes, rumo à porta aberta do escritório, e Alan foi atrás.

Por um momento, ele não conseguiu ver dentro do escritório; só havia um borrão marrom. Mas então identificou uma forma, uma forma horrível e coberta. Era Stark. Ele estava coberto de pássaros, sendo comido vivo, mas ainda consciente.

Mais pássaros apareceram; ainda mais. Alan achou que os pios agudos horrendos o deixariam louco. E então, ele viu o que estavam fazendo.

— Alan! — gritou Liz. — Alan, estão erguendo ele!

A coisa que tinha sido George Stark, uma coisa que agora era só vagamente humana, subiu em uma almofada de pardais. Moveu-se pelo escritório, quase caiu, e subiu novamente. Aproximou-se de um buraco enorme e irregular na parede.

Mais pássaros entraram pelo buraco; os que ainda estavam no quarto de hóspedes voaram para o escritório.

Pedaços de carne caíam do esqueleto contorcido de Stark em uma chuva sinistra.

O corpo flutuou pelo buraco rodeado por pardais arrancando o que restava do cabelo.

Alan e Liz se moveram com dificuldade sobre o tapete de aves mortas e entraram no escritório. Thad estava se levantando lentamente, um gêmeo chorando em cada braço. Liz correu até eles e pegou as crianças. As mãos dela os examinaram, procurando ferimentos.

— Tudo bem — disse Thad. — Acho que está tudo bem com eles.

Alan foi até o buraco na parede do escritório. Lá fora, viu uma cena digna de um conto de fadas maligno. O céu estava negro de pássaros, mas em um lugar estava *cor de ébano*, como se um buraco tivesse sido aberto no tecido da realidade.

Esse buraco negro tinha a forma inconfundível de um homem se contorcendo.

Os pássaros o ergueram mais, mais alto, mais alto. Chegou ao alto das árvores e pareceu parar lá. Alan pensou ter ouvido um grito agudo inumano do centro daquela nuvem. E então os pardais começaram a se mover de novo. De certa forma, observá-los era como ver um filme passando de trás para a frente. Torrentes pretas de pardais saíam de todas as janelas quebradas da casa; afunilavam-se por cima da entrada, das árvores e do teto curvo do Fusca de Rawlie.

Todos iam para a escuridão central.

A forma de homem começou a se mover de novo... por cima das árvores... para o céu escuro... e lá se perdeu de vista.

Liz estava sentada no canto, os gêmeos no colo, ninando-os, consolando-os... mas eles não pareciam mais incomodados. Estavam olhando com alegria para o rosto exausto e cheio de lágrimas da mãe. Wendy deu tapinhas, como se para consolá-la. William levantou a mão, tirou uma pena do cabelo dela e a examinou com atenção.

— Ele se foi — disse Thad, rouco.

Tinha se juntado a Alan na frente do buraco na parede.

— Sim — disse Alan.

De repente, ele caiu no choro. Não esperava por aquilo; simplesmente aconteceu.

Thad tentou passar o braço pelo ombro dele, e Alan se afastou, as botas esmagando pardais mortos com sons secos.

— Não — disse ele. — Eu vou ficar bem.

Thad estava olhando pelo buraco de novo, para a noite lá fora. Um pardal saiu daquela escuridão e pousou no ombro dele.

— Obrigado — disse Thad para a ave. — Ob...

O pardal o bicou, uma bicada repentina e cruel, tirando sangue logo abaixo do olho.

Em seguida, levantou voo e foi se juntar aos companheiros.

— Por quê? — perguntou Liz. Ela estava olhando para Thad surpresa e em choque. — Por que ele fez isso?

Thad não respondeu, mas achava que sabia. Achava que Rawlie DeLesseps também saberia. O que tinha acabado de acontecer foi tão mágico... mas não foi conto de fadas. Talvez o último pardal tivesse sido movido por uma força que sentia que Thad tinha que ser lembrado disso. Lembrado à força.

Tome cuidado, Thaddeus, nenhum homem controla os agentes da pós-vida. Não por muito tempo... e sempre há um preço.

Que preço terei que pagar?, ele se perguntou friamente. E também: *E a conta... quando chega?*

Mas essa era uma pergunta para outra hora, outro dia. E havia outra coisa: talvez a conta *já tivesse* sido paga.

Talvez ele enfim tivesse quitado sua dívida.

— Ele está morto? — perguntou Liz... quase implorando.

— Está — disse Thad. — Ele está morto, Liz. A terceira vez é infalível. O livro se fechou pra George Stark. Vamos, pessoal. Vamos sair daqui.

E foi exatamente o que fizeram.

EPÍLOGO

Henry não beijou Mary Lou naquele dia, mas também não a deixou sem notícias, como poderia ter feito. Ele a viu, aguentou a raiva dela e esperou que virasse aquele silêncio fechado que ele conhecia tão bem. Já tinha entendido que a maior parte daquelas dores eram dela e que não deviam ser compartilhadas e nem discutidas. Mary Lou sempre dançava melhor quando dançava sozinha.

Finalmente, eles andaram pelo campo e olharam novamente para a casinha onde Evelyn tinha morrido três anos antes. Não era bem uma despedida, mas era o melhor que eles podiam fazer. Henry sentiu que era suficiente.

Ele colocou as bailarinas de papel de Evelyn na grama alta perto do degrau destruído, sabendo que o vento as levaria em pouco tempo. Em seguida, ele e Mary Lou foram embora da antiga casa juntos pela última vez. Não foi bom, mas foi tudo bem. Bem o suficiente. Ele não era um homem que acreditava em finais felizes. A pouca serenidade que ele conhecia vinha basicamente disso.

— *Os dançarinos repentinos*
de Thaddeus Beaumont

Os sonhos das pessoas, os verdadeiros, em comparação às alucinações do sono que podem acontecer ou não, de acordo com a vontade de cada um, terminam em momentos diferentes. O sonho de Thad Beaumont com George Stark terminou às nove e quinze da noite em que os psicopompos levaram sua metade sombria embora, para qualquer que fosse o lugar designado para ela. Acabou com o Toronado preto, aquela tarântula na qual ele e George sempre chegavam àquela casa, no pesadelo recorrente.

Liz e os gêmeos estavam na entrada da casa, onde o caminho se juntava à via Lake. Thad e Alan estavam ao lado do carro preto de George Stark, que não era mais preto. Tinha ficado cinza de cocô de passarinho.

Alan não queria olhar para a casa, mas não conseguia tirar os olhos dela. Estava uma ruína estilhaçada. O lado leste, o do escritório, tinha sofrido mais, mas a casa toda estava destruída. Havia buracos enormes para todo lado. A amurada na varanda no lado do lago estava pendurada, como uma escada de madeira. Havia montanhas enormes de pássaros mortos em um círculo em volta da construção. Estavam presos nas dobras do telhado; as calhas também estavam cheias. A lua tinha aparecido e espalhava raios prateados de luz nos cacos de vidro quebrado. Fagulhas daquela mesma luz élfica cintilavam no fundo dos olhos vidrados dos pardais mortos.

— Tem certeza de que não tem problema pra você? — perguntou Thad.
Alan assentiu.
— Eu pergunto porque vai ser destruição de provas.
Alan deu uma gargalhada seca.
— Alguém acreditaria que isso é prova de alguma coisa?
— Acho que não. — Ele fez uma pausa e disse: — Sabe, houve uma época em que eu achei que você até que gostava de mim. Não sinto mais

isso. Nem um pouco. Não entendo. Você me acha responsável por... tudo isso?

— Estou cagando — disse Alan. — Acabou. É a única coisa que importa pra mim, sr. Beaumont. Agora, é a única coisa no *mundo* que importa.

Ele viu a mágoa no rosto cansado e atormentado de Thad e fez um grande esforço.

— Olha, Thad. É coisa demais. Coisa demais de uma vez só. Acabei de ver um homem ser carregado para o céu por um bando de pardais. Me dá um tempo, tá?

Thad assentiu.

— Eu entendo.

Não entende, Alan pensou. Você não entende e duvido que algum dia vá entender. Sua esposa pode... se bem que me pergunto se as coisas vão voltar a ficar bem entre vocês depois disso, se ela vai querer entender ou se vai ousar amar você de novo. Seus filhos, talvez, um dia... mas não você, Thad. Ficar ao seu lado é como estar ao lado de uma caverna da qual uma criatura de pesadelos saiu. O monstro foi embora por ora, mas ninguém quer ficar perto demais do lugar de onde ele veio. Porque pode haver outro. Provavelmente não; sua mente sabe disso, mas as suas emoções... elas dizem outra coisa, não é? Ah, cara. E, mesmo se a caverna estiver vazia para sempre, tem os sonhos. E as lembranças. Tem Homer Gamache, por exemplo, que morreu de tanto apanhar com a própria prótese de braço. Por sua causa, Thad. Tudo por sua causa.

Isso não era justo, e em parte Alan sabia. Thad não tinha pedido para ser gêmeo; ele não destruiu o irmão gêmeo no útero por maldade (*Não estamos falando de Caim se voltando para matar Abel com uma pedra*, dissera o dr. Pritchard); ele não sabia que tipo de monstro estava à sua espera quando começou a escrever como George Stark.

Ainda assim, eles tinham sido gêmeos.

E ele não conseguiria esquecer o jeito como Stark e Thad riram juntos. Aquela risada louca e lunática e a expressão nos olhos dele.

Ele se perguntou se Liz conseguiria esquecer.

Uma brisa leve soprou e levou o cheiro ruim de gás de cozinha até ele.

— Vamos botar fogo — disse ele abruptamente. — Vamos botar fogo em tudo. Não ligo para o que vão pensar depois. Não tem vento nenhum;

os bombeiros vão chegar antes que se espalhe. Se queimar uma parte do bosque aqui em volta, melhor ainda.

— Deixa comigo — disse Thad. — Pode ir com a Liz. Ajuda com os gêm...

— Nós vamos fazer juntos — disse Alan. — Me dá suas meias.

— O quê?

— Você me ouviu. Eu quero suas meias.

Alan abriu a porta do Toronado e olhou dentro. Sim, câmbio manual, como ele pensara. Um macho como George Stark jamais ficaria satisfeito com um carro automático; isso era para homens casados estilo Walter Mitty, como Thad Beaumont.

Deixando a porta aberta, ele se apoiou em um dos pés e tirou o sapato e a meia do pé direito. Thad viu e começou a fazer o mesmo. Alan calçou o sapato de volta e repetiu o processo com o pé esquerdo. Ele não tinha intenção nenhuma de botar o pé descalço naquele amontoado de pássaros mortos, nem por um momento.

Quando terminou, ele amarrou as duas meias de algodão uma na outra. Pegou as de Thad e acrescentou às dele. Ele foi até o lado do passageiro com pardais mortos estalando debaixo dos sapatos como jornal e abriu a entrada de combustível do Toronado. Tirou a tampa e enfiou o pavio improvisado no buraco do tanque. Quando o tirou, estava encharcado. Ele virou ao contrário, enfiando o lado seco e deixando o molhado pendurado na lataria suja de bosta. Virou-se para Thad, que tinha ido atrás dele. Alan remexeu no bolso da camisa do uniforme e tirou uma caixa de fósforos de papel. Era do tipo que ofereciam na banca de jornal em acompanhamento dos cigarros. Ele não sabia onde havia ganhado aquela, mas tinha uma propaganda de coleção de selos em cima.

O selo exibido era a imagem de um pássaro.

— Acenda as meias quando o carro começar a andar — disse Alan. — Nem um minuto antes, entendeu?

— Entendi.

— Vai explodir de repente. A casa vai pegar fogo. Depois, os tanques de gás nos fundos. Quando a perícia dos bombeiros vier, vai parecer que seu amigo perdeu o controle e bateu na casa e o carro explodiu. Pelo menos, é o que espero.

— Tudo bem.

Alan contornou o carro.

— O que está acontecendo aí? — gritou Liz, nervosa. — Os bebês estão ficando com frio!

— Só mais um minuto! — gritou Thad em resposta.

Alan enfiou a mão no interior fedorento e desagradável do Toronado e soltou o freio de mão.

— Espera até estar em movimento — ele disse com o rosto virado para trás.

— Sim.

Alan apertou a embreagem com o pé e botou o câmbio em ponto morto. O Toronado começou a se movimentar na mesma hora.

Ele recuou, e por um momento achou que Thad não tinha conseguido fazer a parte dele... mas então o pavio se acendeu na traseira do carro em uma linha intensa de chamas.

O Toronado andou devagar pelos últimos quatro metros de entrada, passou por cima do meio-fio de asfalto e foi preguiçosamente na direção da pequena varanda dos fundos. Bateu na lateral da casa e parou. Alan leu o adesivo perfeitamente visível sob a luz laranja do pavio: FILHO DA PUTA DE PRIMEIRA CLASSE.

— Não mais — murmurou ele.

— O quê?

— Nada. Se afasta. O carro vai explodir.

Eles tinham recuado dez passos quando o Toronado virou uma bola de fogo. Chamas subiram pelo lado quebrado e bicado do leste da casa, transformando o buraco na parede do escritório em um globo ocular preto.

— Vem — disse Alan. — Vamos pra minha viatura. Agora que está feito, temos que dar o alarme. As outras pessoas do lago não precisam perder a casa por causa disso.

Mas Thad ficou um momento a mais, e Alan ficou com ele. A casa era de madeira seca por baixo das telhas de cedro, e o fogo se alastrava rápido. As chamas entraram no buraco onde ficava o escritório de Thad e, enquanto eles olhavam, folhas de papel foram sugadas pela movimentação de ar criada pelo fogo, jogadas para fora e para cima. Na claridade, Alan viu que estavam cobertas de palavras manuscritas. As folhas de papel se enrugaram, foram tomadas pelas chamas, ficaram cinza e depois pretas. Voaram para a noite, para cima das chamas como um esquadrão agitado de pássaros pretos.

Quando estavam acima da corrente de ar, Alan achou que brisas mais normais as levariam. Levariam para longe, talvez até para os confins da terra.

Ótimo, pensou ele, e foi até Liz e os bebês com a cabeça baixa.

Atrás dele, Thad Beaumont levantou lentamente as mãos e as colocou sobre o rosto.

Ele ficou parado assim por muito tempo.

3 de novembro de 1987 — 16 de março de 1989

POSFÁCIO

O nome Alex Machine não é criação minha. Leitores de *Dead City*, de Shane Stevens, vão reconhecê-lo como o nome do chefe fictício dos bandidos nesse livro. O nome resumia de forma tão perfeita a personalidade de George Stark e seu próprio chefe do crime fictício que o adotei para a obra que você acabou de ler... mas também fiz como homenagem ao sr. Stevens, que tem outros trabalhos como *Rat Pack*, *By Reason of Insanity* e *The Anvil Chorus*. Esses trabalhos, onde a chamada "mente criminosa" e uma condição de psicose irredimível se mesclam para criar um sistema fechado de maldade perfeita, são três dos melhores livros escritos sobre o lado sombrio do sonho americano. São tão impressionantes quanto *McTeague*, de Frank Norris, e *Sister Carrie*, de Theodore Dreiser. Recomendo-os sem reserva... mas talvez só para os leitores com estômago forte e nervos mais fortes ainda.

S.K.

A METADE SOMBRIA DE STEPHEN KING

No final dos anos 1970, Stephen King publicou uma série de livros escritos no início da carreira usando o pseudônimo Richard Bachman. Foram eles: *Fúria* (1977), *A longa marcha* (1979), *A autoestrada* (1981) e *O concorrente* (1982). Mais tarde, esses romances foram reunidos em uma coletânea intitulada *Os livros de Bachman*, para a qual King escreveu a introdução a seguir.

A relação entre Richard Bachman e George Stark — personagem de *A metade sombria* — não é um mistério para os leitores fiéis de Stephen King. Ambos os nomes foram inspirados pelo escritor Donald Westlake (1933-2008) e seu próprio heterônimo, "Richard Stark". Tanto no caso de Westlake quanto no de King, os pseudônimos foram usados para assinar livros mais violentos e desesperançados do que seus outros romances.

Stephen King sempre negou qualquer ligação com Bachman, até que, em 1985, um livreiro chamado Steve Brown desvendou o mistério, ao localizar na Biblioteca do Congresso norte-americano documentos que conectavam os direitos autorais de Richard Bachman a Stephen King. A experiência de escrever como Bachman e a frustração com o fim prematuro de seu pseudônimo foram inspiração suficiente para dar origem a *A metade sombria*, publicado originalmente em 1989 e relançado agora na Biblioteca Stephen King.

A IMPORTÂNCIA DE SER BACHMAN
STEPHEN KING

Esta é minha segunda introdução aos chamados *Livros de Bachman* — uma expressão que passou a significar (na minha mente, pelo menos) os primeiros livros publicados com o nome de Richard Bachman, os que apareceram como originais de um autor desconhecido pelo selo Signet.

Minha primeira introdução não ficou muito boa; a mim, parece um caso típico de autor procurando disfarçar seu estilo. Mas isso não é surpreendente. Quando foi escrito, o alter ego de Bachman (eu, em outras palavras) não estava no que eu chamaria de humor contemplativo ou analítico; na verdade, estava me sentindo roubado. Bachman não foi criado como um codinome de curto prazo; sua existência deveria ser duradoura, e, quando meu nome foi conectado ao dele, fiquei surpreso, chateado e furioso. Esse não é um estado favorável à escrita de um bom ensaio. Desta vez, pode ser que eu me saia melhor.

Provavelmente a coisa mais importante que posso dizer sobre Richard Bachman é que *ele se tornou real*. Não totalmente, claro (disse ele com um sorriso nervoso); não estou escrevendo isto em um estado delirante. Só que... bem... talvez esteja. Afinal, o delírio é algo que os escritores de ficção tentam encorajar nos leitores, ao menos durante o tempo em que o livro ou a história está aberto na frente deles, e o escritor não é imune a esse estado de... como devo chamar? Que tal "delírio direcionado"?

De qualquer modo, Richard Bachman começou sua carreira não como um delírio, mas como um abrigo onde eu podia publicar alguns dos meus primeiros trabalhos de que achava que os leitores gostariam. Mas logo ele começou a crescer e ganhar vida, como acontece com frequência com as criaturas da imaginação de um escritor.

Comecei a imaginar a vida dele como um fazendeiro criador de gado leiteiro... sua esposa, a bela Claudia Inez Bachman... suas manhãs solitárias em New Hampshire, passadas tirando leite das vacas, cortando lenha e pensando em suas histórias... as noites passadas escrevendo, sempre com um copo de uísque ao lado da máquina de escrever Olivetti.

Certa vez conheci um escritor que dizia que sua história ou livro da vez estava "ganhando peso", quando o processo estava indo bem. Da mesma forma, meu pseudônimo começou a ganhar peso.

Então, quando o disfarce foi descoberto, Richard Bachman morreu. Fiz pouco caso disso nas poucas entrevistas que me senti na obrigação de dar sobre o assunto, dizendo que ele tinha morrido de câncer do pseudônimo, mas na verdade foi o choque que o matou: a percepção de que às vezes as pessoas não te deixam em paz. Em termos mais crus (mas nem por isso imprecisos), Bachman era o lado vampiresco da minha existência, morto pela luz do sol da revelação.

Meus sentimentos a respeito foram confusos (e *férteis*) o bastante para gerarem um livro (um livro de Stephen King, claro), *A metade sombria*. Era sobre um escritor cujo pseudônimo, George Stark, ganha vida. É um livro que minha esposa sempre detestou, talvez porque, para Thad Beaumont, o sonho de ser escritor sobrepujasse a realidade de ser homem; para Thad, o estado de delírio supera completamente a racionalidade, com consequências horríveis.

Mas eu não tive esse problema. De verdade. Deixei Bachman de lado, e, apesar de lamentar que ele tivesse que morrer, eu estaria mentindo se não dissesse que também senti certo alívio.

Os livros desta coletânea [*Livros de Bachman*] foram escritos por um jovem cheio de raiva, energia e uma paixão profunda pela arte e pelo ofício de escrever. Não foram escritos como livros de Bachman propriamente (Bachman ainda não tinha sido inventado, afinal), mas em um estado de espírito de Bachman: raiva rasa, frustração sexual, bom humor maníaco e desespero latente.

Ben Richards, o protagonista magrelo e pré-tuberculoso de *O concorrente* (o mais diferente possível do personagem de Arnold Schwarzenegger no filme), bate com o avião sequestrado no arranha-céu da Network Games, matando-se, mas levando centenas (talvez milhares) de executivos da GratuiTV com ele; essa é a versão de Richard Bachman de um final feliz.

A conclusão dos outros livros de Bachman é ainda mais sombria. Stephen King sempre entendeu que os mocinhos nem sempre vencem (vide

Cujo, O cemitério e — talvez — *Christine*), mas ele também entende que, na maioria das vezes, vencem, sim. Todos os dias, na vida real, os mocinhos vencem.

A maioria dessas vitórias passa despercebida (HOMEM CHEGA BEM DO TRABALHO MAIS UMA VEZ não venderia muitos jornais), mas existem mesmo assim... e a ficção deve refletir a realidade.

Mas...

No primeiro rascunho de *A metade sombria*, fiz Thad Beaumont citar Donald E. Westlake, um autor muito engraçado que escreveu uma série de livros policiais bastante sinistros com o pseudônimo de Richard Stark. Quando pediram que explicasse a dicotomia entre Westlake e Stark, o escritor em questão disse: "Eu escrevo as histórias de Westlake nos dias de sol. Quando chove, sou Stark".

Acho que isso não entrou na versão final de *A metade sombria*, mas sempre amei essa parte (me *identifiquei* com ela, como dizem agora). Bachman — uma criação ficcional que se tornou mais real para mim a cada livro publicado com a assinatura dele — fazia bem o tipo dos dias de chuva.

Os mocinhos vencem quase sempre, a coragem costuma triunfar sobre o medo, o cachorro da família raramente tem raiva; essas são coisas que eu sabia aos vinte e cinco anos, coisas que ainda sei, com vinte e cinco x 2. Mas também sei outra coisa: tem um lugar em quase todos nós onde a chuva é constante, as sombras são sempre compridas e o bosque é cheio de monstros. É bom ter uma voz na qual os terrores desse lugar podem ser articulados e sua geografia parcialmente descrita, sem negar o sol e a luminosidade que preenchem tanto da nossa vida cotidiana.

Em *A maldição*, Bachman teve uma voz independente pela primeira vez — foi o único dos livros iniciais de Bachman que carregou o nome dele desde o rascunho, e não o meu —, e achei muito injusto que, bem quando estava começando a falar com a própria voz, ele fosse confundido comigo. E pareceu mesmo uma confusão, porque, àquela altura, Bachman tinha se tornado uma espécie de *id* para mim; ele dizia as coisas que eu não podia, e a ideia dele por aí, na fazenda de laticínios em New Hampshire — não um autor campeão de vendas cujo nome sai em uma lista idiota da *Forbes* de artistas ricos até demais ou cujo rosto aparece no programa *Today* ou que faz participações em filmes —, escrevendo seus livros tranquilamente, permitia que ele pensasse e falasse de formas que eu não podia. Mas aí saíram as notícias dizendo "Bachman é, na verdade, King" e não havia ninguém — nem eu — para defender o homem morto, nem para apontar o óbvio: que King na verdade também era Bachman, ao menos em parte do tempo.

Achei injusto na época e continuo achando, mas às vezes a vida é cruel, só isso. Decidi tirar Bachman dos meus pensamentos e da minha vida, e foi o que fiz por vários anos.

Então, quando estava escrevendo um livro (um livro de *Stephen King*) chamado *Desespero*, Richard Bachman reapareceu de repente. Eu estava trabalhando em um processador de texto dedicado Wang na época; parecia o visifone em uma série antiga do Flash Gordon. Ficava ligado em uma impressora ligeiramente mais moderna, e de tempos em tempos, quando uma ideia surgia na minha cabeça, eu escrevia uma frase ou um título possível em um pedaço de papel e prendia com fita adesiva na lateral da impressora.

Ao me aproximar do final de *Desespero*, eu tinha um pedaço de papel com uma única palavra escrita nele: JUSTICEIROS. Eu tinha tido uma grande ideia para um livro, algo que envolvia brinquedos, armas, televisão e subúrbio. Não sabia se a escreveria — muitos dos "bilhetes na impressora" nunca deram em nada —, mas era legal de se pensar.

Em um dia chuvoso (um dia estilo Richard Stark), quando estava entrando na garagem, eu tive uma ideia. Não sei de onde veio; era totalmente desconectada de qualquer outra coisa na minha cabeça na ocasião. A ideia era pegar os personagens de *Desespero* e os colocar em *Os justiceiros*. Em alguns casos, pensei, eles poderiam ser as mesmas pessoas; em outros, mudariam; em nenhum caso eles fariam as mesmas coisas nem reagiriam das mesmas formas, porque as histórias ditariam séries de ações diferentes. Pensei que seria como os integrantes de uma companhia teatral atuando em duas peças diferentes.

Em seguida, uma ideia ainda mais empolgante surgiu. Se eu conseguisse usar o conceito da companhia teatral com os *personagens*, poderia usar com o enredo também — poderia usar muitos dos elementos de *Desespero* em uma configuração novinha e criar uma espécie de mundo espelho.

Eu sabia antes mesmo de começar que muitos críticos chamariam essa ideia gêmea de trapaça... e que eles não estariam exatamente errados. Mas achei que poderia ser uma boa trapaça. Talvez até uma trapaça esclarecedora, que exibisse a força e a versatilidade da história, sua capacidade praticamente ilimitada de adaptar alguns elementos básicos em variações infinitamente agradáveis, seu charme travesso.

Mas os dois livros não poderiam *soar* iguais, e não poderiam ter o mesmo *significado*, tanto quanto uma peça de Edward Albee e uma de William Inge não podem ser iguais nem ter o mesmo significado, ainda que sejam executadas em noites sucessivas pela mesma companhia de atores. Como eu poderia criar uma voz diferente?

Primeiro, achei que não conseguiria e que seria melhor jogar a ideia na lixeira Rube Goldberg que tenho no fundo da mente — a que tem um rótulo que diz DISPOSITIVOS INTERESSANTES, MAS IMPRATICÁVEIS.

Mas então me ocorreu que eu já tinha a resposta: Richard Bachman podia escrever *Os justiceiros*. A voz dele parecia superficialmente igual à minha, mas por baixo havia um mundo de diferenças — todas as diferenças entre o sol e a chuva, digamos. E seu modo de ver as pessoas era sempre diferente do meu, simultaneamente mais engraçado e mais frio (Bart Dawes em *A autoestrada*, meu favorito dos primeiros livros de Bachman, é um excelente exemplo).

Claro que Bachman estava morto, eu mesmo tinha anunciado isso, mas a morte é um problema menor para um escritor — pergunte a Paul Sheldon, que trouxe Misery Chastain de volta para Annie Wilkes, ou Arthur Conan Doyle, que trouxe Sherlock Holmes de volta das Cataratas de Reichenbach quando os fãs em todo o Império Britânico clamaram por ele. Eu não trouxe Richard Bachman de volta da morte, de qualquer modo; só visualizei uma caixa de manuscritos esquecidos no porão dele, com *Os justiceiros* em cima. Em seguida, transcrevi o livro que Bachman já tinha escrito.

Essa transcrição foi um pouco mais difícil... mas também motivo de grande euforia. Foi maravilhoso ouvir a voz de Bachman de novo, e o que eu esperava que pudesse acontecer *realmente* aconteceu: saiu um livro que era uma espécie de gêmeo fraterno do que eu tinha escrito com meu próprio nome (e os dois livros foram escritos seguidos, o de King terminado em um dia e o de Bachman iniciado no seguinte). Eram tão diferentes quanto King e Bachman. *Desespero* é sobre Deus; *Os justiceiros* é sobre televisão. Acho que isso faz os dois serem sobre poderes superiores, mas bem diferentes mesmo assim.

A importância de ser Bachman sempre foi a importância de encontrar uma boa voz e um ponto de vista válido que fosse um pouco diferente do meu. Não *muito* diferente; não sou tão esquizofrênico a ponto de acreditar nisso.

Mas acredito que há truques que todos nós usamos para mudar nossas perspectivas e nossas percepções — para nos vermos de outra forma ao usarmos roupas diferentes e mudarmos o estilo de cabelo —, e que esses truques podem ser muito úteis, um jeito de revitalizar e renovar as antigas estratégias de viver a vida, observar a vida e criar arte.

Nenhum desses comentários tem a intenção de sugerir que fiz algo grandioso em *Os livros de Bachman*, e não foram feitos como argumentos de mérito artístico. Mas amo demais o que eu faço para querer ficar obsoleto, se puder evitar. Bachman foi uma forma pela qual tentei renovar meu ofício e não ficar à vontade e protegido demais.

Esses livros iniciais mostram uma progressão na *persona* de Bachman, espero, e também espero que mostrem a essência dessa *persona*. Sombrio e desesperador mesmo quando ele está rindo (*mais* desesperador quando está rindo, na verdade), Richard Bachman não é um sujeito que eu gostaria de ser o tempo todo, mesmo se ele *ainda* estivesse vivo... mas é bom ter essa opção, essa janela para o mundo, por mais polarizada que seja.

Ainda assim, enquanto os leitores percorrem o caminho desses livros, eles podem descobrir que Dick Bachman tem uma coisa em comum com o alter ego de Thad Beaumont, George Stark: ele não é um cara muito legal.

E fico pensando se existe algum outro bom manuscrito, pronto ou quase, naquela caixa encontrada pela viúva, a sra. Bachman, no sótão da fazenda de New Hampshire.

Às vezes, penso *muito* nisso.

Stephen King
Lovell, Maine
16 de abril de 1996

SOBRE O AUTOR

STEPHEN KING é autor de mais de cinquenta livros best-sellers no mundo. Os mais recentes incluem *Mr. Mercedes* (vencedor do Edgar Award de melhor romance, em 2015), *Achados e perdidos*, *Último turno*, *Belas Adormecidas*, *Escuridão total, sem estrelas* (vencedor dos prêmios Bram Stoker e British Fantasy), *O bazar dos sonhos ruins*, *Sob a redoma* (que virou uma série de sucesso na TV) e *Novembro de 63* (que entrou no TOP 10 dos melhores livros de 2011 na lista do New York Times Book Review e ganhou o Los Angeles Times Book Proze na categoria Terror/Thriller e o Best Hardcover Novel Award da organização International Thriller Writers). Em 2003, King recebeu a medalha de Eminente Contribuição às Letras Americanas da National Book Foundation e, em 2007, foi nomeado Grão-mestre dos Escritores de Mistério dos Estados Unidos. Ele mora em Bangor, no Maine, com a esposa, a escritora Tabitha King.

ESTA OBRA FOI COMPOSTA PELA ABREU'S SYSTEM EM WHITMAN
E IMPRESSA EM OFSETE PELA GEOGRÁFICA SOBRE PAPEL PÓLEN NATURAL
DA SUZANO S.A. PARA A EDITORA SCHWARCZ EM NOVEMBRO DE 2022

A marca FSC® é a garantia de que a madeira utilizada na fabricação do papel deste livro provém de florestas que foram gerenciadas de maneira ambientalmente correta, socialmente justa e economicamente viável, além de outras fontes de origem controlada.